ポケットマスターピース01

カフカ

Franz Kafka

多和田葉子=編
編集協力=川島 隆

集英社文庫ヘリテージシリーズ

❷

❶

❹

❸

❶父ヘルマン ❷母ユーリエ
❸幼年時代 ❹妹たち。左からヴァレーリエ（ヴァリ）、ガブリエーレ（エリ）、オッティーリエ（オットラ）

❺

❻

❼

❽

❺父の商店（右下）が入っていたキンスキー宮 ❻ギムナジウム卒業頃 ❼海水浴場にて（右） ❽大学時代（右）

⑪

⑩

⑨

⑬

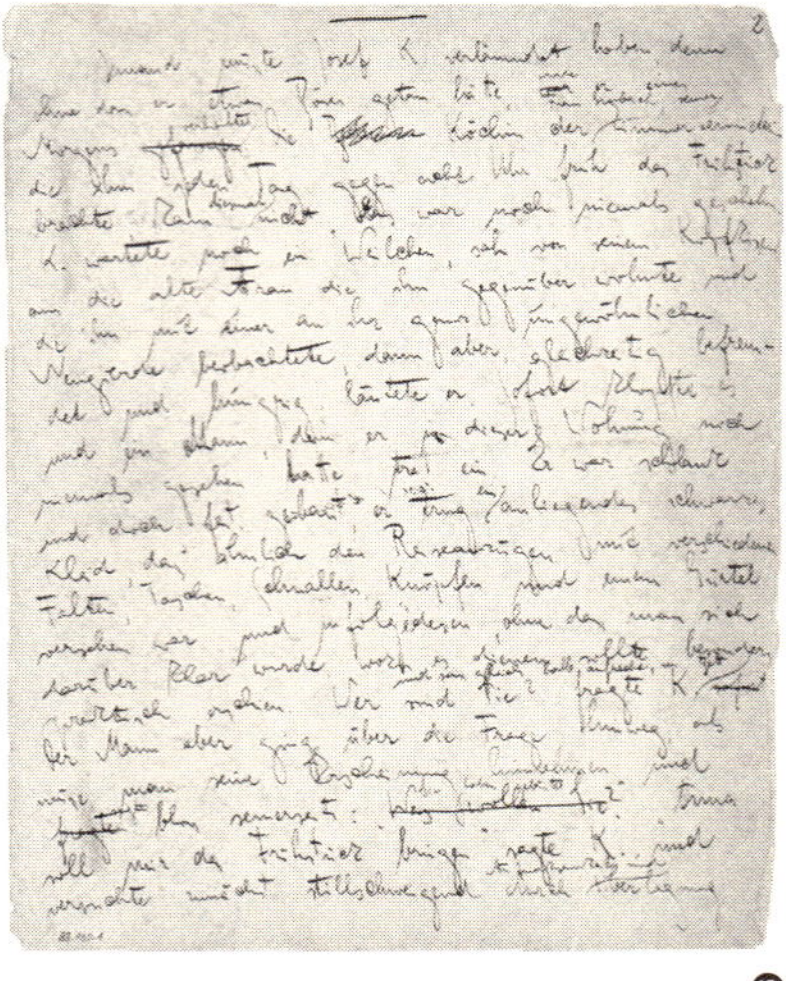

⑫

⑨婚約者フェリーツェ・バウアーと ⑩二人目の婚約者ユーリエ・ヴォホリゼク ⑪ミレナ・イェセンスカー ⑫『訴訟』の冒頭部分 ⑬『変身』初版本

01 | カフカ | 目次

変身《かわりみ》

第一章

　グレゴール・ザムザがある朝のこと、複数の夢の反乱の果てに目を醒ますと、寝台の中で自分がばけもののようなウンゲツィーファー（生け贄にできないほど汚《けが》れた動物或いは虫）に姿を変えてしまっていることに気がついた。鎧のように硬い背中を下にしてあおむけに横たわっていて、頭を持ち上げてみると、腹部は弓なりにこわばってできた幾筋もの茶色い帯に分かれていて、その上に乗った掛け布団を滑り落ちる寸前で引き留めておくのは無理そうだった。脚は全部で何本あるのか、身体全体の寸法と比べると泣きたくなるくらい細くて、それが目の前で頼りなさそうにきらきら震えている。

「僕の身にいったい何が起こったんだろう」とザムザは考えた。夢ではなかった。いささか小さめとは言え、れっきとした人間様の住む部屋が、見慣れた壁に四方を囲まれて、平然としてそこにある。机の上には、包みをほどいた布の商品見本が広げてあった。ザムザは外回りのセールスマンだった。机の上方の壁には、この間雑誌から切り抜いて金箔の綺麗な額縁に入れた絵がかかっている。絵の中の女性は毛皮の帽子を被り、毛皮の襟巻きをして、背筋をすっと伸ばし、下腕を肘まですっぽり包んだ重たい毛皮の腕巻きを鑑賞者に向かって突き出すように持ち上げている。

グレゴールの視線は、窓の方に移動していった。窓枠のブリキを雨粒が打つ音が聞こえ、どんよりした曇り空のせいでメランコリックな気分になってきた。「もう少し眠って、道化の馬鹿騒ぎみたいなことは忘れてしまおう」とも思ったが、また眠るなんてほとんど実行不可能だった。ザムザは右を下にして寝ることに慣れていたが、今の位置から右を下にした姿勢にもっていくことなどとてもできそうになかった。どんなに力を入れて身体を右に振ってみても、すぐ仰向けに振り戻されてしまう。ばたばたとあがいている脚を見たくないので目をつぶって、百回は同じことを繰り返しただろうか、脇腹にこれまで感じたことのない鈍い痛みを感じ始めたので、向きを変えるのは諦めた。

「ああ、神様」とグレゴールは心の中でつぶやいた。「なんて酷な職業を選んでしまったんだろう。あけても暮れても旅旅旅。出張先でのストレスが会社での本来の仕事をはるかに上まわっている。旅が害虫の群れみたいに襲いかかってくる。列車の乗り継ぎがうまくいくか毎回心配しなきゃならないし、食事は不規則でまずいし、つきあう友人はどんどん入れ替わって、お互い温かく心が通じ合うことなんかない。こんな生活は悪魔が持っていけばいいんだ。」上になっているお腹にかすかなかゆみを感じた。背中を少しずつ、寝台のヘッドボードの方に寄せていき、頭を持ち上げやすいようにした。かゆいところは、びっしり小さな白い点に覆われていたが、それが何なのか見当がつかなかった。脚でさわって確かめてみようと思ったが、脚が触れた瞬間、ぞぞっと寒けがしたので、すぐに脚を引っ込めてしまった。

グレゴールは身体を滑らせるようにしてまた元の位置に戻し、「こうして早起きばかりしていると頭が悪くなる」と思った。「人間は睡眠をとらなければだめだ。他の外回りの連中を見ていると、まるでハーレムの女性みたいな生活をしている。僕がやっと注文書をもらって、それを処理するために午前中ホテルに戻ってくると、他の連中は朝食をとっているところだ。自分もそういう生活がしたいなんて社長に言ったら、すぐに馘《くび》だろうな。まあ、馘になった方がいいのかもしれない。両親のために自分を抑えているけれど、それさえなければ、とっくに会社なんかやめてるよ。社長の前に進み出て、心の底で思っていることを面と向かって言ってやったら、社長、驚いてすわっているところから転がり落ちるかもしれないな。社長は机の上に尻を乗せて、僕らを見下ろしてしゃべるのがお好きだけれど、耳が遠いから、こっちが何か言いたい時には顔を近づけてやらないと聞こえない。でも希望はまだ完全に失われたわけじゃない。五、六年のうちには、親の借金を払いきれるだけの貯金ができるだろうから、そうしたら絶対やってやる。大きく一歩踏み出してやる。でも、今はとりあえず起きるしかない。列車が出るのは五時だな。」

グレゴールは簞笥《たんす》の上で時を刻んでいる目覚まし時計を見上げた。「天にまします我らが父よ！」心の中で救いを求めるようにそう叫んだ。なんともう六時半、しかも時計の針は平然としてまだまだ先へ進み続け、もう六時半を過ぎて、六時四十五分に近づいていた。目覚まし時計は鳴らなかったんだろうか。目覚ましの針が四時にあわせてあるのは、寝台の中からでもちゃんと見えた。鳴ったはずだ。家具を揺さぶるようなあの目覚ましの猛烈な音が聞こえずに安らかに眠り続けることなんて誰にもできっこない。安らかな眠りではなかったことだけは確かだけれど、それだけに頑固な眠りだったかもしれない。どうしよう。次の列車が出るのは七時だ。それに間に合うようにするには、めちゃくちゃ急がなければだめだけれど、商品見本はまだまとめてないし、自分でもさっぱり目が醒めている感じがしないだけでなく、身体が動かない感じだった。それに、もし七時の列車に乗れたとしても、社長の雷は避けられない。社長の部下が、五時の列車を待ちかまえていて、グレゴールが来なかったことを社長に告げ口しただろうから。その部下というのがこれまた、しゃんと伸ばせる背骨も理性もない土偶のような奴だ。病気だから休ませてほしいと頼んでみようか。でもそれも決まり悪いし、かえって疑惑を呼ぶだけだ。なにしろこの仕事についてから五年間、まだ一度も病気にかかったことがないのだから。社長は保険会社お抱えの医者といっしょにここに押しかけてきて、お宅の息子さんは怠け者だと両親を責め立てるだろう。そうではないのだと弁解しても、医者の助言を楯にとって跳ね返されてしまうに違いない。なにしろ、保険会社お抱えの医者の見解では、すべての人間は健康であり、ただその一部が仕事を嫌う性質をもっているということになってしまうのだから。もちろん、そういう見方だって絶対に間違っているとは言えないけれど。グレゴールは、長く寝過ぎたのでまだ眠いという以外には大変気分がよく、しかも一人前の空腹感を覚えた。

寝台から外に出る決心のつかないまま、そんなことを猛スピードで考えながら、ぐずぐずしていると、時計は六時四十五分を打ち、寝台の頭の方にある扉を注意深く叩く音がした。「グレゴール」と呼ぶ声がした。母親の声だった。「もう六時四十五分だよ。出かけるんじゃなかったのかい。」ものやわらかな声！　グレゴールはそれに答える自分の声を聞いてぞっとした。自分の声であることに間違いなかったが、底から苦痛を伴うぴいぴい声が抑えきれずに混ざり込んでくるせいで、言葉は初めははっきりしているようでも残響の中で破壊され、聞こえた通りで本当にいいのかどうか自信がなくなってしまうのだった。そういうわけで、グレゴールは隅々まできちんと答え、説明したいと思ったのだが、答えは簡単に省略した。「うん、うん、お母さん、ありがとう、もう起きるよ。」扉の木材が厚かったおかげだろうか、外ではグレゴールの声の変化に気がつかなかったようで、この説明で母親は安心して、すっとその場から去っていった。しかし、このちょっとした会話のせいで、家族はグレゴールが意外にもまだ家にいることに注意を向けてしまい、父親がさっそく横の扉を叩いた。弱々しい叩き方ではあったが、拳骨を使っていた。「グレゴール、グレゴール、一体どうしたんだ？」父親は大声でそう尋ね、しばらく間を置いてから声を低くしてもう一度答えをうながした。「グレゴール、グレゴール。」もう一方の横の扉の向こうでは妹が嘆くように小声で尋ねた。「グレゴール兄さん、気分がよくないの？　何か必要なものがあるなら言って。」グレゴールは両方の横の扉に向かって答えた。「もう支度はできたよ。」細部に注意して綺麗な発音をするようにし、単語と単語の間に休憩を入れることで、グレゴールは奇異な発音が注意をひいてしまいそうな部分を隠そうとした。父親は朝食の席に戻ったようだったが、妹は、「グレゴール、開けて！　お願いだから」と囁《ささや》いた。しかしグレゴールは扉を開けようなどとは思ってもみなかった。旅に出ていることが多いので自宅でも夜寝る時はすべての扉に鍵をかけておく習慣が身についていたが、そういう用心深さのおかげで本当に助かったと思った。

まず、誰にも邪魔されずにゆっくり起きて、服を着て、朝食を食べ、それからのことはそれから考えたいと思った。寝台の中でいつまでもぐずぐず考え事をしていたのでは、まともな結論に達せそうになかった。ぎこちない姿勢で寝ていたために身体に痛みを感じ、起きてみるとその痛みが気のせいに過ぎなかったということがこれまでも時々あったことを思い出した。今、心に浮かんでいる幻想がどんな風にして徐々に解けて消えていくのか楽しみだった。声が変わってしまったのも、外交員の職業病とも言える冷えからくるひどい風邪の前触れに違いなかった。

掛け布団を投げ出すのはとても簡単で、ちょっと身体をふくらましただけで下に落ちた。でも身体の幅があまりにも広いので、その続きが大変だった。身体を起こすのに必要な腕と手はなくて、かわりにこちらの指示に従わないたくさんの細い脚がそれぞれ勝手に休みなく動いていた。やっとのことで脚を一本折り曲げても、すぐまた伸びてしまう。やっとその脚を思い通りに動かせたと思った瞬間、他の脚たちが急に解放されたように極度の痛ましい興奮の中で動き出した。「役立たずのように寝台に留まっているのはいけないな」とグレゴールは独り言を言った。

まず下半身から寝台の外に出ようと思ったのだが、その下半身をなかなか動かすことができず、なにしろまだ自分の目で見ていないので一体どんなものなのか想像もできなかった。あまりにもゆっくりとしか動かないので、切れそうになりながら全身の力を絞ってやっとのことで前に押し出した、と思うと、それが寝台のフットボードにぶつかって焼けるような痛みを感じ、それで分かったことは、下半身は多分、他のどの部分よりも繊細にできているということだった。

それならまず上半身を寝台の外に出そうと思って、グレゴールは頭を寝台の脇に向けた。それはうまくいって、ひねられた頭に幅の広い重い身体が続いた。頭が寝台の外のひらかれた空間に出てみると、それ以上、先へ進むのが恐くなった。そのまま落ちれば、奇跡でもない限り、頭を怪我してしまうだろう。何があっても意識を失うことがあってはいけない。そのくらいならずっと寝台の中に留まっていた方がましだ。

ところが、これだけ苦労していろいろやってみたあと、溜息をついて以前と同じように横になり、これまで以上にお互い争いあっている自分の細い脚たちを見ていると、このめちゃくちゃな状態に、落ち着きとか秩序とかをとりいれるのは到底無理だという気がしてくる。このまま寝台に留まっているわけにはいかない、もし寝台から抜け出せるという希望がほんの少しでもあるなら、どんな犠牲を払ってでもやってみなければいけない。とは言え、追いつめられて結論を急ぎ過ぎるよりは、ゆっくり考えた方がいいのだ、と自分に言い聞かせることも忘れなかった。グレゴールは目を凝らして窓のむこうを睨んだが、深い朝霧が道の向こう側まで包み込み、見ていて楽観的になるとか元気が出るとかいうことは全くなかった。「もう七時だ。」新たに時計が時を打つのを聞いてグレゴールは言った。「もう七時だというのに、まだ霧が深いんだな。」そして、弱々しく呼吸しながら、そのまま横たわっていた。まるで、完全な静寂の中から、現実的で当たり前だった境遇が戻ってくるのを期待するかのように。

でもその後、口から出てきたのは、こんな独り言だった。「七時十五分までには寝台から出ていないとまずいなあ。それまでには会社の人が様子を見に来るだろう。七時前にはもう仕事が始まっているわけだから。」グレゴールは寝台の縦の長さを最大限に使って身体を規則的に揺すり始めた。これなら寝台から落ちても、落ちたときに頭をぐっと持ち上げれば、頭だけは傷つけないですむだろう。背中はとても硬そうだったから、絨毯《じゅうたん》の上に落ちてもどうということはないだろう。一番心配なのは、多分大きな音がするだろうということで、扉の向こうで家族のみんながぎょっとしないまでも心配するのではないかと思った。それでも思い切ってやるしかない。

新しく思いついた方法は、身体を揺すり続けるのではなくて、時々ぐいっと一回大きく揺する方法で、これは必死にならなくてもできるお遊びのようなものだった。おかげで身体を半分寝台の外に出すことができたが、そこで思ったのは、もし誰かが手を貸してくれたら楽なのに、ということだった。力のある人間が二人いればすむことだ。父と女中だけで充分だ。半円形の背中の下に二人が両腕をさし入れ、果物の皮でも剝くように寝台から引きはがして、腰を曲げてグレゴールの身体の重さがこちら側にくるっと転がってきて床に落ちるのを気長に支えてさえくれれば、細い脚でなんとか立つことができるのではないかと思った。扉が閉まっているからどうしようもないが、それでも助けを呼んでみるべきだろうか。こんな緊急事態だというのに、そんなことを考えていると、なぜか微笑みが浮かんでくるのだった。

揺れはどんどん大きくなっていった。もう肚を決めなければならないところまできていることは分かっていた。玄関のベルを鳴らす音が耳に入った時点で、あと五分で七時十五分だった。「誰か会社の人が来たな」と言った時、身体がこわばり、細い脚はますますあたふたと宙に躍った。そして一瞬、静寂が来た。「開けてもらえないみたいだな」とグレゴールは何の根拠もない希望にしがみついて独り言を言った。訪問者の初めの挨拶を耳にしただけでグレゴールにはすぐにそれが誰なのか分かった。支配人だ。グレゴールはどうして、ちょっとした間違いを犯しただけで、とてつもない疑惑をかけられてしまうような会社で働く運命を背負わされてしまったのだろう。社員はならず者ばかりで、数時間寝坊しただけで罪の意識に悩まされ気も狂わんばかりになって寝台を出ることもできなくなるような忠実で従順な人間はこれまで一人もいなかったんだろうか。事情聴取のため自宅まで押しかけて来るというだけでも大げさなのに、見習社員ではなく、支配人が自ら足を運んで、罪もない家族に、この疑惑に満ちた大事件の真相をつきとめることができるのは支配人以外にはいないのだ、というような印象まで与える必要が本当にあったのか。そんなことを考えているうちにグレゴールは興奮して思わず全身に力が入り、寝台から落ちてしまった。大きな音がしたが、硬い物のぶつかりあう音ではなかった。絨毯のおかげで衝撃が少し和らいだということもあったし、グレゴールが思っていた以上に背中に柔軟性があったので、目立たない鈍い響きに終わった。ただ、頭のついている位置に充分気をつけていなかったので、みごとにぶつけてしまった。痛さに耐え、むしゃくしゃしながら、頭をひねって絨毯にこすりつけてさすった。

「室内で何か落ちたようです」と支配人が左隣の部屋で言った。自分に起きたのと似たようなことがこの支配人の身にも起こりうるだろうか、とグレゴールは考えてみた。可能性があることは誰でも認めるだろう。支配人がさつにその問いに答えるかのように、隣の部屋でエナメルのブーツでかっかと音をたてて数歩あるいてみせた。右隣の部屋からは、妹がグレゴールに事態をのみこませようとして囁いた。「にいさん、支配人さんが来ているのよ。」「分かっているよ」とグレゴールは独り言のように言った。妹に聞こえるところまで声をはりあげる勇気はなかった。

「グレゴール」と今度は左隣の部屋から父親が話しかけてきた。「支配人さんがいらして、お前がどうして早朝の電車に乗らなかったのか尋ねておいでだ。我々にはどう答えたらいいのか分からんのだ。お前と直接話がしたいとおっしゃっている。お願いだから扉を開けておくれ。部屋が散らかっていても、そのことは大目に見てくれるだろうから。」「ザムザさん、おはようございます」と支配人が友好的な調子で口を挟んだ。父親はまだ扉に向かって話しかけている途中だったが、母親は支配人に向かって、「あの子は気分が悪いんですよ」と言った。「きっと気分が悪いにちがいないんです、支配人さん、わたしの言うことを信じてください。それでなかったら、電車に乗り遅れるなんてありえません。あの子は仕事のことしか頭にないんですからね。夜だって絶対遊びに出ないんで、むしろこちらがヤキモキしていたくらいです。ここ八日間、出張がなかったんですが、毎晩家にいて、一度も外出しませんでした。家族といっしょに食卓について黙って新聞を読んだり、電車の時刻表を調べたりしているんです。楽しみと言えば、糸鋸《いとのこ》を手にすることくらいです。ここ二、三日、小さな額縁を毎晩彫っていました。すごく素敵な額縁ですよ。ご覧になったら驚かれると思います。部屋の中に掛かっていますから。グレゴールが扉を開けてくれたら、すぐご覧いただけますから。支配人さんに来ていただいて本当によかったです。わたしたちが頼んだのではグレゴールは扉を開けてくれませんから。頑固なんですよ。気分が悪いんだと思います。本人は否定していますけれど。」「今すぐ行くから」とグレゴールはゆっくりと慎重に答えたが、会話を一言も聞き逃すまいと身体は動かさなかった。「それ以外に説明の仕様がないですよね、奥さん」と支配人は言った。「重い病気でなければいいんですけれど。もっとも別の言い方をさせていただくと、我々セールスマンは残念ながら、と言うか、幸いにして、と言った方がいいのかもしれませんが、少しくらい身体の調子がおかしくても仕事のためには我慢できなければいけないんです。」「支配人さんを部屋にお入れしていいんだね？」と父親がいらいらして、また扉を叩きながら尋ねた。「駄目だ」とグレゴールは答えた。左隣の部屋に気まずい沈黙が訪れた。右隣の部屋では妹がすすり泣きを始めた。

どうして妹は他のみんなのところへ行かないのだろう。起きたばかりでまだ服をちゃんと着ていないからかもしれない。どうして泣いているんだろう。兄が起きてこないで、支配人を部屋に入れないからか。兄が反抗しても負ける危険が大きく、そうなったら社長が両親に昔の要求をつきつけてくるからか。それはとりあえずは無用な心配というものだ。グレゴールはまだここにいるのだし、家族を見捨てるつもりなど全くない。今のところグレゴールは絨毯に横たわっているが、この状況を知っているひとなら誰も支配人を部屋に入れろなどと要求しないはずだ。少し礼儀に反することは確かだが、そのくらいのことなら後でうまく言い訳できるだろうし、それだけのことでグレゴールが馘《くび》になるなんて考えられない。今は泣いたり拝み倒したりするのでなく、自分を放っておいてくれるのが賢いやり方なのに、とグレゴールは思った。でも、この先どうなるのか全く分からないので不安のあまり、みんながそういう態度を取るのも仕方がない。

「ザムザさん」と支配人は声を少し釣り上げて言った。「一体どういうことなんです？　自分の部屋にバリケードをはって閉じこもり、何を訊いても、ヤー（はい）かナイン（いいえ）でしか答えない。ご両親に不要な心配をかけ、そして、これはついでに是非言っておきたいことなんですが、とんでもないやり方で仕事上の責任を放棄する。わたしはあなたのご両親と社長の名において発言しているわけですが今すぐ真面目に、ちゃんと分かるように説明してください。びっくりですね。びっくりですよ。あなたは大人しい理性的な人間だと思っていた。それが突然、気まぐれでわけの分からないことを並べたてる。今朝社長はあなたが例の代金の取り立てをするのが嫌でそれが原因じゃないかとほのめかしていましたけれどね、今となってはこの説明は間違っていると誓ってもいいくらいです。でも、そういう理解不可能な頑固さに出合って、あなたのために一肌脱いでやろうなんていう気持ちは全くなくなってしまいました。あなたはポストを失うかもしれないんですよ。それについては二人だけで話そうと思ったんですけれどね、これだけ時間を無駄にされたんで、あなたのご両親にも何もかも聞いていただいてもいいんじゃないかって気になったんです。このところ、あなたの仕事の成績は思わしくなかった。今は売れる季節ではないことは我々も認めます。でも、全く商売のできない季節というのは存在しないのです。ザムザさん、それはあってはならないことなのです。」

「そんな、支配人さん」グレゴールはあわてて、興奮のあまりすべてを忘れて叫んだ。「すぐに扉を開けるつもりでいるんですよ。ちょっと気分が悪くて目眩《めまい》がしたから起きられなかっただけなんです。まだ寝台に横たわってはいるんですけれど、気分は少しさっぱりしてきた気がします。すぐに寝床から出ますから。ほんのちょっとだけ待ってください。なんだか思ったほど気分はよくなっていないようですが、でも大丈夫です。人間、急に具合が悪くなるものですね。父と母に訊いてもらえば分かりますが、夕べはまだ結構具合がよかったんですが、実は、嫌な予感がしなかったこともない、兆候が全くなかったわけじゃないんです。どうして病欠届けを出しておかなかったんだろう。たとえ病気になっても、仕事を休まないで治せるだろうって思ってしまうものなんですね。支配人さん、どうか父と母をいじめないでください。わたしに対する非難はどれも根拠のないものです。今のようなお話は全く聞いていませんからね。わたしが最後に送った注文書をまだご覧になってないんじゃないですか。八時の列車に乗って出かけるつもりです。数時間休んだんですっかり元気が出て来ました。だから邪魔しないでください、支配人さん。会社にすぐ顔を出しますから。どうか、社長にそのことを伝え、わたしのことを良く言っておいてください。」

グレゴールは自分でも何を言っているのかよく分からないまま、これだけの言葉をあせって吐き出しながら、寝台で行った練習のおかげか、衣服簞笥に少し近づくことができたので、立ち上がろうとした。グレゴールは本気で扉を開けて、自分の姿を見せ、支配人と話をするつもりだった。さっきから出て来いと要求しているみんながこの姿を見たら何と言うか知りたくてうずうずしていた。もしみんなが衝撃を受けてもグレゴールの責任ではないわけだから、かえってほっとするかもしれない。もしありのままを落ち着いて受け入れてくれたら、こちらにも興奮する理由は全くない。急げば八時に駅に行くことができるだろう。何度か衣服簞笥にすがりついて立とうとして滑ってしまったが、最後には勢いよく立ち上がることができた。下半身の痛みはあいかわらず焼けるようだったが、そちらにはもう注意を向けなかった。近くにある椅子の背もたれに倒れかかり、椅子の枠に細い脚でしがみついた。そこまできて我に返り、口をとざしたのは、支配人の声が聞こえたからだ。「わたしの言ったこと、多少はご理解いただけたんでしょうかね」と支配人は両親に訊いた。「まさか我々を馬鹿にしていいるんじゃないでしょうね。」「とんでもない」と母親が泣きそうになって言った。「きっと大変な病気なんですよ。それなのにわたしたちはあの子をこんなに苦しめて。グレーテ、グレーテ！」と母親は呼んだ。「なあに、お母さん」と反対側から妹の声がした。二人はグレゴールの部屋を介して、話をしているのだった。「すぐ医者に行ってちょうだい。グレゴールが病気だから、急いで医者を呼ばないと。今グレゴールが出した声、聞いた？」「動物の声でしたね」と言う支配人の声は、母親の叫び声とは対照的にひどく小さかった。「アンナ、アンナ」と父親が控えの間を通して台所に向かって両手を叩きながら呼んだ。「すぐに錠前職人を呼びなさい。」二人の若い女がスカートをしゃらしゃら鳴らしながら控えの間を駆け抜けていくのが聞こえた。妹はいつの間に服を着たのだろう。それから家の扉を急いで開ける音がした。扉を閉める音は聞こえなかった。不幸のあった家ではよくあることだが、扉は開けたままになっているようだった。

とは言うものの、グレゴールもかなり落ち着いてきた。グレゴールの言葉はもう人には理解されなかったが、自分にとっては充分明確であるどころか、前より明確になったように感じられ、ひょっとしたらそれは耳が慣れたせいかもしれなかった。グレゴールに何か問題があって、みんながグレゴールを助けようとしていることだけは確かだった。確信をもって適切な処置がとられているのだと思うと気分がよくなった。人間の輪の中にまた入れてもらえたような気がして、医者と錠前職人については、どちらが何をするのかはっきりしないまま、とにかく二人が素晴らしい業績をあげて驚かせてくれればいいと思った。多分、もうすぐ自分にとって決定的な意味を持つ話し合いが持たれるだろう。その時に少しでもはっきりした声で発言できるようにと咳払いしたが、もしかしたらその咳払いが人間の咳払いとはかけ離れたものに聞こえるかもしれなかったし、そもそもそれを自分で判断する自信もなかったので、できるだけ聞こえないように抑えた。いつの間にか隣の部屋は静まりかえっていた。両親は支配人と食卓についてひそひそ話をしているのかもしれないし、扉にもたれて耳を澄ましているのかもしれなかった。

グレゴールは肘掛け椅子を扉の方にゆっくり押していき、扉に立てかけた。足の裏のふくらみからほんの少し、粘着性の液が出ていた。一仕事終えて、しばらく休んだ。それから口で鍵をまわそうとしてみた。残念ながら歯と呼べそうなものはないようだった。そうなると何で鍵をつかめばいいのだろう。歯はなくても顎は明らかにしっかりしていたので、それを使って鍵を動かすことができた。その時、茶色い汁が口から出て鍵をつたって床にドロッとこぼれた。きっとどこか傷つけてしまったに違いなかったが、そんなことに注意している余裕はなかった。「ほら、聞こえますか」と支配人が隣の部屋で言った。「鍵をまわしていますよ。」それはグレゴールには大いに励ましになった。「がんばれ、グレゴール!」とみんなで声援を送ってくれればよかったのだ。「そのまま、鍵穴にぐっとやるんだ、ぐっと!」みんなが息をひそめて自分の努力を見守ってくれているところを思い描きながら、あるだけの力を注ぎ込んで気が遠くなるまで鍵に食いつき続けた。鍵の回転に合わせて、身体が鍵穴のまわりをまわって、今は口に支えられてやっと垂直に立っている。必要に応じて、鍵にぶら下がったり、全身の重さで鍵を上から押したりする。かちゃっと明るい音を響かせて鍵が開くと、グレゴールはまさしく我に返り、溜息をついた。「錠前職人は必要なかったな。」そう言って扉を完全に開けるために取っ手に頭を乗せた。

そういう開け方だったので、扉が大きく開いてからもグレゴールの姿は外からは見えなかった。グレゴールは、まず片側の扉の外にまわりこんだ。向こう側の部屋に入る前に不器用にころんで仰向けに倒れたりしないように用心深く進んだ。難しい動きにかかりっきりだったので、他のことに注意を向ける余裕がなかった。気がついた時には支配人が大声で「おお」と叫んでいた。その叫びは、風がごおっと吹き抜けていく音とも似ていた。それから、扉に一番近いところに立っていた支配人が開いた口に手をあててゆっくり後退《あとずさ》りしていくのが見えた。まるで眼に見えない力にぐいぐい押されてでもいくように。支配人がいるというのに昨夜のままの乱れた髪の母親は、両手のひらを組み合わせて父親の方に視線を送り、グレゴールに向かって二歩進み、それから急に自分のまわりにひろがっているスカートの中にすっぽり沈み、顔は胸の中に隠れてしまった。父親は敵意をこめて拳骨を握りしめ、グレゴールを部屋に戻らせようとしたが、急に自信なさそうに居間を見渡して、手で眼を覆い、たくましい胸板を震わせて泣いた。

グレゴールは居間には入らず、閂《かんぬき》をかけた扉翼に内側からもたれたので、身体の半分と、みんなの様子を覗くために傾けた頭が見えるだけだった。いつの間にか明るくなってきていた。通りの向こう側には病院の暗い灰色がどこまでも続いているが、その一角が今はっきりと見え、窓が厳《いかめ》しく張り出して整列していた。まだ雨が降っていて、大きな雨粒の一つ一つが地面に落ちるのが見える。朝食用の食器がかなりの数、食卓に並べてあったが、これは父親にとっては朝食が一日のうちで一番大切な食事であるためだった。父親は何種類もの新聞を読みながら何時間もかけて朝食をとった。正面の壁には兵役に服していた時に撮ったグレゴールの写真が飾ってあって、そこに写っている、手を剣にあてて、心配事ひとつなさそうに微笑み、見る人にその姿勢と軍服に対する敬意を要求する少尉は紛れもなくグレゴールなのだった。控えの間に通じる扉が開けたままになっているので、家の扉も開いているのが見え、踊り場と下へ通じる階段の始まるところまで見えた。

「さて」と言ってみてグレゴールは、落ち着いているのは自分だけだということに気がついた。「そろそろ服を着て、商品見本を鞄に詰めて出かけよう。みなさん、わたしを出かけさせてくださいますか。支配人さん、わたしが頑固者ではないということがこれでお分かりでしょう。仕事するのが好きなんです。旅は疲れますけれど、旅がなければ生きていかれません。支配人さん、どちらへ行かれるのですか。社へ戻られる？　そうですか？　すべてを真実に即して報告なさるおつもりですか。ある人が今たまたま仕事ができない状態にあるという場合、そういう時こそ、その人がそれまでどれだけ成果を上げてきたかということを思い出し、また具合がよくなったらいつも以上に熱心に気を入れて仕事するに違いないと考えるべきではないでしょうか。わたしには社長に尽くす義務がある、そのことはご存じですね。また一方では、両親と妹のことが心配でもあります。わたしは両者の間に板挟みになっているわけです。でも、上手く解決法を見つけます。ただでさえ大変な状態なのですから、これ以上に大変にするようなことはやめてください。会社ではわたしの味方になってください。外回りの社員はみんなに好かれないことは承知しています。がっぽり儲けて、しかも享楽的な生活を送っていると思われていますからね。そういう偏見をもう一度見直してみる機会というのもなかなかないでしょうしね。でも支配人さんは他の社員と違って、みんなの暮らしを見渡すことができる。ここだけの話ですが、実は社長よりも支配人さんの方が全体が見えている。社長は経営者なので、社員にとって不利な判断に傾いてしまうことがある。外回りの社員は一年のほとんどを社の外で過ごすので、根も葉もない噂をたてられたり、何も罪を犯していないのに偶然が重なって言いがかりをつけられたりすることはご存じですね。そうなっても抵抗することはできないし、噂のあることさえ知らないで、疲れ切って旅から帰ってくると、どうしてそうなったのか見当もつかないまま、ひどい結果だけを知らされるわけです。支配人さん、お帰りになる前にどうかわたしが少しでも正しいということを認め、その証《あかし》となるお言葉をいただけないでしょうか。」

ところが支配人はグレゴールの最初の言葉でそっぽを向いてしまい、肩をすくめて肩越しに唇を突き出してグレゴールの方を振り返った。グレゴールがしゃべっている間は束の間もじっとしていられないようで、それでも目だけはグレゴールから離さないようにして扉の方へ後退した。まるで部屋を立ち去ってはいけないという内密の禁止条例でもあるかのように、後退りの仕方はゆっくりしていた。控えの間のところまで来て最後の一歩を唐突に居間から引き抜くところを誰かが見たら足の裏を火傷したのかと思ったに違いない。それから、まるで宇宙からの救いが階段で待っていてくれるとでもいうように控えの間から階段の方へ右手を伸ばせるだけ伸ばして助けを求めた。

支配人をそんな気分のまま帰らせてはいけない、このままでは会社における自分の地位が危なくなることをグレゴールは自覚していたが、両親にはそのことがよく分かっていない。長い年月の流れの中で、両親はグレゴールが終身雇用されていると思い込んでしまったようで、特に今は別の心配があるので先を見通す力を失っていた。しかしグレゴール自身は先を見通していた。支配人を呼び止め、落ち着かせ、説得し、こちらの味方につけなければならない。グレゴールとその家族の未来はそこにかかっている。妹がここにいたらなあ。妹は賢かった。グレゴールがまだ背中を下にして静かに転がっていた時、妹はすでに泣いていた。支配人は女性が好きだったから、妹になら自分の意見を曲げたかもしれない。妹なら家の扉を閉めて支配人を控えの間に引き留め、驚愕が消えるまで話しかけただろう。しかし妹がいないので、自分で駆け引きするしかなかった。グレゴールは自分が今どれだけ動けるのかを忘れて、また、話をしても理解されないかもしれないということも忘れて、扉から身を離し、無理矢理外へ出ようとした。そして、玄関の前の階段の手すりに滑稽なほどしっかりしがみついている支配人の方へ進もうとしたが、すぐにまたよろめいて、つかまるところを捜しながら、小さな叫び声をあげて細い無数の脚の上に倒れた。その後、今日初めて身体が楽になった気がした。脚の下に床がしっかり感じられる。床を思い通りにできることに気がつくと嬉しくなって、行きたい方へ自分を運んでいこうとしてみた。最終的に苦しさが消えるのももうすぐだという気がしてきた。ところが、グレゴールが身体をひかえめに揺すりながら、母親からあまり離れていないところに辿り着いた時、それまで想いに沈んでいた母親は急に跳ね上がって、腕を大きくひろげて、指を開き、「助けて！　何てことなの、助けて！」と叫び、それからまるでグレゴールのことをもっとちゃんと見ようとするように頭をさげ、でもそうしながらも意味なく後退りするという矛盾した動きをした。自分の背後に食器を並べた食卓があることも忘れて、何も分からなくなって食卓にぶつかり、すぐ横で投げ飛ばされたコーヒーポットからコーヒーが絨毯の上に流れ出していることにも全く気がついていないようだった。

「お母さん、お母さん」とグレゴールは小声で呼びながら見上げた。支配人のことはとりあえず、すっかり忘れていた。コーヒーが流れ出ているのを見ると、顎がぱくぱく動いてしまった。それを見て母親はあらためて叫び始め、食卓の側から逃げ、向かい側に立つ父親の腕の中に倒れこんだ。グレゴールは両親にかまっている余裕などなかった。支配人はすでに階段に辿り着き、顎を欄干に出して、最後の最後に振り返ってこちらを見た。グレゴールは支配人に確実に追いつくために助走をつけた。支配人はそれを感じとったのか、階段を何段も飛び越して駆け降りて姿を消したが、「やった」と言う声が吹抜きを貫いて上まで聞こえてきた。

支配人の姿が消えたことで、これまで比較的落ち着いているようにみえた父親も残念ながらあたふたし始め、支配人の後を追いかければいいのに、せめて支配人を追いかけようとするグレゴールの邪魔をしなければいいのに、支配人が椅子の上に帽子と上着といっしょに忘れていった杖を右手でつかみ、左手には食卓の上に広げられていた新聞紙を持って、足を踏みならし、新聞を杖で打ちながらグレゴールを部屋に追い込もうとした。グレゴールが頼んでも無駄で、そもそも懇願そのものが理解されず、グレゴールがどんなにうやうやしく頭をねじっても、父親はますます強く足で床を踏み鳴らすばかりだった。寒い日だったのに母親は向こうの部屋の窓を開け放ち、窓の外に身を乗り出して、両手にはさんだ顔を思い切り外に突き出した。外の通りと吹抜きの間に強い風が起こり、カーテンがふくらみ、食卓の上の新聞紙はざわざわっと音をたて、一枚ずつ床に落ちていった。父親は野蛮人のように歯の間で、しゅっしゅっと音をたてながら、強引にグレゴールを追いたてた。グレゴールは後ろ向きに歩く練習をしていなかったので、のろのろとしか後退できなかった。まわれ右をすることができたらすぐ部屋に引っ込むこともできただろうが、方向転換には時間がかかるので、父親が堪忍袋の緒を切らすのが心配でできなかった。すでにもう杖を振り上げて、グレゴールの背中か頭に致命的な一撃を与えようと威嚇している。ところが、そのうちに方向を変える以外どうしようもなくなった。というのは、後ろ向きに歩いたのでは進みたい方へ進めないことが分かったのだ。そこで、怯えた視線をこっそり父親の方へ送りながら、できるだけ速く、実際にはかなりゆっくりと、身体の向きを変えにかかった。父親はひょっとしたらグレゴールもそれなりに努力しているのだということを察してくれたのかも知れない。グレゴールの邪魔をするどころか、杖の先で、ほらこっち、ほらあっち、というように、方向を遠くから指示してくれた。せめて歯の間からしゅっしゅっしゅと音を出さないでくれたらなあと思う。そんな考えで頭がいっぱいになって、しゅっしゅという音を聞きながら、困惑し、やっぱり元の位置に戻ろうかと迷い始めた頃には、方向転換はほとんど終わっていた。やっと頭を扉の前に持ってくることができ、その扉は開かれていたので幸せな気持ちになったが、身体の幅が広すぎてそのままでは中に入れないことが分かった。今の状態では父親は、グレゴールが通れるように両開きの扉のもう片側も開いてやろうなどと気を使うはずもない。とにかく一刻も早くグレゴールを部屋に戻らせることしか頭にないようだった。グレゴールが立ち上がれば通れただろうが、そんな手間のかかる準備をすることなど絶対に許してくれなかっただろう。それどころか、まるで障害など何もないかのように、ますます大きな音をたててグレゴールを追い立てた。後ろから聞こえてくるのがたった一人の父親の声だとは思えなかった。のんびり構えている場合じゃない。グレゴールはもうどうなってもかまうものかと扉に身体を押しつけた。グレゴールの脇腹は擦り傷だらけで、白い扉に醜いシミを残し、そのうち挟まってしまって、身動きがとれなくなった。片側の脚たちは宙に震え、もう片側の脚たちは床に押しつけられて痛んだ。その時、父親が後ろから真の救済と呼ぶべき一撃をくれたので、グレゴールは突き飛ばされ、血をどくどく流しながら、部屋の真ん中に放り出された。扉は杖でばたんと閉められ、やっと静寂が訪れた。

第二章

夕暮れが訪れてやっとグレゴールは気絶のように重い眠りから目覚めた。ぐっすり眠ってしっかり休んだという感じがしていたので、たとえ邪魔が入らなくてもだいたい同じ頃に目が醒めたのだろうが、どうやら宙をかすめるような足音、控えの間に通じる扉をそっと閉める音などに起こされたようだった。街灯の灯りが天井の各所に反射して光っていたが、グレゴールのいる下の方はまだ暗かった。それで、触角がどれだけ便利なものかがやっと分かった。触角で不器用に前を探りながら、ゆっくりと扉の方に進んだ。左の脇腹に一本、嫌な感じでつっぱった傷があるようだ。グレゴールは二列になって生えた脚を引きずるようにして歩いた。そのうち一本が午前の事件でひどく傷ついていた。怪我したのが一本だけだったのが不思議なくらいだ。その脚を元気なく引きずって歩いた。扉のところまで来て初めて気がついたのは、自分がある匂いにひきよせられてそこに来たということだった。食べられるものの匂い。甘いミルクが猫の餌入れに注いであり、細かくちぎった白いパンが浮いている。嬉しくて笑い出しそうになった。今朝と比べてもずっとお腹が空いていたので、目が浸るくらい深くミルクに顔を浸したが、すぐに失望して頭を上げた。利かなくなった左側の一本の脚のせいで食事が困難になり、全身でじゅるじゅる吸い上げるようにしなければ食べられなかった上、本来なら大好物のミルクが、だからこそ妹が持って来てくれたはずなのに、全くおいしく感じられず、餌入れから顔をそむけて、部屋の中心部まで這いもどっていった。

居間にガス灯が灯されたのが扉の隙間から見えたが、この時間によく母と妹に夕刊を読み聞かせていた父の声は全く聞こえなかった。読み聞かせの時間については妹がよく話してくれたり手紙に書いてくれたりしていたのだが、実際のところ最近はもうその習慣はすたれてしまっていたのかもしれない。家に誰もいないというわけではないのに静まりかえっていた。「なんて静かな生活を送っているんだろう。」グレゴールは、暗闇を見つめながら、自分のおかげで両親と妹がこんな美しい住居でそのように静かな生活を送っていることを誇りに思った。でももしもそういった落ち着き、裕福さ、満足感などが突然、驚愕のうちに終わることになったら、どうすればいいんだろう。考えすぎてわけが分からなくならないように、身体を動かしたくなって、部屋の中を行ったり来たりして這いまわった。

長い夜の間、一度、横の扉が少し開いて、それから急いでまた閉められたことがあった。もう一方の扉についても同じことがあった。誰か中に入ろうとして、考え過ぎてやめてしまったのだろう。グレゴールは扉の近くに陣取って、もし入ろうかどうしようかと迷っている人がいたら中に引き入れようと思った。たとえそれが無理でも、せめて誰が中に入ろうとするのか見極めたかった。ところが扉はもう二度と開かれることなく、グレゴールは無駄に待つことになった。扉が閉まっていた時にはみんな中に入りたがったくせに、両開きの片側の扉をグレゴールが開き、もう一方の扉も開かれたその時には、誰も中に入って来ないだけでなく、鍵も外側にささったままだった。

夜が更けると居間の灯りが消えたので、それまで両親と妹が起きていたということが分かった。三人がつま先立ちで遠ざかっていくのが聞こえた。明日の朝まで、もう誰もグレゴールのところへは来ないだろう。おかげで誰にも邪魔されないで、これから人生をどう整理していけばいいのか、じっくり考える時間ができた。天井の高い、がらんとした部屋の中で床にべったり横たわることを余儀なくされ、不安をかきたてられ、どうしてそうなってしまったのか理由が見つからないのは、何と言ってもこの部屋が五年前から住んでいる部屋だったからだ。半分無意識のうちに身体を翻し、多少羞恥を感じながら、グレゴールはソファーの下に急いで潜り込み、背中が圧迫され、頭が持ち上げられなくなったにもかかわらず、すぐに心地よさを感じ、身体の幅が広すぎて残念だなあ、そうでなければ、ソファーの下に完全に入り込むことができるのにと思った。

ソファーの下でうとうとしながら、時々空腹のため目を醒ましたり、心配やぼんやりした希望が浮かび上がったりという状態で一晩過ごしたが、自分がこんな風になってしまったことを家族が忍耐強く、気を使いながら我慢してくれているのだから、自分はとりあえず静かにしているのが一番だ、という結論へと導かれていった。

早朝、というか、まだ夜は明けていなかったが、今くだしたばかりの決断を試すよい機会が訪れた。もうほとんど身支度をすませた妹が扉を開けて、緊張した様子で中を覗き込んだのだった。妹はすぐにグレゴールを見つけることができず、どこかにいるはずだわ、まさか逃げるわけないのだから、と思いながら捜していたが、ソファーの下にいるのを見つけた瞬間、あまり驚いたのですぐに扉をばたんと閉めてしまった。しかし、その後すぐに自分のとった態度を後悔し、扉を開けて、まるで重病人か赤の他人がいる部屋にでも入るように、つま先立ちで入って来た。グレゴールはソファーの端ぎりぎりのところまで頭を出して妹を観察した。妹はグレゴールがミルクを残したことに気がつくだろうか。それは決してお腹が空いていなかったからではなかった。もっとグレゴールの気に入るような食べ物を運んでくれるだろうか。妹が自分からそういうことに気がつかない場合、こちらから頼むくらいなら飢え死にした方がましだ、とグレゴールは思った。本当は、ソファーの下から這い出て、妹の足下に身を投げ出し、何らかの身振りを通して食べ物を乞いたい、という気持ちに押しつぶされそうになっていた。妹はすぐに、猫用の餌入れにまだミルクが一杯に入っていて、隣にちょっとこぼれてはいるが、ほとんど減っていないことに驚き、素手ではさわらず雑巾でつかんで持ち上げ、部屋の外に持ち出した。かわりに妹が何を持ってくるのかグレゴールは好奇心満々で想像してみた。しかし実際に妹が持ってきてくれた食べ物は、どんなに頑張ってもグレゴールには言い当てることができなかっただろうものばかりだった。グレゴールがどんな物を食べるのか調べるために妹が新聞紙の上に広げた食べ物の選択肢はかなり豊富だった。古くなって腐りかけた野菜。固まってしまった白いソースのこびりついた夕食の残飯の骨。干しぶどうとアーモンド。グレゴールが二日ほど前にまずくて食べられないと思ったチーズ。乾ききったパン、バターをつけたパン、バターをつけて塩をかけたパン。その隣には、多分これからずっとグレゴールが使うことになる猫の餌入れに水を入れて置いてあった。自分の見ている前ではグレゴールも多分食事をしにくいだろうと妹は気を使って、餌を置くと急いでその場を去り、気兼ねしないで食事できるようにと鍵までしめた。グレゴールの細い脚は食事にとりかかろうとするとブルブル震えた。例の傷の方はすっかりなおっているに違いなく、それが障害になる感じはしなかった。一ヶ月前にナイフでちょっと指を切ってしまい、それが、一昨日まだ結構痛かったことを思い出すと不思議でならなかった。「自分には繊細さというものがなくなってしまったのかなあ」と思って、グレゴールはチーズをむさぼるように吸った。他の食べ物と比べてチーズに圧倒的に魅惑された。満足感に涙で目を濡らしながらグレゴールはどんどんチーズを食べ、それから野菜とソースを食べた。新鮮な食べ物は美味しく感じられなかった。新鮮な食べ物は、においを嗅ぐのさえ嫌だったので、食べたい物だけ別のところまで引きずっていって食べた。グレゴールがとっくに食べ終わり、ぐずぐず同じ場所に居残っていると、妹が、もう向こうへ行きなさい、というようにゆっくり鍵をまわした。うとうとし始めていたグレゴールは驚いてまたソファーの下に急いで潜りこんだ。妹はほんのしばらく部屋の中に留まっていただけなのに、グレゴールはソファーの下でじっとしていることができなかった。たっぷり食事をとったので、身体が少しまるくなり、狭いところで息をするのが難しくなったのだ。息が詰まりそうになりながらグレゴールはいささか飛び出した目で、妹が箒《ほうき》で食べ物の残りだけでなく、グレゴールが口をつけなかった食べ物までも掃き寄せてあわててバケツに捨てて木の蓋をし、外に運び出すのを見た。妹が背を向けるとグレゴールはすぐソファーの下から這い出してきて、身体を伸ばして腹をふくらました。

　このようにしてグレゴールは毎朝まだ両親と女中が寝ている間に一度目の食事をもらい、みんなの昼食が済んで、妹が女中に買い物を言いつけて家の外へ送り出してしまった後で二度目の食事をもらう。誰もグレゴールが飢え死にすることなど望んでいなかったが、グレゴールの食事については噂程度に聞いていれば充分で、誰もそれ以上くわしく知りたいとは思っていなかったし、自分自身が充分苦しんでいた妹は、他の人たちが悲しみを少しでも感じないですむように気を使っていたのかもしれなかった。

　どんな理由をつけて、この朝また医者と錠前屋を追い出すことができたのかグレゴールは全く知る由《よし》もなかった。グレゴールの言うことが誰にも理解できなかったので、グレゴールの方ではみんなの言っていることが理解できるなどと誰も考えてもみなかった。だから妹が部屋にいる時さえ、グレゴールは、その口から溜息とか、聖人への祈り以外は聞くことができなかった。しばらくして妹が慣れてきてからは、もちろん完全に慣れるということはなかったが、グレゴールはしゅっしゅとコメントを口にし、それはやさしい気持ちから出たものであり、またそう受け取ることができなくもないものだった。「今日は美味しかったみたいね。」グレゴールがせっせと差し入れられた食べ物を全部食べてしまうと妹はそう言ったが、実はその反対の日が増え、「ああ、また全部残っている」と妹は嘆くのだった。

　グレゴールは、誰も情報を伝えてくれないので、隣の部屋で声がするとすぐにとんでいって扉に全身を押しつけた。特に最初の頃は、グレゴールと関わりのない話はなく、まる二日問、どんな態度を取るべきなのか、みんなで食事のたびに相談しあっていた。しかも食事中だけでなく、食事と食事の間にも同じテーマについて話している。一人きりで家に残るのを誰もが嫌がり、家を全く留守にすることもできなかったので、いつも必ず二人は家にいるようにし、そうするとまたグレゴールの話をすることになった。女中は、事件のどのへんをどのくらい理解したのか分からないが、最初の日に母親の前に跪き、解雇してください、と頼んだ。十五分後に解雇されると、目に涙を浮かべて、大いなる慈悲に感謝した。そして頼まれもしないのに、このことは誰にも一滴たりとも漏らさないと誓った。

妹は、母親と一緒にみんなの食事を作らなければならなくなった。それほど大変なことではなかった。みんなほとんど何も食べなかったからだ。家族の一人がもう一人に食事を勧めても、「ありがとう、もう充分食べたから」というような答えしか返ってこないのをグレゴールは何度も耳にした。飲物もみんな口にしないようだった。妹は何度も父親にビールを勧め、一本買ってくるから、と言うのだが、父親は黙り込み、妹はもしかしたら自分がいなくなるのが心配なのかと気を使って、管理人さんに頼んで買ってきてもらうから、とも言ってみたのだが、そこまで言われると父親ははっきり「いらない」と断り、それっきりもうビールのことは話題にのぼらなくなった。

第一日目が終わらないうちに、父親は現在の財産の状況と展望を母親にも妹にもすっかり明かした。父親は時々立ち上がって、五年前に会社が潰れた時にどうにかそれだけは救い出した小さな金庫から、領収書だの覚え書きだのを取り出した。とても複雑なしくみになっている鍵をガチャガチャあけて、捜していたものを取り出し、またガチャガチャと鍵を閉める音が聞こえた。それから父親はあることを説明したのだが、それはグレゴールにとっては幽閉生活始まって以来、初めての嬉しい知らせとなった。父の会社が潰れた時、持ち金はすべて失われたとグレゴールはそれまで思い込んでいた。少なくとも、そうではないということを父の口から聞いたことはなかったし、実際のところどうなのか問いただしてみたこともなかった。グレゴールは当時、家族全員を夢も希望もない状態に追い込んだ事業の惨事をどうにかして少しでも早く忘れさせてやりたい一心だった。だから火がついたみたいに必死で働き始め、ほとんど一晩のうちに派遣社員から出張の多いセールスマンに昇格し、給料が前とは比べものにならないくらい増えただけでなく、仕事が上手くいけば自分の儲け分がすぐ現金収入で入ってくるので、驚き喜ぶ家族を前に、食卓にその現金を積み上げてみせることができたのだった。あの頃は良かった。あんな良い時代はもう二度と訪れなかった。グレゴールは一家を養うことができるだけ稼ぐようになり、実際、一家を養っていたのだが、そのうち家族はグレゴールから生活費をもらうことにすっかり慣れてしまい、グレゴールの方も家族に給料を渡すことに慣れてしまった。受け取る側は感謝をもって受け取ったし、渡す方は喜んで渡したものの、温かさのようなものは全く感じられなかった。そんな中で妹だけがグレゴールの心に近しい存在であり続けた。自分と違って音楽をこよなく愛し、ヴァイオリンを奏でて人の心を動かすことのできるこの妹を来年、月謝はものすごく高いけれど音大に入れてやろうとグレゴールは密かに心に決めていた。グレゴールが町に戻って自宅に滞在するわずかな間に、家族の間で音大の話が出たりもしたが、実現不可能な夢として扱われるだけで、両親はこの罪のない夢の話を耳にするのさえ嫌そうだった。しかしグレゴール自身はクリスマスに華々しくこの計画を披露するつもりでいた。

立ち上がって扉にはりつき耳をすましていると、今のままでは全く役にたたないそのような考えが頭の中を行き来した。ぐったり疲れているので耳をすまし続けることもできず、頭をだらっと扉にもたせかけ、それからすぐまた頭を持ち上げた。どんな小さな音でも聞かれてしまい、向こう側ではみんなが話すのをやめる。「あいつ、何やっているんだろう」と父親がしばらくしてから言って、扉の方を向いたようだった。それから中断された会話の続きが始まった。

父親はそういう話はしばらくしていなかったせいもあり、また、母親がすぐには理解できなかったので、同じ説明を何度か繰り返すことになった。惨事があったにもかかわらず、当時の財産が少しだけ手をつけられぬまま残っただけでなく、そこに利子がついて少し増えたということがグレゴールにも分かった。それに加えて、グレゴールが自分はほんの何グルデンかしか小遣いを取らず、毎月家に持ち帰った給料も全部使い果たされてしまったわけではなく、貯金され、ちょっとした資本にまで増えていた。グレゴールは、そんな慎重さや節約の精神は予想もしていなかったので、喜びながら、扉の向こうでしきりとうなずいていた。正直言うと、余っているこのお金で借金を一部返せばもっと早い時期に会社をやめられるのにとも思ったが、でも、今となっては父親のやり方が一番よかったのだろう。

しかし、このお金だけでは利子で食べていくには充分でなかった。二年くらいなら家族が食べていくこともできるかもしれないが、それ以上はどうしても無理だ。つまりそれは手をつけずにもしもの場合に備えてとっておかなければいけない額だった。生活費はこれとは別に稼がなければならない。父親は健康だがすでに五年も仕事をしていない老人で、もう仕事ができるとは思えない。父親にとっては、この五年間は、それまでの苦労ばかり多く出世はできなかった人生の中でとったことのなかった休暇のようなもので、身体には脂肪がつき、動きがのろくなっていた。父親が駄目となると年取った母親が生活費を稼がなければならなくなるわけだが、母親は喘息《ぜんそく》がひどくて家の中を歩き回るだけでも大変で、二日に一度は息が苦しくなって窓をあけてソファーに横になる。お金を稼がなければならないのは妹だということになったら、どうだろう。まだ十七歳の子供なのだから、これまで通りにお洒落したり、朝はぐっすり寝坊して少し家の手伝いをする程度で、ちょっとした娯楽に参加したり、そして何よりヴァイオリンを弾かせてやりたい。話がお金を稼ぐ必然性のことになるとグレゴールは恥ずかしさと喪失感から扉から離れて、隣に置かれたひんやりした革のソファーに身を投げた。

グレゴールは幾晩も眠らずに横たわって、革を睨んでいた。それから、大変な苦労をいとわずにソファーを窓のところまで押していき、窓の下の壁を這い上がり、ソファーに身を押しつけて窓にもたれかかった。それもただ、かつて窓から外を覗いた時に感じた何らかの解放感のようなものを思い出すために過ぎなかった。日ごとに目がかすみ、少し離れた物ははっきり見えなくなってきていた。向かいの病院については、かつてはあまりにも頻繁に目が行くので悪態をつきたくなったくらいだったが、今はもう、見たくてもよく見えない。静かだが町の中心にあるシャルロッテ通りに自分が住んでいることをもし忘れてしまったら、窓から見えるのは灰色の空と灰色の大地の溶け合った寂寥だと思ってしまったかもしれない。何でもよく気がつく妹は、ソファーが窓際に寄せられていることに気がついたのは二度だけだった。部屋をかたづけた後、ソファーを元の場所に戻しておいたのにまた寄せられている。妹は内窓はわざと開けたままにしておいた。

もしも妹と話をすることができたなら、そして礼を言うことができたなら、グレゴールのために妹がこんなにいろいろ苦労しなければならないことも少しは我慢できただろう。しかし礼が言えないので、グレゴールはなおさら苦しいのだった。妹はもちろん、こんなことになってしまった恥ずかしさをできるだけ掻き消そうとして、時間が経過すればするほど消し方もうまくなっていったが、グレゴールの方は時間がたつにつれて細部まで細かく見えてきてしまうのだった。妹が部屋へ入って来るやり方が嫌で仕方なかった。入った瞬間、他の人たちがグレゴールの部屋の中を見ないですむように、少しも間を置かずにすぐに扉を閉める。それから窓に駆け寄って、あわてた手つきで窓を思いっきり開け、どんなに寒い日でも、しばらく窓を開けたまま、まるで窒息しそうな様子で呼吸していた。この駆け込み方とそれに続く騒音が、グレゴールを毎日二度ずつ脅かした。妹が部屋にいる間、グレゴールはソファーの下で震えていた。もしグレゴールのいる部屋に窓を閉めたまま留まることができたなら、妹はグレゴールをこんなに苦しめてまで窓を開け放たないだろうことはよく分かっていた。

変身から一ヶ月たったある日、妹にとってはもうグレゴールの姿に驚く理由などなくなっていたはずなのに、いつもより少し早く部屋に入ってきて、グレゴールがじっと窓の外を見ているところに出くわしてしまった。もしグレゴールの立っている場所が邪魔ですぐに窓があけられないという理由で妹が部屋に入らなかったというならばグレゴールも驚かなかっただろうが、そうではなく、妹は部屋に足を踏み入れなかっただけでなく、後退りして扉を閉めてしまったのだった。もし事情を知らない人が見たら、グレゴールが妹に襲いかかって噛みつこうとしたのかと思ったかもしれない。グレゴールはすぐにソファーの下に身を隠したが、昼になるまで妹は姿を見せなかったし、やっと顔を見せた時も変にそわそわしていた。このことがあったせいで、妹にとってグレゴールの姿がまだ見るに耐えないものであり、これからもそれは変わらないだろうということや、ソファーからグレゴールの身体の一部がはみ出しただけでも妹は本当はすぐに逃げ出したいのに我慢してその場に留まっているのだということが身に染みてよく分かった。そんな自分の姿を妹が見なくていいようにと、ある日グレゴールは四時間かけて麻のソファーカバーを背中にかけ、身体全体が隠れるようにした。これならたとえ妹が身をかがめても、グレゴールの姿を見ることはできない。そしてもし妹が、そんな麻布は必要ないと思ったら、払いのけてくれるはずだった。グレゴールが好きで自分を包み込んでしまったはずがないことは一目瞭然なのだから。しかし妹は麻布をそのままにしておいた。グレゴールは空気を入れかえるために頭でちょっと麻布を持ち上げて、この新しい仕掛けを妹がどう受けとめたのか確かめようとした時、妹の目の中に感謝の色を見たような気さえした。

　初めの十四日間、両親は勇気を出してグレゴールのところに行くことができなかった。両親が妹のしてくれていることをどれだけ高く評価しているかをグレゴールは頻繁に耳にした。こんなことが起こるまでは両親は妹を役に立たない女の子だと思いがちで、腹を立てることさえあった。それが今となっては、グレゴールの部屋を妹が片付けている間、両親は外で待っていて、妹が出てくるなり、部屋がどんな風でグレゴールが何を食べどんな態度を取り、ひょっとして何か良い方に変化したことがなかったかなど知りたがった。母親は比較的近いうちにグレゴールを訪ねたいと思っていたが、父親と妹は理性を働かせてそれを引きとめた。グレゴールはその理由をしっかり聞き取って納得した。そのうち母親は力ずくで引き留められて、「グレゴールのところへ行かせて。可哀想な息子。あたしが行ってやらないとだめだってことが分からないの?」と叫ぶようになった。そうなるとグレゴールも、母親が入ってきた方がいいのではないかという気になってくる。もちろん毎日ではなくて一週間に一度くらいでいい。やっぱり母親の方が、まだ子供だから軽い気持ちでこんなに重い課題を引き受けてしまったというだけの妹よりも自分を理解してくれるのではないのか。

　母親を見たいというグレゴールの願いはやがて叶った。グレゴールは日中は両親に気を使って窓から外を覗かないようにしていたが、数平方メートルの広さでは床の上を充分に這い回ることもできなかったし、夜の間中横たわってじっとしているのはつらかったし、食事もそのうち少しも楽しくなくなってしまったので、困惑の末、壁や天井を這い回るようになった。そのうち天井にはりついていることがすごく楽しくなった。床に横たわっているのとは全く違って、自由に呼吸ができるし、軽い振動が身体の中を伝わっていく。グレゴールは天井にはりついている間、あまりにも幸福な困惑の中で、思わず手を放してしまい、床に落ちて驚くこともあった。自分の身体を以前とは全く違った風に動かせるようになり、上から派手に落ちても傷つくことはなかった。グレゴールが新しい楽しみを発見したことに妹も気がついた。這いずりまわったところにはネバネバした軌跡が残るからだ。妹はグレゴールが思いっきり這い回れるように、邪魔になる箪笥や机を部屋から片付けてしまおうと思いついた。一人ではできない話だったが、かと言って父親に助けを求める勇気はなかった。女中も絶対に手伝ってはくれないだろう。前に働いていた別の女中がやめてからも、意地でもやめずに頑張っているこの十六歳の少女は、台所を閉め切って中にいることを許してもらい、特別に呼ばれた時しか扉を開けなかった。だから妹は父親が不在の時には母親を呼ぶ以外なかった。呼ばれた母親は嬉しそうな声をあげてとんできたが、グレゴールの部屋の扉のところまで来ると急に黙ってしまった。もちろん妹はまず部屋の中がちゃんとしているか点検し、それから母親を中に入れた。グレゴールは大急ぎで麻布の下に潜り込み、その麻布を更に引き寄せて皺を作り、ソファーの上にたまたまそういう形で投げおかれているように見せかけた。この時ばかりは、麻布の下から母親の様子を盗み見ることも断念した。今回は母親の姿を見るのは諦めよう。来てくれただけで嬉しかった。「こっちへ来て。見えないから平気よ」と妹が母親に言った。どうやら母親の手を引っ張っているようだった。それからグレゴールはこの二人の力の弱い女たちが、なんだかんだ言ってもやっぱり重過ぎる箪笥を動かす音を聞いた。妹は、あなたには重過ぎる、と母親が注意するのにも耳を貸さずに率先して作業を進めた。随分と時間がかかった。十五分もたつと母親はもう、箪笥はこのまま置いておく方がいいんじゃないの、と言い出した。こんなに重いのでは父親の帰ってくるまでに動かしてしまうことはできないし、部屋の真ん中に箪笥があったのではグレゴールが身体をぶつけてしまうだろうし、それに、家具がなくなることが本当にグレゴールのためにいいのかどうか分からない、いいはずがないという気がする、と言う母親は、剝き出しになった壁を見ると心が押しつぶされそうになるのだった。グレゴールだって家具があることに慣れているのだから、同じ気持ちだろう。からっぽの部屋の中では、自分が見捨てられたように感じるのではないか。「それに、思うんだけど」とここで母親は、グレゴールが部屋にいることも知らないのに、そしてまたグレゴールには言葉が理解できないと信じているにもかかわらず、たとえ声の調子だけでもグレゴールには聞かせたくないとでもいうように、ぐっと声を低くしてしめくくった。「それに、思うんだけれど、家具を取り除いてしまったら、まるで、わたしたちがあらゆる希望を捨ててしまって、後はもう勝手に好きなようにやりなさいって言っているみたいでしょう。部屋をなるべくそのままにしておくのがいいと思うの。以前の通りに。そうすれば、グレゴールがまたわたしたちのところに戻ってきた時、何も変化していないわけだから、途中で起こったことを簡単に忘れることができると思うの。」

母親のこの言葉を聞きながらグレゴールは、人間に直接話しかけられることもなく二ヶ月もの間、単調な家族の生活に縛られて過ごしてきたせいで自分の思考力は混乱してしまったようだと思った。それでなければ部屋を片付けてもらった方が嬉しいなんて思えるはずがなかった。この部屋をどちらの方向にも障害なく這い回ることのできる空洞に変えてしまって、同時に人間だった過去を迅速に忘却するなんて、グレゴールは本当にそうしたかったんだろうか。実際のところ忘却はすでに進行していたのだが、長いこと聞いていなかった母親の声を耳にして、ゆさぶられたように目が醒めた。何ひとつ片付けてはいけない。そこにあるものはそのままにしておいてほしい。家具があることが自分に良い影響を与えることはどう考えても否定できない。もし家具があることが這い回る邪魔になるとしたら、それは自分にとって有益なことであっても、不利益にはならない。

残念ながら妹の意見は違っていた。妹はグレゴールに関しては両親を前にして専門家のように振る舞うことに慣れてきていて、それ自体は不当なことではなかったが、今、母親の助言に対し、妹は、簞笥と机だけでなく、ソファー以外の家具をすべて外に出すべきだと主張して譲らなかった。妹のこの要請は子供っぽい強情と、このところ予想もしていなかったような大変な苦労をしてつけた自信だけから来ているわけではなかった。妹はグレゴールが這い回るのにかなり広い場所を必要とすることや、家具は全く使っていないことをちゃんと観察していた。ひょっとしたら、その年齢の少女によくある、機会さえあれば満足感をむさぼろうとする浮かれた感情も一役買っていたかもしれない。グレゴールの環境をもっとひどいものにすれば、自分がもっとグレゴールのためにつくせるかもしれないという誘惑が妹のグレーテをそそのかしていたかもしれないということだ。剥き出しの壁をグレゴールがたった一人で支配しているその部屋にはもう、グレーテ以外の誰も足を踏み入れることができないだろう。

そういうわけで妹は母親に自分の決心を変えさせることはなかった。母親の方は、部屋の中の不穏な状態のせいで自信をなくし黙り込んでしまって、家具を運び出す妹を手伝うばかりだった。どうしてもというなら箪笥は奪われても仕方ないが、机はそのままにしておいてもらわないと困るとグレゴールは思った。女たちがふうふう言いながら箪笥を押して部屋の外に出てしまうとすぐにグレゴールはソファーの下から頭を出して、どうすれば、できるだけ慎重に、思いやりをもって次の作業を阻止することができるのか見極めようとした。不幸にして先に戻ってきたのは母親だった。グレーテはまだ隣の部屋で箪笥をかかえ左右に揺すって一人で動かそうとしていたが、箪笥はびくともしなかった。母親はグレゴールの姿を見ることには慣れていなかったので、もし一目でも見たら寝込んでしまうかもしれない。グレゴールはあわてて後退してソファーの下に潜り込もうとしたが、麻布の前の方が少し動いてしまった。母親ははっとしてそちらに注意を向け、驚愕し凍りついて、グレーテのもとへ戻っていった。

普通でないことが起こっているわけじゃない、家具の位置を変えているだけだ、とグレゴールは自分自身に何度も言い聞かせたが、それでも女たちが行き来したり、声をかけあったり、家具が床を引っ掻いたりするのが耳に入ってくると、まるであらゆる方向から町の雑踏や群衆の騒ぐ声が迫ってくるように感じられた。グレゴールは頭と足をぐっと引きつけ、腹を床に押しつけた。これ以上とても耐えられないとしか言いようがなかった。二人は部屋を片付け、グレゴールの好きだった物を持って行ってしまった。枝を切るためのノコギリやその他の道具の入っている箪笥はすでに運び出されていて、今、床に固定されている机を取り外そうとしているところだ。その机でグレゴールは商学部の学生だった頃、いや、すでにその前に市民階級のよく行く高校に通っていた頃から、いや、それどころか庶民の通うような小学校に通っていた頃から、ずっと宿題をやってきたのだ。グレゴールには二人の女の好意について考える余裕はもうなかったし、そのうち二人とも疲れきって黙ってしまい、聞こえてくるのは重い足取りばかりだったので二人の存在さえ忘れそうになった。

グレゴールは前に進み始めた。女たちは隣の部屋で机に手をついて、呼吸を整えているところだった。グレゴールは四度も方向を変えた。まず何から救えばいいのか分からなくなっていた。剝き出しになった壁に、毛皮に身を包んだ婦人の肖像画を見つけると、グレゴールは早速そちらに進み、ガラスに熱いお腹を押しつけると、ひやりとして気持ちよかった。今グレゴールが身体ですっかり覆ってしまったこの肖像画だけは誰にも奪われたくない。グレゴールは二人が戻ってくるのを監視するために首をひねって扉の方を見た。

二人はあまり休息をとらないで割合すぐに戻ってきた。グレーテは母親の身体に腕をまわして支えていた。「次には何を片付けましょうか」と言って、あたりを見まわしたグレーテの視線と、壁のところにいるグレゴールの視線が交わった。母親がいるのでグレーテは取り乱さないよう我慢しながら、母親が周囲を見まわさないように身をかがめて顔を近づけ、震えながらも思慮深くこう言った。「こっちへ来て。ちょっと居間で休みましょう。」母親を安全なところに連れて行ってからグレゴールを壁から引き離して追い払おうと考えていることは明らかだった。さあ、できるものならやってみな。グレゴールは自分の所有する絵にしがみついて、絶対に渡すまいと構えた。この絵を渡すくらいなら、グレーテの顔に飛びついてやった方がましだ。

グレーテの言葉のせいで母親はかえって不安になって横に踏み出したため、花模様の壁紙の上にある巨大な茶色い汚点《しみ》を目にすることになり、自分の目にしたものがグレゴールであることを意識する前に、「あああ神様、あああ神様」と耳ざわりな声で叫びながら、まるで持っているものをすべてソファーに投げ出すように両手を大きく開いたまま固まってしまった。「グレゴール、あんたったら!」と妹は拳骨を振り上げて、食い入るような視線を向けて叫んだ。これは変身以来、初めてグレゴールに直接向けられた言葉だった。気絶状態から目を醒まさせるのに役立ちそうな薬を捜すため妹は隣の部屋に駆け込んだ。グレゴールは妹を手伝おうと思った。絵を救うのにはまだ時間があった。身体がガラスにひっついてしまっていたので、それを無理矢理引き離して隣の部屋へ駆け込んだ。かつてのように妹に良い助言をしてやれるつもりでいたが、実際は何もできずに妹の背後で待っているしかなかった。妹はいろいろな小瓶をとっかえひっかえ捜していたが、振り返るとぎょっとして小瓶を一本床に落とし、割れて砕け散ったその破片の一つがグレゴールの顔を傷つけ、鼻をつんとつく強い薬品がかかった。グレーテは何でもいいから持てるだけの小瓶を抱えて母親のもとに急いだ。扉は足で閉めた。こうしてグレゴールは自分のせいで死に一歩近づいてしまった母親から隔離されることになった。母親の側にいなければならない妹を追い払いたくないなら扉を開けてはいけない。今は待つ以外、何もできない。自分を責める気持ちと憂慮からどうしようもなくなって、壁、家具、天井の表面を這い昇り、這い回り、そのうち部屋がぐるぐる回転し始めたかと思うと机の真ん中にボトンと落ちてしまった。

グレゴールはしばらくの間、まったり横たわっていた。あたりは静まりかえっていたが、それはいい兆候なのかも知れなかった。呼び鈴が鳴った。女中は台所に閉じこもっていたのでグレーテが扉を開けにいかなければならなかった。父親だった。「何が起こったんだ」というのが初めに口にした言葉だった。グレーテの表情がすべてを明かしてしまったのだろう。妹は多分今、父親の胸に顔を押しつけているのだろう、くすんだ声でこう言った。「かあさんが気絶してしまったの。でももう気分は少しよくなったみたい。グレゴールが脱出したの。」「そんなことだろうと思った」と父親は言った。「だから言わんこっちゃない。そんなことになるのがおちだと、わしはいつも言っていたのに、お前たち女どもは、わしの言うことに耳を貸さなかっただろう。」父親がグレーテの短すぎる報告を勝手に悪い方に解釈し、グレゴールが暴力という罪を犯してしまったと思い込んでいるらしいことがグレゴールには察せられたが、父親に事情を説明している暇はなかったし、第一そんなことは不可能だった。

それでも、少なくとも、父親の気持ちを落ち着かせてあげたいと思った。父親が控えの間から部屋に入ってきたらすぐに目に入るように、グレゴールは扉の近くへ移動し、身体を押しつけた。そうすれば、グレゴールが自分の部屋に戻るつもりで、別に追われなくても扉さえ開けてくれれば、自分からすぐに姿を消すつもりだということが一目で分かるだろう。

ところが父親は、そのような細やかな部分に目が行くような心理状態にはなかった。「ああ」と声をあげながら部屋に入ってくるなり、怒りと陽気さの混ざったような声をあげた。グレゴールは扉から頭を離して持ち上げ、父親の方に向けた。目の前に立っている父親の姿は想像していたのとは全く違っていた。最近、新しく見つけたやり方で部屋の中を這い回ってばかりいたので、他の部屋でどんな変化が起こっているのか、気にかけている余裕がなかった。事態がすっかり変化してしまっていることを予想していなければならなかったはずなのに。これは、まだあの父親なのか。昔グレゴールが出張に出かける時、寝台の中に埋葬されたように横たわっていたあの父親と同一人物なのか。出張から帰ると寝間着にガウンを羽織って肘掛け椅子にすわったまま出迎えてくれたが、立ち上がることもできず、嬉しそうに少し腕を持ち上げるだけだったあの父親。たまに日曜日や休日に、みんなで散歩に出ることがあっても、そんなことは年に数回しかなかったものの最高の祭日とでも呼びたくなるような日に、母親とグレゴールの間に挟まれて、母親ももう歩き方がゆっくりになっていたが、それより更にのろのろと、古いコートに身を包んで、杖を注意深く前へ進めながら歩く父親、そんな父親が口を開くと、家族はまわりに集まって耳を傾けたものだった。今、その父親がまっすぐに背筋を伸ばして目の前に立っている。金色のボタンのついた身体にぴったりすぎる青い制服を着ているが、それは銀行に雇われている守衛が着るような制服である。丈の長い制服の上着の硬い詰め襟の上に二重顎が堂々とせり出している。ぼうぼうと生えた眉毛の下の黒い目の玉から、いきいきとした視線がぐっと迫ってくる。いつもぼさぼさだった白髪も今は真ん中で分けられて、恥ずかしくなるくらいきちんと梳《と》かされ撫でつけられて光っている。多分銀行のマークだろうが金色の組み文字の縫い付けられたつばのない帽子を父親が投げると、帽子は弧を描いて部屋を横切りソファーの上に落ち、父親は丈の長い制服の上着の裾を靡《なび》かせ、両手をポケットに入れて、にがにがしい表情をグレゴールに向けて進んだ。自分でも何をしようとしているのか分かっていなかった。父親が足を異常に高く上げて歩くので、グレゴールはブーツの靴底がものすごく大きいことに驚いた。でも、そんなことで怖じ気づいてはいられない。新しい人生の始まったその日から、父親が自分に対してどんなに厳しくしても厳しすぎることはないと考えていることは充分承知していた。グレゴールは父親の前をうろうろし、父親が足を止めると自分も止まり、ちょっとでもまた身体を動かすと自分もあわてて動いた。そうして二人は何度か部屋を回った。決定的なことは何も起こらなかった。緩やかなテンポだったので、追い詰めているようには見えなかった。グレゴールはとりあえず動くのは床の上だけにしていた。もし壁や天井に逃げたら、特別な悪意を持っていると思われそうだった。いずれにしても、父親が一歩歩く間にグレゴールは数え切れないくらいの歩数、足を動かさなければならなかったので、このまま歩き続けるのは無理だと自分に言い聞かせた。もともと頼りにならない肺をもって生まれたのですぐに息切れがしてきた。歩き続けるためには全身の力を集めなければならず、そうして前にのめり、倒れそうになりながら進む中、ほとんど目もつぶっていて思考力が鈍っているので、どんどん歩いて行く以外、他の救いの道もあること、自分が壁に登れることをほとんど忘れかけていた。しかし、尖った飾りが彫り込んである家具にふさがれて壁に行きつくことができなくもあった。その時、何かがグレゴールのすぐ側をかすめて飛んでいって床に落ちてころがった。林檎だった。すぐに二個目が飛んで来た。グレゴールはぎょっとして立ち止まったままでいた。それ以上歩いても無駄だ。父親はグレゴールを爆弾ぜめにするつもりらしかった。食器棚の果物鉢にあった林檎を取って父親はポケットを一杯にふくらまし、よく狙いを定めることもなく、むやみに林檎を投げ始めた。小さな林檎は電気仕掛けみたいに床をころがって、お互いぶつかりあった。投げ方の弱かった林檎がグレゴールの背中をかすめ、傷つけずに滑り落ちた。すぐその後を追って飛んで来た林檎はグレゴールの背中に命中して食い込んだ。グレゴールは場所さえ移れば、驚きとともに発生した恐ろしいほどの痛みも消えるとでもいうように、その場から動こうとした。ところが釘で固定されたように動けず、五感が完全に混乱したまま伸びてしまった。自分の部屋の扉が乱暴に開けられ、何か叫んでいる妹の前に母親が躍り出て来て、さっき気を失ったので呼吸が楽になるようにと妹が服を脱がせたために母親はまだシュミーズ姿だったが、その母親が父親に駆け寄り、その時、たくしあげていた長い何枚ものスカートが次々ほどけ、それに躓《つまず》いて父親に倒れかかり、抱きつき、二人で一体になったところまでは見えたが、このへんでグレゴールの視力はほとんど機能しなくなってしまい、母親は父親の後頭部に手をあてがいながら、どうかグレゴールの命だけは助けてあげて、と嘆願したのだった。

第三章

グレゴールは一ヶ月以上も重い傷に苦しみ、取り除くことができなかった林檎ははっきり目に見える記憶として肉の中に留まったままで、父親さえもその傷を見ると、グレゴールは今は悲しくも吐き気のするような姿になっているが家族の一員であることに違いはなく、だから敵のように扱ってはいけないのであり、家族の義務の掟に従って、抵抗感があっても我慢に我慢を重ねていかなければいけないのだ、と思うのだった。

グレゴールはもう一生自由に身体を動かすことができないかもしれないし、部屋を横切るのにも負傷兵のように何分もかかったし、もう高いところを這い回ることなど考えられなかったが、このように状況がひどく悪化してしまったことと引き替えに受け取った代償は充分満足のいくものだった。夕方になるまでずっと一時間も二時間も扉を見つめていると、やがて居間に続く扉が開き、グレゴールは自分の部屋の暗闇の中から、居間の方からは姿を見られることなく、家族が明るい食卓を囲んでいる様子を見ることができ、以前とは全く違った風にではあるが、家族の会話に耳を傾けることが許されるようになった。

それはもちろん、かつてグレゴールが小さな宿の湿っぽい寝台にぐったり疲れて身を横たえる時に憧憬をもって思い描いたいきいきした家族の会話とは違っていた。みんな何も言わないことの方が多かった。父親は夕食が終わると肘掛け椅子の上で居眠りを始めた。母親と妹は音をたてないようにお互い注意し合った。母親は灯りの方にぐっと身を傾けて、洋品店に頼まれた高級下着を縫った。売り子の職を得た妹は、いつか出世してもっといい役職につきたいと望んでいたので、夜になると速記とフランス語の勉強をした。父親は時折目を醒まし、まるで自分が居眠りしていたことになど全く気づいていない様子で、「今夜もまた縫い物に精が出るなあ」などと言って、すぐまた眠ってしまう。すると母親と妹は疲れた顔で微笑みを交わし合うのだった。

何か奇妙なこだわりがあるらしく、父親は家でも決して制服を脱ごうとしなかった。寝間着は手つかずのままハンガーにかかっていて、父親はまるで上司の命令を待ち、すぐに仕事にかかる準備はできていますとでもいうように服のまま寝ていた。そのため母親と妹が一生懸命手入れしても制服はいつの間にか清潔さを失い、グレゴールはこの年取った男がシミだらけの、磨かれた金ボタンだけが変によく光る服を着て居心地悪そうに、それでも静かに一晩中眠る姿をよく目にした。

柱時計が十時を打つと母親は小声で父親を起こし、こんなところで眠ってしまったのではちゃんと睡眠がとれない、明日六時には仕事に行かなければならないのだから、と説得する。しかし守衛の職を得て以来、父親は変な意地をはるようになり、居眠りを繰り返しながら食卓のところに居残ろうと頑張り、肘掛け椅子と寝台とを取り替えさせるのには大変な苦労を要するのだった。母親と妹がどんなに忠告しても父親は十五分間もの間ゆっくり首を横に振り続け、目を閉じたまま立ち上がる気配もない。母親は父親の袖をつまんで甘やかすような言葉を耳元で囁き、妹も勉強を中断して母親を助けようとするのだが何の効き目もなく、父親はますます深く肘掛け椅子に沈んでいく。女二人が父親の脇の下に手を入れて身体を持ち上げると、初めて目を開き、ぼんやりと母親と妹を代わり番こに見ながら、こんなことを言う。「なんて人生だ。これがわたしの安らかな老後か。」二人の女に支えられて立ち上がり、まるで自分自身が重荷だとでもいうように、おたおたしながら女たちに扉のところまで運んでもらい、そのへんで手を振り払って自力で先へ進もうとするが、母親は縫い物道具を、妹は筆記用具を投げ出して、父親に手を貸そうと、あとを追うのだった。

働き過ぎで疲れ過ぎのこの家族の一体誰が、必要最小限以上にグレゴールの世話などできただろう。家の財政はますます苦しくなっていった。それまでいた女中も馘《くび》になった。代わりに、やたらと背の高い、骨張った、くしゃくしゃの白髪頭の女中が通いで朝晩二回やってくるようになり、一番大変な仕事を手伝った。それ以外の仕事は、縫い物仕事だけでも大変な母親が一人で片付けなければならなかった。それどころか、かつてはお出かけやお祝いの際に母親と妹が喜んで身につけていたアクセサリーも売られることになってしまったことが、夜みんなが「思った値段で売れた」などと話していたのでグレゴールにも分かってしまった。一番の嘆きの種は、グレゴールをどうやって運んだらいいのか分からないので、家賃が今の収入に不釣り合いに高すぎるのに引っ越しができないことだった。もちろん自分への配慮だけが理由でないこともグレゴールには分かっていた。適当な大きさの箱に空気穴をあけてそこにグレゴールを入れて輸送すればいいのだから。本当の理由は、親戚や知人を見まわしても誰も経験したことのないような不幸に打撃を受け、完全に絶望しているということだった。貧しい人たちの生活を最大限に強いられて、父親はヒラ社員の朝食運びまでしていたし、母親は知らない人の下着まで洗っていたし、妹はお客様の命令に振り回されて、店の机の向こうを走り回り、この家族にはそれ以上のことをする力はもう残されていなかった。グレゴールの傷が改めてずきずき痛み始めるのは、母親と妹が父親を寝室に送り込んだ後で仕事を放ったまま身を寄せ合い、頬をくっつけあうようにして、母親がグレゴールの部屋の方をさして、「扉を閉めなさい、グレーテ」と言い、グレゴールが再び闇に包まれると、二人の女性の涙が流れて混ざり合う、或いは二人とも涙を流すこともできずにじっと食卓を見つめている、そんな時だった。

夜も昼もグレゴールはほとんど眠らずに過ごした。次に扉が開いたら、昔のように家族の直面している問題を我が身に引き受けて解決したいと考えることもあった。もう長いこと忘れていた社長や支配人、店員や見習い、のみこみの遅い使用人、他の店にいる二、三人の友達、地方都市のホテルの小間使い、吹けば飛ぶような愛すべき思い出の数々、帽子屋のレジにいた女性、この人には求婚してみたこともあるが、のんびり構えすぎていたため、うまくいかなかった。そんな人たちが知らない人たちや忘れてしまった人たちと混ざって次々心に浮かぶ。でもその人たちはグレゴールやその家族を助けてくれるわけではないし、消えてしまったことがグレゴールにはむしろ嬉しかった。どうも家族の心配をする気分になれないので、別に何が食べたいわけでもないのに、食事の世話をきちんとしてもらえないことに腹が立ってきて、もしも食料庫に忍び込むことができたら、お腹は空いていないけれど何を盗み食いしてやろうかなどと計画し始めることもあった。妹はグレゴールが食べてくれるかどうかなど考えてみもしないで朝と昼、大急ぎで仕事に行く前に何でもいいから食料をグレゴールの部屋に足で押し入れ、夕方にはグレゴールが少しは食べたのか、それともいつものように全く口をつけなかったのか気にもしないで箒で食べ残しを掃き出すのだった。妹が毎晩行う部屋の掃除をこれ以上速い速度で行うことは誰にも不可能だったろう。壁には汚れの筋がつき、埃や汚物の塊がそこら中に落ちていた。初めの頃はグレゴールは妹が入ってくると、わざと汚れているところでじっと待っていた。でも何週間同じ場所で待っていても妹の意識は変わらなかっただろう。グレゴールに見えている汚物は妹の目にも見えていたが、そのままにしておこうと決めていた。家族全体が神経質になっていた。ことに妹は、グレゴールの部屋の掃除は自分以外の人にはさせまいと、神経質に固執し始めた。一度母親がバケツに数杯の水を打ってグレゴールの部屋の大掃除を行ったことがあったが、グレゴールは湿り気のせいで病気になりそうになって、ソファーの上でにがにがしい思いをじっと噛みしめていた。母親もその罰を免れることはなかった。妹が夜グレゴールの部屋の変化に気がつくと、最大の侮辱を受けた様子で居間に駆け込み、母親が神に哀願するように両手をあげたが効果はなく、妹は大声で泣き出し、父親は驚いて肘掛け椅子から飛び上がった。両親はしばらくの間途方に暮れていたが、そのうち自分たちも激しい感情にとらえられた。父親は、なぜグレゴールの部屋の掃除を妹に任せておかなかったのかと言って右にいる母親を責め立て、左にいる妹には、これからもうグレゴールの部屋の掃除などするな、とどなりつける。興奮のあまり我を忘れた父親を母親が寝室に引っ張っていく間、妹は拳骨で食卓を叩きながらむせび泣いた。グレゴールはそんな光景は見たくなかったし、そんな騒ぎは聞きたくなかったのに誰も扉を閉めてくれないことに腹をたてて、口からしゅっしゅっしゅと音を出した。

妹が仕事にぐったり疲れ、以前のようにグレゴールの世話をするのにウンザリしてきたからといって、母親が代わりを務めなければいけない理由はないし、ましてグレゴールの世話を怠っていいことにはならない。女中がいるではないか。この年取った未亡人はがっしりした骨格のおかげで、これまでの長い人生においてひどく忌まわしい困難も乗り越えてきたし、グレゴールを忌み嫌う気持ちは本来、持っていなかった。偶然グレゴールの部屋の扉を開けてしまったことが一度あったが、それも好奇心からわざと開けたわけでさえなかった。驚いたグレゴールが誰に追われるわけでもないのに、あちこち逃げ回るのをこの女は腹の前で両手を組んだまま感心して眺めるばかりで、その場から逃げようともしなかった。それ以来、朝晩一度は必ず、扉をほんの少し開いてグレゴールの様子を覗き見た。初めのうちは、「おいで、フンコロガシちゃん」とか「まあホントにこのフンコロガシちゃんは」と言ってグレゴールを自分の元に呼び寄せようとさえしたが、自分では心やさしい言葉をかけているつもりだったに違いない。このような呼びかけにグレゴールは全く応えず、まるで扉が開いてないかのようにソファーの上で身体を動かさずにいた。こういう女中には、グレゴールの邪魔をしている暇があったら、毎日部屋を掃除するよう指示を与えればよかったのだ。ある朝早く、雨が窓ガラスを激しく打ち始め、それはやがて来る春の兆しだったかもしれないが、女中がまたいつもの台詞を口にし始めるとグレゴールはおそろしく憤慨し、襲いかかってやるつもりで、と言ってものろのろと衰えた様子で、女中の方に身体を向けた。女中は少しも恐がってなどいないようで、扉の近くにあった椅子を持ち上げた。大きな口を開けて立っているその様子から判断すると、椅子がグレゴールの背中に叩きつけられるまではその口を閉じないつもりでいることは明らかだった。グレゴールが回れ右をすると、女中は、「それ以上は近づけないわけ？」と言って、椅子を静かに部屋の隅に戻した。

グレゴールはもうほとんど何も食べなかった。用意された食べ物に偶然ぶつかった時だけ、戯れに一口かじりとって何時間も口の中に入れたままにして、それから吐き出したりした。初めのうちは、部屋の状態を思うと気が沈んで食欲がなくなってしまったのだと思っていたが、部屋の変化には比較的すぐに適応できることがまもなく分かった。他に置く場所のない物はこの部屋にしまっておくことになってしまった。三人の紳士に部屋を貸すようになってからは、他に置き場のない物がたくさん出てきた。糞まじめな三人の紳士が顎にも頬にもびっしり髭を生やしているのを一度扉の隙間からグレゴールは見た。紳士らはあまりにも几帳面で整頓好きなので、自分たちの部屋だけでなく、ここに部屋を借りているからには、ということで家中、特に台所がきちんと片付いていなければ気がすまない。役立たずの汚いガラクタは我慢できないようで、しかも自分たちの家具を大半持ち込んだので、売りさばくことはできないけれども捨てる気にはなれない余計な物がたくさん出てきてしまい、それが全部グレゴールの部屋に場所を移されることになった。灰を入れた箱や台所のゴミ箱も同じだった。今すぐ必要ない物は、忙しい女中がすぐにグレゴールの部屋に放り込んだ。グレゴールの目には幸い、放り込まれる物とそれを持った手しか見えなかった。女中は時間と機会があればそれらの物をまた部屋から出すつもりだったのかもしれないし、または、いつかまとめて捨てようと思っていたのかもしれないが、実際は何もかも最初に投げ込んだままで、もしグレゴールがゴミとガラクタの真ん中で身体の方向を変えることがなかったら動かされることもなかっただろう。もう這い回る場所がなかったので、ゴミとガラクタを押し分けて進むしかなかったのだが、そのうち、踏み越え押し除けて進むのが面白くなり、最後には死にたくなるほど疲れて悲しくなって静止し、そのまま何時間も身体を動かさないでいた。

間借り人の紳士たちが居間で夕食をとることがあったので扉は閉められたままだったが、グレゴールにとってはもはや扉の開かれるのを諦めるのはやさしいことだったし、たとえ開いていてもその好機会を利用することもなく、家族に気づかれないまま部屋の暗い隅に横たわっていた。一度、女中が扉を開けたままにしていたことがあり、間借りしている紳士たちが電気をつけてもまだ開けたままだった。三人はかつて父親と母親とグレゴールがすわっていた食卓についてナプキンを広げ、ナイフとフォークを手に取った。するとすぐに扉のところに母親が肉の深皿を持って現れ、ジャガイモが山と積まれた深皿を持った妹がそれに続いた。食べ物からは湯気がもうもうと立ちのぼっていた。紳士たちは前に置かれた食器の方に身をかがめ、まるで食事を点検しているように見えたが、実際、一番権威のある真ん中の紳士が肉を少し切り取って、ちゃんと柔らかいか、それとももう一度台所につきかえす必要があるか味見し、どうやら満足したようだったので、張りつめた顔で様子を見守っていた母親と妹はほっと息をついて微笑んだ。

家族は、自分たちは台所で食事をとった。父親は台所に入る前に一応居間に顔を見せ、帽子を脱いでお辞儀しながら、食卓を一周した。紳士たちは立ち上がり、髭の中でなにやらもごもご言っていた。自分たちだけになると、紳士たちは全く口をきかずに食事した。食物摂取の際たてられるいろいろな物音の中で、物を嚙む歯の音がひときわはっきりと聞こえてくるのがグレゴールには不思議に思えた。まるで、どんなに素晴らしい顎を持っていても、歯がなければどうしようもないのだ、と言われたような気がした。「食欲はあるんだ」とグレゴールは心配そうにつぶやいた。「でも、ああいう物は食べたくないんだ。間借り人の紳士たちのようなものを食べるくらいなら、死んだ方がましだ。」

まさにこの晩、グレゴールがもう長いこと耳にしていなかったヴァイオリンの音が台所から聞こえてきた。三人の紳士はすでに夕食をすませ、真ん中の紳士は新聞を取り出して他の二人に一枚ずつ渡し、三人は椅子の背にもたれて葉巻を吸いながらそれを読んだ。ヴァイオリンの演奏が始まると、三人はそちらに注意を向けて立ち上がり、控えの間の扉のところまでつま先で忍び寄って、そこにぴったり身体を寄せ合って立った。それが台所から聞こえたのか、父親が、「お耳に障るようでしたら、すぐにやめさせますけれど」と大声で言った。「いいえ、とんでもない」と真ん中の紳士が答えた。「お嬢様、こちらにお入りになって演奏なさいませんか。ここの方がずっと気持ちがいいし、落ち着くでしょう。」「では、そうします」と父親はまるでヴァイオリンを弾くのが自分であるかのように答えた。紳士たちは部屋に戻り、やがて父親が譜面台を持ち、母親が譜面を持ち、妹がヴァイオリンを持って部屋に入ってきた。妹は落ち着いて演奏の準備を始めた。それまで人に部屋を貸したことなどなかった父親は間借り人に変に遠慮して、自分の肘掛け椅子なのにすわることもできないまま、指を上着のボタンの穴に突っ込んだ姿勢で扉にもたれて立ち、母親は紳士の一人に勧められてすわりはしたが、すっかり恐縮してしまって、そのまま肘掛け椅子の位置を動かさなかったので、とんでもない隅っこにすわることになってしまった。

妹は演奏を始めた。父親と母親は妹の手の動きを両側からじっと見守っていた。グレゴールは演奏にひきよせられ、思い切って前に進み出ていった。気がつくと、頭を居間に突っ込んでいた。まわりの人に迷惑をかけることはもう気にならなかったし、そういう自分に驚くということさえなかった。かつてのグレゴールは、人に絶対迷惑をかけないということだけを密かに誇りにしていたのに。実はいつも以上に身を隠さなければならない理由があった。部屋が埃だらけだったので、その中で動き回っているうちにグレゴールの身体もまた埃だらけになってしまったのだ。糸くず、髪の毛、食べ残しなどを背中につけた姿で、もう何もかもどうでもよくなっていたので、以前のように一日に何度も背中を絨毯にこすりつけることもしなかった。そんな状態だったのに、しみひとつない居間の床にグレゴールはためらうことなく踏み出していった。

誰もグレゴールに注意を向ける者はいなかった。家族はヴァイオリンの演奏にすべての注意を向けていた。それに対して紳士たちはズボンのポケットに手を入れて譜面台の後ろから妹に接近し、楽譜が読めそうなくらい近づいたので、妹は邪魔に感じただろう。そのうち無遠慮におしゃべりを始め、身体をこごめてまた窓の方に引き下がっていった紳士たちを父親は心配そうに観察していた。美しい楽しいヴァイオリンの演奏を聴こうと思ったのに失望し、もうこの出し物にはうんざりだけれど礼儀上つきあっているだけだ、ということを明らかに示していた。三人とも口と鼻から葉巻の煙を上に吐き出し、そのやり方がいかにもイライラしている感じだった。でも妹の演奏はすばらしかったのだ。首を横にかしげ、悲しげに、確かめるように妹の視線は楽譜の線を追っていた。グレゴールはもう一歩前に這い進み、もしかしたら妹の視線をとらえることができるかもしれないと願って頭を床に近い位置に保ち続けた。音楽にこんなに心を動かされているグレゴールは、本当に虫獣だったのだろうか。未知のあこがれの食べ物にでも引きよせられるように妹のところまで進み、スカートをひっぱり、ヴァイオリンを持って僕の部屋においでよ、僕以外の奴には演奏してやる価値がないのだから、とほのめかす決心をした。グレゴールは、もう二度と妹を自分の部屋の外へは出さないつもりだった。少なくとも自分の生きている限りは。恐ろしい姿をしていることが初めて役に立つことになるだろう。全部の扉を同時に守り、外から攻めてくる者たちを唸り声で追い返そう。でも妹には閉じ込められているということでなく、自分の意志でこの部屋にとどまり続けてほしい。そしてソファーのグレゴールの隣に腰掛けて、片耳を少しさげてグレゴールの言葉に耳を傾けてくれたら、グレゴールは、実は妹を音楽大学に送るつもりだったということを打ち明ける。こんな不幸さえ起こらなかったらクリスマスに、そう、クリスマスはもう終わってしまったんだっけ、クリスマスに、グレゴールは妹を音楽大学にやるつもりだと固く決心していることを家族に打ち明けて、たとえどんなに反対されても折れないつもりだった。それを聞いて妹は感動の涙を流し、グレゴールは妹の脇まで身体をぐっと持ち上げて、仕事に行くようになってからはリボンも高い襟もつけなくなった妹のむきだしの首に接吻する。

「ザムザさん」と真ん中の紳士が父親に向かって叫び、それ以上何も言えないまま、ゆっくりと前へ進むグレゴールの方を人差し指でさした。ヴァイオリンの音がやみ、真ん中の紳士は、微笑みを浮かべたまま両隣の仲間に向かって首を左右に振ってみせ、それからまたグレゴールの方を見た。父親はグレゴールを追い出すよりも紳士たちを安心させることの方が大切だと思ったようだったが、紳士たちは不安げには見えず、むしろヴァイオリン演奏よりグレゴールを出し物として楽しんでいるようだった。父親は紳士たちのところに駆け寄り、腕をひろげて部屋に押し戻そうとし、同時に自分の身体でグレゴールの姿が見えないように隠した。紳士たちは少し腹を立て始めた。それが父親の態度のせいなのか、それともグレゴールのような隣人の存在をこれまで知らなかったという認識が芽生えたせいなのかは分からなかった。父親に説明を求め、自分たちも腕をあげ、神経質そうに髭をいじりながら、部屋にじりじりと退散していった。妹は演奏を中断させられ気が抜けたように、しばらくはだらりと下ろした手にヴァイオリンと弓を持ったまま、まるでまだ演奏を続けているかのように楽譜を見つめていたが、そのうち喪失感に打ち勝って、ぶるぶるっと力を振り絞り、楽器を母親の膝の上に置いた。母親は苦しそうに肺を必死で動かして呼吸しながらまだ肘掛け椅子にすわったままだったが、妹は父親に押し戻されそうになっている紳士たちよりも先に隣の部屋に行きついた。妹に慣れた手つきで寝台から空中に投げあげられた掛け布団や枕は、ちゃんとした位置に落ちてきて、あっという間に寝床は整えられた。紳士たちが入ってくる前に、整えられた寝台を後にして妹は、するっと部屋から抜け出した。父親は頑固さに取り憑かれ、間借り人に対して払うべき敬意を忘れ、紳士たちを力ずくで押し戻そうとしたが、とうとう真ん中の紳士が足で床をどんと踏み鳴らして雷を落としたので動きをとめた。紳士は、「これをもって」と口を切り、手を振りあげ、母親と妹の姿を視線で捜し出してから、「この家と家族を支配している悪寒の走るような生活環境を考慮した結果」とそこまで言って一大決心でもしたように床につばを吐き、「賃貸借契約を解消します。当然ながらこれまでの家賃は払いません。それだけではなく、賠償金のようなものを請求しようかと考えていますので覚悟していてください」と締めた。それから前方を見つめ、何かを待っているようだった。案の定、二人の仲間が声を揃えて付け加えた。「そうだ、我々はすぐに賃貸借契約を解消する。」それを合図に真ん中の紳士は扉の取っ手をつかんで、ばったんと閉めた。

父親は手探りで肘掛け椅子を捜し、がっくり腰をおろし、それからいつものように居眠りするために身体を伸ばしたが、支えのなくなった頭があまりにも大きくこっくりこっくり動くので、本当は眠っていないことは明らかだった。グレゴールは紳士たちに見つかってしまってから、ずっと同じ場所に静かにしていた。自分の計画が失敗してがっかりしていたせいで、それからひょっとしたら栄養失調で身体が弱ってしまったせいもあって、動くことができなかった。次の瞬間すべてが崩壊して自分の上に落ちかかってくることを確信し恐れながらもグレゴールはそれを引き受けるつもりで待っていた。だから母親の震える指の間から逃れて、床に落ちて響き渡るヴァイオリンの音にさえ驚かなかった。「最愛のお父様、お母様」とそこまで言って、これから本題に入るというように妹は机を叩いた。「このまま放ってくわけにはいきません。お父様お母様は見たくないかもしれないけれどわたしには見えるんです。このカイブツを兄さんの名前で呼ぶのはもうたくさん。だから思い切って言いますが、どこかに捨ててしまいましょう。わたしたちは人間にできる限りのことはしてきた。世話をし我慢してきた。だから誰もわたしたちを非難することはできない。」

「この子の言うことは幾重にも正しいよ」と父親は自分自身のために言った。まだ充分呼吸できずにいる母親は、正気でない表情を目に浮かべて口を手で隠し、くすんだ咳をし始めた。

妹は母親のもとに駆け寄り、その額を手で押さえた。父親は妹の言うことを聞いていて、ある考えが浮かんだようで、背筋を伸ばしてすわりなおし、まだ片付けてない紳士たちの夕食の皿の間で自分の制服の帽子をいじくりながら、静かにしているグレゴールの方に時々目をやった。

「捨てることができないか、やってみるべきよ」と妹は今度は、母親は咳込んで何も聞こえない状態だったので、父親に向かってそう言った。「二人とも死んでしまうわよ。仕事だけでもこんなに大変なんだから、家でも永遠の苦痛の種が待っているなんて耐えられない。あたしもうこれ以上がんばれない。」妹は激しく泣き崩れ、機械的な手つきで払われた涙が母親の顔にぱらぱら降りかかった。

「我が子よ」と父親は同情をこめて、大げさなくらい理解をしめしながら言った。「でも一体どうしたらいいと言うんだい。」

妹は初めは自信ありげだったのが泣いているうちにどうしていいのか分からなくなってしまったようで肩をすくめてみせた。

「われわれの話していることがグレゴールに理解できたらなあ」と父親は半分問いかけるように言った。それまで泣いていた妹は、それを聞いて振り払うように手を動かした。そんなことはありえない、という意味だった。

「もし、グレゴールが理解してくれたら」と繰り返しながら父親は、そんなことはありえないという娘の意見を自分の中にもう一度取り込もうとでもするようにぐっと目を閉じて、「もし理解してくれたら、どうしたらいいのか、いっしょに考えることもできるんだろうけれど、こんな風だと……」

「手放すしかない」と妹が叫んだ。「それ以外考えられない。お父さん、これがグレゴールだって思うからいけないのよ。そもそもこんなに長い間、これがグレゴールだって信じ続けたのが、わたしたちの不幸の始まりだと思う。だってそんなこと、どう考えてもありえないでしょう？　もしこれがグレゴールなら自分から家を出て行ったはずでしょう。こんな虫獣が人間といっしょに棲むのは無理だってことグレゴールならすぐに分かったはずでしょう？これが出て行ったら、確かにわたしはきょうだいを失うことにはなるけれど、その代わり兄さんのことをいつまでも誇りをもって思い出すことができる。でもこのままでは、この虫獣はわたしたちにつきまとって、間借りの紳士たちを追い出すだけでなく、そのうち自分だけで家中を使うつもりでいることは明らかだわ。そうしたら、わたしたちは道端で眠らなければならなくなる。ほら、お父さん、見て」と妹は突然叫んだ。「また始まった。」グレゴールにはなぜ妹が驚愕したのか見当もつかなかったが、まるで、グレゴールに近づくくらいなら母親を生け贄にした方がましだとでもいうように妹は母親の肘掛け椅子を突き放すように離れ、父親の背後に身を隠し、その動きに刺激された父親は立ち上がり、妹を守るように腕を半分あげかけた。

しかしグレゴールには誰かを、まして妹を恐がらせるつもりは毛頭なかった。自分の部屋に戻るために回れ右を始めたのだが、体調が悪く、なかなか向きが変えられず、頭を持ち上げてその勢いの助けを借りようとしたところ、頭を何度も床にぶつけ、ひどく目立つことになってしまった。

グレゴールは動きをとめてまわりを見回した。悪気のないことだけはどうやら分かってもらえたようだ。みんなもちょっと驚いたのだろう、黙って悲しそうにグレゴールの方を見ていた。母親は両脚をぎゅっと締め付けて肘掛け椅子にすわっていたが、体力の消耗がひどく、目が今にも閉じそうだった。妹は隣にすわっている父親の首筋に手をあてがっていた。

「もう回れ右しても平気かな」と思って、グレゴールは作業を再開した。あまり大変なのでふうふういう声を抑えることができなかったし、時々休まなければならなかった。誰も急《せ》かす人はなく、こちらのいいように任されて、身体の向きを変え終わると部屋にまっすぐ戻っていった。部屋が遠く感じられ、ついこの間まではこの弱った身体で部屋までの距離など意識せずに戻ることができたのが信じられなかった。先へ先へとなるべく速く這うことだけが頭にあったので、家族が何か言ったり叫んだりして邪魔しないことにも気がつかなかった。やっと扉の内側に入ったところで振り返ってみたが、振り返ると言っても硬くなった首は半分しか回らなかった。背後の状況は全く変わっていないことが分かり、ただ妹が立ち上がっているのが見え、すっかり眠り込んでしまった母親の姿が最後に見えた。

　部屋に入った途端、扉が大急ぎで閉められ、鍵がかけられ、閉じ込められてしまった。それからグレゴールは大きな音に驚かされ、脚ががくっと曲がってしまった。あわてて扉を閉めたのは妹だった。立ち上がって待ちかまえていて、軽やかな足取りで素早く近づいてきたのでグレゴールには来るのが聞こえなかったのだ。妹は鍵をまわしながら、「やっと入った」と両親に向かって言った。

「これからどうなるんだろう」とグレゴールは暗闇の中を見まわして自問した。自分が全く動けないことを発見しても驚く気にさえなれなかった。むしろこれまでこんな細い脚で歩くことができたことの方が不自然に思えた。それでいてグレゴールは今の状態を比較的快適にも感じていた。身体にまだ痛みは感じたが、その痛みがどんどん弱くなって消えていくようだった。背中の中で腐った林檎とそれを囲む柔らかい埃に包まれた腫れもほとんど感じられなくなっていた。家族のことを振り返って想うと、心を揺さぶられ愛情さえ湧いてきた。決め手となったのは妹の意見ではなく、自分は消えるべきなのだというグレゴール自身の意志だったかもしれない。からっぽで平和な気持ちで物思いにふけりながら午前三時を告げる鐘の音を聞いた。窓の外が全体的に明るくなり始めるところまでは感じとることができた。その後自分の意志とは無関係に頭ががっくり落ちて、鼻の穴から最後の息が弱々しく吐き出された。

翌朝早く女中が来て、この人は力があり余っている上にいつも急いでいるので気をつけるようにと何度も注意されたのに、扉をばたんと乱暴に閉めるので、この人が来ると家の中にはもう安らかな眠りなど存在しなかった。女中はいつものようにグレゴールの様子を覗いたが特に変わったことはないように見えた。わざとそんな姿勢で寝そべって身体を動かさず、ふてくされている演技でもしているのだろうと思った。こいつならやりかねないことだ。たまたま柄の長い箒を手に持っていたので、それを使って扉のところからグレゴールをくすぐってみた。なんの反応もなかったので腹を立ててグレゴールの身体を箒で押してみると、何の抵抗もなくその身体が押され動いたので、はじめて変だなと思った。事態の真相が明らかになると、目を大きく見開いて、ぴゅーっと口笛を吹き、しかしそこに長く留まってはいないで、寝室の扉を乱暴に開けて中の暗闇にむかって叫んだ。「見てください、くたばりましたよ。完全に死んでます。」

ザムザ夫妻は寝台の上に並んですわって、自分たちの意見をまとめる前に、とりあえず女中に与えられた心の衝撃を乗り越えようとしていた。それからザムザ氏とザムザ夫人は両側からそれぞれ急いで寝台から下りて、ザムザ氏は毛布を肩に掛けて身を包みザムザ夫人は寝間着のままでグレゴールの部屋に入っていった。そうするうちに居間の扉も開いた。紳士たちに部屋を貸すようになって以来、グレーテは居間で寝ていた。グレーテは服を着ていた。一睡もしなかったらしいことはあおざめた顔を見ても分かった。「死んだの？」と訊きながらザムザ夫人は女中の顔を見上げ、それでも自分で確認しようとし、また、確認しなくても分かるという様子でもあった。「そういうことなんです」と言って女中は、その証拠に箒でグレゴールの死体を脇にぐっと大きく押してみせた。ザムザ夫人は箒の動きをとめるような身体の動きをしたが実際にはとめなかった。「さて」とザムザ氏が言った。「これで神様に感謝できるな。」ザムザ氏が十字を切ると、三人の女たちもそれに従った。グレーテは死体から片時も目を離さずに、「見て、こんなに痩せていたのね。もう長いこと何も食べなかった。食べ物を差し入れても口をつけないから、そのまま運び出していたの」と言った。実際グレゴールの身体はぺしゃんこで乾いていて、それが今、脚が身体を持ち上げることもなくなり、他に注意をそらす物もなくなったせいで目立った。

「グレーテ、ちょっとわたしたちの寝室に来なさい。」ザムザ夫人が鬱々とした微笑みを浮かべてそう言うと、グレーテは死体の方を一度振り返ってから両親の後に続いた。女中は扉を閉めて窓をいっぱいに開けた。まだ朝早いのに、空気にはすでに生暖かさが混ざっていた。もう三月も終わろうとしていたのだ。

三人の紳士たちが部屋から出て来て、おかしいなという目で朝食を捜した。朝食の用意はすっかり忘れられていた。「朝食はどうなっているんですか」と真ん中の紳士が不機嫌そうに女中に訊いた。女中は唇に指をあてて、紳士たちにせわしなく手招きし、グレゴールの部屋に来るように合図した。紳士たちはくたびれたガウンのポケットに手を入れて、すっかり明るくなった部屋に横たわったグレゴールの死体を囲んで立った。

その時、寝室の扉が開いて制服を着たザムザ氏が妻を片側に、もう一方には娘を連れて登場した。みんな顔に泣いた痕跡があった。グレーテは時々父親の腕に顔をうずめた。

「今すぐに出て行ってください」と言ってザムザ氏は、女たちを自分の側から離さぬまま、扉の方を指さして紳士たちに言った。「どういうことです」と真ん中の紳士が狼狽して甘く微笑みながら訊いた。あとの二人はこれから大喧嘩になるのが楽しみで仕方ないというように背中で両手を擦り合わせていたが、その喧嘩はもちろん自分たちに有利に終わるはずだと信じているようだった。「今申し上げたとおりです」と答えて、ザムザ氏は二人の味方を左右に従えたまま真ん中の紳士の前に進み出た。紳士はじっと床を睨んでいたが、そうしていれば頭の中で物事がまた秩序を取り戻すと思ってでもいるようだった。「それでは出て行きます」と紳士は言って、急にへりくだることを強制させられ、出て行くにも許可をもらう必要があるかのようにザムザ氏を見た。ザムザ氏は目を見開いたまま何度も小さく頷いてみせた。紳士は大股で控えの間に入っていった。あとの二人の紳士は手を動かすのをやめてそれまで事の成り行きに耳を傾けていたが、ここで急にぴょんぴょんとリーダーの後に続いた。ザムザ氏が自分たちよりも先に控えの間に入って、自分たちとリーダーを結ぶ絆《きずな》が途絶えてしまうことが急に不安にでもなったようなあわてようだった。三人の紳士たちは控えの間で帽子掛けから帽子を取りはずし、杖立てから杖を引き出し、黙ってお辞儀をして、家を出て行った。これといった根拠のない不信感からザムザ氏は二人の女を連れて玄関のところまで出て、手すりに身体を押しつけて、三人の紳士たちがゆっくりと、しかし途中で立ち止まることなく長い階段を降りて行き、一階ごとにある曲がり角で見えなくなっては、また姿を現すのを見届けた。三人が降りて行けば行くのに従ってザムザ一家の紳士たちへの関心は薄れていき、肉屋の若い男が頭に箱を載せて胸を張って階段を上ってきた時にはザムザ氏は女たちといっしょに踊り場を去って、ほっとして室内に戻るところだった。

今日は、ゆっくり休んで散歩に行くことにした。仕事を休む権利があるだけでなく、どうしても休む必要があった。机にすわって、三通、仕事を休むことを詫びる手紙を書いた。ザムザ氏は幹部に、ザムザ夫人は顧客に、グレーテは店主に宛てて書いた。書いている途中、女中が朝の仕事は終わったから帰ります、と言いに入ってきた。初めは三人とも顔もあげないで頷いただけだったが女中が帰ろうとしないので、腹立たしく感じて顔を上げた。「何だね」とザムザ氏が訊いた。女中は扉のところに立ってニヤニヤしていて、まるで幸福な知らせがあるのだけれどちゃんと質問してくれなければ教えてあげない、という顔をしていた。帽子についたまっすぐ立ったガチョウの羽根が雇った時からザムザ氏の気に障っていたが、今その羽根があらゆる方向にかすかに揺れていた。「何なんですか」とザムザ夫人が訊いた。女中はこの人にだけは一応敬意を払っていたので、「あのですねえ」とそこまで答えたが、友愛の微笑が溢れてくるので、なかなか先が続けられないようだった。「隣のあれをどうやって処理するかについては心配なさらなくても平気です。処理しておきますから。」ザムザ夫人とグレーテは身をかがめて手紙の続きを書いている振りをした。女中がどうやって処理するのかくわしく話そうとすると、ザムザ氏は開いた手を伸ばしてきっぱり止めた。話させてもらえなかったので屈辱を感じ、急いでいることを思い出して、女中は、「そいじゃ、みなさん、また」と言って、くるっと向こうを向いて、ものすごい音をたてて扉を閉めて去って行った。

「今夜、馘《くび》にしよう」とザムザ氏は言ったが、妻からも娘からも答えが返ってこなかったのは、せっかく取り戻した平和を女中がまたかき乱したからだった。二人は立ち上がって窓のところへ行き、腕で支え合って立っていた。ザムザ氏は二人の方を振り返り黙ってしばらく観察していたがそのうち、「もういいから、こっちへ来なさい。過ぎたことは忘れて。少しはわたしのことも考えてくれ」と言った。女たちはすぐにこの言葉に従い、ザムザ氏のところへ行って愛情深く身体をさすり、そのあと急いで手紙を書き終えた。
それから三人はいっしょに外出した。何ヶ月ぶりだろう。郊外の自然をめざして電車で出かけた。三人以外には誰も乗っていない車両は暖かい日の光に満ちていた。座席に快くもたれて、将来どんなことをしようかと話し合った。よく考えてみると将来は明るく、三人ともお互いにそれまでよく話し合ってみなかったがそれぞれ悪くない職についているし、これからのことを思うとかなり有利な条件であるとさえ言える。今一番生活条件を向上させてくれるのは引っ越しだった。今住んでいる住居はグレゴールが捜したものだったが、それより小さくて家賃の安い、でももっと場所のいい、もっと便利な住居に移るつもりだった。そうやっていろいろ話し合っているうちにザムザ夫妻は次第にいきいきしてきた娘を見ながら同じことを考えていた。このところ大変な弊害のせいで顔があおざめていたにもかかわらず、娘は美しく華やかな女性に成長していた。二人は言葉少なになり、自分たちでも気づかぬうちに視線だけで理解し合いながら、誠実な男性を娘のために捜してやる時期が来たと思った。そして電車が目的地に着くと娘がまず立ち上がり、若々しく身体を伸ばしたことが、両親には自分たちの新しい夢と意図の正しさをしめす証のように思えた。

（多和田葉子＝訳）

祈る男との会話

わたしには、来る日も来る日も教会に通っていた時期があった。わたしの恋していた少女が、祈りに来ていたのだ。少女は床に膝をついて毎日夕方に半時間ずつ祈っていたので、わたしはじっくり少女を観察することができた。

一度少女が姿を現さず、わたしは不機嫌になって祈っている人々を眺めていたことがあったが、その中で目にとまったのが、瘦せ衰えた身体を床に投げ出して祈っている若い男の姿だった。男は何度も全身の力を振り絞って自分の頭を両手でつかみ、深い溜息とともに、石の床の上に叩きつけるのだが、その際、まず両手が床に置かれ、その上に頭が叩きつけられることになる。

教会には数人、年取った女たちが来ていたが、布に包まれた頭を横に傾けて、男の様子を何度も見ていた。男は注目されていることを幸せに感じているようで、信仰の発作的な表現の前に必ず一度、まるで数限りない観客がそこにいるかのように周囲を見回した。わたしにはそれがその場にふさわしくない行為に思え、男が教会から出る時に呼びとめて、どうしてそういう祈り方をするのか訊いてみる決心をした。そう、わたしは腹を立てていたのだ。待っていた少女が来なかったので。

ところが男は一時間もしてからやっと立ち上がり、丁寧に十字を切ってから、背中を押されたように洗礼盤の方に進んだ。わたしは洗礼盤と扉の間に立ちはだかり、説明してくれなければ通さないつもりだった。それから口をぎゅっとゆがめたが、これは覚悟を決めて話をする時にわたしがいつもやる準備運動だった。わたしは右足を前に出して体重をかけ、左足はつま先だけいい加減に地につけていた。そんな姿勢がなぜか安定感を与えてくれた。

もしかしたらお清めの水で顔を濡らしながら、男はすでに横目でこちらの様子をうかがっていたのかもしれない。わたしのことを心配の種として意識していたのかもしれない。驚いたことに、男は不意に扉に向かって駆けだした。ガラスの戸がバタンと閉まった。あとを追って外に出てみると、もう男の姿は見えず、そこにあるのは何本もの細い路地と雑踏だけだった。

それから数日の間、男は現れなかったが、わたしの少女はやって来た。肩のところに透けたレースの付いた黒いワンピースを着て、肌着の描く半月がその奥にあり、美しい形の絹の飾り襟がレースから下へ伸びていた。少女が来たのでわたしは男のことは忘れてしまい、そのうち男がまた定期的に来るようになって祈っていても、全く気に留めずにいた。男はわたしの側を通り過ぎる時はいつも急いでいる様子で、顔を背《そむ》けて通った。この男は動いているところしか想像できない。たとえ男が立ち止まっていてもこそこそ動いているように見えてならなかった。

一度、家を出るのが遅れてしまったことがあった。それでも教会へは行ってみた。少女はもういなかったので家に帰ろうと思った。すると例の男が床に伏せていた。先日の出来事を思い出すと好奇心が湧いてきた。

わたしはつま先立って扉に滑り寄り、盲目の物乞いに硬貨を渡し、その隣の開いた扉の裏に身を押しつけた。一時間もすわっていただろうか、わたしはずっと狡猾《こうかつ》な顔つきをしていたに違いない。そこにいると気分がとてもよかったので、これからも頻繁に来ようと決心した。二時間目に入ると、祈る男のためにそこにすわっていることが無意味に思えてきた。そのくせ三時間目になってもまだその場にいて、服の上を這っていく蜘蛛《くも》に腹を立てながらも黙って許してやっていると、最後に残った人たちが教会の闇の中から出てくる息づかいが聞こえた。

男も出て来た。男は用心深く、一歩踏み出す前に床を足で探っていた。

わたしは男が踏み出す前に立ち上がって、まっすぐに大幅の一歩を踏み出し、若い男を捕まえた。「こんばんは」と言って、手で男の襟首をつかんで押しながら階段を降り、明るく照らし出された広場に出た。

階段の下に着くと、男はぐらつく声で言った。「こんばんは、心優しいご主人様、どうか腹を立てないでください、わたしを忠実な下僕と思ってください。」「よろしい」とわたしは言った。「これからいくつか質問をする。前回は逃げ出したが、今回はそうはいかないぞ。」

「慈悲深いご主人様、どうか家に帰らせてください。わたしは哀れな奴です。本当にそういうことなんです。」

「だめだ」とわたしは、通り過ぎていく路面電車の騒音の中で叫んだ。「帰らせない。こういう話が好きなんだ。あんたという獲物が手に入って運が良かった。自分自身に、おめでとうと言いたいところだ。」

「ああ、神様！　あなたは、柔らかい心と堅い頭をお持ちです。わたしのことを手に入ってよかった獲物と呼ぶなんて、どれほど幸福な方なんでしょう。わたしの不幸はぐらぐら揺れる不幸、細い先端で揺れる不幸で、それに触ったら質問を発した人の上に落ちてくるんですよ。それではごきげんよう。」

「よろしい」と言いながら、わたしは男の右手をつかんだ。「返事をしないなら、今、道の真ん中で大声で叫ぶぞ。仕事を終えて出てくる女の子たちとその子たちに会うのを楽しみにしている恋人たちがいっせいに駆け集まってくるだろう。馬車がひっくり返ったか、それに類することが起こったと思ってね。そうしたら、わたしはあんたをみんなの見せ物にしてやる。」

男は泣きながら、わたしの左右の手に交互に接吻した。「あなたの知りたいことなら何でもお答えします。でも、お願いですから、そこの脇道に入ってください。」わたしは頷《うなず》き、わたしたちは路地に入った。

しかし男は、かなりの間隔を置いて黄色い灯がついていて、あまり暗くない路地が気に入らず、古い家の天井の低い廊下にわたしを導いていった。家の前には木でできた階段の上に水滴のような形の小さなランプがさがっていた。

男はそこで意味ありげにハンカチを取り出し、階段の上に広げて、「どうかおすわりになってください。その方が質問しやすいでしょう。わたしは立ってます。その方がうまく答えられるんです。でもあまり苦しめないでくださいね」と言った。

わたしは腰を下ろし、目を細めて男を見上げて言った。「あんたは、完璧な精神病患者だね。教会の中での態度と言ったら。本当に腹立たしいよ。見ている人たちはどんなに不快だろう。あんたが目に入ったら、瞑想的な気分になどなれっこない。」

男は身体を壁に押しつけ、頭だけが宙でふらふら動いていた。「どうかお怒りにならないでください。ご自分と関係のないことになぜ腹を立てるのですか。わたしは自分が拙いことをしてしまった時には腹を立てます。でも他の人の態度が悪い時には嬉しくなる。ですから、怒らないでください、わたしがこう言っても。これがわたしの人生の目的なんですよ、他の人たちに見られるということが。」

「何を言っている！」と、わたしは怒鳴ってしまい、天井の低いところでそんな大声を出す必要はなかったのだが、声を弱めるのが恐かった。「本当に何を言っているんです。察しはつきますよ、あれじゃないかな、初めて見た時から、あんたがどういう状態にあるのか察しがついたんです。わたしはいろいろ経験を積んでいるんでね。これは陸地で起こる船酔いです。冗談で言っているんじゃありませんよ。この種の船酔いの本質はね、あんたが物事の真の名前を忘れて、その事物に対して、偶然見つけた名前をあわてて押しつけてしまうところにある。とにかく早く、早くってわけでね。ある名前から逃げだした途端に、あんたはもうその名前を忘れている。野原のポプラ（パッペル）を『バベルの塔』と呼んでしまうのは、それがポプラであることを知らないから、あるいは知りたくないからだ。それが名前もないままにゆらゆら揺れると、あんたはそれを『酔っぱらったノア』と名付けるしかなくなる。」

その時、男がこう言ったので、わたしはちょっと狼狽《ろうばい》した。「あなたのおっしゃることが理解できないことを嬉しく思います。」

わたしは興奮し、敏捷《びんしょう》に反応した。「嬉しく思います、と言うのが、理解した証拠だ。」

「確かにそうかもしれない。でも旦那も随分、奇怪なことを口にしましたよ。」

わたしは上の段に両手を載せて、身体を後ろにもたせかけ、ボクサーにとっては最後の救いである、この攻めにくい姿勢で質問した。「あんたの救済のやり方は本当に笑えるよ。自分のおかれた状態に他人もおかれているとまず想定するわけだろう。」

これを聞いて男は大胆になった。身体全体を一つにまとめるように両手を組み合わせて、しぶしぶ言った。「違います。わたしはすべての人間に対して、そうしているわけではありません。たとえば、あなたに対してはそんなことはしていません。なぜなら、それは無理だからです。でも、もしそれができたなら、教会の中にいる人たちの注目を浴びる必要などなくなります。わたしがどうして注目されることを必要としているのか、おわかりですか。」

この質問がわたしを困惑させた。もちろん知らなかったし、知りたくもなかった。わたし自身ここへ来たくはなかったのだが、耳を傾けるようにこの人間に強制されたのだ。だから、頭を横に振ればそれですんだはずなのに、その頭を動かすことができなかった。わたしは自分自身にそう言い聞かせた。

真向かいに立っている人間は微笑んでいた。それから膝をついて眠さにゆがんだ顔で、「これまで、自分の人生はこれでいいんだと自分から思えた時期はありませんでした。自分のまわりのものについて、もろいイメージでしか捉えることができないんで、あらゆる事物はかつては生きていたが、今は沈んでいくところだとしか思えないんです。旦那、わたしは事物が自分をこう見せたいと思う前にはどんな風に見えていたのかを見たいと思っているんです。美しくて、落ち着いて見えるんでしょうね。きっとそうです。だって、みなさんがそういう風に言っているのをよく耳にしますから。」

わたしは黙ってしまったが、不愉快に思っていることが自分ではどうにもならない顔の引きつりに表れてしまった。すると男は、「みなさんがそういう風に言っているとは思いませんか」と尋ねた。

頷かなければならないと思ったが、頷けなかった。「思われないんですか。だって聞いてくださいよ。子供の頃、ちょっと昼寝して目を醒まし、まだねぼけた状態で、母親がバルコニーから下に向かってこう叫んでいるのを耳にしました。『あなた、何なさっているの？こんなに暑いのに。』庭にいた女はこう答えました。『緑に包まれて、お茶しているの。』よく考えてみることもしないで、特に明確に話そうとすることもなく、まるで誰もが期待していることを言っただけだというように。」

わたしは自分が質問を受けたように思い、ズボンの後ろのポケットを探って、何か捜す振りをした。実際は何か捜しているわけでなく、会話にちゃんと参加していることを示すため、外見に変化を与えてみただけだった。そうしながら、この出来事は全く奇怪でどうしても理解できないと言ってみた。それから、多分本当にあったことではなくて、わたしには見当のつかない目的のために捏造《ねつぞう》された出来事なのだろう、とまで付け加えた。目が痛いので閉じた。

「あなたがわたしの意見に賛成だなんて嬉しいです。そのことを伝えるためにわたしを引き留めるなんて、私欲を忘れた尊い行いです。

そうでしょう？　どうしてわたし或いはわたしたちに、自分を恥じる必要があるんです？　わたしが背筋を伸ばして重々しい足取りで歩かないこと、杖で石畳の道を叩くこともなく、大声で話しながら通り過ぎる人々の衣服をかすめることもなく歩くことを恥じることはないでしょう。むしろ、わたしが肩をいからせた影になって家並みに沿って飛び跳ね、時にはショーウインドウのガラスの中に消えてしまうことを執拗に嘆き続けるべきじゃないでしょうか。

わたしの過ごしている一日一日って、いったい何なんでしょう。どうして高層ビルは、はっきりとした理由もなく倒れてしまうようなひどい建て方をされているのでしょう。瓦礫《がれき》の山に登って、そこで出逢った人に訊いてみましょうか。『どうしてこんなことが起こったんでしょう。我々の町で、この新しい建物でもう五つ目ですよ、考えてもみてください。』誰も答えられる人なんかいませんよ。

路地に倒れて、死んでそのまま横たわっている人がよくいる。すると商品のぶら下がった戸を開けて、商人たちがしなやかに出て来て、死体を建物の中に片付け、目元口元に微笑を浮かべながら戻ってきて、こう言うんです。『こんにちは。空があおざめていますね。スカーフはよく売れます。ええ、戦争ですね。』わたしはひょこひょこ跳ねながら店の中に入り、指を曲げた手を怖々《こわごわ》持ち上げて、やっとのことで用務員室の窓を叩いて、友好的な口調で、『あなたのところに死んだ男が運び込まれましたね。見せてください、お願いします』と言います。用務員が迷っている様子で首を横に振ると、わたしはきっぱりと言ってやるんです。『わたしは秘密警察の者です。死体をすぐに見せなさい。』『死体ですか』と、そいつはほとんど侮辱を受けたという様子で訊きかえす。『我々のところには死体なんてありませんよ。やましいところのない家ですから。』わたしは挨拶してその場を去ります。

でもそのあと大きな広場を横切ってしまうと、何もかももう忘れているんですよ。この計画の難しさを思うと困惑してしまって、こう考えるんです。こんな大きな広場をいくつも造る大胆さがあるなら、なぜ広場に石の手すりを作らないのだろう。今日は南西の風が吹いている。広場の空気は興奮状態にある。市役所の塔の先端が小さな輪を描いている。なぜこの押し合いへし合いを鎮めないのか。ガラス窓というガラス窓がすべて騒ぎたて、街灯は竹みたいに撓《しな》っている。柱の上の聖母マリア様のマントがはためき、嵐がマントをはぎとろうとしている。誰にもそれが見えないのか。敷石の上を歩くべき紳士淑女たちが宙に浮いている。

風が息を吸い込むと、彼らは足をとめて言葉を交わし、お辞儀をし、でも風が息を吐き出すと、その勢いに逆らえず、みんな一斉に足を持ち上げる。帽子をしっかり押さえていなければならないのだが、目元はまるで穏やかな天候の時のように愉快そうだ。わたしだけが心配している。」

ひどい扱いを受けた気がして、わたしは言った。「さっき話してくれた母親と庭にいた女性の話は全く奇怪ではありませんでした。似たような話を何度も聞いたことがあるからというだけでなく、自分でも経験し、その場にいあわせたからです。この件はとても自然なものでしょう。もしわたしがバルコニーにいたら、あなたのお母さんと同じ事を言ったでしょうし、庭にいたらやはりその女性と同じ事を言ったと思いませんか。なんて単純な出来事なんだ。」

わたしがそう言うと、男は大変幸福そうな様子になった。わたしの身なりが素敵で、首に巻いたスカーフも気に入った、と男は言った。それにわたしの肌はとてもきめが細かい、とも言った。そして男はこうも言った。告白は撤回した時にこそ明白になるものだ、と。

（多和田葉子＝訳）

酔っぱらった男との会話

家の扉から小股で外へ出た途端、月と星の出た円蓋形の空と市役所と聖母マリア像と教会のあるリング広場がわたしに襲いかかってきた。

わたしは影になっているところから月明かりのさしているところに落ち着いて移動し、コートのボタンをかけて身体を温かくした。それから両手を持ち挙げて、ざわめく夜を黙らせ、考え事を始めた。

「あんたたちは現実に存在するふりをしているが、一体どういうつもりなんだ。わたしの方が現実のものではないと信じさせようとしているのか。苔《こけ》むした敷石の上に立っている様子が滑稽だと？　しかし、あなたが現実だったのももう随分前のことですね、天よ。そしてリング広場さん、あなたは未だかつて現実だったことがない。」

「本当だな。まだまだ、あなたの方が勝っている。でもそれはわたしがあなたをそっとしておく間だけのこと。」

「お月様、幸いにして、あなたはもう月ではない。でも、かつて月と呼ばれたものを今も月と呼んでいる自分はいい加減すぎるのかもしれない。あなたを『奇怪な色の色紙でできた忘れられた街灯』と呼ぶと、あなたは大胆不敵ではなくなるのはなぜですか。それに、『マリア像』と呼ぶと引っ込んでしまうのはなぜですか？　マリア像さん、『黄色い光を投げかける月』と呼ぶと、あの脅《おびや》かすような態度が感じられなくなるのはなぜですか。」

「あなたは自分のことを人が考えると弱っていくみたいですね。勇気が減少して、健康を損ねるみたいですね。」

「考える人が酔っぱらいから学べばどれだけ養生になることか。」

「どうしてこんなに静かになってしまったのかな。もう風は吹いていないと思う。小さな車輪にのって広場をころがっていった屋台もみんなたたまれて、静か、そう、静かだ。地面と人を分けていた細い黒い線がもう見えない。」

そして、わたしは走り始める。邪魔されることもなく大きな広場を三周し、酔っぱらいに出逢うこともなかったので、速度を落とすこともなく楽々とカール通りまで来た。わたしの影は、たとえば塀と地面の間の溝の中を走っていく時にはわたしより小さかった。

消防署の建物のところまで来ると、小輪広場の方が騒がしいので曲がると、井戸の囲いのところに酔っぱらいが立っているのが見えた。腕を水平に保って、木のつっかけに足を入れて船のように推し進め、船は重く縦揺れしながら進んでいった。

わたしは呼吸を整えるためにしばらく立ち止まっていた。それから男の方に近づき、山高帽を脱いで、自己紹介した。

「こんばんは、繊細で高貴なお方。わたしはもう二十三歳ですが、名前がありません。でもあなたは恐らく歌うことのできるような名前をお持ちで、大都会パリのご出身なのでしょう。道を踏み外したフランス宮廷の不自然なにおいがあなたを取り巻いています。

もちろん、ご覧になったんでしょうね、色眼鏡を通して、偉大なるご婦人方を。照らし出された高いテラスに立ち、階段に広げられた長い衣装の彩色された裾がまだ庭園の砂の上にあるうちに、細い腰を皮肉にまわしてみせる。そうでしょう、各所に配置された棒を、人目をひく灰色の燕尾服に白いズボン姿の召使いたちが登っていく。脚を棒に絡ませて、でも上半身は後ろにそりかえしたり、横にまげたりする。ご婦人たちが霧のかかった朝をご所望なさっているので、巨大な灰色の幕を地面から上げて、高いところにロープで固定しないとならない。」男がげっぷをしたので、わたしはぎょっとして言った。「本当にまったく。あなたはパリからいらしたんですか。あの嵐のようなパリから、ああ、あの熱狂的な雹《ひょう》をともなう嵐の中から？」男がまたげっぷをしたので、わたしは困って言った。「存じ上げております。大変光栄なことです。」

そして、わたしはあわてて指を動かしてコートのボタンをかけ、おずおずしながらも熱心に語った。

「分かっています。わたしには答えるだけの価値もないと思っていらっしゃるのでしょう。でももし今日あなたに訊いておかなければ、一生泣いて暮らすことになる。

お願いです、教えてください、お洒落なお方、人に聞いたことなんですが、本当ですかね。パリには装飾を施された洋服だけから成り立っている人間たちがいるというのは。立派な表玄関だけからできた家があるというのは。それから、夏の間は町の上方の空は流れるような青色をしていて、ハート形の雲が押し花みたいに飾られているというのは本当ですか。観客が殺到する人形陳列館には、英雄や犯罪者や恋人の名前を書いた小さな札のかかった樹木が並んでいるだけだというのは本当ですか。

それに加えてあのニュース！　嘘つきのニュース！

そうでしょう。パリの道は急に分岐するんです。騒がしいんですよね、違いますか？　すべてがちゃんとしているわけじゃない。そんなわけないですよね。事故が起こると横道から人が集まってくる。敷石にほとんど触れないような都会風の大股歩きでね。みんな好奇心を持っているんだが、恐怖や失望も感じている。せかせか呼吸しながら、小さな頭を前に出す。でも身体が触れあうと深くお辞儀して謝る。『申し訳ありません。わざとじゃないんです。何しろ混み合っていますからね、許してください。不器用なんです。それは認めます。わたくし、ジェローム・ファロッシュと申します。カボタン通りの香辛料の小売り商人です。明日の昼、食事にご招待させていただけないでしょうか。家内も喜ぶと思います。』路地全体がぼおっとして、煙突の煙が家と家の間に落ち続ける間、彼らはそんな風に話している。そうでしょう。人出の多い上品な広い並木道に車が二台とまることもあるでしょう。召使いが車のドアを開ける。血筋の正しいシベリア狼犬が八匹、踊るように降りて来て、咆《ほ》えながら道を飛び跳ねて狩りをする。これが変装したパリの若い洒落男たちだって言うんですよ。」

男は目をほとんどつぶっていた。わたしが口を閉ざすと、男は両手を口に突っ込んで、下あごをぐっと下に引っ張った。男の服はひどく汚れていた。飲み屋から外へ放り出されたのに、本人にはそれがまだはっきりのみこめていないのだろう。

それは、昼と夜の狭間にあるほんの短い安らぎの時間だったかもしれない。そんなつもりはないのに、わたしたちの頭が垂れて、気がつかないうちにわたしたちが観察していないので事物が静止して消えてしまう。わたしたちが身体を曲げたまま、辺りを見まわしても何も見えず、空気中にちょっとした抵抗を感じることもなく、それでも、こんな記憶にしがみつくことができる。少し離れたところに家々があり、屋根があり、幸いにして角ばった煙突もあり、煙突を通し、屋根裏部屋を通っていろいろな部屋に闇が流れ込む。そして、信じられないことではあるが、明日という日がまた訪れ、その日にわたしたちはすべてを見ることができるのは何と嬉しいことだろう。

すると酔っぱらいは眉毛を釣り上げ、眉毛と目の間を光らせて、一区切りずつこう説明した。「つまりこういうことなんです。わたしは眠い、だからこれから寝に行きます。ヴァンゼル広場に義兄が住んでいるんでね。そこに行きます。なぜって、わたしはそこに住んでいるんですよ。そこに自分のベッドがあるんです。それじゃ行きます。ただ、義兄の名前と住んでいる場所が分からないんです。どうやら忘れてしまったようです。でも、まあ、いいでしょう。何しろ、自分に本当に義兄がいるのかどうかさえ分からないんですから。それじゃ行きますよ。見つかると思いますか。」

わたしは迷わず答えた。「きっと見つかりますよ。でもあなた様は遠方からいらした方で、今たまたまお付きの者が不在のようですね。どうかわたくしがお伴することをお許しください。」
男は答えなかった。わたしは腕を差し出し、男はそこに自分の腕を絡ませた。

（多和田葉子＝訳）

火夫

十六歳のカール・ロスマンは、貧しい両親にアメリカへ送られた。メイドが誘惑してきて、そいつに子どもができてしまったからだ。速度を落とした船がニューヨークの港に入っていくと、かなり前から見えていた自由の女神が、突然日差しが強くなったときのように浮かびあがった。剣を持った手が、みるみるうちに目の前でそびえ立ち、像の周りには自由な風が吹いている。

『こんなに高いんだ！』と彼は思った。まだ立ち去りがたかったのだが、荷物を抱えて通り過ぎる人の数がどんどん増えてきて、甲板《かんぱん》の手すりのところまで押しやられてしまった。

船旅の途中でちょっと知り合った若い男が、通り過ぎざまに尋ねた。

「おや、まだ下りたくないのかい？」

「いえ、もう用意はできてますよ」とカールはにっこりして言い、気分が高揚していたし、それに力も強かったので、トランクをひょいと肩に担いでみせた。けれども少しステッキをぶらぶらさせながら他の人たちと遠ざかっていく若い男を見送っているうちに、自分が雨傘を船の下のほうに忘れてきたことに気づいて愕然《がくぜん》とした。彼はすぐさま、やや迷惑そうな顔の知り合いの男に、少しだけトランクを見ていてくれませんかと頼み、戻ってきたとき場所が分からなくならないように周囲をじっくり見回し、急いでその場を離れた。間《ま》の悪いことに、近道になるはずの通路が閉鎖されていた。おそらく、乗客全員が下船するのと関係あるのだろう。そのせいで、きりもなく現れる階段を次々と下り、変な方向に逸《そ》れていく通路を次々にたどり、誰もいない事務机の置かれた部屋を通り抜け、あちこち探し歩くはめになった。こんな道は、これまでに一度か二度、それも他の人たちといっしょに通ったことがあるだけだったので、しまいにはすっかり道に迷ってしまった。彼は途方に暮れた。頭の上で、大勢の人たちの足音がたえまなく響き、停止した機関の最後のうなりが、かすかな吐息のように遠くから聞こえてくる。道に迷ったあげく立ち止まった彼は、手近にある船室の扉を、むやみやたらに叩きはじめた。

「開いてるよ」と内側から叫ぶ声がした。そこでカールは心底ホッとして扉を開けた。

「なんでまた、そんなにむちゃくちゃに扉を叩くんだ?」と一人の大男が、ほとんどカールのほうを見やりもせずに尋ねた。どこかの天窓から、船の上のほうで使い古されて弱まった光が、みすぼらしい船室に差しこんできている。船室の中にはベッドが一つ、棚が一つ、椅子が一つ、そして先ほどの男が、窮屈そうに並んでいる。

「道に迷ったんです」とカールは言った。「航海中は気づかなかったんですけど、すごく大きな船なんですね」

「そうさ、そのとおり」と男は少しばかり得意げに言ったが、小さなトランクを閉めようとする手を休めることはなかった。かけ金をカチッとはめようとして、両手でトランクをぎゅうぎゅう押していたのだ。

「とりあえず入ったらどうだ！」と男は言葉を続けた。「そんなところに突っ立っていないで！」

「ご迷惑じゃないですか？」とカールは尋ねた。

「ああ、迷惑なわけがない！」

「ドイツの方ですか？」とカールは確認してみた。アメリカは新参者にとって危険がいっぱいで、とくにアイルランド人には気をつけろと散々聞かされていたからだ。

「そうさ、ドイツ人だ」と男は言った。カールはまだためらっていた。すると、男はいきなり扉の取手をつかみ、急いで扉を閉めたので、カールは中に引きずりこまれた。

「通路からのぞかれるのはたまらんからな」と、またまたトランクをいじりながら男は言った。「みんな通り過ぎざまに中をのぞきやがる。こんなのを我慢できるやつは、めったにいないだろうぜ！」

「でも、通路には誰もいませんよ」とカールは言った。ベッドの柱に押しつけられる格好になって、居心地が悪い。

「ああ、今はな」と男は言った。

『だって、今の話をしてるのに』とカールは考えた。『この人、扱いづらいな』

「ベッドに入ったらどうだ。そっちのほうがスペースがあるだろう」と男は言った。カールは何とかしてベッドに這いずりこもうとしたが、最初に勢いをつけて飛びこもうとしたときには失敗して、自分でも声を立てて笑ってしまった。しかし、ベッドの中に入るやいなや、彼は叫んだ。

「しまった、トランクのこと、すっかり忘れてた！」

「いったいどこに置いてあるんだ？」

「上の甲板です。知り合いに見てもらってるんです。何て名前の人だったかな？」

そして彼は、母さんが旅の備えにと上着の裏地に縫いつけてくれた隠しポケットから、名刺を一枚抜き出した。

「ブッターバウム。フランツ・ブッターバウムか」

「そのトランク、大事なものなのかい？」

「もちろんです」

「そうか。なら、どうして他人《ひと》に預けたりしたんだ？」

「雨傘を下に忘れてきたので、急いで取りに行ったんですけど、トランクを引きずって行きたくなかったんですよ。でも、ここで道に迷っちゃって」

「一人かい？　連れはいないのか？」

「ええ、一人きりです」

『ひょっとすると、この人の力を借りるといいかもな。これから先、もっといい味方が見つかるとは限らないし』そんな考えがカールの頭をよぎった。

「それなのに、雨傘どころかトランクまで失くしちまったわけだ」

男は椅子に腰を下ろした。カールの持ち物のことが少しばかり気になる、とでも言うかのようだ。

「でも、ぼくは信じてますよ。まだトランクを失くしたわけじゃないって」

「信じる者は救われる、か」と男は言って、短くて濃い黒髪をがりがり搔《か》いた。「船に乗ってると、港ごとに風紀も変わる。ブッターバウムって野郎は、ハンブルクではトランクの番をしてくれたかもしれん。だが、ここじゃ、野郎もトランクも、どっちも跡かたもなく消え失せてるって線が一番濃厚だぜ」

「どのみち、上に行って確かめないと」とカールは言って、どうやって逃げ出そうかと周囲を見回した。

「ここにいろよ」と男は言って、カールの胸を乱暴なほどの勢いで突いて、ベッドに押し戻した。

「どうして?」とカールは腹を立てて言った。

「無駄だからさ」と男は言った。「もうじきおれも出るから、そしたら二人でいっしょに行こう。トランクが盗まれていたら、行っても仕方がない。あるいは、そいつはトランクを置いていってくれてるかもしれないが、ならば船がすっかり空っぽになってからのほうが見つけやすい。そのどちらかだ。雨傘だって同じことさ」

「船の中のこと、よく知ってるんですか？」とカールは怪しんで尋ねた。空っぽの船のほうが持ち物を探しやすいというのは、普段なら納得できたのだろうが、今はどうも何かが引っかかるような気がした。

「そうさ、おれは火夫なんだぜ」

「この船の火夫なんですか！」とカールは喜びの声をあげた。相手が火夫だと分かって、いやがうえにも期待が高まったという具合だ。ベッドに両肘《りょうひじ》をついた姿勢で、男をじっくり眺めてみた。

「ぼくがスロヴァキア人の男といっしょに寝ていた部屋のすぐ前に、のぞき窓がありました。そこから機械室が見えたんですよ」

「おう、おれはそこで働いてたんだ」と火夫は言った。あいかわらず自分の考えを追いながらカールは言った。

「ぼく、ずっと機械に関心があったんです。アメリカに来るはめにならなかったら、きっと技師になっていたはずですよ」

「どうして来るはめになったんだ？」

「つまらない話ですよ！」とカールは言って、手を振ってごまかした。にっこり笑って、あまり詮索《せんさく》しないでほしいとお願いするみたいに火夫を見つめた。

「何か理由《わけ》ありなんだろうな」と火夫は言ったが、理由を話せというのか、話さなくていいのか判断がつきかねた。カールは言った。

「ぼく、火夫になってもいいんですよね。両親は、今じゃもう、ぼくが何になろうと関係ないと思ってるわけだし」

「おれの勤め口が空《あ》くぜ」と火夫は言って、格好つけてズボンのポケットに手を突っこみ、しわだらけの、革製っぽい鉄灰色のズボンに包まれた両脚をベッドの上に投げ出した。脚を伸ばしたかったらしい。カールはますます壁際に押しこまれた。

「船を下りるんですか？」

「そうさ。本日中にも全軍退却ってわけさ」

「いったいどうして？　仕事が気に入らないんですか？」

「いや、ちょっと事情があってな。気に入るとか、気に入らないとか、そういうことで話が決まるとは限らない。しかし、あんたの言うとおりさ。実際、気に入らないんだ。どうやら、あんたは本気で火夫になる気はなさそうだが、なぜかそういうときが一番なりやすいものだったりするものだぜ。まあ、おれに言わせれば、絶対やめたほうがいいがね。ヨーロッパで大学に行こうと思ってたなら、こっちでもそうすればいいじゃないか？　アメリカの大学は、ヨーロッパの大学なんか比べものにならないくらい格上だぜ」

「そうかもしれませんね」とカールは言った。「でも、大学に行くお金なんてありませんから。たしか、こういう人の話を読んだことがあります。昼間はお店で働いて、夜に大学に行って、博士号を取って、市長さんか何かになったとか。でも、それって、よほど根気がないと無理ですよね？　残念ながら、ぼくは根気がないんです。しかも、ぼくは成績がよかったわけでもなかったんですよ。学校をやめるのも、別に嫌じゃなかったですし。それに、こっちの学校は、きっともっと厳しいですよね。ぼく、英語もほとんどできません。こっちの人はだいたい外国人に偏見があるんですよね」

「そのこと、もう聞いてるのか？　それなら話は早い。あんたはおれの仲間ってわけだ。ほら、おれたちが乗ってるのはドイツの船だよな。ハンブルク＝アメリカ航路だ。なら、どうしてドイツ人じゃない連中が幅をきかせてるんだ？　どうして機関士長がルーマニア人なんだ？　シューバルっていうやつだ。信じられないぜ。あの薄汚い野郎が、おれたちドイツ人をこき使いやがるんだ。ドイツの船だってのに！」――ここで息が切れ、男は手をバタバタさせた――「おれがやみくもに文句を並べたててるだけとは思わないでくれ。分かってるよ、あんただって何の力もない、気の毒な小僧っ子なんだよな。でも、ひどすぎるだろ！」

男は拳《こぶし》を固め、テーブルをドンドン叩いた。叩きながら、その拳にじっと目を据えている。

「おれはこれまで、たくさんの船で働いてきた」――そして男は、船の名前を二十ほど、次々と数え上げた。まるで一つながりの言葉みたいに。カールはすっかり頭がこんがらがった――「おれはよく働いたし、よく褒《ほ》められたよ。どこでも船長のお気に入りでな。同じ商船に何年か乗っていたこともあるぞ」――男はすっくと身を起こした。それが人生の絶頂だったとでも言いたげだ――「なのに、こんな箱に詰めこまれてよ。何もかも規則でがんじがらめで、冗談が通じない。ここじゃ、おれは役立たずだ。いつもシューバルのやつに邪魔者扱いされて。怠け者《なまもの》、粗大ゴミ、給料泥棒だとよ。納得できるか？　おれにはできないぜ」

「そんなこと、言わせちゃだめですよ」とカールは腹を立てて言った。彼は、自分がぐらぐら揺れる船の床の上に、未知の大陸の岸辺にいることを、ほとんど忘れていた。火夫のベッドが、そんなにも居心地よかったのだ。「船長さんのところには、もう行きましたか？　船長さんに苦情を申し立ててみましたか？」

「ああ、たくさんだ。あっちに行ってくれよ。邪魔なんだよ。おれの話、ろくに聞かずに、ああしろ、こうしろと。船長のところなんか行って何になる！」

火夫はがっくりと腰を下ろし、両手で顔を覆《おお》った。

『他にどうしろとも言えないよな』とカールは思った。そして、おとなしくトランクを探しに行っていればよかったと思った。こんなところで油を売って、ひとにあれこれお節介して、あげくにバカにされるよりは、ずっとましだ。父さんがトランクを餞別《せんべつ》にくれたとき、冗談で言ったものだ。

「おまえがこれを持っていられるのも、あとどのくらいだろうな？」

そして今、あの大切なトランクは冗談ではなく失くしてしまったかもしれないのだ。唯一の慰めは、もう父さんはトランクがどうなったか知りようがない、ということだ。調べられっこない。トランクが息子といっしょにニューヨークに到着したところまでは、船に乗り合わせた人たちに訊《き》けば分かるかもしれないけど。ただ、残念なのは、トランクの中身をまだほとんど使っていなかったことだ。たとえば、とっくにシャツを着替えてるはずが、まだ替えてなかった。下手《へた》な節約をしたものだ。人生の新たな一歩を踏み出そうとしている今、きれいな格好で颯爽《さつそう》と登場すべきなのに、汚いシャツで登場しなければならないとは。その点を除けば、トランクを失くしたのはさほど困った話でもない。今着ているスーツのほうが、トランクの中に入ってるやつより上等だし。あっちは、あくまで予備のスーツだ。母さんが、出発前ぎりぎりまで繕《つくろ》っていたような代物なのだ。そういえば思い出した。トランクの中には、ヴェローナ産サラミソーセージも一本、入っていたのだった。母さんが、旅のお供にと包んでくれた。なのに、まだほんの少ししか食べてない。船旅のあいだは全然食欲がなかったし、三等船室用に配給されるスープでもうたくさんだったから。でも今、あのソーセージが手もとにあったらよかったのに。あれなら、火夫に贈呈できたのに。だって、こういう手合いは、ちょっと心づけを握らせてやったら簡単にしっぽを振るからな。そういうことは、父さんに教えてもらった。父さんは、店で使っている下っぱの店員たち全員に葉巻を配り、手なづけていた。今となっては、プレゼントできるものといえば、お金だけだ。だが、もしトランクを本当に失くしてしまったのだとしたら、当面お金を使うのは控えたい。こうして、彼はまたトランクのことを考えだした。航海中はずっとトランクに気をつけていて、ほとんど寝ずの番をしていたのに、そのトランクをこんなに簡単に手放してしまったなら、あの苦労はいったい何だったのか。わけが分からない。自分の左側、二つ先の寝床で寝ているスロヴァキア人の小男がトランクを狙っているのでは、という疑いに絶えず苦しめられていた五夜のことを思い出した。スロヴァキア人は、こちらが衰弱して一瞬うとうとするのを待ち構えている。昼間ずっといじってる長い棒で、いや、あれは練習してたのか、あの長い棒でトランクを引き寄せるつもりだ。このスロヴァキア人は、昼間は何の悪気もないように見える。でも夜になると、ときどき寝床から起き上がり、暗い顔でトランクをじっと見つめているのだ。そんなことはお見通しだ。だって、ときおり移民の誰かが不安に駆られ、船の規則では禁じられているのに灯《あか》りをつけて、移民代理店がよこした意味不明なパンフレットを解読しようとしたから。そんな灯りが近くにあると、少しはまどろむことができた。でも灯りが遠くにあるときや、暗いときには、しっかり目を開けておかなければならない。おかげで、すっかり疲れきってしまった。ところが、どうやら、その苦労も全部無駄だったようだ。あのブッターバウムってやつ、どこかで会ったらただじゃおかないぞ!

その瞬間、部屋の外、ずっと遠くから、静けさを破って小さな音が響いてきた。子どもが足をバタバタするような音だ。音はだんだん強くなり、近づいてくる。何のことはない、男たちが行進しているのだ。通路が狭いから当然だが、一列に並んで歩いているはずだ。武器が触れ合うような、ガチャガチャいう音が聞こえる。カールは、トランクとスロヴァキア人をめぐる心配からすっかり解放され、ベッドの中で身体を伸ばして眠りかけていたのだが、ビクッとして身を起こし、何か来たよと火夫を突っついた。行列の先頭が、ちょうど扉の前に到着したみたいだ。

「船の楽団だ」と火夫は言った。「上で演奏してたのさ。連中、これから荷造りするところだ。つまり、乗客はもうみんな船を下りたってことだ。出かけるとしよう。いっしょに行こうぜ!」

男はカールの手を取り、部屋を出る最後の瞬間、ベッドの上の壁に架かっている額縁入りの聖母マリア様の絵を取り外し、胸ポケットに入れ、自分のトランクを持ち上げて、カールを連れて足早に船室を出た。

「これから事務室に行って、お偉方に言いたいことを言ってやるぜ。もう乗客がいないなら、気を遣うこともないからな」

火夫は同じことを、言い方を変えて何度か繰り返した。歩いていると、通路をネズミが横切ったので、男は足を出して踏みつぶそうとしたが、ネズミはぎりぎり逃げ切り、男の足で穴に押しこんでもらった。この男、そもそも動作がのろい。脚は長いけれども、鈍重すぎるのだ。

二人は調理場の区画を通りかかった。大きな桶が並んでいて、汚れたエプロンの娘たちが――わざと汚してるのだ――何人か、食器を洗っていた。火夫は、リーネとかいう女の子を呼びつけ、片腕で彼女の腰を抱き寄せた。そして、甘えるように男の腕に身をすり寄せる彼女を連れて、しばらくいっしょに歩いた。

「給料が出るんだ。おまえも来ないか？」

「なんであたしがわざわざ。そっちが持ってくればいいでしょ」と彼女は言い返し、男の腕をすり抜けて逃げていった。

「そのかわいい男の子、どこで引っかけたの？」

彼女は遠くから叫んだが、返事を期待しているわけではなさそうだ。女の子たちが仕事の手を休め、ドッと笑う声が聞こえた。

二人は構わず先へ進み、とある扉の前まで来た。女性をかたどった金メッキの柱に支えられた小さな切妻《きりづま》が、扉の上のところに張り出している。船の中にこんなものがあるなんて、お金の無駄遣いだ。ふと気づいたが、カールは航海中にこの区画に来たことがなかった。どうやら、一等船室と二等船室のお客さん以外は立ち入り禁止だったらしい。今は船の大掃除をしてるから、仕切りが取り払われているのだ。そういえば、モップを肩に担いだ男たちが何人かすれ違い、火夫に挨拶をしていった。周囲のにぎやかさに驚いた。中甲板の三等船室に押しこめられていたから、当然、こんなことは知るよしもなかった。通路には電線も張りめぐらされ、小さなベルの音がずっと聞こえている。

火夫はうやうやしく扉をノックし、「入りたまえ!」と言われると、カールに手で合図した。恐がらずに中に入れと言いたいらしい。カールも中に入ったが、扉のところで立ち止まった。部屋の三つの窓から、波立つ海が見える。楽しげな波の動きを眺めていると、心臓がドキドキした。この五日間ずっと波ばかり見ていたのに、初めて見るみたいに新鮮だ。大きな船と船が行き交い、船体の重さが許すかぎり、波に揺さぶられている。目を細めてみると、波は消え、船はただ自分の重さでよろよろしているように見える。船のマストの上には、細長い旗が向かい風でなびき、ときおりパタパタはためいている。おそらく軍艦が撃っているのだろう、礼砲の音が響いてくる。軍艦のうち一隻が、それほど遠くないところを通り過ぎた。大砲の鋼鉄の砲身がキラッと光を反射する。滑《なめ》らかな船の動きにつれて、優しく上下に揺さぶられているようだ。扉のところからは、小さな船やボートは遠くのしか見えない。小舟は群をなして、大きな船と船のあいだにできた隙間に滑りこんでいく。すべての背後に、ニューヨークがそびえていた。街は、立ち並ぶ摩天楼《まてんろう》の何万もの窓から、カールをじっと見つめている。そう、この部屋にいると、自分がどこにいるのかが分かるのだ。

円いテーブルを囲んで、三人の紳士たちが座っていた。一人は青い制服を着た高級船員。あとの二人は港湾局の役人で、アメリカ式の黒い制服を着ている。テーブルの上には多種多様な書類が山積みで、ペンを手にした船員がまずざっと目を通し、他の二人に回す。それを二人は、読んだり、抜粋したり、書類カバンに入れたりしている。ひっきりなしに歯でちゅうちゅう音を立てているほうの役人が、同僚に何か口述筆記させるときだけ、その流れ作業は中断するのだ。

窓際には事務机があった。小柄な紳士が扉に背を向けて座り、壁にとりつけた、頭と同じ高さの頑丈な本棚に並んでいる大型の帳簿をあれこれと調べていた。隣には開いたままの金庫がある。一見したかぎりでは空っぽだ。

その隣の窓はさえぎるものがなく、一番眺めがよかった。しかし三つ目の窓のそばには二人の紳士が立ち、小声で話し合っていた。一人は船員の制服を着て、窓に寄りかかって立ち、短剣の柄をいじっている。話し相手の男はこちらに背を向けており、ときおり身体を動かすたび、船員の胸にずらっと並んだ勲章がチラチラ見える。手前の男は私服で、細い竹のステッキを持っていた。両手を腰に当てているので、ステッキがやはり短剣のように突き出ている。

カールには、じっくり眺めている時間はなかった。すぐに用務員が二人に近づいてきて、おまえなど場違いだと言いたげな目つきで、火夫に向かって、何の用かと尋ねたのだ。火夫は、質問と同じく小声で、会計主任とお話ししたいと答えた。用務員は手まねでこの依頼を拒絶したが、それでも忍び足で円いテーブルをぐるっと回りこみ、帳簿の紳士のところへ行った。この紳士は、用務員の言葉を聞くと——目に見えて——ビクッとしたが、結局、自分と話したがっている男へ向き直った。そして火夫に対して、ついでに念のため用務員にも、激しく手を振って拒絶の意を示した。そこで用務員は火夫のところまで戻り、まるで内緒話を打ち明けるような調子で言った。

「とっとと部屋から出て行け！」

こう言われて、火夫はカールを見下ろした。自分の心臓に自分の苦しみが伝わるのと同じで、黙っていても苦しみを分かってもらえるとでも思ってるかのようだ。もう考えるのはやめて、カールは走り出した。部屋を横切り、船員の椅子をちょっとかすめた。用務員が、まるで害虫をつかまえようとするように、両腕を広げて前のめりに追いかけてきた。しかし、カールのほうが先に会計主任の机に到着した。引き離されまいと、机にしっかりしがみつく。

もちろんすぐさま、部屋中が騒がしくなった。高級船員が椅子から跳び上がる。港湾局の役人たちは落ち着いて座っていたが、いったい何ごとかと聞き耳を立てている。窓辺の紳士たちは互いに寄り添い、用務員は、お偉方が出張《でば》ってきた以上、もう自分の出る幕ではないと心得て、おとなしく引き下がった。火夫は扉のところで、自分の助けが必要になる瞬間を、じりじりしながら待ち構えている。やがて会計主任は、肘かけ椅子に座ったまま、くるっと右に回転した。

カールは、秘密のポケットに手を突っこみ、隠し場所がバレるのも構わず、パスポートを取り出した。自己紹介はこれで十分とばかりに、開いて机の上に置く。会計主任は、パスポートなどどうでもいいと思ったらしく、二本の指でぽいっと脇へどけた。そこでカールは、これで正式な手続きが無事済んだとでも言うように、パスポートを懐《ふところ》にしまいこんだ。

「言わせてください」と彼は口火を切った。「ぼくの意見では、火夫さんに対して不正がなされています。シューバルとかいう人ですよ。火夫さんをいじめてるんです。火夫さんは、これまでたくさんの船で働いたことがあって、その船の名前を全部覚えてます。勤務態度は非の打ちどころがなく、まじめによく働いてきました。この船の仕事はさほどキツくなくて、たとえば商船なんかと比べてずっと楽だっていうのに、よりによってこの船でうまくいかないなんて、理解に苦しみます。だから、実力を認めてもらえなくて昇進できないとしたら、誹謗《ひぼう》中傷のせいに決まってます。さもなけりゃ、絶対に認めてもらえるはずの人なんです。ここまで、ぼくが言ったのは一般的な話だけです。具体的な苦情は、本人が直接申し上げます」

カールは、ここにいる紳士たち全員に向かって話していた。実際、全員が耳を傾けていたし、これだけ人がいれば、会計主任に正義を期待するより、他に公正な正義の人が見つかりそうだったから。火夫とさっき知り合ったばかりだということは黙っておいた。そのへんは抜かりなく計算している。今いる位置から初めて視界に入ってきた、竹のステッキの紳士の赤ら顔のせいで気が散らなかったら、もっと上手に話せたのだが。

「一言一句、すべて本当のことでございます」と火夫が言った。誰にも質問されておらず、それどころか注目すらされていないのに。この火夫のせっかちさは、大きな失点につながるところだった。もし、勲章だらけの紳士が、もうすでに火夫の話を聞こうと決心してなかったとしたら。カールは今になって気づいたが、これが船長だったのだ。船長は片手を伸ばし、火夫に呼びかけた。

「こちらに来たまえ！」

ハンマーで叩いてもビクともしなさそうな、硬い声だ。こうなっては、すべては火夫の振る舞いにかかっている。だって、こちらに正義があること自体は、疑問の余地がないわけだから。

幸いなことに、火夫は世慣れた男であることを証明してみせた。お手本にしたいほどの落ち着きぶりで、火夫は小さなトランクから書類の束とノートを一冊、取り出した。それを持って、まるで当然のように会計主任を完全に無視し、船長のところへ行き、窓敷居の上に証拠の品を広げてみせる。会計主任は、嫌々ながら自分もそこに出向くしかなかった。

「この男は、不平屋で有名なんですよ」と会計主任は弁解した。「機械室にいるより、会計室にいることのほうが多いくらいです。あのシューバルのような冷静な男が絶望するほどですよ。おい、おまえ！」ここで会計主任は火夫のほうに向き直った。「あつかましいにもほどがあるぞ。給料支払い所から何度追い出されたら気が済むんだ。あんな露骨に不当な要求ばかりしおって、追い出されて当然だ！　そっちで追い出されたら、今度は中央会計室に駆けこんできやがる！　シューバルがおまえの直接の上司なんだから、部下らしく従えと、何度親切に言い聞かせてやったら分かるんだ！　今度は、よりによって船長さんにまでご迷惑をおかけしおって、恥ずかしくないのか。しかも、こんなガキを連れてきおって、バカ丸出しだぞ。おまえのくだらない不平不満を、吹きこまれたとおりに繰り返しやがる。こんなガキがこの船に乗ってるってのは、今の今まで知らなかったぞ！」

カールは、飛び出しそうになるのをぐっとこらえた。しかし、また船長が言ってくれた。「この男の言い分を聞いてみようじゃないか。あのシューバルは、このごろ少し自分勝手が過ぎるような気が私もしていたところだ。ただし、だからといって、おまえの肩を持つわけじゃないぞ」

最後の言葉は、火夫に向けて言われたものだ。もちろん、そんなに簡単に味方してもらえるとは思っていないが、それでも、ものごとが正しい方向に進みだしたようだ。火夫は説明を始め、ちゃんと自制心を保っていた。シューバルをちゃんと『さん』づけで呼んでいたから。カールはもう大喜びだった。会計主任が席を立った事務机の上にある手紙用の秤《はかり》を、満足のあまり何度かぎゅっと押し下げた。――シューバルさんは不公平です！　シューバルさんは外国人をえこひいきするんです！　シューバルさんはおれを機械室から追い出し、便所掃除をさせるんです。そんなこと、火夫の仕事ではないはずです！——あるときなど、シューバルさんの能力は本物ではなく見かけだおしかもしれませんよ、という疑惑まで出た。ここでカールは、全力でじっと船長を見つめた。仲間に対してするように、親しみをこめて。火夫さんのしゃべり方が下手だからって、悪く取りはしないでくださいね、と念じつつ。話が長いばかりで、どうも要領を得ない。たしかに船長は、火夫の話をとにかく最後まで聞くぞという決意を目に浮かべ、じっと宙を睨《にら》んでいたが、他のお偉方は忍耐を失いつつある。火夫の声は、もはや場を支配してはおらず、そのせいで色々と怪しげに思えてしまう。まず最初に、私服の紳士が竹のステッキで床を叩きだした。小さな音ではあるが、木張りの床をトントントン。他の紳士たちも、当然のようにあちこちよそ見をしている。港湾局の役人たちは、どうやら急ぎの仕事らしく、また書類を取り上げて、やや上の空ではあるものの、目を通しはじめた。高級船員は自分の机を引き寄せ、会計主任は勝負に勝ったと確信し、皮肉っぽくハアッと溜め息をついた。みんなが気を散らしている中で、ただ用務員だけが真剣だった。お偉方の中に出しゃばってきたあげく苦しんでいる哀れな男に、少し同情しているようだ。そして、何か言いたげにカールに頷《うなず》きかけてくる。

そうこうするうちにも、窓の外では港湾の営みが活発に繰り広げられていた。転がり落ちないように樽《たる》をきれいに並べて山積みにした一隻の平底貨物船が通り過ぎると、部屋の中が暗くなりかける。ちょうどカールが時間さえあればよく見てみたいと思っていた小さなモーターボートが何隻からなりを上げ、直立して舵《かじ》をとる男の両手のすばやい動きにしたがって、一直線に走り過ぎていく！　奇妙な漂流物があちらこちらで、揺れ動く水面からひとりでに浮かびあがり、またすぐ水をかぶり、驚いて見るまに、また沈んでいく。大洋汽船から下ろされたボートを、水夫たちが必死で漕いでいる。ボートの中は乗客でいっぱいだ。みんな、詰めこまれたときの姿勢のまま、じっと座っている。期待を胸に。ただ、ときおり首だけ回し、移り変わっていく風景を眺めようとする人もいる。きりのない運動。せわしなく揺れ動く水から、右往左往する人間たちへとせわしなさが伝わり、みんな休まず動き回っている！

だが、急がなければ。はっきりさせなければ。正確な表現をしなければ。なのに、火夫のやつは何をしている？　汗だくでしゃべっている。手が震えるので、だいぶ前から窓辺の書類をちゃんと握っていることもできない。四方八方から頭の中にシューバルへの文句が流れこんできて、自分では、そのうち一つだけでもシューバルの野郎を葬り去るのに十分だと思っているのだが、船長に示せたのは、どうしようもない、ごちゃごちゃした塊だけなのだ。竹のステッキの紳士は、だいぶ前から天井めがけて小さな音でひゅうひゅう口笛を吹いている。港湾局の役人たちは、船員をテーブルに引きとめて、二度と放さないといった面持ちだ。会計主任は、とにかく船長が落ち着いているので、口出しはしないほうが賢明だと判断している。用務員はいまだ警戒態勢を解かず、船長が火夫を片づけろと命令を下すのを待ち構えている。

そこでカールは、もう手をこまねいているわけにはいかなくなった。彼は、みんなのほうへゆっくり歩きながら、頭の中では猛スピードで考えていた。どうすれば話の糸口をつかめるだろうか。もう潮時だ。あと少しで、二人とも事務所から逃げ出すはめになる。船長さんはいい人みたいだ。それに、今ここで公正な上司という役回りを演じてみせる理由が何かあるらしい。でも楽器じゃあるまいし、思いどおりに吹き鳴らすことなんてできないんだ。――なのに火夫のやつ、船長さんをまるで楽器扱いだ。でも、はらわたが煮えくり返っているから、他にどうしようもないのか。

そんなわけで、カールは火夫に言った。

「もっとシンプルに、分かりやすく話さないとだめですよ。そんな話し方じゃ、船長さんだって判断できっこない。だって、船長さんが機関士とか使い走りとかの名前をちゃんと覚えてるわけがないですよね。そんな人の名前をいきなり出して、誰のことか分かってもらえるとでも思ってるんですか？　申し立てることをちゃんと整理して、まず一番大切なことから始めて、それから順々に他のことを話していくんです。でもそうすれば、たいていのことは別に言う必要すらなくなるんですけどね。ほら、ぼくに向かっては、いつもあんなに分かりやすく話してくれてたじゃないですか！」

アメリカではトランクが盗まれるぐらいだし、ときどき嘘をつくぐらいは仕方ないよねと彼は頭の中で言い訳した。

でも、こんなことをして役に立つのかな！　もう手遅れなのでは？　火夫は、聞き覚えのある声を聞いてすぐ話を中断したものの、傷つけられた男のプライドと、忌々《いまいま》しい記憶と、現在陥っている苦境がないまぜになって涙に目が曇り、目の前にいるのがカールだということすら分かっていない。今となっては、もう無理——黙りこんだ男の前で黙りこんだカールは、そのことを悟った——ここにきて話し方を変えてもらうなど、もう無理だ。どうやら、火夫は言いたいことはもう全部言ってしまったようだが、これっぽっちも言い分を認めてもらってはいない。別の見方をすれば、まだ何も言ってないのも同然で、しかし今さら改めて聞いてくださいと紳士たちに無理強いすることもできない。しかも、この期《ご》に及んで、唯一の味方だったはずのカールが出てきて、何かいいアドバイスをくれるかと思いきや、何もかも全部もうおしまいだと告げているのだ。

『窓の外を見てたりせず、もっと早く来ていたら』とカールは思った。そして火夫の前で顔を伏せ、ズボンの縫い目を両手で叩いてみせた。あらゆる希望は潰《つい》えた、という仕草だ。

　けれども、火夫はこれを誤解した。カールが密かに責めているとでも思ったのか、おれは悪くないと言おうとして、よりによってカールと押し問答を始めたのだ。今、そんなことをしてる場合なのか。円いテーブルの紳士たちは、もうとっくに、この無意味な騒ぎのせいで大切な仕事の邪魔をされたことに腹を立てている。会計主任は、いまだに船長が忍耐を失わないのを理解不能と見なし、爆発寸前だ。用務員は、お偉方の陣営にすっかり舞い戻り、凶暴な目つきで火夫をじろじろ見ている。きわめつきは竹のステッキの紳士だ。船長がときどき愛想よく視線を送っている紳士は、もう火夫のことなど何の関心もなく、むしろ嫌悪を感じているらしく、小さな手帳を取り出し、何かまったく別のことをしている。その目は手帳とカールのあいだを行ったり来たりしている。

「はいはい、分かってますから」とカールは言った。こちらに鋒先《ほこさき》が向いた火夫のおしゃべりを防ぎ止めるのに苦労しながら、それでも言い争いのあいだずっと、友情の笑みを絶やさずにいた。「おっしゃるとおりですよね。そのとおり。ぼく、疑ったことなんて一度もありませんよ」

殴られるのが恐いから、火夫のやつが振り回している両手をつかんで押さえたいところだ。こいつを部屋の隅っこに押しこんで、他の人に聞かれないように、落ち着かせる言葉をいくつか耳にささやいてやれたら、もっといい。しかし火夫はもう、たがが外れていた。カールは、いざというときは火夫が絶望のあまり力を奮い起こし、ここにいる七人の男たち全員をねじ伏せるだろうと思いはじめ、慰めに似たものを感じていた。そういえば、チラッと目をやった事務机の上に、ものすごくたくさん押しボタンのついた装置がある。ボタンは電話線の回路につながっている。ちょっと手を伸ばしてボタンを押してみたら、この船の通路という通路が怒り狂う人々でいっぱいになり、反乱が起きるはずだ。

そのとき、関心なさげだった竹のステッキの紳士がカールに歩み寄り、それほど大声ではないが、はっきり聴き取れる声で尋ねた。

「ところで、お名前は何ですかな？」

その瞬間、まるで誰かが扉の向こうで紳士の発言を待ち構えていたように、ノックの音がした。用務員は船長のほうを見やり、船長は頷いた。そこで用務員は扉のところへ行き、扉を開けた。外に立っていたのは、古めかしいフロックコートを着た中肉中背の男だった。外見からすると、あまり機械の仕事には向いていなさそうだが、――これがシューバルだった。みんなが、船長でさえ少々ホッとした様子だったので、そうだと分かった。たとえそれで分からなかったとしても、火夫の様子を見たらギョッとして嫌でも分かる。両腕をピンと伸ばし、握り拳を固め、この拳を命がけで守り抜くぞという風情だ。この男の力のすべてが握り拳に集中し、まっすぐ立つための力さえ残っていない。

いよいよ敵さんの登場だ。一張羅《いっちょうら》を身にまとい、元気溌剌《はつらつ》。小脇に帳簿を抱えている。おそらく、火夫の給与明細と労働証明書だろう。彼は、まずみなさんの精神状態を把握しておきたい、という様子を隠そうともせず、全員の目を順繰りにのぞきこんだ。ここにいる七人は、みんな彼の味方なのだ。さっき船長が、少しばかり彼の不利になるようなことを言っていた、あるいは言うふりをしていたとしても、火夫のやつに散々困らされたあとでは、シューバルを少しでも咎《とが》める気になるとは思えない。この火夫のような男は、どれだけ厳しく扱ってもやり過ぎではない。もしシューバルに何か非があるとしたら、火夫の反抗的態度を今に至るまで抑えこめていないことだ。それができていたら、今日この男が船長の前にしゃしゃり出てくることもなかっただろうから。

もっとも、火夫とシューバルを対決させたら、神の裁きの場に引っぱり出すのと同じ効果が期待できるかもしれない。だって、シューバルのやつがどんなにしらばっくれても、最後までしらを切りとおすのは無理だろうから。こいつの悪さにチラッとでも光を当てられたら、お偉方の目に見えるようにするには十分だ。よし、そうしてやる。現時点で、紳士たち一人一人の頭のよさ、弱点、気分はだいたい把握した。そう思うと、ここで過ごした時間も無駄ではなかったのだ。火夫のやつがもっとうまく立ち回っていたらよかったのだが。でも、こいつはもう完全に戦闘不能みたいだ。もし誰かがシューバルをどうぞと差し出してきたら、その憎たらしい脳天を拳骨で叩き割ることもできたかもしれない。でも、相手との二、三歩の距離を詰めるのすらどうやら無理みたいだ。シューバルがいずれここに来るってことは、簡単に予想できたはずなのに、どうして思い当たらなかったんだ。自分から来なくても、船長に呼ばれて来ることだってあるわけだよな。ここに来る途中、どうして火夫のやつと厳密に戦略を練っておかなかったんだ？　そうする代わりに、どうしようもなく準備不足のまま、のこのこと扉に釣られて入ってきたとはね。今となっては、どんなに運がよくても、反対尋問にかけられるのがおちだ。そうなったとき、そもそも火夫のやつは、まだしゃべることができるのか？『はい』か『いいえ』ぐらいは、最低でも言ってもらわないと困るわけだが。ご当人は、両足を広げて、膝はがくがくして、頭は上向きで、ぽかんと開けた口から空気が出たり入ったりしてる。肺がないから空気を処理できません、といった様子。

しかしカールはといえば、力がみなぎって頭が冴えてくるのを感じていた。家にいたころは、こんなこと一度もなかったかも。外国で、お偉方の前で正義の味方をやっているところを、父さんと母さんに見てもらえたらなあ！　まだ勝利を収めてこそいないけど、最後の攻撃に備えて準備万端だ。父さんと母さん、少しは見直してくれるかな？　まんなかにお座りと言ってくれて、褒めてくれるかな？　今度こそ、親思いの息子の目をちゃんと見てくれるかな？　いや、どうでもいい。そんなこと考えてる場合じゃないぞ！

「この火夫が、私が何か不正を働いたと訴えているようなので、参上いたしました。調理場の娘が、この男がこちらへ向かっているのを見たと申していたのです。船長さま、みなさま、私はいかなる訴えに対しても、この書類でもって、あるいは必要があれば、扉の前に控えております中立的かつ偏見のない証人たちの証言でもって反駁《はんばく》する用意がございます」

シューバルはそんなことを話していた。これぞ、ちゃんとした大人の男の明快な語り口というものだ。聴衆の表情の変化から察するに、みんな、久しぶりにまともな人間の発する声を聞いたと思っているようだ。もちろん、この立派な演説がじつは穴だらけだということに、誰も気づいちゃいない。どうして、最初に思い浮かんだ言葉が『不正』なんだ？　民族的な偏見についてではなく、『不正』について訴えがなされる余地でもあったのか？　火夫が事務所に向かうのを調理場の女の子が目撃してたからって、シューバルにすぐ事情が呑みこめるはずがあるか？　やましいことがあるから、すぐピンときたのでは？　しかも、すぐに証人を準備して、わざわざ『中立的』で『偏見のない』なんて言う？　イカサマだ。何もかも全部イカサマだ。なのに、お偉方はこいつに言いたい放題言わせて、正しい振る舞いだと認めているのか？　調理場の女の子に言われてから、やつがここに現れるまで、相当長い時間が経ってるよな。そのあいだ、何をしていた？　お偉方が火夫のやつにうんざりして、正常な判断力を曇らせていくのを待っていたに決まってる。正常な判断を下されたら、シューバルのやつは一番困るわけだからな。やつは間違いなく、ずっと扉の向こうに立っていたのだ。

あの紳士がどうでもいい質問をしたから、火夫のやつはもう終わりだと思って、満を持してノックしたんじゃないのか？

何もかも見え見えだ。シューバルのやつ、自分では気づかないうちに、全部さらけ出しやがった。でも、お偉方には別のやり方で、もっと分かりやすく見せてあげないと。目を覚ましてもらわないと。だから急げ、カール。せめて、証人たちが登場して全部もっていく前に、時間を有効に使うんだ！

ところが、そのとき船長がシューバルに手を振って黙らせた。そこでシューバルは——自分の案件はさしあたり延期となったようだから——すぐに脇へ引っこみ、寄ってきた用務員と小声で話しはじめた。ときどき火夫とカールを横目で見たり、自信ありげに手を動かしたりしている。シューバルはそうやって、次の演説の予行演習をしているようだった。

「ヤーコプさん、このお若い方に何か質問がおありだったのでは？」と、一同が静かになると、船長は竹のステッキの紳士に言った。

「そのとおり」と紳士は言って、小さくおじぎをして注目に感謝した。そしてカールにもう一度尋ねた。

「お名前は何ですかな？」

カールは、しつこく質問してくる相手の幕間《まくあい》狂言をさっさと片づけて本題に戻るのが一番いいと思ったので、いつものようにパスポートをわざわざ探して出してみせるようなこともせず、短く答えた。

「カール・ロスマンです」

「おやおや」と、ヤーコプと呼ばれた人は言って、信じられないというふうに笑みを浮かべながら、まず一歩うしろに下がった。船長も会計主任も船員も、それどころか用務員まで、カールの名前を聞いてひどく驚いた様子だった。ただ、港湾局の役人たちとシューバルだけは、無関心な態度だった。

「おやおや」ともう一度ヤーコプ氏は言って、少々おぼつかない足取りでカールに歩み寄った。「ほら、ヤーコプ伯父さんだよ。おまえさんは私の甥《おい》っ子《こ》だ。いやはや、ずっとそんな気がしていたのですよ！」

ヤーコプ氏は船長に言って、カールを抱きしめ、キスをした。カールは黙って、されるままになっていた。

「お名前、何ですって？」と、ようやく放してもらえたところでカールは尋ねた。丁寧にではあるが、心を動かされたりは全然せずに。そして、この新しい展開が火夫にどんな影響を及ぼすのか、見きわめようと努力した。さしあたり、シューバルがこの件で有利になりそうな気配はなかった。

「お若いの、これがどれだけ幸運なことか、よく考えたまえ」と船長が言った。カールの質問によってヤーコプ氏の尊厳が傷つけられたと思ったのだ。ヤーコプ氏はといえば、窓のところへ行って、おまけにハンカチで顔を押さえていた。自分の感きわまった顔を他人に見られたくないらしい。「このお方は、エドワード・ヤーコプ上院議員であらせられる。ご本人が、きみの伯父さんだと名乗り出たのだよ。輝かしいキャリアがきみを待っている。きみが期待すらしていなかったようなやつがな。にわかには呑みこめまい。少しずつでいい、理解するんだ。そして深呼吸したまえ！」

「たしかに、ヤーコプって伯父さんがアメリカにはいます」とカールは、船長に向き直って言った。「でも、ぼくの聞き違いでなければ、ヤーコプっていうのは、上院議員さんの苗字なんですよね」

「いかにも」と船長は、わくわくしながら言った。

「そうですか。ぼくの伯父さんのヤーコプは、母の兄にあたるんですけど、洗礼のときにもらった上の名前がヤーコプなんです。下の名前は、もちろん母と同じで、生まれたときからベンデルマイヤーのはずです」

「みなさん！」と上院議員が叫んだ。窓辺で休憩して復活したのだ。カールの説明に対して一言言いたいらしい。港湾局の役人たちを除いて、みんな一斉に、ドッと笑った。何やら感極まったように笑ってるやつと、釣られて笑っただけのやつがいるようだが。

『ぼくの言ったこと、そんなにおかしいかな。いや、全然おかしくないぞ』とカールは思った。

「みなさん」と上院議員はもう一度言った。「こんなホームドラマに参加させられて、さぞかし不本意でいらっしゃるでしょう。私も不本意です。ですから、言い訳させていただければと存じます。たしか、船長さんだけでしたね」――二人の紳士はお互いにおじぎした――

「事情をちゃんとご存じなのは」

『これはもう、一言も聞き逃せないぞ』とカールは思い、火夫が生気を取り戻しつつあるのを横目で見て、喜んだ。

「アメリカに滞在した長い年月――私は心の底からアメリカ市民になりきっていますから、滞在というのも変なのですが――長い年月、私はヨーロッパの親戚とはまったく没交渉で暮らしておりました。その理由は今ここでは関係ありませんし、お話しするのは本当につらい内容です。それを甥っ子に話して聞かせなければならない瞬間が来たらと思うと、恐くてたまりません。この子の両親や、その取り巻き連中について、きつい言葉を口にすることになるでしょうからな」

『本物の伯父さんだ、間違いない』とカールは思い、耳を澄ませた。『どうやら名前を変えたみたいだな』

「さて、甥っ子は――単刀直入に申しましょう――両親に厄介《やっかい》払いされたのです。ネコが悪さをしたら、扉の外に放り出す。それと同じですよ。そんな罰を受けるなんて、何をやらかしたのか。甥っ子の行為を美化するつもりは毛頭ありません。ただ、この子の犯した罪は、どんな罪かお聞きになったら、もう大目に見てやろうという気になる類《たぐい》のものですよ」

『言ってみやがれ』とカールは思った。『いや、みんなの前で言うのは勘弁してよ。というか、知ってるわけがないぞ。だって、どうやって？』

「つまりですね」と伯父さんは言葉を続けながら、少しばかり前に傾き、竹のステッキに体重をかけた。そうすることで、打ち明け話につきまといがちな余分な重々しさが本当に払い落とされた。

「つまりですね、この子はメイドに誘惑されたのです。ヨハンナ・ブルンマーという三十五歳の女にです。『誘惑された』なんて言えば、甥っ子は嫌がるかもしれませんが。他にしっくりくる言葉も見つかりませんので」

カールは、かなり伯父さんに近づいていたのだが、ここでくるっと向きを変え、この話がどんな印象を与えたかを、一同の顔から読み取ろうとした。誰も笑っていない。みんな、まじめにじっと耳を傾けている。まあ、上院議員さまの甥っ子を出会いがしらに笑いものにする気にはなれないだろう。ただ、火夫はこちらと目が合うとにっこりした、ような気もする。もっとも、これは生気を取り戻した証拠だから喜ぶべきことだし、ここで公にされてしまった話を、さっきは船室で必死に秘密にしていたわけだから、このぐらいは大目に見るべきか。

「さて、このブルンマーという女ですが」と伯父さんは言葉を続けた。「甥っ子の子どもができてしまった、というわけです。健康な男の子で、洗礼のときにもらった名前はヤーコプ。もちろん、私にちなんでのことですな。メイドは甥っ子から、話のついでに私のことを聞いたことがあって、強い印象を受けていたらしいのです。運よく、と申し上げておきます。両親は、養育費の支払いだとか、何かスキャンダルのとばっちりが自分たちに及ぶのを避けたいからか――念のために申しておきますと、向こうの法律がどうなっているのかも、両親の暮らしぶりがどうなのかも、まったく存じませんが――とにかく、養育費の支払いと息子のスキャンダルを避けるためか、両親はこの子を、私の甥っ子を、アメリカ送りにしたというわけです。ご覧のとおり、ろくに支度もしてやらず。無責任ですな。こうして身一つで放り出されたこの子は、アメリカならではの奇跡が起きなければ、ニューヨークの港町のどこかの路地で行き倒れていたかもしれません。例のメイドが私宛てに手紙を出していなければ、ということですな。この手紙は、散々道に迷ったあげく、おととい私の手もとに届きました。そこには、この一件についての話が全部書かれていて、甥っ子がどんな人相か、何という名前の船に乗っているかも書いてあったので助かりました。みなさんを楽しませようと思えば、この手紙を」――伯父さんは、ばかでかい二枚の便箋にぎっしり文字が埋まったものをポケットから取り出し、バサバサ振った――「ここで朗読して差し上げたいくらいです。きっと面白がっていただけますよ。悪気はないようですが、妙に計算高いところもありつつ、子どもの父親への愛情がいっぱいの文章です。ですが、事情を説明するのに必要な以上に楽しみをご提供するつもりはありません。それに、もしかしたら甥っ子はまだ思いを断ち切れずにいるかもしれませんし、歓迎の挨拶がてら、その気持ちを傷つけたくはないのです。この子のためには、もう部屋が用意してありますから、手紙を読みたければ、一人静かに部屋で読んで教訓を得てもらえばよいわけです」

カール自身は、あのメイドのことなど何とも思っていなかった。過去の記憶はどんどん遠のき、圧縮されていっしょくたになっている。記憶の中の彼女は、台所で食器棚の横に座り、棚の横板に肘をついている。ときどき、父さんが水を飲むグラスを取りに来たり、母さんに伝言を頼まれたりして台所を訪れると、彼女はこちらをじっと見つめるのだった。食器棚の脇で、ややこしい姿勢で手紙を書いていることもあった。カールの顔を見ると、いい考えが浮かぶらしい。片手で目を覆っていることもあって、そんなときは書き出しが思い浮かばず困っているのだ。台所の隣の狭い小部屋でひざまずき、木の十字架にお祈りを捧げていることもあった。そんなとき、カールは通りすがりに、少し開いている扉の隙間から彼女の姿をチラチラのぞくのだった。台所の中で忙しく駆け回っていることもあり、カールとぶつかりそうになると、魔女みたいに笑いながら跳びのくのだ。カールが入ってくると、台所の扉を閉めてしまい、扉の取手をつかんで、彼が出してよと言うまで放さないこともあった。彼が全然欲しくない品々を持ってきて、黙ったまま彼の手に押しつけることもあった。

それが、あるとき彼女は「カール」と言った。意外にも名前で呼ばれたせいで驚いているうちに、彼女は顔をくしゃくしゃにしてハァハァ言いながら、彼を小部屋に連れこみ、鍵をかけた。息が止まるほどきつく、彼女は彼を抱きしめた。あたしの服を脱がせてと言いながら、実際には彼女が彼の服を脱がせ、ベッドに寝かせた。まるで、この世の終わりまで他の誰の手にも渡さず、ずっと撫《な》でたりさすったり、世話を焼いていたいと思っているみたいに。

「カール、ああ、あたしのカール!」

彼女は叫んだ。彼を見て、自分のものであることを確かめているのだろうか。彼のほうは、まるで何も見えない。どうやら彼女がわざわざ彼のために積み重ねてくれたらしい温かい布団に埋もれて、居心地が悪い。それから彼女は彼に添い寝して、何か秘密を教えてと言った。

でも、何も教えなかった。すると彼女はふざけて腹を立ててみせた。それとも本気で腹を立てていたのか。彼を揺さぶり、彼の心臓に耳を押しつけて音を聞いた。自分の胸を差し出して、あたしにも同じようにしてと言った。でも、しなかった。裸の腹を彼の下腹部に押しつけ、いやらしい手つきで股間をまさぐってきた。耐えられず、カールの頭は枕から飛び出した。彼女は何度か腹で突いてきた。――まるで彼女が彼自身の一部になったような感じで、たぶんそのせいで彼はひどく切迫した気分になった。終わると、また来てねと何度も念を押されたあげく、彼は泣きながら自分のベッドに戻っていった。

それだけの話だった。なのに、伯父さんはそこから大きな物語を創り出したのだ。ともあれ、あの料理女はこちらの身の上を案じてくれていて、甥っ子が到着することを伯父さんに知らせてくれたわけだ。おかげで助かった。いつかお礼をしないとな。

「それじゃあ」と上院議員は叫んだ。「聞かせてもらおうじゃないか。私はおまえの伯父さんかね、それとも違うかね」

「伯父さんです」とカールは言って、伯父さんの手にキスをした。そしてお返しに額にキスをもらった。

「お会いできて嬉しいです。でも、うちの両親が伯父さんの悪口ばかり言ってるとお考えなら、それは勘違いですよ。そういえば、他にも、お話の中には間違いがいくつかありました。つまり、ぼくが言いたいのは、現実は必ずしもそんな感じじゃなかったってことです。でも、この場所からそんなに正しくものごとを判断できるわけがないですし。それに、みなさんが実際どうでもいいと思ってらっしゃる話題で、細かい点が不正確だったからって、別に困らないですよね」

「上手にしゃべるじゃないか」と上院議員は言って、露骨に思いやりを示している船長のところへカールを連れていき、尋ねた。

「なかなか立派な甥っ子だと思いませんか?」

「光栄です」と船長はおじぎをしながら言った。軍隊で教練を受けた人間だけができるおじぎだ。「上院議員さまの甥御どのにお目にかかれて。この船にとりましても、かような再会の場となれたのは、またとない栄誉です。しかし、三等船室での船旅は、ひどかったでしょうな。いやはや、どなたが乗ってらっしゃるか、想像もつきませんでした。もちろん、三等船室のお客さまの環境を改善するために、われわれは手を尽くしています。たとえばアメリカの会社などに比べれば、ずっと努力していますよ。それでも、快適な船旅と呼べる域には達しておりません」

「とくに困りませんでしたよ」とカールは言った。

「とくに困らなかった!」と、大きな声で笑いながら上院議員が繰り返した。

「ただ、トランクを失くしてしまったみたいで――」

そう言いかけて、彼は起こったことすべてを思い出し、何をしなければならないかも思い出した。周りを見回すと、一同がみんな敬意と驚きで黙りこみ、その場を動かず、こちらに目を向けている。ただ港湾局の役人たちだけは、そのしゃちこばった無感動な顔から読み取れるかぎり、まずい時に来てしまったと残念がっているようで、目の前に置いた懐中時計が、この部屋で起こったこと、これから起こることを全部合わせたよりも大切だと思っているらしかった。

船長の次に最初にお祝いを述べたのは、驚いたことに火夫だった。「おめでとう」と火夫は言って、カールと握手をした。何やら、あんたのことを認めてるぞとでも言いたいらしい。さらに、同じお祝いを上院議員にもやろうとしたが、そんなことを火夫がするなど僭越《せんえつ》だとでも言わんばかりに、上院議員は一歩うしろに下がった。火夫はすぐに諦めた。

他の連中もようやく自分が何をすべきか悟り、カールと上院議員の周りに人垣を作った。そんなわけで、カールはシューバルにまでお祝いを言われるはめになり、お礼を返した。混乱が収まったところで、最後に港湾局の役人たちも表敬の列に加わり、英語で二言ばかり口にした。それは滑稽な印象を与えた。

お祝いムードをもっと盛り上げたくなった上院議員は、かなりどうでもいい話を披露しようとした。もちろん、みんな怒りもせず、むしろ興味があるそぶりを示した。こんな話である。料理女の手紙に書いてあったカールの人相を、もしかすると当面必要になるかもしれないので、自分の手帳に書き抜いておいた。そして、火夫の耐えがたいおしゃべりの最中、気分転換にノートを取り出し、あまり探偵風の正確さがあるとは言えない料理女の所見を、面白半分にカールの外見と見比べてみたのである。

「まさかそれで甥っ子が見つかるとは！」

もう一度お祝いを言ってもらいたそうな調子で、上院議員は話を締めくくった。

「ところで、火夫さんはどうなりますか？」と、伯父さんの話が終わったので、さりげなくカールは尋ねた。立場も変わったわけだし、自分の思ったことは何でも口に出していい気がする。

「火夫のやつは、当然の報いを受けるだろうさ」と上院議員は言った。「船長さんが、いいように取りはからってくださる。火夫の話はもうたくさんだ。たくさんどころじゃない。その点、この場にいらっしゃる紳士のみなさんに異論があるとは思えんがな」

「そんなの関係ありません。これは正義の問題ですよ」とカールは言った。彼は伯父さんと船長のあいだに立っていて、その立ち位置に影響されてか、自分に決定権がある気がしていた。

それなのに、火夫はもう自分のことはどうでもいいと思っているようだった。ベルトに両手を半分ほど差しこんでいる。さっき興奮して身ぶり手ぶりをやったせいで、シャツの縞《しま》模様とベルトがはみ出て見えていたのだが、そんなことは少しも気にとめていない。苦情は洗いざらい言ってしまった。おれが身につけてるボロ服を、見たければ見るがいい。でもって、おれを引きずり出すがいい。この場で一番下っぱの二人、用務員とシューバルの野郎が、最後ぐらいはご親切にその役を買って出てくれるだろう。そうすればシューバルの野郎は安泰で、会計主任の言葉を借りれば、『絶望する』こともなくなるぜ。船長、雇いたければルーマニア人ばっかり雇えばいいさ。船中みんなルーマニア語をしゃべるわけだ。もしかしたら、本当にそのほうがいいかもな。中央会計室で火夫がごねることもなくなって、そいつが最後にごねた今回のことは、心温まる思い出ってことになるだろう。だって、上院議員さまがはっきり言ってたように、甥っ子さんと出会う間接的なきっかけになったわけだから。甥っ子さんはといえば、さっきからおれを助けようとしてくれてるし、出会いのお膳立てに対するお礼としては、それでもう十分すぎるくらいだ。これ以上、何かしてもらおうとは思わないぜ。ところで、たとえ上院議員さまの甥っ子だとしても、船長には到底届かないわけで、結局、船長の口から最悪の言葉が飛び出すことになるだろうよ。——そんなことを考えていたのか、実際、火夫はカールのほうを見まいとしていた。けれども、敵だらけのこの部屋では、他に落ち着いて目を向けられる場所もないのだった。

「勘違いするんじゃない」と上院議員はカールに言った。「正義の問題かもしれんが、同時に規律の問題でもある。どちらも、とりわけ規律の問題は、船長さんが判断なさることだ」

「そのとおりでございます」と火夫がぼそぼそ呟《つぶや》いた。それに気づき、何を言っているか聴き取れた者は、当惑の微笑を浮かべた。

「しかも、ニューヨークに到着したばかりでお仕事が山積みだろうに、ずいぶん船長さんのお邪魔をしてしまった。そろそろ船を下りる潮時だろう。機関士同士のくだらない喧嘩に、まったく余計な口出しをして、このうえ大騒ぎするなど論外だからな。ともあれ、わが甥っ子よ、おまえの振る舞いはよく理解できるよ。だからこそ、さっさとこの場から連れ出すのが正しいと思うわけだ」

「すぐにボートを回させましょう」と船長は言った。どう見ても伯父さんが謙遜しているのに、そんなことありませんと恐縮する気配が少しもないとは驚きだ。会計主任が大急ぎで事務机に飛びつき、電話で船長の命令を水夫長に伝えた。

『一刻の猶予もないぞ』とカールは思った。『でも、ぼくが何かしたら、みんな気を悪くするだろう。せっかく拾ってもらったばかりなのに、伯父さんと別れるわけにはいかない。船長さんは礼儀正しい人だけど、それだけだ。礼儀は規律には逆らえない。さっきのは、伯父さんが船長さんの気持ちを代弁してあげた、ということか。シューバルのやつとは話したくない。握手なんかして損した。他の連中はカスばっかりだし』

そんなことを考えながら、ゆっくり火夫のところへ行った。火夫の片手をベルトから抜き、自分の手でにぎってもてあそんだ。

「どうして何も言わないの？」と彼は尋ねた。「どうして、されるままになってるだけなの？」

火夫は額にしわを寄せただけだった。言うべきことを探しているようだ。そうしながら、カールの手と自分の手を見下ろしている。

「不正な仕打ちを受けてるんですよ。この船で一番ひどい不正ですよ。ぼく、よく分かってますからね」

そしてカールは自分の指を火夫の指の隙間に入れたり出したりした。火夫は目をキラキラさせて周りを見回した。うっとりするような快感を味わい、それにケチをつけるやつは許さんと言いたげだ。

「身を守らなくちゃだめですよ。『はい』か『いいえ』かはっきり言わないと。さもないと、真実を分かってもらえません。ぼくの言うとおりにするって、約束してください。だって、色々あって、ぼくはもう助けてあげられないから」

カールは泣いていた。泣きながら火夫の手にキスし、この巨大な、ほとんど生気を失った手を、自分の頬に押しつけた。これからお別れしなければならない宝物のように。——けれども、そのとき伯父さんが隣に来て、やんわりと引き離そうとした。

「おまえ、この火夫に夢中なんだな」と伯父さんは言って、私はこういう事柄には理解がありますよ、という視線をカールの頭ごしに船長に送った。「おまえは独りきりで心細いときにこの火夫を見つけて、だから思い入れがあるんだな。大いに結構。だが、行きすぎはいかん。私のことも考えてくれ。自分の立場をわきまえるんだ」

扉の向こうが騒がしくなった。叫び声がして、猛烈に扉をどんどん叩く音も聞こえる。水夫が一人、入ってきた。やや服装が乱れ、女物のエプロンをつけている。

「外に人がおります」と水夫は叫び、まだ人ごみをかき分けているみたいに肘を突き出した。ようやく我に返り、船長に敬礼しようとして女物のエプロンに気づき、むしり取って床に投げつけて叫んだ。「むかつくぜ、女のエプロンなんか着せやがって」

けれども、それから水夫はかかとをビシッと打ち合わせて、敬礼した。誰かが笑おうとしたが、船長が厳しい声で言った。

「ずいぶんとご機嫌だな。外にいるのは誰だ？」

「私の証人たちでございます」とシューバルが一歩前に出て言った。「連中のぶしつけな振る舞い、何とぞご容赦のほどを。連中は、船旅が終わるやいなや、まるで頭がイカレたようにはめを外しますもので」

「すぐ中に入るように言いたまえ！」と船長は命令して、上院議員のほうへ向き直り、丁重にではあるが早口で言った。「上院議員さま、どうぞ甥御どのをお連れになり、この水夫めのあとにお続きください。ボートまでご案内いたすでしょう。上院議員さま、個人的にお近づきになれましたこと、どれほどの喜び、どれほどの栄誉と心得ておりますことか、とても言葉では言い尽くせません。上院議員さま、アメリカの船舶事情についてのお話、中断を余儀なくされましたが、また後日再開できますことを、ひたすら乞い願う次第であります。その節も、今日のように喜ばしい理由でなら、また中断されるのも歓迎ですが」

「さしあたり、甥っ子はこの子一人で十分ですよ」と伯父さんは笑いながら言った。「ご親切にありがとう。そしてご機嫌よう。それはそうと、もしかしたら」――伯父さんはカールをぎゅっと胸に抱きしめた――「私たちが次にヨーロッパ旅行に行くときには、もう少し長いこと、ごいっしょできるかもしれませんね」

「よろしければぜひ、ご同道させてください」と船長は言った。二人の紳士はがっしり握手を交わした。カールは黙ったまま、ほんの一瞬、船長に手を差し出しただけだった。というのも船長はすでに、シューバルに連れられ、やや緊張気味ではあるものの大声で騒ぎながら入ってきた連中に気を取られていたから。十五人はいるだろうか。水夫は、お先に失礼いたしますと言って先頭に立ち、上院議員とカールのために群衆を押し分けたので、二人は、ぺこぺこおじぎする人々のあいだを楽に通り抜けることができた。それにしても、人のよさそうな連中だ。シューバルと火夫の喧嘩を、漫才か何かとでも思っているらしい。あろうことか、船長の前に出ても、まだお笑いを見物する気でいるのだ。カールは人々の中に、あの調理場の女の子、リーネがいるのに気づいた。彼女は、彼に向かって楽しそうにウィンクしながら、水夫が投げてよこしたエプロンを身につけた。あれは彼女のエプロンだったのだ。

水夫のあとについた二人は、事務所を出て角を曲がり、狭い通路に足を踏み入れた。ほんの数歩のところに小さな扉があった。そこから短いタラップが下に延びており、二人のために用意されたボートに続いていた。案内してくれた水夫は一気にボートの中に跳び下り、中で待機していた水夫たちは立ち上がって敬礼した。上院議員がカールに、足もとに気をつけなさいと注意したちょうどそのとき、カールは一番上の段に足をかけたまま、わっと泣き出した。上院議員は右手をカールのあごの下にやり、左手で彼をぎゅっと抱きしめ、よしよしと撫でた。そうやって二人はぴったりくっつき、一段一段、ゆっくりと下りていった。ボートにたどり着くと、上院議員は自分の向かいの一番いい席をカールのために選んでくれた。船上院議員が合図すると、水夫たちはオールで船を突き離し、すぐに全力で漕ぎはじめた。船からほんの数メートル離れたところで、カールは思いがけず、自分たちが今、船の中央会計室の窓がある側にいるのだと気づいた。窓は三つとも、シューバルの証人たちで鈴なりだ。みんな心をこめて挨拶し、手を振っている。伯父さんすら礼を返した。水夫の一人が、規則正しくオールを漕ぐ手を休めないまま、上に向かって投げキスをするという芸当を見せた。火夫なんていなかったことになったみたいだ。カールは、膝と膝が触れ合いそうなほど近くにいる伯父さんを、じっと見つめた。ふと疑念がよぎった。この人、いつか火夫の代わりになってくれるのかな。伯父さんは目を合わさず、ボートを揺らす波のほうを眺めていた。

（川島隆＝訳）

流刑地にて

「これは独特な装置なのです」調査旅行者にそう言った士官は、感に堪えないといった目つきで、とうに熟知しているはずの装置を見渡した。兵士が処刑される現場に立ち会ってみませんかという司令官からの誘いに旅行者が応じたのは、たんに礼儀上の理由からのようだった。兵士は、不服従と上官侮辱の罪によって、有罪判決をくだされたのであった。この処刑に向けられた関心は、流刑地でもそれほど大きくはないようだった。少なくとも、禿《は》げた斜面によって隔離されるように四方を囲まれた、深くて小さな砂地の谷に居合わせたのは、士官と旅行者を除けば、髪も顔も荒れ果て、呆《ほう》けたように口を大きく開けた囚人と、重たい鎖を手に持った兵士のみだった。鎖の先には細い鎖が幾つも伸びていて、囚人の踝《くるぶし》と手首と頸《くび》とを拘束しており、さらに連結用の別の鎖が上下の細い鎖をつないでいた。もっとも、囚人は犬のように従順な様子で、鎖を外して斜面を自由に駆けまわらせておいたとしても、処刑が始まる際には口笛を吹くだけで戻ってくるのではないかと思われるほどだった。

旅行者はこの装置に何も感じるものがなく、露骨なまでに無関心な態度で囚人の背後を行ったり来たりしていた。士官の方は最後の準備にかかりっきりで、地中深くに埋められた装置の裏に潜りこんだり、うえの部分を点検するために梯子《はしご》をのぼったりしていた。そもそも機械工にまかせておけばいいような作業であったが、この装置に特別な愛着でもあるのか、それとも他人まかせにできない別の理由でもあるのか、ともかく士官はたいへん熱心に点検作業をおこなった。「よし、これで準備完了！」ようやくそう叫んで、梯子から降りた。彼は疲労困憊《こんぱい》といった様子で、口を大きく開けてぜいぜいと喘《あえ》ぎながら、やわらかな女性用のハンカチを二枚、軍服の襟元に押し込んだ。「その軍服は、熱帯にはやはり分厚すぎるようですね」旅行者は、士官の期待に反して、装置について質問する代わりに言った。「確かに」そう答えた士官は、油とグリースでべとべとになった両手をあらかじめ用意してあったバケツの水で洗った。「ですが、軍服とは故郷のようなものでしてね。故郷を失いたくないのです。――さて、この装置をご覧ください」すぐにつづけて士官は、両手をタオルで拭いながら装置を指さした。「これまではまだ手作業が必要でしたが、いまはこの装置だけで完全に事足りるのです」旅行者はうなずき、士官のあとを追った。士官はどんな突発事態にも万全の備えができているかを確認したあと、こう言った。「もちろんながら、故障が起こることもあります。今日それが起こらなければいいのですが、ともかく故障のことは計算に入れておかなくてはなりません。この装置は十二時間連続で動かすことになっています。しかし、たとえ故障が起こったとしても、それはほんの些細なもので、すぐに修理されます」

「お座りになりませんか？」最後に士官は訊ね、積み上げられた籐椅子《とういす》の山から一つを引きだして勧めたので、旅行者は断れなかった。彼は穴の縁のところに腰掛け、そのなかをちらっと覗いてみた。穴はそれほど深くなかった。穴の片側には掘り出された土が積み上げられて土塁のようになっており、別の側には装置が据えつけてあった。「私は聞かされていないのですが」と士官は言った。「司令官からこの装置についてすでに説明があったのでしょうか」旅行者は曖昧《あいまい》に手を動かした。士官はそれ以上のものを求めていたわけではなかった。なぜなら、みずから装置の説明をすることができるからだった。「この装置は」と言いつつ士官は、もたれかかっていたクランクの連結棒を握った。「前任の司令官が発明されたものです。私は最初の試作の段階から関わっておりまして、完成にいたるまでの作業のすべてに参加しておりました。もっとも、この装置を発明したという功績は、前司令官お一人に帰せられるべきものです。前司令官についてお聞きになったことはおありでしょうか？　お聞きになったことがない？　では申しますが、この流刑地の機構のすべてが彼の作品であると言っても過言ではないのです。前司令官の友人であったわれわれは、彼が亡くなったときにはもう分かっていました。流刑地の機構はそれ自体が見事に完成されているので、後任の司令官がどれほど新しい計画を抱こうとも、少なくともかなりの歳月のあいだ、旧来の機構を変えることなどできないということを。事実また、われわれの予想は的中しました。新司令官もそう認めざるをえなかったのです。あなたが前司令官とお知り合いではなかったのが残念です！――しかし」士官は間を置いた。「無駄なおしゃべりをしてしまいました。彼の装置がわれわれの目のまえにあるというのにです。ご覧のとおり、この装置は三つの部分から成り立っています。時が経つにつれて、それぞれの部分に民衆的ともいうべき綽名《あだな》がつけられるようになりました。したの部分は《寝台》、うえの部分は《製図家》、この中間の部分は《馬鍬》《まぐわ》と呼ばれています」「まぐわ?」旅行者は訊ねた。彼はきちんと聞いてはいなかった。影のない谷間を太陽が激しく照りつけているので、考えをまとめることは不可能だった。それだけに、彼にとって士官の振る舞いにはなおさら驚嘆すべきものがあった。なにしろ、房のついた肩章と飾り紐がぶらさがった、パレードに相応《ふさわ》しいような窮屈な軍服を身にまといながら、かくも熱心に自分の事柄について説明するだけではなく、話しているあいだじゅう、ねじ回しを手にあちこちのボルトを忙《せわ》しなく締め直しているのだから。兵士の方も、旅行者と同じような状態でいるらしかった。囚人の鎖を両手首に巻きつけ、片方の手に持った銃によりかかり、首をがっくりと垂らした彼は、周囲のことなど何も気にかけてはいなかった。旅行者はそれを不思議だとは思わなかった。士官はフランス語で話しているのだが、兵士も囚人もフランス語が分からないことは明らかだったからである。にもかかわらず囚人が士官の説明を理解しようと努力していることは、それだけにいっそう目についた。彼は、寝ぼけた依怙地《いこじ》さとでもいった様子で、士官が何かを指さすと、そのたびに視線をそこに向け、いまのように旅行者の質問によって士官の説明が遮られると、彼もまた士官にならって旅行者を凝視するのであった。

「ええ、《馬鍬》です」と士官は言った。「ぴったりの名前です。複数の針が馬鍬のような恰好で並べられておりますし、すべてが馬鍬のように作動するのですから。もっとも、場所を移動することはありませんし、はるかに精巧な作りになっていますが。すぐにお分かりになりますよ。この《寝台》に囚人を乗せます。——まず私が装置についてご説明し、それから実際に動かしてみることにしましょう。そのほうがよく理解していただけるでしょう。《製図家》の歯車に一つ激しく摩耗《まもう》しているのがあり、作動させるとひどく軋《きし》みますので、おたがいに話ができなくなってしまいますから。残念ながら、代わりの部品を入手することは、ここではきわめて難しいのです。——さて、私が言った《寝台》がこれです。《寝台》には隅から隅まで綿が敷きつめられています。何の目的であるかはこのあとお話しします。この綿のうえに囚人が腹這《はらば》いの状態で寝かされます。もちろん裸です。ここで両手を、ここで両足を、ここで頸部をベルトで締めて囚人を固定します。お話ししたように、《寝台》の頭側のこの端の部分に顔がくるわけですが、この小さなフェルトの栓は、囚人の口に押し込められるように簡単に調節できるようになっています。叫んだり舌を嚙《か》み切ったりといった事態を防ぐためのものです。もちろんながら囚人はフェルトを口にふくまざるをえません。さもないと、頸部のベルトが引っかかって首の骨が折れてしまいますので」「これが綿ですか?」そう訊ねた旅行者は、身をまえに乗り出した。「ええ、そのとおりです」と、士官は微笑みながら言った。「ご自身で触ってみてください」彼は旅行者の手をとると、《寝台》のうえを撫《な》でさせた。「これは特別にあつらえた綿でして、綿かどうか見ても分からないようになっています。その理由についてはあとでご説明します」すでに旅行者は、わずかにではあるが装置に興味をもちはじめていた。太陽の光を遮るために手を目のうえにかざしながら、彼は装置を見上げた。大きな構築物だった。《寝台》と《製図家》は同じ大きさで、暗い色のチエストが二台あるように見えた。《製図家》は《寝台》よりも二メートルほどうえのところに設置されていた。それぞれの隅には、日光に照らされて輝かんばかりの真鍮《しんちゅう》のポールが四本立てられており、そこで両者が連結されていた。二つのチェストのあいだには、鋼鉄製のベルトで取りつけられた《馬鍬》が浮かんでいた。

さきほどまでの旅行者のどうでもいいという態度にほとんど気をとめなかった士官であるが、いまや興味をそそられはじめていることは感じたようだった。そこで彼は説明を中断し、旅行者が落ち着いて観察できるよう時間をとった。囚人は旅行者の真似をしようとしたが、手を目のうえにかざすことはできなかったので、剝《む》き出《だ》しの目をしばたたかせながらうえを見上げていた。

「では、囚人が横たわった、とすると」と言った旅行者は、椅子の背もたれによりかかって足を組んだ。

「ええ」と士官は言い、帽子を少しうしろにずらして、火照《ほて》った顔を手で拭った。「それでは説明しましょう。《寝台》にも《製図家》にも、それぞれバッテリーが内蔵されています。《寝台》のバッテリーはそれ専用のものですが、《製図家》のバッテリーは《馬鍬》を動かすためのものです。囚人がベルトで固定されると、《寝台》が動きはじめます。《寝台》は非常に細かく急速な動きで、上下左右同時に振動します。似たような装置を治療施設でご覧になったことがあるかもしれません。違うのは、われわれの《寝台》ではすべての動きが厳密に計算されているという点です。つまり、《寝台》の動きは、《馬鍬》の動きとぴったりと同期していなくてはならないのです。そして、この《馬鍬》こそが、判決を実際に執行するものなのです」

「判決とはどういうものでしょうか?」旅行者は訊ねた。「それもご存じではない?」士官は驚いてそう言うと、唇を噛んだ。「私の説明が混乱していたとしたら、失礼をお許しください。ご寛恕《かんじょ》を乞うばかりです。これまでは通常は司令官が説明をおこなっていたのです。しかしながら、新司令官はこの名誉ある義務を回避してしまいました。かくも身分の高い方のご訪問にもかかわらず」――旅行者はそんな敬意ある言葉遣いなどめっそうもないと両手をあげたが、士官はみずからの表現に固執した。「かくも身分の高い方のご訪問にもかかわらず、われわれの判決の形式について一度もお知らせしなかったというのは、またしても改悪であると――」悪口が唇まで出かかったものの、何とか自制した彼は、ただこう言った。「私はそのことについて通達を受けておりませんでした。私の落ち度ではありません。ともあれ、われわれの判決のありようについて説明するにあたっては、私こそが最適任者なのです。というのも、私はここに」――彼は自分の胸ポケットを叩いてみせた――「前司令官の手による、関連する手書きの図面を持っているからです」

「司令官がみずから描いた図面ですか?」旅行者は訊ねた。「だとすると、その方はあらゆることを一手に引きうけていたのですか? 兵士であり、裁判官であり、設計士であり、化学者であり、さらに図面も描いたというわけですか?」

「そのとおりです」そううなずいて言った士官は、物思いに沈むような目つきで虚空《こくう》を凝視した。そして彼は自分の両手をじっと見つめた。図面に触れるには十分に清潔ではないように見えたのか、バケツのところに行って、手をもう一度洗った。それから小さな革製の書類入れを取り出して言った。「われわれの判決が過酷であるという感じを与えることはありません。囚人には、みずからが違反した掟が、《馬鍬》によって身体に書かれるのです。たとえばこの囚人には」——士官は例の男を指さした——「身体に〈汝《なんじ》の上官を敬え！〉と書かれることになっています」

旅行者は男をちらっと見た。士官が自分のことを指さしたとき、囚人はうつむいて、何か聴き取ろうと聴覚のすべての力を緊張させている様子だった。だが、膨れ上がって閉ざされた唇の動きは、彼が何一つ理解できていないことを明らかに示していた。旅行者はさまざまなことを質問したかったが、男の姿を目のまえにして、ただこう訊ねた。「彼は自分の判決を知っているのですか？」「知りません」と言った士官は、すぐさま説明をつづけようとしたが、旅行者が遮った。「彼は自分の判決を知らないのですか？」「知りません」と士官はふたたび言うと、なぜそんな質問をするのかもう少し説明してほしいというように一瞬間を置いたあと、つづけて言った。「彼に判決を伝えても仕方ないでしょう。なにしろ彼は自分の身体で知るのですから」旅行者はもう黙ろうと思ったが、そのとき囚人が自分に視線を向けていることを感じた。いま説明を受けたことを是認できるのか問うているように見えた。それゆえ旅行者は、うしろに寄りかかっていた姿勢から起き上がって、ふたたび身をまえに乗り出すと、さらに訊ねた。「ですが、そもそも自分が判決を受けたということは、さすがに知っているんですよね？」「それも知りません」と士官は言うと、奇妙でざっくばらんな質問をさらにもう二つ三つ期待しているかのように旅行者に微笑んだ。「それも知らないとは」と旅行者は言い、ひたいを撫でた。「それではこの男は、自分の弁明がどこまで受け入れられたのか、いまだに知らないというわけですか？」「弁明する機会などなかったのです」と士官は言うと、自分は独りごとを言っているだけであって、このような自分にとっては当たり前の事柄を説明することで旅行者に恥をかかせたくないとでも言うかのように、目をわきにやった。「弁明する機会は間違いなくあったはずですが」と旅行者は言うと、椅子から立ち上がった。

士官は、装置についての説明がしばらくのあいだ中断させられてしまう危険があることを察知した。それゆえ彼は旅行者に近づいて腕を取り、手で囚人を指さした。囚人は、いまや明らかに自分に注意が向けられているので、直立不動の姿勢をとった――兵士も鎖をピンと引っ張った。士官は言った。「事情はこういうことなのです。私はこの流刑地で裁判官に任じられています。若輩者ではあるのですが。それというのも、私はあらゆる懲罰案件で前司令官の補佐役をつとめてまいりましたし、装置についても誰よりも熟知しているからです。私が判決をくだす際の基本原則とは、罪はつねに疑うべからず、というものです。よその法廷がこの基本原則にしたがうことはできません。そこには裁判官が複数名おりますし、さらにそのうえに上級審もありますから。ここではそんなわけにはいきません。あるいは、少なくとも前司令官のころはそうでした。もっとも、新司令官は私の法廷に介入したいという意向を示していますが、これまでのところ私はうまく干渉を退けてきましたし、これからもうまくいくでしょう。――あなたは今回の事件の説明をご希望でしたね。すべての事件がそうであるように、実に単純なものです。今朝、ある中隊長から告発があったのです。この男は中隊長の従卒で、彼の部屋のドアのまえで寝ることになっているのですが、寝過ごして服務をないがしろにしたというのです。時鐘《じしょう》が鳴るごとに起床して、中隊長のドアのまえで敬礼することを、この男は義務づけられていました。難しい義務ではないことは確かですが、不可欠なものです。なぜなら、警備するにも上官に仕えるにも、つねに溌剌《はつらつ》としていなければなりませんから。昨晩、中隊長は、自分の従卒がちゃんと義務をこなしているか確認しようと思ったのです。彼は二時の鐘を聞くとドアを開けたのですが、そこで目にしたのは、丸くなって眠りこけているこの男の姿でした。中隊長は乗馬用の鞭《むち》を取り、男の顔を目がけて打ちおろしました。ところがこの男は、飛び起きて許しを乞うかわりに、主人の足にしがみついて揺さぶりながら、『鞭を捨てないと、おまえのことを喰っちまうぞ』と叫んだのです。――事態はこういうことです。中隊長は一時間まえに私のところに来ました。私は彼の告発を書きとめ、つづいてすぐさま判決を書きました。そして男に鎖をはめさせました。すべては単純明快でした。もしも私が男をまず呼び出して尋問したとすれば、たんに混乱を招いただけだったでしょう。奴は嘘をついただろうし、私が嘘を論駁《ろんばく》することに成功したとしても、新たな嘘を塗り重ねるといったことが延々とつづいたでしょう。ですが、いま私は彼をつかまえていて、もう放免することはないというわけです。――これですべてご理解いただけましたか？　しかし、時間がだいぶ経ってしまいました。もうそろそろ処刑を始めなければならないのですが、まだ装置の説明が終わっておりません」彼は旅行者を椅子に無理やり座らせ、ふたたび装置のそばに近づき、説明を始めた。「ご覧のとおり、《馬鍬》は人体のかたちに対応しています。《馬鍬》のこの部分は上半身用で、《馬鍬》のこの部分は両脚用です。頭を担当するのは、この小さな彫刻刀だけです。よろしいでしょうか？」彼は旅行者の方に愛想よく身をかがめて、さらに包括的な説明をしようとした。

旅行者はひたいに皺《しわ》をよせて《馬鍬》を見つめた。裁判手続きについてのいまの話は、納得のいくものではなかった。ともかく彼は自分に言いきかせなくてはならなかった。何と言ってもここは流刑地なのだから、特別な規定が必要不可欠で、どこまでも軍隊式で進めなくてはならないのだ、と。だが、彼はまた、新司令官にたいして若干の希望を託してもいた。新司令官は明らかに、少しずつではあれ、この士官の偏狭な頭には受けいれられないことであるが、新たな裁判手続きを導入することを目論んでいるのだ。このような考えから、旅行者は訊ねた。「司令官は処刑に立ち会わないのでしょうか？」「それは分かりません」と士官は言ったものの、出し抜けの質問に狼狽《ろうばい》するあまり、愛想のよい表情が歪んだ。「だからこそわれわれは急がなくてはならないのです。それどころか、遺憾なことではありますが、私の説明を端折《はしょ》らなくてはならなくなるかもしれません。ですが、明日、装置をもう一度清掃したうえで――装置の唯一の欠点は、ひどく汚れてしまうことです――さらに詳しい説明をすることもできるでしょう。いまのところはただ、必要最小限の説明にとどめます。――男を《寝台》に乗せ、《寝台》を振動させると、《馬鍬》が身体のところまで下りていきます。《馬鍬》は、針の先が身体にほんのわずか触れる位置で止まるように自動調整されます。調整が完了すると、ただちにこの鉄製のワイヤーが支柱のところまでぴんと張られます。すると作業が始まります。素人目には、刑罰の種類の違いには気づきません。《馬鍬》はつねに同じように作業しているように見えます。《馬鍬》は振動しながら針の先端を身体に突き刺し、身体の方も《寝台》にあわせて振動します。判決の執行の様子を誰でも監視できるように、《馬鍬》はガラス製になっています。針をガラスに固定することは若干の技術的な困難をともないましたが、何度も試作を重ねることで成功しました。われわれはまさにあらゆる努力を惜しみませんでした。そしていまや、誰もがガラス越しに判決が身体に書き入れられていくさまを見ることができるのです。もう少し近づいて、針をご覧になりませんか？」

旅行者はゆっくりと腰をあげて近寄ると、《馬鍬》のうえに屈（かが）みこんだ。「ご覧のとおり」士官は言った。「二種類の針がさまざまに配列されています。長い針のかたわらにはつねに短い針があります。つまり、長い針が書き入れ、短い針は水を噴射して血を洗い流すことで、文字をいつでも明瞭な状態にたもつのです。血まみれの水は細い溝を伝っていき、最終的にこの大きな溝へと流れこみ、排水管から穴へと出されます」士官は指で血まみれの水がたどることになる道筋を正確に指し示した。できるかぎり具体的に分かりやすくするために、士官が排水管の口に両手をあてて汚水を受けとめる真似をしてみせたとき、旅行者は頭をあげ、片手で後方を探るようにして、自分が座っていた椅子まで戻ろうとした。そこで目にしたのは驚愕《きようがく》すべき光景だった。囚人もまた、自分と同じく、《馬鍬》の仕組みを近くから観察してみませんか、という士官の誘いに応じていたのだった。彼は眠りこけている兵士を鎖で少し引きずるようにして、自分もガラスのうえに屈みこんでいたのである。彼は落ち着きのない目つきで士官と旅行者の二人が何を観察していたのか探ろうともしたが、説明の言葉が理解できないために、どうしても分からない様子だった。彼はあちこちで屈み、何度も両目をガラスに走らせていた。旅行者は、囚人がやっていることが処罰の対象にされてしまうかもしれないという思いから、彼をさがらせようとした。だが、士官が旅行者を片方の手で制止し、もう片方の手で壁状に積み上げられている土塊《つちくれ》をひとつかみすると、兵士に向かって投げつけた。兵士は突然目をあげ、囚人が何をしでかしたのか見てとると、銃を放し、両足の踵《かかと》で地面に踏ん張りながら囚人を引き戻したので、囚人はたちまち倒れた。そして兵士は、鎖をじゃらじゃらと鳴らして身もだえしている囚人をうえから見下ろした。「立たせろ！」士官は叫んだ。というのも、旅行者の注意が囚人によってすっかり逸《そ》らされてしまったことに気づいたからだった。旅行者は《馬鍬》のことなどお構いなしで、そのうえから身を乗り出すようにして、囚人がどうなるかということだけを確かめようとした。「手荒く扱うな！」士官はもう一度叫んだ。彼は装置の周囲をまわって駆け寄ると、みずから囚人の腋の下に手を入れ、兵士の協力も仰ぎながら、何度も足を滑らして崩れ落ちる囚人を立ち上がらせた。

「これですべて分かりました」士官が戻ってくると、旅行者は言った。「もっとも重要な点がまだ残っています」と士官は言い、旅行者の腕をとってうえの方を指さした。「あそこに見える《製図家》のなかには、《馬鍬》の動きをつかさどる歯車装置が入っています。判決内容をあらわす図案に合わせてこの歯車装置を配置するのです。私はいまだに前司令官の図面を使っています。ここにあります」——彼は革製の書類入れから紙を何枚か取り出した——「残念ながら、これらの図面をあなたにお渡しするわけにはいきません。私が持っているなかで、もっとも貴重なものですから。お座りになってください。このくらい距離を置いてお見せしたほうが、全体をよくご覧になれるでしょう」彼は最初の一枚を見せた。旅行者は何か称賛するような言葉を口にしたかったのだが、彼に見えたのは、迷路のように幾重にも折り重なった無数の線だけだった。紙一面が線によってびっしりと埋め尽くされているので、余白部分を探すのにも苦労するほどだった。「読んでみてください」士官は言った。「私にはできません」旅行者は言った。「一目瞭然ですよ」士官は言った。「とても見事なものですが」と旅行者ははぐらかすように言った。「私には解読できません」「そうでしょう」と士官は笑いながら言うと、書類入れをもとの位置にしまった。「小学生用の習字のお手本ではないですからね。長い時間をかけて読み込んでいく必要があります。あなたも訓練さえつめばきっと読めるようになるでしょう。もっとも、簡単に読めるような文字ではまずいのです。すぐさま絶命させてはならず、平均十二時間はかけなくてはならないとされているからです。六時間目に折り返し点がくるように計算されています。ですので、実に多くの装飾でもとの文字を囲いこむようにする必要があるのです。実際の判決の文字は細い帯状に身体を取り巻いているだけで、身体の他の部分は装飾にあてられます。いまやあなたも、《馬鍬》や装置全体の働きを評価してくださるのではないでしょうか？——ではご覧ください！」彼は梯子を駆けのぼると、歯車の一つを回しながら、したに向けて叫んだ。「気をつけてください。わきにさがってもらえますか！」すると、装置全体が動きはじめた。もしも歯車が軋んでいなかったならば、すばらしい見物《みもの》だっただろう。歯車がかくも騒々しいことに驚いたかのように、歯車に向かって拳《こぶし》を突きだして脅す素振りをした士官は、旅行者にたいして失礼を詫びるように両腕を広げると、急いで梯子を駆けおり、装置の動きをしたから観察しようとした。士官にしか分からないことであるが、まだ調子が悪いところがあった。ふたたび梯子をよじのぼり、《製図家》の内部に両手を突っ込むと、早くしたに降りるべく、梯子を使う代わりにポールの一つをつたって滑り降りた。そして、騒音のなかでも聞こえるように、旅行者の耳元に精一杯の大声で叫んだ。「どういう行程をたどるかお分かりになりますか？《馬鍬》が書き始め、男の背中に最初の文字を彫り終わると、綿の層が回転し、身体をゆっくりと横向きに転がすことで、《馬鍬》が新たに書き込むスペースをつくりだすのです。そのあいだに、書き込まれて傷ができた個所を綿のうえに押しあてるのですが、特殊加工された綿がすぐさま出血を止めて、文字をさらに深く彫り込むための準備をします。《馬鍬》の端がこのようにギザギザしているのは、身体がさらに回転するのにあわせて傷口から綿を剝がし、穴のなかに棄て去るためでして、それが終わると《馬鍬》がまた作業に取りかかります。このようにして《馬鍬》は、十二時間かけて、徐々に深く彫り込んでいきます。最初の六時間は、囚人は通常とほとんど変わらず生きており、ただ痛みに苦しんでいるだけです。その二時間後にはフェルトが除去されますが、男にもう叫ぶだけの力が残っていないからです。この頭の部分の端のところには、電気で保温された小鉢にあたたかいお粥《かゆ》を入れておき、囚人が食べたいときに舌で舐めとることができるようにします。この機会を逃すような囚人などいません。経験豊富な私ですが、そんな囚人にお目にかかったことはありません。六時間が経過するころになると、囚人は食欲をなくします。すると、私はたいていここに膝をついて、どんな様子か観察することにしています。囚人が最後の一口を呑みこむことはめったになく、たんに口のなかでクチャクチャさせたあと、穴に吐き出してしまうのです。そのときは顔にかからないように屈まないといけません。しかし、こうして六時間も経過すると、囚人はなんと静かになることか！　愚鈍きわまる男の表情にも知性が浮かんでいきます。それは目のまわりに現れ、そこから顔全体に拡がっていくのです。自分も一緒に《馬鍬》のしたに寝ころんでみたい気にさせられるような光景です。それから先は何も起こりません。囚人はひたすら文字を解読しようとしはじめ、耳をすますかのように唇をとがらせます。ご覧いただいたように、文字を目で解読するのは容易なことではありません。われわれの囚人は、自分につけられた傷によってこの文字を解読するのです。言うまでもなく大変な仕事です。解読が完了するまでに六時間かかります。ですが、それが終わるころには、《馬鍬》が囚人を完膚なきまでに突き刺して、穴のなかに投げ棄てます。血まみれの水と綿のうえに死体がバチャッと音をたてて落ちるのです。これで裁判は終わり、われわれ、つまり私と兵士とで死体をさっと埋葬します」

士官の話に耳を傾けていた旅行者は、上着のポケットに両手を入れたまま、機械の作業を見つめた。囚人も機械を見つめていたが、何も理解していなかった。囚人は少し屈んで、針が揺れる様子を目で追っていたが、そのとき、士官の合図に応じて、兵士がうしろから囚人のシャツとズボンをナイフで一刀両断に切り裂いたので、どちらも囚人の身から離れ落ちた。囚人は自分の裸を隠そうと、落ちていく衣服をつかもうとしたが、兵士が彼を持ち上げ、最後の襤褸《ぼろ》切れにいたるまで振るい落した。士官は機械を停止させ、急にあたりが静まりかえるなかで、囚人が《馬鍬》のうえに寝かしつけられた。鎖が外され、そのかわりにベルトが締められた。それによって囚人は、ほんの一瞬安堵《あんど》の気持ちを味わったようであった。すると《馬鍬》がもう一段下がった。囚人が痩せていたからであった。針の先端が囚人に触れると、彼の皮膚がびくっとした。兵士が右手を固定しているあいだ、囚人はどこに向けるともなく左手をのばしていたが、それは旅行者が立っている方向だった。士官は横から旅行者をずっと見つめていた。それはまるで、自分がいま取りあえずの説明をおこなった処刑がどのような印象を与えたのか、旅行者の表情から読み取ろうとしているかのようであった。

手首をとめておくはずのベルトが切れた。おそらく兵士が強く引っ張りすぎたためだった。手を貸していただきたいと、兵士は士官に千切れたベルトの部分を見せた。士官も兵士のそばに近寄ると、顔を旅行者に向けて言った。「機械はとても複雑な構成になっておりまして、あちこちで切れたり壊れたりするのは仕方ありません。ですが、だからといって機械全体を誤って評価してはなりません。ベルトの代用品はすぐに見つかるのですから。鎖を使うことにしましょう。もっとも、右腕にたいする振動の柔らかさが損なわれてしまうことにはなりますが」鎖を取りつけながら、彼はさらに言った。「機械を維持するための予算が、いまでは大きく削減されてしまいました。前司令官のころは、この目的のためだけに、私が自由に使ってよいお金が用意されていたのです。ここの倉庫には、ありとあらゆる予備の部品がストックされていました。告白しますと、私は予備の部品を浪費に近いようなペースで使っておりました。いまではなく、昔の話です。新司令官はいまもそうだと主張していますが、この方にとって、すべては旧来の機構を撲滅するための口実にすぎないのです。いまや新司令官は機械のための予算を自分で管理していて、ベルトを新しく交換してもらおうと部下を派遣しても、千切れたベルトを証拠品として添えるように要求したうえで、十日たってようやく新しいベルトが届けられるのですが、これが粗悪な代物で、ほとんど役に立たないのです。そのあいだ私がベルトなしでどのように機械を動かせばよいのかなど、誰もお構いなしなのです」

旅行者は考えていた。余所の国の事情にずけずけと首を突っ込むのは、いつでも考えものだ。自分はこの流刑地の住民でもなければ、流刑地が属している国家の国民でもない。もしもこの処刑を非難したり、ひそかに妨害しようとしたりすれば、「おまえは外国人なのだから、おとなしくしていろ」と言われかねない。それにたいして自分は何も言い返せず、できるのはただこう言い足すことだけだろう。この件に関してはなぜこんなことをしたのか自分でも理解に苦しむ、旅行をしていたのはたんに見学するためであって、よその国の裁判制度を変えようなんて気はさらさらなかったのだ、と。けれども、ここでおこなわれていることに、大いに心を動かされるものがあることは確かだ。裁判のやり方が不公正であり、処刑も非人間的であることは疑う余地がない。自分が利己心からそんなことをしていると誰かに受け取られる心配はありえない。なぜなら、囚人は自分にとって見ず知らずの他人であり、同国人でもなければ、同情を誘うような種類の人間でもないからだ。自分自身、政府高官の紹介状を何通ももっており、ここでもきわめて丁重な接待をうけた。自分がこの処刑に招待されたのも、この裁判についての自分の判断が求められているということを意味しているのではないかとさえ思えてくる。いま明確すぎるほどの口調で聞かされたように、いまの司令官はこの裁判方式を支持しておらず、士官にたいして敵対的ともいえるような態度を取っているだけに、なおさらありそうなことだ。

　そのとき旅行者の耳に、士官の怒鳴り声が聞こえた。ちょうど士官は、大いに苦労した末に、囚人の口にフェルトの栓を押し込んだところだったのだが、堪えがたい吐き気に襲われた囚人が、目を閉じて嘔吐してしまったのである。急いで囚人の口を栓から引き離し、囚人の頭を穴の方に向け変えようとしたが、もう手遅れで、すでに吐瀉物《としゃぶつ》が機械を伝ってだらだらと垂れ落ちていた。「なにもかも司令官のせいだ！」士官は怒鳴ると、正気を失ったように前方の真鍮のポールを揺さぶった。「俺の機械を豚小屋のように汚しやがって」彼は両手をわなわなと震わせながら、何が起きたのか旅行者に指し示した。「処刑の前日にはいかなる食べ物も与えてはならない。そのことを司令官に理解してもらおうと何時間も努めたのです。ですが、新しい寛大な方針は別の意見なのです。司令官が困っておられるご婦人がたが、囚人が連行されるまえに、砂糖菓子をたらふく咽喉《のど》に詰め込むのです。それまでの全人生でひたすら臭い魚ばかり食ってきた男が、いまや砂糖菓子を食べるはめになるとは！　でも、それもいいでしょう。何も文句はありません。ですが、私が三ヶ月もまえから請求してきたのに、なぜ新しいフェルトを支給してくれないのでしょうか。百人以上の男が死に際に吸ったり嚙んだりしていたフェルトを口にくわえて、吐き気がしない奴なんているわけがないじゃありませんか？」

囚人は首《こうべ》を垂れ、穏やかな表情を浮かべていた。兵士は囚人が着ていた衣服で機械を拭くことに専念していた。士官が旅行者に近づいてきた。何か嫌な予感がした旅行者は一歩うしろに下がったが、士官は彼の腕を取り、自分のそばに引き寄せた。「あなたという方を信頼して、少しご相談したいことがあるのですが」彼は言った。「よろしいでしょうか？」「もちろんです」旅行者はそう言うと、目を伏せて耳をすませた。

「いまからご覧いただくこの裁判方式や処刑に、あなたはさぞや賛嘆されるでしょうが、現在のところ、われわれの植民地のなかでこれを公然と支持する者はもはやいなくなってしまいました。私がこの方法の唯一の擁護者であるとともに、旧司令官の遺産についての唯一の代弁者なのです。この方法をさらに拡充することなど、私にはもう考えることもできません。いまあるものを維持するだけで手一杯というありさまです。旧司令官がご存命だったころは、植民地じゅうが彼の支持者で一杯でした。旧司令官が持たれていた説得力は、私も幾分かは持ちあわせてはいますが、彼にあった権力が私には皆無なのです。そのために、彼の支持者は姿を隠してしまいました。まだ数多く存在しているものの、自分がそうであるとは誰も認めないのです。今日は処刑の執行日にあたるわけですが、もしも喫茶店にいかれて周囲の会話に耳をすませたとしても、聞こえてくるのはおそらくどっちつかずの曖昧な発言ばかりでしょう。彼らはみな旧司令官の支持者ではあるものの、いまのような見解を抱いている現司令官のもとでは、私の味方にはまったくなってくれないのです。ここでお訊ねします。現司令官と、彼の意見に影響を与えている愛人たちのために、このような畢生《ひっせい》の傑作が」――彼は機械を指さした――「台無しになってもいいのでしょうか？　そんなことが許されるでしょうか？　たとえ客人として数日間われわれの島に滞在されるだけのお方であっても、こんなことを許していいとお思いですか？　しかし、もう事態は切迫しています。私の裁判権に反対する動きが準備されています。司令部ではすでに審議が何度もおこなわれていますが、私は呼ばれていません。それどころか、あなたが今日ここを訪問くださっていることすら、いまの状況のすべてを物語っているように思われます。卑怯《ひきょう》な奴らは、外国人であるあなたを送り込んできたのです。――かつての処刑がどれほど違っていたことか！　処刑執行の前日からすでに谷じゅうが人で溢れかえっていました。見物するためだけにみんな集まってきたのです。早朝に司令官がご婦人がたを連れて登場してきました。ファンファーレが宿営地のすべての兵士を目覚めさせます。すべて準備完了、と私が報告します。列席の方々――高官は欠席することが許されていませんでした――は、機械のまわりに列を組んで座っています。この籐椅子の山は、あの時代の惨めな残滓《ざんし》なのです。洗浄されたばかりの機械はぴかぴかに輝き、処刑のたびに私はほとんどかならず新しい部品を受け取りました。何百人もの目が見守るまえで――爪先立ちの観衆が、あそこの高台まで埋めつくしていました――司令官ご自身の手で囚人が《馬鍬》のしたに横たえられます。いまは一兵卒に任されていることが、あのころは裁判長である私の仕事であり、私の名誉とするところだったのです。そして、いよいよ処刑が始まります！　耳ざわりな騒音が作業の邪魔になることはありません。もはや処刑を見ようとはせず、目を閉じて砂のうえにうつ伏せになる人も少なくありません。誰もが知っています。いまこそ正義がおこなわれるのだ、と。静まりかえるなかで、フェルトによって弱まった囚人の呻《うめ》き声だけが聞こえてきます。今日の機械には、フェルトでも圧《お》し殺せないような激しい呻き声を囚人から出させることはできません。当時は文字を書き込む針の先に腐食性の液体を滴下していましたが、いまでは使用禁止になっていますので。そうするうちに、いよいよ六時間目になります！　近くで眺めることを許可してほしいという願いを、全員に認めるわけにはいきません。深いお考えのあった司令官は、とりわけ子供たちを優先させるようにお命じになりました。私は職業柄、いつでもすぐそばにいることが許されていました。幼い二人の子供たちを右腕と左腕にかかえて、そこにしゃがんでいることもしばしばでした。われわれはみな、苦しみもだえる顔に浄化の形跡が現れてくるさまを、どのような思いで受けとめたことか！　ようやく達成されたものの、すでに消え失せようとしているこの正義の輝きに、いかにわれわれは頰を照らされたことか！　同志よ、なんという時代だったでしょう！」明らかに士官は、自分のまえに立っているのが誰なのか忘れていた。彼は旅行者を抱きしめると、その肩に顔を埋めた。非常に当惑した旅行者は、士官の肩越しに苛立《いらだ》たしげな視線を送った。清掃作業を終えていた兵士は、お粥を缶から小鉢へと注いでいるところだった。それに気づいた囚人は、もうすっかり元気を取り戻した様子で、すぐさま舌を使ってお粥にかぶりつきはじめた。お粥はもう少しあとになってからのものだったらしく、兵士は何度も囚人を押しのけたが、しかしまた、兵士が汚い両手を小鉢に突っ込んで、食べたくてたまらない囚人のまえでお粥を食べてしまうのは、何とも見苦しい光景であった。

士官はすぐにわれに返った。「感情に訴えたいわけではないのです」彼は言った。「今日あの時代のことを理解していただくのは不可能であることは承知しています。ともあれ、機械はまだ動いていて、自動で作動しています。この機械は、たとえこの谷にぽつんと一台置かれているにせよ、自動で作動しているのです。それに、処刑が終わると、死体は、いまも昔と変わることなく、とてもやわらかな軌道を描いて穴のなかに落下していきます。当時のように、何百人もの人々が蠅《はえ》のように穴のまわりに群がっているというわけにはいきませんが。あのころは穴のまわりに頑丈な柵を張りめぐらせなければなりませんでしたが、それもとっくに取り払われてしまいました」

士官から顔をそむけたくなった旅行者は、あてもなくあたりを見回した。谷の荒廃ぶりを観察しているのだと思い込んだ士官は、彼の両手を握ると、目を合わせるために彼の周囲をまわり、こう訊ねた。「この惨状をお感じいただけましたか？」

だが、旅行者は黙っていた。士官は少しのあいだ旅行者にかまうことをやめ、両足を拡げ、両手を腰にそえて、無言で立ちつくしながら地面を見つめた。それから士官は、元気づけるように旅行者に微笑みかけて言った。「昨日、司令官があなたを処刑に招待したとき、私はそばにいました。私は招待の言葉を聞きました。私は司令官という人間を知っています。すぐさま私は、あなたを招待することで彼が何を企んでいるのか理解しました。彼の権力は強大で、私に直接反対することも十分できるのにもかかわらず、まだ敢えてそうしません。そのかわりに、おそらく彼は、著名な外国人であるあなたの批判に私を晒《さら》そうというのです。彼は周到に計算しています。島に到着してまだ二日目のあなたは、旧司令官のことも、その思考範囲のこともご存じない。あなたはヨーロッパ的な見方にとらわれていて、死刑一般にたいして基本的に反対の立場で、とりわけこのような機械による処刑法にはまったく賛成できないかもしれません。くわえて、あなたが見ることになるのは、一般の人々の立ち会いもなく、すでにかなり破損した機械のうえで処刑が執りおこなわれる寂しい光景です——かくして、これらすべてを考えあわせれば（と、司令官は考えているわけです）、あなたが私のやり方を不当であると見なすことは、きわめてありそうなことではないか？　さらに、あなたが不当なものと見なした場合、あなたはそれを（私はまだずっと司令官の考えを述べています）黙ってはいられないだろう。なぜなら、あなたは数多くの試練を乗り越えてきたご自分の信念を確かに信頼されているのだから。もっとも、多くの国民の習俗をたくさんご覧になり、それらを尊重することを学んでこられたあなたですから、おそらく、ご自身のお国であればそうするように、このような処刑法にたいする反対意見を大声で訴えるといったことはなさらないでしょう。しかしながら、司令官はそんなことをまったく必要としていません。たんなる不注意から洩れた、ちょっとした一言だけで十分なのです。彼の願望に表向きだけでも合致してさえいれば、あなたの信念にもとづく言葉である必要はまったくありません。彼が狡猾のかぎりをつくしてあなたに根ほり葉ほり質問をするものと、私は確信しています。彼のご婦人がたがあなたを囲むようにして座り、耳をすますでしょう。たとえば、あなたは言います。《われわれの国では、裁判手続きがことは違います》とか、《われわれの国では、被告人は判決のまえに尋問を受けます》とか、《われわれの国では、被告人は判決を聞かされます》とか、《われわれの国では、死刑以外の刑も存在します》とか、《われわれの国でも拷問はありましたが、中世のころの話です》とかいったことを。こうした見解はすべて正しく、あなたにとっては当たり前だと思われるものです。他意のない見解であり、私のやり方を傷つけるものではありません。しかしながら、司令官はどのように受けとめるでしょうか？　目に浮かんでくるようです。善良なる司令官が、すぐさま椅子を脇に押しやり、バルコニーへと急ぐ姿が。彼のご婦人がたがぞろぞろとそのあとを追い、彼の声――ご婦人がたは「雷《いかずち》の声」と呼んでいます――に聞き耳を立てる。すると彼が話し始めます。《万国の裁判手続きを査察するという任務を負った西欧の著名な研究者が、まさにこう言われた。古い慣習にもとづくわれわれの方式は非人間的であると。かくも権威ある人物がこのような判断を下したあと、この方式を黙認することはもはや不可能であることは言うまでもない。よって、本日をもって私は命令する——《云々》あなたは抗議しようとします。彼が布告したことは、自分が言ったことと違う。自分はここでの方式を非人間的であるとは言わなかった、と。それとは逆に、深いお考えがあるあなたは、私の方式がもっとも人間的であり、もっとも人間を尊重しているというお考えです。あなたはまた、機械に感嘆の念を抱いてもいます——ですが、遅すぎます。バルコニーはご婦人がたですでに一杯で、あなたはそのなかに入ることすらできない。あなたは注意を惹こうとします。叫ぼうとします。ですが、ご婦人の手がのびてきて、あなたの口を塞《ふさ》ぐのです——かくして私は、そして旧司令官の傑作は敗れ去ってしまうのです」

旅行者は思わずニヤッとしそうになるのをこらえた。あれほど困難であると思い込んでいた仕事が、かくも容易であると分かったからだった。彼ははぐらかすようにして言った。

「あなたは私の影響力を過大評価されています。司令官は私の紹介状を読んでいますので、私が裁判手続きの専門家ではないことを知っています。かりに私が何らかの意見を述べたとしても、それは一介の私人の意見にすぎず、その辺にいる別の輩《やから》の意見以上に重要であるというわけではありません。いずれにせよ、司令官の意見に比べれば取るに足らないものです。私の理解しているところでは、司令官はこの流刑地できわめて広い権限を有しているようです。この方式にたいする彼の意見が、あなたが確信されているように、それほど明確であるならば、その場合、私のささやかな後押しなどなくても、この方式は終わりを迎えることになるのではないかと思うのですが」

士官はもう納得しただろうか？　いや、彼はまだ納得していなかった。激しく首を振ると、囚人と兵士の方をちらっと振り返った。二人はびくっとして、お粥を喰うのをやめた。士官は旅行者のすぐそばまで近づくと、顔を正面から見ることなく、上着のあたりを見つめながら、先ほどよりも小さな声で言った。「あなたは司令官のことをご存じないのです。あなたは、彼とわれわれ全員にたいして――こういう表現をお許しください――ある意味で無害な存在です。それだからこそ、私のことを信じていただきたいのですが、あなたの影響力をいくら高く評価してもしすぎるということはないのです。あなたがお一人で処刑に立ち会われると聞いたとき、私は狂喜乱舞しました。司令官の指令は私を標的にしたものですが、それを逆手にとってやろうと思ったのです。あなたは誤った耳打ちや蔑《さげす》むような視線――大勢が処刑に立ち会った場合、何とも避けようがないものです――によって気を逸らされることなく、私の説明をじっくりとお聞きになり、機械をご覧になり、これから処刑を見学されようとしています。あなたのお考えはすでに固まっていることでしょう。たとえまだ小さな疑問点がいくつか残っていたとしても、実際に処刑を目《ま》の当たりにすればたちどころに消え失せるでしょう。そこであなたにお願いしたい。司令官のまえでは、私の味方をしていただきたいのです！」

旅行者は、さらに言葉をつづけようとする士官を遮った。「そんなことがどうして私にできるでしょう」彼は叫んだ。「そんなことは絶対に不可能です。あなたの害にもならなければ、あなたの力にもなれません」

「あなたにはできます」士官は言った。旅行者は、士官が拳を握りしめる姿を、少し怯《おび》えながら見つめた。「あなたにはできるのです」士官はいっそう迫るような口調で繰り返した。「私には成功間違いなしの計画があるのです。あなたはご自身の影響力が十分なものではないとお考えですが、そんなことはないと私は思っています。しかし、かりにあなたのお考えが正しいとしても、この方式を維持するためには、たとえ十分ではないかもしれないことでも、あらゆることを試してみる必要があるとは思いませんか？　ともかく、私の計画を聞いてください。それを実行するために何よりも必要なのは、あなたが今日、この植民地で現行の方式にたいする意見をできるかぎり口にしないということです。誰かに直接訊ねられでもしないかぎり、けっして発言なさらないでいただきたい。何か発言する場合でも、短く不明確にお願いします。みんな気づくはずです。そのことについて話をすることは難しいのだ、あなたは苦々しい思いでいるのだ、率直に話すように言われたら、たちまち悪態の言葉をぶちまけるに違いない、ということに。あなたに嘘をつけと申しているわけではありません。めっそうもないことです。たんに短い受け答えをしていただきたいのです。たとえば、《ええ、処刑は見ました》であるとか、《ええ、説明はすべて受けました》といったように。それだけ言ったら、あとは何も言わないでください。あなたが苦々しく思っているということに気づかせるには、それだけで十分なきっかけになります。たとえ司令官がそう思っているような意味ではないとしても。当然ながら、司令官はあなたの態度を完全に誤解し、自分のいいように解釈するでしょう。私の計画はその点に基づいています。明日、司令部では、司令官を座長として、行政官僚の高官全員を集めた大きな会議が開催されます。司令官がそのような会議を見世物にするすべを心得ていることは言うまでもありません。会議室には立見席が設けられていて、いつも大勢の見物客で満杯です。私も協議に参加しなければならないのですが、嫌悪感のあまり身震いがするほどです。さて、いずれにせよ、あなたが会議に招待されることは間違いありません。もしもあなたが私の計画どおり振る舞ってくだされば、招待というより切なるお願いとなるでしょう。もっとも、何らかの不可解な理由であなたが招待されないということになれば、あなたから招待を要求していただかなければなりません。そうすれば、あなたが招待を受けることは間違いありません。さて、かくして明日あなたは、ご婦人がたとともに司令官の関係者用の桟敷席に座ります。彼は何度もうえに視線を送って、あなたがいることを確かめます。さまざまな、どうでもいい、お笑いぐさの、聴衆だけを当てこんだ協議事項——たいていが港の建設問題です。いつも決まって港の建設問題なのです！——が終わると、裁判方法についても議題に上ることになります。司令官の側から動議が出されなかったり、もたもたしたりしている場合には、議題となるように私が取り計らいます。私は立ち上がり、本日の処刑について報告するでしょう。本当に手短に報告するだけです。ここでは普通、そんな報告はおこないませんが、それでも私はそうします。いつものように司令官が微笑みながら私に礼を言うでしょうが、いまや自分を抑えることができなくなった彼は、この絶好のチャンスを逃しません。《たったいま》そんなことを彼は言うはずです。《処刑についての報告があった。私はこの報告にたいして、次の点を付け加えたい。

かの著名な研究者がわれわれの植民地をご訪問くださっているというこのうえない名誉についてはすでに全員が聞き及んでいることであろうが、まさにこの処刑にその方が立ち会ってくださったのである。本日のこの会議も、その方にご臨席いただいていることで、その意義を大いに高めることとなった。この著名な研究者に、従来の慣習にしたがったこの処刑とそれに先立つ裁判手続きについて、どのような感想を抱かれたのか質問してみたいと思うのだが、いかがだろうか？》もちろん、満場の拍手で全員一致の賛成。私がもっとも大声で賛成します。司令官はあなたに一礼し、こう言います。《それでは、一同を代表して、私が質問させていただく》するとあなたが手すりのところに向かう。両手は全員が見えるところに置いてください。さもないとご婦人がたが手を握りしめて指で弄《もてあそ》んだりしかねませんので。——そしてようやくあなたが発言します。それまでの数時間におよぶ緊張をどうやって我慢すればいいのか、自分には見当もつきません。話をされているときは、遠慮なさってはいけません。真実を大声で話してください。手すりから身を乗り出して怒鳴ってください。そう、司令官に向けて、あなたのお考えを、あなたの揺るぎないお考えをぶちまけていただきたいのです。ですが、あなたはそうなさりたくないかもしれません。あなたのご性格にそぐわないでしょうし、あなたのお国ではそうした場合には違った振る舞いをなさるかもしれませんので。それも結構です。それでも完全に事足ります。あなたは立ち上がる必要すらありません。ただ一言二言、あなたのしたにいる役人たちには何とか聞こえるくらいの声で、ささやくようにおっしゃっていただければ、それだけで十分です。処刑にたいする関心の薄さについて、歯車がギシギシいうことについて、ベルトが切れることについて、フェルトがむかつくほど汚いことについて、あなたご自身がお話しくださる必要はないのです。あとのことはすべて私が引きうけます。信じていただきたい。私の演説に耐えかねて議場から逃げ出さなかったとすれば、奴は思わずひざまずいて、《旧司令官閣下、私はあなたにひれ伏します》と告白せざるをえなくなることでしょう。——これが私の計画です。実行するために力をお貸しいただけますね。いや、力を貸したいというよりも、力を貸さないではいられない、といったお気持ちでしょう」そして士官は旅行者の両腕をつかみ、喘ぐようにしながらその顔を見つめた。最後の方になると彼の口調はほとんど叫ぶようだったので、兵士と囚人もさすがに注意を向けた。彼らは何も理解できなかったが、にもかかわらず、お粥を食べるのをいったん中断し、口をもぐもぐさせながら旅行者に目を向けた。

旅行者にとって、なされるべき返事は最初から決まっていた。ここで心を揺るがされるほど、彼の人生経験は浅くなかった。彼は基本的に真面目で、恐れ知らずであった。にもかかわらず、いまこうして兵士と囚人を目のまえにすると、ほんの一瞬だけ躊躇《ちゅうちょ》するものがあった。だが、結局彼は、自分が言わなければならないことを言った。「お断りします」士官は何度も目をパチパチとしばたたかせたが、視線を逸らすことはなかった。「説明が必要ですか？」旅行者は訊ねた。士官は無言でうなずいた。「私はこの処刑方式には反対なのです」旅行者は言った。「あなたが私に胸襟を開いてくださるまえから——もちろんながら、このように信頼してくださったことを悪用するつもりは毛頭ありませんが——すでにこう考えていました。この方式に反対するべく介入するための権利が自分にあるだろうか、どんなにわずかであろうとも私の介入に成功の見込みがあるだろうか、と。その場合に、まず誰に話をしなくてはならないかは明白でした。もちろん、司令官にです。あなたの計画を伺って、ますます気持ちがはっきりしました。もっとも、それで私の決心が固まったというわけではありません。逆に、あなたの誠実な信念は私の心に響きました。たとえ私の心を動かすことはできないにしても」

士官は押し黙り、機械の方を向くと、真鍮のポールの一つをつかみ、少しのけぞった姿勢で、あたかも具合の悪いところがないか点検でもするかのように《製図家》を見上げた。兵士と囚人はおたがいに打ち解けたようであった。囚人は、ベルトで固定された身には難しい芸当であったが、兵士に合図を送ると、自分の方に身を屈めた兵士に何かをささやき、それにたいして兵士がうなずいた。

旅行者は士官のあとを追い、こう言った。「私が何をするつもりか、あなたにまだお話ししていませんでした。私はこの処刑方式にたいする自分の意見を司令官に申し上げるつもりです。もっとも、会議の席ではなく、司令官と二人だけのときに。私はここにあまり長く滞在する予定はありませんので、何らかの会議に呼ばれるなどということはありえないでしょう。私は明日の早朝にはすでに出発しているか、少なくとも船に乗り込んでいます」士官は聞いているようには見えなかった。「ここの方式に納得いただけなかったということですね」と独りごとのように言った彼は、微笑みを浮かべた。その表情はまるで、子供のつまらない言葉に微笑んでみせるものの、自分自身の本心をその表情の陰に隠している老人のようであった。

「それでは、時間がきたというわけです」士官は最後に言うと、突然目を輝かせて旅行者を見つめた。その目には、協力してもらいたいという要求ないしは呼びかけが含まれていた。

「何の時間ですか？」不安になって旅行者は訊ねたが、答えは返ってこなかった。

「おまえは釈放だ」士官は囚人に現地の言葉で言った。囚人は、最初は信じられない様子だった。「おい、おまえは釈放されたんだよ」士官は言った。囚人の顔がはじめて生きいきしてきた。本当だろうか？　たんなる士官の気まぐれで、ぬか喜びにすぎないのではないか？　外国人の旅行者が恩赦になるよう働きかけてくれたのだろうか？　何があったのか？　彼の表情はそう問いかけているように見えた。だが、長くはつづかなかった。たとえ何であろうとも、それが許されるというのであれば、実際に自由になりたい。《馬鍬》が許すかぎり、彼はもがきはじめた。

「俺のベルトを引きちぎる気か」士官は叫んだ。「おとなしくしていろ！　すぐに解いてやるから」そして彼は、兵士に合図を出すと、二人で作業にかかった。囚人は無言で何となしに薄ら笑いを浮かべながら、左側の士官の方に顔を向けたかと思うと、右側の兵士の方を向いた。旅行者に目をやることも忘れなかった。

「こいつを引きだせ」士官は兵士に命じた。《馬鍬》があるために、それは少々注意を要する作業だった。囚人は待ちきれないでもがいたために、背中に小さな傷がいくつもできた。

しかしながら、いまや士官は囚人のことなどもはやほとんど気にしていなかった。彼は旅行者に近づくと、小さな革の書類入れをふたたび取り出し、紙をパラパラとめくって目当ての一枚を見つけると、旅行者に示した。「読んでみてください」彼は言った。「私にはできません」旅行者は言った。「私にはこうした書類は読めないと、すでにお伝えしたはずです」「この書類をもっとよく見ていただきたいのです」そう言うと士官は、旅行者のわきに並んで一緒に読もうとした。それも功を奏さなかったので、書類のうえを小指で、絶対に直接触れることは許されないとでも言うように大きく距離を置いたところから、何が書いてあるかなぞって見せることで、旅行者が読む手助けをしようとした。旅行者の方も、せめてそれくらいは士官の望みに応えようと努力してみたが、しかし駄目だった。すると士官は文字のスペルを一文字ずつ読み上げはじめ、それが終わるともう一度、今度はひとまとめにして読んだ。「正しくあれ！――そう書いてあります」彼は言った。「もうご自身でお読みになれるでしょう」旅行者は紙のうえにとても深く屈みこんだので、触れられることを恐れた士官は紙を遠ざけた。旅行者はもはや何も言わなかったが、依然として何も読めていないことは明らかだった。「正しくあれ！――そう書いてあるのです」士官はもう一度言った。「そうかもしれません」旅行者は言った。「そう書いてあるような気がします」「けっこう」少なくともある程度は満足した表情で士官は言うと、紙を持ったまま梯子をのぼった。その紙をきわめて慎重な手つきで《製図家》のなかにそっと置くと、歯車装置の設定を全面的に変更しているようすだった。それはきわめて手間のかかる作業で、小さな歯車にいたるまですべてを調整し直さないといけないらしく、士官の頭がすっかり隠れるまで《製図家》のなかに埋没してしまうこともしばしばだった。歯車装置をきわめて綿密に検査しているに違いなかった。

旅行者はしたからこの作業をずっと見守りつづけていたので、首はこわばり、溢れんばかりの太陽の光にじりじりと照りつけられたために目が痛くなった。兵士と囚人は自分たちのことしか眼中になかった。穴のなかに落ちていた囚人のシャツとズボンを、兵士が銃剣の先を使って拾いあげた。吃驚《びっくり》するほど汚れたシャツを、囚人はバケツの水で洗った。それから囚人がシャツとズボンを身に着けると、背中のところで真っ二つに裂けていたので、兵士も囚人も声をあげて笑い出さずにはいられなかった。おそらく囚人は兵士を喜ばせることが自分の義務だと思ったのだろう。彼は破れた服を着たまま兵士のまえでくるくると回ってみせたので、地面にしゃがみこんだ兵士は膝を叩いて笑った。それでも二人は、偉い人たちの面前ということで、なおも自制していた。

うえでの作業をようやく終えた士官は、微笑みながら全体をあらゆる部分にわたってもう一度見渡し、それまで開いたままだった《製図家》の蓋を閉め、したに降り、穴のなかを覗き、そのあと囚人を見て、囚人が自分の衣服を拾い上げたことに気づいて満足そうな表情を浮かべたあと、手を洗うべく水の入ったバケツのところに行ったが、水がいやに汚れていることに遅まきながら気づき、手を洗えないと知って悄然《しょうぜん》とし、結局は両手を——この代替案に彼は不満だったが、やむをえずといった様子で——砂のなかにつっこむと、立ち上がって制服のボタンを外しだした。すると、襟元に押し込んでいた女性用のハンカチが二枚、真っ先に手元に落ちてきた。「ほら、おまえのハンカチだ」と彼は言い、囚人に向かってそれを投げた。そして旅行者にたいして説明するように言った。「ご婦人がたからプレゼントされたものです」

明らかに大慌てで制服の上着を脱ぎ、続けて残りの服を脱いだ士官であるが、服は一枚一枚きわめて丁重に扱い、軍服に付いている銀の飾り紐をわざわざ指で撫で、房の部分を揺って整えさえした。もっとも、このような丁重さにあまりそぐわないことだが、一枚の衣服をたたみおえると、すぐさまそれを苛々した手つきで穴へと放り投げてしまうのであった。最後に彼の身に残ったのは、ベルトで吊られた短剣だけだった。彼は短剣を鞘《さや》から抜くと、それをへし折り、折れた短剣と鞘とベルトをすべて一まとめにして勢いよく投げ棄てたので、穴の底でぶつかりあう音が響いた。

いまや士官は真っ裸で立っていた。旅行者は無言で唇を嚙みしめていた。彼は何が起こるか分かっていたものの、士官がしようとすることを妨げる権限はなかった。士官が執着している裁判方式が実際に近々廃止になるのであれば——もしかするとそれは、旅行者がおのれの義務感の命じるままに介入した結果かもしれない——いまや士官は完全に正しい行動をとっていることとなり、旅行者自身もまた、士官の立場に置かれればまったく同じことをしただろう。

兵士と囚人は当初は何も理解しておらず、士官の方を見ようとすらしなかった。囚人はハンカチを返してもらえたことをとても喜んでいたが、それも長くはつづかなかった。というのも、兵士が思いもかけないほど素早い動きでハンカチを取ってしまったからだった。すると、今度は囚人が、兵士が腰帯のうしろにはさんだハンカチを抜き取ろうとしたものの、兵士は油断なく警戒していた。そのようにして、二人はなかばふざけながら争っていた。士官が素裸になったとき、二人ははじめて注意を向けた。とりわけ囚人は、事態が急変したことに何となく気づいたように見えた。彼の身に起きたことが、今度は士官の身に起こるのだ。もしかすると行きつくところまで行くかもしれない。たぶん外国人の旅行者がそう命令したのだろう。つまりこれは復讐なのだ。自分の苦しみは行きつくところまでは行かなかったが、復讐は仕舞いまでしてもらえるのだ。囚人の顔一面に浮かんだ無言の笑いは、もはや消えることがなかった。

だが、士官は機械の方を向いていた。彼が機械を熟知していることはすでに明白であったが、彼が巧みに機械を操り、それに機械が意のままに従うさまは、見ていてほとんど驚嘆させられるほどだった。彼が手を近づけただけで、《馬鍬》は上下に何度も動いて、彼を受け入れるのに適した位置にまで移動した。彼が《寝台》の端をつかんだだけで、もう機械は振動しはじめた。フェルトの栓が彼の口のところに近づいてきたとき、士官はあまり気が進まないように見えたものの、躊躇したのはほんの一瞬だけで、すぐに順応してフェルトを口に含んだ。すべての準備は整った。ただベルトだけが脇から垂れ下がっていたものの、士官の身体を固定する必要はなかったので、それが無用であることは明らかだった。そのとき、ベルトが解けていることに気づいた囚人が、ベルトが締められていないことには処刑は完全ではないと考えたようで、兵士にしきりに目配せし、二人は士官を固定するために駆け寄った。士官は片足をのばして、《製図家》を起動するためのクランクを押そうとしたところだったが、二人が近寄ってくるのを見ると、足をもとに戻して固定させるにまかせた。だが、そうするとクランクまで士官の足が届かなくなった。兵士も囚人もクランクを見つけ出すことはないだろうし、旅行者は自分からは動くまいと心に決めていた。だが、その必要はなかった。ベルトが取り付けられると、たちまち機械が作動しはじめた。《寝台》が振動し、針が皮膚のうえで踊り、《馬鍬》が上下に揺れた。旅行者はその模様をしばらくじっと見つめていたが、《製図家》の歯車の一つが軋むはずだということを思い出した。だが、あたりは静まりかえっており、回転音もまったく聞こえなかった。

作業がかくも静かだったために、機械はまさに全員の関心から消え去っていった。旅行者は兵士と囚人の方に目を向けた。囚人の方が生きいきとしており、機械のすべてに関心を抱いていて、屈んだり、身を伸ばしたりしながら、ずっと人差し指を突き出して兵士に何かを指さしつづけていた。旅行者はやりきれない気持ちになった。彼は最後までここにとどまろうと心に決めていたが、二人の様子をこれ以上見つづけるのは耐え難かった。「家に帰れ」彼は言った。兵士はそれに従うつもりであるようだったが、囚人はこの命令を処罰以外の何物でもないと受け取った。彼は両手を懇願するように組み合わせてここにいさせてほしいと頼みこみ、旅行者が首を振って譲歩しない姿勢を見せると、ひざまずきさえした。ここで命令しても効果がないことを見て取った旅行者は、そちらの方にいって、二人を追い払おうとした。そのとき彼は《製図家》のうえのあたりで変な音がするのを聞いた。彼は見上げた。やはり歯車の一つが故障していたということだろうか？　だが、それとはどこかが違っていた。ゆっくりと《製図家》の蓋が持ち上がり、バタンという音とともに全開になった。歯車のギザギザ部分があらわれ、徐々にせりあがり、やがて歯車全体が姿を現した。それはまるで、何らかの強い圧力が《製図家》に加わったために、この歯車のためのスペースがもはや残っていないかのようだった。歯車は回転しながら《製図家》の端まで移動し、落下し、砂のなかをしばらく立ったまま転がっていたが、やがて倒れて動かなくなった。だが、うえにはすでに別の歯車がのぼってきており、それにつづいて、大小さまざまの、たがいに見分けもつかない無数の歯車が次々に現れ、すべてが同じことを繰り返した。すなわち、これでもう《製図家》は空になっただろうと思うと、無数の歯車からなる新たな集団がつねに登場し、うえにのぼり、落下し、砂のなかを転がり、横倒しになるのであった。この出来事に夢中になった囚人は、旅行者の命令のことなど完全に忘れてしまった。歯車にすっかり魅了された彼は、歯車を一つでもつかみとろうとしつづける一方、自分の手助けをするよう兵士をせきたてるのだが、すぐさま現れる別の歯車に、少なくとも転がりはじめは恐怖を覚えるらしく、ビクッとして手を引っ込めるのだった。

それにたいして旅行者はとても不安になっていた。機械が崩壊しつつあることは明らかだった。作業が静かなのはまやかしだったのだ。彼は思った。士官はもはやわが身に配慮することはできないのだから、いまや自分が士官のことを引き受けなくてはならない。だが、歯車の落下にすっかり気を取られるあまり、機械の他の部分に注意することを怠っていた。だが、最後の歯車が《製図家》から落下したあと、《馬鍬》のうえに屈みこんだ彼を待ち受けていたのは、いっそう厭《いと》わしい、新たな驚きだった。《馬鍬》は書いているのではなく、たんに突き刺しているだけだった。《寝台》も身体を回転させるのではなく、たんに振動しながら身体を持ちあげ、針が深く刺さるようにしているだけであった。旅行者は、自分の手でなんとか機械の動きをすべて止めようとした。これは士官が達成しようとした拷問などではなく、たんなる殺人だった。彼は両手をのばした。だが、すでにそのとき《馬鍬》は、通常であれば十二時間目が経過してからそうなるように、串刺しにされた身体もろともせりあがり、横の方に移動していた。血が何百もの筋をひいて流れていたが、水と混ぜ合わされることはなかった。このときは送水管も故障していたからだった。さらに、最後の機能すら故障していた。身体は長い針からはずれず、血をダラダラと流しながら、穴に落ちることなく宙吊りになっていた。《馬鍬》はもとの位置に戻りかけたものの、まだ荷物が残っていることに自分で気づいたかのように、穴のうえで止まっていた。「手伝ってくれ！」兵士と囚人に向かってそう叫んだ旅行者は、自分でも士官の両足をつかんだ。両足に向かって体重をかけ、二人が士官の頭を支えていれば、士官の身体は徐々に針からはずれていくはずだ。だが、二人は近づく決心がつかなかった。囚人は完全に背を向けてしまった。旅行者は彼らのところまで行き、力ずくで士官の頭のところへと追いやった。その際、不本意ながら、死体の顔が目に入ってしまった。生きていたときと変わりなかった。約束された救いの徴《しるし》を見出すことはできなかった。機械にかけられた他のすべての囚人が見出したものを、士官は見出すことがなかったのだ。唇はかたく閉ざされ、両目は開いていて、生きているかのようだった。視線は静かで確信に満ちており、額は太い鉄棘の尖端によって刺し貫かれていた。

＊　＊　＊

旅行者が、兵士と囚人をあとに従えて、植民地の最初の家並みにまで来たとき、兵士はそのうちの一軒を指さして言った。「こちらが喫茶店です」

ある家の一階が、奥が深くて天井が低い洞窟のような空間になっており、壁も天井も煙で煤《すす》けていた。通りに面した部分は完全に開けっ放しになっていた。この植民地の建物は、司令官の宮殿にいたるまで、すべてがひどく荒廃しており、この喫茶店も他の建物ととくに違ったところはなかったものの、歴史的記憶がつまった場所であるという印象を受けた旅行者は、過ぎ去った時代の力を感じた。彼はそこに近づき、二人のお供を従えながら、喫茶店のまえの道路に並んでいる無人のテーブルのあいだを抜け、建物の内側から漂ってくる冷たく黴臭《かびくさ》い空気を吸った。「旧司令官はここに埋められています」と兵士が言った。「墓地に埋葬しては駄目だと教会の人に言われたのです。どこに埋めたらいいのか、しばらく決まらなかったんですが、結局ここに埋めました。このことについて士官は何も話さなかったでしょう。当然ながら、彼にとって最大の屈辱だったんです。士官は夜に遺体を掘り返そうと何度も試みましたが、いつも追い払われてしまいました」「墓はどこだ?」旅行者は訊ねた。兵士の言ったことが信じられなかった。たちまち兵士と囚人の二人がまえに駆けだし、手をのばして墓があるところを指し示した。彼らは旅行者を奥の壁ぎわまで案内したが、そこに幾つか置かれたテーブルには客が座っていた。おそらく港湾労働者であろう、黒く輝く短い髭を顔一面にたくわえた屈強な男たちだった。誰も上着をつけておらず、シャツはぼろぼろで、貧しく辱《はずかし》められてきた民衆だった。旅行者が近づくと、何人かが立ち上がり、壁にへばりつくようにしながら彼の方を見た。「外人だ」という囁《ささや》きが旅行者のまわりで起こった。「墓が見たいんだとさ」彼らがテーブルの一つをわきにずらすと、本当に墓石があった。普通の石で、テーブルのしたに隠してあっても邪魔にならないほどの高さしかなかった。石には非常に小さな文字で銘文が刻まれており、旅行者がそれを読むためにはひざまずかなければならなかった。そこにはこう書いてあった。「ここに旧司令官閣下は眠りぬ。いまは名を挙ぐることあたわざる閣下の信奉者たちが、ここに墓を掘り、石を据えぬ。予言ありて曰く、定めの星霜を経《ふ》りしのち、閣下は甦り、この家より信奉者を率いて植民地を奪還せんと。信じて待つべし!」旅行者がこれを読んで身を起こしたとき、自分の周囲を男たちが薄笑いを浮かべながら立っていることに気づいた。それはあたかも、彼らもまた碑文を読み、滑稽であると思い、自分たちの意見に同調するように旅行者に求めているかのようだった。旅行者は、それに気づかないふりをして、数枚のコインを彼らに分け与えると、テーブルが墓石のうえに戻されるのを待ってから喫茶店を出て、港に向かった。

兵士と囚人は、喫茶店にいた知り合いに引きとめられていた。だが、彼らはほどなくそれを振り切ったに違いなかった。というのも、ボート乗り場へと通じている長い階段の中ほどにまでようやく差しかかったとき、二人がすでに彼を追って走ってきたからだった。彼らはどうやら、最後の瞬間に自分たちも一緒に連れていってほしいと無理に頼み込むつもりのようだった。旅行者がしたで船頭と汽船に渡してもらうよう交渉しているあいだ、二人が階段を駆けおりてきた。叫び声を出すのは憚《はばか》られたのか、ずっと無言だった。だが、彼らがしたに到着したときには、旅行者はすでにボートのなかであり、船頭がちょうど離岸させたところだった。なおも彼らはボートに跳び乗りかねなかったが、旅行者は、船底から結び目のついた重たい綱を拾い上げ、それを使って威嚇《いかく》することで、二人に跳び乗らせないようにした。

（竹峰義和＝訳）

ジャッカルとアラブ人

私たちはオアシスにテントを張った。旅の仲間たちは眠っている。アラブ人が一人、そばを通り過ぎた。背が高く白い姿。ラクダの世話をしていて、これから寝にいくのだ。

私は仰向《あおむ》けに草の中に寝転がった。眠りたいのだが、眠れない。ジャッカルの悲しげな遠《とお》吠《ぼ》えが聞こえた。私はまた起き直った。遠くに聞こえていた音が、突然近くなった。ジャッカルの群に取り囲まれているではないか。鈍い金色に輝く目がずらりと並び、ちかちか点滅している。ほっそりした肉体。まるで鞭《むち》で追い回されているように、きびきびと、規則正しい動きを見せている。

一匹が背後から近づき、腋《わき》の下をくぐり、私の体温を求めるかのように、ぴったり密着してきた。それから私の前に回り、顔を突き合わせるようにして、こう語った。

「私は、ここいら一帯で最長老のジャッカルです。生きているうちにお目にかかれて幸甚《こうじん》です。もう希望を捨てかけておりました。はてしなく長いことお待ちしていたのですよ。私の母も、母の母も、そのまた母もみんな、ずっと待っていた。すべてのジャッカルの母にまで遡《さかのぼ》って、みんながです。嘘ではない!」

「おかしな話だ」と私は言った。せっかくジャッカル除《よ》けの煙を出すために用意してあった薪《たきぎ》の山に、火をつけるのを忘れてしまっていた。「そんなことを聞かされるとは、おかしな話だ。私はずっと北のほうから来たんだが、ここに寄ったのは、ほんの偶然だ。ちょっと旅行に来ただけなんだ。ジャッカルども、いったい何が望みだ？」

言い方が愛想よすぎたのか、包囲の輪はいっそう狭まった。どいつもこいつも呼吸が速く、ハァハァいっている。

「承知しております」と長老は言った。「北からおいでになったことは承知の上。だからこそ希望を抱いておるわけです。あそこには知性というものがある。このアラブ人どもに知性はありません。やつらの冷たい高慢を打ち叩いても、知性の火花が散ることはない。やつらは食べるために獣《けだもの》を殺す。なのに死骸にちゃんと敬意を払わないのです」

「そんな大声を出すな」と私は言った。「アラブ人たちが近くで眠っているぞ」

「いかにも異邦人《よそもの》らしいお言葉」とジャッカルは言った。「あなたが土地の方なら、世界史上、ジャッカルがアラブ人を恐れたことなど一度もないと知っておられたはず。いったい恐がる理由がどこにあります？　追放されて、こんな民族の下にいるとは、それだけでも十分に不幸ではないでしょうか？」

「ああ、そうかもな」と私は言った。「自分と縁遠いことについて判断できると思うほど、私は思い上がってはいない。どうやら古くからある争いらしいな。つまり血の中に刻まれているってわけだ。ということは、血を見ないと収まらないのか」

「頭がいいですね」と老ジャッカルは言った。ジャッカルどもの呼吸が、ますます速くなる。じっとしているくせに息切れしているのだ。こいつらの口からは、歯を食いしばらないと少しのあいだも耐えられないような、えぐい臭いが漂ってくる。「頭がいいですね。今のお言葉は、私どもの古い教えと一致します。つまり、やつらの血を抜き取ってやれば、この争いは終わるのです」

「おいおい！」と私は言った。思ったより声が荒くなった。「向こうだって自衛するだろうよ。火打ち銃でおまえらをバタバタなぎ倒すぞ」

「誤解しておられる」とジャッカルは言った。「ずっと北の地でも、人間の考えることは同じですね。私どもは、やつらを殺したりはしません。やつらの血の汚《けが》れを洗い清めるには、ナイル川の水量をもってしても足りないでしょう。やつらの生きている肉体を見るのも嫌で、私どもは逃げ出します。もっと清浄な空気の中へ、砂漠へと。だから砂漠が私どもの故郷なのです」

そうこうするうちに遠くから援軍が届き、包囲はさらに厚みを増していた。ジャッカルどもは、みんなして頭を前脚のあいだに突っこみ、足先で頭の毛づくろいを始めた。ひどい嫌悪感を隠すしぐさのように見えなくもない。いたたまれず、包囲の輪をぴょんと飛び越えて逃げ出したくなった。

「じゃあ、どうするつもりなんだ？」と私は尋ね、立ち上がろうとした。ところが立ち上がれなかった。背後から二匹の若い獣が、私の上着とシャツをがっちりくわえていたからだ。

て説明した。

「栄誉を称えておるのです」

「この者どもは、ドレスの裾《すそ》をもつ係です」と老ジャッカルがまじめくさっ

座ったままでいるしかない。

「こいつらに放すように言え！」と私は、長老と若いのを交互に見ながら叫んだ。

「もちろん、放させます」と長老は言った。「そうお望みでしたら。ただ、少しばかり時間がかかります。作法にのっとり、深く咬《か》みついておりますから。放すには、まず上下の顎《あご》をゆっくり開かねばなりません。そのあいだに私どもの願いを聞いていただく」

「こんなことをされて、聞く気になるものか」と私は言った。

「私どもの不手際を咎《とが》めないでください」と長老は、このとき初めて、ジャッカルならではの悲しげな鳴き声にふさわしいことを言った。「私どもは哀れな獣です。咬む以外に能がないのです。嬉しいときも悲しいときも、気持ちを表すには咬むしかないのです」

「だから何が望みだ？」と私は、あまり納得がゆかぬまま尋ねた。

「旦那さま」と長老は叫び、すべてのジャッカルが一斉に吠えはじめた。ほんの少しだけメロディーのように聞こえなくもない。「旦那さま、世界を二分する争いを終わらせてください。まさに旦那さまのような方が争いを終わらせると、うちの先祖が申しておりました。私どもは、アラブ人から平和を勝ち取らねば、呼吸のできる空気を勝ち取らねばならぬのです。地平線まで見わたすかぎり、やつらをきれいに一掃するのです。アラブ人に刺し殺される羊の悲鳴を聞かずに済むように。獣はみんな、安らかに行き倒れて死ぬべきなのです。さすれ

ば私どもが誰にも邪魔されず、血を飲み干して、骨まできれいにしゃぶってやる。浄化するのです。清浄であれば、他には何も望みません」――ここで全員が涙を流し、おいおい泣いた――「こんなことを許せますか。あなたのように気高い心臓《こころ》と甘い内臓《はらわた》をもつお方が、こんなことを許せるのですか？　やつらの白は汚い。やつらの黒は汚い。やつらのヒゲはぞっとする。やつらの目尻を見たら、唾を吐かずにはいられない。やつらが片腕を上げたら、腋の下に地獄の口が開く。ですから旦那さま。ああ、かけがえのない旦那さま。あなたの万能の両手を、万能の両手をお借りしたい。このハサミで、やつらののどをかき切ってください！」

長老が頭を一振りすると、一匹のジャッカルが近寄ってきた。年季の入った錆《さび》だらけの小さな裁ちバサミを犬歯でくわえている。

「やっとハサミが出たか。なら、これで終わりだ！」と、隊商の案内人のアラブ人が叫んだ。風下から忍び寄ってきていたのだ。巨大な鞭を振り回している。

ジャッカルどもは大慌てで一斉に逃げ出した。けれども、少し距離をとると立ち止まり、密集して這《は》いつくばった。大勢の獣がぎゅうぎゅう密集しているので、まるで鬼火に囲われた羊の群のように見える。

「では旦那も、あの見世物を見て、例の口上を聞いたというわけですね」とアラブ人は言い、この控えめな部族にしてはめいっぱい大きな声で、朗らかに笑った。

「というからには、あの獣どもの望みを知ってるんだな？」と私は尋ねた。

「もちろんです、旦那」と彼は言った。「みんな知ってることですよ。アラブ人が存在するかぎり、あのハサミは砂漠をさまよい、この世の終わりまで俺たちと旅をする。ヨーロッパ人なら誰でも、これで偉大な事業をやり遂げてくださいと言われて、もれなくハサミを提供されるわけです。ヨーロッパ人なら誰でも、自分たちの救世主だと思うらしい。あの獣どもは荒唐無稽な希望を抱いている。バカですよ。本物のバカです。だから憎めないんですけどね。あれが俺たちの犬です。旦那の国の犬より毛並みがいいでしょう。ほら、見てください。ラクダが一頭、夜のうちに死にました。ここに運べと言ってあったのです」

四人がかりでラクダを運んできて、重たい死骸を私たちの前に投げ出した。それが地面に落ちるやいなや、ジャッカルどもは声を上げた。どいつもこいつも、まるで綱で無理やり引っぱられているように、じりじりと、腹で地面をこすりながら近づいてきた。アラブ人のことを忘れ、憎しみのことを忘れて。きつい臭いを放つ死骸が目の前にあるせいで、魔法にかかったようになっているのだ。早くも一匹がのどに食らいつき、最初の一咬みで頸動脈を探りあてた。燃えさかる火事を消し止めようと必死かつ無謀に水をかけている小さなポンプのように、そいつの体中の筋肉がその場でピクピク動きつづけている。そうかと思えば、もうみんなが死骸の上に折り重なり、同じ作業に取りかかっている。

そのとき、案内人が鞭を大きく振りかぶり、鋭い鞭の十字砲火を浴びせた。ジャッカルどもは顔を上げたが、半ば酔ったように朦朧《もうろう》としている。アラブ人たちが目の前にいるのを見て、ようやく、鼻づらに鞭を食らっているのだと分かり、パッと跳びすさり、少しだけ走って逃げる。けれども、ラクダの血がもう血溜まりになって、湯気をたてていた。死骸はもう何箇所もパックリ食い裂かれている。ジャッカルどもは誘惑に抵抗できず、また近寄ってきた。案内人はまた鞭を振り上げた。私は彼の腕を押さえた。
「あんたが正しいよ、旦那」と彼は言った。「こいつらに自分の仕事をさせてやりましょう。それに、もう出発の時間ですし。ご覧になりましたよね。すばらしい獣じゃないですか？おまけに俺たちのことが憎くてたまらないんですよ！」

（川島隆＝訳）

お父さんは心配なんだよ

Odradek（オドラデク）という単語はスラブ語から来ているという人がいる。言葉のつくりを見れば分かるというのだ。この単語はドイツ語から来ていて、スラブ語からは影響を受けているだけだ、と言う人たちもいる。でも、どちらも自信がないのは両方とも当たってない証拠じゃないか。第一、誰も単語の意味を見つけられずにいる。

もちろん、オドラデクという名前のものが現実に存在しなければ誰も研究なんかしないだろう。とりあえずそれは、ひらたい星形の糸巻きみたいな形をしていて、実際、糸が巻いてあるようだ。と言っても、その糸は切れた古い糸で、だんごみたいな結び目ができていて、種類も色もまちまちの糸がフェルト状に縒《よ》り合わせてある。でもそいつは糸巻きであるだけでなく、星の真ん中から棒が垂直に出ていて、そこからまた直角に棒が出ている。その棒と星のぎざぎざを二本の脚にして立っている。

昔は何かの目的に合った形をしていたのが、割れて欠けてしまったんだろうと考えたくなる人もいるだろう。でも、どうやらそういうことじゃないらしい。少なくとも、そうだという証拠がない。何かが取れた跡とか壊れている箇所はどこにも見あたらない。全体的に形が無意味だが、それなりに完成している。それ以上のことは断言できない。動きがすばやくて、捕らえようがないのだ。

そいつは、屋根裏部屋、階段の踊り場、通路、廊下と次々居場所を変えていく。何ヶ月も姿をあらわさないこともある。別の家に移り住んでしまったというわけだ。それでもまたいやおうなしに戻ってくる。そいつがドアから出て来て、階段の手すりによりかかっているところなんか見かけると、つい話しかけてみたくなる。もちろん、難しい質問をするわけじゃない。身体が小さいせいか、つい子供扱いしてしまう。「君、名前は?」と訊くと、「オドラデク」という答えが返ってくる。「どこに住んでいるの?」「住所不定」と言って、そいつは笑う。でも、その笑いは、肺を使わない笑いだ。枯葉が落ちる音みたいに聞こえる。これでだいたい会話は終わってしまう。これだけの答えさえ、いつも返ってくるとは限らない。こいつは木でできているようだ。だから、まるで木のように長いこと口をきかないことがよくある。

こいつはこれから一体どうなるんだろうと考えることもあるが、そんなことを私が考えても無駄だ。死ぬこともあるんだろうか。死ぬ者は死ぬ前には目的とか、活動みたいなものがあるはずだが、これもオドラデクの場合は当てはまらない。こいつが糸を背後に残しながら私の子供たちやそのまた子供たちの足下をコロコロころがっていくこともありえるんだろうか。こいつは誰に害を与えることもない。でも、私の死後もこいつは生き続けるんだと思うとそれだけでなんだか心が痛む。


(多和田葉子=訳)

雑種

私は一匹の奇妙な動物を飼っている。なかば小猫で、なかば小羊なのである。父が所有していたものの相続品なのだが、こんな風に成長したのは私の代になってからのことであって、以前は小猫よりも小羊にずっと近かったものの、いまではだいたい同じくらいの割合である。頭と爪は猫から、大きさと姿かたちは小羊から、せわしなく動く優しい眼、やわらかくてぴちっと密着しているような毛並み、跳びまわるようでも身をひきずるようでもある動きは双方から受け継いでいる。窓台の陽だまりにいるときは、からだを丸めてのどをごろごろと鳴らしているが、原っぱに出ると狂ったように走りまわり、ほとんど捕まえることができない。猫のまえでは逃げ出すが、小羊には襲いかかろうとし、月夜には雨どいを散歩するのがお気に入りのコースである。ニャーオとは鳴けず、ネズミは大嫌い、鶏小屋のわきで何時間でも待ち伏せしていられるものの、獲物を殺害するチャンスを活用したためしは一度もない。私は甘いミルクで育てているのだが、それがからだに一番あっているようで、ゆっくりと時間をかけて鋭い歯のあいだから飲みこんでいく。子供たちにとってはすてきな見世物であることは言うまでもない。日曜の午後が面会時間であり、私はこの小さな動物を膝のうえにのせ、近所じゅうの子供たちが私のまわりを取り囲む。すると、誰も答えられないような珍妙きわまる質問が次々に飛び出してくる。私も面倒なことはせず、あれこれと説明を重ねるかわりに、自分が持っているものを見せるだけにとどめる。子供たちが猫を連れてくることもときどきある。あるときなど、二頭の小羊を連れてきたことがあったが、彼らの期待に反して、仲間とのご対面といった場面にはならなかった。動物たちはおたがいを動物の眼で静かに見つめあい、どうやら相手の存在のことを神の思《おぼ》し召しによる事実として受け取ったようであった。

私の膝にいると、この動物は、不安を感じることも、獲物を追いかけたくなることもない。私にぴったりと身を寄せているのが一番気持ちいいのである。自分を育ててくれた家族の味方なのだ。それはおそらく、類《たぐい》まれな忠誠心といったものではなく、この世に無数の親戚はいるものの、血のつながった親兄弟は一匹もいない動物がもつ、まったき本能なのであろう。だからこそ、この動物にとっては、われわれの家で見出した庇護が神聖なのである。私のまわりをくんくんと嗅ぎまわったり、両脚のあいだをすり抜けたり、私のそばからどうしても離れようとしないときなど、思わず笑ってしまうこともしばしばである。小羊でも小猫でもあるというだけでは充分ではなく、さらに犬にもなりたがっているようなのだ。というのも、似たようなことを私が本気で信じているからである。つまり、こいつは二種類の不安を、すなわち、小猫の不安と小羊の不安というまったく違った種類の不安を抱えているのだ、と。だからこそ、こいつの皮膚は窮屈すぎるのだ。おそらく、この動物にとっては肉屋の包丁が救いなのかもしれないが、相続品であるこいつにそんな救いを与えることを、私は拒絶せざるをえない。

（竹峰義和＝訳）

こま

ある哲学者が、子供たちが遊んでいるあたりをいつもうろついていた。こまを持っている少年を見かけると、さっそく彼は待ちかまえた。こまが回転しだすと、哲学者はあとを追いかけて捉《つか》まえようとした。子供たちが騒ぎだし、自分たちの玩具《おもちゃ》に近づけまいとしても、彼は気にしなかった。まだ回転しているうちにこまを捉まえることができると、彼は幸せになるのだが、それもほんの一瞬だけのことで、すぐにこまを地面に投げ出して、立ち去ってしまうのだった。すなわち、彼はこう信じていた。たとえば回転するこまのように些細なものであっても、それを認識することは、普遍的なものを認識することに足りるのだ、と。それゆえ彼は大きな問題を扱うことはなかった。それは彼には不経済のように思われたからだった。きわめて些細なものであろうとも、それを真に認識したならば、すべてを認識したことになる。だからこそ、彼は回転するこまを扱うのであった。こまを回そうと準備している姿を見ると、きまって彼は、今度は成功するだろうという希望を抱くのであり、こまが回転し、息を切らせながらそのあとを追っていくと、希望は確信へと変わった。だが、愚にもつかない木切れを手につかむと、気分が悪くなった。これまで聞こえてこなかった子供たちの騒ぎ立てる声が、いまや急に耳に入ってくるようになり、彼を追い立てた。不器用な鞭《むち》で叩かれたこまのように、彼はよろめいた。

（竹峰義和＝訳）

巣穴

巣穴をこしらえた。なかなかうまくできたようだ。外側からは大きな穴がひとつ見えるだけ。しかし実は、この穴はどこにも通じていない。ほんの数歩も進めば、はやくも天然の硬い岩塊にぶち当たるという寸法だ。何も首尾よく策をめぐらせてやったと自慢したいわけではない。この穴はむしろ、数ある失敗作のひとつがたまたま残ってできたものにすぎないまでだ。しかし結局、この穴ひとつだけは、埋めずに残しておいた方がよさそうだという気がしたまでだ。もちろん、策略というのはたいてい非常に微妙なものだから、策を弄《ろう》したつもりでうっかり墓穴を掘ってしまうこともある。そんなことは誰よりもよく心得ている。たしかに、この穴を残しておくことで、ここには何かしら探ってみるに値するものがありそうだと思わせてしまうのは無謀なことかもしれない。けれども、わたしが臆病者で、この巣穴をつくったのも臆病風に吹かれたからだ、などと思われては心外である。この穴からゆうに千歩は離れたところに、取り外しのできる苔《こけ》の層に覆《おお》い隠された本来の入り口がある。この入り口は実に安全に設《しつら》えられていて、およそこの世でこれ以上の安全は望めないほどだ。なるほど、誰かが苔の上に乗っかったり、踏み抜いたりすることはあるかもしれない。そうなれば、巣穴はむき出しになってしまって、やる気になれば誰でも――もっとも、やる気に加えてある種の並々ならぬ才能も必要とされることを断っておかねばならないが――なかに押し入り、何もかも徹底的に破壊し尽くすことができるだろう。そんなことは承知の上だ。わたしの生には、その絶頂期である今でさえ、ひとときとして完全な平穏が訪れることはない。きっとわたしは、黒ずんだ苔に埋もれたあの場所で死ぬことになるだろう。よく見る夢のなかでは、物欲しげな獣の鼻づらがしきりにそこを嗅ぎまわっている。この本物の入り口だって埋めておくことはできただろうに、と思われるかもしれない。上の方は固い土で薄い層をつくり、その下はやわらかな土で塞《ふさ》いでおく。そうしておけば、その都度《つど》新たな出口をつくる手間だって、ほんのわずかで済むじゃないか、と。しかし、それは無理な話というものだ。ほかでもない、いざというときの用心をしているからこそ、素早く外へ逃げ出せるようにしているのであって、残念なことだが、まさに用心深さというやつが、実にしばしば生命を危険に晒《さら》すのだ。こんなことにまで考えをめぐらせるなど、まったくもって面倒なことにはちがいないが、ときには、頭の切れ味を実感したいがためだけにあれこれ慮《おもんぱか》ることもある。とにかく、すぐさま外へ逃げ出せるようにしておかねばならない。どれほど注意深く警戒しても、まったく予期せぬ方向から襲撃を受けることがありえはしないか？　わたしが巣穴の奥深くでひっそりと暮らしている間に、ゆっくりと、そして静かに、敵はどこからかこちらへ向かって穴を掘り進めているのだ。奴の方がわたしよりも勘が優れている、と言うつもりはない。ひょっとすると、こちらが向こうについて知らないのと同様に、向こうもこちらのことなど知らないかもしれない。けれど、やみくもに地面を掘り返す熱に浮かされた賊というのがいるもので、途方もない広がりをもつわたしの巣穴では、そんな連中でさえ、きっとどこかで通路のひとつに出くわすはずだと期待することだろう。むろんわたしには、自分の家にいるという利点、すべての通路と道筋を隅々まで知り抜いているという利点があるから、賊の方がたちまちわたしの餌食《えじき》に、甘美な餌食になる可能性はある。だが、わたしは年老いてゆく。わたしよりも力の強い連中は多い。しかも敵は無数にいる。一方の敵から逃げるうちに別の敵の牙に飛び込んでしまう、なんてことも起こりかねない。ああ、何とまあ、あらゆる事態が起こりえてしまうことだろう。しかしいずれにせよ、わたしは確信をもっておく必要があるのだ。必ずどこかに、すぐにでも行き着くことのできる完成した出口が、何の苦労もなく外へ出られる出口がある、だから、たとえほんのわずかな土砂の堆積であれ、脱出しようと脇目もふらずにそこを掘っている間に、突然——おお天よ、我を守りたまえ——追跡者の牙が自分の腿《もも》にめり込むのを感じるなどという目に遭うことは決してないのだ、という確信を。だが、わたしを脅《おびや》かしているのは地上にいる敵ばかりではない。敵は地中にもいる。まだその敵どもの姿を目にしたことはないが、数々の伝説が彼らについて語り伝えているのだから、きっと実在しているにちがいない。彼らは地中深くに潜む存在で、その姿形は伝説にも描かれておらず、犠牲となった者でさえほとんどその姿を目にすることはなかった。彼らが近づいてきて、すぐ足下の地面から——地中こそ彼らに最も適した活動領域なのだ——かぎ爪でガリガリと引《ひ》っ掻《か》く音が聞こえてきたら、もうおしまいというわけだ。この場合、家のなかにいることなど何の役にも立ちはしない。むしろ、こちらが彼らの棲《す》み家《か》のなかにいるのだから。彼らを前にしては、あの出口だって救いにはならない。いや、そもそもあの出口は、わたしを救ってくれるどころか、この身の破滅を招くにちがいない。しかしそれでも、出口はひとつの希望なのであり、出口なしで生きていくことなどできないのだ。

この大きな脱出路のほかにもまだ、きわめて細く、比較的危険の少ないいくつもの通路が外界とつながっていて、外気をふんだんに運び入れてくれる。もともとは野ネズミたちによってつくられたものだが、うまい具合に自分の巣穴に組み込んでやった。おかげでかなりの範囲まで匂いを嗅ぎ当てることができて、身を守るには都合がいい。それに、餌《えさ》になりそうなさまざまな小さな生き物たちがここを通ってやって来るから、巣穴から離れずとも、つましい暮らしを支えるに足るだけの小物狩りをすることができる。これはもちろん、ありがたいことだ。

けれど、巣穴の一番素晴らしいところは、なんといってもその静けさだろう。むろん、それは仮そめのもので、あるとき突然この静寂は破られるかもしれず、そうなれば一巻の終わりだ。しかし、今のところ静寂は保たれている。何時間でも通路をつたって音もなく歩くことができるし、ときおり聞こえてくる音といえば、何か小さな生き物がカサコソと動く音——それだってすぐにわたしが嚙《か》み殺して消してしまうのだが——か、サラサラと崩れる土の音——この音は巣穴のどこかに修繕の必要があることを教えてくれる——ばかりで、それを除けば巣穴はしんと静まり返っている。森の空気が流れ込んできて、巣穴のなかはあたたかだが同時にひんやりと涼しい。ぐっと手足を伸ばし、あまりの心地よさに通路でごろりと寝そべることもある。老いゆく日々を過ごすのに、このような棲み家を持ち、秋の深まりを前に安全な場所に身を落ち着けられたということは、何ともありがたいことではないか。

およそ百メートルおきに、通路を広げていくつもの小さな円形広場をつくっておいた。そこでは気持ちよく体を丸め、ぬくぬくと休息することができる。そこでわたしは、安らぎという甘美な眠りを貪《むさぼ》る。欲求が満たされたという甘美な眠り、目的を達したという甘美な眠り、我が家を持っているという甘美な眠りを。昔からの習性がなせる業《わざ》なのか、それともこの棲み家にさえおちおち寝てはいられないほどの危険があるためなのか、ぎょっとして深い眠りから目を覚まし、じっと耳をそばだてるということもままあるが、昼も夜も変わらずこの場所を支配し続けている静寂に耳を澄まして安堵《あんど》の微笑を浮かべると、四肢の緊張をほどいて、さらに深い眠りへと沈んでゆく。放浪する者たちは哀れだ。家もなく、街路や森のなかを彷徨《さまよ》い歩き、落ち着こうにもせいぜい落ち葉の山にもぐり込むか、放浪仲間の群れに身を寄せることしかできず、天と地のありとあらゆる破滅に晒されている。わたしはここに、四囲すべてにたいする守りを備えた場所のひとつ――この巣穴のなかにあるそのような場所は五十カ所を超える――に身を横たえる。そうして、薄れゆく意識と前後も知らぬ深い眠りのあわいを往き来するうちに、数刻の時が――わたしは気の向くままに好きな時間をこの眠りに充《あ》てているのだが――過ぎていく。

巣穴の中心からやや外れたところには、万が一の危険に備えて試行錯誤を重ねた――といってもそれは必ずしも敵が追撃してきた場合の備えではなく、包囲されたときの備えなのだが――中央広場がつくってある。他の場所での作業はどれも、肉体労働というよりはむしろ極度の緊張を強いられる頭脳労働であったかもしれないが、この砦《とりで》広場は、隅から隅まで、自らの肉体を酷使した作業の産物である。幾度かは、疲労困憊《こんぱい》のあまりうんざりして、すべてを投げ出したくなったこともあった。仰向《あおむ》けにひっくり返ってのたうちまわっては、この巣穴づくりを呪《のろ》い、身体をひきずって外へ出て、入り口を閉じもせずに巣穴を放置したものだ。そんなことができたのは、もう二度と巣穴には戻るまいと思っていたからだが、結局、それから数時間か数日も経てば、後悔に苛《さいな》まれて引き返し、巣穴が無事であったことに歌い出さんばかりに大喜びして、実に朗らかな気分でふたたび作業に取り掛かるのだった。砦広場の建設は無益な苦労を重ねる作業でもあった。無益な、というのはつまり、時間をかけた労働が巣穴本来の用途には何の益ももたらさなかったということだが、よりによって広場の設置を計画していた場所の土壌が非常に脆《もろ》く、砂質であったために、美しい丸天井に覆われた大きな円形広場をつくるためには、その場所の土を、文字通り打ち固めなければならなかったのだ。しかし、その作業のために持ち合わせているものといえば、この額《ひたい》しかない。そういうわけで、わたしは何千回となく、昼夜を問わず何日もの間、地面に突進しては額を打ちつけ続けた。打ちつけた額が血に染まると幸福を感じた。それは壁面が固まり始めたという証拠であったから。このようなやり方でわたしは、おそらくこう言って差し支えないと思うのだが、砦広場を正当な労働報酬として手に入れたわけである。

この砦広場には食糧が蓄えてある。巣穴のなかで当面必要な分以上に仕留めたすべての獲物、そしてこの棲み家の外で狩りをして持ち帰ったすべての獲物を、ここに積み上げているのだ。この広場は半年分の備蓄食糧でも満杯にならないほど広々としている。だから、これらの備蓄食糧を気前よく辺りに並べてその間を歩き回ってみたり、その品々で遊んだり、その量の多さやさまざまな匂いを楽しんだりしながら、いつでも在庫の正確な見通しを得ることができる。さらには、頻繁に備蓄食糧の並べ替えを行い、季節に応じて必要な見積もりや狩猟の計画を立てることもできる。時期によっては、蓄えが増えすぎて食べることそのものへの関心が失せてしまい、辺りを動き回る小さな生き物にさえまったく手を付けないこともあるくらいだが、これはひょっとすると、別の意味で不用心なことかもしれない。敵に対してどう備えたものかと絶えず思案をめぐらせていれば、当然そのための巣穴の利用法についても、限定的にではあれ、考えが変わったりさらに深まったりするものだ。するとときおり、防衛の基盤をもっぱらこの砦広場にだけ置いていることが危険に思われてくることがある。多様性に富んだこの巣穴のつくりは、それに応じた多様な防衛の形を可能にしてくれるはずで、むしろ、備蓄食糧を少しずつ振り分けて、無数につくってある小広場にも食糧を蓄えておく方が、いざというときの用心にはよりふさわしいのではないか。たとえば、小広場の三つに一つを予備貯蔵地に定めるとか、あるいは、小広場の四つに一つを主要貯蔵地に、二つに一つを副貯蔵地に定める、といった具合に。さもなければ、敵を欺《あざむ》くために、いくつかの通路を備蓄食糧の集積場所から完全に遮断しておくとか、あるいはまた、主要出口との位置関係に応じて、ほんの数カ所の広場だけを適当に選んで貯蔵地にしておくとか。もっとも、これらの新しい計画には、いずれにせよ荷物の運搬という重労働が必要になる。あらためて算段をめぐらせて、荷物をあちらこちらへと運んでゆかねばならない。もちろん、慌てることなく落ち着いてその作業をこなしてゆけばよいのだし、上質な品を口にくわえて運び、休みたいときに休み、ちょうど口に合うものがあれば、つまんで味わってみるというのも悪くない。むしろ厄介《やっかい》なのは、ときおり、たいていはぎょっとして眠りから目を覚ましたときだが、備蓄食糧の現在の配分の仕方は完全に間違っている、これでは重大な危険を招きかねない、眠気も疲れも無視してすぐさま、大至急でこれを正さねばならない、という思いに駆られてしまう場合だ。そうなるともう大慌てで、居ても立ってもいられずに飛び出してしまう。今の今まで、精緻に練り上げた新しい計画を実行に移そうとしていたこのわたしが、そんな折には算段をめぐらせる余裕もなく、咄嗟《とっさ》に、たまたま口に入ったものをくわえると、それを引きずって運び出し、ため息をついたり、うめき声をあげたりしながら、よろよろと動き回る。危険極まりないと思われる目下の状態が少しでも変わるなら、何だって構わないという気になってしまうのだ。こんなことが、すっかり目が覚めて徐々に冷静さが戻ってくるまで続くのだが、いざ目覚めてみると、なぜ自分があれほどの恐慌をきたしたのかほとんど理解できない。自分で掻き乱してしまった我が家の平和な空気を深々と吸い込んでねぐらに戻り、新たな眠気に包まれてすぐさま眠りに落ちる。しかし、ふたたび目が覚めてみると、今やほとんど夢のように思われるあの夜間労働の否定しがたい証拠として、たとえば一匹のネズミが、歯に引っかかったまま残っていたりするのである。ときにはまた、すべての備蓄食糧を一カ所にまとめておくことこそが最善の策だと思えてくることもある。あちこちの小広場に分散させた備蓄食糧など果たして役に立つものだろうか。そもそも、あんなに狭い場所にいったいどれほどの量が貯蔵できるというのか。何を運び込むにせよ、運び込んだものが通路を塞いでしまっては、いざ巣穴を防衛しようと通路を駆けるときに、かえって邪魔になりかねない。ついでに言えば、自己意識というやつは、蓄えのすべてをひとまとめにし、自分が何を所有しているのかがひと目でわかるようにしておかないと、ひどく苦痛を感じるものなのだ。これはたしかに馬鹿らしいことだが、しかし紛れもない真実である。それに、こうして方々に食糧を分散させてみても、結局食糧の多くを失ってしまうという可能性だってありはしないか？　すべての食糧が正常な状態にあるかどうかを確かめるために、縦横に張り巡らされた通路をひっきりなしに駆け回ることなど到底できない。備蓄食糧を何カ所かに分けて保存しておくという基本的な考え方はたしかに正しいが、しかし実際のところ、それが妥当するのは、砦広場のようなつくりをもった広場がいくつも用意されている場合に限られる。砦広場なみの広場をいくつもだって！　もちろんそうなのだ！　けれども、いったい誰にそんな芸当ができるだろうか？　その上、そのような広場の建設を、今さら巣穴の全体像を定めた計画のなかに組み込むことはできない。まさにその点にこの巣穴の欠陥があるということは認めよう。そもそも、どんなものであれ、たったひとつしかないものには、そうした欠陥がつきものだ。これも白状しておくと、巣づくりの作業の間じゅう、意識のどこかで、複数の砦広場をつくっておく必要性を漠然と感じてはいたのだ。その気になればはっきりと自覚できたはずだが、わたしはこの要請に従わなかった。そんな膨大な作業をやり遂げるにはあまりにも非力だと感じていたし、それどころか、その作業の必要性を頭に思い描いてみることさえ、力の及ぶところではないと感じていたのである。そんなときは、複数の砦広場が必要なのではないかという意識に劣らず漠とした予感にすがって、どうにか自分を慰めた。ほかの場合なら不十分なことであっても、この巣穴のケースに限っては、例外的に、神のお慈悲で——というのも、神の御心は、土を突き固めるハンマーであるわたしの額が無事に保たれることを、ことのほか気にかけてくださっているはずだから——きっと何とかなるだろう、と。こうして砦広場はひとつきりとなったわけだが、わたしの巣穴にはこの砦広場だけで十分だろうという漠たる予感の方は、もう消え去ってしまった。ともかく、この砦広場ひとつで満足しなければならないし、小広場がいくつあったところで、この砦広場の代わりなど務まりはしないのだ。そう腹をくくると、またすべての食糧を小広場から引きずり出して砦広場へ戻し始める。それからしばらくの間は、小広場も通路もすっかり片付いて、大量の肉が砦広場にうずたかく積み上げられているさまを眺めたり、一番外側の通路にまでたちこめる多種多様な肉の入り混じった匂いを嗅いだりすることが、ずいぶん慰めを与えてくれる。それらの匂いのひとつひとつは、それぞれにわたしを魅惑するもので、遠く離れたところからでも、精確に嗅ぎ分けることができるのだ。そのあとには、きまってとても平穏な時期が訪れる。そんなときは、巣の外縁部から内側へ向かって、寝所をゆっくりと、少しずつ移動させていき、徐々に匂いの奥深くにもぐり込むようにしているが、そのうちとうとう我慢ができなくなって、ある夜、砦広場に転がり込むと、がつがつと蓄えを食いあさり、恍惚《こうこつ》としてすっかり我を失うまで、最良の品々で腹を満たしてしまう。幸福な、しかし危険なひとときだ。このひとときを利用し尽くすすべを心得ている者ならば、その身を危険に晒すこともなく、やすやすとわたしを抹殺することができるだろう。ここでもまた、第二、第三の砦広場がないことが悪い作用を及ぼしている。なにしろ、すべての食糧が巨大な、ただひとつの山となって積まれていることこそが、わたしを誘惑するのだから。わたしは、さまざまなかたちでこの誘惑から身を守ろうと試みている。食糧を小広場に分散させることもそうした対策のひとつだが、残念なことにこの対策も、他の似たような対策と同様、欠乏感をもたらすことでかえって大きな欲望を煽《あお》り立てる始末で、そうなるとこの欲望は理性を蹂《じゅう》躙《りん》し、おのが目的を達するために、巣穴の防衛計画を好き勝手に変更してしまうのだ。

こうした時期が過ぎると、心を落ち着かせるため、巣穴を点検して必要な修繕を施したあとで、比較的短い期間だけだが、ときおり巣穴の外に出ることにしている。そんな場合でさえ、長いこと棲み家のない不自由に耐えるという罰はあまりに過酷に思えるのだが、しばらく外で過ごす必要があるということもよくわかっている。出口に近づいていくときにはいつも、身が引き締まる思いがする。巣にこもって暮らしている間は、出口どころか、出口の周辺に通じる通路にさえ足を踏み入れないように気をつけているが、実際、その辺りを歩きまわるのは決して楽なことではない。というのも、そこには、いくつもの通路から成る、小さいけれどもなかなかに見事なジグザグの迷路が設えてあるからだ。まさにそこから巣づくりが始まったわけだが、あの頃はまだ、いつかこの巣を自分の計画どおりに完成させることなど望むべくもなかった。なかば遊びのような気分でこの一角の作業に取り掛かると、初めて味わう労働の楽しさに我を忘れて、とうとうひとつの迷宮をつくり上げてしまった。当時はこの迷宮こそあらゆる巣穴建築の最高峰だと思われたが、おそらくその頃よりはましな判断が下せるようになった今のわたしに言わせれば、ひどくしみったれた、巣穴全体の構造には似つかわしくない小細工にすぎず、理論的には貴重かもしれないが——こちらが我が家への入り口でございます、などと当時のわたしは見えざる敵に向かって皮肉っぽく語りかけ、彼らがみな揃って、入り口の迷宮のなかで早々に息を詰まらせ死んでいくさまを目に浮かべたものだ——実際のところは、あまりにも薄い壁でできた子供だましの装置であり、本気で襲い掛かってくる敵や、死にもの狂いで脱出を図る敵にはほとんど歯が立たない。では、巣穴のこの部分をつくり直すべきなのだろうか？　決断を先延ばしにしているが、おそらくずっとこのままでいくことになるだろう。なにしろ、いざつくり直すとなれば、必要な作業の多さはともかくとしても、考えうる限りもっとも危険な作業を強いられることになるだろうから。巣づくりを始めた頃は、入り口付近でも比較的安心して作業をすることができたし、作業のリスクが以前に比べて飛びぬけて高いわけでもなかった。しかし、もし今そんなことをすれば、それは、ほとんど気まぐれから世の注意を巣穴全体に向けさせるようなものであって、今となってはもう、つくり直しは不可能なのである。だがこれは、ほとんど喜ばしいことだといっていいのだ。この最初の作品にたいしては、やはりある種の思い入れもある。それに、大がかりな攻撃を仕掛けられでもしたら、いったいどんな設計の入り口がわたしを救ってくれるというのか？　およそ入り口というものには、敵を欺いたり、注意をそらしたり、攻めてくる者を苦しめたりするはたらきがあるものだが、その手のことなら、いざとなればこの巣の入り口だってやってのけるだろう。けれども、本当に大がかりな攻撃を受けた場合には、即座に、巣穴じゅうのありとあらゆる手段を駆使して、全身全霊でこれに対処しなければならない——当然のことだ。ならば、この巣の入り口はそのままでいいだろう。だいたいこの巣穴には、もともと自然条件による弱点が実にたくさんあるのだから、たとえここで述べたような、わたしの手によってつくりだされ、遅ればせながら、今やはっきりそれとして認識されている欠陥がさらに加わったところで、たいした違いはあるまい。もちろん、こう言ったからといって、この欠点がときおり、場合によっては四六時中、わたしを不安がらせているという事実を否定するつもりはない。ふだん巣穴のなかを歩き回る際にこの入り口部分を避けて通るとすれば、それはもっぱら、そこを目にするのが不快だからだ。欠陥があると考えるだけで意識がひどくざわついてしまうありさまだというのに、当の欠陥をしじゅう目にするようなことはしたくない。たとえあの巣穴上部の入り口の欠陥が除去できずに残るとしても、できる限りそれを見ずに済ませたいのだ。出口のある方向に足を進めるだけで、出口からはいくつもの通路や小広場によって隔てられているというのに、すでに大きな危険を孕《はら》んだ圏域に迷い込んでいるような気になってしまう。自分の毛皮がどんどん薄くなっていくように思えることもしばしばで、やがては生身の肉がむき出しになり、その瞬間に敵の咆哮《ほうこう》が間近に迫って来そうな、そんな感覚に襲われる。むろん、そうした不健全な感情は、そもそも外に出るということそれ自体に、つまり、家屋による庇護がなくなるという事態に由来している。しかし同時に、わたしをことのほか苦しめているのは、やはりこの巣穴の入り口の構造なのである。ときおり、巣穴の入り口を改築して、まったく別のかたちにつくり変える夢を見ることがある。迅速に、途方もない力をもって進められた作業は、一夜のうちに、誰にも気づかれることなく完了しており、今や巣穴の入り口は難攻不落になっているのだ。こういう夢を見ているときの眠りはこのうえなく甘美で、目を覚ましてもまだ、喜びと安堵の涙が髭《ひげ》の上に残って輝いている。

そういうわけで、巣穴の外に出るときには、この迷宮がもたらす苦痛を肉体的にも乗り越えなければならない。腹立たしくもあり、また同時にいじらしくもあるのは、ときおりわたし自身が、自分のつくったこの仕掛けのなかで一瞬道に迷ってしまうことで、そんなときは、まるでこの迷宮が、そうやっておのれの存在の正当性をわたしに――わたしの評価などとっくに決まっているというのに――証明しようと、今なお懸命な努力を続けているように思えてくるのだ。だがやがて、わたしは苔の覆いの下までやって来る。この苔の覆いは、使わずに休ませておくときもあるので――つまりその間は、棲み家の外に出ないわけだ――周囲の森の大地と一体化しているが、ほんのちょっと頭を動かしさえすれば簡単に持ち上がり、外界に出ることができる。しかしもう長いこと、このちょっとした動作に踏み切れずにいる。

もう一度あの入り口の迷路を越えて行く手間さえなければ、きっと今回は外に出ることを諦め、巣のなかへ戻ることだろう。なんだって？　おまえの家は保護され、必要なものはすべて揃っているじゃないか。おまえは平穏に、あたたかく、食事に困ることもなく暮らしている。おまえは家の主《あるじ》、あまたの通路や広場を支配するただひとりの主だ。それなのに、おまえはそれらすべてを、犠牲にするとは言わぬまでも、いわば自ら手放そうとしているんだぞ。なるほど、それらを奪い返す自信はあるんだろう。だがな、おまえがやろうとしているのは、賭け金の大きな博打《ばくち》、あまりにも危うい大博打だ。そこまでするまっとうな理由が何かあるというのか？　いいや、そんなことにまっとうな理由などあろうはずもない。それでも、用心深く苔の落とし戸を持ち上げ、外に出る。そして、そっと落とし戸を下ろすと、巣穴の場所がばれないように、全速力でその場から走り去るのだ。

　けれども、戸外に出たからといって、自由だというわけではない。たしかに、もう窮屈な姿勢で通路を進むことはないし、広々とした森のなかを駆けまわっていると、身体のなかに新たな力がふつふつと湧き上がってくるのがわかる。これは、ある意味で余裕のない巣穴暮らしをしていてはありえないことで、たとえあの砦広場が十倍広かったとしても、こんな力を実感することはできなかっただろう。食べ物だって巣の外の方が上等だ。たしかに外での狩りは難しく、成功する確率もずっと低いが、そうやって手に入れた獲物の方が、あらゆる点でずっと貴重だといえるだろう。こうしたすべてを否定しようとは思わないし、少なくとも人並には、いや、おそらく他の誰にもまして、その価値を認め、心ゆくまで楽しむすべを心得ているつもりだ。というのも、わたしは、家をもたぬ放浪の徒のように、気まぐれや絶望から狩りをするのではなく、目的に合わせて、冷静に狩りをするのだから。それに、もともと自由気ままに暮らせるような性分ではないし、こういう暮らしにどっぷりつかっているわけでもない。わたしは自分の時間が限られていることを知っている。この場所で延々と狩りを続ける必要もない。ある程度自分で望んだり、この場所での生活に飽きたりすれば、そのときには、誰かがわたしを呼び寄せることになるはずで、その招きに逆らうことなど決してできはしないだろう。そうであればこそ、ここでのこの時間を存分に味わい、憂《うれ》いなく過ごすことができるのだ。いや、本来ならそのように過ごすことができるはずなのだが、実際はどうにもそれができない。どうしても巣穴のことが気にかかる。巣穴の入り口から素早く走り去っても、すぐに戻ってきてしまう。身を隠すのに都合のよい場所を探し出し、我が家の入り口の様子を——今度は外側から——昼となく夜となく、幾日も観察し続けることになる。馬鹿げたことだと言われるかもしれないが、そうすることが、言いようのない喜びと、またそれ以上に安らぎを与えてくれるのだ。そんなときには、わが家を前にしているのではなく、まるで眠りながら自分自身の姿を見ているような、ぐっすり眠ると同時に眠っている自分を注意深く見守ることもできる幸運に恵まれたような、そんな気がしてくる。眠りのなかでは、なすすべもなく、ひたすら見入るほかない夜の幻影たちに、完全に覚醒し、冷静な判断も下せる現実においても出会うことができる——言うなれば、そんな特異な能力を授けられたようなものだ。そして不思議なことに、自分の置かれている状況が、それまで考えていたほどには、あるいは、今後我が家へ降りて行ったときにきっとまた考えてしまうほどには、悪くないように思えてくる。この点においてーーおそらく他の点もあるだろうが、とりわけこの点においてーーこうして巣穴の外に出ることは必要不可欠なことなのだ。なるほど、用心して目につきにくい場所を入り口に選びはしたもののーーただしそこには、巣穴全体の設計のために、ある種の制約があったのだがーーほぼ一週間にわたる観察の結果をまとめてみると、この入り口付近の往来はやはりたいへん活発である。だがもしかすると、およそ誰かが居住できるようなところならどこだってこんなものなのかもしれないし、ぽつんと孤立した場所で、通りすがりに辺りをじっくり探っていくような輩《やから》に侵入されることを考えたら、むしろもっと活発な往来にさらされている方がましだとさえいえるだろう。行き来する者が多ければ、その流れは停まることなくどんどん先へ進んでいくことになるのだから。ここにはたくさんの敵がいて、その共犯者どもはさらに大勢いるのだが、彼らはまた互いに争い合うのに忙しく、先を競いながら巣穴の傍らを通り過ぎて行ってしまう。この間、あからさまに巣穴の入り口を探る者の姿はついぞ見たことがない。これは、わたしにとっても、また敵にとっても幸運なことだろう。というのも、もしそんな敵が現れれば、巣穴を心配するあまり、考えなしにそいつの喉元《のどもと》に喰らいついたであろうから。もちろん、とても近寄る気になれないような連中が来たこともあって、そんなときは、遠くにその気配を感じただけで、逃げ出さずにはいられなかった。彼らが巣穴に何かしたのかどうか、確かなことは何も言えないのだが、ほどなくして戻ってみると彼らの姿はどこにもなく、入り口は無傷で残っていたから、たぶん安心してよいのだろう。もしかすると、世界の敵意はもうわたしに向けられていないのかもしれない、あるいはもう鎮まったのかもしれないな、とか、この巣穴の力が、これまで続いてきた殲滅戦《せんめつせん》からわたしを救い出してくれるんだ、などと自分に言い聞かせたくなる幸福な時期もあった。もしかするとこの巣穴は、思っていた以上に、あるいは巣穴の内部で想像してみる以上に、守りが堅いのかもしれない。もう巣穴へは二度と帰らずに、この入り口付近にそのまま腰を落ち着けて、入り口を観察しながら一生を過ごそう、あの巣穴のなかにいれば安全にちがいない、と外から確認し続けることに我が身の幸せを見出そう――ときには、そんな子供っぽい願望を抱くことさえあった。だが、子供っぽい夢想はあっという間に覚める。ここで目にしている安全とは、いったいどんな安全なのか？　だいたい、巣穴のなかにいるときの危険を、巣穴の外での経験から推し量ってよいものだろうか。そもそも敵どもは、巣を留守にしているときでも、正しくわたしの匂いを嗅ぎ当てることができるのだろうか？　なるほど、彼らとて少しは匂いに気がつくだろうが、はっきりと嗅ぎ当てるには至るまい。だが普通なら、こちらの匂いがはっきりと嗅ぎ当てられてはじめて、危険なるものの前提条件が満たされるのではないだろうか？　そうだとすれば、ここで行っていることは、いかにも中途半端な試みにすぎず、そこそこの安心を与えてはくれるが、誤った安心感のせいで、かえって甚《はなは》だしい危険にわが身を晒すことになる。違ったのだ。案に相違して、わたしは自分の眠りを観察してなどいない。むしろ、惰眠《だみん》をむさぼっているのがわたしで、目覚めているのは破滅をもたらす敵の方なのだ。ひょっとするとこの敵は、何気ない素振りで入り口の傍らをぶらぶらと通り過ぎていくあの連中のなかに紛れ込んでいるのかもしれない。連中はわたしと同じく、入り口の扉がいまだ無傷で、外からの攻撃を待ち受けているのを確認すると去っていく。彼らが手出しもせずにそこを通り過ぎていくのは、巣穴の主がそのなかにいないということを知っているからだ。いや、ことによると、この巣穴の主が無邪気にも入り口のすぐそばでこっそり様子をうかがっているということさえ知っているのかもしれない。わたしは監視場所を立ち去ることにする。戸外での生活にも嫌気がさしてくる。ここではこれ以上何ひとつ学ぶことができない、今現在はもちろん、これから先も何ひとつ学べない、という気がしてくる。そして、この場のすべてのものに別れを告げて巣穴のなかに降りて行き、もう二度と巣穴の外には戻るまい、あとはなりゆきにまかせて、役にも立たない監視で余計な波風を立てないようにしよう、と思うのだ。けれども、入り口の外の地上で起きるすべてのことを観察し続けるのにすっかり慣れてしまったものだから、いちいち手順を踏んで巣穴へ降りて行くというかなり周囲の目を惹く行動をとるのは、今や大変な苦痛である。しかも、それを実行に移したとき、背後でどんなことが起きるのか、そして、ふたたび巣穴に入って落とし戸を閉じたとき、その戸の向こうで何が起きるのか、見当もつかない。まず試みに、嵐の夜に獲物をすばやく巣穴に放り込んで様子を見てみることにする。これはうまくいきそうだが、しかし、本当にうまくいったかどうかは、巣穴のなかに降りて行ってみなければわからない。何かしらの結果は出るのだろうが、それを自分で知ることはできないし、結果がわかったとしても、そのときにはもう手遅れである。そういうわけで、この方法を断念し、入り口に忍び込むのを取りやめる。わたしは――もちろん本当の入り口からは十分に離れたところに――偵察用の壕を掘る。壕は身の丈ほどの深さにして、やはり苔の覆いを被せておく。壕のなかにもぐり込んで背後の苔の蓋を閉じ、入念に計算したうえで、ときには長く、ときには短く、一日のさまざまな時間帯をそのなかでじっと過ごすのだ。それから苔の蓋を払いのけて外へ出て、そこで観察したことを記録していく。そこで得られる経験は、よいものから悪いものまで、実にさまざまだが、巣穴へ降りて行くための普遍的法則だとか、そのための間違いのない方法といったものは見つけられない。だから、まだ本当の入り口に降りて行ったことがないのを幸運だと感じる反面、いずれは降りて行かなければならないと思うと、絶望的な気分になる。いっそどこか遠いところへ行ってしまおう、かつての、あの慰めのない生活にもう一度戻ろう、という決意が胸に兆すこともないわけではない。あれは安全の保証など何もない生活だったし、ひとつひとつ区別していられないほどに多くの危険が、ひとかたまりになって生活を満たしていたが、しかしだからこそ、個々の危険がこれほどはっきりと目にとまり、わたしを恐れさせることはなかった。安全な巣穴での生活と以前の生活を比べると、いつもこのことを思い知らされるのだ。もちろん、以前の生活に戻る決意をするなどまったくの愚行であって、無意味な自由のなかで長く暮らしすぎたために生まれた思いつきにすぎない。巣穴はまだわたしのものだし、一歩踏み出しさえすれば、身の安全は確保されるのだ。そこで、一切の疑念から強引に身をひき離し、日中の明るいさなか、なりふり構わず入り口の戸に向かって突き進んで、今度こそ戸を持ち上げようと試みるのだが、どうしてもそれができない。そのまま戸口を走り過ぎると、あえて茨の茂みに身を投げる。わが身を罰するため、身に覚えのない罪にたいする罰を受けるために。というのはもちろん、結局、自分に向かってこう言わずにはいられないからだ。それでもやはり、わたしの行いは正しいのだ、と。自分の持つもっとも貴重なものを、ほんのわずかの間であっても、周囲に潜むすべてのものたちに――地上にいるものたち、樹上にいるものたち、大気中にいるものたちのすべてに――さらけ出すことなく巣穴に降りるなど、本当に不可能なのだから。危険があるというのは思い込みではない。これはきわめて現実的な危険なのだ。危険をもたらすのは何も、わたしの姿を見れば追い回したがるような、正真正銘の敵とは限らない。どこにでもいる無害な小動物であったり、その辺の気色《きしょく》の悪い小さな生物であったりすることも大いにありうる。その手の奴が、好奇心を起こしてあとについて来ようものなら、そいつは、そうとは知らずに、敵対する世界をごっそり引き連れて来ることになるのだ。いや、こういった連中でなくてもかまわない。ことによると――これは他の場合に劣らず厄介であり、多くの点から見て最悪のケースだが――、わたしの同類こそが危険なのかもしれない。巣穴というものを熟知し、その役割を高く評価している者。わたしと同じ森の住人で、平和をこよなく愛する者。しかも、自分では巣穴をつくらぬくせに巣穴には住みたがる、ろくでなし。もしもいま、そんな奴が本当にやって来てくれたなら、もしもそいつが、薄汚れた欲望に駆られて入り口を発見してくれたなら、もしもそいつが、苔の覆いを持ち上げる作業に取り掛かって首尾よく成し遂げ、素早く体を巣穴にねじ込み、かろうじて尻だけがほんの一瞬ちらりと垣間見えるくらいの深さまで巣穴のなかにもぐり込んでくれたなら、もしも、こういうことがすべて起こってくれたなら。そうなってくれれば、このわたしもついに怒りにまかせて奴のあとを追い、あらゆる疑念をかなぐり捨てて、奴に飛びかかることができるだろう。奴を噛みちぎり、ずたずたにし、引き裂き、一滴残らず血をすすって、ただちにその死肉を山積みになった他の獲物のところへ押し込んでやるだろう。そして何より――これこそ肝心なことなのだが――そのときこそ、ようやく自分の巣穴のなかに戻ることができるだろう。その暁には、あの入り口付近の迷宮さえ称賛してやれそうな気がするが、まずは苔の覆いを頭上に引き寄せ、そうして、おそらく生涯の残りの時間すべてを、安らかに過ごすことになるだろう。――しかし、やって来る者は誰ひとりなく、これからも自分だけを頼りに生きていくほかない。絶えず事の厄介さばかりに気を取られているうちに、不安な気持ちもだいぶ薄らいできたのか、わたしはもう、入り口を忌避する素振りさえ見せない。入り口の周囲をうろつくことがお気に入りの仕事になっており、まるでわたしの方が敵で、うまく巣穴に侵入するための好機をひそかに探っているかのようだ。もしも誰か信頼できる者がいて、そいつを監視場所に配置しておくことができたなら、きっと心おきなく巣穴へ降りて行けただろう。その信頼できる誰かと取り決めを結んで、巣穴へ降りるときも巣穴へ降りたあとも、しばらくの間は辺りの状況を詳しく観察してもらい、何かしら危険な兆候が見られた場合には苔の覆いを叩いて合図を送り、それ以外のときには何もしないよう頼んでおく。そうしておけば、巣穴に入ったあとで頭上に残る問題はきれいさっぱり片付いて、何の懸念も残るまい。懸念があるとすれば、あとはせいぜい、信頼した当の相手の問題くらいのものだ。何らかの代償を求めてくることはないだろうか。少なくとも、巣穴を見てみたい程度のことは言い出すのではなかろうか。だが、すすんで誰かを巣穴のなかに招き入れるなど、それだけでもう、この上ない苦痛である。巣穴をつくったのは自分のためであって、訪問客のためではないのだ。彼を巣穴に入れることはきっとあるまい。たとえ、彼の助力を得て巣穴に入るのを諦めることになるとしても、決して彼を巣穴に入れはしないだろう。そもそも、彼を巣穴に入れることなどまったく不可能だ。なぜなら、もし彼を入れるとなれば、彼をひとりで降りて行かせるのがひとつの手だが、そんなことはおよそ考えられない。さもなければ、彼と同時に巣穴に降りるほかないが、そうすると、まさに彼がもたらしてくれるはずの利点、巣穴に入ったあとも残って監視を続けてもらうという利点が失われてしまう。それに、互いの信頼という点についてはどうだろうか？　互いに顔をつき合わせていれば信頼できる相手でも、その姿が見えなくなったり、苔の覆いに遮《さえぎ》られて離れ離れになったりしたら、はたして以前と同じようにその相手を信頼することができるだろうか？　つねに相手を見張っているか、少なくとも、いつでも見張ることができる状態にあれば、誰かを信頼することは比較的たやすいし、ことによると、離れたところにいる誰かを信頼することだって可能かもしれない。けれども、巣穴の内部から、つまりはまったくの別世界から、その外側にいる誰かに完全な信頼を寄せるとなると、それはさすがに無理というものだ。だが、今のところはまだ、そのようなことを疑ってみる必要すらない。次の点を考慮に入れておけばそれでいいだろう。

すなわち、わたしが巣穴に降りて行く間に、あるいは降りてしまったあとになってから、数えきれないほどの生の偶然がわたしの信頼する者のなすべきことを妨げるかもしれず、そのほんのわずかな障害がいかなる結果をもたらすかは予測不可能だということだ。いやはや、これらすべてを要してみるに、ひとりぼっちで、信頼できる相手が誰もいないからといって、ちっとも嘆く必要はないわけだ。そのことで失うものがないのは確かだし、おそらく余計な損害を被ることもないのだから。わたしが信頼できるのは、わたし自身とこの巣穴だけだ。このことにもっと早く気づくべきだった。そして、目下これほどに頭を悩ませている事態に備えて、あらかじめ対策を講じておくべきだった。巣穴をつくり始めた当初であれば、少なくとも部分的には必要な手を打っておくこともできたであろうに。たとえば、最初に手掛けた地上への通路には、適当な距離を置いて二つの入り口を設けておけばよかったのだ。そうすれば、一方の入り口を通って、いささか面倒だが十分に用心しながら巣穴に降りたあと、素早く二つ目の入り口まで走り抜けて、その末端にしかるべく取り付けた苔の覆いを少し持ち上げ、そこから数日の間巣穴周辺の状況視察を試みる、といったこともできただろう。それだけが、唯一の正しい対策だったはずだ。たしかに、入り口を二つにすることで危険も倍増するが、ここではそのような心配をする必要はあるまい。もっぱら観察場所としてだけ使う予定の一方の入り口は、非常に狭いものでもかまわないのだから、なおさらだ。こうしてわたしは技術的な考察に没頭していき、またしても、完璧な巣穴の構築という夢を見始める。この夢想は心を少しだけ落ち着かせてくれる。うっとりとして目を閉じ、誰にも気づかれずに出入りできるような巣穴のかたちの数々を、ときにはっきりと、ときにぼんやりと、心に思い描いてみる。そんな風に身を横たえ、物思いに耽《ふけ》っているときには、こうした巣穴の可能性がとても価値あるものに思えるが、それはあくまで技術的な成果として価値があるということで、現実的な利点があるわけではない。だいたい、誰にも邪魔されずに巣穴に出入りできたからといって、それが何だというのか？　それが暗に示しているのは、落ち着きのない心、不確かな自己評価、薄汚い欲望といった悪しき性質であって、これらはいざ巣穴を前にすると、いっそう質《たち》の悪いものに変わっていく。巣穴はまぎれもなくそこにあり、こちらが巣穴にたいして全幅の信頼を寄せさえすれば、平穏という恵みを与えてくれるというのに。もちろん、いまは巣穴の外にいて、巣穴に帰還できるかどうかを探っているのだから、もしそのために必要な技術的設備があるのなら、それは実に望ましい。しかし、ひょっとすると、それほど望ましいことでもないのかもしれない。巣穴というのは、できるだけ安全に身を隠したい者がもぐり込むたんなる洞穴にすぎないなどと考えるとしたら、目下の神経質な不安にとらわれるあまり、巣穴なるものをひどく軽視することになるのではないか。なるほど、巣穴は安全な洞穴でもあるし、またそうあってしかるべきだろう。わたしだって、自分が危険のただなかにいると思えば、歯を食いしばり、ありったけの意志の力を振り絞って、この巣穴はわたしの命を救うべく定められた穴にほかならないのだから、はっきりと定められたその使命をできる限り完璧に果たしてほしいと願うはずだし、それ以外のあらゆる使命を喜んで免除してやることだろう。しかし、巣穴の実情はそれとは異なる。現実には——甚だしい困難に直面すると人は現実を見る目を失うものだが、危険に晒されていないときでも、現実を見るにはまず目を養わなければならない——、巣穴はたしかにかなりの安全を提供してくれてはいるが、それだけではまったく不十分なのである。そもそも、心配ごとというのは、巣穴のなかに入れば、いずれすっかり消えてなくなるものなのか。身の安全とは別の、より誇り高い、より充実した心配ごとだってある。それらの心配ごとは、しばしば心の奥深くに抑え込まれてはいるが、こちらの力を消耗させるという点では、もしかすると、巣穴の外の生活がもたらす心配ごとと何ら変わらないかもしれないのだ。もしも、この巣穴づくりを自分の生命の安全のためだけに行ったのだとすれば、期待外れの結果ではなかったにせよ、膨大な作業量と実際に得られた安全——少なくとも、わたし自身安全だと感じ、そこから利益を得られる限りにおいてのことだが——との割合は必ずしも満足のいくものではなかっただろう。これをみずから認めるのは非常に辛いことだが、ほかでもないあの入り口が、今やその製作者であり所有者であるはずのわたしを閉め出し、それどころか、文字通り固く身を閉ざしているのを目の当《ま》たりにすれば、否が応でも認めずにはいられない。だがしかし、この巣穴は決してたんなる救助穴ではないのだ！　砦広場に立ってみればいい。辺りをぐるりと囲むのは山と積まれた備蓄用の肉。視線の先には、砦広場から延びる十本の通路。その一本一本が、それぞれ個別に全体の計画に従って按配され、下ったり上ったり、まっすぐに延びたり曲がったり、徐々に幅が広がったり先へ行くほど狭くなったりしている。だがすべての通路は、一様にひっそりと静まり返ってがらんとし、一本一本が、それぞれに、あまたの小広場へ導くための用意を整えている。そして、それらの小広場もみな、ひっそりと静まり返り、がらんとしている——そんなさまを見ていると、安全について思い悩んでいたあれこれが、遠く離れていく。そしてはっきりと確信する。ここがわたしの砦なのだと。わたしは、爪で掻き、歯で嚙みつき、足で踏み固め、額をぶつけて、手強い大地からこの砦を勝ち取った。わたしの砦だ。この砦がわたし以外の誰かのものになることなどありえない。どこまでもわたしのものだ。だからここでなら、追い詰められた挙句、敵から致命傷を負わされることがあっても、落ち着いて受け止めることができる。というのも、このわたしの大地には、わたし自身の血が染み込んでいて、その血が失われることは決してないのだから。このこと以外のいったいどこに、半ば穏やかに眠り、半ば朗らかに目覚めながら、これらの通路で過ごすのを常としてきた、あの美しい時間の意味があろうか。これらの通路は、まさしくわたしのために考案されているのだ。気楽に体を伸ばし、子供のように転げまわり、夢見心地で身を横たえ、至福のうちに眠り込む、そのためにこそ。そしてあの数々の小広場。どの小広場も馴染《なじ》み深い。小広場はみな完全に同じつくりになっているが、目を閉じていても、壁面の曲がり具合だけで、それぞれの小広場をはっきりと区別できる。これらの小広場が、わたしを穏やかに、そしてあたたかく包み込んでくれる。どんな鳥の巣だって、こんな風に鳥を包み込むことはできまい。そして、これらすべてがみな、ひっそりと静まり返り、場所を空《あ》けて待っているのだ。

だが、そういうことなら、なぜわたしはためらっているのだろう？　二度と自分の巣穴に戻れなくなるかもしれないと心配するよりも、侵入者のことを恐れてしまうのはなぜだろう？　もっとも、二度と巣穴に戻れない心配の方は、幸いなことに、そもそもありえない話である。わたしにとってこの巣穴がもつ意味など、わざわざ深く考えてみるまでもない。わたしと巣穴は、この上なく緊密に結びついているから、たとえいかなる不安があろうと、わたしは落ち着いて、動じることなく、巣穴の外のこの場所に居座っていることができる。あえて自らに打ち克ち、すべての懸念を押しのけてまで、入り口の戸を開ける必要もあるまい。何もせずにここで待っていれば、それでいい。なにしろ、長い間にわたってわたしたちを引き離しておけるものなど、何ひとつないのだから。結局いつかは、どうにかして、わたしは巣穴に降りて行くことになるにちがいない。とはいえ、それまでにどれほどの時間がかかることだろう。そしてその間、この地上でも向こうの地下でも、どれほど多くのことが起こるのだろう。この期間を短縮し、すぐにでも必要な措置を講じるかどうかは、やはり、ひとえにわたし次第なのだ。

そしていま、わたしは、疲労のあまりもはや考えることもできず、うなだれ、よろめき、半ば眠りながら、歩くというよりも手探りで這《は》うようにして、入り口に近づいて行く。苔の覆いをのろのろと持ち上げ、のろのろと巣穴に降りる。頭がぼんやりしているせいか、もう用は済んだというのに、入り口を覆うのを忘れてしばらく開けっ放しにしてしまう。ようやくうっかりしたことに気づき、やり残した仕事を片付けるために、ふたたび地上へとよじ登る。はて、一体どうしてよじ登っているのだろう？　ただ苔の覆いを引っ張って、蓋をすれば済むことではないか。そこでまた下へ降り、苔の覆いを引っ張って、ようやく入り口を閉じる。このような状態にあるときだけ、もっぱらこのような状態にあるときだけ、わたしは巣穴に帰ることができる。そうして、苔の覆いの下で、血と肉汁にまみれながら、運び入れた獲物の上に横たわる。こうしていれば、あの待ちに待った眠りを眠り始めることもできよう。邪魔するものは何もない。わたしを追って来る者も誰ひとりない。苔の上の地上の様子は、少なくとも今のところは落ち着いているようだ。たとえそうでなかったとしても、この期《ご》に及んで地上の観察にかかずらってなどいられない。場所を変えたのだ。地上の世界から自分の巣穴へと戻ってきた。はやくもその効果が感じられる。ここは新しい世界だ。この世界は新たな力を与えてくれる。地上では疲労だったものが、ここでは疲労にならない。わたしは、辛労のあまり倒れそうなほど疲れ果てて、旅から帰還した。しかし、懐かしい住まいと再会できたこと、これから待っている修復作業のこと、さっそくすべての部屋をざっとだけでも点検しなければ、とりわけ砦広場には一刻も早く行ってみなければという思い——これらすべてが疲労感を新たな活動へのうずきに変える。まるで、巣穴に足を踏み入れたその一瞬の間に、長く深い眠りを眠り尽くしたかのようだ。最初の作業は非常に骨の折れるもので、全力を挙げて取り組まねばならない。窮屈なうえに壁の脆い迷宮の通路を通り抜けて、獲物たちを運び入れなければならないのだ。わたしは全力で獲物たちを前に押し出す。動かせるには動かせるが、しかしこれではあまりに進みが遅い。作業の速度を上げるため、獲物たちの肉の塊から一部分を噛みちぎっては通路に捨て置き、それらの肉片を乗り越え、その間をかいくぐって先に進んで行く。今や、前方に残っているのは、巨大な塊だった肉のほんの一部だけとなり、ようやく運びやすくなる。しかし、わたしの方は、肉で一杯になってしまったこの狭い通路——ここを通り抜けるのは、自分一人でさえ決して容易なことではない——のただなかで、備蓄食糧に埋もれて窒息しかねないありさまで、押しつぶされないようにするには、ときおりそれらを食ったり飲んだりするよりほかないくらいだ。しかしそれでも、獲物の運搬は順調に進み、あまり時間をかけることなく作業を終える。あの迷宮は踏破されたのだ。ほっと息をついて普通の通路のうちのひとつに立ち、連絡路を経て、特にこのようなケースを想定してつくられた主要通路へと獲物を運び込む。この通路は急勾配の下り坂になっていて、砦広場までつながっている。ここまでくれば、もう大した仕事はない。すべての獲物が、ほとんど勝手に下へ転げ落ち、流れ落ちていく。とうとう砦広場にたどり着いたのだ！　ようやくひと休みできる。砦広場は何ひとつ変わっていない。それほど大きな事故は起きなかったようだ。ひと目でそれとわかる損傷も、すぐに修復できるだろう。ただその前に、しばらくは通路を巡回してあちこち見て回らなければならないが、これは大した苦労でもない。昔よくやった友人とのお喋りのようなものだ。いや、昔よくやったというより——まだまだ年老いてはいないが、それでも、すでに多くの記憶がすっかり曖昧《あいまい》になっているので——友人とのお喋りなんてよくあることだと、昔聞いたことがあっただけかもしれないが。第二通路から見回りを始める。ことさらにゆっくり時間をかけて。砦広場を確認し終えた今、わたしには無限の時間がある。巣穴のなかにいれば、いつでも無限の時間があるのだ。なにしろ、巣穴のなかですることはすべて有益かつ重要であり、それ相応の満足を与えてくれる。第二通路から見回りを始めるが、そのなかほどで点検を中断して、今度は第三通路に移動する。道なりに進むと、また砦広場に戻ってくる。となれば、もちろんまた始めから第二通路の点検に取り掛かるしかない。こんな風にして仕事と戯れ、仕事を増やし、一人笑っては喜びをかみしめる。いずれ仕事の多さにすっかり訳がわからなくなるのは目に見えているが、やめることができない。通路の諸君、小広場の諸君、そしてとりわけ君だ、砦広場よ。君たちのためにこそ、わたしは帰ってきた。わたしは長い間、命惜しさに怖気《おじけ》づき、君たちのもとへの帰還をためらうという愚を犯したが、もはや自分の命など何ほどのこともない。君たちのもとに帰ってきた今となっては、命の危険など何だというのか。君たちはわたしのものだ。わたしは君たちのものだ。わたしたちは分かちがたく結びついている。そんなわたしたちに何が起こりえようか。たとえ地上では、はやくもあの下衆《げす》どもがひしめき合い、その鼻づらを突っ込もうと待ち構えているとしても、知ったことではない。今や巣穴は、このわたしをも沈黙と空虚をもって出迎え、わたしの言葉の正しさを裏付けてくれるのだ。

だがやがて、ある種の投げやりな気分が心を占め始めると、お気に入りの小広場のひとつで少し身体を丸める。すべてを点検し終えるにはまだまだほど遠いが、それでも点検は最後まで続けようと思っている。ここで眠りたくはない。ただ、眠るような姿勢をとってみたいという誘惑に従ってみたにすぎない。以前と同じように、ここでその姿勢をとることができるかどうか、ちょっと調べてみるだけだ。身体を丸めてみた感じは申し分ない。だが、今度は眠気から身を引き離すことができず、その姿勢のまま深い眠りに落ちていく。ずいぶん長く眠っていたのだろう、すでにおのずから覚醒に向かいつつあった眠りから、ようやく目覚める。ずいぶん眠りが浅いにちがいない。というのも、シューシューという、ほとんど聞き取れないほどのかすかな音が、わたしを目覚めさせるからだ。すぐにピンとくる。小さな生き物どもの仕業だ。これまではあまりにも無警戒で、あまりに多くを見逃してきてしまったが、あの連中が、留守の間にどこかに新しい道を一本掘ってしまったのだ。この道が、以前からあった道のひとつとぶつかって、そこに空気がたまり、それがシューシューと音を立てているのだ。何とひっきりなしに活動する連中だろう。実に厄介なことに精を出してくれたものだ。こうなったら、通路の壁にじっくりと聞き耳を立てながら、調査用の坑道をいくつか掘って、この耳障《みみざわ》りな音の出所を突き止めるしかないだろう。それをやってからでなければ、この音を取り除くことはできまい。それはそうと、新たに掘る坑道は、それが巣穴の状態にうまく適合すれば、新たな通気孔として利用できるのだから、こちらとしても好都合だ。ともかく、あの小さな生き物どもには、今後もっとしっかり注意を払うことにしよう。一匹たりとも容赦はしない。

こういう調査にはかなり慣れているから、それほど時間がかかることはないだろう。すぐにも取り掛かることができる。たしかに、まだほかにも仕事はあるが、この調査がもっとも急を要する。通路内は静かでなければならないのだ。ところで、例の音は、さほど質の悪い音ではない。巣穴に戻ってきたときにはすでにこの音がしていたはずだが、そのときにはまったく聞こえなかった。この音が聞こえるようになるには、まずこちらが、もう一度、すっかり巣穴に馴染んでおく必要があったわけだ。この音は、言ってみれば、おのれの職務を遂行しつつある本当の家の主の耳でしか聞き取ることができないのだ。そのうえ、この手の物音というのは、たいてい間断《かんだん》なく聞こえてくるものだが、この音は全然違っていて、しばらくの間ぱったり止んでしまうこともある。どうやら、空気の流れが途中でせき止められるのが原因らしい。調査を始めてみたのはいいが、どこから手をつけるべきなのか、その場所を見つけ出すことができない。いくつか坑道を掘ってはみたものの、単に行き当たりばったりで掘っているだけで、当然のことながら、そんなやり方では何ひとつ明らかになるはずがなく、坑道を掘るための難儀な作業も、掘った跡を埋め戻して整地するというさらに難儀な作業も、結局みな徒労に終わってしまう。音の出所には一向に近づくことができず、音は相変わらず、弱々しく、一定の間隔で中断をはさみながら続いていて、シューシューと聞こえるかと思えば、むしろヒューヒューと聞こえてくることもある。ところで、わたしはこの音を、さしあたりは放置しておいてもよかったのかもしれない。たしかに非常に耳障りではあるけれど、この音の原因についての推測にはほとんど疑う余地がなく、この音が今以上に大きくなることはまずありえない。それどころか、この音は——それほど長く待ってみたことはないのだが——時間がたつにつれ、あの穴掘り屋の小さな連中がさらに穴を掘り進めることで、ひとりでに消えてしまうかもしれないし、そうでなくても、計画を立てて探したところで一向に見つからない不具合の原因に、ふとした偶然から簡単にたどり着いてしまうというのはよくある話ではないか。そんな風に自分を慰めて、調査などするよりも、むしろ通路をぶらぶらと歩き回ったり、小広場を訪れたりして、巣穴に戻ってからまだ一度も見直していない場所の多くを巡りながら、その合間に少しだけ砦広場ではしゃぎまわりたいものだと思ったりもするけれど、やはりそうも言っていられない。音の出所を探し続けないわけにはいかないのだ。多くの時間を、もっと有効に使うことができたかもしれない実に多くの時間を、わたしはあの小さな生き物どものために費やしている。こういうとき、わたしの心をとらえるのは、たいてい技術的な問題だ。たとえば、聞こえてくる音に応じて——わたしの耳は、音を、そのきわめて微妙な差異に至るまで聞き分ける訓練を積んでいる——非常に厳密に、はっきりと特定できる原因を想定してみるのだが、そうすると今度は、その想定に事実が合致しているかどうかを確かめてみずにはいられなくなる。これはごく当然なことだろう。というのも、たとえそれが、壁から落ちてくる砂粒はその後どこへ向かって転がっていくのかといった程度の問題であったとしても、事実確認が終わらないうちは、こちらとしても安心するわけにはいかないのだから。ましてあのような音である。安心という点からすれば、些細なことだといって済ませることなど到底できない。だが、重要なことであろうと些細なことであろうと、どれほど探してみても何も見つからない。いや、むしろ見つかるものが多すぎるのだ。よりによってお気に入りの小広場でこんなことが起きてしまうなんて、と考えながらその場から遠ざかり、次の広場までほぼ道半ばという辺りまでやって来る。ほんの冗談で、あの耳障りな音は何もお気に入りの小広場にかぎって発生したわけじゃない、ほかの場所でだって起こることなんだ、と証明するようなつもりになって、微笑みながら耳を澄ませてみる。が、その微笑みはたちどころに消え失せる。なぜなら、本当にあの同じシューシューいう音が、ここでも聞こえてくるからだ。たいした音じゃないさ、と考えてみることもある。他の者なら聞こえないような音じゃないか。もちろん、今では訓練を積んで耳が研ぎ澄まされているから、この音はますますはっきりと聞こえてくる。けれども、あちこちで聞き比べてみれば確かめられるように、実際にはどの場所でもまったく同じ音がしているのだ。壁に直接耳をあてずに、通路の真ん中で聞き耳を立ててみるとわかるが、この音は場所によって強まったりすることもない。こうなってくると、音を聞くというよりも、耳をこらし、それどころか全身を耳にして、そこかしこで何かが音を発する気配を察知するしかない。しかし、どの場所でも同じように聞こえてしまうというこの事実こそ、もっとも気に障ることなのだ。なぜなら、この事実は、はじめに立てた仮説とは合致しないからだ。仮にこの音の原因についてのわたしの推測が正しいとすれば、この音は、まさにこれから見つけるところだった一地点からもっとも大きな音量で発せられ、そこから離れるにつれてだんだん小さくなっていくはずだ。だが、わたしのこの仮説が間違っていたのなら、あの音はいったい何だというのだ？　音を発する中心が二つ存在する、という可能性はまだ残っていた。つまり、これまでは双方の中心点から離れた場所でばかり音を聞いていたから、一方の中心点に近づくと、そこから聞こえる音はたしかに大きくなるけれども、もう一方の中心点から聞こえる音は小さくなり、結果として耳に聞こえる音の総量は、いつもほぼ同じにとどまっていたというわけだ。じっくりと耳を澄ませてみたときなど、この新たな仮説に合致する響き方の違いを、かなり不明瞭にではあっても、確かに聞き分けたような気がしたものだ。いずれにせよ、探索の範囲を広げなければならなかった。そこで、通路を下って砦広場まで行き、耳を澄ませてみる。おかしい。ここでも同じ音が聞こえるではないか。まあこれは、どこかの取るに足らぬ生き物たちが、留守につけこんで穴を掘ったために生じた音なのだろう。いずれにせよ、彼らにはわたしに敵対する何らかの意図など毛頭ない。彼らは、ただ自分たちの仕事に精を出しているにすぎず、何らかの障害に行く手を阻《はば》まれないかぎりは、いったん定めた方向へひたすら穴を掘り続けるのだ。それはよくわかっている。それにもかかわらず、不可解で苛《いら》立《だ》たしく、仕事に是非とも必要な分別を掻き乱しもするのは、彼らが砦広場にまで迫るような穴を掘ったという事実だ。別にはっきりさせたいわけではないのだが、穴を掘り進めるあの連中が怖気づいていたのは、砦広場がやはりそれなりに深い場所に位置しているためだろうか、あるいは、砦広場が広大な面積を有し、それにともなって強い空気の流れが生じているためだろうか、それとも、ここが砦広場であるという事実、この場所の荘厳さが、何らかの情報として伝わって、彼らの鈍い感覚にまで達したにすぎないのだろうか。いずれにしても、今までは、砦広場の壁を穿《うが》つ穴など目にしたことがなかった。たしかにこれまでも、生き物たちが、強烈な匂いに惹きつけられ、群れをなしてここにやって来ることはあった。この場所は最良の狩り場だったのだ。けれども、この生き物たちは、どこか巣穴の上の方を掘り抜いてわたしのつくった通路に入り込み、そこから、おずおずとではあるが、それでも漂ってくる匂いに抗いがたく魅了されて、通路伝いに下まで降りて来ていた。ところが、今や連中は、壁のなかにまで穴を掘ったのである。こんなことになるなら、せめて青年期や壮年期のはじめに温めていた、きわめて重要ないくつかの計画を実行に移しておけばよかった。というよりも、それを実行に移すだけの体力さえあったなら、と悔やまれる。なにしろ、計画を実行しようという意志はずっともちつづけていたのだから。このとっておきの計画のうちのひとつは、砦広場を周囲の大地から切り離すというものだった。つまり、砦広場の壁にはわたしの背丈と同じ程度の厚みだけを残しておき、その外側には――残念ながら周囲の大地から切り離すことのできないわずかばかりの基礎部分を除いて――壁面に沿って、砦広場をすっぽりと包み込むような空洞をめぐらせておくのである。常々、この空洞こそ、およそわたしのために存在するもっとも素晴らしい居場所であろうと夢想していたのだが、それも決して見当違いとは言えまい。丸みを帯びた壁にしがみつき、よじ登ったり、滑り降りたり、ころりと体を回転させたりして、ふたたび地面を足で踏みしめる。こうした遊びはすべて、文字どおり、砦広場の真上で繰り広げられるわけだが、本来の砦広場である内部の空間に足を踏み入れるわけではない。砦広場に立ち入ることを避け、広場のなかを見張ってきた目を休ませてやることができる。砦広場の様子を目にする喜びは先延ばしになるけれど、砦広場を手放さなければならないというわけではなく、むしろ、この鋭い爪の間には、間違いなく、砦広場がしっかりとつかまれているのだ。こうしたことは、ごく普通の出入りの自由な通路がひとつ広場に通じているだけでは、けっしてできない芸当だろう。何より、このつくりにしておけば、砦広場を外側から監視することができ、広場内の様子を見ることができない不自由を埋め合わせてくれるのだから、もしも砦広場のなかを居場所にするかこの空洞のなかを居場所にするか、いずれか一方を選ばなければならないとすれば、間違いなく空洞の方を選んで一生のすべてをそこで過ごし、たえずそこを行き来しながら砦広場の防衛に専念することだろう。そうすれば、壁のなかから音が聞こえてくることもなくなり、ずうずうしく広場まで穴を掘り進めるような輩もいなくなる。そうなれば、広場の平和は確保され、わたしはその平和の守護者となるだろう。小さな生き物たちが穴を掘る音に、嫌々ながら耳をそばだてる必要もなくなって、かわりに、現在のわたしからはすっかり失われてしまったもの、つまり砦広場を満たす静寂の音に、恍惚として耳を傾けることだろう。けれども、こうした素晴らしいことはみな、現に存在してはいないのだ。仕事に取り掛からなければならない。この仕事が今や砦広場にも直接かかわりをもつことを、せめてもの喜びとしなければなるまい。なんといっても、それで心が励まされるのだから。もっとも、ここにきてますますはっきりしてきたのだが、当初はまったく取るに足らぬものと思えたこの仕事に、全力を傾注しなくてはならないようだ。今では砦広場の四方を囲む壁に耳をそばだてると、上からも下からも、壁際からも地面からも、入り口付近でも広場の内部でも、どこもかしこも、そこらじゅうで同じ音が聞こえてくる。途切れ途切れに響いてくる音をこうしてじっと聞き取る作業に、どれほどの時間と緊張が要求されることか。その気になれば、自分を欺くためのささやかな気休めを見出すことはできる。地面から耳を遠ざければ、通路と違いずいぶん広い砦広場では何の音も聞こえなくなるのだ。とにかく休息をとって気を取り直そうと、事あるごとに地面から耳を離し、じっと聞き耳を立てては、何の音も聞こえない幸せに浸っている。しかし、それはさておき、いったい何が起きたというのだろう？　この現象を前にしては、最初に考えた説明では何の役にも立ちはしない。かといって、それ以外の、すぐにも思いつくような説明も、思いつくそばから取り下げざるをえない。今耳にしているのは、あの小さな生き物たちが仕事の最中に立てている音ではないか、と考えることもできよう。だが、それはそれで、これまでの経験とは合致しない。ずっと存在していたにもかかわらずこれまでまったく聞こえなかった音が、突然聞こえるようになるなど、やはりありえないことだろう。平穏の妨げになるものにたいする敏感さは、巣穴のなかで暮らす間に、年とともにさらに鋭くなっているのかもしれないが、だからといって、けっして聴覚が鋭くなっているわけではない。物音ひとつ立てないということこそ、あの小さな生き物たち本来の性質なのだ。そうでなければ、これまでどうしてあの連中に我慢することができただろうか。たとえ飢え死にする危険を冒してでも、連中を根絶やしにしたはずだ。しかし、ひょっとすると——という考えも忍び寄ってくる——これは未知の動物の仕業なのかもしれない。ありえない話ではない。たしかにわたしは、この地下での生活を、もうずいぶん長い間念入りに観察してきた。だが、世界というのは多様なものであって、思いもよらぬ事態にひどく驚かされる機会には事欠かないものだ。とはいえ、未知の動物一匹だけが相手ということはまずあるまい。大きな群れが、突然わたしの領域に侵入してきたにちがいない。小型動物たちの大群だろう。この動物たちは、そもそも耳に聞こえる音を立てるくらいだから、もちろん例の小さな生き物どもよりは大きいのだろうが、その差はほんのわずかしかあるまい。というのも、この動物たちの活動が立てる音は、それ自体としてはごくかすかな音にすぎないのだから。してみると、この未知の動物たちは群れをなして移動している最中なのかもしれない。彼らはただここを通過していくだけで、わたしを煩わせはするものの、その行進もすぐに終わることになるだろう。だから、本来ならじっと待っていればよいのであって、しょせん余計なあがきにすぎない仕事をする必要などないのかもしれない。けれども、それが未知の動物であるとして、どうして彼らはわたしの目にとまらないのだろう。一匹ぐらいつかまえてやろうと、もうずいぶんたくさん坑道を掘ってみたけれど、一匹も見つからない。ふと思いついたのは、もしかすると連中はきわめて微小な動物で、わたしが知っている動物たちよりもはるかに小さく、ただ立てる音が少し大きいだけなのかもしれないということだ。そこで、掘り返した土を調べることにして、土の塊を高々と放り投げ、これ以上ないほどに細かく砕いてみる。だが、そのなかに音の主の姿は見当たらない。こんな風に小さな坑道をやみくもに掘ってみても何ひとつ得られないらしいということが、だんだんとわかってくる。こんなことをしても、ただ自分の巣穴の壁をほじくり返すばかりだ。あちこちを慌てて引っ掻いてはみるものの、その穴を埋め戻す暇もなく、至る所に土の山ができて通路を塞ぎ、見通しをさえぎってしまっている。もっとも、こうしたことは、さしたる妨げになりはしない。今となっては、巣のなかを歩き回ることも、辺りを見回ることも、ゆっくり休息をとることもできないのだから。どこかの穴のなかで作業をしている最中に、少しの間眠り込んでしまうといったこともしばしばで、そんな折には、眠りに落ちる直前、夢うつつでなおも土くれを削り取ろうと伸ばした一方の前肢が、天井の土にめり込んだままになっていたりするのだった。こうなったら、やり方を変えるしかない。音のする方に向かって、本格的な、大規模な坑道を一本掘り進め、あれこれ考えたりせずに、音の本当の原因を突きとめるまでは決して掘るのをやめないことにしよう。自分の力でどうにかできることなら、その原因を取り除くだろうし、たとえ手に負えないものであったとしても、少なくとも確証をつかむことはできるはずだ。この確証は、安心か絶望かのいずれかをもたらすだろうが、安心であれ絶望であれ、もたらされる結果はいずれにしても、疑う余地のない、確かな根拠をもつことになるだろう。この決心は、わたしを元気づけてくれる。これまでとってきた行動は、思うにどれもあせりすぎだったのだ。巣穴に帰還できたことに興奮するあまり、いまだ地上世界の心配ごとから自由になれず、また、巣穴の平和に完全に馴染むこともできぬまま、長い間巣穴から離れていなければならなかったせいで神経過敏になっていたわたしは、いささか奇妙な現象ひとつのために、すっかり冷静さを失ってしまった。だが、いったいあれが何だというのだ？　かすかにシューシューと音がするだけではないか。長い間隔を置いてようやく聞き取れる程度の音。取るに足らぬ音だ。そんなものにはじき慣れる、とは言うまい。いや、あれに慣れることなどできはしないだろう。けれども、間に合わせの対抗策を講じたりせずに、しばらくの間は、その様子を観察しておけばよかったのだ。観察する、とはつまり、二、三時間おきに聞き耳を立て、その結果を辛抱強く記録していくということで、わたしのように壁沿いに耳を滑らせ、物音がするたびに土を掘り返すような真似をしないということだ。結局そういう振る舞いは、本当に何かを見つけることにはならず、内心の不安を行動にあらわしているにすぎない。今度はそんなことにはならないだろう。そうであってほしいと望んでいる。だが、期待はできない。というのも——目を閉じ、自分自身に激しい怒りを覚えつつ、それを認めざるをえないのだが——わたしの内部では、数時間前とまったく変わることなく、今なお不安が震え続けていて、理性が引き止めてくれなければ、どんな場所であれ手当たり次第に、音が聞こえようが聞こえまいが一切構わず、呆《ほう》けたように、がむしゃらに、ただもう掘るためだけに穴を掘り始めるにちがいないからである。意味もなく穴を掘るか、そうでなければ土を食うために穴を掘る、あの小さな生き物どもと、もはやほとんど変わらない。新たに立てた理性的な計画は、わたしの心をそそりもするが、萎《な》えさせもする。この計画には、何ら異論をはさむ余地はない。少なくとも、わたしに異論はない。理解している限りでいえば、この計画はきっと目的を達成するにちがいない。だが、それにもかかわらず、わたしは根本においてこの計画を信用していないのだ。信用していないから、この計画が結果としてもたらすかもしれない驚愕《きょうがく》など何も恐ろしくない。そもそも、驚愕すべき結果などというものをまるで信じていない。それどころか、こんな風にさえ思えるのである。実はあの音が最初に聞こえたときからすでに、首尾一貫した計画にのっとって坑道を掘ることを考えてはいたのだが、ただ、それを信頼していなかったから、これまで着手することがなかったのだ、と。しかしそれでも、その坑道を掘り始めることになるだろう。それ以外の可能性はもう残されていない。とはいえ、すぐには取り掛からずに、作業を少し先延ばしすることにしよう。分別にもう一度復権してもらうとなれば、それは完全な復権でなければならない。絶対に我を忘れてこの作業に没頭してはならない。いずれにしても、その前にまず、あちこち掘り返して傷つけてしまった巣穴を修復しておこう。これには少なからぬ時間がかかるだろうが、どうしても必要なことだ。もしも新たに掘る坑道が本当に目標に達するとすれば、その長さはきっと相当なものになるだろうし、目標に達しないとすれば、坑道は果てしなく掘り進められることになるだろう。いずれにせよ、その作業は、かなりの期間にわたって巣穴から離れることを意味する。巣穴を離れるといっても、地上に出ていたあのときほどの忌《い》むべき事態ではなく、好きなときに作業を中断して我が家に立ち寄ることができるし、そこまでしないとしても、砦広場の空気がこちらに流れて来て、作業の間もわたしを包み込んでくれるだろう。だが、それでもやはり、この作業は、巣穴から遠ざかって覚束《おぼつか》ない運命に身を委ねることを意味するのであって、だからこそ、巣穴をきちんと整えてからにしたいのだ。巣穴の平安のために戦うこのわたしが、自らその平安を乱した挙句、すぐに修復することもなかった、などと言われてはたまったものではない。そういうわけで、掘り出した土で穴を埋め戻す作業に取り掛かる。これは勝手知ったる作業で、今までも数えきれないほど、ほとんど仕事とも思わずにこれをこなしてきたのであり、とりわけ、最後に土を押し固め、平らにすることにかけては——これは自慢話でも何でもなく、本当のことだ——誰にも負けない。ところが、今回はうまくいかない。気が散りすぎているのだ。作業の最中に何度も壁に耳を押し当てては聞き耳を立ててしまい、足元に盛ったばかりの土がまた通路へと崩れ落ちても、気にも留めないというありさまだ。さらなる注意力を必要とする美しい仕上げの作業など、今のわたしにはとてもできない。醜い出っ張りや目障りな割れ目がいくつも残っているし、壁面全体ともなれば、こんなに継《つ》ぎ接《は》ぎだらけになった壁をもとの美しい曲線に戻すなど、望むべくもない。これはさしあたりの応急措置にすぎないさ、と考えて自分を慰めてみる。またここに戻ってきて、再び平和を取り戻したら、そのときこそ、すべてを最後まで徹底的に修復しよう。そのときには、すべての作業があっという間に片付くにちがいない。おとぎ話のなかでは、すべてがあっという間に起こるものだが、この慰めもそんなおとぎ話の類《たぐい》である。それよりもっといいのは、今すぐ作業を完全に仕上げてしまうことだろう。その方が、のべつ作業を中断しては通路を歩き回り、新たな音の発生箇所を見つけ出すよりも、はるかに有益だ。実際、音のする場所を見つけることなど、実にたやすい仕事である。なにしろ、必要なことといえば、どこでもいいから立ち止まって聞き耳を立てることだけなのだから。そのほかにも、あれこれと役にも立たない発見をすることがある。ときどき音が止んだように思えることがあるが、それは音と音との間隔が長いためだ。だがときおり、自分の血の流れが耳のなかでドクンドクンとあまりにも大きく響くので、かくもか細いシューシューという音を聞き逃してしまうことがある。そうすると、音と音の間の二回分がひとつにつながって、つい、あのシューシューという音は永久に止んだのだ、と思い込んでしまう。すると、もうそれ以上聞き耳を立てたりせずに躍り上がる。生活のすべてが、がらりと様相を変える。まるで、静寂が滾々《こんこん》と湧き出す泉が口を開けたかのようだ。この発見の真偽をすぐさま確かめるような真似は慎み、このことを前もって心置きなく打ち明けられるような相手を探しに、急いで砦広場に向かう。全身が新たな生へと目覚めたものだから、ふと、もう長いこと何も食べていなかったことを思い出し、土の下になかば埋もれている備蓄食糧のなかから何かしらを引っ張り出す。それをがつがつと飲み込みながら、信じがたい発見をしたあの場所に引き返し、はじめは、食事をしながらほんの事のついでに、少しだけ、事態をもう一度確かめてみるつもりで聞き耳を立てる。しかし、ちょっと耳を澄ませただけで、早くもとんでもない思い違いをしていたことが判明する。どこかずっと遠くの方では、相変わらず、あのシューシューという音がしているのだ。食べていたものを吐き出すと、そいつを踏みつけにしてやりたいような気分で作業に戻るが、どの作業に戻ればいいのかちっともわからない。どこか作業の必要がありそうな場所で、といってもそんな場所は無数にあるのだが、とにかくどこかで、機械的に何かを始めるほかない。まるで、見張り番がやって来てしまったから、そいつの前では働く素振りを見せなければならないようなものだ。けれども、そんな風にして少しの間作業をするかしないかのうちに、また新たな発見をしてしまったりもする。どうも音が大きくなったような気がするのだ。もちろん、ひどく大きい音になったわけではない。ここで言っているのは、依然として、きわめて繊細な音の違いのことにすぎない。だが、それでもやはり、音はわずかに大きくなっていて、それがはっきり聞き取れる。そして、このように音が大きくなるのは、何かが近づいて来ているということであるらしく、音が大きくなるのを耳にするよりもはるかに明瞭に、それが近づいてくる足取りが、文字どおり目に浮かぶのだ。思わず壁面から飛び退き、この発見がどんな結果をもたらしうるのかを、ひと目で見渡そうとする。この巣穴を本当の意味で攻撃に対する防御の要として築いたことなど、一度としてなかったような気になってくる。その意図がなかったわけではない。しかし、生活上のあらゆる経験に反して、攻撃を受ける危険性は少ないように思われ、それゆえ、防衛施設の建造など現実離れしていると思ってしまったのだ。いや、現実離れということはないにせよ（どうしてそんなことがありえようか！）、平和な暮らしを送るための施設をつくることよりもはるかに重要度の低いことのように思われ、そのために、巣穴のなかではどこでも、平和な暮らしのための施設の方が優先されたのである。おおもとの計画を壊さずとも、防衛施設建造のためには多くのことができたはずなのだが、実際何とも不可解なことに、結局その作業はなされずじまいだった。これまで何年もの間、わたしは多くの幸運に恵まれ、その幸運に慣れっこになってしまったのだ。不安ではあったけれど、幸運のなかで感じる不安など、何ほどのこともない。本来なら、今真っ先にやらなければならないのは、防衛を念頭に置き、防衛に際してのあらゆる可能性を顧慮しつつこの巣穴を隅々まで視察し、防衛計画とそれに付随する建設計画を練り上げて、ただちに、青年のように溌剌《はつらつ》と、その作業に取り掛かることだろう。それこそが、本当に必要な作業だったはずだ。ついでに言うと、それを実行するには、もちろんすでに手遅れなのだが、しかし、本当に必要なのはそういう作業だったのであって、大規模な調査用坑道などを掘ることではない。だいたい、そんな坑道を掘ったところで、今すぐ危険が迫ってきてもおかしくはないという馬鹿げた不安にとりつかれて、何の防備もせぬまま、こちらから全力で危険を探しに行ってしまうのが関の山だろう。不意に、以前の自分の計画がわからなくなる。以前は理にかなっていると思えた計画のなかに、これっぽっちの道理も見出すことができない。わたしは、ふたたび作業をやめ、聞き耳を立てることもやめてしまう。今は、これ以上音が大きくなっていることを発見したくない。発見するのはもうたくさんだ。何もかもやめてしまおう。この葛藤を鎮めることができれば、それだけで十分だ。ふたたび、通路に導かれるまま先へ先へと進み、ますます遠くの方の、巣穴への帰還以来まだ見ていなかった、土を搔くわたしの前肢がまだまったく触れていない通路群へと入っていく。入っていくと、それらの通路に潜む静寂が目を覚まし、わたしの上に沈み込んでくる。その静寂に身をゆだねることなく、急いで通り抜けるが、いったい自分が何を探し求めているのか、まったくわからない。おそらく、ただ時間稼ぎをしているだけなのだろう。あちらこちらを彷徨って、とうとうあの迷宮のところまでやって来てしまうと、今度は苔の覆いに耳をそばだててみたいという気持ちがわいてくる。こんなにも遠くの事物、さしあたり今はこんなにも遠く離れている事物が、わたしの心を惹きつける。覆いのところまで上って行って、聞き耳を立てる。深い静寂。この場所は何て素晴らしいのだろう。向こうには、わたしの巣穴を気にかけている者など誰もいない。誰もが、わたしとは何の関係もない自分の仕事に精を出している。一体どうやってこんな静けさを手に入れたのだろう。もしかすると、苔の覆いがあるこの場所は今や、何時間耳を澄まそうとも物音ひとつ聞かずにいることのできる、巣穴のなかで唯一の場所なのかもしれない。巣穴のなかの状況が完全に反転したのだ。これまで危険だった場所は平和な場所になったが、砦広場は、外界の音と外界から迫る危険とに巻き込まれてしまった。いや、事態はさらに深刻で、この場所にも、本当は平和などありはしないのだ。ここは何も変わっていない。静かであろうと騒がしかろうと、苔の覆いの向こうには、以前と変わらず危険が待ち構えている。それなのに、わたしは危険にたいして鈍感になってしまった。壁から聞こえてくるあのシューシューという音に気を取られすぎているのだ。いや、本当に気を取られているのか？　あの音はさらに大きくなり、ますます近づいて来ている。ところがわたしときたら、身をくねらせて迷宮を通り抜け、この地上に近い苔の覆いの下でのんびりと寝そべっている。これではまるで、自分はこの巣穴上部で少しばかり休息できればそれで満足だからと、早々に棲み家をあの音の主に譲り渡したようなものではないか。音の主だって？　あの音の原因について、何か新たな、確固たる見解でもあるというのか？　だってあの音は、小さな生き物たちが掘った溝から生じているのだろう？　それがわたしの確固たる見解だったではないか？　まだこの見解を捨ててはいなかったはずだ。もし溝から直接にあの音が生じてくるのではないとすれば、なんらかのかたちで、間接的にそこから音が生じているのだろう。仮に、あの音が溝とは何の関連もないということになれば、端《はな》から仮説など立てようがないのであって、本当の原因を見つけるか、その原因が自ら姿を現すのを待つよりほかない。もちろん今でも、やろうと思えばさまざまな仮説を弄ぶことはできる。たとえば、どこか遠くの方で浸水が起きたのであり、わたしの耳にシューシューとかヒューヒューと聞こえる音は、実はサラサラ流れる水の音だったのだ、と述べ立てることもできるだろう。しかし、これまで浸水をまったく経験してこなかったという点を度外視するとしても——最初に発見した地下水は、すぐに外に流れて行くように工夫したので、地下水がこの砂質の土壌にふたたび染み込んでくることはなかったのだ——あれは間違いなくシューシューという音なのであって、どう解釈してもサラサラという音にはならない。どれほど自分を戒めて心を落ち着かせようとしても、何の役にも立ちはしない。想像力は一向にそのはたらきを止めてくれず、実際こう考えずにはいられないのだ——それを自分にたいして否定するのは無意味なことだ——、あのシューシューという音は、ある動物から発せられている、しかも、たくさんの小さな動物からではなく、ただ一匹の巨大な動物から発せられているのだ、と。これにそぐわない事実も少なからずある。たとえば、音は至る所から、いつも同じ大きさで聞こえてくるし、その上、昼も夜もなく規則的に響き続けている。たしかに当初は、どちらかと言えば、たくさんの小さな動物がいるにちがいないという考えに傾きがちだった。けれども、穴を掘っている間に見つかるはずだった小動物たちが結局一匹も見つからなかったのだから、あとはもう、巨大な動物の存在を想定してみるよりほかない。しかも、一見この想定と矛盾するかに見える事柄も、そんな動物の存在が不可能であることを示すものではなく、ただその動物がおよそ想像もつかないほどに危険であることを示唆しているのだから、なおさらである。ただその危険を認めたくない一心で、わたしはこれまで、巨大な動物がいると想定することに抗ってきた。こんな自己欺瞞《ぎまん》はやめることにしよう。実はもう長いこと、次のような可能性を考えているのだ。かなり遠いところまで音が聞こえてくるのは、巨大な動物が猛烈な勢いで活動しているためではないか。この動物は、足取り軽やかな散歩者さながらの速さで地中を掘り進み、その坑道の周囲では、たとえそいつが通り過ぎても、なお大地が震えている。この余震と掘削作業それ自体の音とが、遠く離れた場所ではひとつに混じり合って響き、次第に消えてゆくこの音の名残を耳にしているわたしには、どこでも同じように聞こえるのではあるまいか。そこにはさらに、この動物がわたしの方に向かって進んでいるわけではない、という事情も作用しているだろう。だからこそ、音がまったく変化しないのである。それどころか、どんな意味があるのかとても見通しえないような、何らかの計画があるのかもしれない。推測するよりほかないが、この動物は——この動物がわたしのことを知っているなどと主張するつもりはさらさらないのだが——わたしの周りをぐるりと囲むように移動しているのかもしれない。あいつの動きを観察し始めてからでも、おそらく数回は巣穴の周囲を廻ったことだろう。そして今や、音は強まってきている。ということはつまり、円が狭まってきているのだ。シューシューあるいはヒューヒューというこの音の音質は多くのことを考えさせる。わたしが自分のやり方で地面を掻いたり削ったりするときには、まったく違う音がする。だから、シューシューという音は次のように説明するしかない。つまり、あの動物の主たる掘削道具は、爪ではなく——爪はたぶん、補助として用いられるだけだろう——、その鼻口部ないし鼻づらなのだ。あいつの鼻づらが途方もなく強力であることは言うまでもないが、それに加えて、おそらく何ほどかの鋭さも備えているにちがいない。あいつはきっと、ただ一度の強力なひと突きで鼻づらを地中に突き刺し、土の塊をごっそり削り取るのだろう。その間は、わたしには何も聞こえてこない。これがあの音の中断になるわけだ。だが、あいつはそれから、次のひと突きに備えてもう一度空気を吸い込む。この空気の吸い込みは、力が強いばかりか仕事熱心なことに大急ぎで行われるものだから、大地を揺るがす音を生み出すにちがいない。するとその音が、わたしの耳にはシューシューというかすかな音に聞こえるのである。もっとも、あいつがどうしてひっきりなしに働き続けることができるのかは、まったく理解できないままだ。ひょっとすると、例の音の小休止が、わずかながら休息を取る機会も兼ねているのかもしれないが、本当に十分な休息は、まだ一度も取っていないような気がする。昼も夜も、早急に成し遂げなければならない計画を念頭に置いて、あいつは常に同じ力と活発さでもって穴を掘り続けている。そして、その計画を実現するためのあらゆる能力が、あいつには備わっているのだ。このような敵の存在を予期することなど、とてもできなかった。しかし、敵の特異性はともかくとしても、今現に起きているのは、本来わたしが恐れなければならなかった事態、常時それに対して備えておかなければならなかった事態にほかならない。すなわち、何者かがこちらへ近づいているのである。これほど長い期間にわたって、すべてが静かに、幸福に過ぎて行ったのは、いったいどうしてなのだろう？　敵たちの進路を操って、彼らがわたしの所有地を迂回するように仕向けてくれたのは誰だったのだろう？　結局今になってこんなに恐ろしい目に遭ってしまうのなら、どうしてこれほど長い間庇護されていたのだろう？　これまでわたしは、あれこれの小さな危険について考えに考え抜いてきたけれど、そんな危険など、今回のこの危険に比べれば何ほどのものか！　巣穴の所有者であるからには、どんな者がやって来ようと負けることのない力が自分にはあると期待していたのか？　強調しておかなければならないが、この巨大で脆い城塞の所有者であるからこそ、わたしは少しでも本格的な攻撃を仕掛けられると、なすすべがないのだ。この城塞を所有しているという幸福感がわたしを甘やかし、巣穴の脆さがわたしを神経過敏にしてしまった。巣穴が傷つけられると、まるで自分が傷つけられたような苦痛を感じるのである。まさにこのような事態が起こることを、予想しておかなければならなかったはずだ。自分の身を守ることばかり考えるのではなく――それについてさえ、何と軽率で無益なことばかり考えていたことだろう――巣穴を守ることを考えておかなければならなかった。とりわけ、何者かの攻撃を受けた際には、巣穴の個々の部分、しかもなるべく多くの部分を、土砂を崩して埋めることで――それが最も短時間でなしうることであろう――それほど危険でない部分から切り離すことができるように、備えを講じておくべきだったのだ。それも、大量の土砂で効果的に遮断し、土砂の背後に本来の巣穴が隠れていることを、敵に微塵も感じさせないようにしなくてはならない。それればかりではない。この土砂崩しは、巣穴を埋めるだけでなく、襲撃者をも生き埋めにできるものでなければならないだろう。わたしは、こうした準備をこれっぽっちもしてこなかった。この方面にかんしては、何ひとつ、まったく何ひとつ手をつけていない。まるで子供のように軽率で、男盛りの時期をもっぱら子供じみた遊びだけに費やしてしまった。危険について考えることさえ単なるお遊びにすぎず、現実の危険について、現実的に考えることを怠ってきたのだ。警告には事欠かなかったというのに。もちろん、今回の危険に匹敵するような出来事があったわけではないが、しかしそれでも、似たようなことなら巣穴づくりの初期に起きていた。一番の相違は、まさにそれが巣穴づくりの初期であったという点にある。わたしは当時、文字どおり駆け出しの新米として、まだ工事の最初の工程に取り掛かったばかりで、迷宮はようやく大まかな設計が終わったところだった。すでに地面をくりぬいて小さな広場をひとつつくり上げてはいたが、広さと壁の造形には完全に失敗していた。要するにそれは、単なる試作品でしかなく、我慢ができなくなれば、すぐさま何の惜し気もなく放棄できてしまう程度の代物だったのである。その頃のことである。あるとき、作業の中休みに――もっとも、わたしは生涯にわたってあまりにもたくさん中休みを取りすぎていたわけだが――掘り返した土の山の間に横たわっていると、不意に、遠くからひとつの物音が聞こえてきた。まだ若かったので、その物音を聞いて、不安よりもむしろ好奇心を抱いた。わたしは作業を投げ出して聞き耳を立てはじめた。そのときは、とにかく聞き耳を立てていたのであって、苔の下まで駆け上って身を横たえ、物音を聞かずに済むようにしていたわけではない。何はさておき、聞き耳を立てた。それが土を掘る音であることははっきりと聞き分けることができ、わたしが掘るときの音ともよく似ていた。若干弱々しく聞こえたものの、それがどの程度まで距離に起因するのかはわからなかった。緊張していたが、それを除けば冷静で、落ち着いていた。ひょっとしたら自分は他の誰かの巣穴のなかにいるのかもしれない、そして、その巣穴の主が今大地を掘ってこちらに向かって来ているのだ、と考えた。もしもこの仮定が正しいとわかっていたら、征服欲や攻撃性とはそれまで無縁だったわたしのことだ、きっとどこか別の場所に巣穴をつくるために、その場を立ち退いたことだろう。とはいえ、やはりまだ若かったし、自分の巣穴も持っていなかった。そしてなお冷静で、落ち着いていることができた。その後の事態の推移にも、さほど混乱することはなかった。ただ、それが意味するところを解釈するのは容易ではなかった。あちらで穴を掘り進めていた者が、わたしが掘っている音を聞きつけてこちらに向かって来ていたのだとして、そいつが——そのとき実際そうしたように——進む方向を変えたとすれば、その行動の原因は、わたしが休憩に入ったことで進路を定めるための拠り所を奪われてしまったためなのか、それともむしろ、そいつ自身が自分の狙いを変更したためなのか、その点をはっきりさせることができなかったのである。ひょっとすると、そもそも思い違いをしていて、向こうは端からわたし目がけて進んでなどいなかったのかもしれないが、いずれにせよその音はそれからしばらくの間なおも強まり、まるでその相手がこちらに近づいて来るようだった。若造だったあの当時のわたしなら、この掘り手が突然土のなかから現れるのを目の当たりにしても、まんざら嫌な気はしなかっただろうが、そういう類のことは何ひとつ起こらなかった。ある時点から穴を掘る音は弱まり始め、掘り手が当初の進路から徐々に逸《そ》れて進んでいるのか、だんだんと小さくなっていった。そして不意に、音は途絶えた。まるで、今や掘り手が正反対の方向に進むことを決心し、一直線に遠ざかって行ったかのように。その後も長い間静寂に耳を澄ませていたが、やがてまた作業に戻ったのだった。さて、この警告が意味するところは実に明瞭だったわけだが、すぐにそのことを忘れてしまい、結局この一件は、わたしの建設計画にほとんど何の影響も与えなかった。あの当時と今日の間にあるのが、わが壮年期だ。だが、まるでそんな年月など全然なかったかのようではないか。わたしは相変わらず作業の合間に長々と休憩を取って壁に聞き耳を立てているし、あの掘り手の方は最近その計画を変更して回れ右をし、旅から戻る途上にある。あいつはこう思っていることだろう。この間たっぷり時間をくれてやったのだから、出迎えの準備も整っているはずだ、と。ところが、わたしの方では、何もかも当時以上に準備ができていないのだ。巨大な巣穴は無防備にその姿を晒している。おまけにわたしは、もはや駆け出しの新米ではなく、年老いた棟梁《とうりょう》なのであって、まだ力が残っていても、いざとなったら何の役にも立ちはしない。しかし、いかに年をとっていようとも、どうやらわたしは、今よりもっと年をとり、もはや苔の下の静かな臥所《ふしど》からも起き上がれないほどに老いさらばえたいと思っているようだ。というのも、実際のところ、わたしには苔の下のこの場所が耐え難いのだ。身を起こすと、安らぎではなく、新たな心配事で心が埋め尽くされているかのように、またぞろ棲み家の方へ駆け下りていく。さっきまではどんな状況になっていたのだったかな？　シューシューという音は弱々しくなっていたか？　いいや違う、あの音はさらに強くなっていたはずだ。手当たり次第に十カ所ばかり選んで耳を澄ませてみると、自分が思い違いをしていたことにはっきりと気づく。シューシューというあの音は以前と同じままで、何ひとつ変わってはいなかった。壁の向こう側では何の変化も起きていない。あちらにいる者は、落ち着き払って、時間など超越してしまっている。だが、こちらでは、一瞬一瞬が聞く者を動揺させるのだ。砦広場へ至る長い道をふたたび引き返す。どうやら、周囲のすべてが、わたしとともに心を昂《たかぶ》らせているようだ。皆こちらをじっと見つめては、すぐにまた、わたしを妨げまいと目を逸らすように見えるが、それでもやはり、わたしの表情から巣穴を救う決意を読み取ろうと躍起《やっき》になっている。わたしは首をふる。決意などまだ何もない。砦広場に向かうのも、そこで何かの計画を実行するためではないのだ。かつて調査用坑道をつくろうと思っていた場所に差し掛かり、もう一度そこを調べてみる。ここなら場所としては申し分なかっただろう。ここからなら、坑道は小さな通気孔のほとんどが集まっている方向へ延びることになる。通気孔のおかげで作業はずいぶん楽になったことだろう。もしかすると、あまり遠くまで坑道を掘らずに済んだかもしれない。あの音の源まで掘り進む必要など全然なくて、もしかすると、通気孔のところで耳をそばだてるだけで事足りたかもしれない。しかし、こうしてあれこれ考えてみても、この坑道を掘ってやろうという気概が湧いてくるわけではない。この坑道が、あの音についての確証をもたらしてくれるとでも言うのだろうか？　今のわたしはもう、確証など少しも欲していない。砦広場で皮を剝いだ上等な赤肉を一切れ選び出すと、それをもって土の山のひとつにもぐり込む。きっとそこには静寂があるはずだ。そもそもこの巣穴のなかに、まだ本当の静寂が残っていればの話だが。肉を舐めたり、ちびちびつまんだりしながら、離れた場所で己の道を進みつつあるあの未知の動物のことや、できるうちに備蓄食糧をとことん味わい尽くしておいた方がよさそうだといったことを、かわるがわる考える。備蓄食糧を平らげるというこの案は、おそらく今のわたしに残された唯一実行可能な計画だろう。あとは、例の動物がどんな計画をもっているのか、その謎解きを試みるばかりだ。あいつは放浪の旅の最中なのだろうか、それとも、自分の巣穴で作業をしているのだろうか？　放浪しているのだとすれば、あるいはあいつと何とか折り合いをつけることもできるかもしれない。あいつが壁をぶち抜いて本当にわたしのところまでやって来たら、備蓄食糧をいくらか分け与えてやろう。そうすれば、そのまま先へ行ってくれるだろう。そうだとも、そのまま先へ行ってくれるさ。自分の土の山に埋もれていれば、もちろん何だって夢想することができる。あいつと折り合いをつけるということさえも。けれども、本当はよくわかっているのだ。折り合いをつけるなんてことは決して起こらない。もしも出くわしてしまえば、いや、それどころか、互いの存在を近くに感じ取っただけでも、その瞬間にわたしたちはすぐさま我を忘れ、どちらが先とかどちらが後とか、そんなことにはお構いなしに、たとえすっかり腹が満たされていても、何か新たな、別種の飢餓感に襲われて、互いに爪と牙を剝《む》くことになるはずだ。爪と牙を剝くときというのは常にそうしたものだが、この場合も、それが当然の成り行きというものだろう。というのも、たとえ放浪の身であるにせよ、巣穴を前にしてしまったら、誰が旅の計画や将来の計画を変更せずにいられるだろうか。だが、ひょっとするとあの動物は、自分の巣のなかで穴を掘っているのかもしれない。その場合には、折り合いをつけるなんて夢想することさえ不可能である。たとえ相手が非常に風変わりな動物で、自分の巣穴の隣に住人がいることを許容できるのだとしても、わたしの巣穴はそんな隣人の存在とは相容れない。少なくとも、物音が聞こえる範囲に隣人がいることには耐えられない。もちろん、あの動物はだいぶ遠ざかっていったようだから、もう少し遠くに行ってくれれば、例の音も消えて無くなることだろう。そうなれば、すべてが昔のようによくなるかもしれない。そのときには、すべてのことが、苦しくはあったけれど有益な経験となり、あらゆる手を尽くして巣穴を改良しようという気を起こさせてくれることだろう。安らぎを得ることさえできれば、そして間近に危険が迫りさえしなければ、まだまだ、あれこれ相当量の仕事を十分にこなすことができるのだから。あの動物は、その高い作業能力ゆえに途方もない可能性を手にしているように思えるのだが、ひょっとすると、それらの可能性を眼前に見て、自分の巣穴をわたしの巣穴の方へ拡張することを取りやめ、代わりに別の方向へ掘り進んでくれるかもしれない。もちろん、そうしたことも交渉でどうにかできる話ではなく、もっぱらあの動物自身の分別に頼るか、あるいはわたしの方から強制しなければ決して実現できない。いずれの観点においても決定的になるのは、あの動物がわたしのことを知っているのかどうか、また、わたしについて何を知っているのか、という点である。それについて考えれば考えるほど、あの動物がこれまでにわたしの音を耳にしたことがあるというのは、ますますありそうもないことだと思えてくる。考えにくいことではあるが、あの動物が、わたしについて音以外の何らかの情報を得ているということはありうる。だが、わたしの音を耳にしたことはおそらくなかったただろう。わたしがあいつの存在をまったく知らなかった時期に、あいつの方がわたしの音を耳にしていたということは絶対にありえない。なにしろ、その頃のわたしは、物音ひとつ立てずに行動していたのだから。巣穴との再会にしても、あれ以上に静かな出来事などありはしない。その後になって、わたしがいくつかの調査用坑道をこしらえていた時であれば――わたしの掘り方だとほとんど音は出ないのだが――あいつもわたしの音を聞くことができたかもしれない。とはいえ、仮にあいつがわたしの音を耳にしていたのなら、わたしの方でも少しはそれに気がつくはずだし、あいつだって、せめて作業の最中にときおり手を止めて、聞き耳を立てるくらいのことはしたはずだ。けれども、すべては何も変わらないままだったのであり、それ……

（由比俊行＝訳）

歌姫ヨゼフィーネ、あるいは鼠族

わたしたちの歌姫は名をヨゼフィーネという。彼女の声を耳にしたことのない者には、あの歌の力はわからない。彼女の歌に心を奪われない者など誰ひとりいない。わたしたちの種族は概して音楽を好まないのだから、これはなおさら貴重なことだと言わねばならない。わたしたちにとっては、ひっそりとした平安さこそ、もっとも好ましい音楽なのだ。わたしたちの生活は苦しい。のしかかる日々の心配事をすべてかなぐり捨ててみたところで、音楽のような日常からかけ離れたものの高みに近づくことなど、もうできはしないだろう。だからといって、そのことをさほど嘆いているわけではない。そもそも嘆くというところまでいかないのだ。生きるためのずる賢さといったものがあって、もちろんそれは絶対に欠かすことのできないものでもあるのだが、わたしたちは、その種のずる賢さを持ち合わせていることこそ自分たちの最大の長所だと自負している。いつだって、このずる賢さで微笑みを浮かべれば、何もかも忘れた気になって自分を慰めることができるのだ。たとえいつか――そんなことは決してないだろうが――音楽がもたらしてくれるかもしれない幸福を求めるようなことがあったとしても。ヨゼフィーネだけは例外である。彼女は音楽を愛しており、音楽を伝えるすべを心得ている。ただひとり、彼女だけが。彼女がこの世を去れば、音楽は――どれほどの期間に及ぶのかは皆目わからないが――わたしたちの生活から消え去るだろう。

この音楽なるものはそもそもどういうものなのか、とわたしはよく考えたものだ。なにしろわたしたちはおよそ音楽とは縁遠いのである。そのわたしたちが、ヨゼフィーネの歌を理解している。あるいは――ヨゼフィーネはわたしたちが理解しているとは思っていないのだから――少なくとも理解しているつもりではいる。一体これはどうしてなのか？　もっとも単純な答えは、あの歌の美しさがあまりに圧倒的なので、どれほど鈍い感覚の持ち主でもその美にあらがうことはできない、というものだろう。だが、この答えでは不十分だ。もし本当にそういうことなら、あの歌を前にしたとき、すぐさま、そして常に変わらず、これは並外れたものだという感じを抱くはずだ。いまだかつて耳にしたことのない、わたしたちにはおよそ聞く能力すらそなわっていないような何か、他の誰でもない、ただヨゼフィーネだけがそれを聞く能力を与えてくれる、そんな何かが、あの喉《のど》からは響いてくるのだ、という感じを。けれど、わたしに言わせれば、まさにそれこそ的外れというものだ。わたしはそうは感じないし、他の連中がそんな感じを抱いていると思ったこともない。なにしろわたしたちの仲間内では、あけすけにこう打ち明け合っているのだから。ヨゼフィーネの歌は、歌としてはちっとも並外れたものじゃないな、と。

そもそもあれは歌なのだろうか？　音楽に疎《うと》いとはいえ、わたしたちには歌の伝統がある。一族の遠い過去には、歌が存在していたのだ。数々の伝説がそのことを物語っているし、おまけに歌曲も残されている。もちろん、もう誰もそれを歌うことはできないけれども。要するにわたしたちは、歌とは何であるかについてのおぼろげな感覚は持ち合わせているのだが、実のところ、このおぼろげな感覚にヨゼフィーネの歌はそぐわないのだ。そもそもあれは歌なのだろうか？　ひょっとするとあれは、チュウチュウ鳴きにすぎないのではないか？　しかし、チュウチュウ鳴きなら皆よく知っている。一族に固有の技能なのだから。いや、技であるどころか、あれはわたしたちに特有な生のあらわれだ。わたしたちは皆チュウチュウと鳴くが、もちろんそれを芸術と呼ぼうなどと考える者は誰ひとりいない。わたしたちは、チュウチュウ鳴きをことさら意識することもなく、それどころかチュウチュウ鳴いているとは気づきもせずにチュウチュウやっているのであって、なかには、このチュウチュウ鳴きがわたしたちに固有の性質のひとつであることをまったく知らない者だって大勢いるのである。ヨゼフィーネは歌っているのではなくてただチュウチュウ鳴いているだけで、しかもおそらく――少なくともわたしにはそう思えるのだが――ありふれたチュウチュウ鳴きの域さえほとんど超えていないというのが真実であるとすれば――超えていないどころか、ひょっとすると、その辺の土方鼠だって仕事のかたわら一日中苦もなくやってのけるこのありふれたチュウチュウ鳴きすら、彼女の力では満足にできないかもしれない――これらすべてが真実であるとすれば、なるほど、ヨゼフィーネが言い張る彼女の芸術家としての才能とやらは否定されるだろう。しかしそうなればなったで、ますますもって、彼女のもつ大きな影響力の謎が解き明かされなければなるまい。

彼女が生み出しているのは、やはりたんなるチュウチュウ鳴きではないのだ。彼女からだいぶ離れた場所に立って聞き耳を立てるとき、あるいはもっと適切な言い方をすれば、そういうところから自分の耳の力を試すとき、つまりたとえば、ヨゼフィーネが他の声に混じって歌っているとして、そのなかから彼女の声を聞き分けようと努めるようなときには、間違いなく、ありふれた、せいぜいその繊細さや弱々しさによって少しばかり目立つ程度のチュウチュウ鳴きしか聞き取ることはできないだろう。けれども、彼女の目の前に立つならば、それはやはりたんなるチュウチュウ鳴きではないのである。彼女の芸術を理解するためには、聞くだけではなく、見ることも必要不可欠だというわけだ。たとえそれが日常的なチュウチュウ鳴きにすぎないとしても、ごく当たり前なことをするためにわざわざあらたまった様子で出てくるというところが、まずもって変わっている。クルミを割ることは決して芸術ではない。だから、観客を呼び寄せ、彼らを楽しませるためにその眼前でクルミを割ってみせようとする者など誰もいないだろう。だがそれでも誰かがこれをやってのけ、狙い通りに成功すれば、そのときにはやはり、事はたんなるクルミ割りの問題ではなくなる。あるいは、クルミ割りが問題であるとしても、次のことが明らかになるはずだ。すなわち、クルミの割り方をスムーズに習得してしまったばかりに、わたしたちはこれが芸術であることをすっかり見落としてきたのであり、この新たなクルミ割り師によってはじめて、クルミ割り芸術の何たるかを教えられているのだ、ということが。しかも、そのクルミの割り方がわたしたちの多くに比べてちょっとばかり不器用だったりすれば、それはこの芸術にとって、不都合どころかむしろずっと効果的なことかもしれないのだ。

ヨゼフィーネの歌にかんしても、事情はこれとよく似ているのかもしれない。わたしたちは、自分たちがやる分にはまるで称賛などしないことでも、彼女にたいしては称賛する。ちなみに、わたしたちがやることなど何ら称賛に値しないと考えている点では、彼女の見解も皆とまったく変わらない。あるとき、誰かが彼女に――もちろんこれはよくあることなのだが――一族の皆もチュウチュウ鳴いているということを気づかせようとしている場面に居合わせたことがある。それはごく控えめな物言いにすぎなかったが、ヨゼフィーネにとっては、それだけでもう我慢ならないのだった。彼女があのとき浮かべたような、ふてぶてしく高慢な微笑みはいまだかつて見たことがない。そもそも彼女は、見た目はまったく繊細そのもので、その手の女性が少なからずいるわたしたちの一族のなかにあってさえその繊細さは際立っているのだが、そのときばかりはどうしようもなく下品に思えたものだ。もっとも、彼女も持ち前の鋭い感受性でそれを感じ取ったらしく、すぐさま自制を取り戻しはしたのだが。つまりいずれにせよ、彼女は、自分の芸術とチュウチュウ鳴きのあいだに何かしら関係があるなどとは頑として認めない。これに反対する者にたいしては、ただ軽蔑《けいべつ》と、そして、表には出さないが、憎悪《ぞうお》しか抱いていないようだ。これはありがちな虚栄心とは違う。というのも、わたし自身もそこに含まれるこの反対派にしたところで、彼女を称賛することにかけては多数派に引けを取らないのだから。けれどもヨゼフィーネは、ただ称賛されるのではなく、まさに彼女によって定められたやり方で称賛されることを望んでいる。たんなる称賛など、彼女にとっては何の意味もない。そのことは、彼女の前に座ればよくわかる。反対の声をあげてしまうのは、離れたところにいるときだけだ。彼女の前に座れば、わかるのである。ここで彼女がやるチュウチュウが、チュウチュウ鳴きではないということが。

チュウチュウ鳴きはわたしたちが思わずやってしまう習性のひとつなので、ヨゼフィーネの聴衆のなかにもチュウチュウ鳴く奴がいるんじゃないか、と思われるかもしれない。彼女の芸術に接すると、わたしたちはいい気分になる。そしていい気分になると、わたしたちはチュウチュウと鳴く。しかし、彼女の聴衆はチュウチュウ鳴いたりしない。子ネズミのように静まり返っている。自分でチュウチュウ鳴き声をあげている限りは決しておとずれることのなかった、待ちに待ったあの平安に加わることができたとでもいうように、わたしたちは押し黙っている。わたしたちを恍惚《こうこつ》とさせるのは彼女の歌なのだろうか、むしろ、あの弱々しい声を取り巻く荘厳な静けさではないだろうか？　あるとき、どこかの愚かな小娘が、ヨゼフィーネの歌の最中に、無邪気に自分もチュウチュウ鳴き始めたことがあった。はたしてそれは、わたしたちが聞くヨゼフィーネの声と、まったく同じものだった。前方には、長年にわたる熟練にもかかわらず、なおも心細げなチュウチュウ鳴き。そして聴衆のなかには、我を忘れた、幼いチュウチュウ声。その違いを言いあらわすことなどできはしなかっただろう。しかしそれでも、わたしたちは、シュッシュッと注意したりチュウチュウ叱ったりして、すぐにこの邪魔者を黙らせた。そんな必要はまったくなかったにもかかわらず、である。というのも、そんなことをするまでもなく、ヨゼフィーネが勝ち誇ったようにチュウチュウと鳴き始め、腕を大きく打ち広げてこれ以上ないほどに高々と首を反らし、すっかり我を忘れているあいだに、この小娘は不安と恥ずかしさで身を隠してしまったであろうから。

ところで、彼女はいつでもこんな調子なのである。どんな些細なことも、どんな偶然も、どんな揉めごとも、平土間がぎしぎしいう音やら、歯ぎしりの音やら、照明の故障やらも、自分の歌の効果を高めるのに好都合であると考えている。それどころか、自分は耳の聞こえない連中の前で歌っているのも同然だと思っているらしい。称賛や拍手には事欠かないが、自分が考えるような本当の理解を得ることについては、とっくにあきらめているというのだ。そうなると、彼女にとってはあらゆる妨害が好都合なのである。外部からやってきて彼女の歌の純粋さの妨《さまた》げになるものはすべて、ちょっと戦っただけで、いやそれどころか、戦うまでもなく、ただ対峙《たいじ》しただけで打ち負かされてしまうのだが、そうしたものはすべて、理解させることはできないまでも、大衆を目覚めさせ、予感に満ちた敬意を教え込むには役立つというわけだ。

些細なことでもそれほど役に立つのなら、大きな事柄はなおさらである。わたしたちの生活はとにかく落ち着きがない。来る日も来る日も驚愕《きようがく》や不安や希望や恐怖にさらされるので、昼も夜も、常に仲間に支えられているのでなかったら、誰ひとりこんな生活には耐えられなかったことだろう。しかし、仲間の支えがあったとしても、しばしば耐え切れないことがある。本来はただひとりが負わされるべき重荷のせいで、時には千もの肩がガタガタと震えてしまうことがあるのだ。するとヨゼフィーネは、いよいよ出番が来たと考える。彼女はもう皆の前に立って歌い出している。あの繊細な存在が、見ているこちらが心配になるほど胸の下を震わせながら。その姿はあたかも、持てる力のすべてを歌のなかに集中させているような、あたかも、歌には直接役立たないすべてのものから、あらゆる力が、ほとんどあらゆる生の可能性が抜き取られているような、あたかも、剝《む》き出しにされ、投げ出され、ただ善き精霊の加護だけに委ねられているような、あたかも、そんな具合にすっかり自分から抜け出して歌のなかにいるあいだは、かすかに吹く冷たい風にさえ、通り過ぎざまに命を掠《かす》め取られかねないとでもいうような、そんな様子なのである。しかし、まさにそんな彼女を目にすると、自称反対派のわたしたちは、きまってこんなことを言い合う。「彼女はチュウチュウ鳴くことすらできやしないじゃないか。歌どころか――歌の話はなしにしよう――ごく当たり前のチュウチュウ鳴きを少しばかりやってみせるのにも、あんな途方もない無理をしなくちゃならないなんて」そんな風に、わたしたちには見えるのだ。だがそれは、すでに述べたとおり、たしかに避けがたくはあるものの、ほんの束の間の、素早く消え去っていく印象にすぎない。わたしたち自身もまた、どうせすぐに、ぬくぬくと身体を寄せ合い、息をひそめて耳を傾ける大勢の聴衆と同じ感情にどっぷりとつかってしまうのだから。

わたしたちの一族は、ほとんどひっきりなしに動き回っていて、判然としない目的のために、あちらへ飛び出していったかと思えば今度はこちらへ駆け戻ってくるといったこともしょっちゅうだ。ヨゼフィーネがそんな一族の者たちを大勢まわりに集めるには、たいていの場合、小さな頭をのけぞらせ、口を半開きにし、高みに目を向けて、これから歌うつもりであることを示すあのポーズをとりさえすればいい。彼女はどこでも自分のやりたい場所でこのポーズをとることができる。遠くまで見渡せる広場でなくたっていい。どこか人目につかない、たまたまそのときの気分で選んだ片隅でも立派にステージの用をなす。彼女が歌おうとしているという報せはすぐに広まり、間もなく一族の者たちが列をなしてやって来る。だが、ときには障害が生じることもある。ヨゼフィーネは、よりにもよって皆が不安定になっている時期に歌うことを好むけれど、そういうときのわたしたちは、さまざまな心配事や急なやっかい事に強いられてあちこち立ち寄らねばならず、どんなに頑張っても、ヨゼフィーネが望むように素早く集まることができない。すると彼女の方は、十分な数の聴衆を得られずに、ことによるとかなり長い時間にわたって、あの偉大なるポーズをとったままその場に立ち続ける羽目になる——そうなると、もちろん彼女は怒り狂い、さらには地団駄《じだんだ》を踏み、およそ娘らしからぬ罵詈雑言《ばりぞうごん》を口走り、それどころか嚙《か》みつきさえする。しかし、そのような振る舞いすらも、彼女の名声を損ないはしない。彼女の過大な要求を少しばかり制限するどころか、皆が必死になって、その要求に応えようとするのである。聴衆を呼び集めるために方々へ使いが出される。しかも、そんな手回しをしていることなど彼女の前ではおくびにも出さない。やがて辺り一帯の道々には見張り役の姿が見えはじめ、こちらへ向かって来る者たちに急げ急げと合図を送る。これらすべてが、そこそこの数の聴衆が集まるまで続けられるのだ。

いったい何が一族の者たちを駆り立てて、ヨゼフィーネのためにこれほど力を尽くさせるのか？　これは、ヨゼフィーネの歌についての問いに劣らず、容易には答えられない難問だし、そもそも彼女の歌についての問いとも関わる問題だ。一族の者はその歌声ゆえにヨゼフィーネに無条件に心服しているのだ、とでも主張できるのであれば、この問いを帳消しにして、第二の、彼女の歌についての問いとひとまとめにすることも可能であったろう。事実はしかし、必ずしもそうではないのである。わたしたちの一族は、無条件の心服というものをほとんど知らない。この一族は、何にもまして——むろん害のない——ずる賢さを愛していて、子供のようにひそひそと耳打ちし合うのが大好きだ。むろん無邪気な、口先だけのおしゃべりをしているにすぎない。けれども、こういう一族にとっては、何かに無条件に身を捧げるなど無理な注文だ。そのことをおそらくヨゼフィーネも感じ取っている。そして彼女がその弱々しい喉を力いっぱいふりしぼって戦っているのは、まさにそのことに対してなのである。

　ただしもちろん、そうした一般的な判断を行う際には、行き過ぎてはいけない。要するに、一族の者はやはりヨゼフィーネに心服しているが、ただ、無条件にではない、ということなのだ。たとえば、この一族の者は、ヨゼフィーネのことを笑ったりはできない。これは正直に認めてよいと思うのだけれど、ヨゼフィーネには笑いを誘うようなところが少なからずある。それに笑いそれ自体は、いつだってわたしたちのそばにある。わたしたちの生活はありとあらゆる困苦をもたらすが、それでもそこには常にかすかな笑いがあり、言うなれば笑いと同居しているのだ。しかし、だからといってヨゼフィーネのことを笑ったりはしない。ときおりわたしは、一族の者は自分たちのヨゼフィーネにたいする関係をこんな風に理解しているのではないか、と感じることがある。壊れやすそうで、守らずにはいられない、それでいて何かしら傑出した――彼女自身の言い分によれば歌によって傑出した――この存在は、一族の手に委ねられているのであり、一族は彼女の面倒を見てやらなければならないのだ、と。そんな風に考える理由は誰にもわからない。ただ、そう考えていることだけは確かなようだ。自分に委ねられたもののことは、誰も笑ったりはしないものだ。それを笑ったりすれば、義務違反になるだろう。わたしたちのなかでも特に意地の悪い連中は、ときおり、「ヨゼフィーネを見ているとこっちの笑いが失せちまう」と言っているが、意地悪といってもせいぜいがこの程度である。

つまりそんな具合に、一族は、小さな手を――それが哀願なのか要求なのかは定かではないけれど――こちらに差しのばす子供を引き取った父親のように、ヨゼフィーネの面倒を見てやっている。わたしたちの一族にそんな父親らしい義務を全うする資質はあるまい、と思う方もおられるだろう。だが現実には、きちんとそのつとめを果たしているのだ。少なくともこのケースにおいては模範的に。この件で一族が全体としてなしえていることを、ひとりひとりが個別に行おうとしても、それは無理な話であっただろう。いうまでもなく、一族というものと個々の者との間には、実に途方もない力の差がある。一族としてならば、庇護を必要とする者を、身近で温かく見守ってやりさえすれば、それでよい。それで十分に庇護していることになる。ただし、ヨゼフィーネにたいしては、誰もそんなことをあえて口に出したりはしない。そんなことを口に出せば、彼女は「あんたたちに守られるなんて真《ま》っ平《ぴら》ごめんよ」と口をチュウチュウ尖らせるに決まっている。もっとも、こちらは「よし、よし、またチュウチュウ鳴いているわけだな」と受け流してしまうのだけれど。それに、反発して騒ぎ立てても、彼女は決してこちらを責めているわけではない。むしろそれは、まったく子供っぽい反発であり、つまりは子供なりの感謝のあらわれなのであって、そんなことは気にも留めないのが父親らしい振る舞いというものなのだ。

さて、しかしそうはいってみたものの、ここにはさらに別の事情が絡んでいる。それは、これまで述べてきたような一族とヨゼフィーネの関係からは、いささか説明しにくい事情である。つまり、ヨゼフィーネはわたしたちとは正反対に、自分こそが一族を庇護してやっている、と信じているのだ。彼女の考えでは、彼女の歌は劣悪な政治情勢や経済情勢からわたしたちを救っている、いや、わたしたちを救うことこそ彼女の歌の役割であって、不幸を取り除くことはないにせよ、少なくとも不幸に耐える力を与えているというのである。彼女がそう口に出して言うわけではないし、別の言い方をするわけでもない。そもそも彼女はほとんどしゃべらないのだ。おしゃべり好きの連中のなかにあって、彼女は寡黙である。しかし、彼女の目からは、この考えが閃光のごとく迸《ほとばし》り、ぎゅっと閉じられた口からは——われわれのなかで、口を閉ざしたままにしておける者はごく稀《まれ》にしかいないのだが、彼女にはそれができるのだ——それを読み取ることができるのである。悪い報せが届くたびに——誤った報せや部分的にしか正確でない報せが入り混じって、どっと押し寄せてくる日も少なくない

――ふだんはぐったりと地面に突っ伏しているのに、彼女はすぐさま身を起こし、すっくと立ち上がって首をのばすと、嵐を前にした羊飼いさながら、自分が面倒を見てやっている群れを見渡そうとする。なるほど、子供たちだって、荒っぽく節操のないやり方で、ヨゼフィーネと似たようなことを言い張ったりはするだろう。だがヨゼフィーネの場合、その主張は、子供たちのように根拠を欠いているわけではない。もちろん、彼女はわたしたちを救ってなどいないし、わたしたちに何の力も与えていない。わたしたちのような一族の救済者を気取ってみせるのは、容易《たやす》いことだ。この一族は、苦難には慣れっこで、自分をいたわることを知らず、素早く決断し、死がどういうものかをよく心得ている。臆病そうなのは見かけだけで、常に向こう見ずな雰囲気のなかで生きており、そのうえ大胆で、おまけに多産である。繰り返すが、後になってから、こういう一族の救済者を気取ってみせるのは容易いことだ。なにしろこの一族は、いつだって、どうにかして自分自身の手で自らを救ってきたのだから。たとえそれが、歴史家が――概してわたしたちは歴史研究というものをまったくおろそかにしているのだが――驚いて身をこわばらせるような膨大な犠牲を払ってなされたものであるにしても。しかしそれでも、まさに苦境に立たされているときにこそ、わたしたちがいつにも増して彼女の声によく耳を済ませているのは本当だ。のしかかってくる脅威が、わたしたちをより無口に、より謙虚にして、ヨゼフィーネの統率者のごとき言動に、いつも以上に素直に従わせるのである。わたしたちはいそいそと集まり、わくわくしながら身を寄せ合うが、それはもっぱら、この集まりがわたしたちを悩ませている肝心の案件からまったくかけ離れているからにほかならない。まるで大急ぎで――そう、急がなければならないのだが、ヨゼフィーネはたいていこのことを忘れている――戦いの前の平和の盃を皆が一緒に飲み干すようなものだ。それは歌の上演というよりもむしろ一族の集会であり、前方で聞こえる小さなチュウチュウ鳴きを除いては、あたりは完全に静まり返っている。そのひと時はあまりにも真剣で、とてもおしゃべりをして過ごそうという気にはなれない。

こうした事情は、もちろんヨゼフィーネの意にはまったく添わないだろう。自分がどのような立場にあるのかが一向にはっきりしないせいで、ヨゼフィーネは神経質な苛立《いらだ》ちを募らせていく。だが、それにもかかわらず、彼女は自惚《うぬぼ》れが強すぎて多くのことが見えなくなっており、やすやすと、さらに多くのことを見落とすように仕向けられてしまう。おべっか使いの連中はいつも、このような考え方、つまり本来的には一族の役に立つ考え方にもとづいて活動している――とはいえ、ただ事のついでに、注目されることもなく一族の集会の片隅で歌うなど、それ自体は決して無意味ではないにしても、そんなことのために彼女が自分の歌を捧げることはまずないだろう。

もっとも、彼女にはそんな必要もない。彼女の芸術が注目を浴びずにいることはないのだから。わたしたちは心中ではまったく別の事に気をとられていて、たとえ静まり返っていても、それは歌を聞くためというわけではさらさらなく、目も上げずに隣の者の毛皮に顔をうずめている者も少なくないといった有様だから、舞台上にいるヨゼフィーネは無駄な努力をしているようにも見える。それにもかかわらず、やはり――これは否定できないことだ――

彼女のチュウチュウ鳴きからは、何かが、いやおうなくこちらにも迫ってくる。ヨゼフィーネ以外の者たちに沈黙が課されるなかで立ちのぼるチュウチュウ鳴きは、まるで一族の託宣であるかのように個々の者のもとへ届けられる。重々しい決断のただなかに響くヨゼフィーネの弱々しいチュウチュウ鳴きは、まるで、敵対的な世界の喧騒のただなかに置かれているわたしたち一族の哀れな存在そのものだ。ヨゼフィーネが、この取るに足らぬ声が、この取るに足らぬ歌が、おのれを主張して、わたしたちのもとへ至る道を切り開いていく。そのさまを思い浮かべるのは、快いことだ。かりにいつか、本物の声楽家なるものが現れるようなことがあっても、わたしたちはこのご時世にそんな輩《やから》がいることには耐えられないだろうし、そんな公演には何の意味もないと、一致結束して拒絶するにちがいない。わたしたちが彼女の声に聞き入っているという事実こそ、彼女の歌が歌でないことの証明なのだということを、どうか彼女が知らずにいてくれますように。おそらく、彼女もうすうす感じてはいるのだろう。そうでなければ、なぜあれほどむきになって、わたしたちが彼女の声に聞き入っているということを否定する必要があろうか。しかしそれでも、彼女は繰り返し歌う。あえてこの予感を無視して、チュウチュウと鳴き続けるのである。

だが、たとえそうでなくとも、まだ彼女にはひとつの慰めが存在する。わたしたちは、おそらく本物の声楽家の声に聞き入るのと同じように、ある程度は実際に彼女の声に聞き入っているのである。本物の声楽家がいくらわたしたちのもとで得ようと努力したところで決して得られないであろう効果、まさにあの心もとない声だけに与えられるような効果を、彼女は手にしているのだ。これはおそらく、主としてわたしたちの生き方に関わる問題だ。

わたしたち一族は青年期というものを知らず、ごく短い幼年期すらほとんど知らない。たしかに、子供たちには特別な自由と特別な思いやりを保証してあげてほしい、という要求は繰り返し出されている。ちょっと軽率であったり、ちょっと無意味にはしゃぎまわったり、ちょっといたずらしたりする程度のことは子供たちの権利なのであって、どうかこの権利を認め、その実現に力を貸してあげてほしい、と。こうした要求があれば、ほとんど誰もが、その正当性を認める。これ以上に正当性を認められるべき要求などないのだから。しかしまた、わたしたちの生の現実のなかでは、これほど聞き届けられにくい要求もない。要求の正当性は認められ、その趣旨にそってさまざまな試みがなされはするが、すぐにまた、すべてが元に戻ってしまう。子供は、少しばかり走れるようになり、周囲の世界を幾分か判別できるようになったら、すぐさま一人前の大人と同じように、自分で自分の面倒を見なければならない。わたしたちの生とは、まさにこのようなものだ。経済的な配慮から、わたしたちは方々に分散して暮らさなければならないが、その領域はあまりに広く、敵はあまりに多く、至る所で待ち受けている危険はあまりに予測しがたい――子供たちを生存のための戦いから遠ざけておくことはできないのである。もしそんなことをすれば、それは子供たちの早すぎる死を意味するだろう。こうした悲しい理由のほかに、もちろん気分を高揚させるような理由もある。それは、わたしたち種族の多産性だ。ひとつの世代が――そしてどの世代も実に数が多いのだが――前の世代を押しのけるようにして生まれてくるので、子供たちには子供でいる時間がない。他の種族であれば、子供たちは大切に養育され、学校が作られもするだろう。それらの学校からは、毎日、その一族の未来を担う子供たちが続々と出てくるのだろうが、下校して来る子供たちの顔ぶれは、長い期間にわたって、来る日も来る日も同じだろう。わたしたちには学校はない。だが、わたしたちの一族からは、ごく短い間隔で、計り知れないほど多くの子供たちの群れが続々と生まれ出てくる。まだチュウチュウ鳴けないうちは、楽しげにシュッシュッ、ピィピィと鳴きながら、まだ走れないうちは、ひっくり返り、押し合いへし合いして転がりながら、まだ目が見えないうちは、大群をかき分けかき分け、手当たり次第にすべてをひきさらいながら、よたよたと進んでいく。これがわたしたちの子供たちだ！　しかも彼らは、あの他種族の学校から出てくる子供たちのように、いつも同じ顔ぶれの子供たちなのではない。そうではなく、その都度《つど》その都度、新しい子供たちが、果てしなく、ひっきりなしに生まれ出てくるのだ。出てきたかと思うと、その子はもう子供ではなくなっている。そしてその背後からは、はやくも新しい子供たちの顔が、あまりの数の多さと矢継ぎ早の出生に個々の見分けもつかぬうちに、幸福感に頬をバラ色に染めて、どやどやと押し寄せてくる。とはいえ、この多産ぶりがどれほど素晴らしかろうとも、そしてそのために、他の種族が——当然のことながら——どれほどわたしたちを羨もうとも、わたしたちは、よりによって自分の子供たちに、本当の子供時代というものを与えてやることができない。そしてこのことが、後々に至るまで影響を及ぼしている。いつまでも消えることのない、抜きがたいある種の子供っぽさが、わたしたちの一族には染み付いているのだ。決して誤ることのない実際的悟性という最良の資質に恵まれているというのに、わたしたちはときおり、とんでもなく馬鹿げたことをしでかすことがある。しかも、まさに子供たちが馬鹿げた振る舞いをするときのようなやり方で、意味もなく、無駄に力を使い、やるとなったら徹底的に、あとさき考えもせずに事に及んでしまう。それも多くの場合、ほんのささやかな楽しみのためにこうした愚行をしでかすのだ。もちろん、そこから得る喜びは、もはや完全な子供の喜びではありえない。しかしそれでも、そこには子供らしい喜びの幾ばくかが、まだたしかに息づいている。ヨゼフィーネにしても、わたしたち一族のこのような子供っぽさからずっと利を得てきたのである。

とはいえ、わたしたちの一族は子供っぽいばかりではない。ある意味、年老いるのが早すぎるのだ。わたしたちの一族では、幼年期と老年期とが、他の種族とは異なるテンポで訪れる。わたしたちには青年期というものがない。あっという間に大人になってしまう。そしてその後には長すぎる大人時代が続く。そのときから、総じて大変辛抱強く、希望を抱くことに長《た》けているはずのわたしたち一族の本性には、ある種の倦怠《けんたい》と失望の痕跡がくっきりと刻み込まれていくのである。おそらく、わたしたちの非音楽性もこのことに関係している。つまり、音楽を聞くには年をとりすぎているのだ。音楽が呼び覚ます興奮や高揚感は、わたしたちの感じる重苦しさにはそぐわない。ぐったりして、わたしたちは音楽に拒絶の合図を送る。わたしたちは、チュウチュウ鳴きのなかへ引きこもったのだ。ときおり少しチュウチュウと鳴くこと。これくらいが、わたしたちには似つかわしい。わたしたちのなかに、音楽の才能に恵まれた者がいるかどうか、そんなことは誰にもわからない。けれども、もしそんな者がいたとしたら、音楽的才能が開花するよりも前に、一族同胞の性格がその才能の芽を摘んでしまうにちがいない。これに対してヨゼフィーネは、チュウチュウ鳴きでも歌でも、彼女の呼びたいように呼んで好きなだけやればいい。耳障りなこともなく、しっくりくる。これならわたしたちも我慢できるだろう。そこに何がしかの音楽が含まれているとしても、それは最小限に切り詰められて取るに足らぬものになっている。ある種の音楽の伝統は保持されるけれど、そのことがわたしたちを悩ますことはこれっぽっちもないのである。

しかしヨゼフィーネは、このような気質をもった一族にさらに多くのものをもたらしている。彼女のコンサートの際、とりわけ切迫した情勢下でのコンサートでは、歌手としてのヨゼフィーネに関心をもつのは、とびきり若い連中だけだ。この連中だけが、彼女が唇にしわを寄せ、かわいらしい前歯の間から息を吐き、自分の声色に感極まって息も絶え絶えになりながらも、消え入らんとするその声でふたたびおのれを鼓舞し、彼女自身にもますますわけのわからないパフォーマンスを繰り広げるそのさまを、驚嘆をもって見つめている。しかし、彼ら以外の本来の群集は――これははっきりと見て取れることなのだが――自分自身のうちに引きこもっている。戦いと戦いの合間に生じた、ほんのかりそめのこの中休みのあいだに、一族は夢想にふける。まるで、ひとりひとりの体の関節が緩み、安らぎを知らぬ者も、このときばかりは、一族という大きく暖かな寝床のなかで思うさま四肢を伸ばしてくつろぐことが許されるとでもいうように。そしてこの夢のなかへ、ときおりヨゼフィーネのチュウチュウ鳴きが響いてくる。彼女は玉を転がすような美しい響きだと言うが、わたしたちに言わせれば、それはゴツゴツと何かにぶつかるような響きだ。だが、いずれにせよそれは、他のどこでもない、この場にこそふさわしい響きなのであり、まるで音楽が、いまだかつてほとんど訪れたためしのない、音楽の待ち望まれる瞬間を見出しているという感じなのである。そこには、あるかなきかの短い幼年期の幾ばくかが、すでに失われてしまい、二度とふたたび見つけ出すことのかなわぬ幸福の幾ばくかが、そして同時に、刻々と生きられつつある今の生活の幾ばくかが含まれている。この生活のなかの、ささやかで捉えどころのない、しかしそれでいてたしかに存在し続けている、押し殺しようのない快活さの幾ばくかが。しかもこうしたすべては、決して大仰な調子で語られるのではなく、そっとささやくような、親しみのある、ときおり少しかすれた声で語られる。いうまでもなく、これはチュウチュウ鳴きだ。どうしてそれ以外のものでありえようか？　チュウチュウ鳴きこそわたしたち一族の言語なのだから。多くの者たちは、一生をただチュウチュウと鳴き暮らすばかりで、そのことを知らない。しかし、ヨゼフィーネのコンサートでは、チュウチュウ鳴きは日々の生活の軛《くびき》から解放されているのであり、そのチュウチュウ鳴きが、束の間、わたしたちをも解放してくれるのである。そんな上演を見逃すわけにはいかないではないか。

しかし、このことと、自分こそが切迫した情勢下で皆に新たな力を与えているのだ云々《うんぬん》、というヨゼフィーネの主張とのあいだには、まだかなりの隔たりがある。ただしそれは、一般の者たちにとってであって、ヨゼフィーネにおべっかを使う連中にとってではない。「ヨゼフィーネの言うとおりじゃないか？」——実に屈託のない威勢のよさで彼らは言う——「そうじゃなきゃ、あれほどの群集が、よりによって危機がすぐそこまで迫っているときに押し寄せてくるという事実を一体どう説明するんだい。皆が殺到するせいで、この危機への然《しか》るべき予防措置が取れないことだってあったというのに」ところで、ヨゼフィーネが歌うと危機にたいする予防措置がおろそかになるという後半の主張は、残念ながらそのとおりだ。しかし、それをヨゼフィーネの栄誉に数えることはできないだろう。次のような事情が付け加われればなおさらである。すなわち、こうした集会が思いがけず敵によって蹴散らされ、同胞の少なからぬ者がそこで命を落とす羽目に陥ったとき、そうした事態を招きながら、それどころか、そのチュウチュウ鳴きによって敵をおびき寄せた可能性すらあるというのに、ヨゼフィーネはいつでももっとも安全な一角に陣取って、取り巻き連中に守られながら、物音ひとつ立てず、そそくさと一番先に姿を消してしまうのだ。しかし、結局のところ、このことだって皆はよく承知している。それにもかかわらず、ヨゼフィーネがしばらくして、気の向くままにどこかで歌おうと立ち上がると、皆はまた大急ぎで集まってくる。あるいはこう推論することができるかもしれない。ヨゼフィーネはほとんど法の埒《らち》外《がい》にいるのであって、たとえ一族全体を危険に晒《さら》すことになろうとも、彼女には自分のやりたいようにやることが許されており、すべてのことが容認されているのだ、と。もしそうであるならば、ヨゼフィーネの要求も実にもっともであろう。それどころか、ある意味では、一族が彼女に与えているこの自由のなかに、この並外れた、他の誰にたいしても認められていない、本来はさまざまな掟を否定するものである自由という贈り物のなかに、一族の告白を見ることもできるかもしれない。自分たちの一族は、ヨゼフィーネが主張しているとおり、彼女のことを理解できず、なすすべもなくその芸術に驚嘆するばかりで、この芸術に与《あずか》るには分不相応だと感じており、自分たちがヨゼフィーネに与えてしまっている苦痛を、まさしく破れかぶれの弁済によって埋め合わせようと必死なのであって、ちょうど彼女の芸術が一族の理解力を超えているのと同じように、彼女の人格やその願望まで一族の命令権を超えたところに置いているのだ、という告白を。さて、しかしこれは、まったくもって正しくない。なるほど、この一族は、個々の者を見れば、あまりにも易々とヨゼフィーネの前に平伏しているかもしれない。だが、一族全体は誰にたいしても無条件に平伏することなどないのであり、したがって彼女にたいしてもそんなことはしないのだ。

もうずいぶん前から、ひょっとすると、芸術家の道を歩み始めた頃からすでに、ヨゼフィーネは、自分の歌のために、あらゆる労働を免除される権利を勝ち取ろうと戦っている。彼女の言い分によれば、日々のパンの心配や、その他生存のための戦いと結びついたあらゆることが、彼女には免除されるべきであり、それらすべてを——おそらくこう考えているのだろう——一族全体が引き受けるべきなのだ。早とちりの感激屋であれば——実際、そういう連中もいたのだが——、これが特殊な要求だからというだけで、このような要求を考え出すことができる精神のありようだけを理由にして、この要求には内在的な正当性が備わっていると結論してしまうかもしれない。わたしたちの一族は、しかし、別の結論を導き出し、冷静にこの要求を拒否している。申請理由の反駁《はんばく》にも、さほど骨を折ることはない。ヨゼフィーネは、たとえば、次のような理由を並べ立てている。労働の疲れは声を損なう、たしかに労働の疲れは歌を歌うときの疲れに比べればわずかなものだが、しかしそれでもやはり、労働の疲れがあると、歌い終えた後で十分に休息して新たに歌うための体力を回復させることができなくなる、歌った後はどうしたってへとへとに疲れ切ってしまうというのに、このうえ労働までさせられては、最高の出来栄えには決して到達することができないではないか。一族の者たちは、彼女の言い分にじっくりと耳を傾け、そして聞き流す。いとも容易く心を動かされるこの一族も、まったく心を動かされないときがあるのだ。この拒絶は、ときとして非常に断固たるものなので、ヨゼフィーネでさえたじろぐほどだ。彼女は、表向きは一族の意向に従って然るべく労働に励み、できる限りの仕方でよく歌う。だが、そうしているのはほんの一時のことにすぎない。しばらくすると、彼女はまた新たな力を得て——どうやら彼女にはそのための力が無限にあるらしい——ふたたび戦いを開始するのである。

　ところで、ヨゼフィーネが本当に手に入れようとしているものが、彼女の言葉どおりのものでないことは明らかだ。彼女は理性的で、労働をいとわない——労働をいとうということ自体、そもそも、わたしたちには無縁なのだが。かりに彼女の要求が認められたとしても、彼女はきっと、それ以前と変わらぬ生き方をすることだろう。労働はまったく彼女の歌の妨げにはならないだろうし、労働が免除されたからといって、歌がもっと素晴らしくなるということもないだろう——彼女が欲しているのは、つまるところ、彼女の芸術にたいする公的な、疑問の余地のない、時代を超えた、これまでに知られていた一切のものをはるかに凌ぐ承認を得ることだけなのだ。しかし、それ以外のものならほとんどすべてが彼女の手に入りそうに思われるのに、この承認だけはどうしても彼女の意のままにならない。ひょっとすると、彼女は攻撃の矛先《ほこさき》を最初から別の方向に向けておくべきだったのかもしれない。彼女自身、今や自分が間違ったことに気づいているのかもしれない。ただ、彼女はもう引き返すことができないのだ。引き返せば、自分自身を裏切ることになる。今となってはもう、彼女はこの要求にすべてを賭けざるをえないのである。

ヨゼフィーネ自身が言うように、彼女に本当に敵がいるのだとすれば、その敵たちは、自分では指一本動かすことなく、この戦いを楽しんで眺めていることができるだろう。しかし、彼女には敵などいない。たとえ、少なからぬ者たちがときおり彼女に異議を唱えることがあるとしても、それは誰かを楽しませたりする性質のものではない。この戦いの際には、わたしたちの一族が――これはこの一族にあってはごく稀にしか見られないことなのだが――裁判官のように冷淡な態度を見せる。それだけでもう、この戦いを楽しめない理由としては十分だ。かりに、ヨゼフィーネのケースで一族がそういう態度をとることを容認する者がいたとしても、一族はいつか自分にたいしても同じような態度をとるかもしれない、と想像しただけで、どんな喜びも失せてしまうだろう。ヨゼフィーネの要求において問題なのが、彼女の語る要求の内容それ自体ではないのと同じように、まさにこの拒絶においても、事柄それ自体が問題なのではない。問題なのは、一族がその同胞のひとりにたいして、かくも断固として頑《かたく》なに身を閉ざしうるということだ。ふだんの一族が、ほかならぬこの同胞にたいして、父親のように、あるいは父親以上にうやうやしく心をくだいているだけに、なおさらこの拒絶の頑なさは断固たるものに見えてしまう。

　ここで一族の立場にいるのが、ひとりの個人であったとすれば、こんな風に考えてみることもできるかもしれない。——この男は、長いあいだずっと、ヨゼフィーネに譲歩し続けてきた。いつかは譲歩に譲歩を重ねることに終止符を打ちたい、という燃えるような願いを抱き続けながら。こうした譲歩には、それでも然るべき限度があるはずだと固く信じながら、男は超人的に多くのことを譲歩してきた。いや、むしろ、男が必要以上に譲歩を重ねてきたのは、ただ事態が進むスピードを速めるため、ただ、ヨゼフィーネを甘やかし、次々と新しい要望を出させるためで、その結果ついにヨゼフィーネは、本当に、労働の免除というこの最後の要求を掲げるに至ったのだ。そこで男は、満を持して、つまり初めからそのために準備をととのえていたわけだから、最終的な拒絶を申し渡したというわけだ。——しかし、事態はおそらく、全然そういうことではない。わたしたちの一族には、そのような奸計《かんけい》は必要ない。そもそも、ヨゼフィーネにたいする一族の崇拝は正真正銘の折り紙つきだし、ヨゼフィーネの要求もあまりに極端だから、どんなに無邪気な子供でも、それがどんな結果を生むか前もってヨゼフィーネに伝えることができてしまうほどだ。それでも、こうした憶測がこの件についてのヨゼフィーネの見解にも影を落としていて、拒絶された女の痛みに苦々しさを付け加えている、ということはあるのかもしれない。

しかし、そのような憶測を抱いているとしても、彼女がそれでこの戦いをやめることはない。それどころか、最近ではこの戦いは激しさを増している。これまでヨゼフィーネが言葉によってその戦いを遂行してきたとすれば、今や彼女は、別の手段を利用しはじめたのだ。だがそれは、彼女の意見によれば、言葉よりも効果的な手段であるが、わたしたちに言わせれば、彼女自身にとってより一層危険な手段である。

少なからぬ者たちが、こう考えている。ヨゼフィーネがこんなにも差し迫った様子なのは、彼女が自身の老いを感じ取り、声も衰え、それゆえ、自分を認めさせるための最後の戦いを行うには今をおいてないと思っているからだ、と。わたしはそうは思わない。これが真実であるとすれば、ヨゼフィーネがヨゼフィーネでなくなってしまう。彼女には、老化も、声の衰えも存在しない。彼女が何かを要求するときはいつも、外的な状況に強いられてではなく、内的な首尾一貫性にしたがって動くのだ。彼女が最高の栄冠に手を伸ばそうとするのは、それがちょうど手の届きそうな少し低い位置にぶらさがっているからではない。そうではなくて、それがもっとも高いところにある栄冠だからこそ、手を伸ばそうとするのである。思い通りに手中に収めることができてしまうなら、彼女はそれをさらに高いところに掛け直すことだろう。

もっとも、外的な困難を意に介さないこうした姿勢は、彼女が著しく品位を欠いた手段に打って出ることを妨げるものではない。自分に栄誉を手にする正当な権利があることは、彼女にとっては疑念の余地なく明らかなことだ。ならば、その栄誉をどのようにして手に入れるかなどという問題が、どうしてそんなに重要なことでありえようか。とりわけ、彼女が身を置くこの世界においては、品位ある手段が何の役にも立たないことは必定《ひつじよう》なのだから。彼女がみずからの正当な権利をめぐる戦いを、歌の領域から別の、彼女にとってさほど重要でないものの領域に移し替えたのも、ことによるとそのせいなのかもしれない。彼女の取り巻きたちは、彼女の語った言葉を広めてまわったが、それによると彼女は、もっとも目立たない反対派まで含むあらゆる階層の者にたいして、全員が本当に楽しめるように歌う能力が、自分には十分あると感じているらしい。本当に楽しめるといってもそれは、その手の楽しみなら前々からヨゼフィーネの歌を聞いて感じているといった、一族の連中が主張する意味での楽しみではなく、ヨゼフィーネの要求する意味での楽しみである。けれども、と彼女は付け加える、一見高級そうなものを捏造《ねつぞう》したり、低俗なものにおもねったりすることはできないから、自分の歌はやはり、今のままでなければならないのだ、と。しかし、労働の免除をめぐる戦いにおいては、事情が違っている。たしかにこれも、彼女の歌をめぐる戦いではあるのだが、ここでの彼女は、歌という貴重な武器を直接ふるって戦うことはしないのであって、それゆえ、用いる手段はどんなものだって構わないのである。

そんなわけで、たとえば、こんな噂が広められた。ヨゼフィーネは、彼女にたいして譲歩がなされなければ、これからはコロラトゥーラを短縮するつもりらしい、というのである。わたしは、コロラトゥーラについては何ひとつ知らないし、一度として彼女の歌のなかのコロラトゥーラらしきものに気がついたこともない。ヨゼフィーネは、しかし、コロラトゥーラを短縮すると言い張る。さしあたり取り除くことはしない、ただ短縮するだけだ、と。彼女はこの脅迫を実行に移したと言っているが、わたしには、以前の上演と比べて何が違うのかまったくわからなかった。一族の者は全員、コロラトゥーラについて互いの意見を口にすることもなく、いつもと同じように耳を傾け、ヨゼフィーネの要求にたいする対処にも変化はなかった。ところでヨゼフィーネには、その容姿もさることながら、明らかにその思考においても、しばしば実に愛くるしいところがある。たとえば彼女は、例の上演のあと、まるでコロラトゥーラについての彼女の決断が一族にとってはあまりに過酷すぎた、もしくはあまりに唐突すぎたとでも言わんばかりに、次からはやはりまたコロラトゥーラを完全に歌うことにする、と宣言したのだ。だが、次のコンサートが終わると彼女はまた考えを改め、長大なコロラトゥーラを歌うのは今度こそ本当におしまいにする、彼女に有利な決定が下るまでコロラトゥーラは二度と歌わない、ということになった。一族の者たちは、こうした宣言や決意や決意の変更の一切を聞き流している。それはちょうど、物思いにふける大人が子供のおしゃべりを聞き流すようなもので、基本的には好意をもっているが、しかし決して聞き届けることはないのである。

ヨゼフィーネは、しかしそれでも屈しない。たとえば最近の彼女は、こんな主張を展開してみせた。曰く、労働の際に足を負傷してしまい、そのため歌っているあいだ立っているのが困難である。しかし、立っていなければ歌うことができないので、今や、歌そのものを短縮せざるをえない、というのだ。彼女が実際に足を引き摺《ひず》り、取り巻き連中に身体を支えられているにもかかわらず、誰ひとりとして、彼女が本当に怪我をしていると信じる者はいない。彼女の身体がひときわ傷つきやすいことは認めるとしても、それでもやはり、わたしたちは労働の民であり、ヨゼフィーネもその一員である。もしもわたしたちが、擦り傷ができたからといって、いちいち足を引き摺らねばならないとしたら、一族の全員が、いつまでも足を引き摺り続けることになってしまうだろう。しかし、たとえ彼女が足の麻痺した者のように身体を支えられて歩こうと、この痛々しい状態でいつもより頻繁に姿を現そうと、一族の者たちは以前と同じように、感謝を込めて、うっとりと彼女の歌に聞き惚れている。歌が短縮されたといって大騒ぎをすることもない。

　彼女もいつまでも足を引き摺っているわけにはいかないので、また別の言い訳を考えだして、今度は疲れているだとか、気分がすぐれないだとか、体力が落ちているだとかといった口実を並べ立てる。今やわたしたちは、コンサートのほかに芝居まで見物することになる。わたしたちは、ヨゼフィーネの背後にいる取り巻き連中が、どうか歌っておくれと彼女に頼み込み哀願するさまを目《ま》の当たりにする。わたしだって歌いたいの、と彼女は言うが、歌えない。彼らは彼女を慰め、おだてあげ、彼女が歌う舞台として前もって定められていた場所へ、ほとんど抱えるようにして彼女を運んでいく。とうとう彼女は、不可解な涙を流しながら、彼らの願いを聞き入れる。だが、彼女がどうやら最後の意志をふりしぼって歌い始めようとし、疲れ切った様子で、いつものように腕を広げることもなく、だらりと両脇に垂らしたままで――こうすると、もしかして彼女の腕はちょっとばかり短すぎるのではないか、という印象を受けるのだが――そんな風にして歌い始めようとすると、やれやれ、やはりまたしてもうまくいかない。苛立たしげな、がくんという頭の動きが事の不首尾を示し、そうして彼女は、わたしたちの目の前でくずおれる。もっとも、それから彼女は、結局もう一度立ち上がって歌うことになるのだが、わたしが思うに、その歌はいつもの歌とさほど変わりはないようだ。この上なく微妙なニュアンスまで聞き分ける耳の持ち主であれば、ひょっとして、いつもと少し違う興奮を聞き取るのかもしれないが、その興奮もまた、もっぱら歌の効果を高める役割を果たすのみである。歌い終わってみれば、彼女は歌う前よりもむしろ元気なくらいで、彼女のせわしないちょこちょこ歩きをそう呼んでよければ、しっかりとした足取りで、取り巻き連中の手助けをことごとくはねつけながら、そして、うやうやしく彼女に道をあける群集を冷徹な眼差しで値踏みしながら、その場を立ち去るのである。

つい先頃までは、こんな様子だった。だが、彼女はあるとき、歌が予定されていたのに姿を消してしまった。これが最新の出来事である。取り巻き連中だけが彼女を探しているわけではない。多くの者たちが捜索に当たっているが、徒労に終わっている。ヨゼフィーネは消えてしまった。彼女は歌うことを望んでいない。歌ってくれと請われることさえ望んでいない。彼女は今回、わたしたちを完全に見放したのだ。

奇妙なことだ。彼女が、あの賢明なヨゼフィーネが、これほどに計算を誤るとは。あまりの間違いように、彼女は計算などまったくしておらず、自分の運命に、この世界においては非常に悲しいものにしかなりえない運命の力に、ただただ押し流されていくだけなのだ、と考えたくなるくらいだ。彼女はみずからの手で歌から身をひき離し、みずからの手で、せっかく獲得した一族の者たちにたいする影響力を台無しにしているのだ。それにしても、一族の者たちの気質についてこれほどまでに無理解だというのに、いったいどうやって彼女はあの影響力を手に入れることができたのか。彼女は身を隠し、そして歌を歌わない。それでも一族は、平然として、特に失望した様子も見せず、尊大な態度を崩さない。この群れは、みずからの内に安らっていて、たとえ見かけはそうでなくても、まぎれもなく、贈り物を与えることしかできず、決して受け取ることができないのだ。ヨゼフィーネからの贈り物でさえも。この一族は、これからもずっと、わが道を歩んでいくことだろう。

だが、ヨゼフィーネは落ちぶれていかざるをえない。やがて、彼女の最後のチュウチュウが鳴り響き、そして鳴りやむ、そんなときがやって来るだろう。彼女は、わたしたち一族の永遠の歴史のなかの、ひとつの小さなエピソードだ。一族はこの損失を乗り越えてゆくだろう。それはもちろん簡単にはいかないだろうが。どうすれば、完全な沈黙のなかで集会ができるだろう？　もちろんできるのだ。集会は、ヨゼフィーネがいたときでも、沈黙に包まれていたのではなかったか？　彼女の実際のチュウチュウ鳴きは、チュウチュウ鳴きの記憶にまさるほど、格別に声高らかで生き生きとしたものであっただろうか？　そもそもあのチュウチュウ鳴きは、まだ彼女が生きていた頃でも、たんなる記憶以上のものであっただろうか？　むしろ一族は、その聡明さによって、ヨゼフィーネの歌を、それがこんな具合に決して失われえないものであったからこそ、あれほどの高みに位置づけたのではなかっただろうか？
そんなわけで、わたしたちはたぶん、あの歌がなくても大して困りはしないだろう。ヨゼフィーネはしかし、地上の労苦から、彼女の意見では、選ばれた者にのみ与えられるというこの地上の労苦から解放されて、晴れやかに、わたしたち一族の無数の英雄たちのなかに姿を消すことだろう。そしてじきに、なにしろわたしたちは歴史を記録しないのだから、仲間の英雄たちと同様に忘却されて、さらに高次の救済に与ることになるだろう。

（由比俊行＝訳）

訴訟

逮捕[*1]

誰かがヨーゼフ・Kを中傷したに違いない。なにしろ、何も悪いことはしていないのに、ある朝、逮捕[*2]されたのだから。大家《おおや》のグルーバッハ夫人の料理女[*3]が毎日、朝の八時ごろに朝食を持ってくるのに、今日は来なかった。こんなこと、これまで一度もなかった。Kはもう少し待った。向かいに住んでいる老婆が、いつになく好奇心をむき出しにしてこちらをじっと見守っているのを、枕に頭をのせたまま見ていた。しかし訝《いぶか》しくもあり、腹も空いていたので、やがてベルを鳴らした。すぐにノックの音がして、この家では一度も見かけたことがない男が入ってきた。細身だが体格がよく、ぴっちりした黒い服を着ていた。旅行服みたいに、ひだ、ポケット、留め金、ボタンなどが色々ついて、おまけにベルトが一本。実際に何の役に立つのかはよく分からないものの、とても便利に見える。

[*4]「どちらさま?」とKは尋ね、ベッドの中で半身を起こした。だが男は、自分の登場は当然

のことだと言わんばかりに質問を聞き流し、一方的に質問を返してきた。

「ベル[*5]を鳴らしましたね？」

「アンナに朝食を持ってきてもらおうと思ってね」とKは言い、さしあたり黙ったまま相手をじっくり見て、よく考え、この男が何者なのかを見定めようとした。しかし、男はあまり長いこと見られるのをよしとせず、ふり返って扉を少し開け、扉のすぐ向こうに立っていたらしい誰かに言った。

「アンナに朝食を持ってきてもらおうと思ったんだとさ」

隣の部屋から、げらげら笑う声がかすかに聞こえた。聞いたかぎりでは、何人いるのかは分からない。笑い声を聞いたからといって、新しい情報を仕入れることができたはずもないのだが、男はまるで伝言を受けたような調子でKに言った。

「無理だそうです」

「おかしいな」とKはベッドから跳び起き、大急ぎでズボンを穿《は》いた。「隣の部屋にどんな連中がいるのか、見せてもらおうか。こんな迷惑行為、グルーバッハさんはどう責任を取ってくれるのかね」

言ったあとで、すぐに気づいた。そんなことを口に出す必要はなかったし、そう言ったせいで、ある意味、この侵入者が我が物顔に振る舞うのを既成事実として認めてしまったことになる。しかし、そんなことは今はどうでもいい。ところが侵入者は、はたして図に乗り、こう言ってきた。

「ここにいたほうがいいとはお考えでない？」

「ここにいるのも、話しかけられるのもお断りだ。そちらが名を名乗らないかぎりはな」

「忠告はしましたよ」と侵入者は言い、手ずから扉を開けた。Kは隣の部屋に踏みこんだが、思ったほど勢いは出なかった。隣の部屋は一見、昨晩とあまり変わっていないように見えた。ここはグルーバッハ夫人の居間で、いつもどおり家具とテーブルクロスと陶磁器と写真だらけだ。いや、すぐには気づかないほどだが、今日は少しばかり片づいているかもしれない。目立った変化として、開いた窓のそばで本を手に座っている男がいるだけに、なおさら細かい変化は分かりにくかった。男は本から目を上げた。

「ご自分の部屋にいらっしゃればよかったのに！　フランツはそう言いませんでしたか？」

「言ったとも。何の用かね？」とKは言って、この二人目の男から、フランツと呼ばれた男へと視線を移した。こちらは扉のところで立ち止まっている。また視線を戻すと、開いた窓ごしに、またあの老婆の姿が目に入った。老人ならではの好奇心を発揮して、ちょうど真向かいの窓のところまで移動し、一部始終を見物する気らしい。

「これはぜひグルーバッハさんに――」

Kはここで、離れたところに立っているはずの二人の男から身をもぎ放そうとするような身ぶりをした。それから外に出ようとした。

「だめです」と窓辺の男が言って、本を小卓の上に投げ出し、立ち上がった。「外に出てはいけません。あなたは捕まったのですよ」

「そのようだな」と[*6]Kは言い、尋ねた。「いったいなぜ?」

「それをお伝えせよとは言われてません。部屋に戻って、お待ちください。訴追の手続きはもう始まってますから、しかるべき時が来れば、全部聞かせてもらえるでしょう。こんなふうに親切に教えて差し上げているのも、本当は越権行為なんですよ。ただ、フランツ以外はたぶん誰も聞いてませんからね。それにフランツ自身、規則を曲げてでも、あなたに親切にしたいと思ってます。番人が割り当てられる時点でもうこんなにツキに恵まれていたわけですし、今後も同じぐらいツキに恵まれたら、もう勝ったも同然ですね」

Kは座りたいと思ったが、部屋中を見わたしても、窓辺の椅子以外に座るものはない。

「本当にそうだってこと、いずれ納得していただけますよ」とフランツは言って、二人目の男といっしょに近づいてきた。とくに二人目の男はKよりずっと背が高く、何度もぽんぽん肩を叩いてきた。二人してKのパジャマをじろじろ見て、これから着るのはもっと粗末な服になるでしょうけど、これも、他の下着もまとめて保管しといてあげますから、うまく勝訴できたらお手もとに戻ってきますよ、と言った。

「預り所に預けるより、俺たちに渡したほうが身のためですよ」と二人は言った。「預り所ではネコババが横行してますし、一定期間が過ぎたら品物は売却されてしまいます。当該の手続きが終了したかどうかとは無関係に。しかも、こういう訴訟は、ひどく時間がかかりますからねえ。とくに最近は! もちろん預り所からは売上金を受け取れますよ。でも第一に、売上金なんて雀の涙です。売却のとき物を言うのは、入札の金額ではなくて賄賂《わいろ》の金額ですから。第二に、人の手から手へ渡るにつれて、年月が経つにつれて、この売上金はどんどん目減りします」

Kはろくに話を聞いていなかった。自分の持ち物を処分する権利は、たぶんまだあるだろうが、それはどうでもいい。大切なのは、自分の置かれた状況をはっきりさせることだ。でも、こいつらがいる前では、ろくにものを考えられない。二人目の番人――番人って、こいつらのことだよな――は、ぐいぐい腹を押しつけてくる。ご親切なことだ。上を見ると、太った身体《からだ》にはまるで似合わない、ひからびて骨ばった顔が目に入る。横にねじれた大きな鼻。男はこちらの頭ごしに、もう一人の番人と何やら互いに目配せしている。こいつらは何者だ？　何をしゃべっているんだ？　何の役所に所属してるんだ？　ここは法治国家のはずだ。どこもかしこも平和で、法律はみんな安泰だ。勝手に住居侵入してくるなんて、ありえるか？　Kはもともと何でも軽く捉えがちで、最悪の事態になってから、ようやく最悪なのだと腑《ふ》に落ちたりする性格だった。どれほど不穏な空気があっても、先の心配をしたりはしない。だが、今はそうも言っていられなさそうだ。もちろん、何もかも冗談だと見なすこともできる。理由は分からないが。ああ、そういえば今日は三十歳の誕生日だ。銀行の同僚が仕掛けた、悪い冗談なのか。もちろん、ありうることだ。とりあえず番人たちに面と向かって笑い飛ばしてやったら、みんないっしょに笑って、それでおしまいかもな。こいつら、路上にたむろしてる荷物運びの連中だろうか。ああいう連中に似ていなくもないぞ。――とはいえ今回は、番人のフランツを最初に目にしたときから心が決まっていた。相手に対して保っているかもしれない優位を手放すつもりは毛頭なかった。あとになって、冗談の分からんやつと言われる恐れは、あまりないとKは思った。ただし彼は――経験から学ぶのは彼の流儀ではなかったのだが――どうでもいい件ではあれ、思慮深い友人たちの言うことを聞かず、後先も考えずうかつに振る舞ったせいで、ひどい目に遭ったことが何度かあるのを思い出した。同じことを繰り返すのはごめんだ。少なくとも今回は。これがお芝居なら、共演してやろうじゃないか。

今はまだ自由だ。

「失礼」と彼は言って、二人の番人のあいだを急いで通り抜け、自分の部屋に入った。

「やっとおとなしくなった」と背後で言っているのが聞こえた。部屋に戻ると、彼は事務机の引き出しを次々と開けていった。何もかもきちんと片づいていたが、頭に血がのぼっているので、お目当ての証明書類がすぐには見つからない。ようやく自転車登録証が見つかったので、それを持って番人たちのところへ行こうとしたが、この書類はあまりにも無意味な気がしたので、捜索を続行し、しまいに[*7]出生証明書を見つけた。隣の部屋に引き返すと、ちょうど反対側の扉が開いて、グルーバッハ夫人が入ってくるところだった。夫人の姿が見えたのは一瞬だけだった。Kの顔を見ると夫人は露骨にうろたえ、すみませんと言って姿を消し、そろそろと扉を閉めたのだ。

「お入りになったらどうですか」とKはかろうじて言うことができた。しかし、彼は書類を手にして部屋の中央に取り残され、閉まった扉をぼんやり眺めていた。番人たちに呼びかけられて、ようやく我に返った。二人は開いた窓のそばの小卓を囲んで座り、よく見ると、彼の朝食をもりもり食べていた。

「あの人は、どうして入ってこないんだ？」と彼は尋ねた。

「入ってはいけないからです」と大柄《おおがら》な番人が言った。「だって、あなたは逮捕されてるんですよ」

「逮捕されてるって何のことだ？　しかも、こんな逮捕があるか？」

「またその話ですか」と番人は言って、バターを塗ったパンを蜂蜜の小瓶に浸した。「その種のご質問にはお答えできません」

「答えてもらうぞ」とKは言った。「ここに私の証明書類がある。そちらの書類も見せてもらおうか。まず逮捕状を出したまえ」

「おやおや！」と番人は言った。「ご自分の立場がお分かりでないようだ。それに、よりによって、この世の中で一番の味方である俺たちを怒らせようとしたりして、何の得がありますか」

「本当ですよ。どうか信じてください」とフランツは言って、片手に持ったコーヒーカップを口に運ばず、長いことKをじっと見つめた。意味ありげな目つきのようだが、何を言いたいのかは分からない。Kは、ついついフランツと目と目で会話してしまったが、それから例の書類をバンと叩いて言った。

「ここに私の証明書類がある」

「だから何ですか？」と大柄な番人がすかさず叫んだ。「あなたの態度、ガキより始末が悪いですよ。何がしたいんですか？　俺たち番人と、証明書とか逮捕状とかについて言い合いをしたら、それであなたの厄介《やっかい》な訴訟がさっさと終わりになるとでも思ってるんですか？　俺たちは下級の職員です。証明書類のことなんか分からないし、毎日十時間あなたを監視してお給料をもらうこと以外に、あなたの案件と関わり合いになることもない。俺たちは、それだけの存在です。それでも、俺たちを雇ってくれているお役所が、*8こういう逮捕を命じる前に、逮捕の理由と逮捕される人の人格をよく調べていることぐらいは分かります。間違いは起こりません。うちの役所について俺の知るかぎり、まあ、俺が知ってるのは一番下の等級のことだけですが、うちの役所はね、人の罪をわざわざ探したりはしないんですよ。自然と罪に引き寄せられるんです。そして俺たち番人を派遣する。そう法律に書いてありますよ。それが法律なんです。どこに間違いが起こる余地がありますか？」

「そんな法律は知らん」とKは言った。

「それはお気の毒に」と番人は言った。

「そんなもの、そちらの頭の中にしかないんじゃないのか」とKは言った。何とかして番人たちの頭に入りこみ、こちらに都合のいいように考えを変えさせるか、あるいはせめて相手の考えを知りたいと思った。けれども番人は、にべもなく言った。

「いずれ思い知ることになりますよ」

そこにフランツが話に割りこんできて言った。

「聞いたか、ヴィレム。このお方は、法律は知らないって認めてるのに、自分は無実だって主張してるぞ」

「まったくだぜ。何を言っても納得してもらえない」と二人目の男が言った。Kはもう何も返事しなかった。彼は思った。こんな最下級の——こいつらは自分でそうだと認めている——連中のおしゃべりに惑わされてたまるか？　こいつら、自分ではまったく理解してないことを話してやがる。妙に自信ありげなのは、頭が悪いからだ。おれと対等な人間と二言三言話したら、こいつらと延々と話し続けるよりも、はるかによく事態が明らかになるだろう。彼は何度か、部屋の中の空いているスペースを行ったり来たりした。向こうの窓では、あの婆《ばあ》さんが、もっと年寄りの爺《じい》さんを引[*9]っぱってきていた。抱[*10]きつくようにして爺さんの身体を支えている。こんな見世物、終わりにしなければ。

「上司のところに連れていってくれ」と彼は言った。

「連れてくるよう言われましたら。そうでなければ無理です」と、ヴィレムと呼ばれた番人が言った。

「それから一つ忠告です」と番人は付け加えた。「部屋にお戻りになって、まずは落ち着いて、命令が来るのをお待ちください。何の得にもならない考えで気を散らすのはやめて、集中するのが得策ですよ。これからが大変になるんですから。俺たちが歩み寄ってるのに、あなたの態度は何ですか。お忘れのようですが、俺たちが何者であれ、少なくともあなたと比べたら、俺たちは自由な人間なんですよ。つまり、ずっと上の立場なんです。それでも、お金を払っていただけるなら、あちらのコーヒーハウスから朝食を取ってきてあげてもいいですよ」

この申し出には返事せず、Ｋは少しのあいだ黙って立ちつくしていた。おそらく、こちらが隣の部屋の扉を開けたり、それどころか玄関の扉を開けたりしても、この二人には邪魔立てする勇気はないだろう。思い切ったことをするのが、万事を解決する一番簡単な方策かもな。でも、つかみかかってくるかもしれない。それで組み伏せられたりしたら、こちらの優位は完全に失われてしまう。せっかく今はまだ、ある意味では優位を保っているのに。だから彼は安全策を取り、なりゆきに任せることにした。彼は自分の部屋に戻った。もはや彼も番人たちも、どちらも一言も発することはなかった。

彼はベッドに身を投げ出し、ナイトテーブルの上のピカピカのリンゴを手に取った。昨晩、朝食用にと思って取っておいたのだ。今となっては、このリンゴだけが彼の朝食というわけだ。ともあれ、一口かじると確信した。あんな汚らしい夜間営業カフェの朝食を番人どものお情けで恵んでもらうより、こっちのほうがずっといい。気分がよく、自信が湧いてきた。たしかに今日の午前中は銀行の仕事を休むことになるが、銀行ではそこそこ高い地位にいるから、言い訳は簡単だろう。本当のことを言うべきだろうか？　そうするさ。もちろん、こんなこと信じてもらえないかもしれないが、そのときはグルーバッハ夫人を証人に呼べばいい。あるいは、お向かいの年寄り二人か。あいつら、きっと今度はこっちの窓めがけて移動中だぞ。番人たちに自分の部屋に追いこまれ、一人にされたのは、少なくとも普通に考えれば驚きだ。そんな状態にしたら自殺されるリスクも十倍になるはずだから。もっとも、また普通に考えて、自殺する理由などどこにも見あたらない。あの二人が隣の部屋に居座って、ひとの朝食を横取りしてるからって、自殺する理由になるか？　自殺なんて無意味だ。かりに自殺したくなったとしても、あまりにもバカらしくて思い止まるだろう。番人どもがあそこまで露骨に頭が悪くなかったら、一人にしても自殺の危険はないと判断したのは同じ確信にもとづいてのことかと思ってしまうところだ。それじゃあ、見たければ指をくわえて見てるがいい。こちらが壁の戸棚のところへ行き、とっておきの蒸留酒《シュナップス》を出して、朝食代わりにぐいっと一杯やるところをな。念のため、景気づけにもう一杯。まあ、景気づけが必要になる展開などありそうにないが。

ちょうどそのとき、隣の部屋から呼び声がした。彼はビクッとして、思わずグラスに歯をぶつけてしまった。

「監督がお呼びです！」

そう言っていた。ビクッとしたのは、ただただその声のせいだ。短い、切りつけるような、軍隊的な叫び声だ。番人のフランツがこんな声を出すとは、思ってもみなかった。命令の内容自体は、こちらが待ちかねていたものだ。

「やっとか！」と彼は叫び返し、戸棚を閉め、急いで隣の部屋へ行った。そこには二人の番人がいて、まるで当然のように、Kを元の部屋に追い返した。

「何を考えてるんです？」と二人は叫んだ。「パジャマ姿で監督の前に出るつもりですか？

笞打《むちう》ちを食らいますよ。とばっちりはごめんです！」

「放せ、畜生」とKは叫んだが、もう衣装だんすのところまで押し戻されていた。「寝こみを襲ってきたくせに。かっちりスーツ姿で寝てるとでも思ったか」

「そんなこと言っても無駄です」と番人たちは言った。Kが声を荒らげると、かえって番人たちのほうは落ち着いていく。ほとんど悲しそうですらあった。おかげで彼は戸惑い、なんとなく落ち着いてしまった。

「バカバカしい儀式だ！」と彼はまだブツブツ言っていたが、椅子に掛けてあった上着を取り上げ、しばらくのあいだ両手で持っていた。まるで番人たちの判断を仰ぐかのように。二人は首を振った。

「上着は黒でないといけません」と二人は言った。そこでKは上着を床に投げ捨て――自分でもどういう意味で言ったのか分からなかったが――こう言った。

「まだ正式な審理じゃないんだろ」

番人たちはニヤニヤ笑ったが、同じことを繰り返した。

「上着は黒でないといけません」

「黒を着たら訴訟の手続きが早まるなら、ありがたいね」とKは言って、自分で衣装だんすを開けた。あれこれ服をひっくり返したあげく、自分が持っている一番いい黒の服を選んだ。仲間内でなかなか評判の、ウェストのあたりが格好いいジャケットだ。[*11] シャツも別のに替え、おもむろに身支度を始めた。番人たちが入浴しろと言うのを忘れているので、おかげで話が早くなると密《ひそ》かに思った。こいつらが思い出すかどうか観察してみたが、もちろん、思い出す気配すらなかった。その代わり、ヴィレムはフランツを監督のもとに走らせるのは忘れなかった。K[*12]が着替え中だと伝言を届けたのだ。

　すっかり服を着終わると、彼はヴィレムの先に立たされ、人がいなくなった隣の部屋を通り抜け、次の部屋に向かった。その部屋の両開きの扉は、すでに開け放たれていた。この部屋に最近、ビュルストナー嬢とかいうタイピストが入居したことを、Kはよく知っていた。彼女は朝早く仕事に行き、遅くに帰ってくるのが常だった。Kとは挨拶以上の言葉を交わしたことはなかった。今、彼女のベッドのナイトテーブルが、審[*13]理用の机代わりに部屋の中央に据えられ、その向こうに監督が座っていた。両脚を組み、片腕を椅子の背もたれにのせている。部屋の隅に三人の若者が立っており、壁に掛かったマット地の小物入れからビュルストナー嬢の写真を取り出しては眺めていた。開いた窓の取手に、白いブラウスが引っかかっている。反対側の窓には、またあの二人の老人が張りついている。だが今回は、仲間が増えていた。二人のうしろに、シャツの胸をはだけた背の高い男が立っていたのだ。男は、赤味がかった色の尖《とが》ったヒゲを指で押したりひねったりしている。

「ヨーゼフ・Kだな？」

　監督は質問した。Kがよそ見しているので、自分のほうを向かせるためだけに質問したのかもしれない。Kは頷《うなず》いた。

「今朝のことで、ずいぶん驚いたろう？」と監督は質問しながら、ナイトテーブルの上のこまごましたものを両手でどけた。ロウソクとマッチ、本が一冊に針刺し。まるで、審理のために必要な品々だとでもいうかのような手つきだ。

「たしかに」とKは言った。やっとのことで、まともな頭の持ち主と対面し、自分の案件について話し合えるかと思うと、ホッとしていた。「たしかに驚きました。でも、ひどく驚いたわけではないですよ」

「ひどく驚いたわけではない？」と監督は質問し、ロウソクをテーブルの中央に立て、他の品物をその周囲に並べていった。

「今のは誤解を招いたかもしれません」とKは急いで言った。「私が言いたいのは――」

　ここでKは発言を中断し、あたりを見回して椅子を探した。彼は尋ねた。

「座ってもよろしいですか？」

「座るのは異例だ」と監督は答えた。Kは、今度はもう中断せずに言った。

「私が言いたいのは、こういうことです。もちろんひどく驚いたのですが、この私のように[*14]、自分だけを頼りに三十年もこの世で生き抜いてまいりますと、驚きに対して鈍くなり、あまりこたえなくなるのです。とくに今日はそうでした」

「なぜ、とくに今日はそうなのかね？」

「これは全部冗談なのだろうなどと思ったとは申しません。今回のことは、冗談にしては大がかりすぎる気がいたしますから。この下宿の人が全員噛《か》んでいるうえに、この場にいるみなさんも全員。これは冗談の域を超えています。ですから、冗談だとは申しません」

「まったくだ」と監督は言いながら、マッチ箱の中のマッチを数えていた。

「しかし、その一方」とKは言葉を続け、ここで一同のほうへ向き直り、できれば写真を見ている三人の男たちにもこちらを向いてもらいたいものだと思った。「その一方、この件がそんなに重要であるはずはありません。私は告訴されたのでしょうが、私が告訴されなければならない罪など、ほんの少しも思いあたりませんから。でも、そんなことはどうでもいい。大切な問題は、こうです。誰に告訴されたのか？　どこの役所が訴訟を担当するのか？　あなた方は公務員なのか？　どなたも制服を着てはいらっしゃらないようですね。こちらの方の」――ここで彼はフランツのほうをふり返った――「服が制服なら、話は別ですが。でも、制服というよりは旅行服ですよね。質問ばかり重ねておりますが、はっきりさせたいのです。はっきりさせたあとで、なごやかにお別れできると確信しております」

　監督は、マッチ箱をテーブルの上に放って言った。

「大きな間違いだな。ここにいる紳士諸君と私は、きみの案件には縁もゆかりもないし、そもそも本件の内容など、ほとんど何も知らん。ちゃんとした制服を着てやってもいいが、だからといって何も変わらんだろう。きみが告訴されたのかどうか、教えるわけにはいかん。というより、告訴されたかどうかなど知らんのだ。きみは逮捕された。それは間違いないが、[*15]それ以上のことは知らん。もしかしたら番人どもが何か別のことをしゃべったかもしれんが、そんなものはただのおしゃべりだ。まあ、質問には答えられんが、忠告はしてやれる。私たちのことや、これから先のことなど考えるな。自分自身のことを考えるがいい。それから、自分は無実だと思うだとか、そんなことで大騒ぎするのはやめておけ。心証を悪くするだけだ。せっかく他の点では悪く思われていないのに。あと、発言はもっと控え目にすることだ。さっきからべらべら言っていたことは、二言三言で済んだはずだ。きみの態度がちゃんと語ってくれていたからな。きみにとってあまり有利にならないことをだ」

Kは監督をじっと見つめた。もしかすると年下かもしれない人間に、こんな学校の先生のお説教みたいなことを言わせておくのか？　こちらが腹を割って話してやってるのに、お返しにガミガミ言われるのか？　おまけに、逮捕の理由も逮捕を命じた人も、何も教えてもらえないのか？　彼はややカッとなって部屋の中を行ったり来たりしたが、誰も止めようとはしなかった。袖口をまくり上げ、胸もとを触り、髪を撫《な》でつけ、三人の紳士のそばを通り過ぎながら言った。

「意味不明だね」

これを聞いて三人はこちらをふり返り、愛想はいいが、気まじめな顔で見つめてきた。彼は、監督のテーブルの前まで来ると、ようやく立ち止まって言った。

「ハステラー検事は、私の良き友人です。彼に電話してもよろしいでしょうか？」

「構わん」と監督は言った。「ただ、何の意味があるかは分からんが。何か個人的な用件で話したいのかね」

「何の意味が、ですって？」と、腹を立てたというより、びっくりしてKは言った。「あなた、何なんですか？　意味を求めているのに、自分はひたすら意味不明なことをおっしゃる。

ひどい話じゃないですか。こちらの紳士の方々は、まず私の寝こみを襲い、お次は上座下座に陣取り、私があなたの前でジタバタするのを見物している。逮捕だと言われているときに、検事に電話するのに何の意味があるか、ですって？　もう結構。電話はしません」

「電話したまえ」と監督は言い、電話がある玄関へと片手を差し伸べた。「ほら、電話すればいい」

「しません。その気がなくなりました」とKは言って、窓際へ歩み寄った。向かいの窓にはあいかわらず観客が鈴なりだったが、Kが窓際に来たせいで落ち着いて見物できなくなり、少し迷惑そうだ。老人たちは立ち上がろうとしたが、うしろの男が二人を座らせた。

「あんなところに見物客がいますよ」とKは大声で監督に叫び、人差し指で窓の外を指した。それから外に向かって叫んだ。「あっちへ行け」

　三人はすぐに数歩あとずさり、二人の老人は男の背後に回った。男は幅広い身体で二人をかばった。口の動きからすると何か言っているようだが、離れているので、何を言っているかは聴き取れない。しかし、三人ともいなくなりはせず、気づかれずに窓に近寄れる瞬間を窺《うかが》っ[*16]ているようだ。

「あつかましい、頭が空っぽの連中です！[*17]」とKは部屋の中へ向き直りながら言った。横目でちらっと見たかぎりでは、どうやら監督はこっくり頷いたようだ。いや、こいつは全然聞いてなかったのか。片手をテーブルにぴったり押しつけて、指の長さを比べてやがる。二人の番人は、飾り布で覆われたトランクに腰かけて、膝をさすっていた。三人の若者たちは腰に手を当て、所在なげに周囲を見回していた。閑古鳥《かんこどり》が鳴く事務所のように静かだった。

「さて、みなさん」とKは叫んだ。一瞬、みんなを自分の両肩に背負っている気がした。「みなさんのご様子からすると、私の案件は終わりだと言ってよさそうですね。みなさんの振る舞いが正当か不当か考えるのはやめて、お互い仲よく握手をして終わりにするのが一番いいと思います。みなさんも同じお考えでしたら、どうか――」

彼は監督のテーブルに歩み寄り、手を差し出した。監督は目を上げ、唇を嚙み、Kが差し出した手を見た。Kは、相手が握手してくれるだろうとばかり思っていた。けれども監督は立ち上がり、ビュルストナー嬢のベッドの上に置いてあった、ごわごわした丸い帽子を取り上げ、新しい帽子を試すときのように両手を使ってそろそろと頭にかぶった。

「そんな簡単な話だと思っているとは!」と監督は帽子をかぶりながらKに言った。「仲よく握手をして終わりにするだと? いやいや、現実はそうはいかん。かといって、絶望しろと言うつもりは全然ないがね。絶望する理由がどこにある? きみは逮捕された、それだけのことだ。それを伝えるのが私の仕事で、もう伝えたし、きみがどう受け取ったかも見た。今日はそれでもう十分だ。お暇《いとま》することにしよう。あくまで今日のところは、だがな。ところで、銀行に行きたいかね?」

「銀行に?」とKは尋ねた。「私は逮捕されたのかと思ってました」

Kの質問は、いささか反抗的だった。握手こそしてもらえなかったが、とりわけ監督が立ち上がって以来、この連中から自由になりつつあると感じていたからだ。これは、連中とのゲームだ。こいつらが出て行くなら、追いかけて、逮捕したなら連れていけよと言ってやる。だから彼はもう一度言った。

「逮捕されてるのに、どうして銀行に行けるんですか？」

「ああ、そうか」と、もう扉のところまで行っていた監督が言った。「私の言ったことを誤解したのか。きみはたしかに逮捕された。だが、それは職務を果たす妨《さまた》げにはならん。これまでの暮らしも続けていい」

「それなら、逮捕されるのも悪くないですね」とKは言って、監督の近くに行った。

「さっきからずっと、そのつもりで話していたんだ」と監督は言った。

「でも、それなら逮捕を伝える必要もなかったのでは」とKは言って、さらに近づいた。他の連中も近づいてきた。今、戸口の前の狭い空間に、みんなが集まっていた。

「それが私の義務だったからな」と監督は言った。

「バカらしい義務ですね」とKは容赦なく言った。

「そうかもしれん」と監督は答えた。「しかし、そんな話で時間を無駄にするのはやめよう。銀行に行きたいんじゃなかったか。いや、きみは言葉尻を捉えるのが好きみたいだから、言い直すぞ。銀行に行けと強制はしない。行きたいのかと思っただけだ。ちなみに、銀行に行きやすくしてやろうと思って、到着したとき目立たずに済むように、きみの同僚を三人、連れてきておいた」

「何ですって？」とKは叫び、びっくりして三人をまじまじと見つめた。あまり目立たない若僧どもで、写真に群がっている連中としか思っていなかったが、じつは銀行員だったのか。ただし同僚というのは言いすぎで、何でも知ってるような監督の知識にも穴があることが分かる。それでも、たしかに銀行の下っぱの従業員だ。どうして気づかなかったんだ？ 監督と番人にかかりきりで、この三人に気づかなかったのか。両手をバタバタさせるのが癖の、不器用なラーベンシュタイナー。目が落ちくぼんだ、金髪のクリッヒ。慢性的な痙攣《けいれん》のせいで不愉快なニヤニヤ笑いを浮かべているカミーナー。

「おはよう！」と少し間をおいてKは言い、折り目正しくおじぎをしている三人に手を差し出した。「きみたちだとは、全然気づかなかったよ。それじゃあ仕事に行こうか？」

三人は笑いながらコクコク頷いた。まるで、そう言われるのをずっと待っていたかのように。ただし内心では居心地悪く思っていたのだろう。部屋に帽子を忘れてきたとKが言うと、三人とも次々と駆け出し、帽子を取りに行った。Kは黙ったまま立ちつくし、二つの開いた扉ごしに、三人のうしろ姿を眺めていた。最後尾は案の定、のろまのラーベンシュタイナーだった。遅ればせながら、のんびり駆け足に移ったばかり。カミーナーが帽子を差し出した。Kは、銀行でもよくあることだが、こいつのニヤニヤ笑いはわざとではない、そもそもわざと笑い顔をすることはできない体質なんだと自分に言い聞かせた。玄関では、ことさら罪悪感を抱いているようには見えないグルーバッハ夫人が、一行のために戸を開けてくれた。Kは、これもよくあることだが、女のぷよぷよした胴体にエプロンの紐《ひも》が無駄に食いこんでいるのを見た。下に降りてくると、Kは時計を手に取り、もう半時間も遅刻しているから、無駄に遅れを増やさないため、タクシーに乗ることにした。車を拾うためにカミーナーが街角まで走り、他の二人は、どうやらKの気を紛らわせようとしているようだ。そのとき突然、クリッヒが向かいの家の戸口を指さした。あの尖ったヒゲの大柄な金髪男が出てきたところだった。男は最初、姿をさらしたので少し居心地が悪いらしく、あとずさって壁にもたれかかった。老人たちは、おそらくまだ階段の途中なのだろう。Kは、男の注意を引いてしまったクリッヒに腹を立てた。言われなくても、Kは男に気づいていた。どうせ出てくるだろうと思っていたから。

「あっちを見るんじゃない！」とKは吐き捨てるように言ったが、いい大人に向かってそんな言い方は失礼だということは忘れていた。しかし、ちょうど自動車が到着したので、言い訳はしなくて済んだ。みんなが乗りこむと、車は出発した。そのときKは、監督と番人たちが立ち去るのを一切見なかったことを思い出した。さっきは監督に気を取られて三人の銀行員に気づかなかったが、今度は銀行員に気を取られて監督に気づかなかったわけだ。これでは集中力に欠けると言われても仕方がないし、これからはもっと集中して観察しようと決心した。それでも、彼は思わずふり返り、どこかに監督と番人たち[*18]が見えないかと後部座席から身を乗り出してみた。けれども、彼はすぐまた向き直り、車の隅っこでゆったり身体を伸ばした。誰のことも探したりなんかしてない。一見そうは見えなくても、彼は励ましの言葉をかけてもらいたかった。でも、この三人はお疲れのようだ。ラーベンシュタイナーは右を向いて、車の外を見ていた。クリッヒは左を。カミーナーだけは、例のニヤニヤ笑いを浮かべながら待ち構えている。その笑い顔を冗談のネタにするのは、残念ながら、人[*19]としてやってはいけないことだ。

グルーバッハ夫人との会話／続いてビュルストナー嬢

今年の春、Kのお決まりの晩の過ごし方は、こうだった。仕事のあと、まだ時間があったら——彼はたいてい九時まで事務所にいた——一人で、または知人たちと少し散歩。それからビアホールへ行って、指定席に腰を落ち着け、たいてい年上の紳士たちと、普段は十一時まで過ごす。ただし、これには例外もあった。たとえば、彼の労働力と信頼性を高く評価してくれている頭取[*1]が、自動車のドライブや別荘での夕食に招待してくれるときなど。あと、週に一度、Kはエルザという名前の娘のところに通っていた。彼女は夜は朝までワイン酒場で働いており、日中は客が来てもベッドから起き上がりもしない。

けれども今晩は——今日は仕事が大変で、誕生日を祝う格式ばった挨拶や、親しみをこめた挨拶を色々されているうちに日が暮れた——Kはすぐ家に帰るつもりだった。日中、仕事の中休みのたびに、そのことを考えていた。自分でも何を考えているかはっきり分からなかったが、今朝の一件のせいでグルーバッハ夫人の住居全体がめちゃくちゃになっていて、きちんと片づけるには自分がいなければ始まらないような気がしてならなかった。とにかく、一通り片づけさえすれば、あの一件の痕跡は消え、すべてが元どおりになるのだ。こと三人の銀行員に関しては、何も心配する必要はない。三人とも、また忙しい銀行業務に埋もれていて、変わった様子は何もなかった。Kは何度も、ただ観察するためだけに彼らを一人ずつ、あるいは三人まとめて呼びつけたが、いずれも心配なさそうなので、*2ホッとして放免してやった。

　晩の九時半に、下宿している家の前に到着したとき、彼は戸口を入ったところで一人の若者に出くわした。両脚を広げて立ち、パイプをぷかぷかやっている。

「どちらさま」とKはすぐに尋ね、若者に顔を近づけた。玄関ホールの薄暗がりの中では、よく見えない。

「管理人の息子です、旦那さま」と若者は答え、パイプを口から出して、脇へ寄った。

「管理人の息子だって？」とKは尋ね、イライラして杖の先で床をドンと突いた。

「何かご入り用のものはございませんか？　父を連れてまいりましょうか？」

「いや、結構」とKは言った。彼の声には、相手の若者が何か悪いことをしたが、まあ大目に見てやるぞと言わんばかりの響きがあった。「結構だよ」と彼は言い、先へ行った。けれども階段を上がる前に、もう一度ふり向いた。

　まっすぐ自分の部屋に行くこともできたのだが、グルーバッハ夫人と話したかったので、まず夫人の部屋の扉をノックした。夫人はテーブルのところで、毛糸の靴下を手にして座っていた。テーブルの上には古い靴下が山積みだ。Kは、こんな遅くにすみませんと上の空でお詫びしたが、グルーバッハ夫人はとても愛想がよく、お詫びの必要なんてございませんわ、

Kさんはうちで一番いい下宿人さんですもの、お話ならいつでも承りますと言った。彼は部屋の中を見回した。すっかり元どおりだった。朝には窓際の小卓の上にあった朝食の食器類も、すでに片づけられていた。女の手ってやつは密かに色々やってのけるなと彼は思った。自分だったら、その場で食器を叩き割りこそすれ、片づけるなど無理な話だ。彼はいくばくかの感謝をこめてグルーバッハ夫人をじっと見つめた。

「どうしてこんな遅くまでお仕事なさってるんですか」と彼は尋ねた。二人は今、テーブルに差し向かいで座っており、Kはときどき靴下の山にズボッと手を突っこんでみていた。

「仕事がたくさんありましてね」と夫人は言った。「日中は下宿人さんたちに尽くしておりますから、自分のことを片づけたいと思ったら、晩しか空いておりませんの」

「今日はとくに、お仕事を増やしてしまいましたね」

「何のお話ですの」と少し勢いこんで夫人は言った。膝の上で繕《つくろ》い物《もの》の手が止まっている。

「今朝、ここに押しかけた男たちのことです」

「ああ、あれのこと」と彼女は言って、また落ち着きを取り戻した。「とくに仕事が増えたりはしておりませんわ」

Kは黙ったまま、夫人がまた靴下を繕いだすのを見つめていた。

『おれがこの話をしたのが、意外みたいだな』と彼は思った。『話したがらないはずと思ってるのか。それなら、なおさら話しておくのがいい。こんな話を喜んで聞くのは、年食ったオバサンくらいのものだろ』

そこで彼は言った。「いえ、お仕事を増やしたはずですよ。でも、あんなことは二度と起こりませんから」

「ええ、二度と起こりませんわ」と夫人は力づけるように言い、にっこりとKに笑いかけた。ほとんど悲しげですらある。

「本気でおっしゃってるんですか?」とKは尋ねた。

「ええ」と夫人は小さな声で答えた。「でも、とにかく大事なのは、あまり重く受け取らないことですわ。人生色々ですから! Kさん、せっかくこうして内々にお話ししてくださったことですし、白状いたしますね。わたくし、扉のうしろで少し立ち聞きしておりましたの。二人の番人の人たちとも、少しお話ししました。Kさんのお幸せに関わることですし、本当に胸を痛めておりますのよ。いえ、そんな資格はないかもしれませんわね、部屋をお貸ししているだけですのに。とにかく、そんなわけで少しお話は存じておりますけど、そんなに悪いことはないと思います。そうです、悪くありません。Kさんは逮捕された。でも、泥棒して逮捕されたわけじゃありませんわ。泥棒して逮捕されたら、そりゃ悪いことでしょうけど。でも、今回の逮捕は——何となく高尚な感じですわ。ごめんなさい、バカなこと申し上げてますわね。何となく高尚な感じがいたしますの。わたくしなどには理解できない、でも常人には理解できなくてあたりまえのことだって」

「グルーバッハの奥さん、今おっしゃったことはバカなことでは全然ありませんよ。少なくとも部分的には私も同意見です。ただ、私はもっと全体をよく見ていますから、高尚とは思わないですね。要は、何もないんですよ。私は不意打ちを食らった。それだけです。目が覚めたとき、アンナが来ないのは変だとか悩んだりせず、さっさと起きて、誰かに邪魔されても気にせず、奥さんのところに行っていたら。たとえば、例外的に台所ででも朝食を済ませていたら。私の部屋から着替えを取ってきてもらっていたら。要するに、大人の対応をしていたら、それ以上は何も起きなかったはずです。起きようとしていたことを全部、なかったことにできたんです。でも、心の備えがありませんでした。たとえば銀行では心の備えがありますから、あんなことが起きるのは不可能だったはずです。銀行では私専属の用務員がいて、普通の電話と内線専用の電話が目の前の机の上にある。ひっきりなしに人が来ます。お客さんと銀行員が。それに、銀行ではずっと仕事をしていますから、集中してるんです。銀行であんなものを見せられたら、笑い飛ばしてしまうだけですよ。まあ、済んだことです。こんな話をするのは、もうやめます。ただ、ぜひとも奥さんのご判断を、つまり大人の女性のご判断を伺いたかったのです。私たちの意見が合ってよかった。とりあえず握手させてください。せっかく意見が合ったのですから、誓いの握手をしてもいいと思いますよ」

握手してもらえるかな？　監督は握手してくれなかった。彼はそう思って、夫人をさっきとは別の意味でじっと見つめ、顔色を窺った。彼が立ち上がっていたので、夫人も立ち上がった。少し困惑している。Kが言ったこと全部は理解できなかったからだ。困惑のせいで、夫人は自分の意図とは違う、場違いなことを言ってしまった。

「Kさん、あまり重く受け取らないで」と彼女は言ったのだ。涙声で、もちろん握手のことなど忘れている。

「重く受け取ってるつもりなんて全然ありませんよ」とKは言った。突然ドッと疲れが出た。よく考えてみれば、この女にいくら同意してもらっても無意味ではないか。

扉のところで、彼はもう一度尋ねた。

「ビュルストナーさんはご在宅ですか？」

「いません」とグルーバッハ夫人はつっけんどんに言ってから、にっこり笑った。気のない返事をしてしまったので、遅ればせながら大人の対応で、気のあるところを見せたのか。

「お芝居に行ってらっしゃいますわ。何かご用でしたの？　何か伝言いたしましょうか？」

「いや、ちょっとお話ししたかっただけです」

「あいにく、いつ戻ってらっしゃるかは存じません。お芝居に行ってらっしゃるときは、たいてい帰りは遅くなりますね」

「たいした用事ではありませんから」とKは言って、頭を下げながら扉に向き、立ち去ろうとした。「今日、部屋を使わせてもらったので、お詫びしたかっただけです」

「そんなこと必要ありませんわ。Kさんったら、ちょっと気を遣いすぎですわよ。あのお嬢さんは朝早くからお出かけでしたから、何もご存じないはずじゃないですか。それに、もうすっかり片づいてます。ご自分の目でご覧になってください」

そして夫人は、ビュルストナー嬢の部屋に通じる扉を開けた。

「ありがとうございます。信じますよ」とKは言ったが、それでも開いた扉のところへ行った。月が静かに暗い部屋を照らしていた。見たところ、本当に全部、あるべき場所に戻されているようだ。もうブラウスが窓の取手に引っかかったりもしていない。ベッドにうず高く積み上げられたクッションが、ところどころ月の光を浴びているのが目を引く。

「あのお嬢さん、帰宅が遅いことがよくありますね」とKは言って、まるでグルーバッハ夫人に責任があるかのように、夫人を見つめた。

「若い人は、どうしてもね！」とグルーバッハ夫人は言い訳がましく言った。

「ええ、もちろん」とKは言った。「ただ、度が過ぎるといけません[*3]からね」

「そうかもしれませんわね」とグルーバッハ夫人は言った。「Kさんのおっしゃるとおりですわ。今回だって度が過ぎてるかも。もちろん、ビュルストナーさんを中傷するつもりはございませんのよ。いい子ですし、優しくて、きちんとしてて、几帳面で、よく働く。それは全部認めます。でも一つだけ。もっとご自分を大切にして、慎みを持つべきですわ。今月[*4]に入ってもう二回、さびれた裏通りで、二回とも違う殿方[*5]といるのをお見かけしましたの。体裁の悪いお話ですし、本当の本当に、こんなことKさんにしかお話ししてません。でも、ゆくゆくはご本人とお話ししないといけませんわね。おまけに、怪しいと思うのは、それだけじゃございませんの」

「見当違いもいいところだ」とKは言った。カッとなって、ほとんど怒りを隠せない。「どうやら、私の発言も誤解なさったようだ。そんなつもりで言ったわけじゃありません。率直に申し上げますが、あのお嬢さんに何か言うのはお止《よ》しなさい。ひどい間違いをなさってる。

私はあの人をよく知ってます。今おっしゃったことは全部でたらめです。いや、ちょっと言いすぎました。邪魔するつもりはありません。何なりと、ご自由にお話しなさってください。おやすみなさい」

「Kさん」とグルーバッハ夫人は哀願するように言い、もう自室の扉を開けているKのところまで追いかけてきた。「もちろん、今はまだあの人と話したりしませんわ。もっと観察しないと。ただ、これまでに分かったことを、Kさんにだけはお伝えしておこうと思って。下宿を清潔に保とうとすることは、結局、下宿人さんたち一人一人のためになるの。わたくし、そのために頑張っておりますのよ」

「清潔[*6]だって！」とKは閉じかけた扉の隙間から叫んだ。「下宿を清潔に保ちたいなら、まず私を追い出すことです」

それから彼は、扉をバタンと閉めた。弱々しくノックする音がしたが、無視した。

それはさておき、ちっとも眠くなかったし、ちょうどいい機会だから、ビュルストナー嬢が帰ってくるかどうか確かめてやろうとKは決心した。ぶしつけかもしれないが、今晩中に二言三言くらいなら彼女と言葉を交わせるかもしれない。窓辺に横たわり、疲れた目を閉じたとき、彼は思った。グルーバッハ夫人への罰として、ビュルストナー嬢を説得して二人で下宿を出て行ってやろうか。いや、それは明らかにやりすぎだ。もしかして、今朝のことがあったから下宿を替えたいとか、内心で思ってるんじゃないか。バカだな。そんなことするだけ無駄だし、ひと[*7]に笑われるぞ。

人気《ひとけ》のない通りを眺めるのに飽きたので、彼はソファーに横になったが、その前に玄関に通じる扉を少し開けておいた。誰かが住居に入ってきたら、すぐにソファーのところから見えるようにだ。十一時ごろまで、彼はゆったり寝そべって葉巻をふかしていた。それ以降は、もう辛抱できなくなり、玄関の前に行ってみた。まるで、そうすればビュルストナー嬢の帰宅が早まるかのように。いや、あの女のことなんか、何とも思っちゃいない。顔もろくに思い出せない。でも話がしたいのは事実で、帰りが遅いのでイライラしている。気の休まらない、めちゃくちゃな一日の締めくくりに、おまけがついた格好だ。今日、夕食を食べそこねたのも、行く*8はずだったエルザのところに行けなかったのも、あの女のせいだ。もっとも、今からエルザの働いてるワイン酒場に行けば、両方とも取り返せるわけだがな。ビュルストナー嬢との話が済んだら、あとでそうしよう。

十一*9時半過ぎに、階段で誰かの足音がした。Kは玄関で、まるで自分の部屋にいるようにもの思いにふけって我物顔に歩き回っていたのだが、自分の部屋の扉に逃げこんだ。入ってきたのはビュルストナー嬢だった。玄関の戸に鍵をかけるとき、彼女は寒さでぶるっと身震いし、絹のショールを細い肩にギュッと巻きつけた。次の瞬間には、もう自分の部屋に入ってしまう。真夜中に女性の部屋に押し入るわけにはいかない。だから今すぐ話しかけなければ。でも、まずいことに、自分の部屋の電灯をつけるのを忘れていた。暗い部屋から出てきたら、襲ってきたと思われるかも。少なくとも、恐がられるだろう。どうしようもなく、時間もなかったので、彼は扉の隙間からささやいた。

「ビュルストナーさん」

呼んでいるというより、哀願しているように聞こえる。

「誰かいるの」とビュルストナー嬢は尋ね、大きな目をしてふり向いた。

「私です」とKは言って、進み出た。

「ああ、Kさん！」とビュルストナー嬢はにっこりして言い、手を差し出した。「こんばんは」

「少しお話ししたいことがありまして。今、よろしいでしょうか？」

「今ですか？」とビュルストナー嬢は尋ねた。「今でないとだめですか？　ちょっと非常識な時間ですよね？」

「九時からお待ちしてたんですよ」

「お芝居に行ってました。[*10]まさかお待ちになってるなんて」

「お話ししたい件というのは、今日あったばかりのことです」

「それなら、お断りする理由はないですけど。わたしが死ぬほど疲れてるのはさておき。では、数分だけ部屋にいらしてください。こんなところでお話しするのは無理。みんなが起きてしまう。そうなって困るのは、わたしですから。少し待ってください。部屋に灯りをつけますから。灯りがついたら、この灯りを消して来てください」

Kは言われたとおりにした。ただし、ビュルストナー嬢が重ねて部屋の中から小さな声で呼ぶまで、中に入らず待っていた。

「座ってください」と彼女は言って、トルコ風の長椅子を指さした。彼女自身は、ベッドの柱のかたわらで、しゃんと立っていた。疲れていると言っていたのに。花飾りだらけの小さな帽子すら脱いでいない。

「それで、何のお話ですか？　ぜひ聞かせてください」

彼女は両脚を軽く交差させた。

「もしかしたら」とKは言いはじめた。「今お話しするほど緊急の件ではないと言われるかもしれない。ですが――」

「前置き抜きでお願いできますか」とビュルストナー嬢は言った。

「よかった。手間が省けます」とKは言った。「あなたのお部屋が今日、ある程度は私のせいで、少し荒らされたのです。外からの侵入者が私の意思に反してやったことですが、それでもやっぱり私のせいです。それで、お詫びしたいと思いまして」

「わたしの部屋が？」とビュルストナー嬢は尋ね、部屋は見ずに、探るようにじっとKを見つめた。

「そうなんです」とKは言った。そして二人は初めてお互いの目を見た。「具体的なことは、話す価値はありません」

「でも、それが肝心なのでは？」とビュルストナー嬢は言った。

「違います」とKは言った。

「あら」とビュルストナー嬢は言った。「秘密でしたら詮索する気はありませんし、それが肝心ではないというなら、口答えもしません。お詫びの件も喜んでお受けします。部屋が荒らされた形跡なんて、どこにも見あたらないから」

彼女は広げた両手を腰の低い位置に当て、部屋を一周した。写真入れのところで、彼女は立ち止まった。

「何よこれ」と彼女は叫んだ。「わたしの写真、順番がぐちゃぐちゃになってる。気持ち悪い。本当に、誰かが勝手にこの部屋に入ってたのね」

Kは頷き、内心で銀行員カミーナーに毒づいた。あいつ、無駄にちょこまか動きやがって。じっとしてられないのか。

「あきれた」とビュルストナー嬢は言った。「やっていいこと、いけないことがあるでしょ。留守中に勝手に部屋に入ってはいけないとか、いちいち言われないと分かりませんか」

「説明させてください、お嬢さん」とKは言い、自分も写真のところへ行った。「あなたの写真をいじったのは、私じゃありません。でも、信じてもらえないですよね。いいでしょう、白状します。審問委員会が銀行員を三人、連れてきたんです。その一人が、どうやら写真に触ってしまったようで。あいつ、すぐにでも銀行をクビにしてやる」

ビュルストナー嬢がもの問いたげな目をしていたので、Kは言い足した。

「つまりですね、ここで審問委員会が開かれてたんです」

「ご自分の審問が？」とビュルストナー嬢は尋ねた。

「はい、そうです」とKは答えた。

「まさか」とビュルストナー嬢は叫び、くすくす笑った。

「本当ですよ」とKは言った。「私の無実を信じてくれるってことですか?」

「無実って……」とビュルストナー嬢は言った。「そんな重い判断、急には無理です。それに、事情を知らないし。でも、わざわざ審問委員会が開かれるなんて、よっぽど悪いことをした犯罪者ってことかしら。でも、野放しってことは——少なくとも、そんなに落ち着いているからには、監獄から脱走してきたってわけでもなさそうだし——すごく悪いことをしたわけじゃない」

「ええ、そうです」とKは言った。「でも、審問委員会も分かってくれたみたいです。私は無実か、あるいは思ったほど悪くないと」

「ええ、それはそうなのかも」とビュルストナー嬢はとても用心深く言った。

「おや」とKは言った。「裁判関係に、あまりお詳しくないようですね」

「ええ、不案内です」とビュルストナー嬢は言った。「前々から残念に思ってました。わたし、好奇心が強いですし、とくに裁判関係にはすごく興味あります。裁判って、独特の魅力がありますよね? ああ、でも近々、この方面に強くなるはずだわ。来月、弁護士事務所に派遣の事務員で入ることになってますから」

「よかったですね」とKは言った。「そしたら、ぜひ私の訴訟を助けてください」

「ええ、まあ」とビュルストナー嬢は言った。「いいですけど? 知識が役に立つに越したことはないですし」

「私は本気ですよ」とKは言った。「少なくとも、あなたと同じくらい。半分本気ってことです。弁護士を雇うには、この案件はくだらなすぎますが、助言してくれる人なら大歓迎ですよ」

「ええ、でも助言しようと思ったら、どんな案件なのか先に言ってもらわないと」とビュルストナー嬢は言った。

「それが難点でして」とKは言った。「私自身も、それは知らないんです」

「やっぱり、わたしをからかったのね」とビュルストナー嬢は、ひどくがっかりして言った。「こんな夜遅くに、よくもそんな」

　そして彼女は、長いあいだ二人で身を寄せていた写真の前を離れた。

「違いますよ、お嬢さん」とKは言った。「からかってなんかいません。信じてくれないんですか！　知っていることは、もう全部話しました。知ってること以上を、ですよ。たとえば、あれは審問委員会なんかじゃなかった。他に呼び方が分からなかったから、そう言っただけです。審問を受けたりはしなかった。ただ、逮捕[*11]されただけです。何かの委員会に」

　ビュルストナー嬢はトルコ風長椅子に座り、またくすくす笑った。

「どんな感じだったの？」と彼女は尋ねた。

「ひどかったです」とKは言ったが、上の空だった。ビュルストナー嬢の姿に、すっかり気を奪われていたのだ。彼女は頬杖をつき――肘はトルコ風長椅子のクッションの上――もう片方の手でゆっくり腰をさすっている。

「漠然としてる」とビュルストナー嬢は言った。

「何が漠然ですって?」とKは尋ねた。それから、ふと思いついて言った。「どんなだったか、やってみせましょうか?」

　彼は動きかけた。まだ立ち去りたくなかった。

「もう疲れてるんです」とビュルストナー嬢は言った。

「お帰りが遅いからですよ」とKは言った。

「あら、最後はわたしが叱られて終わりなの。まあ、叱られても仕方ないですけど。そもそも部屋に通したのが間違いだったわ。そんな必要なかったわけだし」

「いや、必要はありましたよ。今から見てもらいます」とKは言った。「ベッド脇のナイトテーブルをお借りしていいですか?」

「何を考えてるの?」とビュルストナー嬢は言った。「もちろん、だめです!」

「じゃあ、見てもらえない」とKはカッとして言った。何か大きな被害を受けたように。

「ああ、小道具にするのね。なら、お好きにどうぞ」とビュルストナー嬢は言い、少し間を置いて、もっと弱々しい声で付け加えた。「疲れてるから、押しに弱くなってるのよ」

　Kはナイトテーブルを部屋の中央に置き、その向こうに座った。

「人物配置をよく頭に入れてください。そこが肝心なところですよ。私は監督をやります。あちらのトランクの上に、二人の番人が腰[*12]かけている。写真のところに、三人の若者たち。あと、どうでもいいですが、窓の取手に白いブラウスが引っかかっている。じゃあ始めますよ。ああ、自分を忘れていた。一番重要な人物なのにね。私は、このテーブルの前に立っています。監督は、とてもゆったり座っている。脚を組んで、片腕を椅子の背もたれから下にぶらぶらさせてる。態度の悪い野郎です。それじゃあ本当に始めますよ。監督が、まるで寝ている人を起こすみたいに呼ぶ。ほとんどわめき声ですよ。残念ながら、分かってもらうには、私も大声を出さないといけない。ちなみに、やつがわめくのは、何のことはない、私の名前です」

くすくす笑いながら聞いていたビュルストナー嬢は、そこで人差し指を口に当てた。Kに叫ばせまいとして。けれども遅かった。Kは役に入りこみすぎていた。彼はゆっくり叫んだ。

「ヨーゼフ・K！」

さっき予告していたほど大声ではない。だが、突然発せられたあとで、徐々に部屋中に響きわたるような声だった。

そのとき、隣の部屋に通じる扉を何度かドンドン叩く音がした。強く、短く、規則正しく。ビュルストナー嬢は青ざめ、心臓に手をやった。Kは、しばらく自分が演じている今朝のできごとと観客の娘のこと以外に頭が回らない状態だったので、なおさらギョッとした。ようやく落ち着くと、彼はすぐビュルストナー嬢のところに飛んでいき、その手を取った。

「恐がらないで」と彼はささやいた。「私が全部ちゃんとするから。でも、あれは誰だろう？　隣は居間だし、寝てる人はいないはずなのに」

「いるわ」とビュルストナー嬢はKの耳にささやいた。「昨日から、グルーバッハ夫人の甥《おい》の大尉さんが泊まってるの。ちょうど他の部屋が空いてなかったから。わたしも忘れてたわ。それにしても、あんな声を出すなんて！　まずいことになったわ」

「まずいことなんて何もない」とKは言い、ぐったりとクッションに沈みこんだ彼女の額にキスをした。

「あっちへ行って」と彼女は言い、慌てて身を起こした。「出ていって。出ていってよ。何するの。あの人、扉のところで立ち聞きしてるわよ。全部聞こえてるのよ。なのに、ひどいわ！」

「出ていきませんよ」とKは言った。「少し落ち着いてもらうまではね。部屋の反対側の隅に行きましょう。そこなら聞かれない」

彼女はおとなしく連れていかれた。

「こう考えてみては」と彼は言った。「不快な思いはしたが、危険は何もないと。この件で決定権を握ってるのはグルーバッハさんですよね。大尉さんはその甥なんだし。あの夫人が私のことを大好きだって、ご存じでしょう。私が言うことなら何でも無条件に信じますよ。それ以外にも、私が弱みを握ってる。かなりの金額を融資してるんです。私たちがいっしょにいた理由については、何でも好きな言い訳を考えてください。ちょっとでも使えそうなら、採用させてもらいます。そして、その言い訳をグルーバッハさんに、表向きだけじゃなく本当に心から信じさせてやりますよ。私のことはお気遣いなく。私があなたを襲ったと噂《うわさ》を広めてほしければ、グルーバッハさんにそう言います。あの女、それを信じても私への信頼は失わないでしょう。そのぐらい私のことが好きなんですから」

ビュルストナー嬢は、黙ったまま少し肩を落として、目の前の床を見つめていた。

「私があなたを襲ったと言ってやったら、[*13]きっと信じますよ」

Kはそう言い足した。目の前に彼女の髪が見える。分け目を入れ、ゆるくウェーブをかけ、[*14]きっちりまとめた赤みがかった髪。この女、こっちを見るぞ。そう思ったのだが、彼女は同じ姿勢のままで言った。

「ごめんなさい。突然ドンドン音がしたから、びっくりしただけです。隣の部屋に大尉さんがいたからって、どうってことはないんです。さっきの大声のあと、あんなに静かで、そこにドンドン。だからびっくりしただけ。それに、扉の近くに座ってたから、ほとんど真横で音がしたの。さっきの提案、ありがとうございます。でも結構です。自分の部屋で起こったことには自分で責任取れます。誰に対しても。あの提案が侮辱《ぶじょく》以外の何ものでもないって分からないなんて、驚きだわ。もちろん、親切心で言ってくれてるのは分かりますけど。とにかく、もう帰ってください。一人にしてください。前よりもっと切実です。数分だけと言ってたのに、もう半時間を超えてるじゃない」

Kは彼女の手をつかみ、さらに手首をつかんだ。

「怒ってませんよね？」と彼は言った。彼女は彼の手を払いのけ、答えた。

「ええ、わたし、いまだかつて誰に対しても怒ったことなんかありませんから」

彼はまた彼女の手首をつかんだ。彼女は今度はふりほどかず、その体勢のまま彼を扉まで連れていった。彼は出ていく決心を固めていた。けれども扉の前で、こんなところに扉があるとは意外だと言わんばかりに立ち止まった。この瞬間をビュルストナー嬢はうまく利用し、身をふりほどいて扉を開け、玄関に滑り出た。そして、そこから小声でKに言った。

「お願いだから出ていって。ほら」——彼女は大尉の部屋の扉を指さした。扉の下から光が漏れている——「灯りをつけて、わたしたちの話を面白がって聞いてるのよ」

「すぐ出ます」とKは言い、走り出て彼女を抱きしめ、唇にキスをして、さらに顔中にキスを浴びせた。のどが渇いた獣が、やっと見つけた湧水を舌で舐め回すように。締めくくりに首にキスをした。のどのところに。長いこと、そこに唇を押しつけたまま、じっとしていた。大尉の部屋で物音がして、彼は顔を上げた。

「じゃあ帰ります」と彼は言った。ビュルストナー嬢の洗礼名を呼びたかったが、あいにく知らなかった。彼女は力なく頷き、半ばそっぽを向きながら手を取られるに任せ、勝手にしろと言わんばかりにキスさせた。そして背中を丸めて自分の部屋に入っていった。ほどなく、Kは自分のベッドに横たわっていた。すぐに眠りこんだが、眠りこむ直前に少しばかり自分の振る舞いを思い返し、よくやったと思った。まだ物足りないのが不思議なくらいだ。大尉のやつのことを考えると、ビュルストナー嬢の身が本気で心配だが。

最初の審問

Kに電話がかかってきて、次の日曜日にささやかな審問が彼の案件に関して開かれると通知された。審問は今後、定期的に開かれ、毎週とは言わないが回数が多くなるはずと注意された。一方では、訴訟を迅速に終わらせることができればいいことずくめなのですが、他方、審問はあらゆる意味で徹底的に行われなければならず、それだけに大変なので長期化してはいけません。ですから、審問の回数を増やして一回一回は短くするという窮余の策を選んだのです。審問の日を日曜に設定したのは、Kさんの銀行でのお仕事を邪魔しないようにです。もちろん同意いただけるものと思っておりますが、他の日時をご希望なら、可能なかぎりご要望に添うようにいたします。たとえば夜間に審問を行うことも可能ですが、夜だとKさんがもうお疲れになっているでしょう。いずれにせよ、異論がなければ日曜で決定です。注意するまでもないでしょうが、当然ながら出廷する義務があります。出頭先の建物の番地は、かくかくしかじかです。それは、Kがまだ行ったことのない界隈、さびれた郊外の通りにある建物だった。

Kはこの告知を受けたとき、返事もせずに受話器を置いた。すぐに決心した。日曜日は行ってやる。きっと必要なんだろうから。訴訟が始動したってわけだ。立ち向かわないとな。今回の審問が最初で最後ってことにしてやるぞ。考えこみながら電話機のところに立っていると、背後で副頭取の声がした。電話したいのに、Kが邪魔になっていたのだ。

「悪い知らせかね？」と副頭取はさりげなく尋ねたのだった。答えを聞きたいのではなく、ただKを電話機の前からどけるためだ。

「いえいえ」とKは言い、脇へどいたが、立ち去りはしなかった。副頭取は受話器を受け取り、電話がつながるのを待っているあいだに受話器ごしに尋ねた。

「K君、ちょっと質問していいかね？　日曜の朝、私のヨットでパーティーをやるんだが、きみもどうだね？　大勢集まるから、きみの知り合いも来るよ。ハステラー検事とかな。きみも来るかね？　ぜひ来たまえ！」

Kは、副頭取が言ったことをよく考えようとした。この話、そう捨てたものでもないぞ。副頭取のやつとは、これまでずっと関係が悪かったが、こうやって招待してきたからには、向こうから和解しようとしてるのか。このKが銀行内でそれだけ大物になったってことだな。こちらを味方につけるか、少なくとも中立の立場にしておくことが、銀行で二番目に偉い人にとって大事ってわけだ。電話がつながるのを待つあいだに受話器ごしに言ってきただけにせよ、副頭取が頭を下げてることには変わりない。さぞ屈辱だろうな。だが、もう一度屈辱を味わわせてやるぞ。Kは言った。

「ありがとうございます！　ただ、あいにく日曜は時間がありません。先約がございまして」

「残念だな」と副頭取は言い、ちょうど電話がつながったので、通話を始めた。話はなかなか終わらなかったが、Kはぼんやりしており、ずっと電話機のそばで突っ立っていた。副頭取が電話を切ったとき、ようやく彼は我に返り、無駄に突っ立っていたことの言い訳を少しやろうとした。

「さっき電話がかかってきて、どこそこに来いと言われたんですが、いつ来いと言うのを先方が忘れたんです」

「なら、改めて問い合わせたまえ」と副頭取は言った。

「そんなに重要な用件ではないんです」とKは言ったが、そうでなくても穴だらけだった先ほどの言い訳が、これでもうバラバラになってしまった。その場を去るとき、副頭取はまた別の話をしていたが、Kは上の空で返事するのがやっとで、もっぱら日曜はどうするかを考えていた。午前九時に行くのが一番いいだろう。平日に裁判所が開くのが、いつもその時間だから。

日曜は曇りだった。Kはとても疲れていた。前の晩、酒場の常連客同士の付き合いで遅くまで帰れなかったからだ。もう少しで寝過ごすところだった。よく考える時間もなく、一週間のうちに思いついた色々な計画をまとめる時間もなく、彼はせかせかと服を着て、朝食も食べず、指定された郊外の場所へと足早に向かった。奇妙なことがあった。周りを見回す時間もなかったのに、彼の案件に関わった三人の銀行員、ラーベンシュタイナー、クリッヒ、カミーナーとばったり遭遇したのだ。最初の二人は、路面電車に乗って、Kの行く手を横切った。カミーナーはといえば、コーヒーハウスのテラス席に座っており、Kがそばを通り過ぎると、物珍しげに手すりから身を乗り出した。きっと三人とも、こっちを見送り、上司が急いで歩いているのを怪訝《けげん》に思っていただろう。Kが乗り物を使わなかったのは、何か意地みたいなもののせいだった。自分の訴訟のために、ほんの少しでも他人の助けを借りるのは嫌だった。誰かを必要とすることで、自分の弱みを見せることになるのも嫌だ。ついでに言えば、急いではいるが、時間を厳守しすぎて審問委員会から下に見られる気もさらさらない。ともあれ、彼は今、できれば九時に間に合うよう足早に歩いていた。はっきり何時に来いと言われたわけでもないのに。

彼は、めざす建物は遠目にも何か特徴があるのだろうと思っていたが、どんな特徴なのかは、はっきり思い浮かばなかった。あるいは、入口に人だかりでもしていて、遠くから見てそれと分かるのだろうと思っていた。けれども、目的地のユリウス街に入ったところで、Kは一瞬立ち止まってしまった。通りの両側には、ほとんど同じ形の灰色の建物が並んでいる。貧しい人々が住む、高層の賃貸住宅だ。日曜日の朝だけに、ほとんどの人が在宅で、シャツだけの男たちが窓辺にもたれてタバコを喫《す》っていたり、小さな子どもを窓枠のところで用心深く、優しく支えてやったりしている。布団をぎっしり干してある窓もあり、女の人のボサボサ頭が、布団の上にチラチラ見えたりする。狭い路地を挟んで、人々が何か大声で話している。ちょうどKが下を通りかかったとき、そんな話の一つがうまくツボにはまったらしく、ドッと笑う声がした。この長い通りには、地面から数段ほど下りたところに、さまざまな食料品を扱う小さな店が規則正しく並んでいた。女たちが店を出たり入ったりしている。あるいは階段の途中で立ち止まり、おしゃべりしている。果物売りが一人、果物はいかがと上の窓めがけて呼びかけていて、Kと同じく足もとを見ていなかったので、あやうく手押し車でKを轢《ひ》くところだった。ちょうどそのとき、金持ちが住む地区から払い下げられてきた中古の蓄音器が、殺人的な大音量で鳴りはじめた。

Kは狭い路地の奥へと進んでいった。ここにきて時間に余裕ができたかのように、ゆっくりと。あるいは、どこかの窓から予審判事が見ていて、Kの到着を知ってくれているという気がしたのかもしれない。九時を少し過ぎていた。めざす建物は、かなり長かった。ほとんど異常なまでに引き伸ばされている。とくに入口の門は高くて広かった。それはどうやら、商品倉庫に車で荷物を運び入れるためのようだ。大きな中庭を囲んで並んでいる倉庫は、今はどれも閉まっているが、色々な会社のネームプレートがついている。Kが銀行の仕事で知ったものも中にはある。普段はやらないことだが、こうした細かいことまでよく見ながら、彼は中庭の入口でまた少し立ち止まった。近くの木箱の上に裸足の男が一人、座って新聞を読んでいた。二人の男の子が手押し車でシーソーをやっている。井戸のポンプの前に、ひょろっとした若い娘がパジャマを着て立ち、缶の中に水が流れこむあいだ、Kのほうを見ていた。中庭の隅では、二つの窓のあいだに綱が張りわたされている最中で、綱にはもうあらかじめ洗濯物が干してある。一人の男が下に立って、ときどき叫びながら作業を指揮していた。

Kは審問室に行くために階段へ向かったが、また立ち止まった。その階段以外にも、この中にはまだ三つ別の階段があり、しかも中庭の端には通路があり、もう一つ別の中庭に通じている。彼は、審問室の場所を詳しく教えてもらえなかったことに腹を立てた。ひどい扱いだ。怠慢か無関心のなせるわざだ。そのことをはっきり指摘してやるぞ。結局、彼はやはり最初の階段を上ることにした。裁判所は罪に引き寄せられるという番人ヴィレムの発言を思い出し、ふざけた考えが浮かんだ。それが本当なら、たまたま選んだ階段が審問室に通じているはずじゃないか。

彼が上っていくと、階段で遊んでいる大勢の子どもたちに邪魔者扱いされた。子どもの列を突っ切るたびに、こちらを憎々しげに睨《にら》んでくる。

『次に来いと言われたときは』と彼は思った。『アメ玉でも持ってくるか。こいつらを手なづけるために。あるいは棒を持ってきて殴ってやるか』

二階のすぐ手前まで来て、また少し足止めを食らった。ボールが一つ、コロコロ転がって止まる。それを待っているうちに、いつのまにか、大人顔負けの悪党面《あくとうづら》をした小さな男の子が二人、彼のズボンの裾《すそ》をがっちり握っていたのだ。ふりほどいたら痛い思いをさせて、金切り声で泣き叫ばれるかもしれないので、困ってしまった。

二階にたどり着いたはいいが、ここからが本題である。審問委員会はどこですかと訊《き》いて回るわけにもいかないので、彼は指物師《さしものし》ランツという人物――グルーバッハ夫人の甥の大尉がそういう名前だったので思いついた――をでっちあげ、ここに指物師のランツさんが住んでませんかと、全戸を回って尋ねることにした。そうすれば部屋の中をのぞき見るチャンスが手に入ると思って。しかし、わざわざそんなことをせずとも、普通に中をのぞけることが分かった。ほとんどすべての戸口が開け放たれていたからだ。走り回る子どもたちが出たり入ったりしている。たいてい窓が一つだけの小さなワンルームで、そこが台所も兼ねている。乳飲《ちの》み児《ご》を腕に抱えながら、空いたほうの手で煮炊きしている女たちもいた。エプロンだけ

着けているように見える年端《としは》のいかない女の子たちが一番よく働き、あちこち駆け回ってい
た。どの部屋も例外なく、ベッドはまだ使用中だった。病人が寝ていたり、まだ眠っている
人がいたり、服を着たまま寝そべっている人がいたり。戸が閉まっている住居に行きあたる
と、Kはノックし、ここに指物師のランツさんが住んでませんかと尋ねた。戸を開けてくれ
るのは普通は女で、質問を聞くと、部屋の奥のベッドに向かって言う。
「この方が、ここに指物師のランツさんが住んでませんかって訊いてるわ」
「指物師のランツ？」と、ベッドから起き上がってきた男が尋ねる。
「はい」とKは言う。審問委員会がここではないのは明らかなので、もう用事は済んでいる
のだが。Kは大切な用があって指物師ランツを探しているのだと思う人も多く、長いあいだ
考えて、ランツという名前ではない指物師や、ランツとは微妙にしか似ていない名前の人物
を教えてくれたり、近所の人に尋ねてくれたり、それっぽい人が又借《またが》りしているかも、ある
いは自分より詳しそうな人がいるからと言いつつ、ずっと遠くの部屋の入口までKを連れて
いってくれたりした。しまいにKは、自分で質問する必要はほぼなくなり、そうやって建物
の階から階へと引きずり回された。彼は自分の計画を恨《うら》んだ。最初はいい考えだと思ってい
たのだが。六階の手前まで来たとき、彼は捜索を打ち切ろうと決心した。そこで、もっと上
の階に連れていってくれようとしていた親切な若い労働者に別れを告げ、階下に下りていっ
た。それから、この企てがすべて無駄に終わったのに腹が立ってきて、また引き返し、六階
の最初の戸をノックした。その小さな部屋の中で最初に目に入ったのは、大きな壁時計だっ

た。時計の針は、もう十時を指している。

「ここに指物師のランツさんが住んでませんか？」と彼は尋ねた。

「あちらです」と、キラキラした黒い目の若い女が言った。ちょうどバケツで子どもの下着を洗っていた彼女は、濡れた手で、隣の部屋に通じる開いたままの扉を指した。

Kは、何かの集会に足を踏み入れた気分だった。きわめて雑多な人々の群が——外から入ってきた人を誰も気にしない——部屋をぎっしり埋めていた。部屋は中ぐらいの大きさで、窓が二つある。天井すれすれにぐるりと立見席が設置され、そこも人でいっぱいだ。かがまないと入れないし、しょっちゅう頭と背中が天井にゴツンゴツンとぶつかるほどなのに。Kはムッとする空気の息苦しさに耐えられず、また外に出て、どうやら聞き違いをしたらしい若い女に言った。

「ここに指物師が、ランツとかいう名前の人がいますかって私は訊きましたよね？」

「はい」と女は言った。「そちらにお入りください」

Kは相手の言うことに逆らいかけたが、彼女はすかさず彼に近寄り、扉の取手を握って言った。

「お入りになったら、鍵をかけます。もう他の人が入ってはいけないことになっていますので」

「それが賢明ですね」とKは言った。「ただでさえ満員ですから」

ともあれ、彼はまた中に入った。

扉のすぐ近くで話していた二人の男——一人は両手を前に出して金を数える身ぶりをしており、もう一人は相手の目を鋭く見つめていた——のあいだを通り抜けたとき、誰かの手がKをつかんだ。赤い頬の、小さな男の子だ。

「早く、早く」と男の子は言った。Kは引っぱられるままについて行った。ごちゃごちゃした人ごみの中にも、一本の細い通り道が空いていることが判明した。もしかして、そこで二つの陣営が分かれているのかもしれない。その証拠に、右を見ても左を見ても、最初の何列かでこちらに顔を向けている人はほとんどおらず、背中しか見えなかった。みんな自分の陣営の仲間にだけ話しかけ、身ぶり手ぶりをやってみせているのだ。黒い服が普通だった。裾[*1]が長くゆったりした、古い式服だ。この服装にだけは戸惑った。これがなければ、地区の政治集会だとでも思ったことだろう。

ホールの反対側の端にKは連れていかれた。そこにはごく低い演壇があり、やはり人でいっぱいだったが、演壇の上には小さな机が横向きに置かれ、机の向こう、演壇の端ぎりぎりに、太った小男がハァハァ言いながら座っていた。ちょうど、背後に座っている別の男——椅子の肘かけに片肘をつき、両脚を組んでいる——と、大声でげらげら笑いながら話していた。ときどき空中めがけて片腕をぐっと伸ばし、ふざけて誰かの真似をしているようだ。Kを連れてきた男の子は、報告に手間取っていた。もう二度も、つま先立ちで何かを伝言しようとしたのだが、上にいる男には気づいてもらえない。壇上にいる人々の一人が男の子の存在に注意を促したので、ようやく男はそちらを向き、下にかがみこみ、小さな声でなされた報告に耳を傾けた。それから時計を取り出し、じろりとKを見た。

「一時間と五分前に出頭してもらうはずだったのだが」と男は言った。Kは何か返事をしようとしたが、その時間はなかった。男が口を開くやいなや、ホール[*2]の右半分から一斉に、不満げにブツブツ言う声があがったからだ。

「一時間と五分前に出頭してもらうはずだったのだが」と男は声を高め、もう一度言った。それからチラッとホールを見下ろした。すぐさま、ブツブツ言う声が大きくなったが、男がそれ以上は何も言わなかったので、また徐々に消えていった。ホールの中は、Kが入ったときより、ずっと静かになった。ただ、立見席の連中は不平を言うのをやめなかった。上のほうは薄暗く、もやもやとホコリっぽく煙っているので見づらいが、判別できるかぎり、上の連中のほうが下の連中よりも身なりがよくない。クッションを持参している人もいて、ぶつけてケガをしないよう、頭と天井のあいだに挟んでいた。

Kはもともと話をするよりは観察をしようと心に決めていたし、遅刻したと言いかがりをつけられたことに対して弁明するのは諦めた。ただ、これだけ言った。

「遅刻はしたかもしれませんが、こうして参上しましたよ」

拍手喝采が起きた。今度もホールの右半分からだった。

『この連中、簡単に手なずけられるぞ』とKは思った。しかし、左半分の沈黙が気になりだしていた。そちらはちょうど彼の背後にあたり、まばらな拍手がぱらぱらと起こっただけだった。全員を一度に、あるいはそれが無理なら一時的にせよ左半分を手なずけるにはどうすればいいのか、彼は考えこんでしまった。
「うむ」と男は言った。「だが今となってはもう、私には尋問を行う義務はない」――またブツブツ不平を言う声があがったが、今度のは誤解にもとづくものだった。男は人々を手で制し、言葉を続けたからだ――「ただし今日だけは例外として大目に見よう。だが、このような遅刻は二度と繰り返さぬように。それでは前に出よ！」

誰かが演壇から飛び降り、Kの場所が空いたので、彼は壇上に登った。彼は机にぴったり押しつけられる格好で立っていた。背後の人の数がすごく、予審判事の机を、それどころか予審判事本人を演壇から突き落とさないようにするには、しっかり踏んばらないといけないほどだ。

けれども、予審判事はそんなことは気にも留めなかった。自分の椅子にゆったり腰かけ、背後の男に最後の一言を言って、小さな帳面を手に取った。机の上に出ているのは、それだけだ。それは学習ノートのようで、古ぼけて、何度もページを繰ったせいでボロボロになっていた。

「さて」と予審判事は言って、ノートをぱらぱらめくり、確認するような口調でKに話しかけた。「きみはペンキ屋だな？」

「違います」とKは言った。「大手銀行の業務代理人筆頭です」

この答えに続き、下の右半分がげらげら笑った。心からおかしいと思っているようで、つられてKも笑ってしまった。連中は両手を膝に突っぱり、激しい咳の発作に見舞われたように身を揺すっている。立見席からさえ、ちらほら笑い声がした。すっかり腹を立てた予審判事は、どうやら下にいる連中に対しては無力らしく、その分を立見席で取り返そうとでも思ったのか、跳び上がって立見席をどなりつけた。それまであまり目立たなかった眉毛が、もじゃもじゃと集まって黒々とした眉毛になり、目の上にかぶさった。

しかし、左半分はあいかわらず静かだった。そちらの連中はきっちり列を作って並び、上で交わされている言葉も、反対陣営の騒ぎも、落ち着いて傾聴していた。自分の仲間のうち何人かが、ときどき反対陣営に歩調を合わせて振る舞うことさえ許容した。左半分のほうが人数は少ない。基本的には右半分と同じく下等な連中なのかもしれないが、態度が落ち着いているのでまだしも上等そうに見える。Kは口火を切ったとき、左半分に向けて話すべきだと確信していた。

「判事どの、私がペンキ屋かとのお尋ね――お尋ねと申しますか、頭ごなしに決めつけておられたわけですが――私に対する訴訟全体の特徴をよく表しています。いや、これは訴訟ではないと反論されるかもしれない。そのとおり。私がこれを訴訟と認めないかぎり、こんなもの訴訟ではありませんから。でも今はちょっとだけ、訴訟だと認めてあげます。ある意味、お気の毒ですので。こんなもの、気の毒だとでも思うしかないですよ。さもなければ無視するだけです。でたらめな訴訟だとは申しません。ですが、みなさんにはこの言葉で自らを省みていただきたい」

Kは話を中断し、ホールを見下ろした。キツいことを言ったな。思ったよりキツくなった。

だが正しいことだ。拍手でもしてもらいたいところだ。でも、みんな静まり返っている。わくわくして続きを待ってるんだな。もしかしたら、水面下で密かに拍手喝采の準備が進行していて、やがてドッと噴出するのかもしれない。そうなれば、めでたく全部終了なんだが。そのときホールの端の扉が開き、どうやら仕事が終わったらしい若い洗濯女が入ってきた。迷惑だ。そろそろと忍び足で入ってはきたのだが、何人かの視線がそちらに向いたのだ。ただ、予審判事のありさまには大満足だ。さっきの言葉がまともに命中って感じじゃないか。ちょうど立見席をどなるために立ち上がったとき、Kの前口上を聞いてびっくりしたので、腰を浮かせたまま聞いていた。今、話が中断したので、ようやく腰を下ろした。気づかれてはいけないことをしているみたいに、そろそろと。体裁を整えるためか、予審判事はまた小さなノートを取り上げた。

「こんなもの、何の役にも立ちません」とKは話を再開した。「判事どの、そのノート自体、私の言うことが正しいという証拠です」

見知らぬ人だらけの集会で自分の落ち着いた声だけが響いているのが気持ちよく、Kは調子に乗って、予審判事からノートをさっと引ったくり、汚いものを触るように指先だけ使って、まんなかあたりのページをつまんで高く持ち上げた。すると、ぎっしり文字を書きこんだ、しみだらけの黄ばんだ紙が、両側にだらりと垂れ下がった。

「これが判事どのの書類でしたとさ」と彼は言い、ノートを机の上にバサリと落とした。「どうぞどうぞ、お好きなだけお読みください、判事どの。こんな閻魔帳《えんまちょう》、恐くも何ともないです。私には中味は読めませんけどね。だって、汚いから。二本指でつまむのがせいぜいです」

予審判事は、ノートが机の上に落ちるとすぐさま手を伸ばし、形が崩れたのを何とか整えようとしてから、また開いて読みだした。これはまさに、ひどい屈辱を味わっていることの表れだ。あるいは、少なくともそう解釈できる。

最前列の人々がわくわくした顔でKを見上げているので、彼はしばらくその面々を見わたした。だいたい年輩の男ばかりで、ヒゲが白くなった人もいる。おそらく、これが決定権を握っている連中で、集会全体に影響力を及ぼすのだろう。Kが弁論を開始してから、集会はすっかり静まり返ってしまい、予審判事の屈辱を目の当《まあ》たりにしても、あいかわらず動きがない。

「私の身に起きましたことは」と、さっきより少し声を落としてKは話を続けた。最前列の人々の顔をずっと気にしているので、彼の弁論はやや落ち着きのない印象を帯びた。「私の身に起きましたことは、あくまで一つの例ですし、それ自体はあまり重要ではありません。私自身、あまり重く受け止めてはいませんからね。ですが、この件は、多くの人々に対してなされている訴訟の特徴をよく表しています。その多くの人々を代表して、私はここで発言しているのです。自分のためではありません」

知らぬまに、声が大きくなっていた。どこかで誰かが両手を上げて拍手し、叫んだ。

「ブラボー！　そうだそうだ。ブラボー！　もう一回おまけにブラボー！」

最前列の人々は、ときどきヒゲをしごいており、叫び声にも誰もふり向かなかった。Kも、あんな叫び声には大した意味はないと考えた。でも元気が出た。みんなの拍手喝采など必要ない。みんなが訴訟について考えはじめ、何人かが説得されて味方になってくれたら、それで十分だ。

「口が上手《うま》いと褒められたくはありません」とKは、あれこれ考えた結果、そう言った。「実際、口の上手さを褒めてもらうのは無理でしょう。判事どののほうが、ずっとお口が達者でいらっしゃる。それが本職なわけですからね。私はただ、公の誤解を、公の場で議論したいのです。聞いてください。私は十日ほど前に逮捕されました。逮捕されたという事実自体、笑える話ですが、それはさておき。私は朝早く、寝こみを襲われました。もしかしたら――先ほどの判事どのの発言からすると、ありえなくはないですが――私と同様に無実の、どこぞのペンキ屋の逮捕命令が出ていたのかもしれません。いずれにせよ、選ばれたのは私でした。隣の部屋は、ガサツな二人の番人に占拠されました。もし私が凶悪な強盗だったりしたら、ぴったりの布陣でしょうけどね。しかも、この二人は節操のない悪党で、あることないこと私に吹きこみ、賄賂を要求しました。口実を設けて私の衣類を巻き上げようとしました。朝食を持ってきてやるから金をよこせと言いました。よりによって私の目の前で、恥知らずにも私の朝食を平らげたあとで、ですよ。まだ続きがあります。私は、また別の部屋の、監督なる男の前に連れていかれました。その部屋は、私が敬愛するご婦人のものでしたが、この部屋が私のせいで、もちろん私は悪くないのですが、番人やら監督やらがいるせいで、ある意味で汚されるのを見せつけられたのです。落ち着いているのは難しい状況でした。でも何とか落ち着いて、完全に落ち着いて監督に――本人がここにいたら、私が言っていることが正しいと証明してくれるでしょう――尋ねたのです。なぜ私は逮捕されたのかと。すると、この監督が何と答えたと思いますか？　この男が、先に申し上げたご婦人の椅子に偉そうにふんぞり返っているところが目に見えるようです。頭は悪いが態度はでかい、の見本ですよ。みなさん、この男は基本的に何も答えませんでした。おそらく本当に何も知らなかったのでしょう。私を逮捕して、それで満足したのです。おまけにもう一つ、やってくれたことがあります。私の銀行の下っぱの行員を三人、例のご婦人の部屋に連れてきていました。この連中は、ご婦人の持ち物である写真に手を出して、順番をめちゃくちゃにしました。三人が連れてこられたのには、もちろん別の目的もありました。この連中は、私の大家である女性とそのメイドさん同様、私が逮捕されたことを言いふらす役目をおおせつかっていたわけです。銀行内での私の立場を危うくするために。もっとも、その目論《もくろ》みは少しも成功しませんでした。私の大家である女性は、ごく素朴なお人柄ですが――敬意を表すため、お名前を出させていただきます。グルーバッハ夫人です――このグルーバッハ夫人でさえ、ちゃんと理解するぐらいの頭はありました。こんな逮捕は、しつけのなってない悪ガキどもが路上で人を襲うのと同じだってね。もう一度言います。今回の件は、とにかく不愉快で、つかのまの怒りをもたらしました。それだけのことです。でも、もっと悪い結果になった可能性だってあるのでは？」

ここでKが言葉を切り、黙っている予審判事のほうを見ると、ちょうどこの男が人ごみの中にいる誰かに目配せで合図を送ったような気がした。Kはにっこり笑って言った。

「たった今、私の隣にいらっしゃる判事どのが、みなさんの中のどなたかに秘密の合図を送っておられました。ということは、みなさんの中に、この演壇の上から操られている方々がいらっしゃるわけですね。あの合図が、野次を飛ばせという意味なのか、拍手喝采しろという意味なのかは分かりません。まあ、私が気づくのが早すぎたこともありますし、合図の意味を詮索するのは諦めてあげます。まったくどうでもいいですから。判事どのに、はっきり申し上げます。あなたに雇われた連中にこそ秘密の合図を出すのはやめて、大きな声で命令を出せばよろしい。たとえば、『ここで野次』とか『ここで拍手』といった具合にね」

　困っているのかイライラしているのか、予審判事は椅子の上でもじもじしていた。先ほど予審判事と話していた背後の男が、また前に身を乗り出してきた。漠然と励ますためか、それとも具体的に忠告しているのか。下の連中は小声で話し合っている。ガヤガヤしてきた。以前は反対の意見を持っているように見えていた左右の陣営は、混じり合って一つになっていた。Kを指さす者もいれば、予審判事を指さす者もいる。部屋の中のもやもやは、かなり濃く[*3]なっていた。遠くに立っている人の姿がはっきり見えないほどだ。とくに立見席の連中にとっては、これは邪魔だろう。連中は仕方なく、他の集会参加者に小声で質問して、詳しいことを教えてもらっている。予審判事をびくびく横目で見ながらではあるが。答える側も、両手で口を覆い、小声で答えている。

「じきに終わります」とKは言い、ベルが見あたらなかったので、拳《こぶし》を固めて机をドンと叩いた。音に驚き、予審判事と参謀の頭と頭が一瞬パッと離れた。「私はこの件から遠く離れています。ですから落ち着いて判断できるのです。この裁判なるものが、もしもみなさんにとって何か重要であるなら、私の話を聞いておけば、きっとお得ですよ。私が述べたことについて議論するのは後回しにしていただきたい。私には時間がないし、もうすぐ帰りますから」

ただちに静かになった。つまり、[*4]もうすっかり集会を掌握したのだ。最初のころみたいに、ごちゃごちゃと叫び声があがったりはしないし、拍手する人すらいない。だが、もう説得に成功したみたいだ。あるいは、その一歩手前か。

「疑いの余地はありません」とKはごく小声で言った。集会の人々全員がピンと張りつめて耳を傾けてくれているのが嬉しかったから。この静けさの中に、かすかなざわめきが生じ、それは大声で拍手喝采されるよりも心をくすぐった。「疑いの余地はありません。この裁判の体裁を取っているものの背後に、つまり私の[*5]逮捕と今日の審問の背後に、大きな組織が存在しているのです。この組織が雇っているのは、汚職まみれの番人、だらしない監督、ひいき目に見ても冴えない判事だけじゃないでしょう。きっと高等裁判所と最高裁判所の裁判官をごっそり抱えている。おまけに数えきれないほどの用務員、書記、警備員、その他の臨時雇いがもれなくついてくる。恐れずに言いますが、もしかして処刑人だっているかもしれない。それではみなさん、この組織の役目は何でしょうか？　無実の人間を逮捕し、無意味な訴訟を起こすことです。たいていは、私の場合と同様、何も出てきません。全体がこれだけ無意味だったら、どうして職員の腐敗がどんどん悪化するのを避けられるでしょうか？　不可能です。最高裁の裁判官だって腐敗しますよ。だから番人が逮捕者を身ぐるみ剝《は》ごうとする。だから監督が他人の住居に侵入する。だから無実の人が、尋問される代わりに公衆の面前で辱《はずかし》められるのです。そういえば番人たちが、逮捕者の所有物が収容される預り所の話をしてくれました。逮捕者が苦労して築いた財産が、泥棒根性の係員にネコババされるか、さもなければ空しく朽ちていくという、その預り所をぜひこの目で見てみたいものです」

　ホールの端で甲高《かんだか》いわめき声がしたので、Kは話を中断させられた。彼はそちらを見ようとして、目に手をかざした。ぼんやりした日光がもやを白っぽく光らせ、目が眩《くら》んだからだ。あの洗濯女だった。*6彼女が入ってきたとき、迷惑だとすぐピンときた。今回も彼女*7が悪いのかは分からない。ただKは、一人の男が彼女を扉のそばの一角に引っぱっていき、そこで抱きしめるのを見た。悲鳴をあげたのは彼女ではなく、男のほうだ。男は大口を開けて、天井を見ている。二人の男女の周りには人の輪ができていた。近くにいる立見客*8たちは、Kが集会にもたらした粛然たるムードが中断されたので大喜びしていた。Kは一目見て、すぐ駆けつけようと思った。それに、みんなも事態をきちんと収拾しようとするはずだ。少なくともあの男女を追い出そうとするはずだ。けれども、最前列の連中がビクともせず目の前に立ちふさがった。誰も動かず、誰もKを通そうとしない。逆に邪魔をしてきた。老人たちが腕を突き出す。誰かの手が——ふり返る時間はない——背後から、むんずとKの襟首《えりくび》をつかんだ。

Kはもう、あの男女のことは頭になくなった。自由が拘束され、逮捕が本気にされてしまう気がした。そこで彼は頭が真っ白になり、演壇から跳び降りた。人ごみの連中とまともに睨み合う格好になった。この連中を買いかぶっていたのか？　自分の弁論の効果を過信したのか？　こいつら、ひとが話してる最中は仮面をかぶり、話がまとめに入ったから仮面をかなぐり捨てたってわけか？　どいつもこいつも何て顔をしてやがる！　小さな黒い目玉がキョロキョロ動いている。飲んだくれみたいに頰の肉が垂れ下がっている。長いヒゲはごわごわでスカスカだ。こいつらのヒゲをつかもうとしても、手をカギ爪の形にしたまま、空振りしてしまうだろう。おや、ヒゲの下に――こいつは新発見だ――上着の襟のところに、バッジがチラチラ光っている。大きさや色はまちまちだが。見わたすかぎり、みんな同じバッジをつけている。みんな同じ仲間だったのか。右と左の陣営に分かれていたのは、見せかけか。さっとふり向くと、予審判事の襟にも同じバッジが見えた。予審判事は両手を膝に置き、落ち着いてこちらを見下ろしている。

「そういうことか！」とKは叫び、両腕を高々とふり上げた。急に視野が広がったので、腕も広げたくなったのだ。「分かったぞ。おまえら全員、雇われてるんだな。おれが批判していた、腐敗した集団ってのは、おまえらのことだ。おまえらがここに集まったのは、聴衆と見せかけてスパイするためか。二つの陣営に分かれていたのも、見せかけだな。片方が妙に拍手喝采すると思ったら、おれを試してたのか。無実の人間を釣るやり方をお勉強ってわけだ。わざわざ来て正解だったな。無実を弁護してもらおうと必死な姿を見て、さぞ面白かっただろうよ。それとも――どけ、殴られたいのか」と、ぷるぷる震えている爺さんに向かってKは叫んだ。そいつが一段と近くに迫ってきていたからだ。「――それとも、本当にお勉強になったか。どっちに転んでも儲《もう》けものだな。おめでとう」

彼は、机のへりに置いてあった帽子をさっと取り上げ、しんと静まり返る中を出口へと急いだ。みんな驚いて声も出ないようだ。けれども、予審判事が先回りしていた。扉のところで、もう待ち構えていたのだ。

「ちょっと待ちたまえ」と予審判事は言った。Kは立ち止まったが、相手のほうは見ず、自分がもう取手をつかんでいる扉をじっと見つめていた。「一つだけ注意しておこう」と予審判事は言った。「今日、きみは――まだ自覚できていないようだが――尋問してもらえることで逮捕者の側に発生するはずの、せっかくの利益を、自分で帳消しにしてしまったのだぞ」

Kは扉に向かって笑った。

「クズども」と彼は叫んだ。「尋問なんか、おまえらで好きにやってろ」

扉を開け、階段を急いで下りた。背後が再びガヤガヤと騒がしくなる。この集会に集まった人々が、どうやら今のできごとを材料に、大学生のように議論しはじめているらしい。

無人の法廷／大学生／事務局

それから一週間というもの、Kは連日、改めて通知が来るのを首を長くして待っていた。尋問を断りはしたが、文字どおりに受け取られたとは思えなかった。しかし土曜の晩まで待っても、来るはずの通知がやっぱり来なかったので、暗黙のうちに同じ建物に同じ時刻に召喚されているのだと思うことにした。そこで、日曜にまた出かけた。今度は迷わずにあの階段と廊下を通り、顔見知りになった人たちに何度か戸口から挨拶されたが、もう誰にも質問する必要はなく、やがて正しい戸にたどり着いた。ノックすると、すぐに開いた。例の女を戸口に立たせたまま、Kはまっすぐ隣の部屋に行こうとした。

「今日は公判はありません」と女が言った。

「なぜ公判がない？」とKは尋ね、公判がないはずはないと言った。それに対して彼女は、納得してもらうために隣の部屋に通じる扉を開けてみせた。本当に無人だった。無人だと、先週の日曜よりもさらにお粗末に見える。先週のまま演壇の上に置いてある机の上に、何冊かの本が載っている。

「あの本、見せてもらっていいかな」とKは尋ねた。別に読みたくはなかったが、まったくの無駄足だったと思いたくなかったから。

「いけません」と女は言って、また扉を閉めた。「許可されてません。あれは予審判事の本です」

「ああ、なるほど」とKは言って、頷いた。「あれはきっと法律の本なんだろうな。無実なのに有罪判決、おまけに何も知らせてもらえないまま有罪判決。それがこの裁判所のやり方ってわけだ」

「それはそうかもしれませんわね」と女は言った。こちらの言うことがよく分からなかったのだ。

「それじゃあ、帰らせてもらおう」とK[*1]は言った。

「予審判事に何かお伝えすることは？」と女は尋ねた。

「あいつを知っているのか？」とKは尋ねた。

「もちろんですわ」と女は言った。「夫が廷吏《ていり》ですの」

今ようやくKは気づいた。前回は洗濯桶しかなかった部屋は、今は家具調度を完備して、人の住む部屋になっている。女は、彼がびっくりしたのに気づいて言った。

「ええ、夫と二人、ここに住ませてもらってますの。無料なんですけど、公判のある日は部屋を空けろって言われます。夫の今の身分では、損な役回りも多くて」

「部屋にはさほど驚かんが」とKは意地悪く女を見つめながら言った。「結婚なさっているとは驚きだな」

「この前の公判で弁論をお邪魔したときのこと、おっしゃりたいんですね」と女は尋ねた。

「もちろんだ」とKは言った。「もう済んだことだし、ほとんど忘れていたんだがな。でも、あのときは頭にきたよ。あんなことをしておいて、既婚者だとはね」

「弁論が中断して、かえって好都合だったのでは。あのお話、あとで散々な言われようでしたもの」

「だろうな」とKは言った。今はその話はしたくなかった。「でも、だから悪くないとは言えないだろ」

「悪くなんてありません。事情を知ってれば、必ずそう思うはず」と女は言った。「あのとき抱きついてきた人には、ずっと前からつきまとわれてるんです。あたし、自分が万人受けするタイプだなんて思いませんけど、あの人のタイプではあるみたいで。ここでは誰も守ってくれません。夫ももう諦めてます。今の身分を失いたくなければ、我慢するしかないって。あの男は大学生[*2]で、将来かなり偉くなりそうだからって。あの男、いつもあたしを追い回していて。今だって、あなたがいらっしゃる直前に帰ったばかり」

「どこかで聞いたような話だ」とKは言った。「その程度じゃ驚かないよ」

「ここを少し改善なさりたいのですよね？」と女は、ゆっくり試すように言った。何か双方にとって危険なことのように。「あの弁論を伺っていて、そんな気がしましたわ。個人的には、すてきなお話だって思いました。ほんの一部しか聞けませんでしたけど。始[*3]まりの部分は聞き逃して、終わりのほうでは大学生と床に寝てましたから」

「ムカムカするわ、こんな場所」と彼女は一息ついてから言い、Kの手を取った。「ここを改善できるとお考えですか？」

Kはにんまりして、彼女の柔らかな両手に握られている自分の手をくねくね動かした。

「本来なら」と彼は言った。「改善云々《うんぬん》は私の役目じゃない。たとえば予審判事のやつに同じことを言ってみるといい。笑い飛ばされるか、罰を食らうかしても知らないぞ。私なら、好き好んでこんな場所に関わったりはしないし、こんな裁判所を改善しようと頭を悩ませて不眠になるなど、勘弁してもらいたいところだ。だが、逮捕だと言われている以上――つまり、私は逮捕されてるんだが――ここに関わらざるをえない。自分の身を守るためにな。ただ、そのついでに何かお役に立てるなら、もちろん喜んでお力添えしよう。隣人愛なんかじゃないぞ。そちらが私を手助けしてくれる見返りにだ」

「手助けなんて、どうやって」と女は尋ねた。

「たとえば、あのテーブルの上の本を見せてくれるとか」

「お安いご用です」と女は叫び、いそいそと彼を引っぱっていった。よれよれになった古い本ばかりだ。一冊など背表紙がほとんど割れて、糸だけでつながっている。

「ここは、つくづく汚いものばかりだな」とKは言った。女は、Kが本を手に取るより早く、エプロンでさっとぬぐった。せめて表面のホコリだけでも、ということか。Kは一番上の本を開いた。猥褻《わいせつ》な絵が出てきた。男と女が裸でソファーに座っている。いやらしい絵を描こうとしているのは分かるが、下手すぎるので、男と女がいるだけにしか見えない。どちらの人物も立体的に絵から飛び出し、カチコチに固まって座っている。遠近法が間違っているので、男女が向き合っているかどうかも怪しい。それ以上はページをめくる気も失せて、Kは次の本の扉を開いてみた。小説だった。タイトルは『ハンスのグレーテ調教日記』。「こんなのが、ここで重宝されてる法律書かよ」とKは言った。「[*4]こんなやつらに裁かれているとはな」

「あたしが助けてあげます」と女は言った。「いいですわよね?」

「しかし、自分の身を危険にさらすことにならないか。さっき、旦那さんは上司に逆らえないと言ってたじゃないか」

「それでも助けたいの」と女は言った。「さあ、こっちに来て。相談しましょ。あたしの危険のことなんか構わないで。あたし、危険なんて、自分が恐くないと思ったら恐くないの。さあ、こっちに」

彼女は演壇を指さし、そこの段にいっしょに座りましょうと誘った。

「きれいな黒い目」と彼女は、二人で腰を下ろしたあと、Kの顔を見上げながら言った。「あたしも、きれいな目だねってよく言われますけど、あたしのよりずっときれい。初めて入っていらっしゃったときから、すてきって思ってたのよ。あたしがあとからこの集会室に入ったのも、その目のせい。普段は絶対入ったりしないのに。禁止されてるみたいなものだから」

『底が見えたな』とKは思った。『この女、体を売るつもりか。腐ってやがる。周りのみんなと同じだ。裁判所の職員どもにはもう飽きたか。そりゃそうだろうな。だから、新しく来た男なら誰でも大歓迎で、目がきれいだとかお世辞を言うわけだ』

そしてKは黙ったまま立ち上がった。まるで、もう自分の考えを声に出して言ってしまい、この女に対する態度表明も済んだかのように。

「あなたの手助けは結構」と彼は言った。「本当に私を助けるためには、上級職員へのコネがないとだめだ。しかし、うようよいる下級職員しかご存じないようだな。そういう連中のことは大変よくご存じのようだし、そいつらを多少動かすことはできるかもしれない。それは否定しないよ。だが、そんなザコをどれだけ動かしてみたところで、訴訟のゆくすえにはまったく無関係だし、あなたは逆に、みすみす味方を何人か失うことになる。それはよくない。その連中と、これまでどおり関係を続けるといい。どうせ、その関係がないと生きていけないんだろ。こんなことを言うはめになるなんて、残念だよ。なぜって、お世辞をお返しするようだが、私もあなたを見て、いいなと思っていたから。ほら、そうやって悲しそうに目をうるうるさせてる様子なんか、なかなかだ。でも、悲しがる理由は何もない。あなたは私が相手にしてる一味の仲間なわけだが、そこにいて居心地よさそうだ。あの大学生のことだって、本当は好きなんじゃないのか。好きとまではいかなくても、旦那よりはマシだと思ってるんだろ。さっきの話を聞いて、すぐ分かったぞ」

「違うわ」[*5]と彼女は叫び、座ったまま、彼がひっこめる直前の手をつかんだ。「まだ帰らないで。あたしを見損なったまま帰らないで。本当に帰ってしまうつもり？　あたしって、あと少しのあいだだけ帰らないでいてくれるだけの価値もないってこと？」

「そんなつもりで言ったわけじゃない」とKは言って、また座った。「本当に帰ってほしくないなら、喜んでここにいよう。時間ならあるしな。今日は審理があると思って来たから。さっきのは、私の訴訟のせいで何もしてもらいたくなくて言ったまでだ。何もしてもらいたくない、というのも悪い意味じゃないぞ。訴訟のゆくすえなんかどうでもいいし、有罪判決が出たら笑い飛ばしてやるからだ。有罪判決ってのは、この訴訟がもし本当に結審したらの話だが、そもそも結審するかどうかすら怪しい。ここの職員どもが怠け者で物忘れがひどいから、ひょっとして恐がりだから、訴訟の手続きはもう中止されたか、じきに中止されるかだ。もっとも、この先、賄賂か何かが目当てで訴訟が続いているように見せかけることは、あるかもしれない。言っておくが無駄だ。私は賄賂は出さないから。そんなわけで、予審判事のやつか、重大ニュースを広めてくれそうな他の誰かに伝えてもらえるとありがたい。みなさんお得意の手練手管をどれだけ弄《ろう》しても、Ｋはけっして賄賂は出しませんと。何をしても無駄だと、はっきり言ってやってくれたまえ。まあ、自分らでもう気づいてるかもしれないし、まだ気づいてないなら、教えてやる義理はない。教えてやれば、お互い無駄な苦労と不愉快な思いをせずに済む。それだけのことだ。しかし、自分が痛い思いをするたびに相手も痛い思いをしていると分かっていれば、痛みなんて平気なものだ。そうしてやるさ。予審判事を知ってるって、本当か？」

「もちろんよ」と女は言った。「助けてあげるって言ったとき、あの方のことを最初に考えたの。下級の職員だとは知らなかったけど、そうだとおっしゃるなら、実際そうなんでしょ。それでも、あの方が上に出す報告書は、少しは読んでもらえてるはずよ。しかも、たくさん報告書を書いてるし。職員が怠け者だなんておっしゃるけど、全員がそうじゃないわ。とくに予審判事は怠け者どころか、とてもたくさん書いてるのよ。たとえば前の日曜、公判が長引いて日が暮れるまで続いて、みんな帰ってしまっても、判事だけはホールに残ってたわ。それでランプを持ってこいと言われたの。小さな台所用ランプしかなかったけど、それで十分だって。その灯りでまたすぐ書きはじめるの。そうこうするうちに夫が帰ってきた。前の日曜、夫はたまたまお休みだったの。夫と二人で家具を運びこんで部屋をちゃんとしたところにお隣さんたちが来たから、ロウソクに火をともして、みんなでおしゃべり。おかげで判事のことをすっかり忘れて寝てしまったの。夜中に突然、もう真夜中だったけど、目が覚めたら、判事がベッドの横に立って、ランプを手でかばってるじゃない。夫に光が当たらないようにしてあげてたのね。余計な心配だわ。夫は眠りが深いから、光で照らされたぐらいじゃ目を覚まさないもの。あたし、びっくりしてしまって、悲鳴をあげるところだった。でも判事はとても優しくて、心配いらないと言うの。ひそひそ声で、今まで書類を書いていて、ランプを返しにきたのですが、あなたの寝顔、もう忘れられそうにありません、ですって。こんな話をするのは、とにかく判事が本当に長々と書類を書くって分かってほしいから。Kさんの書類はとくに長くなるでしょうね。だって、あの事情聴取が日曜の公判の目玉だったのよ。あんなに長い報告書だもの、まったく無意味ってことないわ。ところでこの話、判事があたしに気があるって分かるでしょ。あの方があたしに目をつけたのは最近のはずだし、判事が好きになったばかりの今のうちなら、あたしの言うこと、聞いてもらえるかも。あたしのことが大好きって証拠なら、他にもあるわ。あの方、例の大学生をとても信頼していて、仕事に協力させてるんだけど、大学生に絹のストッキングを持たせてよこしたの。プレゼントですって。あたしが法廷の部屋を掃除しているお礼にって言ってたらしいけど、そんなのただの口実。お掃除はあたしの仕事で、夫のお給料に入ってるんですもの。きれいなストッキングよ。ほら」――彼女は両脚を伸ばし、スカートを膝までめくり上げ、自分もじっとストッキングを見つめた――「きれいなストッキングだけど、でも上等すぎて、あたしには似合わないわよね」

突然、彼女は言葉を切り、落ち着かせようとするみたいにKの手に自分の手を重ねて、ささやいた。

「静かに。ベルトルト[*6]が見てるわ！」

Kはゆっくり目を上げた。法廷の扉のところに若い男が立っていた。小柄で、両脚がやや曲がっている。まばらで短い、赤みがかったヒゲを、口とあごと頬にたくわえている。ひっきりなしに指でヒゲをしごき、自分を偉く見せようと頑張っている。Kは好奇心をかき立てられ、相手をじっと見つめた。こちらには何のことだかさっぱり分からない法律を学んでいる大学生とやらに、かりにも個人的に直接お目にかかるのは、これが初めてだ。上級の職員の身分に手が届くかもしれない男でもある。けれども、大学生のほうはKのことなど眼中にないそぶりで、ヒゲから一瞬だけ指を一本抜き出し、女に合図してから窓辺へ行った。女はKのほうに身をかがめ、ささやいた。

「怒らないで。どうかお願い、あたしを悪く思わないで。あの男のところに行かないとだめ。気持ち悪い男。ほら、脚がぐにゃっと曲がってる。でも、すぐ戻るわ。お望みなら、いっしょに出かけましょ。どこでも好きな場所にお供するわ。あたしを好きにして。少しでも長いあいだ、ここを離れていられたら嬉しいの。永遠に、が一番いいのだけど」

彼女は去り際にKの手をさっと撫で、跳ね起きて、急ぎ足で窓辺へ行った。思わずKは彼女の手を握ろうとしたが、空をつかんだ。あの女、本当に誘ってきやがった。あれこれ考えてみても、誘いに乗っていけない理由は思い当たらない。説得力ある理由は何も。あの女、裁判所に雇われて罠にはめる気じゃないかという反論がちらっと頭をよぎったが、打ち消すのは簡単だった。どうやって罠にはめる？　こちらはあいかわらず自由じゃないか？　こんな裁判所、その気になればいつだって叩きつぶせる。少なくとも、自分に関係する部分は。そう思えるぐらいのささやかな自信もないのか？　あの女が助けてくれると言っていたのは、本気みたいだった。それに、まったく無駄でもないぞ。予審判事のやつと取り巻き連中に仕返しをしてやるには、あいつらから女を奪って自分のものにするのが一番だ。こんな場面を想像してみろ。判事のやつが、K氏に関する嘘八百の報告書を散々苦労して書いて、夜遅くに来てみると、女のベッドは空っぽ。空っぽなのは、女はこっちのものだからだ。あの窓辺の女。ごわごわした厚手の黒っぽい服に包まれた、あのむっちりした、しなやかな温かい肉体は、誰にも渡さない。

そう考えて、女に対する疑念を払拭《ふっしょく》してしまうと、窓辺で小声で交わされている会話が長いのに耐えられなくなった。彼は最初、指の関節で演壇をトントン叩き、それから拳でドンドン叩いた。大学生は女の肩ごしにKのほうをチラッと見たが、一向に話をやめる気配はなく、それどころか女にぐいぐい体を押しつけ、抱[*7]きすくめた。お話よく聞いてますよ、と言うみたいに首を傾けた女が身をかがめたすきに、チュッと大きな音を立てて女のうなじにキスをした。ろくに言葉を途切れさせることもなく。例の、大学生が彼女に働く横暴というのは、これのことか。納得したKは立ち上がり、部屋の中を行ったり来たりしはじめた。彼は、大学生のほうを横目でチラチラ見ながら、こいつを一刻も早く追い払うにはどうすればいいか考えていた。Kの歩き回る足音がもはやドシンドシンと響く域に達しているのに耐えかねたらしい大学生が、向こうから口火を切ってきたのは、そんなわけでKにとってむしろ好都合だった。

「イライラしてるんだったら、出ていきゃいいのに。もっと早く出ていきゃよかったのに。おたくが消えても誰も困らないし。ていうかさ、ぼくが入ってきたときさっさと出ていきゃよかったんだよね」

　抑えに抑えていた怒りが爆発ってとこか。それだけじゃなく、未来の裁判官さまの傲慢《ごうまん》さが透けて見える。気に食わない被告人を前にしたら、こんな具合にしゃべるわけだ。Kは、相手のすぐ近くで立ち止まり、にこやかに言った。

「私はイライラしてる。そのとおり。だが、このイライラを解消する一番簡単な方法は、きみが消えることだ。いや、きみが勉強しにきたのなら——きみ、大学生だそうだね——喜んで場所をお譲りしよう。この女性といっしょに出ていくことにするよ。それにしても、裁判官になるには、きみはまだまだ勉強が足りなさそうだね。きみたちの裁判制度のことは私にはあまりよく分からんのだが、きみがさっき恥ずかしげもなく披露してくれたガサツな口のきき方一つを取ってみても、勉強が足りないことはよく分かる」

「こいつさ、こんなふうに野放しにしとかなきゃよかったのに」と大学生は、Kの侮辱的な発言について女に言い訳するかのように言った。「これ、失敗だよね。ぼく、予審判事さんに言ったんだけど。尋問と尋問のあいだは、せめて自宅軟禁にしときゃいいのにって。あの判事さん、ときどき意味不明なんだよね」

[*8]「役に立たないおしゃべりだ」とKは言い、女に手を伸ばした。「ほら、おいでなさい」

「えっ、何それ」と大学生は言った。「ていうか、おたくの女じゃないし」

そして、思いがけない腕力を発揮し、片腕で彼女を抱き上げ、優しい目で見上げながら、背中を丸めて扉へと急いだ。見るからにKを少し恐がっているようだが、それでもKを怒らせようとして、空いている手で女の腕を撫でたり揉んだりしている。Kは数歩離れて大学生について歩き、捕まえようと身構えた。いざとなったら首を絞めてやる。そのとき女が言った。

「仕方ないわ。判事さんがあたしを連れてこいって言ったの。ごいっしょすることはできなくなりました。このチビの化物が」と言いながら、彼女は大学生の顔にさっと手をやった。

「このチビの化物が、あたしを放さないわ」

「放してもらいたいと思ってないくせに」とKはわめき、大学生の肩に手をかけた。大学生はガチガチと歯を鳴らし、その手に噛みつこうとした。

「やめて」と女は叫び、Kを両手で押しのけた。「やめて、それだけはやめて。何を考えてるの！　あたしを破滅させる気なの。放してやって。お願いですから放して。この人、判事さんの命令を聞いてるだけなのよ。あたしを連れていって」

「それなら見逃してやる。あなたの顔も二度と見たくない」

Kはがっかりして怒り狂い、大学生の背中をドンと突いた。大学生は少しよろよろしたが、それでも倒れなかったのに気をよくして、すかさず荷物を担いだままピョンと跳ねた。Kはゆっくり二人のあとについて行った。これが、この連中に喫した最初の明白な敗北だと認めざるをえなかった。もちろん、だからといって気に病む理由にはならない。あえて戦いを求めたからこそ、敗北を喫したりもしたわけだ。家にいて、普段どおりの生活をしている分には、こっちはこんな連中の誰よりも千倍くらい上の立場なんだ。こんなやつらが邪魔してきたら、ぽんと蹴とばしてやるだけだ。それから滑稽《こっけい》きわまるシーンが目に浮かんだ。たとえば、この貧相な大学生が、調子に乗ったガキが、足の曲がったヒゲ男が、エルザのベッドの前でひざまずき、手を合わせて後生《ごしょう》ですとお願いしているところ。Kはこの想像が気に入ったので、いつか何かの機会があれば、この大学生を一度エルザのところに連れていってやろうと決めた。

好奇心に駆られて、Kも出口へと急いだ。女がどこに運ばれていくのか見たかったのだ。

あの大学生は、まさか女を腕に抱えたまま天下の公道を通っていくわけじゃあるまい。実際、移動距離はずっと短かった。戸口を出てすぐ向かいに、狭い木の階段があり、どうやら屋根裏に通じているようだ。階段は曲がっているので、先は見えない。この階段を、大学生は女を運んで上っていった。めっきりスピードが落ち、ぜいぜい言っている。ここまで頑張ったので、弱っているのだ。女は下にいるKに手を振ってきた。肩をすくめたり落としたりして、こうやって連れ去られていくのは自分のせいではないのと言おうとしている。だが、その動作は、あまり残念に思っている様子ではなかった。Kは表情を消し、知らない女を見るように彼女を見送った。自分ががっかりしていることも、がっかりから早々に立ち直るだろうことも、読み取られるのは嫌だった。

二人はもう姿を消していたが、K[*9]はまだ戸口に立ちつくしていた。あの女が裏切ったばかりか、予審判事のところに連れていかれると言ったのは嘘だったと思わざるをえなかった。だって、判事のやつが屋根裏に陣取って待っているわけがあるか。木の階段をどれだけじっと見ていても、何も分からない。そのときKは、階段の入口に小さな貼り紙がしてあるのに気がついた。そちらに行って読むと[*10]、子どもっぽい下手くそな字で『裁判所事務局入口』と書いてある。ということは、この賃貸住宅の屋根裏に裁判所の事務局があるのか？　目立たない場所にあるな。この住宅の住人は最下層の人々だろうが、そんな人たちでさえ見切ったガラクタを放りこんでおくような場所に事務局が入居しているとは、この裁判所にはよほど金がないのか。被告人としては、それはまた心安らぐ想像だ。もっとも、金なら掃いて捨てるほどあるが、職員どもが無駄遣いするので、裁判関係の目的で使う分は残らないといった可能性も捨てきれない。今までの経験からして、大いにありそうなことだ。裁判所がそんなに腐敗してるとすればひとをバカにした話だが、被告人からしてみれば、裁判所に金がないのが原因だというのよりはまだしも心が安らぐ。そういえば、最初の尋問のとき、ひとの家にまで押しかけてきた理由が分かったぞ。被告人を屋根裏に召喚するのが恥ずかしかったからだな。だが、屋根裏に陣取っているような裁判官に、どういう立場を取ったものだろうな。自分自身は、銀行で大きな部屋をもらってるのに。ちゃんと控えの間がついていて、ガラス張りの巨大な窓から、にぎやかな街中の広場が見下ろせる部屋だぞ。ちなみに、賄賂や横領を副収入源にはしてないし、事務室に女を運んでこいと用務員に言いつけるのも無理だが、少なくとも今の暮らしぶりからすれば、そんなことしなくても一向に困らない。

Kはしばらく貼り紙を眺めていたが、そのとき、一人の男が階段を上ってきて、開いている戸から住居の中をのぞきこみ、そこからさらに法廷をのぞき、おしまいにKに向かって、ここで女を見ませんでしたかと尋ねた。

「きみが廷吏だね?」とKは尋ねた。

「はい」と男は言った。「ああ、そうか。被告人のKさんですね。見覚えがあります。ようこそいらっしゃいませ」

そして男は、思いがけずKに手を差し出した。

「あいにく、本日は公判は開かれておりません」と廷吏は、Kが黙ったままなので言った。

「知ってるよ」とKは言い、廷吏の上着をじっと観察した。ただの私服だ。役所の制服めいたところといえば、普通のボタンが並んでいる中に、二個だけ金メッキのボタンがある点ぐらいだ。たぶん古い将校服から切り取ったものだろう。

「奥さんとは、少し前にお話ししたよ。ここにはもういない。大学生が予審判事のところに運んでいったから」

「やっぱりね」と廷吏は言った。「いつものことなんです。今日は日曜で、働く義務はないのですが。ただ私を遠ざけるためだけに、どうでもいい伝言をおおせつかって、よそに送られる。でも、遠くに行かされるわけではないので、急いだら手遅れになる前に戻ってこられるのじゃないかと期待してしまうんです。ですから全力で走っていき、めざす役所で、戸の隙間からわめいて伝言します。息を切らせてますから、ほとんど聴き取ってもらえないのですが。それからまた走って戻る。でも、大学生のやつは私よりもっと足が速いし、移動距離も短いんです。屋根裏から階段を駆け下りるだけですから。私がこんな不自由な身分でなければ、とっくの昔に、大学生のやつを壁際に追い詰めて、死ぬまで締め上げてやってるところですよ。ほら、そこの貼り紙の横の壁でね。いつも夢に見るんです。やつは宙吊りになって少し床から浮き上がり、両腕はだらんとして、両手の指が広がっている。曲がった脚がねじれて輪になって、あたりは血の海。でも今のところ、ただの夢なんです」

「他のやり方はないのかね？」とKはニヤニヤしながら尋ねた。

「私には何とも」と廷吏は言った。「しかも、事態は前より悪化してます。前は、やつは自分のところに運んでいくだけだったのに、今度は予審判事のところにまで。まあ、前々から予想してたことではありますが」

「それ、奥さんは全然悪くないと言えるかね」とKは尋ねたが、自分もひどく嫉妬《しっと》を感じていたので、平静を保つのに骨が折れた。

「悪いですとも」と廷吏は言った。「あいつが一番悪いと言っていいぐらいです。あの大学生に気があるんです。大学生のほうは、女なら誰でもいいんです。この建物だけとっても、もう五軒のお宅に忍びこんで叩き出されたんですよ。ちなみに、妻はこの建物中で一番の美人です。なのに、よりによって私が自衛できない立場だとは」

「そんな状況なら、たしかにどうしようもないね」とKは言った。

「そうでしょうか？」と廷吏は尋ねた。「あの大学生は臆病者ですから、一度、妻に手を出したときにボコボコに殴ってやればいいんです。二度とそんな気を起こさないようにね。でも、私はそれができない立場です。他の連中も、やつの権力が恐くて、見て見ぬふりです。それができるのは、あなたのような人だけですよ」

「なぜ私が？」とKは、びっくりして言った。

「あなたは被告人ですよね」と廷吏は言った。

「そうだ」とKは言った。「しかし被告人ならなおさら、恐れる必要があるはずじゃないか。やつが訴訟のゆくすえに口出しできるとは思えないが、予審の結果ぐらいなら影響するかもしれないぞ」

「たしかにそうです」と廷吏は、双方の意見がまったく同じくらい正しいと思っているかのように言った。「でも、うちでは普通、見こみのない訴訟は扱いません」

「その意見はどうかと思うぞ」とKは言った。「ただ、だからといって、あの大学生にちょくちょくお仕置きをしてやれない理由にはならない」

「そうしていただけますと、大変ありがたく存じます」と廷吏は少し改まって言ったが、自分の切なる願いが実現するとは、あまり思っていない様子だった。

「もしかしたら」とKは言葉を続けた。「他にも同じことをしてやるべき職員がきみの裁判所にはいるかもしれんな。あるいは全員か」

「そりゃそうです」と廷吏は自明のことのように言い、信頼をこめた目でKをじっと見つめた。これまでは、愛想はよかったものの、それほど信頼しているふうではなかったのに。それから廷吏はこう付け加えた。「反乱だって、しょっちゅう起こります」

けれども、どうやら話を続けるのが少しばかり心もとなくなったようで、廷吏はこう言って話を打ち切った。

「事務局に報告に行かねばなりません。ごいっしょにいかがですか？」

「私は何の用もない」とKは言った。

「事務局をご覧になれますよ。誰も気にしたりしません」

「見る価値があるのかね？」とKはためらいがちに言ったが、とても行ってみたかった。

「ええ、まあ」と廷吏は言った。「ご興味を持っていただけると思うのですが」

「いいだろう」とKは言った。「いっしょに行ってやろう」

そして彼は、廷吏の先に立って階段を上っていった。入ったところで、彼はつまずいて倒れかけた。扉の向こうに、もう一つ段差があったからだ。

「客のことは、あまり頭にないようだな」と彼は言った。

「頭にないも何も、中味はそもそも空っぽなんですよ」と廷吏は言った。「こちらが待合室でございます」

そこは長い廊下で、飾り気のない扉がいくつか並んでいる。屋根裏が、さらに何個かの部屋に仕切られているのだ。廊下に明かりとりの窓はないが、完全な暗闇ではない。各部屋の廊下側が、ちゃんとした板壁ではなく、天井まで届く木格子になっていたりして、そこから光が漏れてきており、格子ごしに職員たちの姿が見える。机に向かって書類を書いていたり、格子際に立って隙間から廊下をじっと見守っていたり。おそらく日曜だからだろう、廊下には少ししか人がいなかった。あまりパッとしない連中だ。廊下の両側に据えつけられた二列の長い木のベンチに、ほぼ等間隔で座っている。みんな服装がだらしない。でも、顔の表情や物腰、ヒゲの手入れ、ほとんど分からないような細かい点などからして、そこそこ上の階級に属する人々が大半のようだ。衣服を掛けるフックがないので、どうせ最初に誰かがやったのを全員が真似しているのだろう、みんな帽子をベンチの下に置いていた。扉の一番近くに座っていた人々は、Kと廷吏を目にとめると、立ち上がって挨拶した。他の連中はそれを見て、自分もそうやって挨拶しないといけないと思ったらしい。二人がそばを通り過ぎるとき、全員が立ち上がった。ちゃんとまっすぐ立つやつは誰もいない。背中を丸め、膝を曲げ、路上で物乞いをするような姿勢だ。Ｋは、うしろを歩いていた廷吏を少し待ってから言った。

「こいつら、プライドってものがないのか」

「そうですね」と廷吏は言った。「被告人たちです。ここにいるのは全員、被告人です」

「本当に？」とＫは言った。「なら、私のお仲間じゃないか」

　そして彼は、一番近くにいた人のほうに向き直った。大柄で痩せていて、髪[*11]の毛がほとんど白くなった男だ。

「何を待っておられるんですか？」とＫは丁寧に尋ねた。思いがけず話しかけられて、男は狼狽《ろうばい》した。おそらくは世慣れた男であって、他の場所ではきっと堂々として、上の立場にいることに慣れていて、簡単にはその習慣から抜けられないのだろう。それだけに、いっそう見るに堪えない。ここでは、こんなに簡単な質問にも答えられず、キョロキョロあたりを見回している。まるで、周りの連中が助けてくれるはずで、助けてもらえないと一切返事はできないと思っているみたいだ。そこに廷吏が歩み寄り、男を落ち着かせて元気づけるために言った。

「こちらのお方は、何を待っているのか訊いておられるだけですよ。お返事なさってください」

　おそらく声に聞き覚えがあったからだろう、廷吏の声はいい効果をもたらした。

「小生が待っておりますのは――」と男は言いはじめ、つっかえた。この言葉を最初に持ってきたのは、おそらく質問に厳密に対応する返事をしようと思ったからだろうが、続きが思い浮かばなかったのだ。待っている人々のうち何人かが集まってきて、人垣を作った。廷吏はその連中に言った。

「ほらほら、あっちへ行って。廊下をふさがない」

連中は少し後退したが、元の席には戻らなかった。そうこうするうちに、質問された男は落ち着きを取り戻し、返事をした。少し笑みを浮かべてさえいる。

「小生は一ヶ月前、自分の案件で証拠申請をいくつか提出いたしました。その処理を待っておるのです」

「だいぶ苦労しておられるようですね」

「さようで」と男は言った。「それでも、自分の案件でありますから」

「みんながそう考えるわけではありませんよ」とKは言った。「たとえば私も被告人ですがね。誓って言いますが、証拠申請やそういったものは一切やってません。[*12]必要だとお考えですか？」

「小生には何とも分かりかねます」と男は言った。またすっかり自信を失ってしまっている。からかわれたと思ったらしい。それで、また新たな失敗を重ねるのが恐くて、さっきの返事もひっこめたいと思っているようだ。けれども、Kがイライラした目で見ているので、男はかろうじて言った。

「小生に関して申しますと、証拠申請をいたしましました」

「私が被告人だというのを、信じておられないようですね」とKは尋ねた。

「ああ、いえ、めっそうもない」と男は言い、少し脇へどいた。その返事からは、信じている様子は窺えず、ひたすら恐がっているようだ。

「私の言うことを信じないんですね？」とKは尋ねた。相手にプライドがなさそうなので、つい無意識に手が出てしまい、男の腕をつかんだ。力ずくで信じさせようとするように。でも、痛くするつもりはなかったし、そっと触っただけだ。なのに、男は悲鳴をあげた。二本の指で触られたのではなく、真っ赤に焼けたペンチで挟まれたかのように。このバカげたわめき声のおかげで、Kは心底うんざりした。被告人仲間だと信じてもらえないなら、むしろ喜ぶべきだな。こいつ、相手のことを裁判官だとでも思ったか。そこで彼は、今度こそ本当に力をこめて男をつかみ、行きがけの駄賃にベンチへと突き飛ばして、先に進んだ。

「被告人はたいてい、あんなふうに打たれ弱いんです」と廷吏が言った。背後では、待っていた連中がほとんど全員集まってきていて、もうわめくのをやめている男を取り囲み、何があったのか根ほり葉ほり訊いているようだ。Kめがけて一人の警備員がやって来た。警備員だと分かったのは、主にサーベルのおかげだ。少なくとも色からすると、サーベルの鞘《さや》はアルミ製だ。[*13] Kはびっくりして、思わず鞘に触ってみた。悲鳴を聞きつけてやって来た警備員は、何があったのかと尋ねた。廷吏が少し説明して落ち着かせようとしたが、警備員は、自分の目で見なくてはと言い、敬礼して先へ進んだ。急ぎ足だが、歩幅が短い。おそらく痛風の痛みをかばっているのだろう。

Ｋはほどなく、警備員のことも、廊下に集まった連中のことも眼中になくなった。廊下の中ほどに、扉ではなく右に曲がる道があるのを発見したからだ。彼は、こっちが正しい道かと廷吏に確認し、廷吏は頷いた。そこでＫは右に曲がった。一歩か二歩、廷吏の前を歩かなければならないのが不快だった。少なくとも、こんな場所だと、まるで逮捕されて連行されているみたいに見えるじゃないか。だから何度か廷吏をやり過ごそうとしたが、廷吏もそのたびに立ち止まり、うしろの位置を保った。とうとう、Ｋはこの不愉快な状況を終わらせるために言った。

「さて、ここがどんな場所かはもう見せてもらった。帰らせてもらうよ」

「まだ全部はご覧になっていません」と廷吏は天真爛漫《らんまん》に言った。

「全部を見る気はない」とＫは言った。実際、疲れを感じていた。「帰らせてもらう。出口はどこだね？」

「えっ、もう道が分からなくなったわけじゃないですよね」と廷吏はびっくりして尋ねた。「ここを突き当たりまで行って右に曲がり、廊下をまっすぐ行ったら、扉です」

「いっしょに来てくれ」とＫは言った。「道案内を頼む。道に迷ってしまいそうだ。やたら分かれ道があるからな」

「一本道ですよ」と廷吏は言った。口調にトゲがある。「帰り道をごいっしょするのは無理です。報告しに行かないと。あなたのせいで、もうずいぶん時間を取られたんですよ」

「いっしょに来るんだ」とKは語調を強め、もう一度言った。ついに相手の不正の現場を押さえた、とでも言わんばかりに。

「そんな大声を出さないでください」と廷吏はささやいた。「そこら中、事務室だらけなんですよ。一人でお戻りになるのが嫌なら、ここでお待ちください。報告が済んだら、今度は喜んで帰り道をごいっしょしますよ」

「お断りだ」とKは言った。「待ってなどやるものか。今すぐいっしょに帰るんだ」

Kはこれまで、自分がいる場所の周囲をよく見てはいなかった。周りに並んでいる扉の一つが開いたので、ようやく彼はそちらを見た。娘[*14]が一人、Kが大きな声を出したので出てきたのだろう、こちらに来て尋ねた。

「その方、どんなご用件なの？」

彼女のうしろに、男がもう一人、遠くから薄暗がりの中を近づいてくるのが見える。Kは廷吏をチラッと見た。さっきはこいつ、誰も気にしないだとか言ってなかったか。なのに、もう二人も来やがった。もうじき職員どもが全員集まってきて、なぜここにいるのか説明を求めるだろう。唯一まともな筋の通る説明は、私は被告人で、次回の尋問の日取りを聞きにきました、というものだ。でも、そんな言い訳は避けたい。本当じゃないからな。だって、好奇心[*15]に駆られて来ただけだし。この裁判所が、外側と同じく内側も腐ってるのを確認しにきました、というのは、言い訳としてはもっと無理があるよな。だが、まさに思ったとおりみたいだぞ。もうこれ以上、深く知りたいとは思わない。これまで見たもので、もう十分に息が詰まってる。今にもどこかの扉から上級職員が出てくるか分からないが、今の調子じゃ、大物とは対決できない。もう帰りたい。廷吏といっしょに。いや、一人で帰れと言われたら、一人で帰る。

ところが、彼が黙って突っ立っていたのが逆に目立ったらしく、娘と廷吏は、はたして彼をまじまじと見つめていた。次の瞬間にもKが何やら大変身をするから、見逃さないよう注意して見守っていなければと思っているみたいだ。扉のところには、さっき遠くにいるのが見えた男が立っていた。低い扉の上枠をしっかりつかみ、つま先立って、体をぶらぶら軽く揺らしている。見世物の開始が待ちきれない観客といった風情だ。そこで娘が最初に、Kの振る舞いは少し気分が悪いのが原因だと気づき、椅子を持ってきて尋ねた。

「おかけになりませんか?」

Kはすぐ腰を下ろし、もっとよく体を支えようと、肘かけに両肘をついた。

「ちょっと眩暈《めまい》がしていらっしゃるんですよね?」と娘は尋ねた。その顔がすぐ間近にある。キツい表情。若くて一番きれいな時期に、こういう顔をする女がよくいるよな。

「あまり心配なさらないで」と彼女は言った。「ここではよくあることですわ。ここに初めて来る方は、ほとんどみんな、こういう発作を起こすんです。いらっしゃるのは、これが初めてですね? ね、よくあることなんです。太陽が屋根に照りつけて、木材が熱くなって、それで空気がムッとして、ドロッとするんです。ですから、この場所が事務室として使うのに向いているとは言えません。他の点でどれだけ便利でもね。ところで空気といえば、被告人のみなさんが大勢出入りする日には、つまりほぼ毎日ですけど、ほとんど息ができないくらいになります。おまけに、考えてもみてください。ここに大量の洗濯物が干されたりしたら――干すなと言っても、住人が聞いてくれるとは限らないですし――少しくらい気分が悪くなっても不思議はありません。でも、ここの空気も慣れれば平気になりますよ。二度目か三度目にいらっしゃるときには、ほとんど空気が重いとも思わなくなるでしょう。そろそろ気分はよくなりましたか？」

Ｋは返事しなかった。急に体調が悪くなったせいで、この連中の手に落ちたことが残念でならない。しかも、気分が悪くなった理由を聞いて気分がよくなるどころか、逆に少し悪化している。娘はすぐそれに気づき、Ｋのために新鮮な空気を入れようと、壁際に立てかけてあった鉤《かぎ》つきの棒を使い、Ｋのすぐ頭上にあった、空が見える天窓を開けた。ところが煤《すす》がどっさり落ちてきたので、娘はまたすぐ天窓を閉め、自分のハンカチを出して、煤だらけになったＫの両手を拭いてやるはめになった。Ｋがぐったりして、自分の手を拭くこともできないありさまだったから。できれば、ここでじっと座っていたい。帰れるくらい元気が回復するまで。ひとのことなど気にせず、そっとしておいてくれたら、それだけ早く回復するのだが。しかし娘は容赦なく言った。

「ここをどいてもらえますか。通行の妨げになりますから」――Ｋは目だけ動かし、いったい誰の通行の妨げになっているのかと尋ねた――「お望みでしたら、医務室に連れていってあげますわ」

「手を貸して」と彼女は戸口にいる男に言った。男はすぐ近寄ってきた。しかし、Kは医務室になど行きたくはなかった。ほら、もっと奥に連れていかれるのが嫌でこうしてるんじゃないか。奥に行けば行くほど気分が悪くなるに決まってる。

「もう歩けます」と彼はそんなわけで言い、立ち上がった。のんびり座っていたので体がなまって、膝がガクガクする。まっすぐ立てない。

「やっぱり無理です」と彼は首を振りながら言い、溜め息をつきながら再び腰を下ろした。廷吏のことを思い出した。あいつがいたら、とにかく外に連れ出してくれるのは簡単なはずだ。だが、とっくに姿を消している。Kは、目の前に立っている娘と男のあいだを透かして見たが、廷吏はどこにもいない。

「ぼくが思うに」と男が言った。おしゃれな格好をしていて、灰色のベストの両側の裾が鋭く尖っているのがパッと目を引く。「この方の具合が悪くなったのは、ここの雰囲気のせいじゃないかな。だったら、わざわざ医務室に運んだりせず、さっさと事務局の外に出してあげるのが一番いい。それが一番ご希望どおりなのでは」

「そう、それです」とKは叫び、喜びのあまり、男がまだ話している最中に割りこみかけた。「すぐよくなります。もともと身体はそんなに弱くないので。ちょっと肩を貸してもらえれば。大してお手間は取らせません。遠くもないですし。ほら、扉まで連れていっていただければ。階段に座って、もう少し休めば、すぐ元気になります。こんな発作、持病ってわけじゃないんです。自分でも驚いてますよ。私だって勤め人なんです。事務所の空気には慣れている。でも、ここの空気はひどすぎますよ。おっしゃるとおりです。じゃあご厚意に甘えて。少し手を貸していただけますか。眩暈がして、一人で立つと気持ちが悪くなるので」

そして彼は両腕を持ち上げ、二人が支えやすいようにした。

ところが、男はこの頼みを聞き流し、平然と両手をズボンのポケットに突っこんだまま、げらげら大声で笑いだした。

「ほらね」と男は娘に言った。「ぼくの言ったとおりじゃないか。この方の具合が悪いのは、ここにいるせいで、別に病気ってわけじゃないんだ」

娘もにっこり笑い、指先で男の腕をツンツンと軽く突いた。まるで、男がKをネタにしてキツすぎる冗談を飛ばしたので、いけませんと言ってるみたいだ。

「それにしても、きみはどう思う」と男はまだ笑いながら言った。「ぼくとしては、この方を、本当に外に出してあげようかなと思う」

「じゃあ、それで決まりね」と娘は、一瞬かわいく首をかしげて言った。

「この人が笑ってるの、気になさらないでください」と娘はKに向かって言った。彼はといえば、また落ちこんで、説明など聞きたくないといった様子だ。

「この人は――紹介してもいい？」（男は手ぶりで、紹介していいよと伝えた）「――この人はですね、案内係です。待っている被告人のみなさんに、必要な案内をするのが仕事です。うちの裁判所は、世間の人にとってあまり有名とは言えませんから、案内もたくさん必要になるんです。この人に質問すれば、何でも答えてくれますよ。もし気が向いたら、試してみてください。でも、それだけが売りじゃありません。もう一つの売りは、おしゃれな格好です。うちで、つまり裁判所の職員のあいだで、こういう意見が出たんです。案内係は、いつも最初に被告人と付き合うわけだから、第一印象をよくするために、おしゃれな服を着るべきだって。それ以外の者は、ほら、わたしの格好を見てもらえれば分かりますけど、流行遅れのダサい服を着ています。残念ですわ。まあ、服にお金をかけるだけ無駄なんですけど。ずっと事務局に詰めていて、寝るのだってここですから。それでも、さっき言ったとおり、案内係にはきれいな服が必要だということになったわけです。ところが、うちの管理部は服に関してはケチで、お金を出してくれない。だから、募金を集めました――被告人のみなさんも寄付してくれました――。そのお金で、このきれいな服を買ったんです。あと何着かありますわ。これでもう、印象をよくする作戦は万全。なのに、この人ったら、あんな笑い方するんですもの。台なしです。恐がられるばかりですわ」

「おっしゃるとおり」と男はバカにしたように言った。「でもお嬢さん、ぼく、よく分からないなあ。どうしてこの方に、うちの内部事情をあれこれ聞かせてあげてるの。というか、無理やり聞かせてるの。ほら、全然聞きたくなさそうだし。見てごらんよ。もう自分のことで頭がいっぱいで、身動きできないみたいだよ」

Kは、そうじゃないと言う気力もなかった。娘のほうは悪気はなさそうだ。たぶん、こちらの気を紛らせようとしてくれているか、気を取り直す機会を与えてくれているのだろう。でも、やり方が間違ってる。

「そっちが笑ったのを、言い訳してあげたんじゃないの」と娘は言った。「あんなの、気を悪くするでしょうが」

「ぼくが思うに、とにかく最終的に外に出してあげさえしたら、もっとひどいことをしても気を悪くしたりせず許してくれるよ」

Kは何も言わず、顔も上げず、二人が彼について、まるで処理すべき案件のように話し合っているのを、じっと我慢していた。ある意味、こうしてもらえるのが一番ありがたい。しかし突然、案内係が彼の片腕を取り、娘がもう片方の腕を取った。

「さあ出発だよ、へなちょこ君」と案内係は言った。

「お二人に重ねて感謝いたします」とKは言った。驚くやら嬉しいやら、ゆっくりと立ち上がり、自分の手を使って、一番支えを必要としている箇所まで二人の手を動かした。

「こんなことを言ったら」と娘は、みんなで廊下めざして歩きながら、Kの耳もとで小さな声で言った。「わたしが案内係をよく見せようと必死だって思われるかもしれませんけど、どう思われても、本当のことだから言いますね。この人、心が冷たい人じゃないんです。病気のお客さんを外に連れ出すのは義務ってわけじゃないのに、この人はそういうことしてあげるんです。今だってそうでしょ。もしかしたら、この職場には心の冷たい人は一人もいないかも。みんな、できることなら人助けをしたい。でも、裁判所の職員っていうだけで、もう心が冷たくて、誰のことも助ける気がないと思われてしまうんです。わたしのことも今、そんなふうに思ってるでしょ」

「このあたりで、ちょっと休憩したらどうかな」と案内係が尋ねた。一行はもう廊下にたどり着き、ちょうど、Kがさっき話しかけた被告人の前まで来ていた。この人物を目にして、Kは恥じ入る寸前だった。さっきはあんなにシャキッと立っていたのに。今では二人に支えてもらっているとは。おまけに帽子は、案内係のやつが指を広げた手にのっけて、くるくる回している。髪の毛はくしゃくしゃで、汗まみれの額に垂れ下がってきている。だが、当の被告人は何も目に入らない様子だ。ろくに目を合わせようともしない案内係の前でかしこまり、ここにいてごめんなさいとひたすら謝っている。

「承知しております」と被告人は言った。「小生の証拠申請、本日中に処理していただくのは無理だと、承知しております。小生、それでも参上しましたのは、ここで待たせていただけるかと思ったからであります。日曜日ですし。小生、時間はございますし、ここならお邪魔にはならないかと」

「そんなに謝らなくていいよ」と案内係は言った。「そこまで気が回るのは、称賛に値する。たしかに、きみはここで無駄に場所をふさいでる。でも、ぼくに迷惑をかけないかぎり、別に構わないよ。心ゆくまで、ご自分の案件の経過にべったり張りつきたまえ。恥知らずにも自分の義務をおろそかにしてる連中を見たあとだと、きみのような手合いにも優しくなれる。座りたまえ」

「ほら、この人ったら、客あしらいが上手いのなんのって」と娘がささやいた。Kは頷いたが、すぐまたカッとなった。案内係がしつこく尋ねたからだ。

[*16]「このあたりで、休憩したらどうかな」

「結構」とKは言った。「のんびり休憩する気はありません」

彼はなるべく断固として言ったが、本当は腰を下ろしたかった。船酔いのような気分だったのだ。荒れた海をゆく船に乗っている心地だ。両側の木の壁に波がぶつかり、廊下の奥から、打ち寄せる波の水音がザアザア響いてくる。横揺れで廊下がぐらぐら揺れ、両側に並ぶ被告人たちが上がったり下がったりしている。それだけに、介助役の娘と男が平然としているのが不可解だった。こいつらの手に命運を握られている。手を放されたら、木の板みたいにバッタリ倒れるしかないだろう。こいつら、目を細めてあちこちに鋭い視線を送っている。こいつらの規則正しい足取りを感じるが、歩調を合わせるのは無理だ。自力ではろくに歩けず、ずるずる引きずられているんだから。おしまいに、彼は自分が話しかけられているのに気がついた。でも、聴き取れない。聞こえるのは、すべてを満たす騒音だけで、その中からひときわ高く、サイレンのような一定の抑揚の音がキーンと響いてくる。

「もっと大きな声で」と彼はがっくりうなだれたまま、ささやき、恥じ入った。こちらが聴き取れないにせよ、相手が十分に大きな声で話してくれているのは分かっていたから。そしてついに、目の前の壁が取り払われたかのように、新鮮な空気が吹きつけてきた。すぐそばで言っている声がする。

「やたらと帰りたがったくせに、ここが出口ですよって百回言っても、身動き一つしないとはね」

Kは、自分が出口の扉の前に立っているのに気づいた。娘がもう扉を開けてくれていた。自由の香りを嗅ぎつけ、力という力が一気に戻ってきたみたいだ。すぐさま彼は木の階段に足を踏み出し、こちらを見下ろしている、ここまで連れてきてくれた二人にその場から別れの挨拶をした。

「ありがとう、ありがとうございます」と彼は何度もお礼を言い、何度も二人の手を握りしめ、それからハッとして手を放した。事務局の空気に慣れきった二人が、階段から流れてくる比較的新鮮な空気を受けつけず、口をパクパクさせているのを見た気がしたからだ。二人とも、ろくに返事もできず、もしKが大急ぎで扉をバタンと閉めなかったら、娘は卒倒していたかもしれない。Kはあと少しだけその場に残り、ポケットから手鏡を出して髪を整え、手近な段の上に落ちていた——案内係がそこに投げたらしい——帽子を拾い、それから元気百倍、大またに階段を駆け下りていった。勢いがつきすぎて、少し恐いくらいだった。普段は至って健康だったし、あんなふうに突発的に気分が悪くなることは今まで一度もなかった。自分の身体が反乱を起こして、一つ目の訴訟があまりにも楽すぎたからって、別の試練を準備してくれていたりするのか？　彼は、なるべく早いこと医者に行こうという考えを完全に払いのけることができなかった。いずれにせよ——これだけは自信を持って言える——これから先ずっと、日曜の午前中は今日よりましな過ごし方をしようと思った。

笞打人

それから数日経った、ある日の晩のこと。Kが自分の事務室から中央階段へと至る廊下を歩いているとき――この日は彼がほぼ最後の一人だった。ただ発送部には、まだ二人の用務員が居残り、白熱電球の小さな灯りのもとで立ち働いていた――一つの扉の向こうで物音がした。中を見たことはなかったが、どうせガラクタ置き場だろうと思っていた部屋だ。そこから聞こえてきたのは、ヒィヒィいう声だった。彼はびっくりして立ち止まり、もう一度耳を澄ませ、聞き違いではないかと確かめた。――しばらくのあいだ静かで、やっぱりまたヒィヒィいう声がした。――最初、彼は用務員を一人呼んでこようかと思った。証人が必要になるかもしれないから。けれども、激しく好奇心をかき立てられたので、その場でさっと扉を引き開けた。思っていたとおり、ガラクタ置き場だった。敷居の向こうには、使えなくなった古い印刷物が積んであったり、空になった陶製インク瓶がひっくり返っていたりする。狭い部屋の中に、三人の男がいた。天井が低いので身をかがめている。棚の上に固定されたロウソクの光が、男たちを照らしている。

「おい、ここで何をしている？」とKは尋ねた。興奮のあまり息が切れそうだが、大声は出さないでおいた。男たちのうち一人がどうやら他の二人を従えているらしく、パッと目立つ格好をしていた。黒っぽい革製のスーツにぴっちり身を包んでいるが、首のところが胸まで大きく開き、両腕も肩まで露出している。返事[*1]はない。しかし、他の二人が代わりに叫んだ。「旦那！　俺たち、これから笞で打たれるんです。旦那が予審判事の野郎に、俺たちのことを告げ口したせいですよ」

それでようやく気がついたが、なんと番人フランツとヴィレムだった。三人目の男が笞を手にして、二人をビシバシ叩こうとしているのだ。

「おやおや」とKは言い、二人をじろじろ見た。「告げ口なんかしてないぞ。自分の家で起こったことを、ありのまま話しただけだ。もっとも、きみたちの振る舞いは申し分ないとは言えなかったようだが」

「旦那」とヴィレムは言った。そのすきに、フランツは相棒の陰に隠れた。そこなら三人目の男に見つからないとでも思っているのか。「俺たちの給料がどれだけ少ないか分かれば、俺たちを見る目も変わるはずですよ。俺は家族を養わないといけないんです。ここにいるフランツは結婚したいと思ってる。できるだけ金を貯めてるんです。でも、まっとうな仕事だけじゃ、金は貯まらない。どんなに頑張って働いてもね。それでつい、旦那の上等な下着にふらふらっと。もちろん、番人がそんなことするのは禁じられてます。不正行為です。でも、番人が下着を頂戴するのは、伝統なんです。ずっとそうだったんです。嘘じゃない。それに合理的ですよね。だって、気の毒にも逮捕された人にとっては、下着なんて無意味じゃないですか。なのに、それが表沙汰になったら罰を食らうなんて」

「そうとは知らなかった。それに、きみたちを罰してくれと要望を出したわけでもないぞ。

原理原則の話をしただけだ」

「フランツ」とヴィレムは相棒の番人に向かって言った。「言ったとおりだろ。この旦那が、俺たちを罰しろと要望を出したわけじゃないって。ほら、俺たちがお仕置きされるのも知らなかったってさ」

「こんなおしゃべりに、ほだされてるんじゃねえぞ」と三人目の男はKに言った。「お仕置きは正義だ。逃れることはできないぜ」

「そいつの言うことなんか」とヴィレムは言いかけたが、手をピシリと叩かれて言葉を切り、慌てて手を口にやった。「俺たちがお仕置きされるのは、やっぱり旦那が告げ口したからですよ。さもなきゃ、俺たちがやったことがバレたとしても、それだけじゃ何もなかったはずなんだ。こんなの、正義って呼べますか？　俺たち二人は、とくに俺は、長いこと腕のいい番人で通ってきました——旦那だって、役所の側から見れば、俺たちが上手に番人をやったと認めないわけにはいかないでしょう——。出世できる見こみもあったんです。ほら、近々そいつみたいな笞打人にだってなれたかも。そいつは、運のいいことに誰にも告げ口されなかった。実際、告げ口する人なんかめったにいないんですが。今となっちゃ、何もかもおしまいです。俺たちの人生、もう終わりだ。番人の仕事より、ずっと下の仕事をさせられる。しかも、今から笞でぶっ叩かれるんですよ」

「笞ってのは、そんなに痛いものかね」とKは尋ね、笞打人が目の前でぶらぶらさせている笞をちょっと触ってみた。

「服を脱いで全裸になれって言われるんですよ」とヴィレムは言った。

「へぇ」とKは言って、笞打人をもっとよく見てみた。船乗りのようにこんがり日に焼け、潑剌《はつらつ》とした精悍《せいかん》な顔をしている。

「この二人、笞打ちを勘弁してやるって可能性はないのかね」とKは尋ねてみた。

「ねえよ」と笞打人は言い、笑いながら首を振った。

「服を脱げ」と笞打人は番人たちに命令し、それからKに向かって言った。「こいつらの言うことを鵜呑《うの》みにするんじゃねえよ。笞で叩かれるのが恐くて、もう頭が少しぼうっとしてやがるのさ。たとえば、こっちのデブが」──笞打人はヴィレムを指した──「自分の人生計画について言ってたことなんか、笑っちまうぜ。ほら、ブヨブヨじゃねえか──笞を食らわせても、最初の何発かは脂肪に吸収されちまう──。どうしてこんなにブヨブヨになったのかって？　こいつ、逮捕者の朝飯を横取りして、ばくばく食ってばかりいたのさ。あんたの朝飯も取られたんじゃないか？　そうだろうな。それにしても、こんな腹の男が笞打人になることなんざ、未来永劫《えいごう》ありえねえ」

「そういう笞打人だっているさ」とヴィレムが言い張った。ちょうどズボンのベルトを外しているところだ。

「いねえよ！」と笞打人は言い、ヴィレムの首筋を笞で薙《な》ぎ払い、ビクッと縮みあがらせた。

「ひとの話を聞いてる暇があったら、さっさと脱げ」

「この二人を見逃してくれたら、それなりにお礼はしよう」とKは言い、改めて笞打人のほうは見やることなしに――こういう取引は、お互い目を伏せてやるのが一番いい――紙入れを取り出した。

「そうやって、あとで俺のことも告げ口するつもりか」と笞打人は言った。「それで、俺も笞を食らうって寸法だな。やなこった！」

「よく考えたまえ」とKは言った。「この二人に罰を与えるのが私の望みなら、こうやってお金を払ってまで放してやろうとはしないはずだ。バタンと扉を閉めて、何も見てない、何も聞いてない。さあ家に帰ろう。[*2] そうすれば済むはずだろ。でも、そうはせずに、本気で二人を逃してやろうとしている。もし二人が罰を受けると分かっていたら、それとも罰を受ける可能性があると分かっていたら、私だって二人の名前を出したりはしなかった。この二人が悪いんじゃない。悪いのは組織だ。悪いのは上級職員だ」

「そうだそうだ」と番人たちは叫び、すぐさま、もう服を脱いでいた裸の背中に一発ずつ笞を食らった。

「きみが笞を食らわせようとしてるのが偉い裁判官さまなら」とKは言い、彼が話しているうちにまた振り上げられようとしていた笞を押さえつけた。「これからお仕置きにかかるのを邪魔したりはしない。逆に、きみの仕事にもっと弾みがつくようにお金を払っているところだ」

「本気で言ってるみたいだな」と笞打人は言った。「だがな、俺は賄賂は受け取らねえ。笞でビシバシ叩くのが俺の仕事。だからビシバシ叩く」

番人フランツは、Kの介入がうまくいくのを期待して今までひっそりおとなしくしていたようだが、ここでズボンだけの姿で扉のところまで出てきて、ひざまずいてKの腕に取りすがり、ささやいた。

「もし俺たち二人を放免させるのが無理なら、俺だけでも逃すように仕向けてもらえませんか。ヴィレムのほうが俺より年上だし、どう考えても打たれ強い。あいつは数年前にも一度、軽い笞打ち刑を食らっている。俺はまだ辱めを受けたことはないんです。今回の処分だって、ヴィレムのとばっちりなんです。よかれ悪《あ》しかれ、あいつが俺の先生だったんですから。下じゃ、かわいそうな婚約者が銀行の前で、どうなることかと待っています。俺、ものすごく恥ずかしいんです」

彼は、涙*3でびしょびしょになった顔をKの上着で拭いた。

「待ちくたびれたぜ」と笞打人は言って、両手で笞を握り、フランツをぶっ叩いた。ヴィレムのほうは隅っこにうずくまり、顔の向きを変える勇気もなく、一部始終を盗み見ている*4。そのとき悲鳴があがった。フランツがわめいているのだ。切れ目なく、一定の抑揚で、人間の出す声ではなく楽器が拷問にかけられたみたいな音だ。この音が廊下全体に鳴り響いた。建物全体に聞こえているに違いない。

「大きな声を出すな」とKは叫び、用務員が来るはずの方角をはらはらして見ながら、我慢できなくなってフランツを突き飛ばした。それほど力は入れていないが、もう何が何だか分からなくなっているフランツが倒れるには十分だった。倒れたあと痙攣しながら床の上でジタバタと手さぐりしている。けれども笞から逃れることはできなかった。叩かれながら地べたを転げ回るフランツを、笞は的確に捉えた。笞の先が規則正しくビシッ、バシッと上下する。遠くに用務員が一人、早くも姿を現した。その数歩うしろには二人目がいる。Kは慌てて扉をバタンと閉め、中庭に面した手近な窓に歩み寄り、窓を開けた。悲鳴は完全に止んでいた。用務員たちを近寄らせないために、彼は叫んだ。

「私だよ」

「こんばんは、業務代理人さん」と叫び返してきた。

「何かあったのですか？」

「いやいや」とKは答えた。「中庭で犬がキャンキャン吠《ほ》えてただけさ」

用務員たちが動こうとしなかったので、彼はこう付け加えた。

「いいから仕事に戻りたまえ」

用務員たちと言葉を交わさずに済むように、彼は窓から身を乗り出した。少し経ってから再び廊下を見ると、二人はもういなくなっていた。しかし、Kは窓際に立ちつくしていた。もうガラクタ部屋に入るのは遠慮したかったが、家に帰る気にもなれなかった。彼が見下ろしている中庭は小さくて四角かった。四方とも事務所が入居している建物だ。窓という窓は、もう灯りが消えている。一番上の列だけ、月の光を反射して明るかった。Kはじっと目を凝らし、中庭の片隅の暗闇を見つめた。手押しカートが何台か重ねられている。お仕置きをやめさせられなかったのを気に病んでいた。でも、こっちのせいじゃない。フランツのやつがわめかなかったら――とても痛かったのは間違いないだろうが、ここぞというときに自分を抑えられないとだめじゃないか――あいつがわめかなかったら、笞打人を説得する材料が見つかったはずなのに。少なくとも見こみはあった。最下等の職員どもが悪党ぞろいなのだとしたら、よりによって笞打人が例外だなんて、あるわけがない。あんなに非人間的な役目をしてる男なんだし。ちゃんと見てたぞ。あいつ、札ビラを見たとき、目をギラギラさせてやがった。まじめに笞打ちにいそしんでいる様子を見せてたのも、賄賂の額をもう少し吊り上げるためだ。こっちだって、金は惜しまなかったのにな。番人どもを本気で逃がしてやりたかった。この裁判制度の腐敗と戦うことにしたからには、こういう汚いことに手を染めるのも当然だ。でも、フランツのやつが大声で悲鳴をあげた瞬間に、もちろん全部おしまいになったんだ。ガラクタ部屋の連中と交渉している最中に、用務員だとか他の色んな人たちとご対面なんてことは、あってはならなかった。誰にもそんな犠牲を払えと要求される筋合いはない。犠牲を払うつもりなら、自分で服を脱いで、番人どもの身代わりで笞打人のやつに叩いてもらうほうが、ずっと簡単だ。でも、笞打人のやつは、そんな申し出はけっして受けなかっただろう。何の得にもならないし、おまけに自分の義務に違反することになるだろうから。二重の違反と言えるかもしれない。だって、訴訟が続いているかぎり、こちらに手出しするのは、裁判所に雇われている連中全員にとって厳禁だろうからな。もっとも、それに関して何かしら特別規定があるかもしれんが。いずれにせよ、あのときは扉を閉める以外にできることはなかった。だからって、今だって完全に危険が去ったとは全然言えないぞ。ただ、最後にフランツのやつを突き飛ばしたのは、悪いことをした。慌てていたから仕方なかったんだが。

遠くで用務員たちの足音が聞こえた。また見とがめられるのを避けるため、彼は窓を閉め、中央階段のほうへ歩いていった。ガラクタ部屋の前で彼はちょっと立ち止まり、耳を澄ませた。ひっそり静まりかえっている。あの男、番人どもを叩き殺してしまったんじゃないか。やりたい放題だったからな。Kは扉の取手に手を伸ばしかけていたが、またひっこめた。もう助けようがないし、じきに用務員たちが来る。ともあれ、彼は心に誓った。いずれこの件を公表してやる。本当に悪いやつら、上級の職員どもは、こそこそ逃げ隠れしてるのか、まだ一人も目の前に姿を現さないが、自分の力の及ぶかぎり、やつらに当然の報いを与えてやるぞ。銀行の外の正面玄関を下りながら、彼は気をつけて通行人たちを観察してみた。しかし、どんなに遠くを見回しても、誰かを待っている若い娘の姿など見えない。婚約者が待ってくれているというフランツの言葉は、同情を引くための嘘だったのだ。まあ、それぐらいは大目に見てやるさ。

次の日になっても、番人たちのことはKの念頭を去らなかった。仕事をしていても気が散って、仕事を片づけるために前日よりもさらに遅くまで残業するはめになった。帰りがけに例のガラクタ部屋の前を通りかかったとき、彼は、つい習慣で、というふうに扉を開けた。暗闇だろうとばかり思っていたのに、その代わり眼前に繰り広げられているものを見て目を疑った。何もかも同じだった。前の晩にこの扉を開けたときに見たものと同じだ。敷居のすぐ向こうに印刷物とインク瓶。笞を手にした笞打人。まだちゃんと服を着ている番人たち。棚の上のロウソク。そして番人たちはメソメソ嘆きはじめ、こう叫んだ。

「旦那！」

すぐさまKは扉をバタンと閉め、ついでに両手の拳でドンドン叩いた。そうすれば、もっと固く閉まるとでもいうように。半泣きになって彼は用務員たちのもとへと走った。彼らは複写機のところで落ち着きはらって仕事していたが、いきなり仕事を中断させられてびっくりしていた。

「そろそろ物置きのガラクタを片づけたらどうだ」と彼は叫んだ。「このままだと、みんなでゴミに埋もれるぞ」

用務員たちは、明日やりますよと言った。Kは頷いた。本当は今すぐやってもらいたかったが、こんな晩遅くに無理強いすることもできない。まだ用務員たちのそばを離れたくなかったので、彼は少しのあいだ腰を下ろし、複写物を何枚かパラパラめくってみせた。仕上がりを点検しているように見せかけるためだ。そのうち、用務員たちが上司と同時に帰るのを遠慮している様子を見て取ったので、家路についた。ぐったり疲れて、何も考えられなかった。

叔父さん／レニ

ある日の午後——郵便の締め切り直前で、Kはとても忙しかった——書類を持ってきた二人の用務員を左右に押しのけ、叔父のカールが部屋に飛びこんできた。叔父は田舎に小さな土地を持っている。以前は、叔父が来ることを想像するとギョッとしたものだが、実物を見てもそれほどギョッとはしなかった。叔父は必ず来る。それはもう一ヶ月前からKの予定に入っていた。当時からすでに叔父の姿が目に見えるようだった。少し猫背で、ぺちゃんこのパナマ帽を左手に持ち、まだ遠くにいるのに右手を差し出している。なりふり構わぬ急ぎぶりで、事務机ごしに手を差し出し、途中にあるものを全部ひっくり返す。叔父はいつも急いでいた。首都には一日しか滞在しないのが決まりだったが、その一日のあいだに、計画してきたことを何から何までやっつけねばならぬ、しかも突発的に発生する会話やビジネスや観光のチャンスを一つとして取り逃がすべからずという不幸な考えにとり憑《つ》かれていたからだ。この人はかつてKの後見人だったので無下《むげ》にもできず、こちらに滞在中はできるだけ面倒を見て、ついでに部屋に泊めてやるはめになるのだ。「妖怪イナカモン」というのが、Kが叔父に進呈したあだ名だった。

挨拶もそこそこに——Kは安楽椅子を勧めたが、時間がないと断られた——叔父はKに、おまえと二人きりで話がしたいと言った。

「さもないと」と叔父は言い、しんどそうにのどをゴクリとやった。「さもないと落ち着かんのだ」

Kはすぐに用務員たちを追い払い、誰も入れるなと言いつけた。[*1]

「こりゃまた何ていう話だ、ヨーゼフ？」と、二人きりになると叔父は叫び、机の上に腰を下ろしたが、座り心地をよくするため、手あたり次第に書類をかき集めて尻の下に敷いた。Ｋは黙っていた。次に何を言われるかは分かっている。けれども、大変な作業にかかりきりだったところを、突然こうしてリラックスさせてもらって、さしあたり心地よい脱力感に身を任せていた。窓から通りの反対側に目をやった。今座っている位置からは、小さな三角形に切り取られて見えるだけだが。二軒[*2]の店のショーウィンドウに挟まれて、何もない建物の壁が少しばかり。

「窓の外を見とる場合か」と叔父は、両腕を振り上げて言った。「いやはやヨーゼフ、質問に答えてくれ。ありゃ本当か、ええい、本当だったりするんか？」

「叔父さん」とＫは言い、放心状態から力ずくで我に返った。「何を訊かれてるのか、さっぱり分からないなあ」

「ヨーゼフ」と叔父は恐い声を出した。「おまえはいつも正直な子だった。そうだとばかり思っとったのに。それなのに今の言葉は何だ。悪い傾向ってことか」

「うん、何となくは分かりますよ」とＫは素直になって言った。「ぼくの訴訟のことを聞いたんでしょう？」

「そうだ」と叔父は、ゆっくり頷きながら言った。「おまえの訴訟のことを聞いた」

「いったい誰から？」とＫは尋ねた。

「エルナ[*3]が手紙で教えてくれた」と叔父は言った。「あの子はおまえと行き来がないらしいが。おまえはあの子を放ったらかしにしとる。残念だよ。それでもあの子は話を聞きつけたんだ。今日、あの子の手紙を受け取って、すぐこっちに来た。あたりまえじゃないか。他に用事はなかったがな、これ一つで十分だ。その手紙、おまえに関係する箇所を読んでやろう」

叔父は紙入れから手紙を取り出した。

「これだ。あの子はこう書いておる。『ヨーゼフには長いこと会ってません。先週、銀行に行ってみたけど、ヨーゼフはとても忙しくて、面会させてもらえませんでした。一時間近く待って、ピアノのレッスンがあったので仕方なく帰りました。お話ししたかったのに。また近いうちに機会があるかな。わたしの名の日[*4]のお祝いに、ヨーゼフはチョコレートの大箱をくれました。いい人です。よく気がつくし。このこと、もらってすぐ書くのを忘れてました。訊かれたから思い出したの。なぜ忘れてたか。言うまでもないけど、チョコレートって寄宿学校では一瞬でなくなるからよ。チョコレートをもらったと思ったら、もう消えてなくなったあと。ところでヨーゼフといえば、他にもこんなお話が。さっきも書いたけど、銀行では面会させてもらえませんでした。誰かさんとお話し中らしくて。しばらくおとなしく待ったあとで、用務員さんに、まだ長くかかりそうですかって訊いてみたの。そしたら、そうかもしれません、業務代理人さんが訴えられている訴訟のお話みたいですから、ですって。わたし、訴訟って何ですか、何かの間違いじゃないですかって訊いたわ。すると返事はこう。間違いじゃありません。訴訟なんです。しかも大変な訴訟らしいですよ。それ以上のことは分かりませんが。私自身は、できれば業務代理人さんをお助けしたいと思っています。いい方だし、正義感の強いお人柄ですからね。でも、何をどうすれば助けられるのか見当もつきませんし、偉い方々が業務代理人さんの味方をしてくださいますようにとお祈りするしかありません。実際、きっとそうなりますよ。最後は一件落着ってことに。でも業務代理人さんのご様子からすると、目下あまりうまくはいってないようです。そう言うの。それでわたし、そんなのくだらない話だと思うわって言ってやったの。用務員さんがあまり頭よくなさそうだったので、ちょっと落ち着きなさい、他の人にそんな話しないでねって口止めしておきました。こんなこと、根も葉もない噂だと思うわ。でもね、お父さん。次に会ったときにでも、この件について話を聞いてあげて。お父さんなら詳しく聞かせてもらえるはずだし、もし必要があったら助けてあげてね。お父さんは偉い人に知り合いが大勢いるから、簡単でしょ。でも、どうせ必要ないわよね。その場合は、お父さんと抱き合って喜ぶ機会が増えるだけのことだし、あなたの娘は嬉しく思います』だとさ。いい子じゃないか」

叔父は朗読を終え、目から少し涙をぬぐってから言った。Kは頷いた。最近、困ったことが色々あったせいで、エルナのことをすっかり忘れていた。誕生日のことすら忘れていた。チョコレートの件は作り話だ。叔父さん叔母さんの心証が悪くならないように、かばってくれてるわけだな。ぐっときた。よし、これから定期的にお芝居のチケットを送ってやろう。それでもお礼には足りないぐらいだが、じきじきに寄宿学校を訪ねていって、お茶目な十七歳の女学生予備軍とおしゃべりするのだけは勘弁してほしい。

「さてさて、ご感想はいかに？」と叔父は尋ねたが、手紙に夢中で、急いでいるのも興奮しているのも忘れ、また頭から読んでいるようだ。

「そうですね、叔父さん」とKは言った。「本当のことですよ」

「本当だと？」と叔父は叫んだ。「何が本当なんだ？　本当なわけがあるか？　何の訴訟なんだ？　まさか刑事訴訟じゃあるまいな？」

「刑事訴訟です」とKは言った。

「なら、おまえは、こんなところで何をのんびり落ち着いとるんだ。刑事訴訟だぞ？」と叔父は叫んだ。どんどん声が大きくなる。

「こういうときは落ち着いていたほうがいいんですよ」とKは、うんざりして言った。「何も心配することはありません」

「こっちが落ち着かん」と叔父は叫んだ。「ヨーゼフ、なあヨーゼフ。よく考えてみろ。自分のことを、親戚一同のことを、われわれの評判のことを。おまえはこれまで、われわれの自慢だった。それがわれわれの面汚しになるとは、許さんぞ。おまえの態度は」と叔父は、斜めからKをじろじろ見た。「気に入らん。本当に無実なのに起訴されたのなら、そんな態度は取らんぞ。さあ、何の罪か教えてみろ。そしたら助けてやれる。もちろん銀行がらみなんだな？」

「違います」とKは言い、立ち上がった。「声が大きすぎますよ、叔父さん。きっと用務員が扉のところで立ち聞きしてます。困ったな。外に出ましょう。外で、できるだけ質問には答えますから。家族に説明しなかったのが悪いのは、よく分かってます」

「そりゃそうだ」と叔父はわめいた。「そうだとも。急げ、ヨーゼフ。急ぐんだ」

「その前に、いくつか仕事を言いつけておかないと」とKは言い、電話で業務代理人補佐を呼んだ。相手はすぐやって来た。興奮している叔父は、業務代理人さまがご用だと手ぶりで伝えたが、そんなこと言われなくても分かってるだろう。Kは事務机の前に立ち、無表情ではあるが注意深く耳を傾けている若い男に、色々な書類を見せながら、自分が席を外すあいだ、これこれのことを今日中に処理しておいてくれと小声で説明した。叔父が邪魔だった。神さしあたっては、ことさら聞き耳を立てている様子ではないが、目をギョロギョロさせ、神経質に唇を噛みながらそこに突っ立っていられるだけで邪魔だ。かと思うと、今度はやにわに部屋の中をうろうろしはじめる。ときどき窓や絵の前で立ち止まっては、「わけが分からん」とか、「なあ、何がどうなるんだ」とか一人で色々叫んでいる。若い男は、何も気づいていないふりをして、落ち着いてKの言いつけを最後まで聞き、いくつかメモを取り、退出した。去り際にKと叔父におじぎをしていった。しかし、叔父はちょうど背を向け、窓の外を見ながら両手を伸ばしてカーテンをくしゃくしゃくしゃに丸めている最中だった。扉が閉まるか閉まらないかのうちに、叔父は叫んだ。

「あやつり人形め、ようやく退散しおったな。やっと出かけられる。やれやれ！」

玄関ホールには、銀行員や用務員が何人かたむろしており、おまけにちょうど副頭取が通りかかっていたが、残念ながら、叔父に訴訟のことで質問するのをやめさせるのは無理だった。

「それじゃあ、ヨーゼフ」と叔父は、周囲の人たちのおじぎに軽く手を挙げて応えながら口火を切った。「ざっくばらんに話してもらおうか。何の訴訟なんだ」

Ｋは、今日はいい天気だなあと言って、あははと短く笑い、階段のところまで来てやっと、人前ではざっくばらんに話したりしたくなかったんですよと説明した。

「そりゃそうだな」と叔父は言った。「じゃあ話してくれ」

顔を伏せ、スパスパとせわしなく葉巻をふかしながら、叔父は聞く態勢に入った。

「何はさておき、叔父さん」とＫは言った。「普通[*5]の裁判所の訴訟じゃないんです」

「よくないな」と叔父は言った。

「えっ？」とＫは言い、叔父を見つめた。

「よくないと言っとるんだ」と叔父はもう一度言った。二人は、通りに面した正面玄関に立っていた。守衛が聞き耳を立てている気がしたので、Ｋは叔父を引っぱって階段を下りた。通りを行き交う人と車の喧騒が二人を包んだ。Ｋと腕を組んだ叔父は、もう訴訟について前ほどしつこく尋ねなかった。二人はしばらく黙ったまま歩いた。

「なんでそうなったんだ？」と叔父が、とうとう突然立ち止まって尋ねた。それで、うしろを歩いていた人たちがビクッとして脇へよけた。「そういうことは、突然には起こらん。ずっと前から準備されていたんだ。何か前触れがあったに決まっとる。なんで手紙の一つも書いてくれなかったんだ。言うまでもないが、おまえのためなら何でもしてやる。ある意味、今でもおまえの後見人なんだから。今の今まで、そのことを自慢に思っとった。もちろん、今からでも手助けはしてやるが、訴訟がもう始まってるなら、難しかろうな。とにかく一番いいのは、少し休暇を取って、田舎のわれわれの家に来ることだ。おまえ、ちょっと瘦せたんじゃないか。今やっと気がついた。田舎に来たら、栄養のあるものを食って太れるぞ。それがいい。これから大変になるんだからな。それに、田舎なら少しは裁判所から離れていられる。ここにいたら、連中はありとあらゆる手段で権力をチラつかせてくるぞ。必然的に、自動的にだ。しかし田舎なら、連中は使いの者を派遣してくるしかない。それか、手紙か電報か電話の助けを借りないといけない。そうすりゃ、もちろん影響力は弱くなる。自由にはなれなくても、ホッと一息つけるぞ」

「移動を禁止してくるんじゃないかな」とKは、叔父の話の展開に少し引きこまれて言った。

「それはないだろう」と叔父は、考えながら言った。「おまえが遠くに行ったからって、連中の権力からすれば、痛くもかゆくもないはずだ」

「てっきり」とKは言い、叔父の腕をギュッと締めつけ、立ち止まれないようにしながら言った。「叔父さんは、こんな話くだらないって言うとばかり思ってたんだけど。でも、ぼくより深刻に考えてるくらいですよね」

「ヨーゼフ」と叔父は叫び、身をふりほどいて立ち止まろうとしたが、Kは手を放さなかった。「おまえは変わっちまった。まともな分別のある子だったのに、よりによって今、分別が働かないのか？　訴訟に負けるのが望みか？　どういう意味か分かっとるのか？　ざっくり消されちまうんだぞ。親戚一同もみんな巻き添えで、少なくとも地べたに這《は》いつくばるぐらいの屈辱は味わう。ヨーゼフ、正気に戻ってくれ。おまえの無関心な態度を見ていると、頭がおかしくなる。ほら、おまえにピッタリのことわざがあるぞ。『訴訟になったら、もう負けだ』となー」

「叔父さん」とKは言った。「興奮しても無駄ですよ。叔父さんも、ぼくも。興奮したからって訴訟には勝てません。ぼくの実地の経験を、少しは尊重してくださいよ。ぼくのほうは叔父さんの経験を尊重してるし、これまでだって尊重してきたじゃないですか。びっくりするような経験でもね。叔父さんが、この訴訟で家族が巻き添えになるって言うなら――ぼく自身は、全然そうは思わないですけど。それはまあいいです――何でも言うとおりにしますよ。ただ田舎に行くのは、たとえ叔父さんの言う利点があったとしても、反対です。だって、逃げてるみたいだし、自分が悪いと思ってるみたいじゃないですか。それに、こっちにいたら追い回されることも増えますけど、対処もしやすい」

「そりゃそうだ」と叔父は、まるで二人がとうとう歩み寄りつつあるかのような調子で言った。「さっきの提案は、ここにいたらおまえの無関心ぶりがあだになるかと思って言ったまでだ。そのくらいなら、この私が代わりに動いたほうがまだましだからな。もしおまえが自分で全力で対処する気があるなら、もちろん、そっちのほうがずっといい」

「その点は意見が一致したってことでいいのかな」とKは言った。「じゃあ、次に何をしたらいいか、何か提案はありますか?」

「まずは、よく考えさせてくれ」と叔父は言った。「なにしろ、もう二十年もずっと田舎暮らしだ。こういう方面の勘は鈍っとる。話が分かりそうな人物とのコネも、そのうち自然となくなった。田舎暮らしだと、もちろん世事に疎《うと》くなる。こういうことがあって、はじめて身に沁《し》みるよ。それに、今回の件はまったく予想外だった。もっとも、エルナの手紙を受け取ったとき、妙に胸騒ぎがしてな。おまえの顔を見たらすぐピンときた。いや、そんなことはどうでもいい。大切なのは、時間を無駄にしないことだ」

まだ話しているうちに、叔父はつま先立って手を挙げ、タクシーを停めた。そして運転手に行き先を告げると同時にKを中に引きずりこんだ。

「これから弁護士のフルトのところに行く」と叔父は言った。「この私の学校の同窓生だ。名前は知っとるな？　知らんのか？　おかしいな。刑事訴訟が専門で、貧しい人の味方って有名なんだぞ。人間としても信頼できる」

「何でも叔父さんの考えるとおりにしてくれていいですよ」とKは言ったが、この件で叔父がせっかちにゴリ押しするのが不愉快になっていた。貧しい人の味方のところに被告人として連れていかれるのって、あまり気分がよくないぞ。

「知らなかったな」とKは言った。「こんな案件でも、弁護士に依頼できるんですね」

「そりゃそうだ」と叔父は言った。「あたりまえじゃないか。依頼できないわけがあるか？　それはそうと、そろそろ話してくれんか。こちらにも事情がよく分かるように、あったことをすっかり全部」

Kはすぐに話しはじめた。何も包み隠さず。こうやって何もかも全部打ち明けることが、この訴訟のことを面汚しだと言った叔父に対する唯一の抗議だった。ビュルストナー嬢の名前は一度だけ、ちらっと言及しただけだったが、これは何かを包み隠したことにはならないはずだ。だって、ビュルストナーさんはこの訴訟には何の関係もないから。話しているあいだ、彼は窓の外に目を向け、景色を眺めていた。ちょうど、あの裁判所事務局がある郊外にさしかかっているではないか。叔父にそう言ったが、叔父は、そんなものは偶然の一致だと一蹴した。車は、とある黒っぽい建物の前で停まった。叔父は一階の一番最初の戸に直行し、ベルを鳴らした。待っているあいだに、叔父は大きな歯を剝き出してニヤッと笑ってささやいた。

「八時か。依頼人が押しかけるには変わった時間だな。まあ、この私とフルトの仲だ。怒られたりはするまい」*7

扉ののぞき窓に大きな黒い目が二つ現れ、しばらく二人の来客をじっと見つめ、また消えた。しかし扉は開かない。叔父とKは、たしかに今そこに目が二つ見えたという事実をお互いに確かめた。

「新入りのメイドだな。知らない人たちを見て、恐かったんだろう」と叔父は言い、もう一度ノックした。またまた目が現れた。今度は悲しそうなくらいに見えるが、それも目の錯覚かもしれない。というのも、二人の頭上の低い天井では、覆いのないガス灯がシューシュー大きな音を立てて燃えていたが、あまり光は出ていなかったからだ。

「開けてくれ」と叔父は叫び、拳を固めて扉をドンドン叩いた。「弁護士さんの友人だ」

「弁護士さんは病気ですよ」と背後でささやく声がした。短い廊下の反対側の端にある戸が開いており、ナイトガウンを着た紳士が立っている。ひどく小さな声で、そう教えてくれているのだ。叔父は、長いこと待たされたせいで怒り心頭だったが、さっとふり向いて叫んだ。

「病気とな？　病気とおっしゃるか？」

そして叔父は、すごい形相で紳士に詰め寄った。あんたが病原菌かと言わんばかりだ。

「もう開いてるじゃないですか」と紳士は言い、弁護士宅の戸を指さすと、そそくさとナイトガウンの胸もとをかき合わせ、姿を消した。実際、扉はもう開いていた。若い娘が――こぼれ落ちそうな黒い目に見覚えがある――丈長の白いエプロンを着けて、玄関に立っていた。ロウソクを手にしている。

「次はもっと早く開けるんだな」と叔父は挨拶代わりに言い、メイドはちょっと膝をかがめるおじぎをした。「ついて来い、ヨーゼフ」と叔父は、娘のかたわらをゆっくり通り抜けようとしているKに言った。

「先生はご病気です」とメイドは言ったが、ずかずか歩く叔父は足も止めず、一つの扉めがけて急いだ。Kはまだメイドをしげしげ見つめていた。相手はすでに家の戸に鍵をかけるために背を向けていたが、まだ目が離せない。お人形さんみたいに丸っこい顔だった。青白い頬や、あごの輪郭が丸いだけでなく、こめかみや額の生え際まで丸い。

「ヨーゼフ」と叔父はもう一度呼び、メイドに尋ねた。「例の心臓病かね？」

「はい、たぶん」とメイドは答え、ロウソクを手に先回りして、部屋の扉を開けた。ロウソクの灯りが届かない部屋の片隅で、[*8]長いヒゲの人影がベッドから起き上がった。

「レニ、どなたがいらっしゃった」と弁護士が尋ねた。ロウソクの光がまぶしくて、客の顔が見えないのだ。

「[*9]アルベルトだよ、古い友だちの」と叔父は言った。

「ああ、アルベルトか」と弁護士は言い、ぐったり枕に沈みこんだ。この客なら格好つけなくていいと思ってるようだ。

「そんなに悪いのかね？」と叔父は尋ね、ベッドの端に腰を下ろした。「そんなに悪くないだろ。例の心臓病の発作なら、またすぐ収まる」

「かもしれんな」と弁護士は小さな声で言った。「だが、こんなにキツいのは初めてだ。息が苦しくて、まったく眠れない。日に日に弱っていく一方だ」

「そうか」と叔父は言い、大きな手でパナマ帽をギュッと膝に押しつけた。「そいつは悪い知らせだ。ところで、ちゃんと看病してもらっとるか？　ここは鬱陶《うっとう》しいな。暗すぎる。前にここに来たのはずっと前だが、もっと感じよかったぞ。そちらのお嬢さんも、もうちょっと明るい顔できんのかね。それとも猫かぶっとるのか」

　メイドは、あいかわらずロウソクを手に扉のところに立っていた。うつろな目をしているが、どうやら叔父よりKのほうを見ているようだ。叔父に自分のことを話題にされている今も、それは変わらない。Kは、メイドの近くに押してきた安楽椅子にもたれかかった。

「今の私のように病気だと」と弁護士は言った。「安静にする必要があるのでね。鬱陶しい気分ではないさ」そして少し間をおいて付け加えた。「それに、レニはよく看病してくれているよ。いい子だ[*10]」

けれども叔父は納得しなかった。この看護婦[*11]に対し、見るからに悪い先入観を抱いている。病人の手前、じかに口答えはしなかったものの、看護婦の一挙一動を厳しい目でじろじろ見ている。彼女はベッドに歩み寄り、ナイトテーブルにロウソクを置き、病人に覆いかぶさるようにして、枕を直しながら何かささやいた。叔父は病人の身を気遣うことも忘れ、看護婦の背後をうろうろしはじめた。相手のスカートをひっつかみ、ずるずるベッドから引き離しても驚きはしない。K自身は、こういったことすべてを落ち着いて眺めていた。弁護士のやつが病気とは、なかなか悪くない展開だぞ。叔父さんが今回の件にやたら熱心なのに閉口していたら、熱意の鉾先が別の方向に逸れていってくれるなんて、ありがたいことだ。そのとき叔父が口を開いた。ただ看護婦を侮辱するためだけに言ったのかもしれない。

「なあお嬢さん、少しのあいだ、三人だけにしてもらえんか。友人同士で、個人的な用件で、折り入って話があるんだが」

看護婦は、まだ病人の上に覆いかぶさり、壁際のシーツを伸ばしているところだったが、頭だけこちらを向き、落ち着きはらって言った。カンカンに怒ってるせいで突発的に止まったり、また噴き出したりする叔父の話しぶりとは好対照だ。

「ご覧のとおり、ご主人さまはご病気です。どのようなご用件であろうと、折り入ってお話しされるのは無理かと存じます」

彼女が叔父の言葉を繰り返したのは、ただ言いやすかったからなのだろうが、中立的な第三者が聞いても、バカにして言ったと受け取れるような発言だった。叔父は案の定、ブスッと刺されたように跳び上がった。

「このクソ女」と叔父は言った。興奮しているので、のどがゴロゴロ音を立て、何を言っているかはよく聴き取れない。Kは、どうせ何かそんなことを言うだろうと予想はしていたものの、ギョッとして叔父のもとへ走り、両手で口を押えようとした。幸い、娘の向こう側で病人が身を起こした。叔父は、何か気持ち悪いものを呑みこんだような陰鬱な顔をしたが、それから多少は落ち着きを取り戻して言った。

「お互い、話せば分かるよな。無茶な頼みだと分かっていたら、最初から頼んだりせんよ。さあ、出ていってくれ」

看護婦はベッド脇でしゃんと立っていた。叔父には完全に背を向けている。弁護士の手を撫でているのをKは見た気がした。

「レニの前で何を言ってもらっても構わんよ」と病人は、明らかな哀願調で言った。

「自分のことじゃない」と叔父は言った。「自分の秘密じゃないんだ」

叔父はくるりと背を向けた。もう話し合う気はないが、でも考える時間は与えてやるといった様子だ。

「いったい誰のことなんだね？」と弁護士は消え入りそうな声で尋ね、またぐったり身を沈めた。

「甥っ子だよ」と叔父は言った。「ここに連れてきておる」

そこで彼は自己紹介した。

「ヨーゼフ・K、業務代理人です」

「おや」と病人はずっと元気な声になって言い、Kに手を差し出した。「失礼、まるで気がつきませんでした」

「出ていきなさい、レニ」と弁護士は次に看護婦に言った。彼女は逆らわなかった。弁護士は、まるで今生《こんじょう》の別れのように彼女に手を差し伸べた。

「ということは」と弁護士は最後に、機嫌を直して寄ってきた叔父に言った。「病気のお見舞いに来たわけじゃないんだね。仕事の話か」

まるで、病気の見舞いに来られたと思っていたから手足が麻痺していたとでも言うように、弁護士は元気溌剌として見えた。ずっと肘をついて半身を起こしているが、苦しくないのだろうか。ヒゲのまんなかあたりの一房の毛を何度も引っぱっている。

「だいぶ健康そうになったじゃないか」と叔父が言った。「あの魔女が出て行ってからな」そこで言葉を切って、「賭けてもいい。あの女、盗み聞きしてるぞ」とささやき、扉めがけて飛んでいった。ところが、扉の向こうには誰もいなかった。叔父はすごすご戻ってきたが、あの女が立ち聞きしていなかったのは立ち聞きしているよりもっとひどい悪意の証拠だと見なしているので、反省はしていない。ただ、拗《す》ねてはいるようだ。

「あの娘を誤解しているよ」と弁護士は言ったが、それ以上は看護婦をかばおうとはしなかった。もしかしたら、かばう必要がないと言いたいのだろうか。ともあれ、前よりも気持ちのこもった調子で弁護士は言葉を続けた。

「甥御さんの案件については、お話を頂戴して光栄ですと言いたいところさ。この非常に難しい案件を扱うに十分な体力が、私に残っていればの話だが。残念ながら、十分には残っていなさそうだ。ともあれ、できるだけのことはさせてもらう。私の力が及ばなければ、誰か助《すけ》っ人《と》を頼めばいい話だからな。正直なところ、この案件はとても興味深いから、自分が一切関わらないで済ませるというのは考えがたいんだ。私の心臓がもたなかったとして、少なくとも最期に、いい死に場所を見つけたとは言えるだろう」

Kは、徹頭徹尾、何を言われているのか一言も分からなかった。説明してもらえるかと思って叔父のほうを見たが、叔父はロウソクを手にナイトテーブルの上に座り、うんうんと頷いているだけだ。テーブルからは、すでに薬瓶が一つ、絨毯《じゅうたん》の上に転げ落ちている。叔父は弁護士の言うことすべてに相槌《あいづち》を打ち、ときどきこちらを見ては、おまえも相槌を打てと目配せしてくる。もしかして叔父さん、この訴訟について弁護士と先に話してたのか。いや、ありえない。ここまでの流れからして、そんなはずはない。

「よく分からないのですが――」と彼はそこで言った。

「おや、誤解がありましたか?」と弁護士はKと同様びっくりし、困惑して言った。「話を急ぎすぎましたかね。ご相談の件は何でしたでしょうか? そちらの訴訟の件では?」

「もちろんそうだ」と叔父は言い、それからKに尋ねた。「何が言いたい？」

「ええ、その、どうして私と私の訴訟についてご存じなんですか？」とKは尋ねた。

「ああ、そういうわけですか」と弁護士は、にっこりして言った。「私は弁護士ですから、裁判所関係者とは付き合いがありまして。色んな訴訟のことが話題にのぼりますし、変わった訴訟があれば記憶に残ります。それが友人の甥御さんの訴訟ともなれば、なおさらです。おかしいことは何もありませんよ」

「何が言いたいんだ？」と叔父はまたKに尋ねた。「落ち着きがないな」

「裁判所関係者とお付き合いがあるんですよね？」とKは尋ねた。

「そうです」と弁護士は言った。

「おまえの質問、子どもみたいだな」と叔父は言った。

「自分の専門分野の人とでなければ、いったい誰と付き合えと？」と弁護士は付け加えた。その声には反論を許さない響きがあったので、Kは何も答えなかった。『お仕事なさってるのは、立派な裁判所の建物であって、屋根裏部屋じゃないですよね？』と言いたかったのだが、本当に言う勇気は出なかった。

「考えてもみてください」と弁護士は言葉を続けた。あたりまえの、余計な、どうでもいいことを言うような調子だ。「考えてもみてください。裁判所関係者と付き合いがあれば、依頼人の利益を引き出すことができます。色んな点でね。言うまでもないことです。もちろん、今は病気のせいで付き合いが滞っていますが、それでも裁判所にはいい友人たちがいまして、うちにお客に来て、何かと教えてくれるわけです。ですから、ピンピンして健康で、日がな一日ずっと裁判所で過ごしておる連中よりも、たくさん知っているくらいかもしれませんよ。ちょうど今も、懇意にしている方がお見えです」

そして弁護士は、暗い部屋の隅っこを指さした。

「えっ、どこに?」とKは尋ねた。びっくりしたので、失礼に近い言い方になってしまった。不安に駆られ、周囲を見回した。小さなロウソクの光は、反対側の壁には到底届いていない。暗い片隅で、本当に何かが動きだした。叔父が高く掲げたロウソクの光に照らされ、そこの小さなテーブルに向かい、一人の中年の紳士が座っているのが見えた。今までまったく気がつかなかった。呼吸すらしていなかったんじゃないか。見ていると、紳士は大儀そうに立ち上がった。どうやら注目を浴びているのが不満らしい。両手を短い翼のようにパタパタさせている。その動作で、紹介や挨拶を断っているつもりなのか。私がここにいるからって、けっして他のみなさんにご迷惑はかけませんから、どうか暗闇の中にひっこむことをお許しいただいて、私のことはお忘れください。そう言いたげだ。けれども、その願いはもはや認められない状況だ。

「ちょうど、あの方とお話ししていた最中でした」と弁護士は説明し、こちらに来てくださいと紳士に合図した。紳士はゆっくり、ためらいがちに、キョロキョロしながらこちらに来たが、それでいて一種の威厳がある。

「事務局長さまですーーああ、失礼。紹介がまだでしたねーー。こちらは私の友人のアルベルト・K。こちらはその甥御さんのヨーゼフ・K業務代理人。こちらが事務局長さまです。――事務局長さまは、ご親切に私を訪ねてくださったのです。この訪問の価値が分かるのは、事務局長さまのお仕事がどれだけ山積みかを知っている、限られた人間だけです。そんなにお忙しいのに来てくださったわけです。われわれは二人で平和に話をしていた。私の衰弱が許す限りね。誰も通すなとレニに言いつけてあったわけではないです。誰か来るとは思っていませんでしたから。とにかく、二人きりで話をさせてもらえるものとばかり思っていた。そこに、きみがドンドンやったわけだよ、アルベルト。事務局長さまは、椅子とテーブルを抱えて隅にひっこんでしまわれた。ですが、どうやら可能性としては、つまりご要望があれば、われわれは共通の案件について膝詰めで話し合えるというわけですね。事務局長さま」と弁護士は、頭を下げて、へらへら媚《こ》びへつらう笑みを浮かべながら言い、ベッドのそばの安楽椅子を指し示した。

「あいにく、あと数分しかいられませんが」と事務局長は愛想よく言い、ゆったりと安楽椅子に腰かけ、時計を見た。「仕事が私を呼んでおるのです。ともあれ、友人の友人と知り合う機会を逃す手はありませんな」

事務局長は叔父に軽く頭を下げた。叔父は、こんな偉い人とお近づきになれて大満足の様子だったが、性格が災いして、平身低頭しておりますという気分をうまく表現できずにいる。事務局長に言葉をかけられて、困ったように、でも大声で笑った。見苦しい場面だ！　Kは落ち着いてすべてを観察することができた。こちらを誰も気にかけていなかったから。事務局長は、ひとたび表に出てきたからにはと、会話の主導権を握っていた。それが普段からの習性なのだろう。弁護士は、さっき弱ってみせていたのは新規の客を帰らせるための方便にすぎなかったのか、耳に手を当て、じっと傾聴している。叔父はロウソクを持つ係で――ロウソクを危ういバランスで膝にのっけているので、弁護士がときどき心配そうに見ている――早々に困惑から立ち直り、事務局長の話しぶりと、話すときの穏やかな波のような手の動きに魅了され、うっとり聞き惚れている。ベッドの柱にもたれているKは、事務局長に完全に無視されていた。おそらく、わざとだ。すっかり年輩の紳士たちの聞き役に回されている。それにしても、何を話しているのかさっぱり分からない。それで、あの看護婦のことや、彼女が叔父さんにひどい扱いを受けたことを考えたり、この事務局長をどこかで一度見かけたことがあるんじゃないかと考えたりしていた。もしかして、最初の審問のときの人ごみの中でだろうか。見間違いかもしれないが、あの集会の最前列にいた連中、まばらなヒゲの老いぼれどもの一人が事務局長だったと言われても、そんなに違和感はない。

そのとき、陶器が壊れるようなガチャンという音が玄関から聞こえ、みんな耳を澄ませた。「何があったか見てきます」とKは言って、ゆっくり部屋を出た。行かなくていいと言う機会を他の人々に与えるかのように。玄関の間に足を踏み入れ、暗がりに目を慣らそうとしていると、まだ扉を押さえていた彼の手に、小さな手が重ねられた。Kの手よりずっと小さい。その手はそっと扉を閉めた。看護婦だ。ここで待ち受けていたのか。

「何もないわ」と彼女はささやいた。「お皿を壁に叩きつけただけ。出てきてもらいたくて」

どぎまぎして、Kは言った。

「ぼくも、きみのことを考えていたよ」

「あら、ちょうどよかった」と看護婦は言った。「こっちに来て」

数歩先に、すりガラスの扉があり、看護婦がKの先に立って開けた。

「中に入って」と彼女は言った。中は、何のことはない、弁護士の仕事部屋だ。二つの大きな窓から二条の月の光が差しこみ、それぞれ、床の上にできた小さな四角形だけを明るく照らしている。その月明かりで見るかぎり、どっしりした古い家具が並んでいるようだ。

「ここに座って」と看護婦は言い、木彫り細工の手すりのついた、黒っぽい長持ちを指さした。腰を下ろしながら、Kは部屋を見回した。天井の高い、大きな部屋だ。この弁護士先生は貧しい人の味方らしいが、そういう顧客層がこの部屋に来たら、[*12]さぞ場違いだろうな。依頼人がちょこまかした足取りで、あのバカでかい事務机ににじり寄っていく様子が目に見えるようだ。けれども次の瞬間には彼はそんなことは忘れ、隣に座った看護婦に目が釘づけになった。あんまり近くに座るものだから、肘かけにぎゅうぎゅう押しつけられそうになった。

「あたし、てっきり」と彼女は言った。「わざわざ呼ばなくても勝手に来てくれるとばかり思ってた。おかしいわね。最初に入ってきたとき、あたしのこと、あんなにじろじろ見てたくせに。あとになって待ちぼうけ食わせるなんて」

「ところで、あたしのことはレニって呼んでね」と彼女はいきなり早口で付け加えた。これを言うタイミングは今しかない、といった勢いだ。

「そう呼ぶよ」とKは言った。「ちなみに、おかしなことになった理由は簡単に説明できるよ、レニ。まず、ぼくはご老体たちのおしゃべりを聞かないといけなくて、口実がないと抜け出せなかった。次に、ぼくって気が弱い。奥手なんだ。それにさ、レニ。きみだって一発でものにできそうには全然見えなかったよ」

「そんなにお安くはないわね」とレニは言い、片腕を手すりの向こうに垂らし、じっとKを見つめた。「だから最初、あたしのこと好みじゃないと思ったのかしら。ていうか、今だってそう思ってるでしょ」

「好みとか、どうでもいいじゃないか」とKはのらりくらり言った。

「あら！」と彼女はニヤリとして言った。先のKの発言と今の小さな叫びで、少しだけ彼女が上の立場に立った。だからKはしばらく黙っていた。暗がりに目が慣れたので、部屋の中の調度品が細かいところまで見分けられる。とくに目を引いたのは、扉の右側に架かっている大きな絵だ。彼は身を乗り出し、よく見ようとした。描かれているのは、裁判官の長衣を着た男だ。玉座型の背の高い椅子に座っている。椅子の部分は金箔が張られており、やたら絵から飛び出して見える。変わっているのは、この裁判官が落ち着いて威厳をもって座っているのではないことだ。左腕を背もたれと肘かけにグイッと押しつけ、しかし右腕は浮かせていて、肘かけを手でつかんでいるだけだ。次の瞬間にも激しい勢いで、ひょっとしたら腹を立てて跳び上がり、決定的なことを言おうとしているみたいだ。あるいは判決を言いわたすのか。被告人は、きっと階段の一番下にいることになっているのだろう。黄色い絨毯が敷かれた一番上の段だけが絵に収まっている。

「これ、ぼくの裁判の人かな」とKは言い、人差し指で絵を指さした。

「その人なら知ってるわ」とレニは言い、いっしょに絵を見上げた。「よくここに来るから。若いころの絵よ。でも、似てないわね。昔はこうだっていうのも無理があるでしょ。だって実物はチビなのよ。なのに、絵ではこんなに縦方向に引きのばして描かせたの。ものすごい見栄っぱりなんだから。まあ、このあたりじゃみんなそうだけど。ちなみに、あたしもよ。見栄っぱりだから、好みじゃないなんて言うと、怒るわよ」

この最後の発言に対するKの答えは、ただレニを抱き、ギュッとすることだった。彼女は黙って、頭を彼の肩にもたせかけた。ついでのように彼は言った。

「この人の等級は？」

「予審判事よ」と彼女は言って、彼女を抱いている彼の手をつかみ、指をいじりだした。

「またまた予審判事止まりか」とKはがっかりして言った。「上級の職員どもは、こそこそ逃げ隠れしてやがる。にしても、たかが予審判事のくせに玉座とはね」

「それ、全部捏造《ねつぞう》よ」とレニは言い、顔をKの手にかぶせた。「本当は台所の椅子に座ってるの。使い古したボロ毛布をたたんで敷いてあるけどね。それはそうと、さっきから聞いていれば、頭の中は訴訟のことだけなの？」と彼女はゆっくり付け加えた。

「いやいや、全然そんなことないよ」とKは言った。「それどころか、訴訟のことが頭になさすぎるって言われる」

「失敗したのは、そこじゃないわ」とレニは言った。「頑固すぎたのがいけないのよ。そう聞いたわ」

「誰が言ってたんだ？」とKは尋ねた。彼女[*13]の身体がぴったり胸に密着しているのを感じる。きっちり編んで頭に巻きつけた豊かな黒髪が、目のすぐ下に見える。

「それを言ってしまったら、しゃべりすぎってことになるわ」とレニは答えた。「名前は訊かないで。そんなことより、自分の失敗を繰り返さないこと。もっと素直になること。この裁判に抵抗しても無駄ですもの。自白しないとだめよ。次の機会に早速自白してね。そしたらはじめて、逃げられる可能性が出てくるの。自白するのが先決よ。でも、そうやって逃げるのだって、自力では無理。他人の手助けがないと。でも心配しないで。あたしが助けてあげるんだから」

「裁判のこと、よく知ってるな。裁判に必要なインチキのことまで」とKは言った。彼女がぐりぐり身をすり寄せてきたので、我慢できず、彼女を抱え上げて膝にのせた。

「うん、いい感じ」と彼女は言い、彼の膝の上で身づくろいした。スカートのしわを伸ばし、[*14]ブラウスの乱れを直す。それから彼女は両手で彼の首にしがみつき、体をのけぞらせ、長いこと彼を見つめた。

「じゃあ、ぼくが自白しなかったら、助けてくれないの？」と彼はためしに尋ねてみた。おれの顔に、助けてくれる女の人募集中とでも書いてあるのかと彼は思い、不思議なくらいだった。最初はビュルストナー嬢、次は廷吏の女房、きわめつきはこの看護婦だ。この女、よっぽどおれが気に入ったらしいな。おれの膝に座って、ここがあたしの特等席って態度だぞ！

「助けてあげない」とレニは答え、ゆっくり首を振った。「まず自白してもらわないと。ていうか、あたしに助けてもらいたくなんか全然ないんでしょ。あたしの言うことなんか、どうでもいいのよね。わがままな人。何を言っても納得してくれないんだから」

「恋人いるの？」と、しばらく間をおいて彼女は尋ねた。

「いない」とKは言った。

「いるでしょ」と彼女は言った。

「うん、本当はいる」とKは言った。「これってどうだろ。恋人いないとか言ったくせに、じつは写真を肌身離さず持ち歩いてたりするのさ」

見せてと頼まれたので、彼はエルザの写真を見せた。彼の膝の上にうずくまり、レニは写真をじっくり眺めた。スナップ写真だ。エルザがくるくる回りながら踊っているところが写っている。ワイン酒場でよく踊っていたダンス。回転でふわりと広がったスカートが、ひだをなして翻《ひるがえ》っている。両手を腰にあて、首をピンと伸ばし、横を向いて笑っている。その笑顔が誰に向けられているのか、写真からは分からない。

「コルセット、締めすぎじゃないの」とレニは言い、ほらここ、ここよと注目すべき箇所を指さした。「こういう女、好きじゃないな。野暮ったいし、ガサツ。自分の彼氏には優しいんでしょうけどね。写真を見ただけでも分かるわ。こういうゴツい女の子って、優しい以外に取《と》り柄《え》ないもん。でも、彼氏のために犠牲にまでなってくれるかしら？」

「くれないね」とK[*15]は言った。「優しくはないし、ぼくのために犠牲になる気もないだろう。ぼくのほうから優しくしろとか、犠牲になれとか要求したこともない。そもそもこの写真だって、今きみが見たみたいによく見たことなんか一度もないよ」

「この人のこと、好きでも何でもないってことよね」とレニは言った。「それ、恋人って言わないから」

「恋人だよ」とKは言った。「ぼくがそう言うんだから、恋人だ」

「はいはい、恋人ってことにしといてあげる」とレニは言った。「でも、だったら別れても大して困らないわよね。他の誰かと取り替えても同じ。たとえば、あたし[*16]とか」

「そうだな」とKはニヤニヤして言った。「考える価値はあるね。でも、きみと比べてエルザには大きな長所がある。あの女は訴訟のことなんか何一つ知らないし、たとえ何か知ったとしても、そんなこと何も考えない。素直になりなさい、とかお説教もしない」

「そんなの長所じゃないわ」とレニは言った。「それ以外、ろくに長所がないなら、あたしの勝ちよ。この人、何か身体に障害があったりする？」

「身体に障害？」とKは尋ねた。

「ええ」とレニは言った。「あたしの身体には、あるから。ちょこっとだけどね。ほら見て」

彼女は右手の中指と薬指を広げてみせた。指と指のあいだに薄い膜が張っている。短い指の第一関節あたりまで届いていた。暗いので、Kは相手が何を見せたがっているのか最初は分からなかった。だから彼女は彼の手を取り、そこを触らせた。

「自然のいたずらってやつか」と彼は言い、手全体をじっくり眺めて、こう付け加えた。

「かわいい水かきだな!」

Kが賛嘆の面持ちで、その二本の指を何度もパカッと開いたりピタッと閉じたりしているのを、レニはどこか自慢げに見つめていた。しまいに彼はその指にチュッと目立たないようキスし、手を放した。

「あら!」と彼女は目ざとく叫んだ。「あたしにキスしたでしょ!」

彼女は口を開けて、[*17]せかせかと両膝を使って彼の膝によじのぼった。Kは唖然《あぜん》として彼女を見上げた。こうして密着すると、彼女の身体からはスパイスのような刺激的な臭いが漂ってくる。彼女は彼の頭を抱えて上から覆いかぶさり、彼のうなじに歯を立て、キスをしてきたかと思うと、今度は髪の毛を口にくわえた。

「取り替えたわね」と彼女はときどき叫んだ。「ほら、やっぱりあたしと取り替えちゃった」

そのとき膝が滑り、彼女は小さくキャッと悲鳴をあげて絨毯の上に転げ落ちかけた。Kは彼女を抱き止めたつもりが、逆に引きずり下ろされた。

「あなたを手に入れたわ」と彼女は言った。

[*18]「これ、家の鍵だから。いつでも好きなときに来てね」

それが彼女の別れの言葉だった。帰りがけに、あてどなく背中にキスされた。建物から外に出ると、小雨が降っていた。レニが窓辺に立って見送っているのが見えるのじゃないかと思って、道の真ん中に出ようとしていたとき、建物の前に停まっている自動車から叔父が飛び出してきた。そんなところに停まってたとは、上の空だったから全然気づかなかった。叔父は彼の両腕をつかみ、建物の戸口にぎゅうぎゅう押しつけた。そこに釘づけにしてやると言わんばかりの勢いだ。

「この悪ガキ」と叔父は叫んだ。「なんてことを！　せっかくうまくいきそうだったのに、台なしじゃないか。あの汚らわしい小娘と、こそこそ抜け出しおって。しかもあの女、どう見たって弁護士とデキとるぞ。そんな女と何時間も何してたんだ。口実の一つも作らず、恥ずかしげもなく、堂々と女の尻を追いかけおって。おまえが女としけこんどるあいだ、われわれは待ちぼうけだ。おまえのために散々苦労しとる叔父さん。おまえの味方に引きこんでやろうと思っとった弁護士。おまけに事務局長さん。おまえの案件が今どうなっとるかよくよくご存じの、偉いお方だぞ。どうすりゃおまえを助けてやれるか、みんなで相談しようと思ってたんだ。私は弁護士の面目を立ててやる。弁護士は事務局長さんの面目を立てる。なら、おまえは私の面目を立てるのが筋じゃないか。せめて応援ぐらいできんのか。応援する代わりに、おまえはトンズラこいた。どう考えても、何があったかは明らかだ。お二人とも、礼儀正しい、如才ない方々だから、口には出さない。言えば、こちらに恥をかかせるからな。だが、とうとう堪忍袋の緒《お》が切れる。話すことがないから黙るしかない。何分も黙ったまま座って、そろそろおまえが戻ってこないかと耳を澄ませとった。全部無駄だった。とうとう事務局長さんが立ち上がって、予定よりずいぶん長居してしまいました。そろそろお暇いたします。どうやらお力にはなれそうもなく、残念です、とおっしゃる。信じられんくらい親切な方で、戸口であとしばらく待ってくださって、それからお帰りになった。もちろんホッとしたさ。もう息を吸っても肺に空気が入ってこない気分だったからな。ただでさえ病気の弁護士のやつには、もっとこたえていた。気の毒に、こちらが別れの挨拶をしても、ろくに口もきけんありさまだ。あいつがガクッときて早く死んだら、おまえのせいだぞ。頼りになる男だったのに。しかも、この私を、叔父さんを、この雨の中で何時間も待たせおって。ほら、触ってみろ。ずぶ濡れじゃないか」

弁護士／工場主／画家

ある冬の日の午前――外では薄明かりの中で雪が降っている――Kは事務所で、まだ早い時刻なのに、へとへとに疲れきっていた。せめて下級の銀行員には煩わされまいと、大切な仕事があるから下々の連中は誰も通すなと用務員に言いつけてあった。けれども、仕事をする代わりに、椅子に座ったまままくるくる回転したり、机の上のものをいくつかのろのろ移動させたりしていた。いつのまにか、片腕を机の上にそっくり投げ出し、頭を垂れて、身動きもせず座っているのだった。

訴訟のことがもはや念頭から去らなくなっていた。弁明書を作成して裁判所に提出するのがいいんじゃないか、と考えることが最近よくあった。弁明書には短い履歴書をつけよう。自分の人生の大きめのできごとについて、一つずつ、自分がそこでそう行動した理由はなぜか、現時点で判断してその行動は正しいか間違ってるか、そう判断できる理由に何があるかを説明していくのだ。ただ弁護士に弁護してもらうだけの場合と比べて、弁明書を出すことにメリットがあるのは疑問の余地がない。そうでなくても、あの弁護士は申し分ないとは言いがたいからな。あの弁護士が何をやってるのか、そもそも知らない。どうせ大したことはやってないだろう。もう一ヶ月も音沙汰ないし、これまで話し合った印象では、あの男がそれほど役に立つとは思えなかった。だいたい、詳しいことをほとんど何も質問してこない。質問することなら、たくさんあるはずなのに。質問が肝心だというのに。想定質問を自分で全部作っていったほうが早い気がする。まったく、あの弁護士ときたら、質問する代わりに自分がしゃべってるか、黙ったまま向かい合って座ってるだけときた。耳が遠いせいか事務机から少し身を乗り出し、ヒゲの房をつまんで、絨毯を見下ろしている。ちょうど、あのときレニと寝てた場所かもな。ときどき、[*1]子ども相手にするような中味のない注意をぺちゃくちゃ言っている。役に立たない、退屈なおしゃべりだ。こんな話で金をとる気か。費用清算のときビタ一文も払ってやらんぞ。そんなこんなで、こちらがもう十分屈辱を味わったころあいを見はからって、弁護士は今度は少しばかり元気づけにかかる。それがいつものことだった。弁護士はこう語った。私は過去に似たような訴訟をたくさん扱い、全面勝訴や一部勝訴を勝ち取ってきました。実際には今回のほど難しくはなくても、表面的にはもっと希望がないように見える訴訟をですよ。そういった訴訟の一覧は、この引き出しに――ここで弁護士は、机の引き出しのどれか一つをコンコン叩いた――しまってあります。残念ながら書類はお見せできませんが。守秘義務がありますから。ともあれ、そういった訴訟の数々で私が得た大きな経験は、もちろんKさんの案件で大いに生かされます。もちろん、私はすぐ仕事を始めましたし、最初の請願書はもうほとんど完成しています。最初がとても重要なんですよ。弁護側の第一印象が、訴訟全体の方向を決定づけてしまうことがよくありますから。残念ながら、これはお断りしておかねばなりませんが、裁判所に最初に提出した請願書が全然読まれないことも、ちょくちょくあります。書類の山の上にぽいっと放って、さしあたりはどんな書類より、被告人の事情聴取と観察のほうがずっと重要であるとのたまうわけです。こちらが食いさがると、こう付け加える。決定を下す前には、すべての資料が集まり次第、関連する書類をすべて、もちろん最初の請願書も含め、吟味《ぎんみ》するであろうと。残念ながら、それもたいてい口だけです。最初の請願書は、どこかに紛れこむか、あるいは完全に紛失するかが普通です。たとえ最後まで保管されていたとしても、ろくに読まれないらしい。まあ、私は噂で聞いただけですがね。もちろん遺憾なことですが、仕方ないと思える点もあります。Kさん、訴訟の手続きは非公開であることをお忘れなく。裁判所が必要と認めたら、公開される可能性もありますが。法律には、公開せよとは書いてありません。したがって、裁判の書類、とりわけ起訴状は、被告人や被告弁護人には見ることができません。ですから、最初の請願書を何に向けて書けばいいかは、そもそも分からない。あるいは、少なくとも正確には分からないのです。当該の案件について何か意味のある内容を盛りこめたとしたら、それはただ偶然のたまものです。本当に的確で説得力のある請願書は、あとになって、被告人が事情聴取される過程で、個々の罪状とその根拠が明らかになるか推測できるようになって、はじめて作成できるのです。こういう状況下では、もちろん弁護側はかなり不利で困難な立場に置かれます。ですが、これも意図的にそうなっているのです。弁護というものは、そもそも法律で認可されたものではなく、お目こぼしされているだけです。当該の法律の条文からお目こぼしが許されることが読み取れるかどうかも、論争があるくらいでして。ですから、厳密に言うと、裁判所が正式に認めた弁護士というものは存在せず、この裁判で弁護士を名乗って出廷するのは、基本的にみんなインチキ弁護士ばかりなのです。もちろん、おかげで弁護士の威信は地に落ちますよ。もし次に裁判所事務局に行かれたら、後学のためにぜひ弁護士控室をのぞいてご覧になるといい。そこに集まっている連中を見たら、ギョッとしますよ。連中に割り当てられた、天井の低い狭い部屋からして、連中がいかに裁判所に軽蔑されているかが露骨に分かります。その小部屋の明かりといえば、高いところにある小さな天窓一つきりです。外を見たいと思ったら、お仲間のうちから肩車してくれる人を見つけるしかありません。外を見たからって、目の前にある煙突の煙で鼻をやられ、煤で顔が真っ黒になるだけの話ですがね。この小部屋の床には――どんな状態か、もう一つだけ例を挙げさせていただくなら――一年以上前から、穴が一つ空いています。人間が落ちるほど大きくはありませんが、片脚がずっぽりはまる程度には大きい。弁護士控室は屋根裏の二階にありますから、誰かが穴にはまると、屋根裏の一階に脚が突き抜けて、天井からぶらぶらします。ちょうど被告人たちの待合室になっている廊下のところですよ。弁護士業界では、こうした状況は破廉恥《はれんち》だと言ったりしますが、けっして言いすぎではないでしょう。管理部に苦情を言っても何の意味もないのですが、弁護士が自腹を切って部屋の模様替えをするのは厳禁です。この扱いにもちゃんと理由があります。なるべく弁護人を遠ざけ、すべてが被告人本人の肩にのしかかってくるように意図しているのです。とんでもない話ですよ、基本的には。しかし、だからといって、この裁判で被告人は弁護士を必要としていないと結論づけるのは大間違いです。逆に、この裁判ほど弁護士が必要になる裁判は、他にはありません。訴訟の手続きは、そもそも非公開で、世間の目からは隠されているわけですが、おまけに被告人の目からも隠されている。もちろん、可能なかぎりというだけですが、かなりの程度それは可能です。なぜなら、被告人も裁判の書類は見ることができないし、尋問の内容から、それがどんな書類にもとづいているのかを推測するのは非常に困難です。とくに、ドギマギして、あれこれ心配して気が散った被告人ならなおさらです。そこで弁護人の出番です。尋問には、そもそも弁護士は立ち会いを許されていませんから、尋問のあとすぐに、なるべく審問室の出口で被告人を捕まえては、尋問について根ほり葉ほり尋ねるわけです。被告人の言うことは、えてして大変ぼんやりしていますが、そこから弁護に使えるものを取り出すのです。けれども、これが一番大切というわけではありません。そんなやり方では、大したことを知ることはできませんから。もちろん、有能な男なら、このやり方でも無能な男が聞くよりは多くのことを聞き出せますが、それは他のやり方でも同じことです。一番大切なのは、弁護士が個人的に持っている人脈《コネ》です。そこにこそ弁護の意義の大半があるのです。ご自分の経験から先刻ご承知のことかと思いますが、裁判所の組織の最下層は、非の打ちどころがないとは申せません。義務をないがしろにし、汚職にまみれた職員たちがいます。おかげで、裁判所の厳格な守秘体制にも穴ができる。弁護士はたいてい、そうやってできた穴に入りこもうとします。そして賄賂を贈り、こっそり聞き出そうとする。それどころか、少なくとも過去には書類窃盗事件までありましたよ。こういうやり方で、つかのま驚くほど被告人に有利な結果がもたらされることがあるのは否定しません。実際、小物の弁護士どもは、そういう成果を見せびらかし、新しい顧客を釣ろうとする。しかし、訴訟のゆくすえにとっては、そんなものは無意味です。さもなければ逆効果です。本当に効力があるのは、個人のまっとうなコネだけです。上級の職員へのコネです。下の上、という意味での上級ですがね。そういうコネだけが、訴訟のなりゆきに影響を与えられるのです。はじめは目立ちませんが、やがて、はっきり影響が出てきます。それができる弁護士はごく少数ですし、私をお選びになったのは正解ですよ。そんなコネを持っているのは、この私、フルト博士より他に、せいぜい一人か二人ぐらいでしょう。ちなみに私ぐらいになると、弁護士控室にたむろする連中など歯牙《しが》にもかけませんし、連中と関わり合いになることもありません。それだけに、裁判所の職員とのつながりは密接になります。他の連中のように、裁判所に出かけ、予審判事控室で待ち伏せ、たまたま判事の誰かが姿を現すのを待ち、判事のご機嫌を伺いながら、かりそめの成功を手にする。あるいは、かりそめの成功すら手にできない。そんな営みに明け暮れる必要もないのです。そういえば、ご自分の目でご覧になったのですよね。うちには裁判所の職員が、しかもかなり上級の方々が向こうからお越しくださる。お願いしなくても情報を教えてくれるんですよ。包み隠さず、あるいは少なくとも解釈するのが簡単な形でね。私たちは訴訟の今後のなりゆきを相談します。場合によっては、反論を聞いてくださったり、こちらの意見を採用してくださったりもします。もっとも、この最後の点に関しては、あまり信頼しすぎるのも考えものですがね。あの方々が弁護側に有利な新見解をはっきり口にされて、そのまま事務局に直行して翌日の判決文を起草なさったかと思うと、それがまるで正反対の内容を含んでいたり、当初よりずっと被告人に厳しい内容だったりする。すっかり考えを改めましたと前日は明言されていたのに。そんなことはざらにあります。もちろん、それを防ぐ手立てはありません。内々にお話ししたことは内々にお話ししたこと以上ではなく、公式に何か結果をもたらすものではありませんから。たとえ弁護人が普段どれだけあの方々に気に入られようと努力していても。それはそうと、あの方々はただただ人間愛や友情だけから弁護人と、もちろん話の分かる弁護人の話ですが、つながってくださるわけではなく、ある意味で弁護人に依存してもいるのです。こういうところに、末端においてさえ秘密裡《ひみつり》に裁判を行う裁判所組織のデメリットが表れています。職員たちは世間の人と関わることがありません。中ぐらいの難度の普通の訴訟なら上手に対処できます。そういう訴訟は、軌道に乗ればほとんど自動的に進行して、たまにしか押す必要もないのです。ところが、とても簡単な案件や、とくに難しい案件になると、よく途方に暮れてしまうのです。昼も夜も法律にどっぷり浸かっているため、人間関係というものがよく分からない。だから、簡単な案件や難しい案件で困ってしまう。そんなとき、弁護士に助言を求めにやって来るわけです。秘密書類のはずの書類を抱えた用務員を背後に従えてね。そこの窓のところには、思いもよらない方々が立っておられたりするのですよ。弁護士が机に書類を広げ、どんな助言ができるだろうかと考えているあいだにも、泣きそうになって窓の外の路地を眺めておられるというわけです。ともあれ、そういうことがあると、あの方々がご自分の仕事に真剣に取り組んでおられることと、世間知らずなせいで対処できない障害にぶつかると絶望しきってしまうことがよく分かります。それに、あの方々は難しい地位にいらっしゃる。簡単だなどと考えるのは間違いです。裁判所の位階と昇進の仕組みはきりもなく入り組んでいて、事情通でも見通しがきかないほどです。上級審の訴訟手続きは下級の職員にも秘密にされていますから、下級職員は自分が携わった案件がその後どうなったかをいちいち完全に把握することなどできません。ですから、一つの案件は彼らの視界に入っては消えていくのです。どこから来たのかも分からず、どこへ行くのかも分からないまま。そんなわけで、訴訟の個々の局面、最終判決、判決理由などを比較検討した結果、はじめて得られるような教訓は、下級職員には手に入りません。法律によって自分に割り当てられた一部分しか把握することは許されず、それ以上のことは、つまり自分自身の仕事の結果はあまり知らないのです。たいてい弁護人のほうがよく知っています。弁護人は普通、訴訟のほぼ結審まで被告人とつながりがあるものですからね。被告人がらみでも、職員は弁護人から有意義なことを聞き知ることができます。こういったことをすべて考え合わせても、職員たちがイライラして、ときどき被告人たちに――みんなこれを経験します――侮辱的な発言を投げつけているのには、驚かれるかもしれません。職員たちは全員イライラしている。落ち着いて見えるときでもね。もちろん、おかげで小物の弁護士どもは散々苦しめられます。たとえば、こんな話があります。ありそうな話ですよ。あるところに年を取った職員がいた。物静かで善良な紳士だった。難しい案件を抱えていた。しかも弁護士がやたら請願書を出すので話がこんがらがっていた。一昼夜ぶっとおしで調べ物をしていた――裁判所の職員というのは、実際、他の誰よりも勤勉なんですよ――[*3]。明け方ごろ、あまり実りがなさそうな二十四時間の労働ののち、彼は入口の扉のところへ行った。そこで待ち伏せして、弁護士が入ってこようとするたび、片っぱしから階段の下に突き落とした。弁護士たちは踊り場に集まり、どうすればいいか相談した。まず、弁護士にはそもそも中に入れろと要求する権利はありません。ですから法的にはその職員に対して何もできないのです。それに、先ほども申し上げたように、職員たちを敵に回してはいけない立場ですからね。しかし、裁判所に入れなかったら一日を無駄にしたことになりますから、どうしても中に入りたいわけです。最終的に、このお年寄りを疲れさせようということで話がまとまった。一人の弁護士が代表で階段を駆け上り、自分からは手を出さないように気をつけながら、できるだけ抵抗して、それから突き落とされる。すると下で仲間たちが受け止めてくれる。それが何度も何度も繰り返された。小一時間ほど続いた。そうでなくても徹夜で疲労困憊《こんぱい》していた老紳士は、すっかりへとへとになり、よろよろと自分の事務室に戻っていった。下にいる連中は、最初はそれを信じようとせず、また代表で一人を送り、本当に戸の向こうに人がいないかを確かめさせた。それからようやく、連中はぞろぞろ入ってきた。ブツブツ文句を言ったりする勇気がある者は、どうやら一人もいないようだった。つまり、およそ弁護士たるもの――どんなに小物の弁護士でも、このような状況を少なくとも部分的には見とおすことができますから――裁判所を何かしら改善するとか、改善させるとか、そんな気はけっして起こさないのです。それに対して――これが特徴的な点なのですが――被告人は、ほとんど例外なく、あまり頭がよくない連中でさえ、訴訟が始まってすぐの時期にはあれこれと改善策を考えはじめ、時間と労力を無駄に費やします。他にもっといい使《つか》い途《みち》があるはずなのに。唯一の正しい道は、現状と折り合いをつけることです。個々の点で改善を行うことが可能だったとして――そんなものはバカげた迷信ですが――せいぜい未来の裁判のためになることが達成されるだけで自分自身には何の益もないばかりか、すぐ根に持つ職員たちに目をつけられたら、はかり知れない損害を背負いこむことになります。とにかく目をつけられないことです！　どんなに気に食わないことがあっても、落ち着いた振る舞いをすることです！　よくご覧になることです。この大きな裁判所の組織は、ある意味、常時ふわふわ宙に浮いています。ですから、自分のいる場所で自力で何かを変えようとし、自分で自分の足もとから地面を取り除いて一人で落っこちるのは勝手ですが、この大きな組織は少しくらい穴が開いても平気で、他の場所で――すべてはつながっていますから――代わりを見つけて穴

前よりも強固になり、前よりも目を光らせるようになり、前よりも厳しく、前よりも意地悪になるだけです。何も変わりません。あるいは、これもありそうなことですが、前よりも強固になり、前よりも目を光らせるようになり、前よりも厳しく、前よりも意地悪になるだけです。ですから、弁護士の仕事は弁護士にお任せなさい。弁護士の邪魔をする代わりにね。もちろん、過ぎたことをあれこれ言っても仕方ありませんし、何がいけなかったのかを十全に分かっていただけないときには、なおさらです。ただ、これだけは言わせてください。事務局長さまに対するKさんの振る舞いは、ご自分の案件にとって、はかり知れない損害をもたらしたのですよ。せっかく影響力のあるお方なのに。あの方は、Kさんのために働きかけを行えそうな人のリストから、もう名前が消えたも同然です。この訴訟の話をチラッと持ち出しただけで、露骨に聞いてないふりをされます。色々な点で、職員はみんな子どもみたいなんですよ。ちょっとしたことで傷つくんです。いや、残念ながら、Kさんの振る舞いはちょっとしたこととは申せませんがね。とにかく傷ついたと思ったら、親しい友人と口もきかなくなり、顔を合わせたらそっぽを向き、何かにつけて反対の立場を取るようになるのです。ところが、驚くのはこれからです。もう何をどうしても見こみがなさそうなので、やけくそで冗談を飛ばしたら、あっけなく笑って仲直り。とくに理由もありません。そんなわけで、あの方々と付き合うのは難しくもあり、同時に簡単でもあります。原理原則はほぼ存在しません。あの方々との付き合いでそれなりに成功を収めようと思ったら、ただただ平均的な生活を送ってさえいればいい。ときどき不思議な気がするほどです。もっとも、落ちこむことももあります。みんなそうです。自力では何も、これっぽっちも達成できていない気がするのです。最初からうまくいくことが決まっている訴訟だけがうまくいき、別に手助けは必要ない。逆に、それ以外の訴訟は、どれだけ走り回り、どれだけ骨を折り、どれだけささやかな成功を、かりそめの成功を積み重ねてぬか喜びしていても、すべて負ける。そんな気がしてくるのです。そうなると万事につけ自信がなくなり、本来うまくいくはずだった訴訟が下手な手出しのせいでうまくいかなくなったんじゃないかという疑問を否定することすらできなくなる。まあ、それだって一種の自信ですけどね。そういう自信しか残らなくなるのです。こんな発作――これは発作以外の何ものでもないです――に見舞われる危険性が高いのは、そこそこうまく進めてきた訴訟が、弁護士の手から突然取り上げられたときです。それが弁護士にとっては最悪のことでしょう。とはいえ、たとえば被告人が弁護士をクビにするわけではありません。そんなことはけっして起こらないでしょう。ひとたび弁護士を雇った以上、被告人は、何があってもその弁護士をクビにはできません。ひとたび手助けされることに味を占めてしまうと、もう一人ではやっていけませんから。そんなわけで弁護士がクビになることはありえないのですが、弁護士がついて行けない方向に訴訟が進んでしまうことは、ときどきあります。訴訟と被告人が、ついでに何もかもが、弁護士の目の前からパッと消えてしまうのです。そうなると、職員にどんないいコネがあっても無駄です。職員だって何も知りません。その訴訟は、もう手助けが不可能な段階に入ってしまい、手の届かない上級審が訴訟を取り仕切り、被告人そのものも弁護士には手が届かなくなるのです。こんな具合です。ある日、帰宅して机を見ると、当該の案件で作成した請願書が積んである。汗水たらして、希望に胸をふくらませて書いた書類が、一通残らず返送されてきたのです。訴訟の新しい段階への移管がなされなかったので、何の価値もない紙クズになったというわけです。だからといって、まだ敗訴したわけではありません。全然違います。敗訴したと見なす決定的な理由は何もありません。ただ単に、その訴訟との縁が切れて、以後その訴訟のことは一切分からなくなるというだけの話です。もっとも、幸いなことに、そんなケースはあくまで例外です。たとえKさんの訴訟がそれに該当したとしても、そんな段階に突入するのは、まだずっと先のことです。目下のところは、まだ弁護士が仕事をする余地はたっぷりありますし、全力を尽くしますからご安心ください。先ほども申し上げたように、請願書はまだ提出していません。急ぐことは何もないのですよ。もっと大切なことは、力のある職員の方々に話をつけておくことです。それはもう済んでいます。正直な話、効果があるかどうかは場合によりますがね。さしあたり、細かい点はKさんにはお話ししません。そのほうがいいのです。お聞きになっても悪い影響が出るだけですから。希望を抱きすぎたり、不安を抱きすぎたりするわけです。ただ、これだけは申し上げておきます。とても好意的で、ぜひ力になりたいと言ってくださった方が何人かいらっしゃいました。一方、それほど好意的ではないものの、力添えはやぶさかではないとおっしゃる方もおられる。つまり、全体として見れば、かなりいい目が出ているということです。ただし、だからといって、ことさら何かの結果に結びつくと思ってはいけません。予備審理なんてものは、だいたい似たような始まり方をするもので、先を見てみないと、この予備審理がどのような意義を持つのかは分かりません。いずれにせよ、今のところ失点は何もありません。もし、色々あったけれども結局は事務局長さまを味方に引き入れることができれば――そのために、すでに手は打ってあります――全体的に、外科医の言い方を借りれば「傷口はきれい」ということになります。ですから安心して続報をお待ちください。

　こういった話を弁護士はとめどなく延々と続けた。行くたびに、同じ話が毎回毎回繰り返される。いつも進展があるそうだが、どんな進展があったのかは一切教えてもらえない。いつも最初の請願書が作成中で、けっして完成しない。たいてい、次に行ったとき、前回はまだ提出しなくて幸いでした。じつは最初は分からなかったことですが、もし前回提出してしまっていたら、きっと困ったことになっていたでしょうと言われる。ときどき、Kが長話[*4]に疲れはて、色々と大変なことがあるにせよ、進行がずいぶんゆっくりですねと感想を述べると、こう反論される。いえいえ、そんなことは全然ありません。それはそうと、あなたが弁護士のところに来るのが遅すぎなければ、今ごろずっと先に進んでいたはずなのですが。しかし、残念ながら遅すぎましたね。これは痛い。これから先は、時間的なデメリットが発生するだけでは済みませんよ。

　弁護士宅を訪れて唯一嬉しいことは、レニが入ってきて話が中断されることだった。レニは、うまいことKが居合わせるときに弁護士にお茶を運んでくる。そんなとき彼女はKの背後に立ち、弁護士が何かガツガツしてお盆に身をかがめ、お茶を淹《い》れて飲むのを眺めているふりをする。じつは密かにKに手を握らせているのだ。完全に沈黙が落ちる。弁護士はお茶を飲み、Kはレニ[*5]の手を握りしめ、レニはときどき大胆にもKの髪を優しく撫でたりする。

「まだいたのかね？」と弁護士は、お茶を飲んでしまうと尋ねる。

「食器を下げようと思いまして」とレニは言い、最後にもう一度手をギュッとする。弁護士は口をぬぐい、また元気百倍、Kにあれこれ言い聞かせはじめる。

　慰めたいのか、絶望させたいのか。この弁護士、何がやりたいんだ？　どちらなのかは分からなかったが、Kはやがて、自分の弁護がうまくいってないのは確実だと確信した。万が一、弁護士の話が全部本当というのもなくはないが、自分を偉く見せようとする魂胆はお見通しだ。こいつの言うには、今回の訴訟は大きな訴訟らしいが、こいつが自分で大きな訴訟を扱ったことなんか、これまで一度もないんだろうよ。こいつが何度も何度も吹聴する、職員との個人的なコネってのも怪しいものだ。職員どもにしてみたところで、何が悲しくてこっちの利益のために働かなきゃならんのだ？　弁護士のやつは、下級の職員だとご丁寧にも断っていた。つまり、自分で何かする力はない連中ってことだ。そいつらの昇進にとっては、訴訟の進む方向を多少ねじ曲げることに何かしら意味があるのかもしれんが。どうせ被告人にとって不利な方向にねじ曲げるんだろう。そのために弁護士のやつを利用してるんじゃないか？　全部の訴訟でやってるのではないかもな。うん、それはなさそうだ。一方で、連中が弁護士のために便宜を図ってやる訴訟もあるのだろう。弁護士のやつの評判を落とさないことが、連中にとって大切みたいだからな。だが、本当にそうだとすると、連中はどうして今回の訴訟に手を出せるんだろう？　弁護士のやつが言うには、難しくて重要な訴訟で、はなから裁判所では注目を集めていたらしいが。連中は、さほど怪しいことはできないはずだ。訴訟が始まってもう何ヶ月も経つのに、いまだに最初の請願書が提出されてないこと自体、その証拠だ。弁護士のやつに言わせれば、まだ始まったばかりらしいが。もちろん、こちらの感覚を麻痺させるために言ってる可能性は大だ。そうやって無防備にさせておいて、いきなり不意打ちで判決を突きつけてくるつもりか。あるいは少なくとも、審問で不利な結果が出て、それが上級審に引き継がれると告知してくるか。

　自分の手で事態を打開しなければならない。絶対にだ。この冬の日の午前のように、ひどく疲れ、色々なものがとりとめもなく頭に浮かんでは消える状態でいると、とりわけ絶対にそうだと思えた。以前、訴訟に対して抱いていた軽蔑の念は、もう消えている。自分がこの世界に一人きりだったら、訴訟を気にしないのは簡単だ。もちろん、世界に一人だったら訴訟なんて起きないはずだが。でも、今はもう叔父さんに弁護士のところへ連れていかれたあとだし、家庭の事情というやつも無視できない。銀行での地位にせよ、もう訴訟のなりゆきと無関係ではない。我ながら不思議だが、妙にまんざらでもない気分で、うっかり知り合いの前で訴訟について口を滑らせてしまったのだ。他の連中がどこで話を聞きつけたのかは分からない。ビュルストナー嬢との関係も、訴訟のなりゆきに合わせてふらふら揺れているようだ。――要するに、訴訟を受け容れるか、受け容れないかという選択肢はもはや存在しない。もう完全に巻きこまれていて、身を守らなければならないのだ。こんなときに疲れきっているとは、始末[*6]に負えない。

もっとも、さしあたり大げさに心配する理由は何もない。銀行では、比較的短い時間で高い地位にのぼり詰めた。みんなから実力を認められ、今の地位は安泰だ。これだけのことを成し遂げた能力を、少しばかり訴訟に振り向けてやればいいだけの話だ。うまくいくのは間違いない。何かを達成しようと思ったら、過去に罪を犯したことがあるかもしれないなどと一切考えないことが必要だ。罪はない。訴訟なんてものは、大口取引と同じことだ。これまで何度も、そういう取引契約の締結に漕ぎつけ、自分の銀行に利益をもたらしてきたじゃないか。普通、そういう取引の中にはさまざまな危険が潜んでいて、それを防がなければならない。その目的のためには、罪だとか何だとか考えている場合ではない。可能なかぎり、何が自分の利益になるかだけを考えるものだ。この観点からすれば、近いうちに弁護士との代理人契約を解除するのは避けられない。できることなら今晩中にも。ご当人の説によると、それは前代未聞でひどい侮辱だそうだが、訴訟で苦労しているときに、自分自身の弁護士に足を引っぱられるなど、まっぴらだ。弁護士のやつを厄介払いしたら、すぐに請願書を提出してやる。請願書をちゃんと読めと、なるべく毎日せっついてやる。そのためにはもちろん、他の連中と仲よく廊下で待ちぼうけして、ベンチの下に帽子を置いておくだけでは不十分だ。自分自身か、女たちか、他の使いの者たちが毎日毎日、職員のところに押しかけて、格子から廊下を眺めたりしてないで、机に向かってK氏の請願書をじっくり調べろと言ってやるようにしなければ。その苦労を厭《いと》わないことだ。すべてを組織化し、監視することだ。あの裁判所には、いい加減に、自分の権利を守るやり方を知っている被告人だっていることを見せてやらないとな。

けれども、こういったことすべてを実行に移せたとして、請願書を作成するのはものすごく大変そうだ。以前、たとえばつい一週間前には、そんな請願書を自分で作るはめになるなど、考えただけで恥ずかしい気がして、作るのが難しいことまでは考えが及んでいなかったのだ。こんなことがあったのを思い出した。ある日の午前、ちょうど仕事が山積みのとき、突然あれもこれも全部どけてしまい、メモ用紙を目の前に置いた。ためしに請願書の流れをメモして、のろまな弁護士に渡し、これを使えと言ってやろうかと思ったのだ。ちょうどそのとき、重役室に通じる扉が開き、大きな声で笑いながら副頭取が姿を現した。あのときはひどくきまりが悪かった。もちろん、副頭取は請願書のことは何も知らず、そのことで笑っていたわけではない。証券取引所をネタにした冗談を聞いたばかりだったのだ。何が面白いかを分かってもらうためには図が必要だったので、副頭取はKの机ごしに身を乗り出し、Kが手にしていた鉛筆をひったくり、メモ用紙に図を描いた。そこに請願書の構想をメモしようと思っていたのに。

今日は、あのときの恥ずかしさは消え失せている。請願書は書かないといけない。どうやら職場では書く時間がなさそうだが、それなら帰宅してから夜中に書くまでだ。夜中だけで足りなければ、休暇を取るしかない。中途半端で立ち止まるのが一番よくない。それは仕事でも、他の何でも同じことだ。もちろん、請願書を書くのは、きりのないような作業になるだろう。さほど心配性でなくても、いつか請願書を完成させるなど不可能だと思ってしまうのは簡単だ。弁護士のやつは、ひたすら怠けて悪だくみをしていたから完成させられなかったに違いないが、それとはまた別の理由で。目下の起訴内容が分からず、これから先その内容がどれだけ拡張されていくかも分からない以上、自分の全人生をふり返り、どんなに細かい行動も、できごとも残らず思い出し、記述し、あらゆる角度から点検することが必要になるはずだからだ。そんな作業、憂鬱だ。いずれ退職後に年金生活に入ったとき、もう幼児退行してきた頭を少しばかり働かせ、長い一日の時間をつぶすのには向いているかもしれないが。けれども今は、頭はとにかく仕事に使わなければならない。まだ出世の途中で、すでに副頭取を脅かす存在になっているから、以前にも輪をかけて一時間が過ぎるのがあっというまだ。短い夕べと短い夜を若人《わこうど》らしく楽しみたい。よりによって今、請願書の起草に取りかからねばならないとは。考えがまた愚痴《ぐち》っぽくなっていた。ほとんど無意識に、ただ考えを止めるためだけに、彼は控えの間につながっている電気ベルのボタンを指で探った。ボタンを押しながら時計を見上げた。十一時。つまり二時間も貴重な時間をみすみす過ぎるに任せ、おまけに当然のように前よりも疲労が増していた。それでも、まだ時間を無駄にしたと決まったわけではない。有意義かもしれない決意を固めたのだから。用務員が、雑多な郵便物の他に、もう長いことKを待っている紳士たちの名刺を二枚、持ってきた。当銀行の大切なお客で、本来けっして待たせたりしてはならない相手だ。どうしてこんな間の悪いときに来てしまったんだ。閉[*9]まった扉の向こうにいる客たちも、どうしてあの勤勉なK君が、ビジネスに最適な時間帯を個人的な用件で使ってるんだと問うているんじゃないか。過去にうんざり、未来にもうんざりだと思いつつ、Kは立ち上がって一人目の客を迎えた。

それはKがよく知っている工場主、元気溌剌とした小柄な紳士だった。工場主はまず、大切なお仕事中にお邪魔してすみませんと詫び、Kのほうも、長らくお待たせして大変失礼いたしましたとお詫びした。けれども、このお詫びからして妙に機械的に、おかしな抑揚で発音したので、もし工場主が取引のことで頭がいっぱいでなかったら、きっと気がついたに違いない。何も気づかないまま、工場主はあちこちのポケットに詰めこんでいた計算書や図表を引っぱり出し、Kの前に広げてみせ、さまざまな費目を説明し、今チラッと見ただけでもすでに目に入った計算ミスを一つ訂正した。一年ほど前にKさんと似たような取引契約を結びましたよね。ところで、このたび別の銀行が、もっと破格の条件を提示してきて、契約してくれと言っておるのですよ。そう言ったところでようやく口をつぐみ、Kの意見を聞こうとした。Kは最初、工場主が何を言っているか本当によく分かったうえで聞いていた。この重要な取引について、自分も考えを巡らせはじめた。ただ、残念ながら長続きしなかった。じきに話が耳に入らなくなり、やかましくなる一方の工場主のわめき声に対し、コクコク首を縦に振って相槌を打っていたが、しまいにはそれもやめてしまい、書類の上にかがみこんでいる工場主のハゲ頭をじっと見つめるだけになった。こいつ、いつになったら自分の話が全部無駄だったと悟るんだろうと考えていた。ようやく相手が口をつぐんだので、これはもしや、聞いてませんでしたと告白する機会を与えてもらったのかと思った。しかし、色々と反論が返ってくると覚悟してピリピリしている工場主の目を見ただけで、どうやら商談を続けないとだめらしいと気づかされた。残念だ。そこで彼は命令を受けた人のように頭を下げ、書類の上で鉛筆をあちこち動かしはじめた。ときどき彼はピタッと止まり、一つの数字をじっと見つめた。工場主のやつ、反論されるのを心配してやがった。もしかすると、ここいらの数字は怪しいのかもな。あまり説得力はないのかもしれんぞ。と思いきや、工場主は書類を手で隠し、Kの目と鼻の先ににじり寄ると、この取引契約にまつわる一般論をまた一から述べ立てはじめた。

「難しいですね」とKは言い、唇をゆがめた。唯一のよすがだった書類が隠されてしまったので、がっくりと崩れ落ち、椅子の肘かけの片方にすがりついた。そのとき重役室の扉が開き、副頭取とおぼしき人影が姿を現したが、弱っていたので目だけ上げるのが精一杯だった。はっきり見えない。視界がガーゼで覆われたみたいだ。Kは、なぜ上司が来たのかは深く考えず、来た結果どうなったかだけを目で追った。願ってもない展開だった。工場主はすぐさま椅子から跳び上がり、急いで副頭取を出迎えたからだ。その動作を十倍は加速させるべきじゃないかと思った。副頭取の姿がまた消えてしまいそうで心配だったから。しかし無用の心配だった。二人の紳士はお互いに歩み寄り、握手し、二人でKの事務机のところに来た。工場主は、どうも業務代理人さんはこの取引にあまりご関心をお持ちでないようでと言い、Kを指さした。副頭取がじろっと見てきたので、Kはまた書類の上にかがみこんだ。そして二人が事務机に寄りかかり、工場主が副頭取の気を引こうと苦心している今、この二人が巨大化して、Kの頭ごしに、Kの身の処遇について直談判《じかだんぱん》しているような気がした。彼はそろそろと目を上げ、はるか頭上で何が起こっているのかを知ろうとした。事務机から書類を一枚、見もせずに手に取り、手のひらに載せ、自分も立ち上がりながら、ゆっくり二人の紳士のほうへ持ち上げた。とくに何も考えていなかった。ただ、あの大変な請願書をいつの日か仕上げたら、心底ホッとしてこんな所作をするだろうなという気がしただけだ。副頭取は会話にすっかり気を取られ、書類にチラッと目を走らせただけで、何が書いてあるか斜め読みすらしない。業務代理人どのが気にしておられることは、自分は気にしませんよ、というわけだ。副頭取はKの手から書類を取り上げて言った。

「どうも。もう全部よく分かっとるよ」

そして落ち着きはらって書類をぽいっと机に戻した。Kは腹に据えかね、横目で相手を睨んだ。けれども副頭取は何も気づかず、あるいは気づいて大喜びしてるのか、何度も大声で笑い、わざと反対意見を述べてみせ、はた目にも明らかに工場主がまごまごすると、さっさと自説を撤回して安心させた。しまいに、自分の事務室でこの件を最後までじっくり話そうと工場主を誘った。

「これは、とても重要な件ですな」と副頭取は工場主に言った。「よく分かります。それに、業務代理人どのも」――そう言いながら、そもそも工場主しか相手にしゃべっていない――「肩の荷を下ろせて、きっとお喜びでしょう。この件は、落ち着いてじっくりお話しする必要があります。しかし、業務代理人どのは今日はお忙しそうだ。控えの間で何時間もお待ちの方々が、他にもいらっしゃるようですし」

Kはぎりぎり平常心を保ち、副頭取を睨むのをやめ、こわばった愛想笑いを工場主にだけ向けた。それ以外に出る幕はない。彼は、カウンターの店員みたいに少し前かがみになって事務机に両手をつき、二人の紳士が会話を続けながら机の上の書類を集め、重役室に姿を消すのをただ見送っていた。扉のところで工場主はふり返り、こう言った。業務代理人さん、さよならはまだ申し上げませんよ。商談の成果をご報告いたします。他にも、少しばかりお知らせすることがありますからな。

　ようやく一人になれた。Kは、他の客を通す気には全然なれず、ただぼんやり[*10]考えていた。外の連中は、こっちがまだ工場主と商談の最中で、だから誰も入ってはいけない、用務員さえ入ってはいけないと思いこんでいる。なんて愉快なんだ。彼は窓辺に行き、窓枠に腰を下ろし、片手で窓の取手をしっかりつかみ、外の広場を眺めた。あいかわらず雪が降っている。一向[*11]に晴れる気配はない。

　そのまま長いこと座っていた。そもそも自分が何を心配しているのか分からなかった。ただ、ときどき空耳で何か聞こえた気がして、ビクッと肩ごしに控えの間のほうをふり返った。だが誰も来なかったので、だんだん落ち着いてきて、洗面台へ行って冷たい水で顔を洗うと、少し頭がすっきりした。そして窓辺の席に戻った。自分の弁護を自分で引き受けるという決意が、最初に思ったより大変に思えてきた。訴訟を弁護士に丸投げしているうちは、基本的には訴訟の影響は受けずに済んでいた。直接に手の届かないところから訴訟を遠巻きに眺め、いつでも好きなときに自分の案件の状態を確認できたし、いつでも好きなときに首をひっこめることもできた。それに対して、自分の弁護を自分で買って出たら、少なくとも目下のところ正面きって裁判と向き合うことになる。もちろん、そうすれば、あとあと完全かつ最終的に自由の身になることができるはずだが、そのためには、やはり当面は以前より大きな危険に身をさらすことになる。疑いの余地はない。今日の副頭取と工場主との会合のあとでは、危険がないとは口が裂けても言えない。自分の弁護を自分でするだと決心しただけで、もう頭がいっぱいになり、ボーっと座ってるだけだったじゃないか？　でも、あとあとどうなるだろう？　どんな日々が待ち構えていることか！　すべてを乗り越えて、めでたしめでたしの結末にたどり着く道を見つけられるのか？　気合いを入れて弁護するということは――それ以外の弁護は無駄だが――同時に、他のことを全部可能なかぎり切り捨てることじゃないのか？　そんなことに平気で耐えられるのか？　それに、銀行でどうやって切り捨てるんだ？　請願書を書くだけなら、取りにくい休暇を勇気を出して取れば足りるかもしれないが、それだけでは済まなくて、訴訟全体が相手なのだ。いつまで続くか分からない訴訟が。このKの人生行路に、突然、なんて障害が立ちはだかるんだ！

それなのに、銀行の仕事をやらないとだめなのか？――彼は事務机の上を見やった――この状態で、客を通して直談判しろって？　自分の訴訟が着々と進行し、屋根裏で裁判所の職員どもが訴訟関係の文書を読んでるってのに、銀行の業務をしろって？　裁判所公認の拷問じゃないか。訴訟をやったら、これがおまけでついてくるってか？　銀行の業務査定のとき、この特別な事情を考慮してもらえるか？　ありえない。訴訟のことは誰も知らないってことはないが、誰が知ってるのか、どの程度知ってるのかは不明だ。副頭取までは噂が届いてないといいが。もし届いてたら、今ごろきっと、同僚のよしみも人としての道もかなぐり捨てて、なりふり構わず、反Kキャンペーンの攻撃材料に使い倒してるはずだぞ。じゃあ頭取は？　たしかに、あの人はこちらの味方だ。訴訟のことを聞いたら、仕事をできるだけ軽減してくれるかもな。でも、成功しないのも目に見えている。頭取は副頭取に頭が上がらなくなっているし。副頭取のやつ、これまでに作ってやった対抗勢力が弱[*12]まっているものだから、ますます幅をきかせている。頭取の具合が悪いのをいいことに、ちゃっかり自分の勢力を拡大しているのだ。じゃあ、何に期待すればいい？　こんなことをあれこれ考えてばかりいるから、抵抗力がますますます弱まるのかもな。でも、幻想を抱かず、今できるかぎり明晰にすべてを見ることが必要だ。

　とくに理由はないが、さしあたり事務机に戻らずに済むように、彼は窓を開けた。開けるのは難しく、両手を使って取手を回さなければならなかった。やっと全開になった窓から、煙突の煙の混ざった霧が流れこんで部屋を満たした。かすかに焦げくさい臭いがする。

「嫌な秋ですな」と背後で工場主が言った。副頭取と別れて、いつのまにか部屋に入ってきていたのだ。Kは頷き、落ち着かなげに工場主の書類鞄を見た。今にも工場主がそこから書類を引っぱり出し、副頭取との直談判の成果を知らせようとするのではないかと、はらはらしながら。しかし工場主はKの目を追い、鞄をぽんと叩き、鞄[*13]を開けずに言った。

「どう一件落着したか、お聞きになりたいのですね。まあ、そこそこですよ。契約締結の書類は、もうほとんど全部この中に入っています。副頭取さん、なかなか面白い方ですな。でも、食えないお人だ。油断すると足もとをすくわれる」

工場主は笑ってKと握手し、いっしょに笑ってほしそうだった。けれどもKは、工場主が書類を見せようとしなかったのがやはり怪しく思えてきて、相手の言ったことも笑える話とは全然思わなかった。

「業務代理人さん」と工場主は言った。「天気のせいで体調が悪いのですかな。今日はひどく暗い顔をしておられる」

「はい」とKは言い、手でこめかみを押さえた。「頭痛がしまして。あと、家庭の事情で」

「そりゃそうですな」と工場主は言った。せっかちな男で、落ち着いてひとの話を聞いていられないのだ。「みんな自分の十字架を背負って生きなきゃならんのです」

思わず、Kは扉へ一歩踏み出した。工場主が帰るのにお供しますと言わんばかりに。けれども工場主は言った。

「業務代理人さん、ちょっとお知らせすることがあるのですよ。よりによって今日、こんなお話で煩わせるのは恐縮ですが。最近、二度もこちらにお邪魔していながら、言うのをすっかり忘れておりまして。これ以上先延ばしにすると、もう無意味になってしまうのですが、そんなことになったら残念です。なかなか耳寄りなお話ですからな」

Kが返事するより早く、工場主はずいっと近づいてきて、指の関節でKの胸をトントン叩き、小声で言った。

「訴訟やっておられますよね？」

Kはあとずさりし、すぐに叫んだ。

「副頭取が言ったんですね？」

「いやいや」と工場主は言った。「どうして副頭取さんが知るはずがありますかね？」

「それじゃあ、いったいどこで？」とKは、かなり平常心を取り戻して言った。

「ときどき裁判がらみの話は耳に入るんで」と工場主は言った。「お知らせしようと思ってたのも、そういう話の一つですよ」

「裁判所とつながりのある連中って、大勢いるよな！」とKは下を向いて言い、工場主を事務机のところへ連れていった。二人はさっきと同じように座り、工場主は言った。

「あいにく、お伝えできることは多くはありません。ですが、こういうことじゃ、ほんの些細なこともなおざりにはできませんからな。それに、何でもいいからお助けしたかったんですよ。私の助けなんか、パッとしないものでしょうけどね。私たち、これまで仕事上でいいお付き合いしてきたじゃないですか。それはさておき」

ここでKは、先ほどの商談のときの態度を謝ろうとしたが、工場主は話の腰を折られるのを嫌がり、小脇に抱えた書類鞄を持ち上げてみせ、急いでいるのだとアピールし、話を続けた。「Kさんが訴訟をやっておられると聞いたのは、ティトレッリという男からです。画家です。ティトレッリってのは雅号か何かでして、本名が何なのかは知りません。そいつが、何年も前からときどきうちの事務所に小さい絵を持ってやって来るので、私はそれと引き換えに施しを――まあ、そいつは乞食みたいなものですから――くれてやっていた。まあ、そこそこきれいな絵でしてね、荒野の風景だとか、そういうものです。[*14]絵の売り買いは――二人とも慣れたものですから――いつも滞りなく済んでいた。でも、来る回数が増えすぎたことがありましてな。文句を言ってやったんですよ。そこで、つい話しこんだ。絵を描くだけで、どうやって食っていけるのか興味があったんです。すると聞いてびっくりですよ。主な収入源は肖像画だ、裁判所のために描いてるんだって言うじゃありませんか。どんな裁判所かねって訊きました。そしたら、その裁判所について話してくれまして。Ｋさんなら、私が話を聞いてどんなにびっくりしたか、よくよく想像できるでしょう。それ以来、画家のやつが来るたびに、何かしら裁判がらみのニュースを聞かせてもらっていたんです。そのうち、ちょっとした事情通になりましたよ。もっとも、このティトレッリってのはおしゃべりな野郎で、ときどき追い返してやる必要はあるんですよ。どうせ嘘をついているに決まってるし、そもそも私みたいな実業家《ビジネスマン》は、自分の仕事の心配だけでも手一杯でつぶれそうですから、他人の話なぞに気を取られているわけにはいかんのです。いや、話が逸れました。もしかしたら――そのときこう思ったわけです――このティトレッリのやつが、少しばかりお力になるんじゃないかとね。裁判官の知り合いも多いみたいだし。やつが自力で何かできるはずはありませんが、どうやったら影響力のある方々とお近づきになれるか、助言ぐらいはできるでしょう。それに、そういった助言は、それ自体では何ら決定的なものじゃなくても、ツボにはまれば大したものになると思うんですよ。Ｋさん、ほとんど弁護士みたいじゃないですか。

いつも言っておるんです。『業務代理人のKさん、ほとんど弁護士みたい』とね。いや、訴訟のなりゆきについて、心配したりは全然しておりませんよ。でも、ティトレッリのところに行ってみようとは思われませんか？　私からの紹介だと言ってやれば、やつは自分にできることなら何でもやりますよ。ぜひお運びください。もちろん、今日である必要はありません。いつか、お気が向いたら。もっとも――念のために申し上げますが――こんな忠告を差し上げてるからって、実際にティトレッリのところに行く義務が生じたなんて、これっぽっちも思わないでください。ティトレッリなぞ必要ないとお考えでしたら、あんなやつには目もくれないのが正解に決まってます。ええ、ひょっとしたら、もうかっちりした計画をお持ちで、ティトレッリなぞ邪魔になるだけかもしれませんし。ええ、それなら、もちろん行くことなんか全然ありません。あんなチンピラに助言を受けるなぞ、いささか抵抗があるに決まってますからな。どうぞお好きなように。こちらが紹介状、こちらが住所です」

がっかりしてKは手紙を受け取り、ポケットにしまった。どんなにうまくいったところで、この紹介状がもたらす利益は微々たるものだ。工場主が訴訟のことを知っており、画家がその話を広めて回っていることとの不利益とは比べものにならない。やっとのことで、もう扉めがけて歩いている工場主に二言三言だけお礼を言った。

「行ってみます」と彼は、扉のところで工場主に別れを告げる段になって言った。「それとも、今はとても忙しいですから、一度私の事務所に来る[*15]ように手紙で言ってみます」

「もちろん」と工場主は言った。「深い考えがあって、そうおっしゃっているのでしょうな。

ただ、ティトレッリのような連中を銀行に呼んで訴訟の話をしたりなど絶対になさるまいとは思っておりましたが。それに、ああいう連中にほいほい手紙をくれてやるのも、いつも有益なこととはかぎりませんよ。まあ、よくよくお考えのうえのことでしょうし、やっていいこと、悪いこともご存じでしょう」

Kは頷き、控えの間の外まで工場主を送っていった。外面は落ち着いていたが、内心は自分自身に驚きあきれていた。ティトレッリに手紙を書くというのは、紹介状をもらって感謝していること、ティトレッリに会うのはやぶさかでないことを示すために言ったまでだった。だが、もしティトレッリの支援を本気であてにしていたら、実際、ためらわず手紙を書いていただろう。そこから生じかねない危険については、工場主に言われてはじめて気がついた。我ながら、頭だいじょうぶか？　手紙なんか送ったら、弱みを握られることになる。いかがわしい男を手紙で銀行にご招待し、副頭取と扉一枚を隔てただけで訴訟がらみの助言を乞うなど、そんなことがありうるなら、他の危険を見落としたり、危険に足を踏み入れたりするのもありってことじゃないか？　ありどころか、確実にやってしまいそうだ。いつも誰かがそばにいて、警告してくれるとはかぎらないんだぞ。よりによって、全力をふり絞らなければならない今になって、自分の注意力に疑いが生じるとはな。今まで、そんなこと気にならなかったのに。すでに事務所での仕事にはかなり支障をきたしているが、同じ面倒が訴訟でも持ち上がるのか？　いずれにせよ、どうしてティトレッリに手紙を書いて銀行に呼ぶなどと考えられたのか、今ではもうさっぱり理解できない。

頭を振って考えこんでいると、そのとき用務員がそばに来て、この控えの間のベンチに座っている三人の紳士の存在に注意を促した。Kの部屋に通してもらうのを、ずっと待っていたのだ。用務員がKと話しはじめたので、三人はこれ幸いと立ち上がり、我先にとKめがけて押し寄せてきた。銀行の側が客のことなど頭になく、待合室で散々時間を無駄にさせても平気だというなら、こっちだって何をしても平気ということか。けれどもKはもう用務員に冬外套《がいとう》*16を持ってこさせていて、用務員に着るのを手伝わせながら、三人全員に言った。

「業務代理人さん」と一人目の男が言いかけた。

「すみません、今は残念ながらお相手をする時間がございません。大変恐縮なのですが、急な商用が入ってしまいまして、すぐ出かけなければなりません。ご覧のとおり、先ほどの方にずいぶん長く引きとめられてしまいまして。よろしければ明日か、また他の日にお越しいただけますでしょうか？　それとも電話でご用件を伺いましょうか？　それとも、今ここで手短に用向きをおっしゃっていただけたら、後日書面で詳しくご回答いたします。もっとも、近々またお越しいただくのが一番かと存じますが」

このKの提案で、三人の紳士は自分たちが待っていたのは完全に無駄だったと悟り、あっけにとられ、黙ったまま顔を見合わせた。

「では、近々お越しいただくのでよろしいですね？」とKは、帽子を持ってきた用務員のほうを向いて言った。Kの部屋の開いた扉から、外で雪が激しくなっているのが見えた。そこでKはコートの襟を立て、のどもとまでボタンを留めた。

ちょうどそのとき、隣の部屋から副頭取が出てきて、冬外套を着たKが三人の紳士と談判しているのを見て、ニコニコしながら尋ねた。

「業務代理人どの、お出かけですかな？」

「はい」とKは言い、しゃんと背筋を伸ばした。「商用がございまして」

だが、副頭取はもう紳士たちのほうを向いていた。

「それで、こちらの方々は？」と彼は尋ねた。「みなさん、長いことお待ちだったのでは？」

[*17]「もう話はまとまりましたので」とKは言った。しかし、紳士たちはもう我慢できなかった。一斉にKを取り囲み、とても重要な要件ですので、今すぐ、二人きりで詳しくお話しする必要がありまして、さもなければ何時間も待ったりしませんと口ぐちに訴えた。副頭取は、しばらく三人の言うことに耳を傾けていた。Kは帽子を手にして、ところどころホコリをはたいている。そんなKをじっと観察してから、副頭取は言った。

「みなさん、とても簡単な解決策がありますよ。私でよろしければ、業務代理人どのの代わりに喜んでお話を承ります。もちろん、今すぐ話し合う必要のあるご用件なのですよね。私たちは、みなさまと同じ実業家ですから、実業家にとって時は金なりだと、よく存じております。お入りになりませんか？」

そして副頭取は自分の事務室の控えの間へと通じる扉を開けた。

副頭取のやつ、ひとが仕方なく手放したものを何から何まで、うまいことと横取りしていきやがる！　それにしても、絶対に必要である以上に手放してるんじゃないか？　見も知らぬ画家などのところへ、あやふやな希望を抱いて、いや正直ろくに希望も抱かず出かけていってるうちに、銀行での評判は取り返しがつかないほどガタ落ちだ。あの三人のうち二人は、まだ並んで待たされているはずだ。冬外套をまた脱いで、せめて二人だけでも取り戻そうとするのが、ずっと正しいんじゃないか。実際そうしかけたが、そのとき、彼の部屋の中に副頭取がいるのをチラッと見かけ、はたと止まってしまった。Kの帳簿台[*18]をまるで自分の帳簿台のように我物顔にかき回し、何かを探している。Kがカッとして扉に近寄ると、副頭取は叫んだ。

「おや、まだ出かけてなかったのかね」

副頭取はKに顔を向けた。たくさんのしわが、まっすぐ刻まれている。年齢を感じさせるというより、精力の証のように見える。副頭取は、またすぐ捜索を再開した。

「契約書の写しを探してるのさ」と副頭取は言った。「あの会社の代理人が、きみの部屋のここにあるはずだって言うものだから。探すの手伝ってくれんかね？」

Kは一歩踏み出したが、副頭取は言った。

「いや、見つかったよ。どうも」

そして、大きな書類の包みを抱えて自分の部屋に戻っていった。そこには契約書の写しだけじゃなく、他のものも色々たくさん入ってるはずなのだが。

「今はあいつに太刀打ちできない」とKは思った。「でも、個人的な面倒ごとを片づけてしまったら、まっさきにあいつに目にもの見せてくれるぞ。とびきり痛烈にな」

そう考えて少し落ち着いたので、かなり前から廊下[*19]への扉を開けて待っていた用務員に、手が空いたら頭取さんに、Ｋは商用で出ておりますとお伝えしておいてくれと言いつけ、銀行をあとにした。しばらく完全に自分のことに専念できるので、ほとんど幸せな気分だった。

彼は、郊外に住んでいる画家のもとにまっすぐ向かった。郊外とはいえ、裁判所事務局があるのとは正反対の方角だ。あそこに輪をかけて貧しい地区だった。建物はもっと黒ずんでおり、狭い路地は汚物だらけで、雪が溶けた水たまりにも汚物がプカプカ浮かんでいる。画家が住んでいる建物は、大きな両開きの門の片側が開いたままになっていた。もう片側は下の方の壁際に隙間ができており、ちょうどＫが通りかかったとき、ヌルヌルした黄色い液体が、湯気を立ててドバッと流れ出してきた。流されかけたドブネズミ[*20]が一匹、近くの溝に逃げこんだ。階段の下には小さな子どもが一人、地べたに腹ばいになって泣いていたが、入口の門の反対側にあるブリキ工房から耳を聾《ろう》する騒音が響いてくるので、泣き声はほとんど聞こえない。工房の戸は開いており、三人の職人が半円をなして何か作りかけの製品を取り囲み、ハンマーで叩いていた。壁に掛かっている大きなブリキ板が青白く光を反射し、その光が二人の職人のあいだに差しこみ、顔と作業着の前かけを照らしている。こういったものすべてに、Ｋはチラッと目を走らせただけだった。こんな場所とはさっさとおさらばして、ただ画家と二言三言だけ言葉を交わして話を聞き出し、とっとと銀行に戻りたい。ここでほんの少しでも成果があれば、銀行での今日の仕事にきっといい効果を及ぼすだろう。四階まで来ると息が切れ、歩調をゆるめなければならなかった。ここは各階の天井がやたら高く、階段の段差もやたら激しい。しかも、画家のやつは一番上の屋根裏部屋に住んでいるという。空気もひどくムッとしている。階段には吹き抜けがなく、狭い階段は両側が壁に囲まれ、壁にはところどころ、ごく高い位置に小さな窓があるだけだ。ちょうどKが小休止したとき、小さな女の子が数人、家の戸から駆け出してきて、けらけら笑いながら階段を上に駆け上っていった。Kはゆっくりあとについていったが、つまずいて置いてけぼりにされた一人の女の子に追いついた。二人して並んで階段を上りながら、女の子に尋ねてみた。

「ここにティトレッリって絵描きさんが住んでるかい？」

まだ十三歳にはなっていないだろう、少し背の曲がった女の子だ。女の子は質問されると、こちらを肘でドンと突き、横目でじろっと見上げてきた。まだ年端もいかず、身体に障害もあるのに、もうすっかりグレてやがる。にこりともせず、真顔で、探るような鋭い目でじろじろ見てくる。Kは、相手の振る舞いに気づかなかったふりをして尋ねてみた。

「ティトレッリって絵描きさんを知ってるかい？」

女の子はこっくり頷き、質問を返してきた。

「あの人に何の用なの？」

Kは、ここいらで手っとり早くティトレッリの情報を集めておくのがいいだろうと思った。

「ぼくの絵を描いてもらいたいと思ってるのさ」と彼は言った。

「絵を描いてもらうの？」と女の子は訊き返し、あんぐり口を開け、手で軽く叩いてきた。相手が何か普通ではありえない驚くべきことか、ひどく無作法なことを口走ったとでも言いたげだ。そして両手で、そうでなくても短いスカートの裾をたくし上げ、全力で他の女の子たちを追いかけていった。他の女の子たちのキャーキャーいう叫び声がずっと上の階から聞こえるが、くぐもって消えかけている。そう思って階段を次に曲がったら、なぜか女の子たちが全員いた。どうやら、背の曲がった子から、絵を描いてもらいに来た人がいると聞いて、待ち構えていたらしい。女の子たちは階段の両側に分かれて並び、ぴったり壁に身をすり寄せ、どうぞどうぞお通りくださいと態度で示しながら、手でエプロンのしわを伸ばしている。どの顔も、子どもらしいんだか、世間ずれしてるんだか分かりゃしない。こうやって歓迎[*21]の人垣を作ってくれること自体、どっちとも取れる。Kが通り過ぎると、女の子たちは笑いながら集まり、あとからついてきた。先頭には、あの背の曲がった子がいて、案内役を買って出てくれた。Kがすぐに正しい道を見つけられたのは、その子のおかげだった。というのも、彼はまっすぐ階段を上っていこうとしたのだが、ティトレッリさんとこに行くには横に分岐している別の階段を選ばないといけないと、その子が教えてくれたのだ。そちらの階段はとりわけ狭く、とても長く、曲がり角がなく全体が見わたせて、一番上の突きあたりがティトレッリ宅の戸だった。その扉は、斜め上に小さな天窓があるので、階段の他の部分と比べるとやや明るく照らし出されていた。ニスを塗っていない角材で組み立てた扉だ。扉の上には『ティトレッリ』の名前が赤い絵の具で、太い絵筆の線で記されている。お供の一行をひき連れたKがようやく階段の中ほどに差しかかったあたりで、おそらく大勢の足音を聞きつけてか、扉が薄く開き、パジャマ姿らしい男が扉の隙間に姿を現した。

「うわっ！」と、大勢が押し寄せてくるのを目にした男は叫び、姿を消した。背の曲がった子は喜んで手を叩き、他の子たちはKの背後に群がって背中を押し、もっとスピードを上げさせようとした。

けれども階段を上りきる前に、画家は階段の上で扉を大きく開け放ち、深々とおじぎして、お入りくださいとKに言った。ただし、女の子は一人たりとも入れまいとした。女の子たちが入れてとせがんでも、許可が出ないなら勝手に押し入ろうとしても無駄で、みんな追っ払われた。ただ一人、背の曲がった子だけは画家が伸ばした腕を上手にかいくぐり、部屋の中に突入したが、画家もさるもの、その子を追いかけてスカートをひっつかみ、一度ぐるりと振り回したあげく、戸の外にぽいっと下ろした。外では他の女の子たちが、画家が持ち場を離れたすきに敷居をまたぐ勇気までは出ず、たむろしていた。Kは、こうしたこと全部をどう判断すればよいのか分からずにいた。仲よくじゃれているだけのようにも見えたのだ。戸口に並んだ女の子たちは、次々と首を長く伸ばし、画家に向かって色々なことを叫んでいる。ふざけて言ってるようだが、何を言ってるかKにはさっぱり理解できない。背の曲がった子を片手でほとんど宙に浮かせながら、画家も笑っていた。ともあれ、画家は戸を閉め、もう一度Kにおじぎして、手を差し出して自己紹介をした。

「画家のティトレッリです」

Kは、女の子たちのひそひそ声が聞こえる扉を指さして言った。

「きみ、ここじゃ大人気のようだね」

「ああ、あの小生意気なガキども！」と画家は言い、パジャマの襟もとのボタンを留めようとしたが、無駄だった。ちなみに裸足で、あとは黄色っぽいリネンのだぶだぶズボンを穿いているだけ。ズボンにはベルトを締めてあるが、ベルトが長すぎ、片方の端がぶらぶら垂れている。

「あのガキども、本当に厄介なんですよ」と彼は言葉を続けた。ついに最後のボタンがちぎれてしまったパジャマのことは諦め、椅子を取ってきてKに勧めながら。「一度、あいつらの一人を――そいつは今日は来てませんでしたが――絵に描いてやったことがあるんです。そしたら、全員で追いかけてくるようになりました。ぼくが在宅中なら、入れてやるときだけ入ってくるわけですが、ちょっと留守にすると、最低でも一人は忍びこんでます。ここの合鍵を注文して、かわりばんこに使ってやがるんだ。どんなに厄介か、想像もつかないでしょうね。たとえば、モデルのご婦人を連れて帰宅して、自分の鍵で戸を開けると、あの背の曲がった子があそこのテーブルのところにいて、絵筆で唇を赤く塗ってたりする。そのあいだにも、あの子が子守りするはずの小さな弟妹たちが走り回って、部屋を隅々までドロドロに汚してくれているというわけです。あるいは、これは昨日あったばかりのことですが、晩遅くに帰宅して――ですからぼくはこのありさまで、部屋もぐちゃぐちゃですが、どうか大目に見てください――晩遅くに帰宅して、ベッドにもぐりこもうとすると、キュッと脚をつねられる。ベッドの下をのぞいて、ガキを一人引きずり出すって寸法です。どうしてこう押しかけてくるのか分かりません。ぼくのほうから誘ったりしてないのは、ご覧のとおりです。

[*22]もちろん仕事の邪魔になります。このアトリエを無料《ただ》で使わせてもらってるのでなければ、とっくに引っ越してますよ」

　ちょうどそのとき、扉の向こうで、ちっちゃな呼び声がした。そっと甘えるような声だ。

「ティトレッリさん、そろそろ入っていい？」

「だめ」と画家は答えた。

「あたし一人でもだめ？」とまた訊いてくる。

「だめだめ」と画家は言い、扉のところへ行って鍵をかけた。

　Kはそのあいだに部屋の中を見回した。このみすぼらしい小さな部屋をアトリエと呼ぶとは、自力ではとうてい思いつけそうもない斬新な発想だ。これじゃ縦にも横にも、大またには二歩と歩けないぞ。床も壁も天井も、みんな木でできている。角材と角材のあいだには細い隙間が空いている。向かい側の壁際にベッドがある。ベッドの上には、色とりどりの寝具が山積みだ。部屋の中央には画架があり、絵が載せてあるが、その上からシャツをかぶせてある。シャツの両袖が床すれすれに、だらんと垂れ下がっている。背後には窓があるが、霧のせいで、雪で覆われた隣の建物の屋根以外は何も見えない。

　鍵が鍵穴で回るガチャリという音でKは我に返り、さっさと帰ろうと思っていたことを思い出した。そこで彼はポケットから工場主の手紙を取り出し、画家に差し出しながら言った。

「きみのお知り合いから教えてもらってね[*23]。ここに行くといいと言われて来たんだ」

画家は手紙にチラッと目を走らせ、ベッドの上にぽいっと放った。工場主のやつが自信たっぷりに、ティトレッリは私の知り合いで、私の施しにすがって生きてる貧乏な男なのだと断言してなければ、ティトレッリは工場主の知り合いでも何でもないか、少なくとも会ったことを思い出せないか、どちらかだろうと思ってしまうところだ。しかも、画家は尋ねた。

「このたびは絵をお買い上げでしょうか、それともご自分の肖像画？」

Kはびっくりして画家をまじまじ見つめた。いったい手紙には何と書いてあったんだろう？　てっきり、工場主が手紙で、Kが他ならぬ訴訟のことで話を聞きにくると画家に伝えてくれてるものとばかり思ってたのに。やっぱり急ぎすぎたのか。考えなしに突っ走ったってわけか！　いずれにせよ、画家に何か返事しなければならなかったので、彼は画架に目を走らせて言ってみた。

「ちょうど一つ、制作中なんだね？」

「はい」と画家は言い、画架にかぶさっていたシャツを取り、ベッドの手紙の上に重ねて放った。「肖像画ですよ。いい出来です。まだ完成しちゃいませんが」

偶然がKに味方した。裁判所の話をするきっかけが、うまい具合に転がりこんできたのだ。というのも、それは見るからに裁判官の肖像画だったからだ。ついでに、弁護士の仕事部屋にあった絵に露骨なまでにそっくりだった。描かれているのこそ、まったく別の裁判官だったが。もじゃもじゃした黒いヒゲを口とあごと頬のずっと上のほうまで生やした、太った男だ。それに、あの絵は油絵だったが、こちらはパステル画で、タッチは弱々しく、ぼんやりしている。しかし、それ以外はすべてそっくりだ。こちらでも、やはり玉座型の椅子に座った裁判官が、肘かけをがっちりつかみ、脅かすような仕草で立ち上がろうとしている。

「裁判官だね」とKはすぐ言いかけたが、当面は思い止まることにして、絵に近づいた。細部をよく見ようとするかのように。絵の中央で、玉座型の椅子の上にそびえ立っている人物像のようなものが何だかよく分からなかったので、これは何だねと画家に訊いた。

「まだ描きかけでして」と画家は答え、小テーブルからパステルを一本手に取り、ちょっとだけ人物像の輪郭をなぞったが、だからといって何だか分かるようには全然ならない。

「正義の女神ですよ」と画家はしまいに言った。

「ああ、そう見るのか」とKは言った。「これが目隠しで、これが天秤《てんびん》だな。でも、かかとに翼があって、空を飛んでるじゃないか？」

「はい」と画家は言った。「そんなふうに描けって注文なんです。つまり、正義の女神と勝利の女神、両方なんですよ」

「いい取り合わせとは言えんな」とKはニヤニヤして言った。「正義の女神なら、じっとしてないと。さもなきゃ天秤が揺れて、公平な判決なんて出せっこない」

「注文主の言うことを聞いたまでで」と画家は言った。

「まあ、そうだろうな」とKは言った。さっきのは、誰かを傷つけようと思って口にしたわけじゃない。「この女神像、本当に玉座の上に立てて描いたんだね」

「いいえ」と画家は言った。「女神像も、玉座も、この目では見ちゃいません。みんな捏造ですよ。でも、こういうものを描けって言われましたので」

「なんだって?」とKは尋ねた。わざと、画家が言ってることがよく分からないふりをした。

「これって、裁判官が裁判官の椅子に座ってるところだろ?」

「はい」と画家は言った。「でも、そんな上等な裁判官じゃないんです。そんな椅子に座ったことなんて一度もないやつですよ」

「それなのに、こんなに偉そうな格好で描いてもらってるのかい? まるで裁判長さまみたいに構えてるな」

「はい、あの方々は見栄っぱりですからね」と画家は言った。「でも、連中は上から、そう描いてもらっていいって許可を受けてるんです。一人一人、どう描いてもらっていいか細かく決められてるんですよ。ただ、この絵からじゃ、衣装やら椅子やらの細かい点までは判別できませんけどね。そういう描写にはパステルは不向きなんです」

「そうだな」とKは言った。「パステルで描いてあると、妙な具合だ」

「その裁判官ご本人のご希望なんで」と画家は言った。「とあるご婦人に捧げるそうですよ」

絵を見たので制作意欲をかき立てられたのだろう、画家は何本かパステルを手に取った。そこでKは、ちょこちょこ動くパステルの先っぽの下で、裁判官の頭のぐるりに赤みがかった陰影がみるみるうちに生まれていくのを見守った。絵のふちめがけて放射状に延び、先端が薄れている陰影が頭を取り巻いてゆき、その効果で、まるで飾りがつけてあるか、偉い人ですと強調してあるかのように見える。けれども、正義の女神の周囲は、あるかなきか色づけされている以外は白いままで、この白に囲まれた女神像はやたら浮き上がって見えた。正義の女神にも、勝利の女神にも見えず、むしろ狩猟の女神にしか見えない。画家の仕事ぶりに、Kは予想外に引きこまれてしまった。しまいに彼は自分を責めた。もうこんなに長居してるのに、自分の本来の用件には、基本的にまだ何も入れてないじゃないか。

「この裁判官、名前は何だね？」と彼は突然尋ねた。

「それは言えない決まりでして」と画家は答えた。絵のほうに深くかがみこんで、露骨に客をないがしろにしている。さっきはあんなに丁寧に出迎えていたくせに。Kは、こいつ気まぐれだなと思い、そのせいで時間を無駄にさせられたのに腹が立った。

「きみ、裁判所に言われて動いてるだろ？」と彼は尋ねた。すぐさま画家はパステルを置き、しゃんと背筋を伸ばし、両手をこすり合わせて、ニコニコしながらKを見つめた。

「最初から正直に言ってくださいよ」と画家は言った。「あなた、裁判所について話を聞きたいんですよね。紹介状[*24]にもちゃんと書いてありますよ。なのに絵の話なんかして。ぼくを味方につける算段ですか。でも、悪く取る気はありませんけどね。そんなのぼくには通じないって、ご存じなかったんだから。おっと失礼！」と画家は、Kが言い返そうとしたので、鋭い言葉で阻んだ。「それはそうと、さっきのご発言は大正解ですけどね。ぼくは裁判所に言われて動いています」

　画家は少し間を置いた。その事実と折り合いをつける時間を与えてやる、といった風情だ。扉の向こうで、また女の子たちの声が聞こえだした。どうやら鍵穴に群がっているようだ。あるいは、角材の隙間からも中をのぞけるのか。Kは、言い訳めいたことは一切言わないことにした。相手の話を脱線させたくなかったからだが、画家のやつが図に乗って、どんどん偉そうになって手がつけられなくなるのが嫌だったからでもある。そこで彼は尋ねてみた。

「それは公認の地位なのかね？」

「いいえ」と画家は短く言った。おかげでもう話す気がなくなったとでも言わんばかりに。Kとしては、相手が黙ったままだと困るので、こう言ってみた。

「まあ、そういう非公認の地位のほうが公認の地位よりも影響力が大きいことって、よくあるがね」

「このぼくがまさにそうですよ」と画家は言い、額にしわを寄せて頷いた。「昨日[*25]、工場主さんとあなたの案件について話をしたんです。何かしら助けになってやれないかと訊かれたんで、こう返事しました。『その人に、一度うちに来てもらえたら』とね。こんなに早く来てもらえて、嬉しいですよ。だいぶせっぱ詰まってるみたいですね。不思議はないですけど。ところで上を脱ぎませんか？」

Kは、長居する予定は全然なかったものの、この画家の勧めは大変ありがたかった。ムッとする部屋の空気がだんだん息苦しくなってきていたからだ。すでに何度か、部屋の片隅にある、明らかに火が入っていない鉄ストーブのほうをチラチラ見ていた。この部屋の蒸し暑さは説明不能だ。彼が冬外套を脱ぎ、上着のボタンを外していると、画家が言い訳がましく言った。

「ぼくはね、暖かくないとだめなんですよ。ここはいい感じで暖かいですよね？　うまいこと熱[*26]がこもる場所にあるんです」

Kはあえて黙っていた。具合が悪くなったのは、そもそも暖かさのせいではない。息ができないほどドロドロの空気のせいだ。この部屋、もう長いこと換気をしてないに違いない。この不快感は、ベッドに座るように画家に言われて、さらに強まった。画家本人は、画架の前で、この部屋で唯一の椅子に腰かけているというのに。おまけに、Kがベッドの端っこに座った理由を、画家は誤解したようだ。どうぞ遠慮なさらずと言い、それでもまだKがためらっていたので、こちらにやって来て、布団やクッションの山の中にズボッとKを押しこんだ。それからまた画架のところへ戻り、ようやく最初の実際的な質問を切り出した。そこでKは他のことは全部忘れてしまった。

「あなた、無実なんですか？」と画家は尋ねたのだ。

「そうだ」とKは答えた。そう答えられて、かなり嬉しかった。目の前の男は私人であって、面と向かって何を言っても公的な責任は生じないはずだから、なおさら嬉しい。こんなに率直に尋ねてきた人は、これまで誰もいなかった。その嬉しさを味わいつくすために、さらにこう付け加えた。「完全に無実だ」

「そうですか」と画家は言い、顔を伏せて何かを考えているようだった。突然、画家はまた顔を上げて言った。

「もし無実なら、話はごく簡単です」

Kは目の前がスッと暗くなった。こいつ、裁判所の意向で動いているだとか言ってたくせに、何も知らないガキみたいなことを口走ってるぞ。

「私が無実だからって、話は簡単にはならない」とKは言った。ろくなことがないのに思わずニヤリとしてしまい、ゆっくり首を振った。「色々と微妙な話があるのさ。裁判所は微妙な話が大好きで、しまいには、もともと何もなかったところから大きな罪を引っぱり出してくる」

「はいはい、そのとおり」と画家は言った。Kが余計なことを言って考えの邪魔をしたとでも言いたげだ、「でも、無実なんですよね？」

「もちろんだ」とKは言った。

「それが肝心なんです」と画家は言った。反論されてもまったく動じない。ただ、自信ありげに断言するのはいいが、本当に確信があるのか、どうでもいい話だからそう言っているのかは分からない。Kは、それをまず確認しようと思って言った。

「裁判所のこと、きみは私よりずっとよくご存じのようだな。私はひとに聞いた話でしか知らないから。まあ、色んな連中に話を聞いたがね。みんな口を揃えて言う。うっかり起訴なんてありえず、起訴したからには被告人の罪に確信があり、その確信を手放させるのは難しいと」

「難しい？」と画家は尋ね、片手を高くふりかざした。「裁判所がその確信を手放すことなんか、絶対にありませんよ。ぼくがほら、裁判官がズラッと並んでる絵を描いてあげますから、その絵の前でご自分の弁護をなさってみたら、実際の裁判よりまだましな成果が上がる

いた。

「まったくだ」とKは言った。画家からとにかく話を聞き出そうと思っていたことは忘れていた。

またまた一人の女の子が扉の向こうから訊いてきた。

「ティトレッリさん、その人、そろそろ帰らないの」

「やかましい」と画家はドアめがけて大声でどなりつけた。「おまえら、この方と大事なお話があるのが分からんのか」

けれども女の子はその答えでは満足せず、また訊いてきた。

「その人の絵を描くの？」

画家が返事をしなかったので、女の子はさらに言った。

「ねえ、そんな人の絵、描かないで。そんな気持ち悪い人」

そうよそうよと口々に言う声が、くぐもって聞こえる。画家は一足跳びで扉のところへ行き、細く開けて――手を合わせてお願いしている女の子たちの手だけが見える――言った。

「静かにできないなら、全員階段から突き落とすぞ。そこの階段に腰かけて、おとなしくしていろ」

すぐには言うことを聞かなかったようで、画家はさらに軍隊式の号令をかけた。

「階段にぃ、座れぇ！」

それでようやく静かになった。

「失礼」と画家は、Kのところに戻ってきて言った。Kはろくに扉へ向きもしていなかった。画家がかばってくれるのかどうか、そしてどんな方法でかばってくれるのかは、完全に画家に任せていた。画家がこちらに身をかがめ、彼の耳に口を寄せてきたときも、彼はろくに身動きしなかった。画家は、外に聞こえないように、こうささやいたのだ。

「あの女の子たちも、裁判所の息がかかってるんです」

「は？」とKは尋ね、顔をひっこめて、画家をじっと見つめた。画家は、しかしもう椅子に腰を下ろし、半ば冗談、半ば説明するように言った。

「何でもかんでも裁判所の息がかかってるんですよ」

「そいつは初耳だ」とKは短く言った。何でもかんでもなら、とくに女の子たちのことを心配する必要はないわけだ。それでもKは、少しのあいだ扉のほうを眺めた。扉の外では、女の子たちが黙って階段に座っているはずだ。かと思えば、一人の女の子が藁《わら》を一本、角材の隙間に突っこんで、ゆっくり上げ下げしている。

「まだ裁判所の全体像が見えていないご様子ですね」と画家は言った。両脚を大きく広げて、つま先で床をトントン叩いている。「でも無実なんだから、全体像なんていりませんよね。ぼく一人で何とかしてあげられますよ」

「どうやって？」とKは尋ねた。「さっき自分で言ったばかりじゃないか。裁判所には理屈が通じないって」

「通じないのは、裁判に正攻法で対した場合の話ですよ」と画家は言い、人差し指を立ててみせた。Kが微妙な違いを見落としたとでも言わんばかりに。「公式な裁判の搦手《からめて》を攻めた場合は、また話が別です。つまり会議室や廊下とかでね。たとえば、このアトリエとかでも」

さっきとは違い、画家が言ったことには信憑性《しんぴょうせい》が感じられた。これまで他の連中から聞いたことと、かなり一致していたのだ。いや、なかなか希望が持てそうじゃないか。弁護士のやつが言ってたように、裁判官どもが個人的なコネでほいほい操れるなら、この画家が見栄っぱりの裁判官どもに持ってるコネはとくに重要なはずだ。少なくとも、けっして過小評価できない。いつのまにか、助けてくれる人たちの輪が周りにできあがりつつあるが、この画家ならその輪に加えてやってもいいな。そういえば一度、銀行で、組織力の才能を褒められたことがある。たった一人で状況に対処しなければならない今、その力をぎりぎりまで試してみるいい機会じゃないか。画家は、自分の説明がKに及ぼした効果をじっと観察していたが、それから少しばかり不安そうにこう言った。

「ほら、ぼくのしゃべり方って、ほとんど法律家みたいじゃないですか？　ひっきりなしに裁判所の人と交流があるんで、うつっちゃうんですよ。もちろん得することも多いんですけどね。芸術家としての創作意欲にとっては、かなりマイナスです」

「そもそも最初に裁判官とつながりができたのは、どうしてかな？」とKは尋ねた。この画家をうまく利用するためには、まず信用を勝ち得るのが先決だと思った。

「とても簡単でしたよ」と画家は言った。「親に譲ってもらったんです。じつは親父《おやじ》も裁判所のお抱えの画家でして。親から子へ、代々受け継がれる地位なんです。だから新しい人は入れません。職員には色んな等級がありますから、職員の絵を描こうと思ったら、ものすごく細かい、秘密のルールに従わないといけないんですよ。特別な家系に、門外不出で伝えられてるんです。たとえばあそこの引き出しの中に、親父の遺した図案集が入ってます。誰にも見せませんけどね。あれを見たことがないやつには、裁判官の絵を描くなんて無理です。それに、もしあれを失くしても、ぼくの頭の中だけにあるルールがまだたくさん残ってますから、ぼくの地位には誰も文句をつけられない。だって裁判官はみんな、昔の偉大な裁判官たちと同じように描いてもらいたがるんだから。それができるのはぼくだけです」

「そいつはうらやましいね」とKは言った。自分の銀行での地位のことを考えながら。「それじゃあ、きみの地位は安泰なんだ?」

「はい、安泰です」と画家は言い、自慢げに肩をすくめた。「ですからときどき、訴訟を抱えてる気の毒な人をお助けしたりもできるわけです」

「それで、どうやって助けるんだね?」とKは尋ねた。画家に気の毒な人と呼ばれたのは自分のことじゃない、というふりをした。しかし画家は気にも留めず、こう言った。

「あなたの場合は、完全に無実なわけですから、たとえばこうしますね」

何度も何度も「無実」と言われて、少し煩わしくなってきた。どうやらこの画家はそう言いながら、自分が助け舟を出すのは訴訟がうまくいきそうだからと仮定している気がする。もちろん、そんな仮定は成り立たない。そんな疑念が芽生えたにもかかわらず、Kはぐっと我慢し、画家の言葉をさえぎらなかった。この画家の助けを諦めはしない。その点については固[*27]く心に決めている。それに、こいつの助けが弁護士のやつの助けより怪[*28]しいってことはないだろう。こっちのほうが無害だし、率直に言ってきてる分だけ、ずっとましじゃないか。

　画家は椅子ごとベッドに近づき、声を低めて言葉を続けた。

「その前にお訊きするのを忘れてました。どんな種類の無罪放免がお望みかってね。三つの可能性があります。本物の無罪判決、見せかけの無罪判決、引きのばし。もちろん、本物の無罪判決が一番いいですけど。そっちの方面じゃ、ぼくは何のお力にもなれません。ぼくが思うに、個人のレベルで本物の無罪判決をたぐり寄せる力がある人なんて誰もいないですよ。そこで物を言うのは、被告人の無実だけです。あなたは無実なんだから、自分は無実だってことだけを頼りにするって手もあるかもしれませんね。でもその場合は、ぼくの助けも、他の人の助けも必要ないってことになる」

　この整理を聞いて、Kは最初唖然とした。それから彼は、画家と同じく小さな声で言った。

「きみの言うことは矛盾してる」

「どこが？」と画家は平気な顔で尋ね、ニコニコしながら椅子の背にもたれかかった。その笑みを見ていると、大切なのは画家の言葉に矛盾を見つけることではなく、裁判の手続きそのものに矛盾を見つけ出すことだ、という気がしてきた。それでも彼は引っこみがつかなくなって言いつのった。

「さっき、裁判所には理屈が通じないと言っていた。あとから、理屈が通じないのは公式な裁判だけだと言い直した。なのに今は、無実なら助けは必要ないと言っている。そこにもう矛盾があるわけだ。おまけに、さっきは裁判官に個人的に影響を与えるのは可能と言っていたのに、今は、きみの言い方を借りれば本物の無罪判決なるものは個人的に影響力を行使したからって達成できるものではないと言っている。そこに二つ目の矛盾がある」

「その矛盾は、どちらも簡単に解消できますよ」と画家が言った。「ここで問題になっているのは、二つの別々のことがらです。法律に書いてあることと、ぼくが聞いて知ってること。この二つを混同しないでください。まあ、ぼくは法律なんて読んだことないですけど、法律にはね、無実の人間は無罪判決を受けると書いてあって、しかし裁判官に影響を与えていいとは書いてありません。ところがぼくが聞いた話じゃ、まったく逆です。本物の無罪判決の話なんて聞いたこともありませんが、裁判官に影響を与えたって話はよく聞く。もちろん、ぼくが知ってる例では無罪の人間が一人もいなかったのかもしれません。でも、そんなってありますかね？　あんなにたくさんの判例の中で、ただの一人も無実の人間がいないなんて？　ガキのころから、親父が家で訴訟の話をしてくれるたびに、かじりついて聞いてましたよ。親父のアトリエに来る判事の連中も、裁判の話をしてくれました。うちの界隈じゃ、そもそも他の話なんて出なかったんです。自分で裁判所に行けるようになったら、その機会を最大限に利用して、数えきれないほど訴訟を傍聴しました。重要な段階に差しかかるころあいでね。目に見えるものは何でも全部追っかけました。なのに——正直に言いますが——本物の無罪判決なんてものには、一度たりともお目にかかりませんでしたよ」

「無罪判決は一度もない、か」とKは、自分自身と自分の抱いている希望に向かって言うように言った。「今の話は、この裁判所について私が前から持っていた意見を裏づけてくれる。その観点からしても、こんな裁判所、あるだけ無駄じゃないか。処刑人が一人いたら、それだけで裁判所は丸ごと用済みだ」

「話を広げすぎです」と画家は不満げに言った。「ぼくは自分の見聞《けんぶん》を話しただけですから」

「それで十分だよ」とKは言った。「それとも、過去には無罪判決があったと聞いたことがあるとか？」

「過去には無罪判決が」と画家は答えた。「たしかにあったらしいですよ。ただ、確認するのは難しいですね。最終的な判決文は非公開で、裁判官でも閲覧できません。だから、昔の判例については、伝説が残ってるだけなんです。たしかに伝説には、たくさん本物の無罪判決の例が謳《うた》われてますよ。信じるのは勝手ですが、でも実証はできません。とはいえ、伝説もないがしろにしたものじゃないです。きっと何かしら真理が含まれてるでしょうからね。それに、伝説ってのは絵になります。ぼく自身、そういう伝説を題材にした絵を何枚か描いたことがありますよ」

「たかが伝説じゃ、私の意見は変えられん」とKは言った。「それに、裁判で伝説を引き合いに出すわけにもいくまい？」

画家は笑った。

「そうですね、そいつは無理です」と画家は言った。

「それなら、伝説の話なんかするだけ無駄だ」とKは言ったが、この画家の意見がどんなに怪しげで他の情報と矛盾していようと、さしあたり何でも受け容れておこうと思った。今は相手の言うことが全部本当かどうか吟味したり、ましてや反論したりする時間はない。何か少しでも、決定的なことでなくても手助けする気にさせられたら、それでもう万々歳だ。そこで彼はこう言った。

「それじゃあ、本物の無罪判決は諦めよう。まだ他に二つ可能性があると言っていたね」

「見せかけの無罪判決と、引きのばし。可能性はそれだけです」と画家は言った。「ところで、その話をする前に、上着を脱いだらどうですか。暑いんですよね」

「そうだな」とKは言った。これまでは画家の説明にすっかり注意を奪われていたが、暑さのことを言われてみれば、額に汗がドッと噴き出してきた。「耐えがたいほどだ」

画家はうんうんと頷いた。具合がお悪いのですよね、お気持ちはよく分かりますと言いたげだ。

「窓を開けられんのかね？」とKは尋ねた。

「無理です」と画家は言った。「あれはガラス板をはめてあるだけで。開けられません」

Kはようやく自覚した。ここに来てからずっと、こんな場面を想像しては心を慰めていたのだった。画家か自分がやにわに窓辺に駆け寄り、窓をバッと開け放つ。霧でも何でもいいから、とにかく大口を開けて吸いこむ。その希望が潰《つい》え、外気から完全に遮断されているかと思うと、眩暈がした。彼は横にある羽根布団を手で軽くぽんと叩き、弱々しい声で言った。

「そいつは居心地よくないし、健康にもよくない」

「とんでもない」と画家は言い、窓を弁護した。「開かないからこそ、たかが一枚のガラスなのに、二重窓より熱を逃がさない効果が高いくらいなんですよ。まあ、換気も必要ですけどね。換気したくなったら、扉を片方、あるいは両方、開けてやればいいんです。あちこちの角材の隙間から空気が入ってきますから」

Kは、この説明で少し心を慰められ、あたりを見回した。二つ目の扉を探そうと思って。画家はそれに気づいて言った。

「ほら、うしろですよ。ベッドでふさいでしまってますが」

そこでKは、壁に小さな扉があるのを見た。

「ここにあるもの、どれもこれもアトリエにしちゃ小さすぎます」と画家は言った。Kの非難に先回りするかのように。「これでも、できるだけ家具調度を整えたんですよ。扉の前にベッドなんて、もちろん最悪の配置ですけど。たとえば、ぼくが絵を描いてる最中の裁判官なんかは、いつもベッド側の扉から入ってきます。こっちの戸の鍵を渡してありますしね。ぼくが留守のときも、アトリエに入って待ってもらえるようにです。でも、たいてい朝早く、こっちがまだ寝てるうちに来るんです。ベッドの真横で扉が開いたりしたら、どんなにぐっすり眠っていても目が覚めてしまいます。早朝にベッドをまたぐ裁判官どのをぼくが罵倒《ばとう》している文句を聞いたら、裁判官というものに対する尊敬の念なんか、きれいさっぱり消し飛びますよ。もちろん、鍵を取り返せばいい話かもしれませんが、もっと悪いことになりかねません。ここの扉なんか、どちらも苦労せず蝶番《ちょうつがい》ごと引っこ抜けますからね」

そういう話を聞いているあいだ中ずっと、上着を脱いだものかどうかKは考えていた。しかし、とうとう、脱がなければこれ以上ここにいるのは無理だと悟り、上着を脱いで、ただし膝にかけた。話し合いが終わったら、またすぐ着ることができるように。彼が上着を脱ぐか脱がないかのうちに、女の子たちのうちの一人がこう叫んだ。

「もう上着を脱いじゃった」

そして、みんなが隙間めがけて殺到してくる物音が聞こえた。見世物をこの目で見ようとしているのだ。

「つまりですね、あの子たちは」と画家は言った。「ぼくがあなたの絵を描くと思ってるんですよ。だから脱いだんだって」

「そうかい」とKは言ったが、あまり笑いたい気分ではない。せっかく服を脱いでシャツだけになって座ってるのに、さほど気分がよくならなかったのだ。ほとんど不機嫌になって、彼はこう尋ねた。「あと二つの可能性、何だって？」

また名前を忘れてしまっていた。

「見せかけの無罪判決と、引きのばしです」と画家は言った。「どちらを選ぶかは、お心次第ですよ。ぼくの力添えがあれば、どちらでも手が届きます。もちろん、苦労はしますがね。見せかけの無罪判決だと、短期間すごく苦労する。引きのばしだと、そんなに苦労はしませんが、ずっと長いこと苦労しつづける。そういう違いがあります。じゃあ、まず見せかけの無罪判決からいきますよ。こちらをお望みなら、大判の紙にでかでかと、あなたは無実だという証明書を書いてあげます。書く内容は、親父から一子相伝《いっしそうでん》で伝わってるものなんで、間違いありません。この証明書を、知り合いの裁判官にぐるりと見せて回ります。まず手始めに、ぼくがちょうど絵を描いてる裁判官が今晩、モデルになりに来たら、証明書を見せてやりますよ。見せてやって、あなたは無実だって説明して、無実だって保証してやります。うわべだけ保証しますって言うわけじゃなく、本当に拘束力のある保証ですよ」

画家のまなざしには、ぼくにそんな保証なんて厄介ごとを背負わせるつもりですか、という非難めいた色が浮かんでいる。*29

「そりゃどうもご親切なことで」とKは言った。「それで、その裁判官はきみの言うことを信じて、でも本物の無罪判決は出してくれないわけだな？」

「さっき言ったとおりですよ」と画家は答えた。「ちなみに、みんながみんな信じてくれるとは限りません。たとえば本人を連れてこいと言う人もいるでしょう。そしたら、いっしょに来てもらう必要があります。もっとも、そういう裁判官の前でどう振る舞うべきかあらかじめ教えて差し上げますし、そしたらもう半ば勝ったも同然ですけどね。そんなにうまくいかないこともあります。ぼくを頭から拒絶する――そういうこともあるんですよ――裁判官の場合です。もちろん手は尽くしてみますが、そういう相手は諦めることになります。別に諦めても構わないんですよ。裁判官一人一人が決定的な役割を果たすわけじゃないですから。そんなこんなで、証明書にそこそこ裁判官の署名が集まったら、あなたの訴訟を担当している裁判官のところに証明書を持っていきます。その人の署名ももらえたら、それに越したことはありません。ものごとが前より少し早く進むようになりますから。ここまで来たら、もうそもそも大きな障害はありませんし、被告人は大船に乗った気でいればいい。おかしなことに、無罪判決が出たあとより、この時期のほうが安心できるんですよ。もうとくに苦労もしなくていい。裁判官は、証明書に一定数の裁判官の保証があるわけですから、気がねなく無罪判決を言いわたせるわけです。もっとも、こまごまとした形式的なことを片づける必要はありますが、ぼくや他の知り合いの手前、間違いなく無罪判決を出しますよ。あなたは裁判所から出て、晴れて自由の身というわけです」

「えっと、自由の身なんだよな」とKはためらいがちに言った。

「はい」と画家は言った。「ただ、これは見せかけだけの自由です。言い換えれば、しばらく自由になっただけです。最下級の裁判官には、つまりぼくの知り合いはみんなそうなんですが、最終的な無罪判決を出す権限はありません。その権限があるのは、誰も手が届かない最上級の裁判所だけです。あなたも、ぼくも、誰もみんな届かない。そこがどんな場所なのか知らないし、ついでに言えば知りたくもない。そんなわけで、起訴から無罪放免するという大きな権限は、うちの裁判官どもにはありません。でも、起訴から引き離す権限ならあるかもしれない。つまり、見せかけの無罪判決を受けたら、起訴されていることを一時的に気にしなくてもよくなるのです。ただし起訴された事実は消えませんから、ひきつづき頭上にふわふわ漂っていて、上からの命令が来たら、すぐさま力を取り戻します。このぼくくらい裁判所と深いつながりがあったら、本物の無罪判決と見せかけの無罪判決の違いが裁判所事務局の規定にはっきり表れていることだって分かるんですよ。本物の無罪判決が出たときは、訴訟の書類はすべて秘匿されます。訴訟手続きのうち、起訴文も、訴訟の過程も、無罪判決文も、すべて消え失せるのです。何も残りません。見せかけの無罪判決の場合は違います。これまでの書類に加えて、無実の証明書、無罪判決文、無罪判決理由が増えるだけで、あとは何も変わりません。書類が審査手続き中であることに変わりはないのです。なにしろ裁判所事務局にはひっきりなしに書類が出たり入ったりしますから、上級審に送られたり、下級審に差し戻されたり、振り子みたいにぶらぶら揺れるわけです。大きく揺れたり小さく揺れたり、引っかかって長期間止まったり、短期間でまたすぐ動き出したり。その動きは予想がつきません。外から見れば、何もかも全部忘れ去られて、書類は紛失して、無罪判決が確定しているように見えることだってあるかもしれません。事情通なら、そんなこと信じませんけどね。書類が紛失することは一切ありませんし、忘れるなんてことは裁判所では皆無です。ある日――思いがけず――他の連中よりも気のつく裁判官が書類を手にして、この案件ではまだ起訴が生きていると知り、即刻逮捕の命令を出す。今の話は、見せかけの無罪判決と再逮捕のあいだに長い時間が経過しているという設定でしたね。ありうることですし、ぼくも実際そういう判例を知ってます。ただ、無罪判決を受けた人が裁判所から家に帰ると、そこでもう再逮捕の任を帯びた連中が待ち構えてることだって、同様にありえます。もちろん、自由な生活なんてものは、そこでもうおしまいです」

「それで、また訴訟が一から始まるのか？」とKは尋ねた。ほとんど信じられない。

「もちろん」と画家は答えた。「訴訟は一から始まります。ただし前回と同じく、見せかけの無罪判決を勝ち取る可能性はちゃんとあります。また全力をふり絞って、諦めないことが肝心ですよ」

最後の言葉は、Kが少し落ちこんだので、それを気にして付け加えたのかもしれない。

「だが」とKは言った。画家が何かを暴露しようとしているのに先回りするかのように。「二度目の無罪判決を勝ち取るのは、一度目より難しいんじゃないのか？」

「その点は」と画家は言った。「はっきりしたことは言えません。再逮捕の場合、被告人に対する裁判官の心証が悪くなるのではとおっしゃりたいのですよね？　そんなことはありません。裁判官にしてみれば、無罪判決が出たときに、もう再逮捕があることは想定済みです。だから心証が悪くなったりしないんですよ。もっとも、他にたくさん理由があって、その案件をめぐる裁判官のムードや法的判断が変わることはあります。そんなわけで、二度目の無罪判決を勝ち取るためには、状況の変化に対応した努力が必要ですし、一度目のときと同様、全力を尽くす必要があるわけです」

「だが、その二度目の無罪判決でも、まだ最終的に無罪が確定するわけじゃないんだろ」とKは言い、こりゃだめだと首を振った。

「もちろん確定しません」と画家は言った。「二度目の無罪判決のあとには三度目の逮捕、三度目の無罪判決のあとには四度目の逮捕、という具合に続いていくわけです。見せかけの無罪判決といえば、そういうのが織りこみ済みなんですよ」

　Kは黙っていた。

「見せかけの無罪判決は、どうやらあまりお気に召さないようですね」と画家は言った。

「引きのばしのほうが向いてるかも。引きのばしとは何か、ご説明しましょうか？」

　Kは頷いた。画家はさっきから椅子の背にゆったりもたれ、パジャマを大きくはだけ、その中に手を突っこんで、胸や脇腹を撫でている。

「引きのばしというのは」と画家は言い、しっくりくる説明を探しているのか、一瞬だけ目を泳がせた。「引きのばしというのは、訴訟を一番下の段階にずっと引き留めておくことです。これを達成するには、被告人と支援者が、とりわけ支援者のほうが裁判所と個人的な接触を維持することが必要になります。さっき言ったこと、もう一度言いますよ。引きのばしには、見せかけの無罪判決を勝ち取るほどの労力を使う必要はありませんが、注意力はもっと必要になります。訴訟から目を離してはならず、担当の裁判官のところに一定の間隔で足を運び、ついでに特別な機会にも足を運び、とにかく何が何でも友好的な関係を保つことが必要です。担当者と個人的に知り合いでなければ、知り合いの裁判官を通じて担当者に影響を与える必要があります。もちろん、本人と直接しゃべるのを諦めていいと言ってるわけじゃないですよ。この点をちゃんと満たせば、訴訟が最初の段階から先へ進まないのは、そこそこ確実だと思っていいです。訴訟が終わるわけじゃないですが、被告人に有罪判決が下りないのは確実で、その点では無罪判決が下りたときとほぼ同じです。見せかけの無罪判決と比べると、被告人の将来がそれほど不確定ではないという利点が引きのばしにはあります。突然また逮捕されるかもと恐がらずに済むし、たとえば他の状況とのかねあいで、見せかけの無罪判決を勝ち取ることにまつわる苦労と混乱を背負いこむのは不都合きわまるとき、よりによって苦労と混乱が降ってくるのではと心配する必要もない。もっとも被告人からすれば、引きのばしにだって過小評価できない不利な点があります。無罪放免で晴れて自由の身とはいかない、といった話じゃないですよ。見せかけの無罪判決の場合だって、本当の意味では無罪放免じゃないわけですからね。また別の不利な点があるんです。訴訟というものは、せめて見せかけの理由でもなければ、停滞を許されません。対外的には何かが起こっているようにする必要があるのです。だから、ときどき命令が出て、被告人が尋問されて、審問が開かれて、などといったことになる。わざと狭く限定された小さな円の中で、訴訟はたえず回転を続けていなければならないのです。もちろん、そのせいで被告人にとっては不愉快なことが色々生じてきます。でも、悲観的すぎる想像はいけません。全部外面《そとづら》だけなんですから。たとえば尋問なんて、いつもごく短いものです。時間がなかったり、行きたくなかったりしたら、お断りすればいいんです。出される命令の内容をあらかじめ裁判官とじっくり相談して決めておく、なんてこともざらにあります。大切なのは、被告人である以上、ときどきは担当の裁判官のところに挨拶に行くことですよ」

　最後の言葉を聞きながら、Kはもう上着を腕にかけ、立ち上がっていた。

「もう立った」と扉の外ですかさず叫ぶ声がする。

「もうお帰りで？」と、やはり立ち上がって画家は尋ねた。「帰りたくなったのは、きっと空気のせいですね。残念ですよ。まだ色々とお話しすべきことがあったのに。かいつまんで手短にしかお話しできませんでした。ご理解いただける話だったなら嬉しいですが」

「理解したとも」とKは言った。無理に耳を働かせていたので、頭痛がしていた。理解したと言ってやったのに、幸せな気持ちで帰路につけるようにとの心遣いだろうか、画家はもう一度まとめを言った。

「どちらの方法にも共通点があります。被告人が有罪判決を受けないんですよ」

「だが、どちらも本物の無罪判決を受けられないわけだよな」とKは小声で言った。まるで、それに気づいてしまって恥ずかしいと思っているかのように。

「話の核心をつかまれましたね」と画家は早口に言った。Kは冬外套に手をかけたが、まだ上着を着る決心すらついていなかった。とりあえず回収だけして、全部抱え[*30]たまま、新鮮な空気のあるところまで走っていきたい。女の子たちは、気の早いことに、服を着た服を着たと叫んでいるが、だからといって服を着る気にはなれない。画家は、Kの気持ちを何とか解釈したくてたまらないらしく、こう言った。

「ぼくの提案、どうするかまだ決心ついておられないんですね。よく分かります。すぐに決断しないほうがいいとご忠告したいくらいです[*31]よ。有利な点と不利な点は紙一重です。色々よく考えてみないといけません。もっとも、だからって時間を無駄にするのも考えものですが」

「近いうちにまた来る」とKは言った。突然、上着を着る決心がつき、コートは肩に引っかけたまま、出口めがけて急いだ。扉の向こうで、女の子たちが金切り声で叫びはじめた。叫んでいる女の子たちの姿が、扉ごしに目に見える気がする。

「約束を守ってくださいね」と画家は、追いかけてはこないで言った。「さもないと、銀行に押しかけて、Kさんいらっしゃいますかって言いますよ」

「扉の鍵を開けてくれ」とKは言った。取手をぐいっと握ったが、ビクともしない。反対側で女の子たちが押さえてるのか。

「女の子たちにベタベタされるのがお望みですか？」と画家は尋ねた。「こっちの出口からお逃げになったほうがいい」

そして画家はベッドのうしろの扉を指さした。Kは同意して、ベッドまで舞い戻った。ところが、扉を開ける代わりに、画家はベッドの下にもぐりこみ、そこから訊いてきた。

「ちょっと待って。絵を一枚、ご覧になりませんか？　売ってさしあげてもいいですよ」

Kは、失礼があってはいけないと思った。この画家は本当に相談に乗ってくれたし、今後の助力を約束してくれた。そういえば、助けてくれるお礼のことを、まだ話してなかった。忘れっぽいせいだな。だから無下に断るわけにもいかん。絵を見てやることにしよう。このアトリエからさっさとおさらばしたくて、うずうずしてるが。画家はベッドの下から、額縁に入っていない絵をどっさり引っぱり出してきた。ひどくホコリまみれだ。画家は一番上の絵にフッと息を吹きかけ、ホコリを吹き飛ばそうとした。舞い上がったホコリは、いつまでもKの目の前にもうもうと漂っている。ろくに息ができたものじゃない。

「荒野の風景です」と画家は言い、Kに絵を差し出した。木が二本ひょろひょろと、黒っぽい草地に遠く離れて立っているところが描かれている。背景は、色とりどりの日没だ。

「きれいだ」とKは言った。「買おう」

あまり深く考えず、つっけんどんな言い方をしてしまった。だから、画家が気を悪くした様子もなく、二枚目の絵を床から拾い上げたので、ホッとした。

「こちらの絵と対《つい》になる絵です」と画家は言った。対になる絵のつもりなのかもしれないが、一枚目の絵と見比べても、違う点など何一つ見あたらない。近景に二本の木、草地、遠景に日没。それだけだ。でも、そんなことは気にしない。

「きれいな風景画だ」とKは言った。「両方とも買おう。事務室に飾っておくよ」

「このモチーフ、お気に召したようですね」と画家は言い、三枚目の絵を取り上げた。「運よく、似たような絵がもう一枚あります」

いや、似たような絵じゃない。まったく同じ絵だ。見たことのある荒野の風景だ。この画家、ここぞとばかりに古ぼけた絵を売りつけようとしてやがる。

「これも買おう」とKは言った。「三枚[*32]でいくらだね？」

「そのお話はまた次の機会に」と画家は言った。「今はお急ぎのようですし、これから先も末永くお付き合いいただくわけですからね。ともあれ、絵がお気に召して嬉しいです。ベッドの下にある絵、丸ごと全部差し上げてもいいですよ。荒野の風景ばかりですけど。これまで荒野の風景をたくさん描いたんです。こういう絵を受けつけない連中もいますけどね。陰気すぎるって。でも、陰気だからこそいいって言う人もいる。あなたもその一人ですね」

いや、今は乞食絵師の職業経験の話など聞く気はない。

「三枚とも包んどいてくれ」とKは、画家の話をさえぎって叫んだ。「明日、うちの用務員に取りにこさせるから」

「必要ありません」と画家は言った。「ご同行できる荷物運びを一人、見つけられると思います」

そして画家はようやくベッドの上に身を乗り出し、扉の鍵を開けた。

「遠慮なく、ベッドに上ってください」と画家は言った。「ここに入ってくる人は、みんなそうします」

言われなくても遠慮などしなかった。だいたい、もう片足を羽根布団のまんなかに下ろしたあとだった。そのとき、Kは開いた扉から外を見て、また足をひっこめた。

「何だあれは？」と彼は画家に尋ねた。

「何をびっくりされてるんですか？」と画家は、こちらが驚いたことに驚いていた。「裁判所の事務局ですよ。ここに裁判所事務局があるって、ご存じなかったんですか？　だってほら、ほとんど全部の屋根裏には裁判所事務局があるんですよ。ここにあっていけない理由がありますか？　ぼくのアトリエだって、もともとは裁判所事務局のものですよ。裁判所が貸してくれてるんです」

Kは、こんなところに裁判所事務局があってギョッとしたというより、むしろ、自分がいかに裁判関係のことに無知であったかにギョッとしていた。彼はつねづね、被告人の振る舞いの原則というものを考えていた。いつも身構えていること。けっして不意打ちされないようにすること。左に裁判官がいるときは、うっかり右を見ないこと。——それなのに、その原則に反することを、何度も何度もやってしまうのだ。目の前には長い廊下が延びていた。そこから漂ってくる空気と比べたら、アトリエの空気のほうがまだ爽やかだ。廊下の両側にはベンチが据えつけてある。Kの裁判の事務局の待合室とまったく同じだ。事務局の設備については、厳密な規定があるらしい。目下のところ、ここでは被告人の出入りはさほど多くなかった。男が一人、半ば寝転がるような姿勢で座っている。ベンチの上で両腕に顔を埋め、眠っているようだ。もう一人の男が、廊下の突きあたりの薄暗がりの中に立っている。Kはおもむろにベッドをまたぎ越え、あとから画家が絵を抱えてついてきた。二人はやがて、一人の廷吏——今ではKは、私服の普通のボタンの中に金ボタンが混ざっていたら廷吏だと、ちゃんと見分けられるようになっていた——に出くわした。画家は廷吏に、絵を持ってこのお方にお供してくれたまえと言いつけた。Kは、先に行けば行くほど足がふらふらしてきた。ハンカチをギュッと口に押しつけた。もうすぐ出口というところまで来たとき、真正面から女の子たちが怒濤《どとう》のごとく押し寄せてきた。つまり、逃げられなかったのだ。どうやら、アトリエの二つ目の扉が開くのを見て、ぐるりと回り道をして反対側から入ってきたらしい。「もはやこれまで」と画家は、女の子たちにもみくちゃにされて笑いながら叫んだ。「さようなら！　あまり長いこと考えすぎないで！」

Ｋは画家のほうをふり返りすらしなかった。路地に出ると、通りかかった最初の馬車に乗った。一刻も早く廷吏とおさらばしたかった。金ボタンがいちいち目に刺さったのだ。なぜか他の人たちは誰も、このボタンが気にならないようだったが。仕事熱心な廷吏は御者台に上ろうとしたので、降りろとどなりつけてやった。Ｋが銀行の前に到着したときには、とっくに正午を回っていた。絵を馬車に置き忘れてしまいたいのはやまやまだったが、何かの機会に、絵をちゃんと持っているところを画家に見せる必要に迫られないとは限らない。そこで、事務室に運ばせ、机の一番下の引き出しに入れて鍵をかけた。せめて明日やあさってには副頭取の目につかないように。

商人[*1]ブロック／弁護士をクビに

ついにＫは、弁護士との代理人契約を解除しようと決心した。それが正しい行動なのかどうか疑いは消えなかったが、そうすることが必要だという確信が上回った。弁護士のところへ行く予定の日になると、この決心のせいで、ろくに仕事が手につかなかった。いつになくのろのろ仕事をして、長いこと事務所で残業するはめになった。ようやく弁護士宅の戸口の前に来たときには、もう十時を過ぎていた。呼び鈴を鳴らす直前になっても、弁護士をクビにすることは電話か書面で伝えてしまうのがいいのではと悩んでいた。本人に直接会って話せば、ひどくきまりの悪い思いをするだろう。それでも、やっぱり直接会って話すのも捨てがたい、他のやり方でクビにしたら、沈黙が返ってくるか、せいぜい二言三言、形式的な口上が返ってくるかだ。そしたら、たとえばレニが探りを入れてくれるなら話は別だが、弁護士がクビをどう受け取ったかを知る機会がなくなる。あと、クビにしたら自分の身に何が起こるのか、やつの意見を聞けなくなるのも惜しい。逆に、弁護士と差し向かいで座っていたら、不意打ちでクビを言いわたしてやったとき、やつが言葉ではあまり本心を語らなかったとしても、顔と態度から、知りたいことは全部読み取ることができるだろう。それに、やっぱりこの弁護士に弁護を任せたほうがいいと確信することだって、ないとは言いきれない。その場合は、クビは撤回してやるさ。

弁護士宅の戸の呼び鈴を鳴らしたが、いつものことながら、一度目は何も起こらなかった。『レニのやつ、もうちょっときびきび動けよな』とKは思った。でも他の連中が出しゃばってこない分だけ、まだ得をした気分だ。ナイトガウンの男や他の誰かが出てきて邪魔するのが、いつものことだったから。二度目に呼び鈴を鳴らしながら、ふり向いて向かいの戸を見たが、今回はやはり閉まっている。やがて、ようやく扉*2のぞき窓に二つの目が現れたが、レニの目じゃない。誰かが鍵を開けたが、さしあたり扉を押さえたまま、奥のほうに叫んでいる。

「やっぱりそうだ」

そのあと、ようやく完全に扉を開けてくれた。それまでKは扉をぐいぐい押していた。背後から、お向かいの戸の鍵穴で鍵がガチャガチャ回る音がもう聞こえていたから。そんなわけで、目の前の扉がようやく開くと、Ｋは文字どおり玄関になだれこんだ。両側に部屋が並ぶ廊下を、下着姿のレニが走って逃げていくのがかろうじて見えた。扉を開けた男が叫んだのは、彼女に警告するためだったのだ。Ｋは一瞬のあいだ彼女を見送り、それから扉を開けた男に目を移した。がりがりに痩せた小男で、口とあごと頬にヒゲを生やし、手にロウソクを持っている。

「ここの使用人かね？」とＫは尋ねた。

「違います」と男は答えた。「ここの人間じゃないです。弁護士の先生と代理人契約を結んでるんで。法律の話で来ました」

「上着も着ずに？」とＫは尋ね、おまえは下着姿だぞと手ぶりで伝えた。

「おっと、こりゃ失敬」と男は言い、自分をロウソクの光で照らしてみた。自分がどんな格好をしているか、今はじめて気づいたとでも言わんばかりに。

「レニと付き合ってるのか？」とＫはつっけんどんに尋ねた。帽子を持った手を背後で組み、脚を少し広げて立っていた。ちゃんと分厚い外套を着ているというだけで、この痩せっぽちの男より自分がかなり上の立場にいる気がする。

「ええっ」と男は言い、ギョッとして身を守るように片手を顔の前にかざした。「めっそうもないです。何を考えておられるんで？」

「まあ、おっしゃるとおりだろうな」とＫはひっそり笑って言った。「それなのに——ほら、歩きたまえ」

彼は男に帽子で合図し、先に立って歩かせた。

「それで名前は？」とKは途中で尋ねた。

「ブロックです。商人のブロック」と小男は言い、自己紹介しながらこちらに向き直ったが、立ち止まらせてやりはしなかった。

「本名か？」とKは尋ねた。

「そりゃそうです」というのが返事だった。「なんで疑うんです？」

「名前を伏せておきたい理由があるかと思ってな」とKは言った。のびのびした自由な気分だ。よその土地に行って、下々《しもじも》の連中と話し、自分に関することは一切漏らさず、淡々と相手の利害だけを話題にして、こちらの出方次第で目の前の相手があたふた一喜一憂するのを眺めるときだけ、こんな気分になれる。弁護士の仕事部屋の扉のところでKは立ち止まり、扉を開け、おとなしく先へ行きかけていた商人に呼びかけた。

「そんなに急ぎなさんな！　ほら、ここを照らしたまえ」

レニ[*3]がここに隠れているかと思ったのだ。商人に隅々まで探し回らせたが、部屋は無人だった。裁判官の絵の前まで来ると、彼は商人のズボン吊りをぐいっとつかみ、引き戻した。

「こいつを知ってるか？」とKは尋ね、人差し指で高いところを指さした。

商人はロウソクを持ち上げ、目をパチパチさせながら言った。

「裁判官さんです」

「上級の裁判官か？」とＫは尋ね、商人の横に立って、この絵が商人にどんな印象を与えるかを観察した。商人はといえば、口をぽかんと開けて絵を見上げている。

「上級の裁判官さんです」と商人は言った。

「分かっちゃいないな」とＫは言った。「下級の裁判官のうちで一番下っぱのやつだぞ」

「ああ、そうでした」と商人は言い、ロウソクを持ち上げた。「どこかで聞いたことがあるのを思い出しました」

「そうだろうとも」とＫは叫んだ。「うっかりしてたよ。もちろん聞いたことあるはずだな」

「えっと、その、何の話です？」と商人は尋ねたが、Ｋに両手でシッシッと扉のほうへ追いやられた。廊下に出ると、Ｋは言った。

「レニがどこに隠れてるか、知ってるよな？」

「隠れてる？」と商人は言った。「そんなバカな。というか、台所にいるんじゃないですか。弁護士の先生にスープ作ってるとか」

「なぜそれをすぐ言わない？」とＫは尋ねた。

「ご案内しようと思ってたんです。でも、戻ってこいとおっしゃったじゃないですか」と商[*4]人は答えた。矛盾する命令を受けて混乱しているみたいに。

「抜け目なく立ち回ってるつもりか」とＫは言った。「まあよかろう。案内したまえ！」

台所には入ったことがなかった。驚くほど大きく、設備が整っている。コンロだけ取っても、普通のコンロの三倍はある。その他の細い点までは分からない。台所には、入口の近くに吊り下がっている小さなランプ一つきりしか照明がなかったから。コンロの前には、いつもの白いエプロンを着けたレニが立っており、アルコールランプの火にかけた鍋に卵を割り落としていた。

「こんばんは、ヨーゼフ」と彼女は、横目でチラッと見ながら言った。

「こんばんは」とKは言った。脇にあった椅子のほうに片手を振り、そこに座れと商人に合図した。商人は実際そうした。Kはといえば、レニの背後にぴったり寄り添い、彼女の肩ごしに顔を出して訊いた。

「あの男、誰なのさ?」

レニは片手でKを抱き、もう片方の手でスープをかき回しながら、彼を引き寄せて言った。

「かわいそうな男よ。貧乏な商人で、名前はブロックとか何とか。ほら、あれ見て」

商人は、Kに座れと言われた椅子に座っていた。ロウソクの灯りが不要になったので、吹き消して手に持ち、煙が出ないように芯を指でつまんでいる。

「さっき、下着だったよね」とKは言い、片手で彼女の頭をつかんでコンロのほうに向け直した。彼女は黙っていた。

「あいつが彼氏なんだ?」とKは尋ねた。彼女はスープ鍋をつかもうとしたが、Kはさっと彼女の両手を押さえて言った。「答えろよ!」

彼女は言った。

「仕事部屋に来て。ちゃんと全部説明するわ」

「やだね」とKは言った。「説明なら、ここでしろよ」

彼女は彼にすがりつき、キスしようとした。Kは彼女を振り払って言った。

「こんなときにキスなんかやめてくれ」

「ヨーゼフ」と彼女は言い、懇願するように、けれどもまともにKの目を見た。「あなた、ブロックさんに嫉妬なんかやめてよね」

「ルディ」と彼女は、今度は商人のほうに向き直って言った。「助けてよ。ほら、あたしが疑われてるじゃない。ロウソクなんか握ってないで」

この男、ろくに聞いてないかと思いきや、しっかり事情を呑みこんでいた。

「えっと、なんで嫉妬なさるのか、さっぱり分かりません」と商人はのろのろ言った。

「じつは私にもさっぱりだ」とKはニコニコしながら言った。レニは、あははと大声で笑った。Kの気が逸れたすきに、すかさず彼の腕にからみつき、ささやいた。

「あんなやつ、もう放っといて。ね、どんな種類の人間かよく分かったでしょ。あいつ、弁護士の先生のいいカモなの。だから、ちょっとだけ相手してやってたのよ。それだけ。他に何もないわ。それで、あなたは？　今日中に先生とお話ししたい？　今日はご病気、かなりお悪いのよ。でも、取り次げって言うなら取り次いであげる。だけど今夜は、あたしの部屋に泊まっていくわよね。絶対よ。ほんとに、ずいぶん長いこと来ないんだもの。先生だって、Kさんはどうしたんだって訊いてたぐらいよ。訴訟[*5]をなめたら痛い目みるわよ！[*6]　あたしからもお話があるわ。色々分かったことがあるから。それはそうと、まずコートを脱いだらどうなの！」

彼女は脱ぐのを手伝ってくれた。帽子も受け取り、まとめて抱えてパタパタと走っていき、玄関に吊るし、またパタパタ戻ってきてスープの火加減を見た。

「まず取り次ぎましょうか、それともスープを持っていくのが先？」

「まず取り次いでくれ」とKは言った。腹を立てていた。もともと自分の案件について、とくに懸案のクビ問題について、レニとじっくり相談しようと思っていたのに。商人のやつがいる前では、そんな気にもなれずにいた。しかし、自分の訴訟はこんなチビの商人なんかに左右されていいものじゃない、もっと重要なものだぞと思い、すでに廊下に出ていたレニを呼び戻した。

「やっぱりスープが先だ」と彼は言った。「話し合いにそなえて体力をつけてもらわないと。今回の話は、体力がなきゃ乗り切れないからね」

「おたくも先生の依頼人の方なんですか？」と商人は確認するように小声で隅っこから言ったが、反応はかんばしくなかった。

「そちらに何の関係が？」とKが言い、レニは言った。「ちょっと黙ってて」

「じゃあ、先にスープを持っていくわね」とレニはKに言い、スープを皿によそった。「ただ、そうすると眠ってしまわないか心配だけど。食べるとすぐ眠っちゃうの」

「今回の話を聞いたら、嫌でも目が冴えるさ」とKは言った。さっきからずっと、弁護士に重大な話で直談判しに来たと露骨にほのめかしているつもりだった。どんな話なの、とレニに質問させて、それからおもむろに相談を切り出そうと思っていた。けれども彼女は、やれとはっきり言われたことをきっちりこなすだけだった。お盆を持って彼のそばを通り過ぎるとき、彼女はわざとトンとぶつかってきて、ささやいた。

「スープを飲ませたら、すぐ取り次ぐわ。[*8]なるべく早くあなたを独り占めしたいから」

「いいから行けよ」とKは言った。「行けったら」

「もっと優しくしてよね」と彼女は言った。戸口で、お盆を手にしたまま、もう一度くるりとこちらを向いた。

Kは[*9]彼女を見送った。弁護士をクビにするのは、これでもう本決まりだ。レニと事前に相談できなかったのは、かえってよかったかもな。あいつ、全体像が見えてるとは言いがたいから。きっと、クビにするのはやめて、とか言ってきただろう。本当に今回は思い止まらされたかも。そしたら、ひきつづき疑惑まみれで落ち着かないままで、結局しばらくして、もう一刻の猶予もないからと決断を実行に移すはめになる。早ければ早いに越したことはない。それだけ損害が減る。ひょっとしたら、この商人のやつが何か妙案を出してくれるかもな。

Kはふり向いた。それに気づくやいなや、商人は立ち上がろうとした。

「立たなくていい」とKは言って、自分の椅子をそちらに引き寄せた。「ここの弁護士さんの依頼人の中じゃ、古株なのかい？」とKは尋ねた。

「さようで」と商人は言った。「かなりの古株ですな」

「何年ぐらい代理人契約を結んでいるのかね？」とKは尋ねた。

「何を訊いておられるのか、よく分かりません」と商人は言った。「仕事がらみの法律の話なら――うちじゃ穀物を商《あきな》ってますが――店を継いだときから、ここの先生に代理人をしてもらってます。もう二十年ぐらいになりますかな。うちの訴訟のことを言っておられるなら、最初からです。五年以上だったか」

「そうか、五年どころじゃない」と商人は付け加え、古い紙入れを引っぱり出した。「ここに全部書いてあるんです。ちゃんとした日付も、言えと言われたら言えます。頭で全部覚えとくのは無理ですけど。うちの訴訟、もっと長く続いてました。始まったのは、うちのカミさんが死んですぐのころ。ということは、五年半以上かな」

Kは商人ににじり寄った。

「ここの弁護士さんは、つまり普通の法律のお仕事も受けてらっしゃるのかね？」とKは尋ねた。裁判と、普通の法律学。この取り合わせ、ものすごくホッとするぞ。

「そりゃそうです」と商人は言い、それからKにささやいた。「普通の法律の仕事をやらせたら、あっちの仕事より使えるって話ですぜ」

ところが言ってしまってから後悔したらしく、商人はKの肩に手を置いて言った。

「誰にも言わないでください。どうかよろしく」

Kは、安心させるために商人の膝をぽんぽん叩いて言った。

「言わないよ、口は堅いほうだ」

「あの先生、根に持つんです」と商人は言った。

「そんなに昔からのいい顧客なら、何もしてこないだろう」とKは言った。

「それが、してくるんですよ」と商人は言った。「カッとなったら、もう見境なしに。しかも、ほんとはいい客とは違いますし」

「何が違うんだ？」とKは尋ねた。

「こんな話、言わせてもらっていいですかね」と商人は疑わしげに言った。

「言っていいと思うぞ」とKは言った。

「じゃあ」と商人は言った。「半分だけ言わせてもらいます。その代わり、何か秘密を教えてもらっていいですか。そしたらお互いさまで、先生を向こうに回して手を組めるかと」

「妙に用心してるな」とKは言った。「まあ、秘密は教えてやるよ。それで安心できるなら。さあ、弁護士さんに対して、どんないけないことをしてるんだい？」

「じつは」と商人はためらいがちに、何か不名誉なことを告白するような調子で言った。「じつはあの先生以外に、他にも弁護士を雇ってるんです」

「別に悪くないじゃないか」とKは言った。ちょっとがっかりだ。

「それが、悪いんで」と商人は言った。告白のせいで息が切れ、ハァハァ言っているが、悪くないとKに言ってもらえて信頼感[*10]は増しているようだ。「やったらいけないんです。ついでに、一番やったらだめなのが、いわゆる弁護士以外に[*11]インチキ弁護士を雇うことで、それをやってしまったんです。あの先生以外に、インチキ弁護士を五人、雇ってるんです」

「五人も！」とKは叫んだ。数字を聞いてようやくびっくりした。「あいつ以外に五人も？」

商人は頷いた。

「ちょうど六人目と交渉してます」

「しかし、何のために弁護士がそんな大勢必要なんだ？」とKは尋ねた。

「みんな必要なんで」と商人は言った。

「説明してくれないか？」とKは尋ねた。

「説明しますとも」と商人は言った。「一番は、訴訟に負けたくないからです。あたりまえですが。そう思ってたら、使えるものは何でも使わないとだめなんです。何かが得になる見こみが薄いからって、手放すわけにはいかないんです。ですから持ってるものは全部、訴訟に注《つ》ぎこみました。たとえば店の金、ごっそり全部流用しました。うちの店の事務所、昔は建物の一つの階を丸ごと使ってました。今は、裏庭のちっこい部屋が一つで十分です。そういう部屋で、丁稚《でっち》の小僧一人と仕事してます。まあ、落ち目になったのは、金を流用したせいというより、仕事に使うはずの力まで訴訟に使ってしまったせいですけど。訴訟を何とかしようと思ったら、他のことしてる場合じゃなくなりますから」

「ということは、裁判じゃ自分で動いてるのかね？」とKは尋ねた。「ちょうど、そういう話を聞きたかったんだ」

「そういう話なら、あまりお役に立てません」と商人は言った。「最初のうちは自分でやろうと思ってましたけど。すぐ諦めました。めちゃくちゃ疲れますから。ろくに成果も上がらないし。自分で動いて、自分で根回しするのは、少なくとも自分には無理だとよくよく分かりました。裁判所で座って待ってるだけでも結構しんどいし。事務局の空気が息苦しいの、ご存じですよね」

「私があそこに行ったこと、なぜ知っている?」とKは尋ねた。

「ちょうど待合室にいたとき、前を通られたんで」

「なんて偶然だ!」とKは叫んだ。すっかり話に引きこまれ、さっき商人をバカにして笑っていたことなど忘れている。「私を見たのか! 私が通ったとき、待合室にいたんだな。*12 あそこには一回しか行ってないのに」

「そんな大した偶然じゃないです」と商人は言った。「こちらはほとんど毎日行ってますし」

「どうやら、これから私も行く回数が増えそうだがな」とKは言った。「ただ、前みたいに尊敬はしてもらえそうにないが。前は、一同起立したんだよ。私を裁判官だと思ってね」

「違います」と商人は言った。「あれは、廷吏さんに挨拶してたんです。おたくが被告人なのは、みんな知ってました。そういう噂は伝わるのが早いんです」

「なんだ、知ってたのか」とKは言った。「それなら、あの私の態度は偉そうに見えただろうね。あとで、偉そうだって言われてたんじゃないか?」

「言われてません」と商人は言った。「全然別のことを言われてました。いや、しょうもない話ばっかりですけど」

「しょうもない話って何だ?」とKは尋ねた。

「なんでそんなこと気になさるんです?」と商人は腹立たしげに言った。「あそこにいる連中のことをよく知らない人が聞いたら、誤解するような話ですよ。訴訟の手続き中は、まともな頭では理解できないことを言いたがる連中が、うようよ出てくるんです。とにかく疲れすぎで、色んなことに気を取られていたら、埋め合わせで迷信にすがるようになるんです。まあ、他の連中の話ですけど、自分も似たようなものです。たとえば、こういう迷信がありまして。被告人の顔を、とくに唇を読んだら、訴訟のゆくすえが分かる。そう言う連中が多いんです。その連中が、おたくの唇を見て、きっと近いうちに有罪判決が下りると噂してるんです。もう一度言いますけど、しょうもない迷信です。たいてい、事実を見たらデタラメだとすぐ分かります。でも、ああいう連中といっしょにいたら、そういう話ばっかり聞かされます。そういう迷信の力がすごいんです。あそこの連中の一人に話しかけておられましたね？　そいつ、ろくに返事もできなかった。そりゃまあ、あそこで頭がごちゃごちゃする理由はたくさんありますけど、理由の一つが、おたくの唇を見たことなんです。あとで言ってました。そいつ、おたくの唇に、そいつ自身が有罪になる前触れが見えたそうなんです」

「私の唇に？」とKは尋ねた。ポケットから手鏡を出して、自分の顔を見てみた。

「とくに何も分からんな。何かあるか？」

「いえ全然」と商人は言った。「何も分かりません」

「その連中、迷信深いんだな」とKは叫んだ。

「さっきそう言いましたよね？」と商人は尋ねた。

「そいつら、お互いそんなに仲よしで、意見交換してたりするのか？」とKは言った。「私はこれまで、連中には近づかないようにしてたんだが」

「普段は仲よしじゃないです」と商人は言った。「仲よくしようと思っても無理なんです。数が多すぎるんで。共通の利害とかありませんし。共通の利害があると思って集まった連中がいても、じき間違いだと分かります。集まって何かしようと思っても、裁判所にかかったら無駄に終わります。みんな審問は一人ずつですし。こんな丁寧な裁判所、他にありません。ですから、集まって何かしようと思うだけ無駄なんです。何かできるのは、一人でコソコソやったときだけです。他の連中は、やったという話をあとで聞かされるだけで、どうやったかは誰も知らない。ですから集まらないんです。たまに待合室でいっしょになっても、ろくに話もしません。迷信じみた話はもう大昔からあって、言ってみたら、ひとりでに増殖するんです」

「待合室のみなさんの様子は拝見したよ」とKは言った。「あそこで待っていても無駄だとしか思えなかったが」

「待つのは無駄じゃないです」と商人は言った。「無駄なのは、自分で何かしようと思うことです。さっき言いましたよね、ここの先生以外にあと五人、弁護士を雇ってるって。それだけいたら、思いますよね――自分も最初は思ってました――これでもうこの件は他人任せにできるって。甘かったです。弁護士が一人だけのときと比べて、楽になってません。意味不明じゃないですか？」

「意味不明だな」とKは言い、商人が早口でまくしたてるのを落ち着かせようとして、商人の手にそっと自分の手を重ねた。「ところで、もう少しゆっくり話してくれないか。私にとって大変重要な話ばかりなんだが、よく聴き取れないんだ」

「あ、言ってもらって助かりました」と商人は言った。「忘れてましたけど、おたく、新米でヒヨッコなんでしたね。訴訟になって、まだ半年ぐらいですか？　どこかで聞いたことあります。おたくの訴訟、ピカピカの一年生！　でも、こっちは数え切れないくらい訴訟のことを考えて生きてます。もう、この世で一番あたりまえの話になってるんです」

「訴訟がそんなに進展して、さぞ嬉しいだろうね？」とKは尋ねた。相手の訴訟が実際にどれだけ進展しているのかを、単刀直入に尋ねたくはなかったから。しかし、はっきりした答えは返ってこなかった。

「それは、もう五年もちまちま訴訟やってますし」と商人は言い、顔を伏せた。「ちょっとやそっとの成果じゃないです」

それからしばらく、商人は黙っていた。Kは、レニの足音が聞こえないかと耳を澄ませた。一方では、彼女がまだ来なければいいと思っていた。まだ質問したいことがたくさんあったし、こうやって商人と腹を割って話しているところを目撃されたくはなかったから。他方、腹を立ててもいた。せっかく来てやったのに、こんなに長く弁護士のやつの部屋にいるなんて。スープを渡すだけなら、こんなに時間かかるはずがないぞ。

「あのころのこと、よく覚えてますとも」と商人は言った。「うちの訴訟が、まだピカピカの一年生だったころ。弁護士といえば、ここの先生一人だけ。その仕事ぶりには、すごい不満でしたけど」

『こいつ、何でも教えてくれるぞ』とKは思い、勢いよく頭をコクコク頷かせた。そうすれば商人が勢いづいて、知る価値のあることを全部教えてくれるかのように。

「うちの訴訟は」と商人は言葉を続けた。「前に進んでませんでした。審問は開かれていて、毎回行ってましたけど。資料も集めたし。店の帳簿を全部、裁判所に出しました。あとで、全然必要なかったと聞かされましたけど。弁護士の先生のところにも何度も何度も押しかけました。先生も請願書を色々書いて出されてました――」

「請願書を色々？」とKは尋ねた。

「そうですが」と商人は言った。

「ここは大事な点だよ」とKは言った。「私の場合、あの弁護士はあいかわらず一通目の請願書を作成中なんだ。他のことは何もやってない。分かったぞ、私をなめてかかってるんだな。ふざけやがって」

「請願書がまだ完成してないのは、理由が色々あるんじゃないですか」と商人は言った。「ちなみに、うちの訴訟では請願書なんか全然無駄だったって、あとで分かりましたけど。親切な職員さんがいて、一つ読ませてもらったことがあるんです。何やら高尚な感じですけど、まったく内容スカスカな代物でした。冒頭はラテン語だらけで、読めと言われても無理です。それから何ページも裁判所への嘆願が書いてあるけど、誰にでも当てはまる話ばっかり。それから職員さん一人一人に宛てて、おべんちゃらがつらつら書いてある。名前は出してないけど、事情通なら誰のことか一目瞭然です。それから弁護士の自分褒め。自分褒めというか、自分は犬みたいに這いつくばって裁判所を持ち上げてるんですけど。しまいに大昔の判例があれこれ研究してある。今回の訴訟に似てるから、だそうで。まあ、その研究のところだけは、丁寧によくできてましたよ。それに、こういう話をしてるからって、弁護士先生の仕事をとやかく言うつもりじゃないですよ。読ませてもらった請願書も、色々あるうちの一つですし。とにかく、あのころは訴訟が前に進んでないと思ってたんです」

「どんな進展がお望みだったんだね？」とKは尋ねた。

「ごもっともな質問です」と商人はニヤリとして言った。「訴訟の手続きで進展が目に見えることなんか、めったにありません。でも、あのころは知りませんでした。自分は商売人で、あのころは商売人気質《かたぎ》がもっと強かったんで、目に見える進展が欲しかったんです。全体として終わりに近づきたかったし、せめて上り調子にしたかった。上り調子どころか、あるのはたいてい同じ内容の事情聴取ばっかりです。どう返事するか、お経みたいに丸暗記してたほどです。週に何回か、裁判所から使いが来ます。店でも家でも、どこでもお構いなしに。それはもう迷惑でした（この点は最近ましになったみたいですけど。電話ならそれほど迷惑じゃないですし）。お得意さんとか、とくに親戚のあいだで訴訟の噂が広まって、あちこちで害が出ました。そんなになっても、最初の公判が近々開かれる気配もない。ですから、弁護士先生のところに行って苦情を言ったんです。先生、長いこと説明してくれましたけど、そちらの都合で何かするのは断固拒否だと言ってました。公判の日取りを変えさせる力は誰にもない、そのために請願書を出すなど――出してくれとお願いしたんですけど――前代未聞で、お互い一巻の終わりだぞ、という話でした。それで思ったんです。この先生ができないと言うなら、できると言うやつを他で探してやるって。ですから他の弁護士を探したんです。結論から言っておきます。本公判の日取りを決めろと言うとか、決めさせた弁護士は、一人もいませんでした。ほんとに無理なんです。ただ抜け道はあるみたいで、それはまたあとで言いますけど。この点は、ここの先生が嘘は言ってなかったということです。でもそれ以外は、[*13]他の弁護士に頼ったからって後悔はしてません。フルト博士が[*14]インチキ弁護士どもの話をするの、もうお聞きになりましたよね。しょうもない連中だとバカにしてたんじゃないですか。まあ、実際そうなんですけど。あの先生が連中の話をして、ご自分やお仲間と比べているとき、いつもちょっと間違ってるんです。ついでだからツッコミを入れさせてもらいます。あの先生、ご自分のことを『大物弁護士』の仲間に入れてますよね。それが間違いなんです。まあ、大物ぶりたいやつは好きなだけ『大物』を名乗ったらいいと思いますけど。この場合は、裁判所の慣例がどうなのかが肝心ですよね。裁判所は、インチキ弁護士以外に、大物弁護士と小物弁護士を区別しています。ここの先生とそのお仲間は、小物弁護士のほうです。大物弁護士の位というのは、話に聞いたことしかありませんけど、小物弁護士とは比べものにならないぐらい偉いそうで。小物弁護士としょうもないインチキ弁護士の違いどころの話じゃないらしいですよ」

「大物弁護士だって？」とKは尋ねた。「誰だそれ？　どうやったら会えるんだ？」

「ああ、この話は初耳なんですね」と商人は言った。「この話を聞いたら、被告人はしばらく大物弁護士の夢ばっかり見るんです。釣られないほうがいいですよ。それが誰なのかは、知りません。たぶん会うのは無理です。大物が手がけたのが確実な判例なんか、一つも知りません。大物に弁護してもらえることは、ちらほらあるそうですが、弁護してもらいたいと思ってしてもらえるわけじゃない。大物は、自分が弁護したいと思う相手だけ弁護するんです。というか、大物が引き受けるほどの案件なら、下級審の枠なんかには収まらないはずですが。とにかく大物のことなんか考えないのが一番です。さもないと、それ以外の弁護士としゃべって、ああしろこうしろと言われたり、これこれこんな成果が上がったとか聞かされたりするとき、ムカムカしてくるんです。無駄だろそれ、という気がしてくるんです。自分で経験したことですけど、全部放っぽり出して、家で寝ていて何も聞かないほうがましだと思うんです。でも、やっぱりそれが一番バカらしいじゃないですか。寝ていてもどうせ気が休まらないですし」

「それじゃあ、当時は大物弁護士のことを考えるのはやめたんだね？」とKは尋ねた。

「じきに」と商人は言い、またニヤリとした。「あいにく、完全に忘れるのは無理です。とくに夜になると、つい考えてしまいますし。とにかく、あのころは即効の成果が欲しかった。ですから[*15]インチキ弁護士どものところに行ったんです」

「なによ、二人でくっついて」とレニが叫んだ。お盆を手に戻ってきていたのだ。戸口で立ち止まっている。二人は本当にぴったりくっついて座っていた。ほんのちょっとでも顔の向きを変えたら、頭と頭がゴツンとぶつかりそうだ。商人は、ただでさえチビなのに、おまけに背中を丸めている。だから、全部聞き漏らすまいとすれば、おのずと深くかがみこむはめになっていたのだ。

「今いいところなんだ」とKはレニを追い払う勢いで叫び、続きを早くとおねだりするように、あいかわらず商人の手に重ねたままだった手をピクピク動かした。

「うちの訴訟の話をしろと言われて」と商人はレニに言った。

「はいはい、話したらいいわ」とレニは言った。商人と話すときの口調は、愛情がこもっているが、見下げるような響きもある。それがどうも気に食わない。さっき気づいたが、この男、なかなか大したやつじゃないか。少なくとも経験豊富で、それを上手に話してくれる。レニのやつ、この男を見損なってるんじゃないか。きっとそうだ。彼が腹を立てて眺めている前で、レニは商人がずっと握っていたロウソクを取り上げ、その手をエプロンでぬぐい、かたわらにひざまずいて、商人のズボンに垂れたロウのしずくをこすり落とそうと頑張っている。

「インチキ弁護士の話だったな」とKは言い、それ以上は説明もせず、レニの手を押しのけた。

「もう、何するのよ?」とレニは尋ね、Kを軽くぽんと叩いて作業を続行した。

「そうでした、インチキ弁護士の話でしたね」と商人は言い、考えこんでいるように額に手をやった。Kは助け舟を出してやろうと思って言った。

「即効の成果が欲しかったから、インチキ弁護士どものところに行ったんだよな」

「そう、そうですとも」と商人は言ったが、先を続けようとはしない。『こいつ、レニの前では話したくないのか』とKは思い、続きを今すぐ聞きたいのはやまやまだったが、ぐっと我慢して、無理に聞き出そうとしないことにした。

[*16]「取り次いでくれたかい？」と彼はレニに尋ねた。

「もちろんよ」とレニは答えた。「お待ちになってるわ。ほら、ブロックなんか放っといて。ブロックとはあとで話せるわ。この人、まだここにいるんだから」

「まだここにいるのかね？」とKは商人に尋ねた。本人の口から返事が聞きたい。レニのやつ、まるで空気みたいに商人さんのことを扱って、失礼じゃないか。今日はレニに密かに腹が立つことばかりだ。そして、やっぱりレニが返事した。

「この人、よくここに泊まるのよ」

「ここに泊まる？」とKは叫んだ。商人にはここで待ってもらい、弁護士との話をさっさと済ませて、二人でいっしょに出かけて邪魔が入らないところで徹底的に話し合おうと思っていたのに。

「そうよ」とレニは言った。「ねえヨーゼフ、みんながみんな、あなたみたいに好きな時間に先生にお目どおりできるわけじゃないのよ。先生はご病気なのに、夜中の十一時に会ってもらえるのが不思議だとも思ってないみたいね。あなたの味方があなたのためにしてくれることを、当然のことみたいに思いすぎよ。まあ、あなたの味方の人って、少なくともあたしは、喜んでそうしてるのよね。別にお礼なんて欲しくないわ。必要ないもの。あたしのことを好きでいてくれたら、それだけでいいの」

『おまえのことが好き？』とKは一瞬思い、そして遅まきながら頭の中でバタバタ考えをめぐらせた。『まあ、そうだな。こいつのこと好きだよな』

それでも彼は、他のことは全部どうでもいいとばかりに、こう言った。

「会ってもらえるのは、ぼくが依頼人だからだ。こんなことでいちいち他人に助けてもらう必要があるなら、どこへ行くにも一歩ごとにぺこぺこして回るはめになるぞ」

「この人、今日は態度悪くない？」とレニは商人に尋ねた。

『今度はおれが空気扱いかよ』と彼は思った。そしてレニの失礼な物言いを商人が引き継ぎ、こう言ったので、かなり頭にきた。

「先生が会ってくださるのは、他に理由があるのじゃないかな。この方の案件のほうが、うちのより面白いんだろ。それに、この方の訴訟は始まったばっかりだし、手続きする余地があって、先生も仕事のやりがいがあるんだ。あとになったら、また話は別だろうけどな」

「はいはい」とレニは言い、笑いながら商人を見た。「この人ったら、ぺちゃくちゃとよくしゃべるわね！　ところで、この人の言うこと」と彼女はKのほうを向いて言った。「信じちゃだめよ。何一つ。いい人なんだけど、おしゃべりが過ぎるの。だから先生もこの人に会いたがらないのかも。とにかく気が向いたときしかお会いにならないのよ。それを変えてあげようと思って苦労したんだけど、無理だったわ。ほら、たとえば、ブロックさんが来ましたって取り次いで、会ってもらえるのは三日後だったりする。そんなことがざらにあるの。それなのに、呼ばれたときにブロックがいなかったら、すっかりご破算《わさん》で、また一からやり直し。だからここに泊まらせてあげてるの。前には、夜中にベルが鳴って呼び出されるってこともあったのよ。今じゃ、ブロックは夜中も準備万端よ。ただし、ブロックを通せって言ったときにブロックがいると分かると、やっぱり通すなって言い直したりもなさるんですけど」

Kはもの問いたげに商人のほうに目をやった。商人はこっくり頷き、さっきKと話していたときと同じくらい率直に言った。もしかすると恥ずかしくて上の空だったのかもしれないが。

「そうです。あとになったら、弁護士に逆らえなく[*17]なるんです」

「この人が文句言ってるの、うわべだけよ」とレニは言った。「この人、ここに泊まるのが大好きなの。これまで何度も、そう白状してたわ」

レニは小さな扉のところに行って、扉をドンと押し開けた。

「この人の寝室[*18]、見てみたい？」と彼女は尋ねた。Kはそちらに行って、敷居のところから、天井の低い、窓のない部屋を見た。狭いベッド一つで、部屋はすでに完全にふさがっている。ベッドに入るにはベッドの柱をよじのぼるしかない。枕元には壁にくぼみがあり、やけにきちんと[*19]整頓して、こまごましたものが置いてある。ロウソクが一本、インク壺とペン、紙の束。おそらく訴訟の書類だろう。

「メイド用の小部屋に泊まってるのか？」とKは言い、商人のほうをふり返った。

「レニが譲ってくれまして」と商人は答えた。「使い勝手いいですよ」

Kは商人を長いあいだ見つめていた。こいつから受けた第一印象のほうが正しかったのかもな。たしかに経験豊かではあるだろう。だって、訴訟がそれだけ長引いてるんだから。その経験がずいぶん高くついたみたいだな。突然、この商人を見ているのがもう耐えられなくなった。

「そいつ、さっさと寝かせてやれよ」とKはレニに向かって叫んだ。レニはといえば、何を言われているかさっぱり分からない様子だ。もう弁護士のところに行くことにするか。クビを言いわたしたら、弁護士のやつだけじゃなく、レニも商人のやつもまとめて厄介払いできるぞ。けれども、まだ扉にたどり着かないうちに、商人が小さな声で呼びかけてきた。

「業務代理人さん」

Kは怒った顔でふり向いた。

「約束をお忘れじゃないですか」と商人は言い、座ったまま哀願するように身体を伸ばしてきた。「秘密を教えてくれるっておっしゃいましたよね」

「そうだったな」とKは言い、こちらをじっと見ているレニをチラッと見た。「よく聞けよ。まあ、もうほとんど秘密でも何でもない話だがな。これから弁護士にクビを言いわたしに行くんだ」

「クビだって」と商人は叫び、椅子から跳び上がって両腕をふり上げつつ台所中をドタバタ歩き回った。何度も何度もこう叫んでいる。「弁護士先生をクビだって」

レニはすぐさまKめがけて突進してきたが、商人が通り道をふさいでいたので、両手の拳《げん》骨《こつ》でドン[*20]と突き飛ばした。まだ拳を固めたまま、レニはKに追いすがってきた。しかし、だいぶ差が開いていた。レニが追いついたときには、Kはもう弁護士の部屋に入っていた。ほとんど扉を閉めかけていたが、レニは片足をねじこんで扉が閉まらないようにして、Kの腕をつかみ、引き戻そうとした。けれどもKがレニの手首をギュウギュウ締めあげたので、彼女はうめき声を上げて手を放した。すぐに部屋に入ろうとはしなかったが、Kは扉に鍵をかけた。

[*21]「ずいぶん長いことお待ちしましたよ」と、ベッドに寝ている弁護士が言った。ロウソクの光で読んでいた書類をナイトテーブルに置き、眼鏡をかけ、Kをじろりと睨んでくる。お詫びを言う代わりに、Kは言った。

「すぐ帰りますよ」

弁護士は、Kの言ったことがお詫びでなかったので、それを無視して言った。

「この次は、こんなに遅い時間にはお通ししませんぞ」

「それは望むところです」とKは言った。弁護士はもの問いたげにKを見つめた。

「お座りください」と弁護士は言った。

「そうおっしゃるなら」とKは言い、椅子をナイトテーブルに引き寄せて腰を下ろした。

「扉に鍵をおかけになったようですが」と弁護士は言った。

「かけました」とKは言った。「レニが入ってこようとしたので」

もう誰のことも容赦する気はない。ところが弁護士は尋ねた。

「あれがまた、しつこく迫ってきましたかな？」

「しつこく迫る？」とKは尋ねた。

「さよう」と弁護士は言い、そう言いながら笑ってゲホゲホと咳きこんだ。咳の発作が収まると、また笑っている。

「しつこい女だって、もうお気づきでしょう？」と弁護士は尋ね、Kの手をぽんぽん叩いた。Kは、何の気なしにナイトテーブルに片手をついていたのだ。叩かれて慌てて手をひっこめた。

「あれの態度、本気になさってませんよね」と弁護士は、Kが黙っているので言った。「なら結構。さもないと、お詫びしないといけなくなります。レニは、変わったところがありまして。私自身はとっくに大目に見ることにしておりますし、今あなたが鍵をかけたりなさらなければ、ことさら話す気にもならなかったでしょう。その変わった点というのは、あなたは説明されるまでもなく一番よくご存じのことかと思っておりましたが、そんな愕然《がくぜん》とした顔をしておられることですし、何が変わった点か申し上げます。レニは、相手が被告人ならほとんど区別なく、輝いて見えるらしいのですよ。被告人にベタベタからみつき、全員を好きになり、どうやら全員から好かれるらしい。話を聞いてやるぞと言ってやったら、ちょくちょく楽しい話を聞かせてくれますよ。始めから終わりまで、そんなに驚くような話じゃありませんがね。あなたは相当びっくりしておられるご様子だが。被告人というのはね、見る人が見たら、本当に輝いて見えるものなのです。よくあることです。たしかに注目に値する現象ですな。自然科学的な現象だと言っていい。もちろん、起訴されたからといって、それと分かるほど外見がはっきり変化するわけではありません。他の裁判とはまた話が違うのです。たいていの被告人は普通の生活を続けますし、いい弁護士に面倒を見てもらえば、訴訟が大した障害になることもありません。それでも事情に通じていれば、大勢の中に被告人が紛れこんでいても、一人一人見分けることができるのです。何を手がかりに？　そうお尋ねになることでしょう。私の答えでは満足していただけますまい。他でもなく[*22]被告人が一番輝いているのです。罪があるからといって輝いて見えるはずはありません。なぜって――少なくとも私は弁護士として、こう言わざるをえませんが――被告人全員に罪があるわけではないですから。将来的に罰を受けるから今輝いて見えるはずもないです。全員が罰を受けるわけではないですから。ならば、被告人に対して起こされている訴訟の手続きに何か理由があるはずです。その何かが被告人にまとわりついているのです。もっとも、輝いている人のうちで格別に輝いている人はいますよ。でも全員が全員、輝くことは輝いているのです。ブロックのやつですら。あの惨めなウジ虫がですぞ」

　弁護士が話し終わるころには、Ｋは完全に落ち着いていた。最後のあたりでは、うんうんと大げさに頷いてみせさえした。そして自分のかつての見解が正しかったと内心で確認していた。この弁護士の野郎、本題とは何の関係もない一般論をぐだぐだ開陳して、こちらの気を散らせようとしやがる。いつものことだし、今回もそうだ。この訴訟の案件のために実質的にどんな仕事をしたか。それこそが本題じゃないか。そこから目を逸らそうとしてやがるな。弁護士は、Kの抵抗が今回はいつもより強いことに気づいたのか、自分は口をつぐみ、Kにしゃべる機会を与えようとした。ところがKが黙ったままだったので、こう尋ねた。

「今日は、何か特別なご用があってお越しになったのですかな？」

「そうです」とKは言い、まぶしいロウソクの光を少し手でさえぎった。弁護士の顔をもっとよく見てやろうと思って。「お伝えにまいりました。本日をもって、代理人契約を解消させていただくと」

「私の聞き違えではございませんか」と弁護士は尋ねた。枕に片手をついて半身を起こしている。

「聞き違えではないと思いますよ」とKは言った。何でも来いと背筋をピンと伸ばしている。

「では、その計画について話し合いを」と弁護士は、少し間を置いて言った。

「計画とか、そういう段階は過ぎました」とKは言った。

「かもしれませんな」と弁護士は言った。「だとしても、われわれとしては急ぎすぎは避けることにしようじゃありませんか」

こいつ、『われわれ』って言いやがった。依頼人を手放す気はなさそうだな。代理人の地位は失っても、あれこれ忠告する地位には居座るつもりか。

「急ぎすぎのことなど、何もありません」とKは言い、ゆっくりと立ち上がり、椅子の背後に回りこんだ。「よくよく考えてのことです。考えるのが長すぎたくらいですよ。もう決心は固まっています」

「では、あと二言三言ばかり言わせていただきたい」と弁護士は言って、羽根布団をまくり、ベッドの端に座り直した。白い毛の生えた裸のすねが、寒さでぶるぶる震えている。弁護士は、ソファーから毛布を一枚取ってくれませんかとKに頼んだ。Kは毛布を取ってきて言った。

「そこまでなさらなくても。風邪をひきますよ」

「それぐらい大切なことです」と弁護士は、まず上半身を羽根布団でくるみ、それから両脚に毛布を巻きつけながら言った。「叔父上は私の友人ですし、あなたのこともだんだん好きになってきました。率直に告白いたします。だからって恥ずかしいとは思いませんよ」

こんなところで、年寄りの泣かせる話かよ。勘弁してくれ。こんな話をされたら、詳しい言い訳をするはめになるじゃないか。それが嫌だったのに。さっきはっきり言ったとおり、こちらの決心はもう揺るがない。それにしても、こんな話されたら、困るんだよな。

「ご親切なお言葉を頂戴しまして、どうもありがとうございます」とKは言った。「それに、私の案件のために可能なかぎり尽力してくださって、私の利益になるようにと考えてくださっていたことは認めます。ただ最近、それでは不十分だと確信するに至ったのです。もちろん、先生は私よりずっと年上で、経験も豊富でいらっしゃいますから、私の考えに合わせろと言うつもりは毛頭ございません。そう言っているように聞こえることが何度かあったとしたら、お許しください。しかしこの案件は、先ほどおっしゃったように、そのぐらい大切なことなのです。私の確信するところによりますと、これまでよりもっと強い力で、訴訟に対して腕をふるう必要があるのです」

「よく分かります」と弁護士は言った。「もう我慢できないのですね」

「我慢ならやってます」とKは言った。「少しイライラして、あまり言葉に気をつけることができなくなっている。「私が最初にお邪魔したとき、つまり叔父といっしょに来たときのことですが、私があまり訴訟のことを気にしていないのにお気づきだったでしょう。ある程度、力ずくで訴訟のことを思い出させられないかぎり、すっかり忘れていたぐらいです。でも叔父が、先生と代理人契約を結べと言い張るものだから、そうしました。叔父のご機嫌を取るためです。そしたら、前よりも訴訟が楽になるだろうと期待しますよね、普通は。だって、弁護士を代理人に立てるのは、厄介な訴訟の負担を少しばかり肩代わりしてもらうためじゃないですか。ところが逆のことが起きました。こんなにくよくよ訴訟のことを心配するようになったのは、先生を代理人に立ててからのことですよ。以前は一度もなかった。一人のときは、自分の案件のために何もしなかったけど、何も感じなかった。それが今じゃ逆です。弁護士がいて、準備万端、さあ何かが起こるぞと思う。今か今かと、じりじりしながら、先生が手を下すのを待ちに待っている。でも何もない。色々と裁判がらみのお話は伺いましたけどね。きっと他では聞けないようなお話を。でも、それだけじゃ足りないんです。訴訟のやつが、言ってみれば、忍び足[*23]で刻一刻と肉迫してきてるんですから」

Ｋは、いつのまにか椅子を突きのけ、両手を上着のポケットに入れて突っ立っていた。

「長年、弁護士業をやっておりますと、ある時点からは」と弁護士は落ち着いて小声で言った。「本質的に、新しいことは何も起こらなくなるのです。これまで大勢の被告人の方々が、訴訟の似たような段階に差しかかると、あなたと似たようなポーズで私の前に立ち、似たようなことを言ったものです」

「それなら」とＫは言った。「その似たような被告人の方々は、みんな正しいことを言ってたんだ。私と同じで、正しいことを。そんな話、何の反論にもなっちゃいない」

「いや、反論しようと思って言ったわけではないですよ」と弁護士は言った。「ただ、これは付け加えさせてください。あなたには、他の連中よりも判断力があると思っていたのですよ。とくに、普通の被告人の方々にはけっしてお教えしないような裁判制度と私の仕事の内情まで教えて差し上げていたわけですから、なおさらです。それなのに、まだ十分に信頼していただけていなかったようですね。よく分かりました。なかなか一筋縄ではいかないお方だ」

この弁護士のやつ、ぺこぺこしてきやがる！　弁護士先生のお偉いご身分もお構いなしか。しかも、クビだと言われて、さぞプライドが傷ついてるところだろうに。どうしてこんなに腰が低いんだ？　こいつ、見たところ仕事[*24]が繁盛している弁護士で、金持ちみたいだけどな。報酬をもらいそこねても、依頼人に一人逃げられても、それだけじゃ大した痛手にはならないだろうに。そういえば病気なわけだし、自分から仕事を減らすことを考えたほうがいいんじゃないのか。なのに、必死でしがみついてきやがる。なぜだ？　叔父さんに個人的に義理があるからか。それとも、この訴訟のことを本当に特別だと思っていて、いいところを見せたいのか。こっちに対してか、それとも――この可能性も捨てきれないが――裁判所にいるという自分の味方に対してか？　なりふり構わず、穴の開くほど見てやっても、何も読み取れない。わざと表情を消して、自分の言葉の効果がじわじわ出てくるのを待ってやがるのかもな。ところが弁護士は、どうやらKが黙っているのを妙に都合よく解釈したらしく、こんなふうに言葉を続けた。

「お気づきでしょうな。私は大きな弁護士事務所を持っていますが、助手は一人も雇っておりません。以前は違ったのです。[*25]若い法律家が何人か、私のために働いていた時期がありました。今では私一人です。これは一つには、私の業務内容が変わったことと関係があります。あなたの件のような訴訟案件以外は、あまり扱わなくなってきたのです。もう一つは、そうした訴訟案件を扱ううち、認識が深まっていったこととの関係です。依頼人に対して、そして私が引き受けた務めに対して罪を犯すまいとすれば、この種類の仕事はひとに任せるわけにはいかないと気づいたのです。仕事をすべて自分でやろうと決心すると、当然ながら、代理人契約の依頼はほとんどすべて断り、とくに気になったものだけを受けることになります。――まあ、私が捨てたパンくずにたかる虫けらどもなら、いつも掃いて捨てるほどいますからね。それも身近なところに。ともあれ、それでもまだ足りず、過労で病気になりました。ですが、自分の決心を後悔はしていません。私が実際に断った数より、もっと多くの代理人契約を断ることも可能だったかもしれません。ですが、私は自分が引き受けた訴訟に全身全霊を捧げました。それは絶対に必要なことだったと分かりましたし、成果を上げて報いられもしたのです。普通の訴訟案件と、この種類の訴訟案件の違いをうまく言い表した話を、ある文書で読んだことがありましてね。こんな話です。『ある弁護士が、依頼人を一本の細い糸につかまらせて判決まで連れていく。ところが、もう一人の弁護士は、依頼人をすぐ肩車して判決まで運んでいく。しかも、そこではまだ下ろしてやらず、もっと先へ運んでいく』とね。それはそうと、私がこの大きな仕事を背負いこんだことを一度も後悔していないかのような言い方をしたのは、不正確でした。あなたの場合のように、完全に誤解されてしまうと、さすがに後悔しそうになりますよ」

こんな長話を聞かされて、Ｋは納得するどころか、イライラが募る一方だった。弁護士の口調から、予想どおりのことが聴き取れた気がした。もし甘い顔を見せたら、またぞろ気休めを延々としゃべりだすだろう。請願書の作成ははかどってますとか、裁判所職員のご機嫌はよくなってますとか、でもこの仕事はやっぱり大変な困難に直面していますとか。——要するに、うんざりするほどよく知っている話が、また繰り返されるのだ。あやふやな希望で目をくらませられ、あやふやな脅しで苦しめられる。こんなこと、これっきりで終わりにさせてもらおうか。そう思って言ってやった。

*26「代理人をお続けになるとして、私の案件で何をどうなさりたいんですか」

弁護士は、この侮辱的な質問さえ渡りに船とばかりに、こう答えた。

「これまであなたのためにやってきたことを、これから先も続けます」

「そんなことだろうと思った」とKは言った。「これ以上は何を話しても無駄ですね」

「ちょっと試してみたいことがあるのですが」と弁護士は、「腹を立てているのは自分のほうだと言わんばかりの勢いで言った。「察するに、あなたが私の弁護活動に対して間違った判断を下し、他にもあんな態度やこんな態度を取るに至ったのは、被告人なのに待遇がよすぎるせいでしょうね。よすぎるというより、甘すぎるのか。一見、甘い待遇に見えますよね。これにも裏があります。自由でいるより、鎖につながれたほうがましだ。そう思うことはよくあるわけですからね。それはさておき、他の被告人がどんな待遇を受けているか、お目にかけましょう。あなたには、いい教訓になるかもしれませんぞ。というわけで、これからブロックを呼び出します。扉の鍵を開けて、こちらのナイトテーブルの横にお座りください」

「いいでしょう」とKは言い、弁護士が求めたとおりにした。教訓ならいつでも大歓迎だ。ただし念のために尋ねてみた。「ところで、私が代理人契約を解除させていただくことは、もうご承知ですね？」

「はい」と弁護士は言った。「しかし、今日中ならまだ撤回できますよ」

弁護士はまたベッドに横になり、羽根布団をあごまでかぶって壁のほうを向いた。それからベルを鳴らした。

ベルが鳴るのとほぼ同時に、レニが姿を現した。すばやく目を走らせ、何があったのかを見て取ろうとしている。Kが弁護士のベッドのそばでゆったり座っているので、ホッと安心したようだ。レニは、彼女にじっと目を据えているKに向かって、にっこりと頷いてみせた。「ブロックを連れてきなさい」と弁護士は言った。ところが、連れてくる代わりに、彼女は扉の前まで戻っただけで、そこから叫んだ。

「ブロック！　先生がお呼びよ！」

そして、弁護士が壁のほうを向いたまま何も見ていないのをいいことに、こっそりKの椅子のうしろに来た。それからというもの、椅子の背もたれにかぶさるように身を乗り出してきたり、両手でそっと優しく彼の髪を梳《す》いたり、頬を撫でたりと、あれこれ邪魔をしてきたのだった。とうとうKは、やめさせようと彼女の手をつかんだ。彼女は少し抵抗してから、力を抜いた。

ブロックは呼ばれてすぐやって来たが、扉の前で立ち止まった。入っていいか考えあぐねているようだ。眉を吊り上げ、首をかしげている。弁護士のところへ来いという命令がもう一度繰り返されるのを、じっと耳を澄ませて待ち受けているかのようだ。入ったらどうだと言ってやることもできたのだが、弁護士だけじゃなく、この家にあるもの一切合財と、これを最後に縁を切ってやるぞと思っていたので、Kは身動き一つしなかった。レニも黙っていた。ブロックは、少なくとも出ていけと言う人が誰もいないことに気づき、つま先立ちで、緊張した面持ちで、手を背後でギュッと組み、中に入ってきた。退却する場合に備えてか、扉は開いたままだ。Kのほうは一度も見ず、こんもり盛り上がった羽根布団だけを見ている。布団の下にいるはずの弁護士は、壁際すれすれに移動したせいか、姿は見えない。けれども、声は聞こえた。

「ブロックがいるのか？」と弁護士は尋ねたのだ。この質問は、もうかなり奥まで入ってきていたブロックを直撃した。いわば胸に一撃、それから背中に一撃を食らった格好だ。ブロックはよろけ、小さく背中を丸めてかろうじて踏みとどまり、こう言った。

「おそばに」

「何のつもりだ？」と弁護士は尋ねた。「悪いときに来たものだな」

「お呼びだったのでは？」とブロックは尋ねた。弁護士に言っているというよりも、独り言のようだ。身をかばうように両手を出し、もう逃げ腰になっている。

「呼んだとも」と弁護士は言った。「それでも悪い」

それから少し間を置いて、こう付け加えた。

「おまえが来るときが、つまり悪いときだ」

弁護士が口を開いてから、ブロックはもうベッドのほうは見ず、どこか隅っこにじっと目を据えて、ただ耳をそばだてている。お話しになっている方がまぶしすぎるので、直視するのは耐えられないとでも思っているみたいだ。しかし、聴き取るのは難しかった。弁護士は壁に向かって、しかも小声で早口にしゃべっていたからだ。

「帰れとおっしゃるんで？」とブロックは尋ねた。

「もう来てしまったのなら」と弁護士は言った。「そこにいろ！」

弁護士がブロックの願いを聞いてやったというより、笞打ちを食らわすぞと脅したかのような風情だ。なにしろブロックは本当にぶるぶる震えはじめたのだ。

「私は昨日」と弁護士は言った。「友人の第三判事のところに行ってきた。おまえの話が出るように、それとなく仕向けてやった。判事どのが何と言っていたか知りたいか？」

「はい、そりゃもう」とブロックは言った。弁護士がすぐには応えなかったので、ブロックはもう一度お願いを繰り返し、身をかがめた。ひざまずこうとするかのように。そのとき、Kがどなりつけた。

「おい、何する気だ？」と彼は叫んだのだ。叫ぶのをレニが邪魔しようとしたので、彼女のもう一方の手もギュッとつかんでいた。愛のある握り方ではない。彼女は何度かうめいて両手をふりほどこうとした。Kが叫んだせいで、しかしブロックが罰を受けることになった。弁護士はこう尋ねたのだ。

「おまえの弁護士は誰だ？」

「先生でございますよ」とブロックは言った。

「私以外に？」と弁護士は尋ねた。

「誰もおりません」とブロックは言った。

「なら、他の連中の言うことを聞くな」と弁護士は言った。ブロックは全面的に同意し、[*27]怒りをこめた目でKを睨みつけ、激しく首を振った。その身ぶりを言葉に翻訳すると、ひどい罵倒になっただろう。こんな男と、自分の案件について仲よく話をする気でいたとはな！

「そうかよ。ならもう邪魔しない」とKは、椅子にふんぞり返りながら言った。「ひざまずくなり、四つん這いになるなり、好きにしろ。おれの知ったことじゃない」

ところが、ブロックにも自尊心があった。少なくともKに対しては。ブロックは両手の拳を振り回しながら突進してきた。そして先生の御前で出せる範囲内ぎりぎりの声量で叫んだ。

「私に向かって、そんな口のきき方をしていいと思ってるんですか。なんで侮辱するんです？　しかも先生の前で。おたくも私も、お情けでここにいさせてもらってるんですよ？　おたく、私より上等な人間と違いますよ。おたくも起訴されてるし、訴訟してる最中なんですよ。それでも自分は紳士だとおっしゃるなら、私も紳士ですよ。おたくより偉いとは言いませんけど、同じ紳士ですよ。そのつもりで口をきいてもらわないと。何様ですか。そこでのんびり座って、のんびり聞いていられるからって、自分のほうが恵まれてると思ってるんですか。こっちは、おっしゃるとおり、四つん這いですからね。でも、そんなふうに思ってるなら、古い[*28]判決文の文句を思い出すがいいです。『容疑者は、止まっているより動いているがいい。止まっていたら、いつのまにか秤《はかり》の皿に載せられ、罪の重さを量られるかもしれないから』」

　Kは何も言わなかった。ただびっくりして、まじろぎもせず、この錯乱した男を見つめていた。たかが一時間で、ずいぶんな変わりようじゃないか！　こいつがあたふたして、敵と味方の区別もつかないのは、訴訟のせいなのか[*29]？　弁護士のやつがわざと侮辱してるのが分からないのか？　やつの狙いはどう見ても、こっちに自分の権力を見せつけて、勝った気になることだろうが。ブロックめ、それが分からないのか。それとも分かっていても何もできないほど弁護士先生が恐いのか。だとすれば、その先生を騙《だま》して、他にも弁護士を何人も雇っていることを黙りとおすくらい抜け目なく大胆に立ち回れるとは、どういうことだ。しかも、こちらに突っかかってくるとは、何を考えてるんだ。いつでも秘密をバラせるんだぞ。しかしところが、突っかかってくるどころではなかった。ブロックは弁護士のベッドのかたわらへ行き、そこでKについて苦情を訴えはじめたのだ。

「先生」とブロックは言った。「お聞きになりましたよね。あの野郎、ふざけた口をきくじゃないですか。あの野郎の訴訟なんか、始まってまだ数時間です。私はもう五年も訴訟をやってる男ですよ。その私に向かって偉そうにお説教しやがる。しかも汚らしい言葉で罵《ののし》ってきやがる。何も知らないくせに、汚らしい言葉で。私だって、頭はよくないけど、礼儀を、義務を、裁判所のしきたりを守るってことが何なのか、みっちり勉強してきたんです」

「他の連中の言うことを聞くな」と弁護士は言った。「さっさと自分のやることをやれ」

「そりゃもう、すぐに」とブロックは自分を励ますように言い、チラッと横に目を泳がせながら、ベッドのすぐそばにひざまずいた。

「ほら、ひざまずいてますよ、先生」とブロックは言った。*30 しかしながら弁護士は黙っている。ブロックは片手でそろそろと羽根布団を撫でた。沈黙が落ちるなかで、レニが、Kの手をふりほどいて言った。

「痛いじゃないの。放してよ。あたし、ブロックのところに行くわ」

彼女はそちらへ行き、ベッドの端に腰を下ろした。ブロックは来てもらえて大喜びで、ただし声は出さずにバタバタと身ぶり手ぶりで、先生に取りなしてくれるよう頼んだ。こいつは、この弁護士の情報が欲しくてたまらない様子だが、どうせ他の弁護士どもに教えてやって有効利用させるために必要なだけじゃないのか。レニは、弁護士の扱いをよく心得ているようで、弁護士の手を指さし、キスするときのように唇を尖らせてみせた。すぐさまブロックは弁護士の手にキスを実行し、レニの指令にしたがって、あと二回キスを重ねた。けれども、弁護士はまだ黙っている。そこで、レニは弁護士に覆いかぶさるように身を乗り出した。そうやって身体を伸ばすと、彼女の美しい体つきがくっきり見える。そして、弁護士の顔のところまで深くかがみこみ、長い白髪を撫でてやった。こうなると、さすがに返事しないわけにはいかない。

「教えてやるのは、ためらわれるな」と弁護士は言った。弁護士が少し頭を左右に動かすのが見えた。レニの手の感触をじっくり堪能するためだろうか。ブロックは、ここで聞き耳を立てるのは戒律に背くことだとでも思っているみたいに顔を伏せ、聞き耳を立てている。

「あら、どうしてためらうの？」とレニは尋ねた。この会話、すっかり板についた台詞を暗唱しているみたいに聞こえる。これまで何度も繰り返されてきて、これから先も何度も繰り返される会話。新しい話だと思って聞いてるのはブロックだけだ。

「その男、今日はお行儀よくしていたかね？」と弁護士は、答える代わりに尋ねた。レニは、口を開く前にブロックを見下ろし、この男が両手を差し上げ、哀願のポーズで両手をすり合わせるのをしばらく眺めていた。しまいに彼女はまじめな顔で頷き、弁護士のほうをふり向いて言った。

「いい子で、よくお勉強していたわ」

いい年をした商人が、長いヒゲを生やした男が、いい成績をつけてくださいとばかりに若い娘に土下座するのかよ。どんな魂胆があるにせよ、他人の目にはどうにも言い訳のしようがないぞ。見ているだけで、こっちの品位が汚れる。弁護士のやつ、こんな小芝居を見せつけてひとの気を引こうなど、何を考えてるんだ。意味が分からん。これまでおさらばする気になってなかったとしても、こんなありさまを見せつけられたら、たちどころにおさらばだ。要するに、この弁護士の手口が功を奏したら、こうなるわけだ。ありがたいことに、このKは早々と抜けさせてもらうがな。依頼人がこの世のすべてを忘れはて、こんな間違った道をずるずると訴訟の終わりまで引きずっていってもらうことだけを望むようになるまで調教するわけだな。これはもう依頼人じゃない。弁護士の犬だ。この男、犬小屋の代わりにベッドの下に入ってお座りでワンワン吠えろと弁護士のやつに命令されたら、喜んでそうするだろうよ。Kは、あたかも、ここで話されたことをすべて正確に記憶し、お上《かみ》に届け出て、報告書を作成する任務を帯びているかのように、一段上の立場から、耳に入るものをじっくり点検しながら聴いていた。

「その男、一日中何をしていたのかね?」と弁護士は尋ねた。

「じつはね」とレニは言った。「あたしの仕事の邪魔にならないように、メイド用の小部屋に閉じこめておいたの。いつも泊めてやってるところよ。気の向いたときに、のぞき窓から監視できるようになってるの。この人、ずっとベッドの上にひざまずいて、先生が貸してやった文書を窓枠の上に広げて読んでたわ。ちょっと感心しちゃった。だって、窓は通気孔[*31]に通じてるだけだから、別に光は入らないのよ。それなのにブロックが読んでたのは、従順な証拠よね」

「それは何より」と弁護士は言った。「しかし、読んで理解してたのかね？」

この会話を聞きながら、ブロックはひっきりなしに唇を動かしていた。どうやらレニに言ってほしい答えを模擬実演しているようだ。

「もちろん、あたしには」とレニは言った。「はっきりした答えはできないけど。とにかく、なめるように読んでるのを見たわ。一日中ずっと同じページを読んでて、読みながら行を指でなぞってたし。のぞくたびに、ハァッて溜め息[*32]ついてた。読むのが大変だったみたいよ。先生が貸してあげた文書、とっても難しかったのね」

「そうだ」と弁護士は言った。「もちろん、とても難しいものさ。その男がこれっぽっちも理解できたとは思わん。あれを貸してやったのは、私がその男を弁護してやりながら闘っているのがどれだけ困難な闘いか、おぼろげながらでも分からせてやろうと思ってのことだ。それで、その困難な闘いは誰のためだ？　それは――言うのもバカらしいが――ブロックのためだ。それが何を意味するのかも、学ばせてやろうと思ってな。その男、休まずに勉強していたかね？」

「ほとんど休まずに勉強してたわ」とレニは答えた。「一度だけ、飲み水をくれって言ってきたけど。のぞき窓からグラス一杯、差し入れてやったわ。それから八時に外に出して、食べ物をやったの」

ブロックは横目でチラッとKを見た。ほら、こんなに褒めてもらってる、おたくも感心してるだろと言わんばかりの目つきだ。希望にあふれてきたらしく、動作ものびのびして、膝立ちでもぞもぞ動いている。それだけに、弁護士がこう言ったとき、ギクッと固まったのが目立った。

「その男のこと、褒めてやるじゃないか」と弁護士は言った。「だからこそ言いにくいのだ。判事どのは、あまり色よい話はおっしゃらなかった。ブロックについても、やつの訴訟についてもな」

「色よい話じゃない？」とレニは尋ねた。「あらまあ、どうしてそんなことに？」

ブロックは彼女をわくわくした目で見つめている。判事どのがとっくの昔に言った言葉を自分に都合のいい方向にねじ曲げる力がレニにはあるとでも思っているみたいに。

「色よい話ではないな」と弁護士は言った。「それどころか判事どのは、私がブロックの話を始めたら、不愉快な思いをなさっていたよ。

『ブロックの話など、やめてくれたまえ』と判事どのはおっしゃった。

『あれは私の依頼人ですが』と私は言った。

『もう少し相手を選びたまえ』と判事どのはおっしゃった。

『あれの案件、負けだとは思っておりませんが』と私は言った。

『もう少し相手を選びたまえ』と判事どのはもう一度おっしゃった。

『そんな悪い相手だとは思いませんが』と私は言った。『ブロックは訴訟のことをよく勉強していて、いつも自分の案件を追っかけています。ほとんど私の家に住んでいるようなものですよ。つねに最新情報を知りたいと言ってね。あれだけ熱心な男はそういませんよ。たしかに人間としては気持ち悪いし、礼儀作法はなってないし、おまけに汚い。それでも訴訟という観点からすると、非の打ちどころがありません』

私は、『非の打ちどころがない』と言ってやったのだぞ。とくに強調しておいた。すると、判事どのはこうおっしゃった。

『ブロックはずるいだけだ。あちこちで聞きかじった話を集めて、訴訟を引きのばすのがお上手だ。だがな、どれだけずるく立ち回ろうとも、あれだけ無知ではどうにもならん。やつの訴訟はまだ始まってもいないと聞いたら、やつは何と言うだろうな。訴訟の開始を告げるベルが鳴ってさえいないと言ってやったら』

うろたえるな、ブロック」と弁護士は言った。おりしもブロックが、がくがくする膝で立ち上がり、どうやら説明を求めている様子だったから。弁護士がブロックに向かってまともに言葉をかけたのは、これが初めてだった。弁護士は疲れた目をして、半ば視線をあてどなくさまよわせ、半ばブロックを見下ろした。見下ろされたブロックは、のろのろとまた膝をついた。

「判事どのがそうおっしゃったからといって、おまえには関係ない」と弁護士は言った。

「こちらの言うことに、いちいちビクビクするな。また同じことが繰り返されるようだと、もう何も教えてやらんぞ。こちらが口を開くごとに、まるで最終判決が出るみたいな顔をしおって。私の依頼人の前で、恥ずかしいと思え！　おまえのせいで、せっかく私が築いてきた信頼関係が揺らぐではないか。何のつもりだ？　おまえはまだ生きている。おまえはまだ私に庇護されている。無意味に恐がるな！　どうせ、どこかで読んだのだろう。最終判決が何の予告もなく、思いがけない人の口から、思いがけない時間に言いわたされる案件がちょくちょくあると。たしかに、色々な条件つきで、それは正しい。だが、おまえの恐がる様子がムカムカすること、私を十分に信頼していない態度が透けて見えることも、同じく正しいぞ。私は何の話をした？　判事どののお考えを伝えてやっただけだ。訴訟の手続きでは、違った意見が色々と積み重なり、ほとんど見通しがきかないほどだと知っておろうが。たとえば今の話に出てくる判事どのは、訴訟がいつ始まるかについて、私とは違う想定をしておる。意見の相違、それだけのことだ。古いしきたりで、訴訟がある段階に差しかかると、ベルを鳴らして合図することになっている。この判事どのの見解では、それで訴訟が始まるというわけだ。どんな反対意見があるか、今は全部言ってやることはできん。おまえに言ってもどうせ理解できないだろうしな。反対意見が多いこと、おまえはそれだけ知っていれば十分だ」

ブロックは困惑して、ベッドの前敷きの毛皮を指でなぞっていた。裁判官の発言を恐がる[*33]あまり、自分が弁護士の前で這いつくばらなければならないことを一時的に忘れている。自分のことしか頭になく、裁判官の言葉をあれこれひねくり回しているのだ。「ブロック」とレニは恐い声で言い、相手の上着の襟首をつかんで、少しばかり宙吊りにした。「毛皮から手を放して、先生の言うことを聞きなさい」

大聖堂

Kは、銀行[*1]の取引相手のイタリア人に文化遺産を見せて回るという役目をおおせつかった。銀行にとってきわめて重要な得意先で、この町に滞在するのは初めてだという。他のときなら、きっとこの役目を光栄に思ったことだろう。けれども銀行内で面目をぎりぎり保つために大変な苦労をしている今、引き受けるのは嫌々ながらだった。やむをえず事務所を空けているあいだは、ずっと気が気でなかった。たしかに今ではもう、事務所にいたからって時間を有効利用できるわけじゃない。一時しのぎで仕事をしているふりだけして何時間も過ごすこともある。ただ、それだけいっそう、事務所を留守にするときの心配は大きくなる。待ってましたとばかりに副頭取がひとの事務室に入りびたり、事務机に陣取って書類をあさり、こちらが友人同然の付き合いをしている長年の顧客をようこそと出迎え、かっさらっていく様子が目に見える気がするのだ。それどころか、こちらのミスをあばきたてるかもしれない。今では仕事をしていると四方八方からミスを犯す危険が押しよせ、すべて避けるのは無理になっていたから。そんなわけで、たとえ特別に抜擢《ばってき》されてのことであっても、営業に出ろと言われたり、それどころかちょっとした出張を命じられたりすると――最近、そんな役目がたまたま続いた――つい思ってしまう。ひとをしばらく事務所から遠ざけて、仕事ぶりを点検するつもりか。あるいは少なくとも、おまえなんか事務所にいなくても平気ってことかと。そういう役目は、たいてい断ろうと思えば簡単だったはずだ。でも断る気にはなれなかった。なぜって、たとえその心配がほんの少ししか的を射ていないとしても、断るのは、恐がってますよと白状するようなものだったから。以上の理由で、もしそんな役目が回ってくると、ひどい何食わぬ顔で引き受けるのだった。二日間の骨の折れる出張旅行を命じられたとき、ひどい風邪をひいていたのに、ひた隠しにしたりもした。風邪をひいてるなどと言ったら、ちょうど冷たい雨の降る秋の時候柄、出張は中止と言われる危険があり、それは避けたかったからだ。猛烈に痛む頭を抱えて出張から戻ると、翌日、イタリア人の案内をと言われた。せめて今くらいは断ろうよという誘惑は強かった。とくに、今回の役目は取引とは直接関係のない仕事だから、なおさらだ。取引先に対して社交的な義務を果たすのは疑いもなく重要なことだが、Kにとっては役不足だ。仕事で業績を上げつづけないと今の立場を守れない。そのことはよく分かってる。たとえ思いがけずイタリア人に大好きになってもらえたとしても、それだけではまったく無意味なのだ。一日でも仕事場から締め出されるのは嫌だ。もう戻ってこなくていいよと言われる恐怖があるからだ。大げさだと分かってはいるが、ひしひしと恐怖を感じるのだ。いずれにせよ今回は、もっともらしい断りの口実を考え出すのは、まず無理だった。Kのイタリア語の知識は大したことはないが、そこそこではある。決定的なのは、いくらか美術史の知識を学んだことがあるという事実で、そのことはひどく大げさに銀行中に知れわたっていた。それは、しばらく市の文化財保存協会の会員だったせいだ。そんなのは仕事上の理由からにすぎなかったのだが。とにかく、そのイタリア人は噂によると美術愛好家らしいので、Ｋが案内役に選ばれるのは当然のなりゆきだった。

雨と風の強い朝だった。Ｋは、目の前に待つ一日のことを考えてプリプリ怒りながら、七時にはもう事務所に来ていた。客のせいで何もできなくなる前に、せめて少しでも仕事を片づけておこうと思ったのだ。とても疲れていた。少しは準備しておこうと、夜の半分を使ってイタリア語の文法を勉強していたからだ。窓を見ると、ふらふらっと引き寄せられそうになる。最近、ちょっと窓辺に座りすぎだ。ぐっと我慢して、仕事するために事務机の前に腰を下ろした。残念ながら、ちょうどそのとき用務員が入ってきて、頭取さまの使いで、業務代理人[*2]さまはもうおいでか見にまいりましたと告げた。おいでtoo[*3]でしたら、よろしければ応接室までお越しくださいますでしょうか。そちらでイタリア人の方がもうお待ちですと。

「すぐ行く」とＫは言った。小型辞書をポケットに突っこみ、外国からの客人のために準備しておいた市内観光ガイドブックを小脇に抱え、副頭取室を通り抜けて重役室に入った。こんなに早く出勤していたおかげで、すぐ駆けつけられるのが嬉しかった。まさか本当にすぐ来るとは、誰も思うまい。副頭取室は、もちろん無人だった。深夜みたいだ。用務員はたぶん副頭取も連れてこいと言われたのだろうが、空振りだったのだ。Ｋが応接室に入ると、ふかふかした安楽椅子から二人の紳士が立ち上がった。頭取はにっこり優しい笑みを浮かべた。

Kが来たから大喜びしているらしい。頭取はすぐに紹介してくれた。イタリア人はKの手をがっちり握り、笑いながら、誰かさんは早起きだと言った。誰のことを言ったのかは、よく聞こえなかった。そもそも変わった単語だったから、少し考えてやっと意味が分かったのだ。二言三言、決まり文句で挨拶を述べると、イタリア人はまた笑いながら応じた。そのあいまにも、もじゃもじゃした灰青色の口ヒゲを神経質な手つきで何度か触っている。こいつ、口ヒゲに香水つけてやがるじゃないか。近づいてクンクン匂いを嗅いでみたくなるほどだ。みんなが腰を下ろし、会話の幕が上がったとき、イタリア人の言うことがところどころしか聴き取れないことに気づき、Kはかなり居心地が悪くなった。落ち着いてゆっくりしゃべってくれているときは、ほぼ完全に聴き取れるのだが。それはあくまで珍しい例外なのだ。[*4]たいていの場合、イタリア人の言葉は文字どおり口からあふれ出るありさまだった。自分でそれが面白くてたまらないように首を振っている。そうやって話しているうちに、決まってどこかの方言をべらべらしゃべりはじめてしまうのだ。とてもイタリア語には聞こえない。けれども、頭取はちゃんと聴いて分かっているどころか、自分でもしゃべっている。そういえば、これは予想できてしかるべきだった。このイタリア人は南イタリア出身で、頭取はそこに何年かいたことがあるんだから。いずれにせよKは、イタリア人と会話が成立する可能性がほぼなくなったことを悟った。イタリア人のフランス語も、やっぱり何を言っているか分からなかったのだ。おまけに口ヒゲで口が隠れてしまってる。唇の動きが見えたら、ちょっとは理解の助けになったかもしれないのに。Kは、これでは先が思いやられるぞと思いはじめた。

さしあたり、イタリア人の言うことを理解しようとするのは諦めて——頭取がやすやす聴き取ってるんだから、横で頑張るだけ無駄じゃないか——ふてくされてイタリア人の姿を観察するのに集中することにした。イタリア人は深々と、しかし妙に軽やかに安楽椅子に納まり、きっちり仕立てた短い上着をときどき引っぱっている。あるときなど両腕をふり上げ、両手を手首からぐにゃぐにゃ動かして*5何かを表現しようとしたが、身を乗り出して両手をじっと見ても、何を言いたいのかさっぱり分からない。Kはだらっとして、会話のキャッチボールを機械的に目で追っていたが、ただでさえ蓄積していた疲労がドッと出てきて、気が散って、ふと立ち上がってくるりと向きを変えて出ていこうとした自分にハッと気づき、あまりのことにギョッとした。ぎりぎりで気づいて幸運だった。ようやくイタリア人が時計を見て、跳び上がった。頭取に別れを告げ、Kに迫ってきたが、やたらぴったり密着してくるものだから、身動きするには安楽椅子をうしろにずらすしかなかった。頭取は、Kが相手のイタリア語に困っているのをKの目から読み取ったのだろう、とても上手にそっと会話に口を挟み、見かけ上はちょっとした提案を言い添えただけのようでいて、じつは話を全部ごく手短にまとめて教えてくれた。イタリア人が、こちらの言葉をさえぎりながらまくし立てていたのは、つまりこんな話だったのだ。私は当面まだいくつか仕事を片づけねばならず、残念ながら概してあまり時間がありませんが、かといって大急ぎであちこちの名所旧跡を駆けずり回る気もありませんから、それよりは——もちろんKさんが同意してくださるならの話で、決断はお任せします——こうすることに決めました。観光するのは大聖堂だけにして、ただし徹底的にやろうと。今回、こんなに学がおありで気持ちのいい殿方――Kのことだ。本人はこのイタリア野郎の言うことを右から左に聞き流し、頭取の差し挟む言葉をつかみ取るのに忙しいのだが――に観光案内していただけるとは、望外の喜びです。もしご都合がよろしければ、二時間後、だいたい十時ごろに大聖堂にお越しいただけますか。私自身は、そのころには間違いなく行けると思います。Kは二言三言、それらしい返事をした。イタリア人はまず頭取の手を握り、それからKの手を握り、最後にまた頭取の手を握り、二人に見送られて扉のほうへ歩きながらも体を半分だけこっちにねじ向けて、あいかわらずべらべらしゃべっていた。Kは、もうしばらく頭取といっしょにいた。頭取は今日はやけに具合が悪そうだ。何やらKに謝らないといけないと思っているらしく――二人は仲むつまじく寄り添って立っていた――こう言った。もともと私が自分であのイタリア人と出かけるつもりだったのさ。でもやっぱり――頭取は詳しい理由には触れなかった――きみに行ってもらうことに決めたんだ。あのイタリア人の言うことが最初はすぐ分からなくても、気にすることはないよ。分かるときは、急に分かるものさ。それに、言ってることがろくに分からなくても、別に悪いことはないんだ。あのイタリア人、相手[*6]に分かってもらえてるかどうかなんて大して気にしてないんだから。ところで、きみのイタリア語は驚くほど上手だね。今回の仕事、きっとうまくこなせると思うよ。それが別れの言葉だった。Kは空いた時間を、大聖堂を案内するのに必要になりそうな珍しい語彙《ごい》を辞書から抜き書きするのに使った。ひどく厄介な作業だった。用務員が郵便物を持ってきたり、銀行員が色々なことを問い合わせにきたり。こちらが忙しくしているのを見ると、行員たちは扉のところで立ち止まるのだが、話を聞いてやるまでは動こうとしない。副頭取は、ここぞとばかりに邪魔してくる。何度も入ってきて、ひとの手から辞書を取り上げてパラパラめくってみたりしてるが、どうせ中味は見ちゃいない。ついには、顧客たちまで登場した。扉が開くたびに、控えの間の薄暗がりの中でぼんやり姿が浮かび上がる。[*7]おずおずとおじぎしている。こちらの注意を引こうとしているものの、自分が見てもらえているか心もとないのだ。――こうしたことがKの周囲で、まるでKを軸にするかのようにぐるぐる繰り広げられていた。K自身はといえば、必要な単語の一覧を作り、辞書を引き、抜き書きをして、発音の練習をして、最後に暗記しようとした。以前は記憶力がよかったのに、今はさっぱりだ。こんな苦労をする原因になったイタリア人に対して、ときどき猛烈に腹が立ってくる。辞書を書類の山の下にズボッと突っこみ、もう準備なんかしてやるかと思う。いやしかし、大聖堂の美術品を黙りこくったまま見ながらイタリア人と歩き回るわけにはいかないぞと思い直し、前よりいっそう腹を立てながら、また辞書を引っぱり出すのだ。

　九時半、ちょうど出かけようとしていると、電話があった。レニだった。おはよう、ご機嫌いかがと訊いてくる。Kは早口でありがとうと言い、今は話せないんだ、大聖堂に行かなきゃならないからと説明した。

「大聖堂に？」とレニは尋ねた。

「ああ、うん、大聖堂さ」

「どうしてまた大聖堂なの？」とレニは尋ねた。Kは手短に説明しようとしたが、[*8]ろくに説明を始めてもいないのに、突然、レニが言った。

「もう時間がないのね」

気の毒がってくれとお願いしたわけでもないし、期待していたわけでもないのに、気の毒がられるなんて、まっぴらだ。Kは、じゃあまたと二言で別れを告げた。けれど、受話器を元の場所に架けながら半ば独り言のように、もう声が届かない、遠くにいるあの娘に向けて言った。

「そうさ、時間がない」

だいぶ遅くなってしまった。このままだと間に合わない危険がある。タクシーで行くことにした。出かける間際に、ぎりぎりでガイドブックのことを思い出した。まだ渡せずにいたのだ。そんなわけで持ってきて、車中では膝にのせ、ずっと表紙をトントン叩いていた。どうも落ち着かなかったからだ。雨足は弱くなってきているが、湿っぽく、寒く、暗い。大聖堂の中じゃ、ろくに何も見えないだろう。その代わり、あそこの冷たいタイルの上に長いこと立っていたら風邪がひどく悪化するのは目に見えてる。

大聖堂前広場には人っ子一人いなかった。Kは、自分が小さな子どものころ、この狭い広場に面した家々の窓がほとんど全部、いつもブラインドを下ろしているのが気になったことを思い出した。今日のようなお天気なら、それもまだ理解できる。大聖堂の中も無人のようだった。もちろん、こんな日に出かけてこようと思うやつは誰もいないだろう。Kは、側廊を両側とも端から端まで歩いてみた。婆さんが一人いただけだった。暖かいショールにくるまって、聖母マリア像の前でひざまずき、じっと像を見上げている。向こうのほうで教会番が足を引きずりながら壁の扉に姿を消すのが見えた。時間どおりに来たはずだぞ。入るとき、[*9]十一時の鐘が鳴っていたから。なのにイタリア人はまだ来ていない。Kは正面入口に戻った。しばらく決心がつかず立ちつくしていたが、それから雨の中、大聖堂の周りをぐるっと一周した。どこか側面入口などでイタリア人が待っているかもしれないと思って。どこにもいなかった。頭取が時間を聞き違えたのか？　実際、あんなやつの言うことをまともに聴き取れるほうがおかしい。しかし、何がどうであるにせよ、やっぱり最低でも半時間は待ってやらないとだめだろう。疲れているので腰を下ろしたい。また大聖堂の中を歩いていると、階段の途中に絨毯みたいな小さな布きれがあるのを見つけた。足のつま先を使って手近なベンチの前までずるずる引きずっていき、コートにしっかりくるまり、襟を立てて腰を下ろした。気を紛らわそうとガイドブックを開き、少し[*10]パラパラめくってみたが、すぐに断念せざるをえなかった。暗すぎて、目を上げてみても、すぐ近くの側廊にあるものの細部すら見分けられないほどだ。

　遠くの中央祭壇の上で、ロウソクの灯が大きな三角形をなしてキラキラ輝いている。[*11]さっきも見たかどうか定かではない。たった今、点火されたのか。教会番ってのは職業柄こそこそしてやがるからな。いつ点火したのか気づかなかった。たまたま背後をふり向くと、ずっと向こうに太くて長いロウソクが一本、柱に固定されて同じように燃えている。きれいだが、祭壇画はたいてい左右の側廊の祭壇の闇の中に架けられているから、照明としてはまるで不十分だ。むしろ闇が深まっている。*12あのイタリア野郎、すっぽかすなんて失礼だな。でも、頭はいいじゃないか。どうせ来ても何も見えやしない。手持ちの懐中電灯で一インチずつ照らしながら、ちまちま*13何枚か見て回るのがせいぜいだ。実際にやってみたらどうなるか確かめようと思い、近くの側礼拝堂に行って階段を何段か上り、大理石の低い手すりから身を乗り出して、懐中電灯で祭壇画を照らしてみた。絵の前でお灯明《とうみょう》の光がちらちら揺れ、目障りだ。最初に目に入り、部分的にでも何なのか分かったのは、絵の一番端っこに描かれている、甲冑《かっちゅう》姿の大きな騎士だ。騎士は剣を杖にして立てられている。剣は、騎士の目の前の――ところどころ、ひょろひょろ草が生えているだけの――むき出しの地面に突き立っている。騎士は、目の前で繰り広げられているできごとを注意深く観察しているようだ。そうやって立ち止まったままで、近づいていかないなんて、おかしな話だ。もしかすると見張りが役目なのか。もう長いこと絵を見ることなどなかったので、Kはもうしばらく騎士を観察していた。懐中電灯の緑の光が目に痛くて、ひっきりなしに目をぱちぱちしなければならなかったが。それから絵の残りの部分を照らしてみると、よくある構図のキリストの埋葬だ。それはそうと、これは新しめの絵だ。懐中電灯をしまいこみ、また元の場所に戻った。

　もうイタリア人を待っても無駄だろう。けれども外はどしゃ降りの大雨だし、ここは思ったほど寒くなかったので、Kはさしあたりここに居座ることにした。手近なところに大きな説教壇がある。小さな丸い天蓋《てんがい》の上に飾りのない黄金の十字架が二本、半ば寝かされた格好で取りつけられており、先っぽが交差している。手すりの外壁と支柱のつなぎめは緑の葉飾りになっていて、小さな天使たちが葉の中に手を差し入れている。やんちゃな天使もいれば、おとなしい天使もいる。Ｋは説教壇に歩み寄り、四方八方からじっくり眺めてみた。石がとても丁寧に加工されており、葉飾りの隙間と裏側にある深い暗闇が、はめこんで固定されたように見える。そんな隙間に手を入れて、そろそろと石を触ってみた。こんな説教壇があるなんて、今まで全然知らなかった。そのとき、たまたま気づいたが、一番近くのベンチの列の向こうに、教会番が一人いる。ひだの多い、ぞろりとした長い黒の上着を着て立っている。左手には嗅ぎタバコ入れを持ち、こちらをじっと観察している。『あの男、何の用だ？』とＫは思った。『おれを怪しんでるのか？　チップをせびりに来たのか？』

ところが教会番は、こちらが気づいたことを見て取ると、まだ指と指のあいだに嗅ぎタバコが一つまみ挟まっている右手で、とある方向を示した。あまりよく意味の分からない身ぶりだ。もう少し待ってみたが、教会番は手ぶりで何かを示すのをやめず、おまけとばかりに首を縦にコクコク振っている。

「何の用だ？」とＫは小声で尋ねた。ここで大声を出す気にはなれない。それから財布を取り出し、一番近くのベンチを通り抜け、男のほうへ行こうとした。だが、男は手で拒絶するような身ぶりをして、肩をすくめ、足を引きずりながら去っていった。ああいうふうに急ぎ足で足を引きずるというのは、Ｋも子どものころにやったことがあった。お馬さんに乗ってパカパカ走るまねをしたときだ。

『あの男、老いぼれて子ども返りしてるんだな』とKは思った。『せいぜい教会のお勤めぐらいしか、頭が回らなくなってるんだ。おや、おれが立ち止まると、向こうも立ち止まる。おれがまた歩きだすか、待ち構えてやがるんだな』

ニコニコしながらKは老人について行った。側廊を端から端まで歩き、ほとんど中央祭壇の横まで来た。老人は何かを指し示すのをやめないが、わざとそちらを見てはやらない。あんな身ぶり手ぶりをしてみせているのは、どうせ追ってくるのをやめさせたいからだ。とうとう、本当に老人を追うのをやめた。あんまり恐がらせるのも考えものだからな。万が一、イタリア野郎がやって来たときに備えて、あのお化けを完全に追い払ってしまうのは控えよう。

中廊に足を踏み入れ、ガイドブックを置いてきた場所に戻ろうとしていたとき、一本の柱のたもと、聖歌隊席のベンチすれすれに小さな副説教壇があるのに気づいた。飾りのない青白い石でできており、簡素な造りだ。とても小さいので、遠くから見ると、像を入れる予定の、まだ空っぽの壁龕《へきがん》のように見える。これでは、説教する人は手すりから一歩下がることもろくにできない。おまけに、石の丸い天蓋はやけに低い位置から上に伸び、何の装飾もないが急傾斜で弧を描いている。その下では、中背の男でもまっすぐ立っていられない。ずっと手すりにつかまって身をかがめていないとだめだろう。全体として、説教する人を苦しめるために設計されたとしか思えない。なぜこんな説教壇が必要になったのか、意味が分からない。もう一つ別に、大きくて飾りも芸が細かい説教壇があるってのに。ちょうど説教が始まる直前みたいにランプが上に据えつけられていなかったら、この小さな説教壇のことなど気に留めなかっただろう。今から説教が始まったりするのか？　無人の教会で？　Kは、柱にくっつくように説教壇まで続いている階段に目を移した。ひどく狭いので人間用には見えず、ただの柱の飾りみたいだ。ところが、びっくりして思わずニヤリとしてしまった。階段の下、説教壇のそばに、本当に僧侶が立っていたのだ。階段の手すりに手をかけ、今から上っていこうとしながら、こちらを見ている。それから、かすかにコクリと頷いてきた。Kは十字を切っておじぎした。もっと早くそうするべきだった。僧侶はちょっと弾みをつけ、小刻みな、せわしない足取りで階段を上りはじめた。本当に説教を始める気か？　だとすると、あの教会番はすっかり頭がいかれてたわけじゃなかったんだ。説教師のほうへ行かせようとしたのか。もちろん、これだけ教会内に人がいなければ、ぜひそうする必要があっただろうからな。でも、どこかの聖母マリア像の前に、婆さんが一人いたよな。そいつも呼べばいいのに。そういえば、もし説教があるなら、なぜオルガンの前奏がないんだ。オルガンは鳴っていない。闇の中で黒々とそびえ立ち、ところどころかすかにチラチラ光っているだけだ。

そろそろ退散したほうがいいんじゃないかとKは思った。今すぐ退散しないと、説教の最中に退散ってのは難しいだろう。説教が始まってしまったら、もう最後まで残るしかない。説教の長さの分だけ、事務所で仕事する時間をごっそり奪われる。イタリア野郎を待ってやる義理は、もうとっくにないはずだ。時計を見ると、十一時だ。でも、本当に説教なんてあるのか？　このKが一人で教区住民を代表するのか？　これが教会に観光に来ただけの外国人だったらどうだろう？　実際まあそんなものだしな。説教があるなんて考えるのもバカげてる。今、十一時だぞ。平日で、ひどいお天気だってのに。この神父は――間違いなく神父だよな。のっぺりした暗い顔の、若い男だ――きっとランプを消しにきたんだ。何かの間違いで火がついてるから。

　ところがそうではなかった。火を消すどころか、僧侶はネジを回して光を調節し、もう少し明るくした。それからゆっくり手すりのほうへ向きを変え、前の手すりの角ばった縁を両手でつかんだ。しばらく同じ姿勢で立ち、頭を動かさずに、じろじろ周囲を見ている。Kは大幅に後退し、教会のベンチの最前列に肘でもたれた。あまり目があてにならないので、どこなのかはっきり分からないが、あの教会番がのんびり背中を丸めて座っているのが見えた。やれやれ一仕事終えたという風情だ。大聖堂中が、ずいぶん静まりかえってるな！　でも、この静けさを乱すのは避けられない。ここに残る気はないから。どんな状況でもお構いなしに、決まった時間になると説教するのが神父[*15]の義務なら、勝手にしやがれ。ここにいてやらなくても説教はできるだろう。それに、いてやったからって説教に感動する人の数は増えない。そんなわけで、Kはゆっくり歩きはじめた。つま先立ちで、ベンチに沿って手さぐりで歩き、広い中央通路に出ると、そこから先も誰にも邪魔されずに歩きつづけた。ただし、石の床はどんなにそっと歩いてもカツカツ音を響かせてしまい、丸天井がかすかに、しかしたえまなく音を反響させ、音は重なり合い、規則的にどんどん大きくなってゆく。こうやって無人のベンチのあいだを一人で歩きながら、あの僧侶にじっと見守られているかと思うと、Ｋは少しだけ心細い気がした。それに、この大聖堂の大きさは、人間に耐えられるぎりぎり限界だ。元の場所まで戻ってくると、立ち止まりすらせず、そこに置いてあったガイドブックをさっとつかみ取り、回収した。ベンチのある区画をほぼ通り過ぎ、ベンチと出口のあいだの空いた場所に差しかかったとき、初めて僧侶の声を聞いた。修行の成果なのか、力強い[*16]声だ。その声が、まるで声を待ち構えていたような大聖堂の隅々まで響きわたる！ 僧侶が呼びかけたのは、教区住民などではなかった。誤解の余地はなく、言い逃れしようがない。僧侶はこう叫んだのだ。

「ヨーゼフ・Ｋ！」

Ｋはピタッと立ち止まり、目の前の床を見つめた。今のところはまだ自由だ。このまま歩きつづけて、さほど離れていないところにある三つの小さな黒っぽい木の扉のどれか一つを通って、ズラかることだってできる。聞こえなかったのだと解釈してもらえるだろう。あるいは、聞こえたけれど気にしなかったのだと。でも、もしふり向いたら、捕まえられたことになる。だって、よく聞こえたと白状したも同然だから。自分こそが呼びかけられた当人で、言われたことを聞くつもりだと。もし僧侶がもう一度呼んでいたら、Ｋはきっと歩み去っていただろう。ところが、どんなに待ってもひっそり静まりかえっていたので、少しだけ首を回してみた。僧侶が今どうしているか見たかったから。さっきと同じく、のんびり説教壇の上に立っている。でも、こちらが首を回したのに気づいたのは明らかだ。ここで完全にふり向かなかったら、子どもの隠れんぼかってことになる。ふり向くと、僧侶は指をちょいと動かして、こちらに来いと合図した。もうこそこそする必要もなくなったので、大またに、ずんずんと――好奇心に駆られてもいたし、こんなことはさっさと終わらせたかったから――説教壇に歩み寄った。最前列のベンチのところで立ち止まったが、まだ離れすぎていると僧侶は思ったらしく、片手を伸ばし、人差し指を鋭角に曲げて、説教壇のすぐ前の場所を指さした。Kはそれにも従った。その場所に来ると、僧侶を視野に入れるには、頭をぐっとそり返らせなければならない。

「ヨーゼフ・Kだな」と僧侶は言い、はっきりしない動作で片手を手すりに載せた。

「はい」とKは言った。そう訊かれて、以前は自分の名前を呼ばれても平気だったのにとKは思った。しばらく前から、自分の名前が重くのしかかるようになっていた。そもそも、初対面なのにこちらの名前を知ってる連中が多すぎる。まず自己紹介してからはじめて名前を知ってもらうというのは、すてきなことだなあ。

「おまえは起訴されている」と僧侶は、とくに小声で言った。

「はい」とKは言った。「そう通知されました」

「なら、私が探していたのはおまえだ」と僧侶は言った。「私は監獄づき教誨師《きょうかいし》である」

「ああそうですか」とKは言った。

「私がおまえを呼ばせたのだ」と僧侶は言った。「おまえと話をするつもりで」

「それは初耳です」とKは言った。「イタリア人に大聖堂を案内しに来たんですよ」

「細かいことはどうでもいい」と僧侶は言った。「何を手に持っている？　祈禱書《きとうしよ》か？」

「いいえ」とKは答えた。「市内観光ガイドブックです」

「手から放しなさい」と僧侶は言った。Kは激しい勢いで本を投げ捨てた。おかげで本はカパッと開き、ページがぐちゃぐちゃになりながら床の上を少し滑っていった。

「おまえの訴訟がうまくいっていないと、知っているか？」と僧侶は尋ねた。

「そんな気がしてましたよ」とKは言った。「ずいぶん苦労しましたが、今のところ成果は上がっていません。もっとも、まだ請願書も仕上がってないのですが」

「どんな終わり方をすると想像しているのか」と僧侶は尋ねた。

「以前は、最後にはうまくいくと思っていました」とKは言った。「今じゃ、ときどき自分でも疑わしくなりますが。どう終わるかなんて分かりません。ご存じなんですか？」

「知らぬ」と僧侶は言った。「だが、悪い終わり方をするだろう。おまえは有罪だと思われている。おそらく、おまえの訴訟は下級審から先へ進むまい。少なくとも当面は、おまえの罪は証明されたと思われている」

「でも、無実ですよ」とKは言った。「何かの間違いなんです。そもそも一人の人間をつかまえて有罪だなんて、おかしいですよ。私たち、みんな同じ人間じゃないですか」

「そのとおり」と僧侶は言った。「ただ、有罪の人間はよくそんなことをしゃべる」

「あなたも、私は有罪だって偏見を持ってるわけですか？」とKは尋ねた。

「おまえに対して偏見など持っておらぬ」と僧侶は言った。

「どうもありがとうございます」とKは言った。「でも、訴訟の手続きに関わっている他の連中はみんな、私に偏見を持ってるんですよ。関係ない連中にまで、それを吹きこむ始末です。私の立場はどんどん難しくなる一方ですよ」

「おまえは事実[*17]関係を誤解している」と僧侶は言った。「判決はいきなり下るのではない。訴訟の手続きが、ゆっくり判決に移行するのだ」

「そうなんですね」とKは言い、顔を伏せた。

「おまえの案件で、次に何がしたいかね？」と僧侶は尋ねた。

「助けてくれる人をもっと探しますよ」とKは言い、それを僧侶がどう判断したかを見るために顔を上げた。「まだちゃんと試していない可能性があるんです」

「おまえは他人の助けをあてにしすぎるのだ」と僧侶は切って捨てた。「しかも、やたらと女の助けを。そんなものが本当の助けにはならないことに気がつかぬのか」

「おっしゃるとおりに思うことがときどき、いやよくありますよ」とKは言った。「ただし、いつも思うわけじゃありませんが。女ってのは、大きな力を持ってるんです。私が知っている女を何人か動かして、私のために共同で働いてもらうことができたら、きっとうまくいくはずなんです。とくに、この裁判所の場合はね。女たらしばっかりなんだから。予審判事のやつに遠くから女を一人チラつかせてやったら、裁判用の机も被告人もなぎ倒して、女を逃がすまいと走っていきますよ」

僧侶は手すりのほうへ顔を伏せた。今ようやく、この説教壇の天蓋がのしかかってきて、押しつぶされてるように見えてきた。それにしても、外はいったいどんな大嵐なんだ？　これじゃ、どんよりした日どころじゃない。もう真夜中だ。大きな窓のステンドグラスからはチラッとも光が入ってこなくて、黒っぽい壁と見分けがつかない。しかも、よりによって今、教会番が中央祭壇のロウソクの灯を一つ一つ消しはじめた。

「怒ってるんですか」とKは僧侶に尋ねた。「もしかして、ご自分がどんな裁判所にお勤めか、ご存じなかったとか」

返事はなかった。

「まあ、私が身をもって知ってる範囲の話ですけどね」とKは言った。あいかわらず上は静まりかえっている。

「ご気分を害するつもりはなかったんですよ」とKは言った。そのとき、僧侶は下にいるKめがけてわめいた。

「二歩先のことすら見えんのか？」

怒りのわめき声だった。けれども、誰かが倒れるのを見た人が、ギョッとして、うっかり自分も叫んでしまったような声でもある。

二人とも、長いあいだ黙っていた。下は一面の暗闇なので、僧侶はKの姿をあまりよく見ることができないはずで、対するKのほうは、ランプに照らされている僧侶の姿をはっきりと見ることができた。この神父、なぜ下りてこない？　こいつは説教はしなかった。いくつか知らせを届けてくれただけだ。しかも、よくよく考えてみれば、有益というよりは有害な知らせだという気がするぞ。でも、よかれと思って言ってくれてるのは疑いない。下りてきてくれたら、こいつと手を結ぶ可能性はゼロじゃないぞ。何かしら決定的な、聞く価値のある忠告がもらえる可能性はゼロじゃない。たとえば、どうすれば訴訟を動かせるかとかじゃなく、どうすれば訴訟ときっぱり手を切れるか、どうすれば訴訟を避けて通れるか、どうすれば訴訟の外で生きられるか、教えてもらえるかもな。そうやって生きる可能性だってあるはずだ。最近はよく、その可能性を考えた。この神父がそんな可能性を一つくらい知ってるなら、頼んだら教えてくれるかもしれない。まあ、この人自身も裁判所の人だし、ちょっと裁判所を攻撃してみたら、おだやかな物腰をかなぐり捨てて、わめいてきやがったわけだが、それはさておき。

「下りてきませんか？　説教なさるわけではないですよね。下りてきてください」

「ああ、今なら下りてもよい」と僧侶は言った。こいつ、わめいたのを後悔してるのかもな。ランプをカギから外しながら、僧侶はこう言った。

「最初はまず、離れたところから話す必要があったのだ。私はすぐひとに影響されて、自分の果たすべき務めを忘れてしまうから」

Kは階段の下で待った。僧侶は、まだ上のほうの段にいるうちに、下りながらこちらに手を差し出してきた。

[*18]「少しお時間をいただけますか？」とKは尋ねた。

「おまえが必要なだけ」と僧侶は言い、小さなランプを手渡して、持っていてくれと言った。近くに来ても、ある種のおごそかな感じが物腰から消えない。

「どうもご親切に」とKは言った。二人は並んで暗い側廊を行ったり来たりした。「あなたは裁判所の人にしては例外ですよ。私が知り合ったうちでは、あそこにいる他の誰より、あなたを一番信頼できます」

「勘違いしてもらっては困る」と僧侶は言った。

「私が何を勘違いしてるとおっしゃるんですか？」とKは尋ねた。

「裁判所のことをだ」と僧侶[*19]は言った。「法律の入門書に、この勘違いについて書いてある。こんな話だ。『法律の前に門番が立っている。門番のところに田舎から男がやって来て、法律の中に入れてくださいと頼む。ところが門番は、今は入れてやれないと言う。男はあれこれ考え、またあとで入れてもらえるのですかと尋ねる。

《そうかもしれん》と門番は答える。《だが、今はだめだ》

法律の門はいつものように開け放たれており、門番が脇へどいたので、男は門の中をのぞこうと身をかがめた。それ[*20]に気づくと、門番は笑って言った。

《そんなに気になるなら、俺がだめだと言うのは気にせず、入ってみるがいい。ただし覚えておけ。俺は強いぞ。しかも、それでも一番下っぱの門番にすぎんのだ。広間から広間へと進むごとに門番が立っていて、どんどん強くなってゆく。三番目の門番あたりになると、この俺ですらまともに見られないほどだ》

田舎から来た男は、そんなに大変だとは思っていなかった。法律とは、いつでも誰でも入れるものだと聞いてたのにと男は思う。しかし、毛皮のコートを着た門番の姿を改めてしげしげと眺め、大きな尖った鼻やタタール人風のまばらで長い黒ヒゲを見るにつけ、やはり入っていいと許可が下りるまで待とうと決心する。門番は男に腰かけを貸し、扉の脇のほうに座らせる。男はそこで何日も、何年も座っている。あれこれと手を尽くして入れてもらおうとし、門番[*21]がうんざりするほどお願いする。門番はときどき、ちょっとした尋問をする。故郷はどこだとか、他の色々なことを根ほり葉ほり訊く。だが、お偉方がやるような、やる気のない質問ばかりだ。おまけに最後には、いつもいつも、まだ入れてやれないと言うのだ。男はこの旅のために色々と用意をしてきたが、どんなに高価なものでも全部、門番に贈る賄賂に変えてしまう。門番は受け取りはするのだが、いつもこう言い添える。
《受け取っておくが、おまえが何かやり残したことがあると思わないように、ただそれだけのためだからな》
長い年月のあいだ、男はほとんど門番から目を離さず、観察しつづける。他の門番たちのことは忘れ、この一人目が、法律の中に入るのを阻む唯一[*22]の障害のような気がしてくる。最初の何年かは、ツキがないと大声で毒づく。あとになって年を取ると、一人でブツブツ文句を言うだけになる。子ども返りする。長年にわたって門番を研究してきたおかげで、毛皮の襟にいるノミどものことも知り尽くしていたので、助けてください、門番の気を変えさせてくださいとノミにまでお願いする。とうとう目がかすんできて、本当にあたりが暗くなったのか、目の錯覚でそう見えるだけなのか分からなくなる。ところがその暗がりの中で、法律の扉から一条の光がさしてくる。消えない光だ。もう命は長くない。死ぬ前に、これまで経験したことすべてが頭の中で集まり、一つの問いになる。まだ門番に訊いてみたことがない問いだ。門番に手で合図する。どんどん体がこわばってきて、もう立ち上がれないから。門番は、男のほうに深く身をかがめてやる。男が縮んだせいで、ずいぶん身長差が開いていたのだ。

《この期《ご》に及んで何が知りたいのだ》と門番は言う。《懲《こ》りないやつだな》

《みんな法律を求めている》と男は言う。《なのに、この長い年月、私以外は誰も中に入れてくれと言いにこなかったのは、なぜだ》

門番は、男がもう臨終なのを悟り、弱っていく耳に届くように大声でどなる。

《ここには他の誰も入れなかった。ここはおまえだけの入口だった。そう決まっていたんだ。じゃあ、もう行くぞ。門を閉めなくては》』」

「つまり、門番[*23]が男に勘違いさせたんですね」とK[*24]はすぐ言った。すっかり話に引きこまれていた。

「早とちりしてはならぬ」と僧侶は言った。「他人の意見を鵜呑みにするのはよくない。私は書かれてあるとおり一言一句そのまま話したのだ。勘違いについては一言も書かれておらぬ」

「でも明らかですよ」とKは言った。「勘違いの話だと最初におっしゃいましたよね。門番は、救いになるはずの知らせを、それが男の役に立たなくなったころあいを見計らって教えてやったんだ」

「それ以前には訊かれておらぬからだ」と僧侶は言った。「それに、たかが門番でしかないということを忘れてはならぬぞ。門番の務めを果たしたまでのことだ」

「どうして務めを果たしたと言えるんです?」とKは尋ねた。「果たしてませんよ。部外者をみんな追っ払うのが、門番の務めだったかもしれない。でも、その男の専用の入口だったのなら、男は入れてやって当然でしょう」

「おまえには、書かれてあるものへの敬意が足らぬ。勝手に話を変えている」と僧侶は言った。「この物語には、法律の中に入れるということについて、門番が重要な言明をするところが二箇所ある。一つ目はこうだ。『今は入れてやれない』二つ目はこうだ。『ここはおまえだけの入口だった』この二つの言明のあいだに矛盾があれば、おまえの言うとおり、門番が男に勘違いさせたことになる。だが、矛盾はない。それどころか逆に、一つ目の言明は二つ目の言明を暗示しているのだ。将来的に入れてやる可能性があると匂わせたことで、門番の職分を超えているとさえ言えそうだ。その時点では、男を拒絶することだけが門番の務めであったように思われる。実際、ここに書かれてあることを解釈する者たちの多くが、門番がそう匂わせたことを怪訝に思っている。なぜなら、門番は厳密さを愛し、職務に対して厳格であるように見えるからだ。長年にわたり、門番は持ち場を離れず、最後の最後にようやく門を閉める。自分の果たすべき務めの重要さをよく意識している。『俺は強いぞ』と言っているからだ。上司を敬っている。『一番下っぱの門番にすぎん』と言っているからだ。務めを果たすにあたって、泣き落としを受けつけない。『門番がうんざりするほどお願いする』と書かれているからだ。おしゃべりではない。長年にわたり、『やる気のない質問』しかしないと書かれているからだ。賄賂も通用しない。『受け取っておくが、おまえが何かやり残したことがあると思わないように、ただそれだけのためだからな』と言っているからだ。門番の外見も、細かい点にこだわる性格を示している。大きな尖った鼻、タタール人風のまばらで長い黒ヒゲ。これ以上に務めに忠実な門番がいるだろうか？　ただし、この門番の人となりには、また別の特徴も混ざりこんでいる。入れてもらおうとする者にとって有利な特徴で、結局、それがあるから、将来的に入れてやる可能性があると匂わせ、門番の職分を超えたりもするのだ。つまり、この門番が少し頭が悪く、それとの関連で少しうぬぼれているのは否定できないのだ。自分は強い、他の門番たちは強い、まともに見られないほどといった発言——そう、こうした発言がそれ自体としては正しいにせよ、門番がそう発言するやり方からは、頭の悪さとうぬぼれで門番の目が曇らされていることが分かる。この点に関して解釈者たちは次のように言っている。一つのことがらを理解することと、同じことがらを誤解することは、必ずしも矛盾しない。ともあれ、そのような頭の悪さとうぬぼれが表面上はどれだけ些細なものであろうと、入口の監視を弱めるものには違いなく、門番の性格には穴があると言わねばなるまい。おまけに、門番は生まれつき親切な性質のように思われる。つねに職務に生きる人間ではけっしてない。一番最初のうちこそ、入れてやるのはとうてい無理だが入りたければ入ってみろなどと冗談を言っているが、かといって男を追い払うわけでもなく、腰かけを貸してやり、扉の脇のほうに座らせてやると書かれているからだ。長年にわたり男の願いを聞きつづける忍耐心。ちょっとした尋問をしてやっていること。贈り物を受け取ってやること。男が横で、こんな門番にあたるなんてツキがないと大声で毒づくのを大目に見てやる気高さ。——こういったことすべてから、同情心が働いていると推測できる。門番なら誰でもそういう行動をするとは限らない。しかも、しまいには合図されて男のほうに深くかがみこみ、最後の質問をする機会を与えてやっている。ただし、かすかにイライラしている様子が——門番は、すべてが終わりだと知っているのに——『懲りないやつだな』という言葉に表れている。そのような解釈をさらに進め、この言葉は、見下している観がなくもないとはいえ、一種の親しみをこめた賛嘆の念を表しているという意見の者たちもいる。[*25]いずれにせよ、門番の人物像は、おまえが思っているのとは違うものとなるのだ」

「あなたのほうが私よりこの物語に詳しいし、前々から知ってるわけですしね」とKは言った。二人はしばらく黙っていた。それからKが言った。

「つまり、男は勘違いさせられたわけじゃないと思っておられるんですか？」

「私の言うことを誤解せぬように」と僧侶は言った。「私は、この物語についての既存の意見を教えてやっているだけだ。ひとの意見を気にしすぎるのはよくない。書かれてあるものは変えられない。さまざまな意見の大半は、そのことへの絶望の表れでしかない。勘違いといえば、勘違いしているのは門番のほうだという意見もあるのだぞ」

「そいつはまた極端な意見ですね」とKは言った。「何が根拠なんですか？」

「その根拠は」と僧侶は答えた。「門番の頭が悪いことを出発点とする。その説によると、門番は法律の内部を知らず、自分がずっと見回っていなければならない、入口の前の道を知っているだけである。門番が内部について抱いている想像は子どもっぽいもので、男を恐がらせようとして語っているものを、門番自身が恐がっている。それどころか、門番のほうが男より恐がっているとさえ言える。なぜなら、恐ろしい門番たちの話を聞いてもひたすら中に入りたいと思う男に対し、門番は中に入りたいとは思わないのだから。少なくとも、入りたいと思ったとは書かれていない。もっとも、また別の説では、門番はもう法律の内部に入ったことがあるはずだとされる。なぜなら、ひとたび法律に仕える者に就任している以上、就任式は法律の内部で行われたはずだから。この説に対しては、内部からの呼び声によって門番に任命されることもありうるし、この門番は少なくとも内部の奥深くには入ったことはないはずだという反論が考えられる。なぜなら、三番目の門番をまともに見られないほどなのだから。それに、長い年月のあいだ、門番が他の門番たちについての発言以外に内部について何か語ったとは報告されていない。語るのを禁じられているのかもしれないが、禁止されているとも何とも語っていない。こういったことすべてから、法律の内部がどんな様子か、どんな意味があるかについて門番は何も知らず、それについて勘違いしていると推測できる。おまけに、田舎から来た男についても門番は勘違いしていると考えられている。なぜなら、門番は男より目下《めした》なのに、そうと知らずにいるのだから。門番が男を目下の者として扱っていることは、多く[*26]の点から見て取れる。言うまでもないことだな。だが、この意見によると、実際には門番のほうが目下なのは明らかだとされる。何より、自由な者のほうが一箇所に縛られている者よりも目上《めうえ》なのである。実際、男は自由であり、自分の好きなところに行くことができる。ただ、法律に入ることだけが男には禁じられており、しかもその禁止を口にするのは一人だけ、門番だけである。男が門の脇で腰かけに座り、生涯にわたって同じ場所にいつづけるとしても、それは自由意志でなされたことである。強制されたとは、この物語では語られていない。それに対して、門番は職務によって自分の持ち場に縛られている。外側で持ち場を離れることは許されておらず、内部に入りたいと思っても、どうやら中に入るのも許されていないようだ。それに、法律に仕えているとはいえ、担当するのは法律の入口だけであり、その入口が男の専用の入口である以上、つまりは男に仕えていることになる。この理由からも、門番は男より目下だと言える。門番は長年にわたり、男ざかりの年齢になるまで、ある意味で中味のない仕事ばかりやっていたと考えられる。なぜなら、男が来たと言われているからには男ざかりの人物であるはずで、すると門番は、自分の仕事に中味が満たされるまで、長いあいだ待たなければならなかったはずだから。しかも、男は自由意志で来たのだから、男がその気になるまで門番は待たねばならなかったのだ。さらに、門番の仕事の終わりも、男の生涯が終わるときと定められているわけで、門番は最後まで男の目下なのだ。そして、こういったことすべてを門番は何も知らなかったようだと指摘されることが非常に多い。ただし、その点自体はさほど重要ではないと見なされている。なぜなら、この意見によると、もっと重大な勘違いを門番は犯していることになるからだ。自らの仕事にまつわる勘違いを。すなわち、末尾で門番は『じゃあ、もう行くぞ。門を閉めなくては』と言う。ところが冒頭では、法律の門はいつものように開け放たれているとあった。いつもと言うからには、つまり、男の専用の入口ではあっても男の生死とは無関係にずっと開いているはずで、門番が閉めていいものではないはずである。門を閉めると告げることで、門番がただ相手に合わせているだけなのか、自分の仕事の責任重大さを強調したいのか、最後の瞬間に男を後悔と悲嘆に突き落そうとしているのかについては、意見が分かれている。しかし、門番が門を閉められないという点については、おおむね意見の一致を見ている。その際、門番は、少なくとも最後には、知識という点でも男より下だとさえ考えられている。なぜなら、男が法律の入口からさしてくる光を目にしているのに対し、門番は門番らしく入口に背を向けて立っており、その発言からも、何か変化に気づいたとは思えないからである」

「説得力がありますね」とKは言った。これまで、僧侶が述べる解釈をところどころ口の中でボソボソ繰り返しながら聞いていたのだった。「説得力がありますし、やっぱり門番が勘違いしていると私も思うようになりました。でも、だからって前の意見を変える気にはなりませんよ。だって、部分的に重なる意見ですから。門番がはっきりものを見ているのか、勘違いしているのかは結局どうでもいいんです。私は、男が勘違いさせられると言いました。門番がはっきりものを見ているなら、それは疑わしくなります。でも逆に、門番が勘違いしているなら、その勘違いは男にも伝染したはずじゃないですか。その場合、門番は嘘つきでこそないですが、とっとと仕事をクビになってもおかしくないくらい頭が悪い、ということになります。ほら、門番が勘違いを犯していたからって、門番には別に害はないですよね。でも男のほうは千倍の害をこうむります」

「おまえの意見に対しては、次のような反論がある」と僧侶は言った。「この物語は門番について判断する権利を誰にも与えない、と言う人々がいるのだ。我々の目にどう映ろうと、この門番はやはり法律に仕えている。つまり、人間の判断を超えている。その場合、門番が男より目下だとも思ってはならないということになる。仕事によって法律の入口だけに縛られているにせよ、俗世で自由に生きることとは比べものにならないほど偉いのである。男がよそから法律のところにやって来なければならないのに対し、門番はすでに法律のもとにいる。門番は法律に仕える者として任命されているのであり、門番の適性を疑うことは法律を疑うことに等しいのだ」

「その意見には賛成できません」とKは首を振りながら言った。「だって、その意見にしたがうと、門番の言うことはすべて本当だと思わないといけなくなります。でも、それは不可能だ。あなたご自身がその論拠を詳しくおっしゃったじゃないですか」

「思わなくてよい」と僧侶は言った。「すべてを本当だと思わなくてよい。ただ、すべてを必然と思わねばならぬだけだ」

「気の[*27]滅入る意見ですね」とKは言った。「嘘が世界の秩序にされるわけだ」

Kはそう言って言葉を切った。けれど、それが最終判断というわけじゃない。この物語から分かることをすべて見とおすには、疲れすぎている。それに、おまけでついてきた解釈のせいで、慣れないことに頭を使った。現実味のない話ばかりだ。こんなことを云々するのは願い下げだ。裁判所の職員どもにやらせておけばいい。単純な物語だと思ったのに、変な形にねじ曲げられてしまった。こんな話、さっさと頭から洗い流してしまいたい。ところで、この神父ときたら、えらく優しいじゃないか。ああ言っても怒らないとはね。自分の意見には合わないだろうに、黙って聞いてくれてるぞ。

　二人はもうしばらく黙ったまま歩いていた。Kは、闇の中で自分がどこにいるか分からず、僧侶にぴったり寄り添っていた。手にしていたランプは、とっくに消えている。一度、銀でできた聖人の立像が、銀の輝きの力でチラッと目の前に浮かび上がったが、またすぐ暗闇に戻った。僧侶にすっかり身をゆだねているのも考えものだったので、Kはこう尋ねた。

「今、正面入口の近くですか？」

「近くはない」と僧侶は言った。「遠く離れている。もう帰りたいのかね？」

　今すぐ帰ることは考えていなかったけれど、Kはすぐ言った。

「そのとおりです。帰らないと。私は銀行の業務代理人でして、引く手あまたです。ここには、取引先の外国人に大聖堂を案内しに来ただけなんです」

「それなら」と僧侶は言い、Kに手を差し出した。「帰るがよい」

[*28]「でも、暗くて一人じゃ方向が分かりません」とKは言った。

「左の壁まで行って」と僧侶は言った。「そこから壁づたいに歩けば、出口だ」

僧侶はまだ数歩しか離れていなかったが、Kはもう大声で言った。

「ちょっと待ってください」

「待とう」と僧侶は言った。

「まだ私に用があるんじゃないですか？」とKは尋ねた。

「用はない」と僧侶は言った。

「さっきは、あんなに親切にしてくれたじゃないですか」とKは言った。「それに、何でも教えてくれた。なのに今、私を見捨てるなんて。おまえのことなんかどうでもいいと言わんばかりですね」

「だが、帰らねばならぬと言ったではないか」と僧侶は言った。

「それはその、まあ」とKは言った。「察してください」

「おまえこそ、私が何者であるか察するがよい」[*29]と僧侶は言った。

「監獄づきの教誨師ですよね」とKは言った。そして僧侶に近寄った。すぐ銀行に戻るのは、さっき自分で言ったほど必要なことではない。ここにいたって全然構わないじゃないか。

「つまり、私は裁判所の者なのだ」と僧侶は言った。「なぜ私が、おまえに用があるはずがあるのか。裁判所はおまえに用などない。おまえが来るなら来させるし、おまえが去るなら去らせるだけである」

終わり

三十一歳の誕生日の前日——晩の九時ごろ、通りが静まりかえる時間帯——二人の紳士がKの住まいにやって来た。フロックコートを着て、青白くぶよぶよ太って、シルクハットが頭にくっついているように見える。玄関の戸口で、初めてお邪魔します云々と型どおりの挨拶が短く述べられたあと、Kの部屋の扉の前でも同じ挨拶が繰り返された。ただし、今度はやや長めに。迎えが来ると事前に知らされてはいなかったのに、Kも同じく黒の服を着て、扉近くの椅子に座り、指をキュッと締めつける真新しい手袋をはめて、客を待つような態勢でいた。すぐに立ち上がり、好奇心むき出しで紳士たちをじろじろ見た。

「それじゃあ、きみたちが私の担当なのか？」と彼は尋ねた。

紳士たちは頷き、手にしたシルクハットでお互いのことを指し示した。Kは、別の客が来ると思っていたのを認めた。窓辺へ行き、もう一度、暗い通りを見わたした。通りの反対側の窓もほとんど全部、暗いままだ。カーテンが引かれている窓も多い。とある階に、灯りがともった窓が一つ。格子ごしに、幼い子どもが二人で遊んでいるのが見える。まだ自分がいる場所から動けないので、ちっちゃな手を伸ばして相手を触ってみている。

『おれの担当[*1]を、下っぱの三文役者で間に合わせやがったのか』とKは思い、周囲を見回してみた。これが事実なのだともう一度確かめるために。『おれの始末、安くあげる気だな』

突然、Kは二人のほうに身体ごと向き直って尋ねた。

「どこの芝居に出てるんだね？」

「芝居？」と片方の紳士が、口もとをピクピクさせながらもう一人に助言を求めた。もう一人は、身体が言うことをきかずジタバタしている、口がきけない人みたいな身ぶりをした。

「質問されるとは思ってなかったようだな」とKは言い、自分の帽子を取りにいった。

階段の上でもう、紳士たちはKの腕を取ろうとしたが、Kは言った。

「通りに出てからだ。病人じゃあるまいし」

門を出るとすぐ、二人はからみついてきた。こうやって他の人と歩いたことなど、これまで一度もない。二人して、肩をこちらの肩のうしろにぴったり押しつけ、腕は曲げず、こちらの腕をまっすぐに固定するのに使い、下で手をがっちり握ってきている。教科書どおりに、よく訓練されてやがる。手をふりほどくのは無理だ。Kは二人に挟まれ、カチンコチンに固まって歩いた。三人でくっついて、三位一体だ。一人が殴られたら、三人とも吹っ飛ぶぞ。こんなくっつき方するなんて、無機物の結合かよ。

街灯の下を通りかかるたび、こんなにぴったり密着されていると見づらいと思いつつ、Kは何度も二人の連れの顔をよく見ようとした。さっき部屋が薄暗くて、[*2]よく見えなかったからだ。こいつらテノール歌手かよ、と彼は二人のぼてっとした二重あごを見て思った。妙につるっとした顔してやがるのが、ムカムカする。こいつらが手でゴシゴシやってる様子が、[*3]まざまざと目に浮かぶ。この手で目じりの目やにを落としたり、鼻の下をこすったり、二重あごのしわに溜まった垢《あか》をかき出したりしてやがったんだ。
そのことに気づいたとき、Kは立ち止まった。それゆえ二人も立ち止まった。視界が開けている。公園の設備がある広場の端にいるのだ。人っ子一人いない。「なんでまた、よりによってきみたちみたいなのが担当なんだ！」と彼は、尋ねるというより叫ぶように言った。二人の紳士は答えあぐねているようだ。空いたほうの腕をぶらぶらさせ、患者に休みたいと言われた看護人のように待ち構えている。「もう歩かないぞ」とKは言った。言ってみただけだ。返事するまでもないとばかりに、二人の紳士はつかんだ手をゆるめず、Kをその場から引っ立てようとした。しかしKは抵抗した。『これから先、もう力が必要になる場面もないよな。今ここで使いきってやる』と彼は思った。ベタベタするものにくっついたハエの群が、足がちぎれるまでもがいている様子が目に浮かぶ。『この二人、楽に仕事はさせてやらないぞ』
そのとき目の前で、広場より一段低くなっている路地から、ビュルストナー嬢が小階段を上ってきた。彼女だと断言はできないが、よく似ている。でも、ビュルストナー嬢だと断言できるかどうかなんて、やっぱりどうでもいい。抵抗しても無駄だ。そのことだけが意識に刺さった。抵抗してみても、この二人の紳士に面倒をかけても、抗《あらが》うことで人生最後の輝きを味わおうとしても、かけらも英雄的じゃない。彼は歩きだした。紳士たちはもう大喜びで、その喜びがこちらにも伝染してくる。おおらかな気持ちになった二人は、こちらが歩きたいほうに歩かせてくれる。そこで、目の先でビュルストナー嬢が歩いていくほうへ歩いた。追

*4

いつきたいからじゃない。できるだけ長く彼女を見ていたいからでもない。ただ、彼女の存在が教えてくれる警告を忘れないためだ。

『おれが唯一できることは』と彼は思った。自分の歩調と他の三人の歩調[*5]が規則正しいおかげで、頭がはっきりしてくる。『おれが唯一できることは、最後まで落ち着いて分別を保つことだ。おれはいつも、この世に生まれたからには十人分の活躍をしてやると思っていた。しかも、褒められた目的のためじゃない。それが間違いだった。一年間も訴訟をやってきたのに、教訓らしい教訓は何も手に入りませんでしたって体裁をさらしていいのか？ もの分かりの悪い男だと思われながら退場ってことでいいのか？ あの男、始まったばかりの訴訟を終わりにしてやると息巻いてたくせに、もう終わりってときになって、今度はまた始めたいだとさって陰口を叩かれてもいいのか。そんなことを言われるのは嫌だ。こんなふうに、ろくに口もきけない頭の悪そうな連中をこの道行きのお供につけてくださって、ありがたいことだ。おかげさまで、言う必要のあることを言うのはおれの役目ってことになる』

ビュルストナー嬢は、そうこうするうちに横の路地へ曲がって姿を消していた。けれども、いなければいないで構わない。Kは二人の連れに身をゆだねた。三人はすっかり意気投合して、月の光に照らされた橋を渡っていた。Kがどんな動作をしても、二人はいそいそと調子を合わせてくれる。欄干のほうにちょっと向け直りかけたときなど、二人が率先してそちらを向いた。月の光を映してキラキラ光り、ちらちら揺れる水が、小さな島で二つに分かれている。島の上では、ぎゅうぎゅう押し合いするみたいに、木々や茂みの葉がぎっしり重なっている。葉の陰に隠れて見えないが、あそこには砂利道が一本通っていて、座り心地のいいベンチが並んでいるのだ。あそこのベンチに寝そべって、うーんと伸びをした夏もあったな。「いや、別に立ち止まるつもりはなかったんだが」とKは二人の連れに言った。いそいそと調子を合わせてもらって、かえって恥ずかしい。背後で、片方がもう一人に、[*6]おまえが間違えて止まるせいだぞとやんわり文句を言っている。それから三人はまた歩きだした。

　登り坂になっている路地から路地へと歩いた。あちこちで警官が立っていたり歩いていたりする。遠くや近くに。もじゃもじゃと口ヒゲを生やした警官が一人、[*7]サーベルの柄《つか》に手をかけ、わざとらしく近づいてきた。[*8]見るからに怪しい集団だからか。二人の紳士がピタッと立ち止まり、警官がまさに口を開きかけた瞬間、Kは力ずくで二人を引きずって先を急いだ。何度かそろそろと用心深くふり返って、警官がついてこないか見てみた。角を曲がり、警官の姿が見えなくなるやいなや、Kはぐっと足を速めた。二人はぜいぜい息を切らせながらも無理に歩調を合わせた。

　そうやって、すぐに町を出てしまった。このあたりで市街地が急にぷっつり途切れ、野原になる。小さな石切り場があった。人気《ひとけ》もなく荒れはてている。すぐそばには、街中にあってもおかしくない大きな建物が一軒。ここで二人の紳士は立ち止まった。この場所が最初から目的地だったのか、それとも疲れきってもう歩けなくなったからなのか。いずれにせよ、二人はKを放し、こちらが黙ったまま待っているあいだにシルクハットを脱ぎ、石切り場を見回しながらハンカチで額の汗をぬぐった。あたりには月の光が満ちている。他の光だったら、こんなに自然で落ち着いた感じはしない。

どちらが次の役目を引き受けるかに関し、少しばかり丁重に譲り合ったあとで——こいつら、役目を割り振られずに仕事をおおせつかってきたのか——一人が来てKの上着とチョッキを脱がせ、おまけにシャツまで脱がせた。Kは寒さで思わずぶるっと身震いし、紳士は落ち着かせようと思ったのか、ぽんと軽く背中を叩いてくれた。それから紳士は衣服を丁寧に折りたたんだ。近々ではなくとも、いずれまた使う品だと思ってるみたいに。Kがじっとしたまま冷たい夜気にさらされないように、紳士はKの二の腕をつかみ、いっしょに少し行ったり来たりした。そのあいだにも、もう一人の紳士が石切り場中で手ごろな場所を探し回った。いい場所が見つかると合図を送り、もう一人の紳士はKを連れてそちらに行った。石を切り出す岩壁の近くだ。切り出された石[*9]が一つ、置いたままになっている。二人の紳士はKを地べたに座らせ、石にもたれさせ、頭をそっと石の上に横たえた。二人はあれこれ苦心し、Kもあれこれ調子を合わせたが、この姿勢はどうも無理がある。ありえない格好だ。そこで、片方の紳士がもう一人に、ちょっとのあいだ手を出さず、Kを寝かせるのは自分一人に任せてくれと頼んだ。しかし、だからといって事態は改善しなかった。最終的にKが取らされたポーズは、これまでいくつか試したうちで一番いいというわけでもなかった。それから片方の紳士がフロックコートの前を開き、チョッキに巻きつけたベルトに吊るした鞘から、長くて薄い両刃の肉切り包丁を取り出し、高くかかげ、光にかざして刃の鋭さを確かめた。またあのムカムカする譲り合いが始まった。片方の紳士がKの頭ごしに包丁を渡し、もう一人が

Kの頭ごしにまた返してよこした。今ならよく分かる。頭の上で、手から手へとふらふら往復している包丁を自らつかみ、我と我が身を刺しつらぬくのが自分の義務なのだと。でも、そうはせず、まだ自由に動かせる首をねじって、あたりを見回した。こうして結局、自分の始末を自分でつけられると証明もできず、役所のやる仕事を全部取ってやることもできない。この最後の失敗は、そうするための力を残しておいてくれなかったやつの責任だ。石切り場に面した建物の最上階に、ふと目がとまった。光がひらめくみたいに、一つの両開きの窓がパッと開いた。遠くて高いところに、うっすら見える人影がぐっと身を乗りだし、おまけに両腕をこちらに差し伸べていた。[10]誰だ？　味方か？　いい人か？　同情してくれてるのか？　助けてくれる気なのか？　一人だけ？　それで全員？　助かる見こみがあるのか？　忘れていただけで、まだ異議を唱える余地があるのか？　あるはずだ。[11]たしかに論理は崩せないけど、生きたいと思ってる人間がいるんだから、論理が何だ。一度も会えなかった裁判官、どこにいるんだ？　たどり着けなかった高等裁判所、どこにあるんだ？[12]　彼は両手をあげて、指を全部パッと広げた。

しかし、Kののどを片方の紳士が両手で押さえ、もう一人が包丁で心臓を突き刺し、ぐりぐりやった。かすんでいく目でKは見た。顔のすぐ近くで、二人の紳士が頬と頬をぺたっと寄せ合い、この訴訟の決着をじっと見守っている。

「犬のようだ！」と彼は言った。[13]死んだあとも恥だけは生き残るような気がした。

（川島隆＝訳）

「訴訟」訳注

以下の注は、基本的に批判版全集の『訴訟』の巻の「校注」を参考に作成した。カフカによる原稿の修正箇所は多岐にわたるため、ここでは訳者の興味を引いたもののみを選び出している。

「逮捕」

1―**逮捕**　カフカは『訴訟』の草稿をノートからちぎって章ごとに紙の束にまとめ、（ほぼ）完成した章には表紙をつけ、断片的な章は二つ折りの紙で挟み、それぞれ内容に即した見出しを記した。ただし、「逮捕」と「グルーバッハ夫人との会話／続いてビュルストナー嬢」の章の表紙は現存しない。ブロートの証言から、かつては表紙があったと推測されるのみである。

2―**逮捕された**　修正前「捕まっていた」。

3―**料理女**　修正前「下働きの女」。

4―**「どちらさま?」**　カフカの原稿では引用符なし。以下、編集者が引用符や句読点を補充している箇所多数。

5―**ベルを鳴らしましたね?**　修正前「何のご用ですか?」。

6―**Kは言い**　修正前「Kは微笑みながら言った。気がかりではなく、むしろホッとしている。ありえないことが口に出して言われたおかげで、そのありえなさがいっそう浮き彫りになった気がしたからだ」。

7―**出生証明書**　修正前「本籍地……」。

8―**こういう逮捕**　修正前「こういう恐ろしい逮捕」。

9―**引っぱってきていた**　修正前「部屋の奥から引っぱってきていた」。

10―**抱きつくようにして～支えている**　修正前「二人はしっかり抱き合っている。温め合っているのか、それとも観察結果をこそこそ話し合うのに便利だからか」。

11―**シャツも別のに**　修正前「シャツも新しいのに」。

12―**Kが着替え中だと伝言を届けたのだ。**　この文に続く、「『まだもっと長くかかるぞ』とKは純粋に悪戯心から呼びかけたが、実際にはできるかぎり急いだ」を削除。

13―**片腕を椅子の背もたれにのせている。**　この文に続く、「『ヨーゼフ・Kだな?』と監督は、自分のほうを向かせるために質問した。Kは頷いた。それから監督は黙ったまま、こちらをじっと探るように見つめた」を削除。さらに、Kが「尋問って、視線だけでやるものなのか」と訝かしむ箇所を削除。

14―**あまりこたえなくなるのです。**　この文に続く、目覚めたときに部屋の中のものが「昨晩あったのと同じ場所に動かずにある」のは「特別なこと」だと言われたことがあるとKが述べる箇所を削除。

15―**そんなものはただのおしゃべりだ。**　この文に続く、「下っぱのほうがいつも上司より余計に物知りなのは、ご存じだろう」を削除。

16―**あつかましい、頭が空っぽの連中です！**　修正前「おまえらは何だと問《と》い質《ただ》してやります。連中のお楽しみはここまでです」。

17―**監督はこっくり頷いたようだ**　修正前「監督は同意しているようだ。『誰を相手にしてるか、思い知らせてやる』とKは思った。『あと一押しだ。銀行のやつらだって手玉に取ってやったんだから、この紳士連中だって同じさ』」。

18―**車の隅っこでゆったり身体を伸ばした**　修正前「身体を伸ばし、『やれやれ！』と言って微笑みながら眉根を上げた」。

19―**人としてやってはいけないことだ。**　以下、横線が引いてある。これを根拠に、批判版では「逮捕」と「グルーバッハ夫人との会話／続いてビュルストナー嬢」を二つの章に分けた。

「グルーバッハ夫人との会話／続いてビュルストナー嬢」

1―**エルザという名前の娘**　修正前「恋人のベッタ」。

2―**ホッとして放免してやった。**　以下、部下を呼びつけると「観察される機会を作ってやっているようなもの」ではないかとKが懸念する箇所を削除。

3―**Kさんのおっしゃるとおりですわ**　修正前「わたくしも身に覚えがあります。Kさんのおっしゃるとおりですわ」。

4―**今月**　修正前「今週」。

5―**殿方といる**　修正前「殿方と腕を組んでいる」。

6―**清潔だって！**　修正前「あの人はもう清潔ではないとでも」。

7―**ひとに笑われるぞ。**　この文に続く、『でも、笑われるのなんか恐くない』と彼は思い、それ以上は考えるのをやめた」を削除。さらに、家の前を歩く「一人の兵士」を気にする箇所を削除。

8―**行くはずだったエルザのところ／エルザの働いてるワイン酒場**　実際には「エルザ」ではなく「ベッタ」と書かれている。

9―**十一時半過ぎに、階段で誰かの足音がした**　修正前は、実際に入ってくるのはビュルストナー嬢ではなく「年老いた大尉」。

10―**まさかお待ちになってるなんて**　この文に続く、「何の御用か存じませんけど、お話ししたいことがあるなら、これまでに何度も機会があったのではなくて」を削除。

11―**またくすくす笑った。**　この文に続く、「ひどい人ね。本気なのかそうでないのか、ちっとも分からない」と言うビュルストナー嬢に対し、Kが「美しい娘とおしゃべり」できるのを喜ぶ箇所を削除。

12―**白いブラウスが引っかかっている。**　この文に続く、「一度、着ているところを見せてください。よくお似合いでしょうね」を削除。

13―**きっと信じますよ**　この文に続く、「私自身、信じかけてるぐらいです」を削除。

14―**きっちりまとめた赤みがかった髪。**　この文に続く、「この女の部屋にいられる幸せが今にも終わってしまうかもしれない」を削除。

「最初の審問」

1―**政治集会**　修正前「社会主義集会」。

2―**ホールの右半分**　修正前「ホールの片側」。これ以降、「右半分」は「左半分」に、「左半分」は「右半分」に修正されている。

3―**濃くなっていた。**　この文に続く、「Kが立っている演壇はかなり低かったけれども、彼は」を削除。

4―**もうすっかり集会を掌握したのだ。**　この文に続く、「ほんのわずかな時間で、ひどい悪習をやめねばならないと全会一致で思わせてやったのだ」を削除。

5―**私の逮捕と今日の審問**　修正前「私の逮捕と電話通知と今日の審問」。

6―**ただKは、**　この文に続く、「ボタンの外れたブラウスが彼女のウェスト周りにぶら下がっているのを、そして」を削除。

7―**そこで抱きしめる**　修正前「そこで下着姿の彼女の上半身を抱きしめる」。

8―**一目見て、すぐ駆けつけようと思った**　修正前は、「まったく無能」な予審判事の代わりに自分が「破廉恥行為を終わらせる」と決意する展開。

「無人の法廷／大学生／事務局」

1―**Kは言った。**　この文に続く、「『なぜですか？』と女は愛想よく尋ねた。Kは怒」を削除。

2—**大学生**　修正前「弁護士見習い」。

3—**始まりの部分は聞き逃して**　修正前「来るのが遅すぎて」。

4—**こんなやつらに裁かれているとはな**　修正前「こんなもので頭がいっぱいのくせに、私に判決を下すつもりなのか。そんな裁判官どもに有罪にされるとはな」。以下、女が「有罪になんてされません」と反論する箇所を削除。

5—**あたしを見損なったまま帰らないで。**　この文に続く、「これってわがまま?」を削除。

6—**ベルトルトが見てるわ！**　修正前「ベルトルトが見てるわ、気をつけて！」。

7—**抱きすくめた**　修正前「腰を抱きすくめた」。

8—**「役に立たないおしゃべりだ」**　修正前は、話そっちのけで女の手をつかもうとしていたKが、ふと大学生を利用できるのではないかと考える展開。

9—**Kはまだ戸口に立ちつくしていた。**　この文に続く、「彼は通りすがりを一人つかまえ、この階段はどこに」を削除。

10—**この賃貸住宅**　修正前「このみすぼらしい賃貸住宅」。

11—**髪の毛がほとんど白くなった男だ。**　この文に続く、「その口は形がよかったが、この美しい口の均整は」を削除。

12—**必要だとお考えですか？」**　この文に続く、「『はい、それはもう』と男は急いで言い」を削除。

13—**何があったのか**　修正前「あの見知らぬ紳士と何があったのか」。

14—**娘**　修正前「若い娘」。

15—**好奇心に駆られて来ただけだし。**　この文に続く、「Kがこういったことすべてに思いをめぐらせていると、廷吏が言った」を削除。

16—**このあたりで、**　この文に続く、「被告人ローテブッシュの隣で」を削除。

「笞打人」

1—**返事はない。**　この文に続く、「口を閉じたままこちらをじっと見ている」を削除。

2—**そうすれば済むはずだろ。**　この文に続く、「考えてみれば、実際そうすべきかもな」を削除。

3—**涙でびしょびしょになった顔をKの上着で拭いた**　修正前「涙でKの袖を濡らした」。

4—**盗み見ている。**　修正前「不安で顔を歪めながら盗み見ている」。

5―**おまけに自分の義務に違反することになるだろうから。** この文に続く、「たとえ賄賂をつかませたとしても、この申し出に応じることはないだろう」を削除。

「叔父さん／レニ」

1―**誰も入れるなと言いつけた。** この文に続く、「そこまでしているのに、叔父は腕を振り回し、自分で用務員たちを部屋から追い出そうとした」を削除。

2―**二軒の店のショーウィンドウ～壁が少しばかり** 修正前「本屋のショーウィンドウの前に、青い服を着た少女が立っている」。

3―**エルナ** 修正前「ラウラ」。

4―**名の日のお祝い** 修正前「誕生日のお祝い」。

5―**普通の裁判所** 修正前「普通の国立の裁判所」。

6―**とある黒っぽい建物の前で停まった。** この文に続く、「弁護士が不在だった場合に備え、叔父は車を待たせておいた」を削除。

7―**大きな黒い目** 修正前「大きな動かない目」。

8―**長いヒゲ** 修正前「長い白いヒゲ」。

9―**アルベルト** これ以降、叔父の名前が「カール」から「アルベルト」に変化。

10―**いい子だ」** この文に続く、叔父が別の「看護婦」を雇うよう提案する箇所を削除。

11―**看護婦** これ以降、「メイド」としていた箇所を「看護婦」に修正。

12―**さぞ場違いだろうな。** この文に続く、来訪者に背を向ける机の配置について考察する箇所を削除。

13―**彼女の身体** 修正前「彼女の顔」。

14―**ブラウスの乱れを直す。** この文に続く、「ずっと座り心地よくなったわ」を削除。

15―**Kは言った** 修正前「カールは言い、大声で笑いそうになった。それから写真を取り返そうとしたが、彼女はしっかりつかんで放さなかった」。

16―**あたしとか** この文に続く、「ほら、今とても困ってるわけだし、犠牲になってくれる人のほうがいいんじゃないの」を削除。

17―**せかせかと** 修正前「興奮して」。

18―**「これ、家の鍵だから。** 以下の異文と見られる場面（「彼らが劇場から出ると、小雨が降っていた……」）を綴った一枚の紙あり（二つに破れている）。ブロート版では「断片」と題され、未完成の章の一つと位置づけられていた。史的批判版でも十六分冊中の一冊があてられている。

「弁護士／工場主／画家」
1―**子ども相手にするような**　修正前「早寝しろとか、あまり高価な服を着るなとか、遺言状を作っておけとか、家では電灯の代わりにロウソクを使えといった」。
2―**被告人本人**　修正前「弁護士」。
3―**みんなこれを経験します**　修正前「仕方ないことですが」。
4―**長話**　修正前「言葉の洪水」。
5―**レニの手を握りしめ**　修正前「レニの手を優しく握りしめ」。
6―**始末に負えない。**　この文に続く、「疲れている場合ではないのだ」を削除。
7―**うまくいくのは間違いない。**　この文に続く、「最初にすべきことは簡単だし」を削除。
8―**それを防がなければならない。**　この文に続く、「失敗するはずがあるだろうか？　今は目が疲れて熱っぽいが、この目そのものは昔のままだ」を削除。
9―**個人的な用件で使ってる**　修正前「夢みるのに使ってる」。
10―**ぼんやり考えていた**　修正前「チラチラ考えていた」。
11―**一向に晴れる気配はない**　修正前「空は一向に晴れる気配はない」。
12―**ちゃっかり自分の勢力を拡大しているのだ。**　この文に続く、自分の訴訟を公表することのメリットについて「期待は一切できない」と考える箇所を削除。
13―**そこそこですよ。**　この文に続く、「部分的には上々です」を削除。
14―**来る回数が増えすぎた**　修正前「暗黙の合意に反して、間を開けずに二度」。
15―**そうおっしゃっているのでしょうな。**　この文に続く、「絵を買いたいと手紙をやれば、翌日にはここに来るでしょう」を削除。
16―**冬外套**　一度「毛皮」に修正し、元に戻す。
17―**もう話はまとまりましたので**　修正前「みなさんご親切に……」。
18―**帳簿台**　修正前「小さな書類棚」。
19―**廊下への扉**　修正前「中央階段への扉」。
20―**ドブネズミが一匹、**　この文に続く、「一跳びで」を削除。
21―**笑いながら**　修正前「笑ったりしゃべったりしながら」。
22―**もちろん仕事の邪魔になります**　修正前「仕事の邪魔にならなけりゃいいんですけどね」。

23―**ベッドの上にぽいっと放った**　修正前「くしゃくしゃに丸めて懐に」。

24―**紹介状**　修正前「手紙」。

25―**昨日**　修正前「最近」。

26―**熱がこもる場所にあるんです**　この文に続く、「それに冬には換気しないようにしてます」を削除。

27―**固く心に決めている。**　この文に続く、「疑わしいなら、疑わしいものとして聞いておけばいいだけのことだ」を削除。

28―**より怪しい**　修正前「より疑わしい」。

29―**画家のまなざし**　修正前「画家の目」。

30―**服を着た服を着た**　修正前は引用符つきの直接話法だが、間接話法に直す。

31―**だからって～考えものですが**　この文に続く、「次はいつ来られますか」を削除。

32―**三枚でいくらだね？**　修正前「だが一人で三枚は運べないから、用務員に取りにこさせよう」。

「商人ブロック／弁護士をクビに」

1―**商人ブロック**　本文中では商人の名前は「ブロック」だが、カフカによる章の見出しでは「ベック」となっている。

2―**扉**　修正前「少し開きかけた扉」。

3―**そんなに急ぎなさんな！**　修正前「ちょっと待った。ここに来たまえ」。

4―**商人**　修正前「弁護士」。

5―**訴訟**　修正前「あなたの案件」。

6―**コート**　修正前「上着」。

7―**チビの商人**　修正前「うだつの上がらないチビの商人」。

8―**なるべく早くあなたを独り占めしたいから**　修正前「あなたの用が早く済むように」。

9―**彼女を見送った**　修正前「怒りを忘れようとした」。

10―**いわゆる弁護士**　修正前「いわゆる大物弁護士」。

11―**インチキ弁護士**　修正前「小物弁護士」。

12―**あそこには一回しか行ってないのに**　この文に続く、「しかし覚えがないな」を削除。

13―**他の弁護士に頼ったからって後悔はしてません。**　この文に続く、「聞いてください！」を削除。

14―**インチキ弁護士**　修正前「小物のインチキ弁護士」。

15―**ですから～行ったんです**　この文に続く、「ご立派な小物弁護士が何も成果を上げてくれないから。インチキ弁護士はとても軽蔑されていて、実際軽蔑に値します。最初は弁護士だと思って敬意を払っている被告人も、じき敬意を失います」を削除。

16―**「取り次いでくれたかい?」**　修正前「そろそろ弁護士のところへ行こうと思い」。

17―**レニは言った**　修正前「レニは言い、商人の片膝をつかんでぐらぐら揺すった」。

18―**窓のない部屋**　修正前「四角い部屋」。

19―**おそらく訴訟の書類だろう。**　この文に続く、「あと眼鏡が一つ」を削除。

20―**ドンと突き飛ばした**　修正前「両肩をドンと突き飛ばした」。

21―**「ずいぶん長いことお待ちしましたよ」**　修正前は、真っ暗な部屋の中で弁護士がすでに寝ているという展開。

22―**他でもなく被告人が一番輝いているのです。**　この文に続く、「もちろん特別な意味で、職業柄や嗜好から被告人を気にしている人にとってだけ輝いているのですが」を削除。

23―**忍び足で刻一刻と肉迫してきてる**　修正前「被告人の消息を窺ってる」。

24―**仕事が繁盛している弁護士**　修正前「大物で有名な弁護士」。

25―**若い法律家が～働いていた時期がありました。**　この文に続く、「それにタイピストのお嬢さんが十人、ちょこまか走り回っていました」を削除。

26―**「代理人をお続けになるとして～**　修正前は、弁護士が「包み隠さず話して」くれないことにKが不満を述べる展開。

27―**怒りを～睨みつけ、**　この文に続く、「眉毛をピクピクさせ」を削除。

28―**止まっていたら、**　修正前「止まっているのは危険である」。

29―**こっちに～見せつけて、**　この文に続く、「こんな見世物でおれの目を眩ませ」を削除。

30―**しかしながら弁護士は黙っている。**　この文に続く、「ブロックを嘲笑《あざわら》うにはもってこい」の状況をレニが利用せず、Kに戯れかかっている箇所を削除。

31―**通気孔**　修正前「細い通気孔」。

32―**溜め息**　修正前「大きな息」。

33―**自分のことしか頭になく**　修正前「自分のことしか頭にないのだ。けれども弁護士が彼に自分の義務を思い出させた。『私の警告に従うか?』と弁護士は言った。ともあれ、まだレニに通訳してもらっている」。

「大聖堂」

1―**銀行の取引相手**　修正前「市の取引相手」。

2―**そのイタリア人は**　この文に続く、「金持ちで」を削除。

3―**応接室**　修正前「重役室」。

4―**自分でそれが～首を振っている。**　この文に続く、「それどころか二度、本気で立ち上がり、笑いながらまた安楽椅子に沈みこんだ」を削除。

5―**何かを表現**　修正前「何を言いたいかは分からないが、少なくとも一見すると噴水の水が落ちるところに見えなくもない何かを表現」。

6―**相手に分かってもらえてるか～気にしてない**　修正前「相手に分かってもらうためじゃなく、話すために話してる」。

7―**おずおずとおじぎしている**　修正前「礼儀正しく帽子を取っている」。

8―**ろくに説明を始めてもいないのに**　修正前「ろくに説明を終えてもいないのに」。

9―**十一時の鐘**　ブロートは「十時の鐘」に修正した。

10―**すぐ近くの側廊にあるものの細部すら**　修正前「側廊の境界をなしている、すぐ近くの柱の列すら」。

11―**さっき**　修正前「さっき中に入ったとき」。

12―**何も見えやしない**　修正前「絵を二、三枚見て満足するはめに」。

13―**側礼拝堂**　修正前「祭壇」。

14―**像**　修正前「聖人像」。

15―**いてやったからって～数は増えない。**　この文に続く、「もしかすると僧侶は、おれが退散するのを待っているのかも。教区住民に呼びかけ、説教を始められるように」を削除。一度「恋人」と書き、「教区住民」に直す。

16―**力強い声だ。**　この文に続く、「その声は雲を貫き、どこまで」を削除。

17―**事実関係**　修正前「手順」。

18―**「少しお時間をいただけますか?」とKは尋ねた**　修正前「Kはその手にキスをして尋ねた」。

19―**僧侶は言った**　修正前「門番は言った」。

20―**それに気づくと、門番は笑って言った**　修正前「それを見ると、門番は杖で男を追い払い、《中をのぞくのもだめだ》と言った」。

21―**門番がうんざりする**　修正前「番人がうんざりする」。

22―**年を取ると**　修正前「年を取って弱ると」。

23―**門番が男に勘違いさせた**　修正前「男は門番に勘違いさせられた」。

24―**Kはすぐ言った。** この文に続く、「お話ありがとうございます。おかげで好印象がさらに強まりました。他の連中のように法律の知識をひけらかすこともなく」を削除。

25―**いずれにせよ〜違うものとなるのだ** 修正前「おまえは、以上のことをすべて聞いたあとでもまだ、門番についての自分の意見が正しいと主張するかね？」。

26―**多くの点** 修正前「男を拒絶する際の断固たる調子や、最初に男に言う冗談などなど」。

27―**Kはそう言って言葉を切った** 修正前は、考えに沈んでランプを消してしまったKを僧侶が導き、聖具納室に案内する展開。

28―**左の壁まで行って** 修正前「じき明るくなる」。

29―**そして僧侶に近寄った。** この文に続く、「さっきは必要もないのに激しく」を削除。

「終わり」

1―**これ** 修正前「この信じがたいこと」。

2―**よく見えなかったからだ。** この文に続く、「何度見ても、二人の青白い顔にギョッと」を削除。

3―**二重あごの〜してやがったんだ。** この文に続く、「眉毛は作り物めいて、歩く動作とは無関係に上下に揺れている」を削除。

4―**紳士たち** 修正前「番人たち」。

5―**他の三人** ブロートは「他の二人」に修正した。

6―**おまえが間違えて止まるせい** 修正前「おまえが止まったから」。

7―**サーベル** 修正前「国家から付与されたサーベル」。

8―**見るからに怪しい集団だからか。** この文に続く、「国家が私に助けの手を差し伸べている」とKがささやき、紳士たちの属する裁判所を「国家の法」と対比させる箇所を削除。

9―**石** 修正前「平たい木の切り株の形をした石」。

10―**誰だ？〜あるはずだ** この箇所は体験話法（三人称の過去形）で書かれている。

11―**たしかに論理は〜どこにあるんだ？** この文に続く、「おれは話をしなければ！」を削除。この箇所はまず内的独白（一人称の現在形）で書かれ、のち「一度も会えなかった〜」以下が体験話法に修正された。

12―**彼は両手をあげ** 原稿には「おれは両手をあげ」と一人称で書かれている。

13―**死んだあとも恥だけは生き残るような気がした** 修正前「彼の人生最後の感情は恥だった。いまわの際まで恥ずかしい気持ちが消えなかった」。

公文書選

［一九〇九年次報告書より］

木材加工機械の事故防止策

昨年の報告書ですでに取り上げた、木材切削加工用のかんな盤における丸胴の安全回転軸《シャフト》の導入、ないし角胴シャフトに金属製の開閉蓋《フラップ》を取りつける件につき、保険局は以下のとおりご報告する。

かんな盤への丸胴の安全シャフトの導入は、ようやく順調に進捗《しんちょく》しはじめたばかりである。これに力があったのは、ボヘミア王国総督府［ボヘミア国王を兼ねるオーストリア皇帝に任命された総督が長を務める行政府］がボヘミア王国管区長宛てに通達した安全シャフト導入に関する回覧布告、ならびに安全シャフトの使用を近年とみに強く求めてきたボヘミア王国労働監督署の声明、そしてすでに多くの企業が安全シャフトを採用しており――防災技術的な意義が否定されたことは一度もなく――丸胴シャフトの実用性について好意的に発言しているという事実であった。したがって、近い将来に丸胴が広く普及し、同型のシャフトを採用していない企業については正常な範囲を超える危険度を示すものと査定することができるようになると期待するのは根拠のないことではない。ただ欲を言えば、業界の専門誌が丸胴シャフトをもっと多く取り上げるようになることが望ましい。現状からすると、関連団体すべての目に触れる総括的な記事が出さえすれば、短期間のうちに丸胴はごく一般的な設備となるのではないかと思われるほどだからである。その主な理由は、防災設備のうちで丸胴シャフトが特別な位置を占めている、という点に求められる。すなわち、防災技術的に完璧な効果を誇るのみならず、他にも数多くのメリットを秘めているのである。どういうことか。丸胴シャフトは基本的に角胴のものより安価であり、しかも作業コストが低く、作業効率を向上させるのである。要するに、丸胴を導入させるにあたっては、事業主の側に社会福祉への理解を求める必要すらない。単に実利的な観点からしてもすでに魅力的だからである。

一　丸胴の安全シャフトの防災効果は完璧である

以下の図版は、防災技術的な観点から角胴と丸胴の何が違うかを示したものである。角胴の刃（**図1**）は胴の本体に直接ネジで固定されており、刃先がむき出しのまま毎分三八〇〇～四〇〇〇回転する。かんな刃とテーブル面のあいだに広い隙間が空いているせいで作業員の身に生じる危険は、明らかに突出して大きい。この方式のシャフトで作業するということは、すなわち危険について無知なまま作業して危険をいっそう大きくするか、あるいは避け

図1

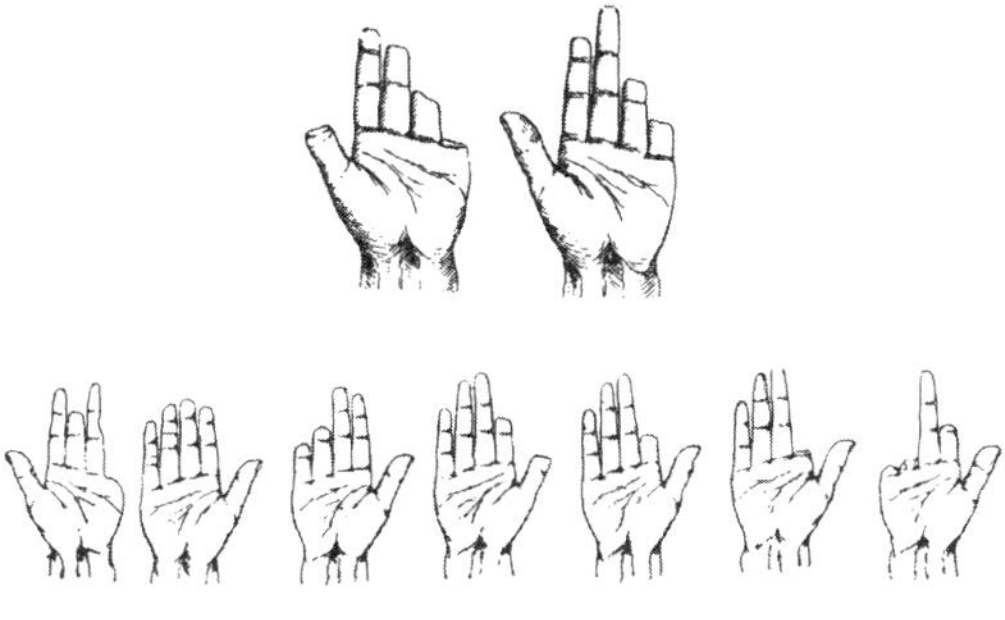

図2

ようのない危険にたえずさらされている無力を意識しながら作業するか、どちらかを意味する。きわめて用心深い作業員なら、作業に際して、つまり木材を回転刃に送る際に木材より指が前に出ないよう細心の注意を払うことができるだろうが、危険があまりに大きいので、どれだけ用心しても無駄である。どれだけ用心深い作業員でも手が滑ることはあるし、片手で工作物をテーブル面に押しつけ、もう片方の手でかんな刃に送るとき、木材が躍ることは少なくない。すると手が刃口に落ちて回転刃に巻き込まれてしまう。そのように木材が浮いたり躍ったりするのは予測不能であり、防ぐこともできない。木材にいびつな箇所があったり枝が出ていたりするとき、あるいは刃の回転速度が足りないとき、あるいは木材を押さえる手の力が不均一であるときに、それは簡単に起こる。だが、ひとたびそのような事故が起これば、指の一部または全部が切断されずには済まない。**(図2)**

さらに、あらゆる用心だけでなく、あらゆる防災装置もまた、この種の危険に対しては無力である。それらの装置は、実地にはまるで役に立たないか、あるいは(刃口部分をブリキの防護板でふさいだり、刃口自体を狭くしたりすることで)実際に危険の緩和につながるにせよ、それとはまた別の危険を高めてしまうか、どちらかである。削り屑が下に落ちにくくなるため、刃口が目詰まりを起こし、削り屑を取り除こうとして作業員が指を負傷する事故が多発するからである。

以上のような特性をもつ角胴シャフトを、たとえば**図3**および**4**の、プラハ＝リーベン地区のボフミル・ヴォレスキー機械工場の安全シャフトや、**図5**および**6**の、ドレスデンのエ

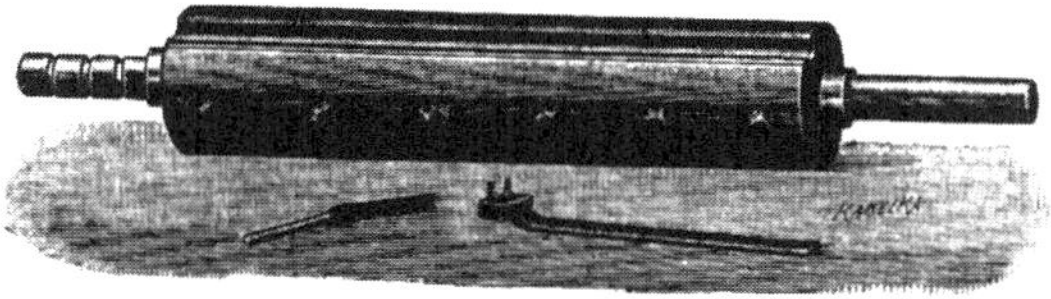

図3

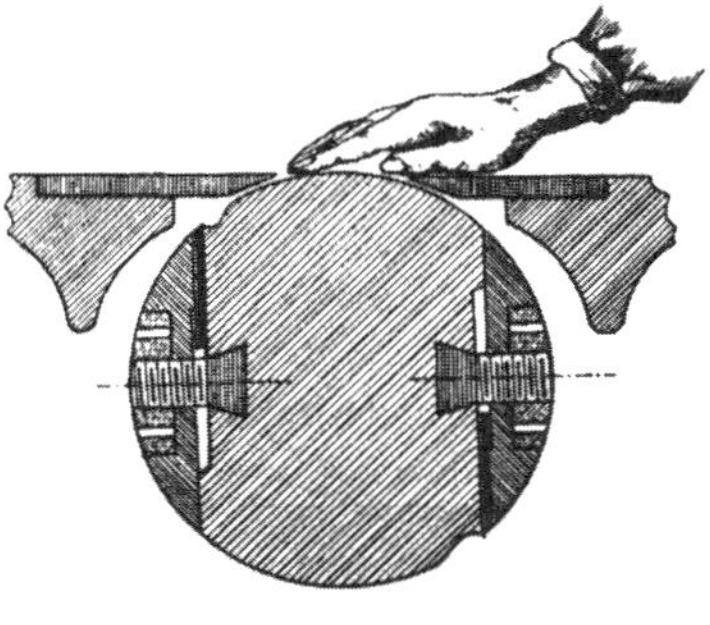

図4

ミール・マウ株式会社が製造したかんな盤用シュラーダー式オリジナル安全シャフトなどの丸胴のものと比較してみたい。

丸胴シャフトの刃は、フラップ（ヴォレスキー社製）または楔《くさび》（特許シュラーダー式）と分厚い胴本体のあいだに安全に収納されている。刃はしっかりと固定され、どのような向きの力が加わっても影響を受けない。刃が飛び出すことはないし、落ちたり曲がったりすることもない。万一刃が折れた場合にも、ネジが弾け飛ぶ可能性はごく低く抑えられている。なぜならここでのネジは丸ネジで、フラップの穴の奥深くに留められており、しかもシュラーダー式の場合はネジにかかる力が角胴シャフトの場合よりずっと小さいからである。というのも、角胴ではネジが刃を直接押さえる形になっているが、シュラーダー式のネジはフラップを楔に固定しているだけだからである。付言するなら、フラップは両端が固定されているだけであり、図版では見えないが、それ以外の部分では胴本体とのあいだに隙間が空いているため、ネジにかかる力はさらに小さくなる。

シュラーダー式のシャフトは――やはり図版からは分からないが――後ろ回転し、刃の手前の部分はなだらかに平たくなっているため、シャフトの胴の汚れが防止され、木材をかんな刃に送るのが容易で、削り屑が下に落ちにくくなることがない。

しかし、防災技術的な観点から最も重要なのは、刃の刃先の部分しか外に出ておらず、刃はいわば胴に埋めこまれているため、ごく薄くすることが可能であり、折れる危険もないことである。

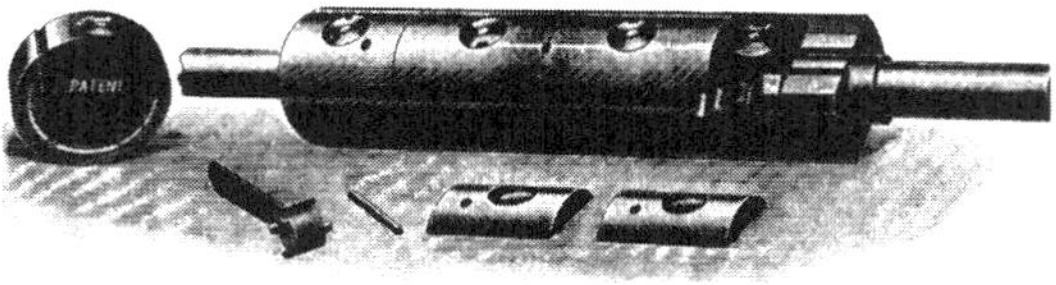

図5

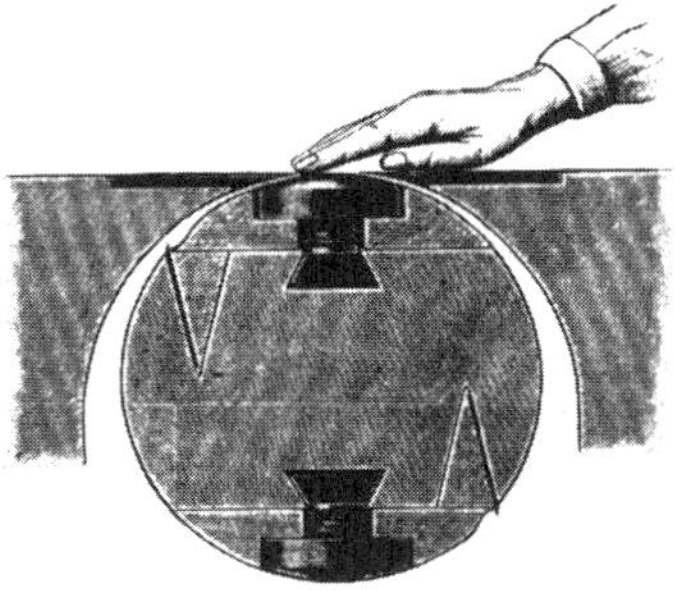

図6

以上のような装置は、一方で、角胴の場合のように刃口に手が落ちる可能性を大幅に削減する。しかも他方では、たとえ指が刃口に落ちたときでも、ごく軽傷で、つまり作業の中断すら必要でないような切り傷で済むようになっているのである。（図7）

防災技術における丸胴一般の大きな成功を受けて、さまざまな類似の製品が大量に市場にあふれた。それらはたいてい謳い文句どおりの効能を示すものであるが、ごく一部に、防災技術的な機能はさておき、（刃口が削り屑で詰まりやすい、刃が十分に固定されていないなどの理由で）作業の妨げになり、作業員に使用を忌避され、ひいては良質な安全シャフトの評判までも落とすようなものがある。ともあれ、事業主が丸胴シャフトでの作業に満足していない例はすべて、こうした粗悪な製品にまつわるものであり、丸胴シャフト自体の本来の意義は、それによっていささかも傷つけられることはない。

丸胴そのものではなくとも、フラップつきの角胴でも代用品として十分ではないかとの声も聞かれる。そうだと言えるのは、上述のデメリットが生じない場合のみである。つまり、刃口が目詰まりを起こさず、刃が十分に固定され、木材をかんな刃に送るのが十分に容易であり、四列のネジ自体からは危険が生じない場合である。（図8、ヴォレスキー社のフラップつき角胴シャフト）

近年、かんな盤に関しては新たに一つ、丸胴の代用品として推奨されているものがある。角胴を鋼鉄製のケースで覆った装置である。丸胴の場合と同様、テーブル面とかんな刃のあいだの危険な距離は軽減され、しかも刃を留めているネジの頭がケースで覆われているため、

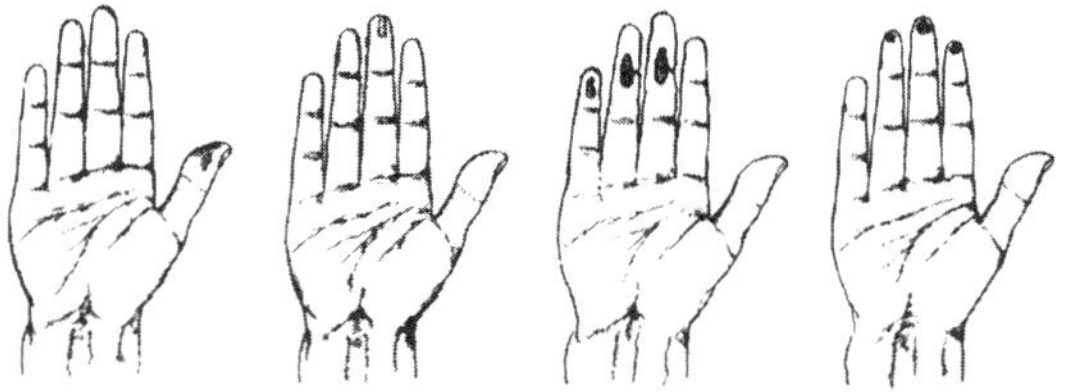

図7

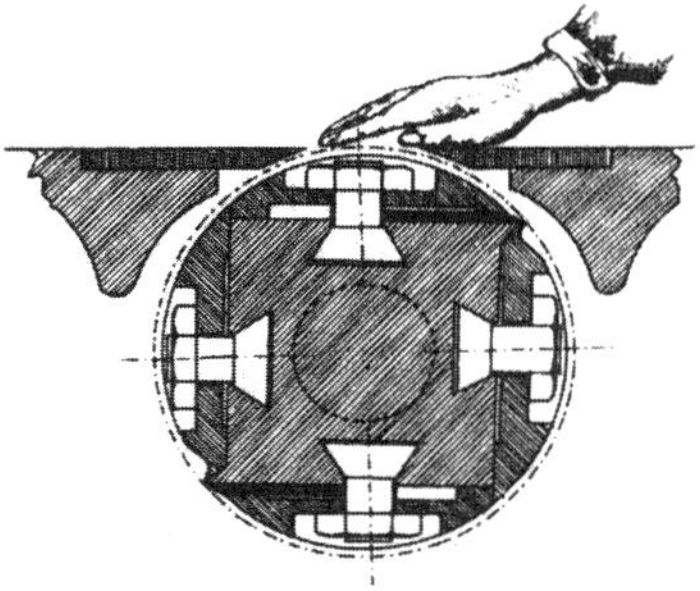

図8

刃が折れたときもネジの飛散が防止される。たしかに、この種のシャフトにおいては、旧式の角胴用の刃および研磨機を引き続き使用することが可能になる。

二　丸胴シャフトは基本的に角胴のものより安価である

これに比べて、角胴シャフトのむき出しの刃にはずっと大きな力がかかるため、最低でも八ミリの厚さの、人工的に硬度を補強した刃を用いる必要があった。これに対し、上述のように丸胴のためには、自然な硬度の鋼鉄製の一ミリ半の厚さの刃で用が足りる。しかも旧式の角胴の使用を継続するにあたり必要になるであろう各種防護装置は一切不要なのである。

三　安全シャフトは角胴のものより作業コストが低い

言うまでもなく、丸胴の薄い刃の研磨は、角胴の厚い刃の場合よりもはるかに容易かつ迅速に行うことができる。しかも、丸胴の刃の使用面ははるかに広い。角胴の刃の使用面は一五〜一六ミリでしかないのに対し、丸胴の刃の使用面は約二八ミリで、ほぼ二倍である。

丸胴の刃は角胴の刃よりも空気抵抗がはるかに小さいため、それだけ動力も小さくて済む。したがって稼働音もずっと静かで、旧式の角胴が出していた、いわば危険を告げ知らせる悲鳴のような音を聞かずに済むのである。

四　丸胴シャフトは作業効率を向上させる

たとえばシュラーダー式の丸胴シャフトにおいては、刃の圧力はすべて分厚い胴本体に直接かかるので、非常にきれいに木材加工を行うことができる。また、角胴の刃のように削り屑を大量に出すことはない。

丸胴シャフトを用いれば、薄く削ることも厚く削ることも可能である。硬い木も軟らかい木も削ることができる。粗く加工した工作物さえ、何の危険もなく削り直すことができる。これは旧式の角胴にあってはしばしばリスクをともなった作業である。

丸胴シャフトの刃の交換は迅速である。さらに、刃を取り外すことなく溝加工を行う性能(もっとも、その性能は旧式の角胴の場合にもないわけではなく、すべての丸胴に性能があるわけでもない)が、作業の迅速さを保証する。

丸胴シャフトはまた、まったく危険を恐れることなく作業を進められるという点で、さらに作業を迅速化するのである。

［一九一四年次報告書より］

採石業における事故防止

採石業における事故防止。統計的知見

防災技術的な事業のために目下いかなる手段を行使でき、この事業に関して法的にいかなる可能性と正当性があるかにより、保険局の活動は一定の方向に向かうことを余儀なくされた。ドイツ帝国における同種の組織のように事故防止の全領域をカバーすることはできず、もっぱら社会的・統計的な観点からして緊急性があり、最小の出費で最大の成果が得られる見込みのある分野のみに集中せざるをえなかったのである。たとえば事故多発により一時的に局の会計を圧迫していた農業機械に安全機構を実装させる件がそうであった。これらの機械の一覧作成と点検は、地方自治体および管区長の支援があれば容易に可能になるはずだが

――実際にそのように遂行された。かんな盤に安全シャフトの導入を進める件も同様であった。この二番目に危険度が高い木材加工機械に関しては、ほぼ完璧な防災対策が存在している。かんな盤の数・種類・装備によって厳密に企業を分類した一覧を作成し、かつ関係官庁の支援を得ることで、旧式の角型シャフトの使用を減らしていくことに保険局は成功した。それは統計を見れば一目瞭然である。

ドイツ帝国における同種の組織が防災事業を行う場合とは異なり、保険局はあらゆる活動に先立ち、まずもってその活動にとくに関係が深いと思われるすべての機関の関心を喚起し、協働を呼びかけねばならなかった。ドイツ帝国における同種の組織が、防災事業に際して必要な手段および法的な権限が与えられているため独自に活動を遂行できるのに対し、保険局はさしあたり外部の機関に働きかけるしかなく、その協力が確約されてはじめて自ら動き出すことができるのである。そのため、個々の活動はゆっくりとしか始まらず、長い準備期間を経てはじめて目に見える成果が実を結ぶことになる。

以上のことは、局の所轄地域に見られる、防災対策がなおざりにされている採石場を合理的な操業方法へと転換させる件について、とりわけよく該当する。

これに関連する最も重要な業種項目における損害額の値を見ていけば、問題の所在は明らかである。

最も重要な五つの業種を取り出せば、一八九〇―一九一一年の二十年間において、以下のような損害が生じていることが分かる。

五五番	採掘物の加工施設をそなえた採石場	四九万三二三一	クローネ
五七番	砂利採取場	六八万八六五六	〃
六〇番	それ以外の採石場	七三万八三四四	〃
六一番	漂石の採取および破砕	五万四〇一九	〃
六二番	砂・玉石・砂利採掘坑	一六万七七六二	〃
損害合計		二一四万二〇一二	クローネ

ここでは、ほぼ例外なく最高度の危険等級に分類される業種を取り出しているにもかかわらず、これだけの数字である。

これほど事故が多発している事態は、統計によればその大部分が、合理的な採掘か、あるいはせめて最小限の現場監督が行われていれば回避できたはずであることを鑑《かんが》みれば、いっそう由々《ゆゆ》しいものとして目に映じてくる。これらは機械の操業における予測不可能な偶然に関わるものではなく、主に、人の手による作業を適切に管理し、運用することにまつわる問題なのである。防災設備が整っていないというより、現場での監督が実施されておらず、さらに事業主ならびに労働者の教育が実施されていない。他のどの危険業種にもまして、採石業においては個々の労働者が放任されており、事業主の側の監督なしに操業が行われている。また官庁の側からの監督もない。

こうした事情を鑑みてはじめて、個々の事故要因が全損害額に占める比率が理解可能になる。

たとえば五七番（砂利採取場）では、一八九七―一九一一年の十五年間における石材加工中の破片飛散による事故の割合を平均すると、全体の約三二〜三三％であった。六〇番では、同じ事故要因の割合は約一三％であった。これらの事故――たいていは眼の負傷――は、防護ゴーグルの着用によって大部分、防止できたはずである。防護ゴーグルの技術は近年発達がめざましく、たとえばザンクト・シャイディヒ&息子商会のカタログから窺えるように、作業の妨げにならず、その他の煩雑な点もなく、それでも十分に用を足すゴーグルは実在する。にもかかわらず、防護ゴーグルが着用されている例は少数にとどまる。

これまでも労働者に防護ゴーグルを提供する試みはしばしばなされてきた。しかし使用不能であるか、ゴーグル着用に対する偏見が存在するか、どちらかであった。結果的に、支給されたゴーグルは作業中、作業員のポケットの中に仕舞いこまれることになる。そんなことが可能になるのは、現場監督が不十分であるか、そもそも実施されていないためである。

岩盤の崩落や岩石の落下は、五七番（砂利採取場）では全体の三二％ないし三三％であり、六〇番（それ以外の採石場）では三四％から三五％であるが、六二番（砂・玉石・砂利採掘坑）では七〇％にものぼる。これらの事故の主要因は、合理的な採掘がなされていないことである。なぜなら、適切な採掘方法の可能性とメリットを事業主の側も労働者の側も理解しておらず、官庁の査察が不十分であり、とくに隣接する業種である鉱山業のよからぬ影響が所轄の地域の多くで見られるからである。高い場所からの作業員の転落事故も、よく似た理由で起こる。これは五七番で約八％、六〇番で約九％、六二番で五％、六三番で八％であった。

発破にともなう事故は、五七番で約一二～一三％、六〇番で一三～一五％を占めているが、これ以外の業種ではそれなりに少ない。先に述べた事故要因について、その大部分が教習不足のせいであるとするなら、発破の事故はほぼ全部が教習不足のせいである。発破作業には、想定されるあらゆる危険を知り尽くし、徹底的かつ反復的に教習を受けた作業員が求められる。そのような作業員が育たないのは、発破の実施のために求められる知識を証明する資格が存在しないためである。

採石業に関する労働者保護法制の現状

以上のような悪弊に対して官庁が行使できる手段は、さしあたりごくわずかである。採石業は、その他の業種とは異なる査察を必要とする。採石業においては、一つの持続的な防災体制が一度取り決められたら長期にわたり通用するというわけではなく、作業の進行とともにたえまなく変化していく地盤状況に対応する合理的な採掘を続けるため、たえず新たに配慮がなされねばならない。だからこそ、時間をかけた徹底的な査察よりは、可能なかぎり頻繁かつ体系的に査察が行われることが望ましいはずなのだ。だが、そのような査察の体制を築く余地はない。官庁の査察のありかたはこうした観点にもとづいてはいないし、そもそも各地区において交通の便が悪い場所にある多くの採石場に対しては、単発の査察すら実施困難な状況だからである。

しかしながら採石場の大半、いわゆる農業用の採石場は、そもそも一切視察を受けることがないうえ、農業用と商業用の区別は厳密なものではなく、区別があったとしても現場では区別が無効化されがちなので、一切視察を受けることがない採石場のうちには相当数の商業用のものが含まれる。

また、視察にあたって権威あるものとして広く適用されうるような基準となるべき原理原則は存在しない。

この観点においては、一九〇五年一一月二三日付の商務省命令、帝国官報一七六号が小さな改善をもたらした。これは、見習工の健康および生命の保護にまつわる一般的な規則を定めたものにすぎないが、いくつかの点で採石場に適用可能である。これに対し、こと採石場に関する防災規則を遺漏なく定めたものとしては、一九〇八年五月二九日付の商務省命令、帝国官報一一六号を待たねばならなかった。これによって、採石場および粘土・砂・砂利採掘坑の商業運営についての規則がついに公布されたのである。

行政命令の実行

これらの行政命令を実行に移すにあたっては、しかし上述の障害が立ちはだかった。すなわち、必要な査察が実施できない現状、そして農業用の採石場が査察を逃れ、かつ新たな法制によっても規制の対象となっていないことが障害となっているのである。さらに、ほぼあらゆる命令一般にまつわる弊害も認められる。すなわち、命令そのものの周知が徹底しておらず、事業主たちは事故が起こってはじめて命令中の規定の存在を知ることすらあるのだ。当の防災規則を遵守してさえいれば避けられたはずの事故である。

こうした障害に対しては、さしあたり達成可能な範囲で対処するしかなかった。在プラハ、ボヘミア王国総督府が一九〇八年七月二日付で管区長宛てに通達した回覧布告一四七・三二八号は、規則の遵守と規則の施行を管区長の手に委ね、命令中の個々の規定を解説し、とくに（営業警察［商業や工業の営業が法令を遵守しているかの取り締まり］上の認可を与えてよいか仔細に検討する必要がある）設置の認可申請および認可決定にあたり、経済的に合理的で公共の福祉の要求にかなった操業方法を保障するような条件が満たされるべきことを指摘した。もっともこの布告はその一方で、およそ一つの命令が発せられた当初の移行期においては必要なことではあるにせよ、合理的な採掘の要件を満たすことが運営上の不要な支障を招かぬようにすべきことを同様に強調していた。なぜなら、階段採掘についての詳細規則の決定にあたっては当該地域の地質学的特質や岩石・地層の状態、操業方法やその他の地域特性などが考慮されることが、当該の命令においては重視されているからである。さらに同布告は、命令の第四六条に触れつつ、個々の採石場や採掘坑の運営がいずれ徐々に命令中の規定にのっとるようになるべきであるとはいえ、何らかの指令の通達にあたっては、それが当該企業の現状からして企業の実践的・経済的な可能性を危うくすることなく施行可能であるかどうかをきわめて入念に検討しなければならないことを認識するよう営業関係の官庁に迫るものでもあった。

移行期における措置としては、この施行令は非常に価値がある。しかしながら、この布告はさしあたり先の命令の規定を補うものでしかなく、規定の実地運用のための組織計画は何も示していないため、その実践的な利点は、命令の周知に一定程度つながることや、設置の認可手続きの厳格化に限られ、それ以上の効果は期待できない。本当の意味で採石場の監視が求められるのは操業開始後、つまり認可が下りたあとであるにもかかわらず。

防災規則の周知に向けた保険局の取り組み

したがって保険局は、引き続き防災規則を周知することと並んで、規則の施行のために組織計画を立て、その体制を農業用の採石場にも拡大していくことを自らの使命と見なした。

査察の実施にまつわる詳細は、さしあたり今後の課題として留保することとなった。

さらなる案として浮上したのは、当該の命令をポスター形式で周知することであった。しかし、農業機械の防災規則についての同様の取り組みがこれまで成果を上げていないため、この案は見送られることとなった。この場合、命令の短い抜粋をポスター形式で事業主と労働者に知らせることよりも、そもそも防災規則を遵守する気にさせることが問題だからである。

すべての防災規則であろうと、個々の規則の抜粋であろうと、まずは遵守する気にさせるのが先決であり、さもなければ何も始まらない。

つまり、そもそも防災規則への無関心を克服することから始めねばならなかったのである。そのために最も有効な方策が専門家による対面式の教習であることに、保険局は最初からいささかの疑いも抱いてはいなかった。しかしながら、さしあたりこの方策は断念せざるをえなかった。命令の抜き刷りを作成して原価販売する、または関係諸団体に無料配布することで満足するしかなかったのである。この抜き刷りは多くの人の手に渡った。なぜか。保険局が企業向けに実施したアンケート調査の質問票において、一つの質問群がそっくり防災設備と防災規則にあてられており、事業主が防災規則を手もとに置いて掲示しているかどうかが直接問われていたのが、その大きな理由であろう。

農業用採石場の防災規制の要請

保険局はさらに、商業用の採石場のみならず農業用の採石場も防災規則の適用範囲に含めるよう働きかけた。後者をも官庁の査察の対象とするためである。とくに、これまで現場で実践されてきたよりも正確な「農業用採石業」の概念定義が必要であった。農業用に含めてよいのは、「農業」が意味するところが個々の農業経営者であるか農業全般であるかを問わず、もっぱら農業目的のみで運営されているものだけである。つまり、たとえ農業経営者によって運営されていようと、採掘された石材の転売で利益を得ている採石場は、上述の農業用採石場のカテゴリーから除外される、ということである。他でもなくそういった種類の採石場が、これまでは農業用と呼ばれ、運営されてきた。その状況下では、農業用から商業用への移行が容易に隠蔽されるという事態もとりわけ頻繁に生じていた。保険局は総督府宛てに請願書を送り、農業用採石場の概念は明確に定義づけられねばならず、また純粋に農業用と自己申告する採石場に対しても、防災技術的な観点から配慮がなされねばならないと指摘した。これらの危険な採石場は、さしあたり防災技術に関する命令の適用範囲から除外されており、したがって官庁の査察も受けていない。

その結果、この類《たぐい》の採石場の多くが保険局への申告を逃れ、事故が起こってはじめて存在自体が明るみに出る、といった事態が生じる。

これを受けて保険局は、農業用の採石場に関して以下のような提案を行った。

農業用採石場の監視のための提案

一、採石場の持続的監視は、管区長より委託を受けた、国家の治安機関が担当すべきである。ここで問題となっている企業に対する規制は、どの企業にあっても同程度に遵守されるべき個々の規則のみであるから、これらの規則を当該機関に通達するのは容易である。さらに、ここで重要なのは査察の徹底性よりも頻度である。したがって、企業の防災体制の現状はごく短時間の検査で確認すればよく、ゆえに当該機関に対して保険局のためだけに査察の実施を求めるといったことすら必要ない。当該機関がそれ以外の用務で必要に駆られ、これらの企業の巡回を行うことは実際問題として非常に多いわけだが、そういった機会に防災対策の状況についても注意を払い、もし規則から逸脱するような状況があれば告発してもらうだけで十分である。

二、農業用採石場の大多数は地方自治体の所有物であり、採掘の種類にかかわらず、自治体の住民が現場で働かされている。

この場合、管区長が自治体に対して有している影響力を、当該自治体の採石場にて適切な採掘が行われるようにするために利用することができるだろう。

三、採石場の運営が農業用から商業用へと移行することに関し、従来よりも厳格に注視すべきである。そのような事案が発生すれば、ただちに商業認可の申請を促し、それにより当該企業を一九〇八年五月二日〔ママ〕付の商務省命令、帝国官報一一六号の直接の適用範囲に置くものとする。

四、採石業の概念を厳密に解釈するなら商業用採石場と見なされるものの、従来はことさらに商業認可を取得していなかった採石場はすべて、ただちに認可の申請を行うべきである。

ただし、上述の請願書は単に農業用採石場を問題にしただけではない。先に引用した布告が施行令としてはすでに時代遅れとなっているので、行政機関に向けてまた新たな布告を通達するよう総督府に求めたものでもあった。その中で先の命令の規定を再確認し、商業用と農業用双方の採石場に関して、以上の提案に即した指示を出すべきだと訴えたのである。

商業用採石場に関する総督府の布告

この請願書の成果が、総督府が一九一一年七月一四日付で管区長宛てに通達した布告二〇／a－三四五五号であった。その中で、先の布告から三年が経過したにもかかわらず「ボヘミア王国労働者災害保険局の統計は、所轄の採石場における操業中の事故の減少を示していない。そのことから、商業目的の採石場の設置および操業の監視が十分になされておらず、行政命令の規則の有効性が十全には発揮されていないことが推測される。

ゆえに、管区長は保険局の要請にもとづき、採石業に従事する労働者ならびに公衆の安全にとって重要なこれらの規則をよくよく肝に銘じ、上記のような採石場の設置および操業に際して同規則が実地運用されるよう、継続的に配慮せねばならない。採石施設の監査がなるべく頻繁に実施されるよう、可能な範囲内で治安機関の協力が得られることが望ましい」と述べられている。

この布告は先のものと比べて、何はともあれ大きな前進である。まず、採石場の設置時のみならず操業時においても継続的に行政命令への顧慮が求められることが強調されている。しかも、保険局の提案にもとづく形で、治安機関による検査が望ましいものとして推奨されているのである。

もっとも、これだけではまだ検査のための組織計画《〔ママ〕》ができ上がったとは言いがたい。それに、農業用の採石場はあいかわらず一九〇八年五月二日付の商務省命令、帝国官報一一六号の適用範囲外とされていた。すなわち、この問題に関して総督府は保険局に対し、総督府の技術部門の鑑定によれば当該命令は農業用採石場には適用されえないと通知してきたのである。総督府は、農業用採石場のための独自の布告については農務省の管轄であるとした。

商業用と農業用の採石場の区別については、直接的な見解は示されなかった。しかし、局の提案がいずれは現場で受け容れられることを期待してよいであろう。

採石場におけるアルコール濫用

すべての採石場に対して包括的かつ体系的な防災査察をとの最終目的を見失わないようにしながらも、保険局はあらゆる機会を捉え、たとえこの主要目的に直接つながるわけではないにせよ間接的には同目的に寄与しうる小規模な活動を実施してきた。これに関して、三つの取り組みが特筆に値する。

その一。局の検査官による査察の一環として行われた複数の企業視察の結果、採石場の近隣の飲食業との癒着の危険性が明らかになった。これに関して、一九〇八年五月二九日付の商務省命令は十分な規定を含んでいない。たしかに第三四条では、発破の実施にあたり信頼のおける熟練労働者を用いることと定められており、また第五二条では、酒気を帯びた者は一切作業に加わってはならないと定められている。しかし、この規定だけでは、必要な措置が講じられたというにはほど遠い。この問題に保険局が取り組むことになったきっかけは、採石作業員による過度のアルコール摂取が常態となっている採石場がいたるところに見られる、とある地域の査察から得られた知見であった。

こうした状況を作った直接要因は、これらの採石場において蒸留酒《シュナップス》の配給がいわば労働契約に組み込まれていることである。そこではこの風習が野放しになっており、ひどいときは蒸留酒の配給があらかじめ約束されていなければ作業員が作業に取りかからない、といったありさまである。

このような悪習はいかにして生まれるのか。とりわけ特徴的な例を示そう。その例では採石場の所有者が同時に、徒歩一〇分ほど離れたところの居酒屋の所有者でもあった。毎日、職長が――これがその人物の主な仕事になるのだが――大きな蒸留酒の缶を酒場から石切場まで運び、蒸留酒を作業員に分配し、消費分をツケとして帳簿に記入していた。

給与明細書やその元となるメモには、採石作業の賃金の項目と並んでアルコール消費の項目が記載されていた。もっとも、アルコール消費の項は「ツケ」という名称で隠蔽されていたが。

週ごとに精算が行われる際には、作業量にもとづき作業員に割り当てられる週給から、「ツケ」の額が差し引かれる。それは、ごくわずかな健康保険料を除けば、ほぼ全額が蒸留酒代を意味するのである。この控除額はきわめて大きい。ともあれ、なにしろ給与明細の記載が穴だらけなので、全体としてアルコール消費の割合がどれほどかを確定するのは難しい。しかし個々の作業員に関して言えば、アルコール消費にあてられる控除額が全給与の三〇％にのぼることは確実であった。実際問題として、この採石場の作業員は大半が半ば酩酊状態で作業していた。あるとき巡回中の巡査が石切り場の上辺で、火薬の包みが地べたに放置されているのを発見した。続いて行われた視察の際、ダイナマイトの保管方法を見せるようにと巡査は要求した。すると、ダイナマイトが保管されている小屋の中で煙草のパイプが発見された。この石切り場はそうでなくても、当該地域のあらゆる採石場と同様、地層の状態からして非常に危険であった。つまり、きわめて傾斜のきつい石切り場で、作業員を綱で吊り下げて作業現場まで降ろさねばならないのである。ともあれ、以上で見てきた石切り場は、ほんの一例にすぎない。当該地域の他の採石場では、アルコールは外部の業者から供給されていた。しかし飲酒の実態に大差があるとは言えない。こうした状況の結果、作業員のモラルが失われ、家族に渡す賃金が減り、作業員本人は高度な危険にさらされることになる。
飲食業との癒着にせよ、現物支給として作業員にアルコールが配給される風習にせよ、どちらも常態化していることを鑑み、保険局は総督府に以下の提言を行った。

a) 飲食店の営業と採石業の結びつきは（この結びつきによる悪弊が生じる惧《おそ》れのない特別な場合を除き）、すべからく操業停止の警告または実行により排除すべし。
b) 採石場のすぐ近隣における飲食業の展開は全面的に禁止すべし。
c) 事業主の側から現物支給として蒸留酒を配給することは、介入が可能であるすべての事例において禁止、または可能なかぎり制限すべし。

ただし、保険局はこの一般的な要請で満足したわけではなく、会計監査や労働者からの内部告発などを機に明るみに出た個々の事例において、そのつど改善を試みた。これに関しては管区長による支援が大きな成果をもたらした。

防護ゴーグルの着用

その二。防護ゴーグルの不着用にまつわる苦情がたえず寄せられるため、保険局はこの問題にとりわけ熱心に取り組んできた。苦情はあらゆる方面から寄せられる。官庁の査察では従来、ゴーグルの不着用が繰り返し摘発されてきた。事業主の側は、支給されたゴーグルを労働者が着用しないと訴える。労働者の側は、ゴーグルが支給されないと訴えたり、逆にゴーグルが作業の邪魔になり、労働効率を下げていると訴えたりする。保険局が回収した質問票においては、どの事業主も自らの企業をできるだけよく見せようと努めているわけだが、にもかかわらず、ゴーグルが着用されていない点はしばしば率直に認められている。そして事故統計を見れば、これらの苦情が実態に即していることは一目瞭然である。

そこで保険局はいくつかの商社に連絡を取り、信頼性の高い防護ゴーグルのサンプル提供を求め、とくにそれが国内企業である場合には当該のゴーグルの宣伝活動を実施し、局の構内に展示した。コモタウ［ボヘミア北西部の地方都市。チェコ名ホムトフ］での展覧会にも出展した。

しかし、この問題について大きな成果が上がっていないことは認めねばなるまい。そもそも体系的な企業視察なしに、宣伝活動のみで達成できることは限られている。

農業用採石場に対する措置

その三。農業用の採石場を何らかの防災規則の適用範囲に含めようとする活動は、上述のボヘミア王国総督府の布告でひとたび否定的見解が出されたあと、さらなる進展を見た。保険局の働きかけにより総督府から農務省に請願書が出された結果、一九一二年一月三一日付の農務省命令三三九五／AVc・一九一一号が発令されたのである。その中では、上述の総督府布告でも述べられているように、たしかに農業用採石場を一九〇八年五月二九日付の商務省命令、帝国官報一一六号の適用範囲とするのは法的な観点からは難しいものの、総督府がボヘミア王国ボヘミア州行政委員会［州議会により選定される、州の自治権の執行機関。州政府に相当］に諮問し、この案件について独自の法制へと動くのが望ましいとされていた。こうして、農務省の専門家たる宮廷顧問官H・フリードリヒ教授博士、州行政委員会、ボヘミア王国ボヘミア州農業振興会［農業団体の代表からなる委員会。一八九一年からドイツ部局とチェコ部局に分かれていた］の両部局により、複数の鑑定書が作成された。

保険局はこの案件をめぐる動向を注視し、州行政委員会と直接に連絡を取りつつ協議を重ねた結果、草案の共同採択に至った。目下、総督府による採択を待っているところである。この草案の作成にあたっては、まずは統計にもとづき、さまざまなリスクをその影響の大きさで等級に分類する必要があった。次に、この分類にもとづき、これらのリスクを撲滅する手段が検討された。この計画においては重要なものと重要でないものを区別することに注意が払われた。とりわけ農業用の採石場においては、短時間で簡単に習得できるものが求められているからである。行政命令の浸透力を高めるべく、命令には短い梗概を添えるようにと保険局の側から提言がなされた。目下、草案は以下のような形でまとめられている。

一、本命令の規定は、すべての農業用の採石場および砂利・砂・粘土採掘坑に適用される。

二、廃石および崩れかけた石材は、たえず壁面から取り除くこと。

三、掘削は上から下へ、かつ最大でも人の背丈幅のテラス状ないし梯子《はしご》状のベンチカット［上から順に段々を形成するように掘り進む］工法で行うこと。

四、透かし掘り［垂直に切り立った岩壁の最下部を掘る］工法は例外なく禁止する。

五、楔状掘削も禁止する。ただし、法定の傾斜角で行われ、透かし掘りにつながらない場合を除く。

六、崩れかけた石材を掘削する場合は、自然な傾斜角で行うこと。ただし掘削面の傾斜角は四五度を超えてはならない。

七、強固な石材の場合は、階段状（テラス状ないし梯子状）または垂直に採掘を行ってよい。垂直の採掘が許可されるのは、石材および廃石の層が最大でも人の背丈までの場合のみである。それ以上のときは、人の背丈幅のテラス状ないし梯子状のベンチカット工法で採掘を行うこと。

八、発破は熟練労働者が法令を遵守のうえ行うこと。粉末状での火薬の使用は禁止する。すべての爆発物は安全に管理すること。
九、硬い石の採掘作業および砂利の破砕作業にあたっては、作業員は防護ゴーグルを装備すること。
砂利の破砕作業にあたっては、隣の作業員とのあいだに最低でも一メートル半の間隔を空け、遮蔽幕で仕切ること。

一〇、すべての採石場、すべての砂利・砂・粘土採掘坑は安全な搬入口および搬出口を確保すること。かつ周囲を一メートル半の高さの防護柵で囲うこと。
一一、採石場および各種採掘坑における危険箇所は防護柵で囲うこと。かつ採掘で開けた穴は埋め戻すこと。
一二、信頼するに足り、かつ素面《しらふ》であることを事業主の側が把握している労働者のみを雇用すること。
一三、雪どけ期の作業にあたっては最大限の注意を払うこと。濃霧および強雨に際しては操業を停止すること。
一四、事業主は操業を常時監督する責任を負う。
一五、操業を終了した採石場においては、事故が起こらぬよう、しかるべき安全柵を設置し、採掘坑を埋め戻すこと。
一六、竪坑や横坑による農業用採石が露天で行われる際は、当該の竪坑や横坑の安全確保、また場合により坑道入口の安全確保にまつわる規則を厳格に履行すること。

すべての採石場に対して恒常的かつ包括的な査察を求める根拠

採石業に対する包括的かつ体系的な査察を求めるにあたり、とあるきわめて特徴的な事例が、さらなる努力の必要性を痛感させた。なお、実際には防災規則をなおざりにして野放図な収奪型の採掘を行いながら、アンケート調査の質問票では優良企業を装い、単発の査察が入った際にも当局の目を欺いて運営実態を隠蔽しおおせている企業に対し、保険局は前々から自らの無力さを嘆いてきた。局には独自の企業監督権がなく、求められる監督機関もいまだ存在していないため、こうした悪弊を発覚させるために包括的かつ決定的な影響を及ぼすには至っていなかった。つまり、保険局による企業視察が実際に行われ、よからぬ運営実態が突きとめられた個々の事例においてさえ、あまり芳《かんば》しい成果は上がらなかったのである。双方の主張が水かけ論になり、新たに実施された査察監査においては結局のところ事業主の側のごまかしが通る、といった具合である。そこに、上述の特徴的な事例がまた新たな展開をもたらした。

これは石材加工施設を併設した採石場の事例で、保険局が一九〇五年に実施した業種五五番（採掘物の加工施設をそなえた採石場）の再査定において危険等級一〇、危険度六一に分類されていたものである。

この危険度は中間値より二ポイント高いだけであるが、その差が出たわけは、企業査察の結果によると石切り場の壁面が一〇から一五メートルときわめて高く、廃石が三～四メートルの高さに堆積して野ざらしになっており、防護ゴーグルがごく一部でしか着用されていないことであった。この状況はアンケート調査の結果からも部分的には見て取れるが、ただし質問票には、掘削は自然な傾斜角で行われており、廃石は掘削開始前にそのつど完全に除去していると回答されていた。このときの査定に対して事業主は総督府へ異議申し立てを行い、改めて実施された視察にもとづき、当該企業は正常と判断され、他のすべての正常な企業と同等の危険度に分類し直された。

一九一〇年の再査定にあたり、ある官庁の視察結果にもとづく鑑定書が保険局に提出された。そこでは、当該企業は正常と評価すべきとされていた。

これを受けて、また上述の決定も鑑み、保険局は当該企業を中間値の危険度五九に分類した。しかもアンケート調査の結果によれば、状況には改善が見られるとのことであった。地層の状態はきわめて良好であり、採掘はテラス状に行われていると。わざわざテラス状の採掘方式のイラストさえ添付されていた。アンケートによると、透かし掘りは一切行われておらず、廃石は定期的に除去されていることになっていた。アンケートによると、防護ゴーグルは常時着用していることになっていた。

したがって、これだけを見れば、当該企業に危険度五九を出すのを拒む理由は何もないかに思えた。ただし当該企業の事故発生率は当時すでに、より低評価が妥当ではないかと警戒心を抱くに足るものであった。というのも、破片飛散や落石による深刻な事故が現に起こっていたからである。ところが事業主はこのときの査定の中間値にも満足せず、再び総督府に異議を申し立てた。改めて視察が実施された結果、当該企業は危険度五五と認定された。正常な企業に認められる危険度五九より四ポイントも低い値である。認定の根拠は、採掘状況が良好であるから、というものであった。この決定が下されてからわずか四ヶ月後に、当該企業の作業現場で岩盤の崩落による大事故が発生した。張り出していた岩棚が雨水に浸食されて起こったものである。作業員一人が死亡し、二人が重傷を負った。この三件の労災だけで、損害額は一万クローネ以上にのぼった。ここに至り、当該企業の運営実態はもはや隠しようがなくなった。そうでなくとも、一九〇七―一九一一年の五年間の事故統計が何よりも雄弁に物語っているわけであるが。

事故の損害総額は三万三〇〇〇クローネにのぼり、当該企業は大きな損失を出した。かりに損失額を厳密に見積もるなら、一九一五年の査定で危険度一四四に分類する必要があったはずである。

大規模な商業用採石場の写真

こうした状況に対し、保険局はもはや手をこまねいているわけにはいかなかった。そこで、局内の機関による企業査察を行うだけでなく、この事例やその他の採石場における視察の結果を写真撮影することにした。

もっとも、この撮影が望ましい規模で行われているとは到底言えない。この活動を通じて保険局がめざすのは、採石場の事故防止という分野においては体系的かつ恒常的な査察のみが役に立ち、散発的な査察は実態を明らかにするよりはむしろ覆い隠してしまうという事情を示すことなのである。

以下の図版はもっぱら、集中的に工業利用されている石切り場を撮影したものである。

図1は花崗岩の採石場である。向かって右上には、張り出した柱状の形成物がはっきりと認められ、また同時に棚状の形成物が見られる。廃石も廃土も除去されてはいない。全体がさながら瓦礫の山である。左右の亀裂に挟まれた細い橋状の形成物さえ見られる。石切り場への通路は、廃土でほぼ封鎖されている。もし張り出した岩塊によって作業員が危険にさらされたとしたら、地面の状態がこれでは避けることもおぼつかない。このような状態で発破を行えばどれほどの危険が生じるか、予測困難である。しかも、ここでは発破にもっぱら粉末状の黒色火薬が用いられている。

図2。先に見た採石場よりもさらに露骨に、ここでは崩れかけた廃石がまったく除去されておらず、石切り場は上から下まで廃土に覆われているのが見て取れる。いくつかの岩の縁の影が濃いことから、これらの岩塊がどれだけ張り出しているかが分かる。石切り場の上辺の柵は崖ぎりぎりのところを走っているため、廃石を上から運び出すのが無理であることは明らかである。したがって、張り出した廃石のもとで作業を行わざるをえない。あるいは正しくは、こんなところで作業を行ってはならないと言うべきであろう。少なくとも、ここま

図1

図2

で掘ったら採石を打ち切るべきである。もともと張り出していた岩にさらに廃石が積み重なり、過負荷がかかっている。この採石場の危険性をより詳《つまび》らかに判断してもらうために言うならば、以下で見ていく例と同様、壁面は一〇〜一六メートルの高さで、積み上がった廃石は一〜三メートルの高さである。一立方ミリから一立方メートルまで、さまざまな大きさの石塊からなる廃石は、軟らかな土の上に積まれており、とくに春先の雪どけ期にはほんの少しの要因で全体が地滑りを起こしかねない。

図3。中央の張り出した岩壁に、斜めの角柱状の形成物が見られる。ここでも廃土と廃石は除去されておらず、まったくの廃石と使用可能な石塊がごちゃごちゃになっている。左右のもろい石材に大きな浸食の跡が見られる。アンケート調査では浸食は一切ないと回答されていた現場である。

図4。右上の「B」と印をつけた箇所、おそらく廃石の一部だろうが、張り出した岩壁の上で一立方メートルの石塊が、ぐらぐらして今にも転げ落ちそうになっている。写真中央の「S」と印をつけた箇所では、一人の作業員が命綱なしで四メートルの高さの危険な箇所で作業をしている。この石切り場でも廃石は除去されておらず、柵で示された立入可能エリアぎりぎりまで採石が進められている。

図3

図4

図5。逆楔形の形成物が数多く見られる。いっそこの石切り場を上下逆にしたら、ずっとよく防災規則に合致するだろうと言いたい誘惑に駆られるほどである。ここでもやはり、除去されていない廃土と除去されていない廃石がいたるところに見られる。やはり写真中央上に、ぐらぐらして転げ落ちそうな石塊がある。

図6。垂直な岩壁のある採石場。ここまで見てきた写真の採石場を視察したあとでは、この採石場はもっとよく防災規則に合致しているのではないかと思ってしまう。だが実際には、もっとひどく規則の文面から逸脱していると言えよう。たしかにここでは、以上で見てきた石切り場のように廃土がいびつな階段状に積み重なっているということはない。しかし写真左の感光した部分では、やはり岩壁が張り出していることが窺える。ここでも廃石はやはり除去されていない。ただ、崩れそうではなく地面に固着している。また廃土が清掃されているため、この石切り場の好印象は強まっている。他の採石場を見てきたあとでは、一見、この採石場の規則遵守にはほど遠い実情は意識にのぼりにくい。右下では一人の作業員が、防護ゴーグルを着用せず砂利破砕の作業に従事している。

図7。中央に防護ゴーグルを着用していない砂利破砕の作業員がいる。右手にはトロッコ軌道が走っている。軌道の末端はズリ山および廃石の土手から突き出している。宙に突き出たレールの先端は上に折り曲げられているわけでもなく、ブレーキや停止機構なども見あた

図5

図6

図7

らない。石切り場からズリ山への勾配は非常にきつく、荷を積載したトロッコを上に運ぶにあたってブレーキすら必要となるため、廃土の運搬にはたえず大きな事故の危険がともなう。レールが宙に突き出たところで荷下ろしをするのがさらに危険であることは言うまでもない。

図8。やはり張り出した岩壁に柱状の形成物が認められ、同時に棚状の形成物が見られる。この採石場は一〇〇メートルの高さの丘の上にあるにもかかわらず、写真からも分かるように、ここでは大量の湧水が見られ、ところにより水深は五から六メートルに達する。この写真は冬に撮影されたものだが、ここでは一年を通じて作業が行われているので、採石場の特徴がよく捉えられている。雪が積もり、湧水のすぐ上にある細い段々と切り立った崖を際立たせている。突出部（採掘終了した石切り場と採掘中の石切り場のあいだの岩壁）はやはり湧水に浸されているにもかかわらず、何の対策もなされていない点に注意されたい。

図9。奥の方で正常な採掘が着手されているのが見える。それだけに、他の箇所で安全がないがしろにされ、乱暴な採掘が行われていることが目につく。廃石は除去されておらず、廃土の清掃は行われず、それどころか廃土のせいで石切り場に近づくことも困難になっている。とくに左手では、積み上がった廃土が今にも崩れそうである。このような状況では当然ながら、部分的に正常な採掘が行われていたとしても何ら価値はない。逆に、作業員の安心感を高めてしまうせいで危険が増すとさえ言える。石切り場を囲む岩塊から見て取れるよう

図8

図9

に、地層の状態はけっして悪くない。したがって、その気になれば正常な採掘を行うのは難しくはなかったはずである。そのことは、実際にテラス状の採掘が行われている箇所からも分かる。

図10。長さ約二〇メートル、幅約三メートルの通路上を、狭軌のトロッコ軌道が石切り場へと通じている。岩石にはきわめて亀裂が多く、はたして今年三月、雪どけ期の到来とともに崩れ落ちた石材が線路を埋め尽くした。写真では下の端にレールがほんの一部だけ見えている。この現場で働くと生命の危険があるということは、どんな素人にも分かるに違いない。ひっきりなしに落石があり、ひっきりなしに石がぶつかり合う音が聞こえる。写真中央に写っている作業員のサイズからすると、岩壁の高さは約二〇メートルと推定される。

図11。この採石場は見るも恐ろしい。すべてが廃石、廃土、瓦礫で覆われている。岩は亀裂だらけで、もともとの形状は見えづらく、おそらく柱状や棚状の形成物があったのだろうと推測するしかない。「a」と印をつけた箇所の上方、四〇メートルの高さの岩壁の前に一人の作業員がごくかすかに写っている。この作業員がいる場所の上に積もった推定約一〇〇〇立方メートルの石くれが、一九一四年三月の雪どけ期に崩落した。幸いにも、作業員は当時おやつの時間で引き払っていたが、さもなければ全員が生き埋めになっていたことだろう。この崩落の規模がどれほどのものであったかは、この経費ゼロで手に入った大量の石材を加

図10

図11

工するために破砕機を導入することを事業主が計画している、という一点からも窺い知ることができる。

図12。雪どけ期に崩落した石塊の拡大写真。これを見れば、規則に反した採掘によってどれだけの質量のものが雪どけ期に動き出すことになるかが分かるであろう。

図13。完全に放置された廃石。石切り場の壁面すれすれに立っている木さえも放置されている。そのことは、木の根が露出していることから明らかである。それどころか、木の根が廃石を固めて崩れにくくすることを期待して、しかるべき犬走りの設置義務を怠ってもよいと考えたのではないかとさえ思える。写真中央に横転した積込台が写っており、積載作業が落石危険エリアで行われているのが分かる。この場合、斜面全体が地滑りを起こす惧れがあるため、いっそう危険であることは言うまでもない。物置小屋の一部と鍛冶場もまた落石危険エリアに設置されているように見える。

図14。これは、こともあろうにローカル線の線路近くで新たに切り開かれた採石場である。鉄道運行エリア内にあるにもかかわらず、廃石を除去しようとした形跡はまったく見られない。

図12

図13

図14

以上で見てきた採石場はすべて、個々の点では異なっているものの、いくつか共通点がある。

行政命令の規定は満足に遵守されていない。にもかかわらず、これらの採石場は部分的に、上記のような方法で何年も操業を続けているのである。事業主が規則違反のために何かとくに罰則を科されたとか、たとえばどこかの企業が操業停止になったとか、そのような事例を保険局は一切把握していない。

企業の事故統計は、多額の損害をもたらす事故や、それどころか大事故が実際に起きていることを示している。まだ事故が起こっていない現場でも、きわめて高い確率で今日明日に事故が起きるかもしれないのである。作業員が危険にさらされるだけではない。石切り場に近寄った外部の人間もまた危険にさらされる。柵で区切った地点ぎりぎりまで採掘が行われている採石場（**図2と4**）や、廃土が高く積み上がり、近くにある鉄道の線路を落石の危険にさらしている採石場（**図14**）などを見ていただきたい。そして念のため言い添えるなら、以上で見てきた事例はごく一部であることを忘れてはならない。似たような例をいくらでも追加することができるだろう。以上のことは、現行の制度下で査察を担当している諸官庁の一般的所見とよく合致する。そのうち一九一三年の報告書では、次のように述べられている。「当局が手を尽くしているにもかかわらず、透かし掘り（換言するなら『規則違反の掘削方法』）は広く蔓延しており、これに関して近い将来に大幅な改善が見られるとは期待しがたい」

悪弊を打破するための手段

それでも保険局は、これまでの活動で得た知見から、大幅な改善がなされる可能性は実際にあると考えている。ただし、かりに改善が見られるとすれば、それは従来行われていたのとはまったく別の手段が用いられた結果であることは間違いない。この確信にもとづき、保険局は以下の四つの要綱を掲げることとする。

体系的査察

その一。現行の制度下で行われている散発的な査察は、その大半が、防災技術的な観点からして不十分である。あるいは担当の官庁にとって逆効果でさえありうる。実態がどんどん悪化しているにもかかわらず、査察結果にもとづき危険度をより低く認定されつづけていた採石場の事例で見たように、事業主が運営実態を隠蔽するための抜け道がいくらでもあるからだ。したがって、査察の制度を変えねばならない。そして、正しい査察のモデルとなる例は現に存在する。

それは、管区長によって毎年実施されている、農業用機械の査察である。これに倣《なら》うならば、まずはすべての商業用採石場を網羅した一覧を作成すべきであり、さらに（目下計画中の農業用採石場のための行政命令が公布されたあかつきには）農業用採石場の一覧も作成すべきである。この一覧表をたえず更新しつつ、これらの採石場に対して包括的な査察を実施すべきなのである。ただし、この活動には、先に引用した最新の総督府布告が想定していたよりも大きな規模で、治安機関が参画することが求められる。

発破作業の監督

その二。採石場における発破の実施に対しては特別な注意が払われねばならない。おそらくこの点が、現行の法規の最も不十分なところである。この問題に関しては、事後的に単発の教習を行うのではなく、事前の教育こそが求められるのである。ドイツ帝国の同種の組織においては定期的に発破責任者のための講習会が開かれているが、似たような取り組みを当地でも導入せねばならない。ところが、ほかならぬ発破作業に関しては、よりよい取り組みに対する偏見が前々から根強く存在していた。何を言って聞かせても無駄で、現場で実例を示すしかない、といったケースも多い。よくある例で言えば、木製の装塡棒《そうてんぼう》の有用性に対する作業員の疑いを晴らすには、浅い装薬孔の場合でも木製の装塡棒で十分に用が足りることを専門家が自ら実演してみせるしかないのである。とある死亡事故について述べている営林署の報告書を見れば、豊富な知識があるものと普通は思われている現場でどれほどの無知蒙昧が横行しているかがよく分かる。この事故報告は次のような内容である。「事故の犠牲者は、冷貯蔵庫から出したばかりの四本のダイナマイトが冷えて固まっていたので、これをシャベルに載せて焚火で少しあぶっていたところ、原因不明の（！）爆発が起きた」

図15

図15を見れば、いかにドイツ帝国の採石業種において規則にのっとった発破作業という原理原則が模範的に守られているかが窺えるであろう。これはシャルロッテンブルクの労働者福祉局で常設展示されている模型である。残念ながら、ことがらの性格上、写真を見ただけでは何の手順を示したものかはよく分からない。とはいえ、この写真を見ただけで、当該の問題領域に関してどれだけのことをする余地が残されているかのイメージをつかむことはできる。

この模型を前に発破作業についての講習会を開けば、効果は覿面《てきめん》であろうと思われる。

この模型は、今まさに操業中の理想的な採石場のありさまを四種類、さまざまな発破作業の詳細とともに原寸大で原色のまま、岩石の構造や採掘方法も忠実に再現している。向かって左から花崗岩、硬砂岩、砂岩、石灰岩が採掘されているところである。

花崗岩と硬砂岩のあいだに、亀裂を充填する形で移行帯［二種類の岩石のあいだの中間的な性質をもつもの］がある。四種類の岩石は、いずれも発破により採掘が行われているとの想定である。

岩棚の表面には装薬孔が実物大で、実際の向きで穿《うが》たれているが、ただし断面図で示されている。爆薬はすでにセット済みで、併せて起爆装置や不発火薬の除去装置などが見られる。規則にのっとった発破は黒字の標識で、禁止事項は赤字の標識で示されている。四段のテラス状に区切られ、薄い廃石の層で覆われている花崗岩には、ほぼ二メートルに達する深い装薬孔が穿たれており、安全火薬を装塡して導火線で起爆する仕様になっている。

移行帯の脇では、岩の割れ目の一つを装薬孔代わりに、火薬を詰めて電気式起爆装置で起爆させている。粉末の火薬を用いるこの種の発破（この場合は深くまで達した割れ目で行われるもの）で岩石にどのような影響が及ぼされるかが見て取れる。

その他の展示でとりわけ興味深いのが、砂岩の第二層で行われている不発火薬の除去である。

当該箇所には二つの発破が見られる。片方が不発に終わり、その横にもう一つ装薬孔を開けて除去作業をする必要がある、との想定である。この場合、新たな装薬孔はドリルが不発火薬に刺さらないような角度で開けねばならない。したがって、二つの装薬孔は平行ではなく少し開いた角度で並ぶことになる。硬砂岩の最下層の岩棚では、爆破による破片飛散の安全対策として最も普及している三つの方法、すなわち束柴《たばねしば》・レールの枕木・金網による被覆が示されている。模型の右側にあるのは、石灰岩の石柱の発破である。元の地層から掘り残された二本の石柱に、それぞれ二つの装薬孔が水平に開けられ、安全火薬が装塡されている。電気式の起爆装置が火薬に点火し、岩壁を倒壊させる仕組みである。石灰岩の壁の前には、安全留め具つきの命綱が垂れ下がっており、これを使えば危険なく容易に岩壁を上下できる。

事故現場の写真撮影

その三。企業の運営状況を判定するための補助手段として、写真を広く導入すべきである。ただし、運営状況全般を確認するために用いるというわけではない。なぜなら、そのためには、ごく特殊な事例を除き、めざすべき体系的な査察が実現されれば十分だからである。これまたドイツ帝国の同種の組織において実践されていることであるが、写真は事故の発生後にその事故につながった特徴的な事情を特定するために活用できるのである。それによって、個々の企業における事故要因ならびに一般的な事故要因にまつわる認識が大幅に向上するものと期待される。

企業側との協力体制

その四。運営状況の全般的な改善は、これまでの活動で得られた知見からすると、けっして強制することはできず、当事者の協力なしには実現できない。

いずれにせよ、先に提案した体系的な査察が、官庁に任されるだけでなく、当該地区の事業主団体および労働者団体の代表者が参画する形で行われるのが望ましい。もちろん、その際には代表者が自らの責任を十分に意識する必要があるわけだが。

　目下のところ、こうした参画はいまだ実現には至っていないものの、保険局はこの方面で少なからぬ進歩を果たした。在プラハ、ボヘミア王国認可石工業者中央協会と、採石場を含む石材産業の全業種の判定に適用できる原則について合意したのである。同協会の会長たる建築家ヨーゼフ・ザイヒェ氏は、専門家としての知識と客観的な判断方法と社会福祉の素養でもって、協議の前進に大いに寄与してくださった。保険局はまた、危険等級の再査定に対して石材産業の業界団体から寄せられた異議申し立ての受理判定にあたり、新たに中央協会の同意を取りつけることに成功した。もっとも同協会の鑑定書は、さしあたり書類審査のみに限定されている。専門家による現地視察を執り行わせるための財源が存在しないためである。それでもなお、異議の処理にあたって真の専門家に中立的な立場から手続きに加わってもらうことがいかに貴重であるかは、十分に示された。

　専門家の鑑定書と自局の査定を突き合わせた結果、危険度を高く出しすぎていると分かった場合には、判定を修正することにも保険局はやぶさかではない。

　一連の鑑定書はまだ比較的少数にとどまっているが、それを見ただけでも、何が危険を高め、何が危険を低めるかを判定するにあたって従来広く根づいていた偏見を除去するための材料が豊富に手に入る。少し例を挙げるなら、本来の意味での採石場と、石材加工場の比率の見直しやその新たな理由づけがなされたこと、あるいは個々の例では自動斜坑運搬［重力のみを利用し、採掘物を積載した車両を巻き下ろすと同時に空車を巻き上げる方法］が、従来出されていた見解に反して危険を高める要因として定義されたこと、賃金の出来高払いがやはり危険を高める要因として判定されるべきこと、とりわけ運搬作業に関してはそうであることなどである。

漂石の破砕は、危険な運搬作業をともなわずに済む野外で行われる場合にも、大幅に危険を高めるものとして定義された。野外で石材加工作業が行われる際には最も原始的な防災措置も講じられない、というのがその理由である。石堤は、石材加工の際の防護柵の代替物としてはまったく不十分であると定義された。十分な高さに積み上げるのが困難であるし、しかも自然な傾斜角においては落石がたえず発生するため、それ自体が危険を生むからである。

このような判定方法は、当事者と保険局のさらなる歩み寄りを期待させる。採石業における事故防止および採石業の監督にとって、まさに最良の進歩を意味するものである。

（川島隆＝訳）

書簡選

オスカー・ポラック（プラハ？）宛て[*1]

〔プラハ、一九〇二年八月二十四日（日）またはそれ以前〕

ぼくはぼくのすてきな机の前に座っていた。この机、見たことないだろ。別に見なくていいよ。こいつはお上品な市民志向《ブルジョワ》の持ち主で、えらく教育的なんだ。この机の前に座って書こうとすると、ふつう膝《ひざ》がくるところに見るも恐ろしい木のでっぱりが二つ突き出てる。ここからが要注意だ。落ち着いて座って、用心しながらお上品なブルジョワ的なことを書いている分には、悪いことは何も起こらない。でも、夢中になってきて少しでも身体が揺れると、でっぱりの尖端が両膝にグサッと喰い込むって寸法だ。痛いのなんのって。青黒い傷痕《きずあと》を見せてやろうか。つまり「夢中になって書くな、書きながら身体を揺らすな」ってことさ。

そんなわけで、ぼくは自分のすてきな机の前に座って、きみ宛ての二通目の手紙を書いていた。ほら、手紙ってものは一通書いたら最後、それが群を先導する羊《ヒツジ》みたいになり、あとから二十頭もぞろぞろ手紙羊がついてくるんだよね。

おっと、いきなり扉が開いた。ノックもしないで入ってきて、失礼なやつだな。ああ、きみのハガキだ。なら大歓迎だよ。最初にもらったハガキは妙なことになった。数え切れないほど何度も読み返してるうちに、きみの言葉を一字一句そらで言えるほどになり、しまいに書いてないことまで読み取れるようになったので、そろそろ潮時《しおどき》だと思って読むのをやめて、ぼくの手紙を破ることにした。手紙はビリビリ音を立て、お亡くなりになった。

　きみが長々と書いてたあのつまらない話、もちろん読んだよ。きみは鬱陶《うっとう》しい辛口《からくち》批評家にでもなったつもりでドイツを旅してるんだね。そういうの、絶対やめたほうがいいよ。

　それはさておき、きみが[*2]ゲーテ国民記念館について書いてることは、まったくあべこべで大間違いだよ。入館したとき、きみの頭は思いこみと優等生的発想でいっぱいで、だから早速、名前にケチをつけはじめたわけだ。でも「記念館」は別に問題ないし、「国民」もなおさら結構じゃないか。きみは「国民」が悪趣味だとか冒瀆《ぼうとく》的だとか書いてきたけど、ぼくは全然そうは思わない。よくできた、最高によくできた皮肉だと思うね。だいたい、きみはゲーテの書斎を聖地中の聖地扱いしてるけど、そこできみの書いてることって、やっぱり思いこみと優等生的発想だけだよね。あとはせいぜい、ひとつまみの[*3]ドイツ文学研究と。ドイツ文学研究なんか地獄の火で焼かれたらいいのに。

　ゲーテの書斎を整理整頓して「国民」のための「記念館」に仕立て上げるなんて、バカみたいに簡単だよ。そんなのは——ゲーテの靴脱ぎ器を大事にできる、まともな内装職人なら——誰だってできたお仕事さ。まったく、偉いよね。

　ところで、ゲーテがぼくらに残してくれた中で一番神聖なものって、何だか知ってるかい。

……ゲーテが孤独にこの地を歩んだ足跡……だそうだよ。ついでに面白い話がある。とびきり上出来のやつ。これを聞いたら、神さまは大泣きして地獄の悪魔どもが大笑いするよ。——他民族が残した最も聖なるものはけっしてぼくらのものにはならず、手に入るのは自民族のものだけ——だとさ。面白い話だよね。とびきり上出来だ。そういえば、このネタは以前、細かく刻んで味見させてやったことがあったな——[*4]ホテク庭園でさ。きみは泣きも笑いもしなかった。きみってやつは、神でも悪魔でもないわけだ。

ただ、きみは辛口批評家の先生（チューリンゲンの害毒）に憑依《ひょうい》されてるわけで、そいつは下級の悪魔だと言えなくもない。さっさとお祓《はら》いしないと。だからここは一つ、きみのために取っておきの話をしてやろう。[*5]今は亡き……がフランツ・カフカによって打倒された顚《てん》末《まつ》だ。

あいつは、ぼくが寝ていようが起きていようが、どこでも追いかけてきた。たとえばぼくが[*6]ヴァインベルクの壁の上に寝そべって景色を見わたし、山のずっと向こうにあるすてきなものを見たり聴いたりしていたとしよう。すると必ず、いきなり壁の後ろで何かやかましい騒音を立てるやつがいる。偉そうにガーガー言って、この美しい風景は一考の余地がありますなとおごそかにご託宣《たくせん》を垂れる。このテーマに専門特化した研究論文やら、のどかな牧歌文学やらの計画をぶち上げ、その計画の正しさを論証しやがる。ぼくが反証として持ち出せるのはぼく自身[*7]の存在だけで、それだけじゃ不十分だった。

……こういうものが全部、ぼくをどれほど苦しめているか、きみには想像もつくまい。ぼくが過去にきみに書いた手紙の主成分は、負け惜しみと田園の空気だった。今きみに書いている手紙は、ギラギラと目に突き刺さる眩《まぶ》しい日の光でできている。[*8]マドリードの伯父（鉄道会社の社長）が来ていたので、ぼくもプラハに戻った。伯父が到着する少し前、ぼくは奇妙な、残念ながらとても奇妙な思いに囚われていた。こういうものから救い出してくれないか、どこか心機一転、やり直せる場所に連れて行ってくれないかと伯父に頼んでみる、いや頼むんじゃなく打診してみるという思いつきだ。とにかく、ぼくは慎重に切りだした。別にきみに詳しく報告する必要もないよね。伯父は基本的にいい人なんだけど、やけにもったいぶった口調でお説教を始めた。よしよしってな具合に慰めてくれるわけだ。臭《くさ》いものには蓋《ふた》。ぼくは心ならずも黙ってしまった。伯父のためにプラハに戻っていた二日間、朝から晩までいっしょにいたけれど、もうこの話はできなかった。伯父は今晩発つ。ぼくはまた[*9]リボッホに行って一週間過ごし、次に[*10]トリーシュで一週間過ごしてからプラハに戻り、それから[*11]ミュンヘンに行く。大学、あそこの大学に入り直すのさ。なぜ変な顔をするんだい？ 本気だぜ、ミュンヘン大学。しかし、なぜきみ宛てにこんなことまで書いてるんだろう。ぼくはたぶん、打診しても無駄だと最初から分かっていた。何のために自分の足があるんだ。なぜこんなことを書いてしまったのかって？ 人生に対するぼくの態度を知ってもらいたかったからだ。ぼくの人生は、ちょうどリボッホから[*12]ダウバに向けてのろのろ走る哀れな郵便馬車みたいに、

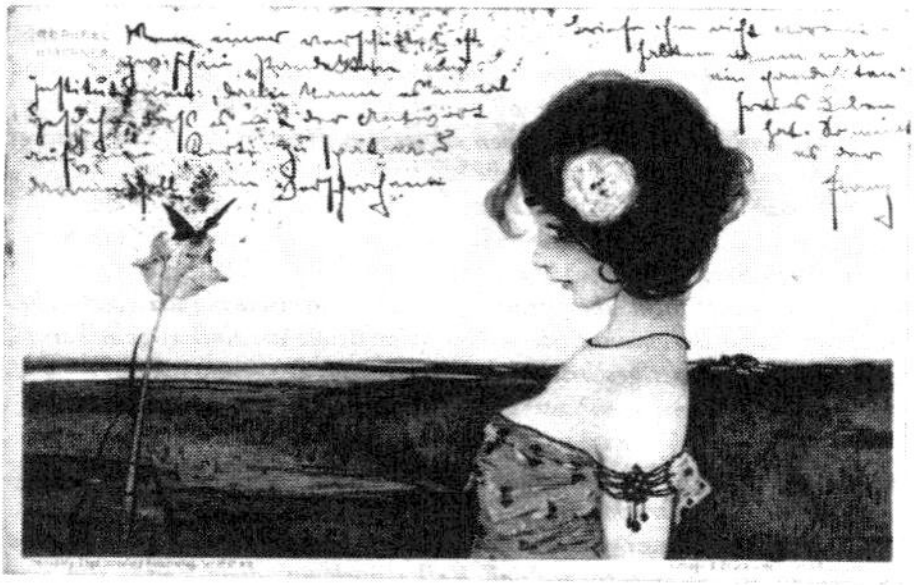

図1

石だらけの道をつまずきながら前に進んでる。こんなぼくを気の毒だと思って、腹を立てないでほしい

きみのフランツ

きみ以外には誰にも手紙を書いてないから、ぼくからこんなに延々と手紙が来てることを他の人に話されると気まずい。誰にも言わないでくれ。――もし返事をくれるなら嬉しいけど、宛先は、あと一週間は今までの住所、リボッホのヴィンディッシュバウアー気付で頼む。その後はツェルトナー通り三番地。

*1 パウル・キッシュ（ミュンヘン）宛て ［絵ハガキ］ 図1

〔プラハ、一九〇二年十一月五日（水）〕

法学集成だの法学提要だのに埋もれていたら、たまにはハガキに返事を出すのが遅れたりもするさ。だからって約束の手紙をくれないなんて、そんなのありかよ。そっちは

法学集成とは無縁の生活をしてるくせに。そう思えてならない

フランツ

図2

パウル・キッシュ（プラハ）宛て［絵ハガキ］図2

〔ドレスデン近郊ヴァイサー・ヒルシュ[*1]、一九〇三年八月二十三日（日）〕

ここではビールの代わりに空気を飲み、水浴びの代わりに空気を浴びる。それが健康にいいらしい。ドレスデンから一度こちらに来てくれるのかと思ってたんだが。じゃあ元気でね

フランツ・K

オスカー・ポラック（ツディレッツ[*1]近郊オーバーシュトゥデネッツ城）宛て

〔プラハ、一九〇四年一月二十七日（水）〕

親愛なるオスカー！

きみがくれた手紙君《くん》は、すぐ返事をくれ、でなきゃ返事はいらないと言っていた。なのに、返事をしないまま、もう二週間が過ぎた。それ自体としては許しがたいことだけど、これには理由があるんだ。第一に、よく考えぬいた返事しか書きたくないと思ったからだ。この手紙への返事は、これまできみに書いたどの手紙より大切だという気がしたから——（結局、返事はできなかったわけだが）。第二に、ヘッベル[*2]の日記（千八百ページほど）を一気に読んだせいだ。これまではごく一部をつまみ食いしたことしかなくて、ろくに味が分からなかった。でも今回、体系的に読みはじめてみた。最初は面白半分だったけれど、しまいには、自分が住んでいる洞窟の入口を岩でふさいだ原始人みたいな気持ちになってきた。ふざけて長い時間かけて岩を転がしてきたが、いざ入口をふさいでしまうと光も空気も入らなくなり、これはまずいと思って必死で石をどけようとする。ところが石は十倍の重さになっていて、原始人は不安に駆られて四苦八苦する。そのあげく、ようやく光と空気がまた入ってくる。そんな気持ちなんだ。ここ何日か、ペンを手にすることすらできなかった。だって、あんなふうに隙間なくどんどん高く積み上がり、最後には望遠鏡を使っても頂上が見えなくなるような人生を目撃してしまったら、良心の呵責《かしゃく》に苦しめられるじゃないか。でも、良心に大きな傷ができるのはいいことだ。良心が敏感になって、ほんの少し嚙《か》まれただけでも痛むようになるからね。そもそも、自分を嚙んだり刺したりするような本だけを読むべきだとぼくは思う。ぼくらの脳天を直撃して目を覚まさせてくれる本でないなら、何のために本なんか読むんだ？　きみが書いてきたように、幸せになるため？　冗談じゃない。本がなくても人間、幸せだろ。自分が幸せになるための本がどうしても欲しいなら、自分で書けばいいじゃないか。ぼくらが必要としているのは、ぼくらを苦しめる不幸みたいな働きをする本だ。たとえば自分自身よりも大切に思っている人の死みたいな。たとえば人里離れた森の中に追放されているような。たとえば自殺みたいな。本というものは、ぼくらの中にある凍りついた海を叩き割る斧《おの》でなければならない。それがぼくの考えだ。

でも、きみは幸せなんだね。きみの手紙はまさにキラキラ輝いてるよ。思うに、きみが以前不幸だったのは、ただ付き合う相手が悪かったせいだ。当然の話さ。日陰にいたら日光はあたらないからね。でも、きみが幸せになったのはぼくのせいだとは思わないでくれ。せいぜい、こんなふうに思ってくれたらいい。あるところに賢者がいた。自分では自分の賢さが分かっていなかった。あるとき愚者と会い、少しのあいだ話をした。一見どうでもいい話を。ところが話が終わって愚者が家に——鳩小屋に——帰ろうとすると、賢者は愚者に抱きつき、キスをして「ありがとう、ありがとう、ありがとう」と叫んだ。なぜか？　愚者の愚かさ加減のおかげで、賢者は自分が賢いことを悟ったのだ。——

何となく、きみにいけないことをしたから許しを乞《こ》わなければならないような気がする。でも、ぼくは何もいけないことはしていない。

きみのフランツ

マックス・ブロート[*1]（プラハ）宛て

〔プラハ、一九〇四年八月二十八日[*2]（日）以前〕

親愛なるマックス、

昨日は講習に出ずじまいだった。だから、なぜぼくがきみたちと夜会に踊りに行かなかったか、手紙を書いて説明する必要があるように思う。もしかして、行くと約束していたかもしれないしね。

じつは、きみとP[*3]が同じ場に揃うところを見て面白がってやろうと思ってたんだ。いや、失敬。面白い取り合わせだと思うんだよね。きみがその場のノリで大げさなことを言う――ちょっと人に囲まれると、きみはそうなる――のに対して、Pは芸術こそ分からないやつだが、それ以外はほとんど何でも冷静に見通せるから、きっと上手に反論するだろう。

でも、そんなことを考えながら、ぼくはきみの仲間のことを、きみの取り巻き連中のことを忘れていたんだ。部外者の目には、あの連中といるせいできみは損をしているように見える。連中は中途半端にきみにべったりで、中途半端に自己主張するからね。どこがべったりかって。ほら、連中はきみを取り囲んで、いそいそとこだまを返す反応のいい山脈の役目をしてるじゃないか。耳障りだな。はたで聴いてる人間にしてみたら、背中をどやされながら目の前のものに集中しろと言われてるようなものさ。よほど器用でなけりゃ、前も後ろも楽しむどころじゃないよ。

それはそうと、あの連中に自己主張させたら、もっと有害だ。きみの姿が歪められてしまうからね。きみは場違いなところで引用され、きみ自身の言葉がきみの首を絞めているみたいに聴こえるんだ。周囲をがっちり味方で固めていたら、たまに冴えたことを言ったところで何の役に立つだろう。味方が大勢いて役に立つのは、みんなが同時に足並み揃えて行動する革命のときだけだ。仄暗《ほのぐら》いテーブルを囲んで小さな反乱を起こす場合、味方がいると足を引っぱられる。たとえばきみが「朝の風景」の舞台セットを組みたいと思い、朝の風景の絵を背景に選んだとしよう。ところがきみの仲間は、このシーンなら「狼の谷」*4で決まりだろと思い、きみが描いた「狼の谷」を書割《かきわり》として舞台脇に配置してくれたりするわけだ。どちらもきみが描いた絵には違いないし、そのことは観客も見て分かるはずだが、とにかく朝の風景が台なしだ。緑の草原には鬱陶しい影が差し、空には不気味な鳥が飛んでいる。とまあ、そんな具合だね。四六時中ってわけじゃないが、時折きみは「フローベール*5はつくづく事実に即した閃《ひらめ》きの人だよな。どこにもクサい感情なんか出てこない」なんてことを言うよね(何を言ってるのか正直よく分からないんだけど)。これをもじって、きみの顔に泥を塗ることができると思う。こんなパターンでね。きみが「『ヴェルター』*6ってすばらしいな」と言うと、ぼくは「お言葉ですが、クサい感情だらけだよね」と返す。どうだい。まあ、くだらない揚げ足取りさ。でも、ぼくはきみの友だちだし、こんなことを言うからって嫌がらせがしたいわけじゃないよ。ただ、きみの文学論を首尾一貫して展開させるとどうなるか、聴いている人に教えてやりたいだけなんだ。友だちの発言をじっくり忖度《そんたく》しないことが友情の証《あかし》になることだってあるからさ。ともあれ、聴いている人はそろそろ気が滅入って、うんざりしてくるころだ。――

こんなことを書いたのは、こういう手紙を許してもらえないことより、あの晩パーティーに付き合わなかったのを許してもらえないことのほうが応える気がしたからさ。――さようなら。――きみのフランツ・K

ちょっと待った。もう一度読み返してみて気づいたんだが、この手紙、分かりづらいね。言いたかったのは、こういうことだ。疲れているときに手を抜いても同好の士に助けてもらえたり、自分の足で歩かなくても目的地にたどり着けたりするなんて、きみは抜群に恵まれてる。でも――Pと話していて思ったんだが――まさにそのせいで、きみはスポットライトを浴びるとき、やや期待外れの出来になる。もったいないと思うんだよ。――これで分かってもらえたかな

マックス・ブロート（プラハ）宛て

〔プラハ、一九一二年八月十四日（水）〕

おはよう！

親愛なるマックス、ぼくは昨日、作品[*1]を並べているとき、あのお嬢さん[*2]が気になって仕方

なかった。おかげで何かバカなことをやらかしたかもしれない。おかしな順番になっているのに自分では気づいていないとか、そんなことが容易に想定できる。ちょっと見直してみてくれないか。恩に着るよ。この感謝を、もともときみに送るつもりだった巨大な感謝に包んで送らせてくれ。

きみのフランツ

さっきコピーを残念ながら初めて読んだが、細かい誤字がたくさんあるね。おまけに句読点ときたら！　だが、それを校正する時間はたっぷりあるはずだ。今はとりあえず、子ども[*3]の話の「おまえらどんな顔するかな？」を消して、その四語前の「本当」に疑問符をつけてくれ。

フェリーツェ・バウアー[*1]（ベルリン）宛て　［労災保険局用箋］　［プラハ、一九一二年九月二十日（金）］

拝啓　お嬢さま！

私のことなど少しも覚えておられない、という事態が容易に想定できますため、もう一度、自己紹介いたします。私はフランツ・カフカと申します。プラハのブロート頭取宅[*2]にて初めてお目にかかりました。それからテーブル越しにタリーア[*3]の旅の写真を次々とお渡しして、最後に、今タイプライター[*4]のキーを打っているこの手でお手を握り、来年パレスチナ旅行[*5]をごいっしょする約束を取りつけた男です。

さて、今でもこの旅行をなさるおつもりなら――あのとき、お気持ちは固いとおっしゃっていましたし、私もそうお見受けしました――そろそろ旅の段取りをご相談するのがよい、だけでなくご相談する必要があるかと存じます。なぜなら私たちは二人とも、パレスチナ旅行には短すぎる休暇を徹底的に利用し尽くさなければなりませんし、それはよくよく準備をしたうえで、すべての準備について合意ができてはじめて可能になるはずですから。

ただ、一つお断りしておかねばならないことがあります。感じ悪く聞こえると思いますし、先に申し上げたことと矛盾するようなのですが。私は几帳面に手紙を書くことができません。もしタイプライターがなければ、現状よりもっと悪かったでしょう。手紙を書くだけの気力を奮い起こすことができなくても指先を使うだけで文面ができるとはありがたい話ですね。ただし、その代わり、私はけっして手紙が几帳面に届くことを期待したりもしません。手紙が来るのを毎日わくわくしながら待っているような場合でさえ、届かなくても失望したりはしないのです。そのあげく手紙が届いたら怯《おび》えるぐらいです。

タイプ用紙を取り替えるとき、自分のことを実際よりも少し面倒な人間に見せすぎたかも、と気づきました。こんな失敗をしたのも自業自得です。なぜ私は職場で六時間[*6]過ごしたあとで、あまり操作に慣れていないタイプライターでこの手紙を書いたりしているのでしょうか。にもかかわらず、にもかかわらず――こうやって横道に逸れてしまうのが、タイプライターの唯一の欠点ですね——私を旅の道連れ、旅の道案内、旅のお荷物、旅の暴君、あるいは私がなるかもしれない他の何かとしてご旅行に同行させるのに懸念が、それも現実的な懸念があるにせよ、文通相手としての私には、今のところ決定的な非の打ちどころはないものと存じます。ですから安心して[*7]私との文通をお試しになってください。

プラハ、一九一二年九月二十日

敬具　フランツ・カフカ博士
プラハ、[*8]ポジッチ七番地

労災保険局[*1]オイゲン・プフォール（プラハ）宛て　［名刺］

〔プラハ、一九一二年九月二十三日（月）〕

拝啓　上級検査官さま！
[*2]今朝、少しばかり失神の発作があり、今も[*3]微熱がございます。そのため自宅待機しております。しかし大事《だいじ》ないと思われますので、必ず今日中に出勤いたします。おそらく十二時過ぎにはなりそうですが。

敬具　[*4]フランツ・カフカ博士

フェリーツェ・バウアー（ベルリン）宛て

〔プラハ、一九一二年十一月一日（金）〕

親愛なるフェリーツェお嬢さま！

この呼びかけを、せめて今回は大目に見てください。何度か頂戴したリクエストにお応えして私の生活スタイルを語るとなると、いくつか言いにくい話もせねばならず、それは「拝啓」と呼びかけるような相手にはとても切りだせません。ともあれ、この新しい呼びかけは、そう悪いものではないはずです。もし悪いものなら、こう呼びかけようと思い立って以来、ずっとこんなに心が浮き立っているのはおかしいですから。

私の生活は基本的に今も昔も、執筆の試みで成り立っています。作品を書こうとしても、たいてい失敗に終わるのですが。しかし執筆していないと、私は地べたに転がってゴミとして捨てられるのを待つだけの身になります。昔から私には情けないほどちっぽけな力しかありませんでした。自分が大切だと思う目的のために、いざというときに十分な力を温存しておくには、いつでも力を出し惜しみし、あちこちで少々の取りこぼしをするのは覚悟しなければならないのです。自分でそうするつもりはなくても、勝手にそうなります。あえてそれをやめようとして（やれやれ！　今日は祝日[*1]なのに職場に当直で、来客につぐ来客で休む間がありません。まるで小さな地獄が口を開けたかのようです）、何か分不相応のことを望むと、私はひとりでに排除され、傷つけられ、侮辱され、立ち直れないくらい衰弱させられてしまいます。しかし、そうやって私を当面不幸にしたものが、時間が経《た》てば心の支えになり、たとえ見つけるのが難しくとも、どこかに幸運の星があって、その星の下でなら生きのびられるのではないかと思うようになりました。私は以前、自分が執筆のために犠牲にしたものと、執筆のせいで自分から奪われたものを一つずつ数えて一覧表にしたことがあります。あるいは、執筆のためだとでも思わなければ失ったことに耐えられないもの、と言ったほうが正確でしょうか。

私は自分が知っている中で一番やせた男です（これはちょっと自信あります。私はあちこちのサナトリウムを見て回っていますから）。実際それと同様、執筆という観点からすると余分なもの、いい意味で余分なものと呼べるものは私には何も残っていません。ですから、もし私を利用するつもりの、または現に利用している高次の力が存在するなら、私は少なくともその力に使われる道具として明らかによくできています。もしそんな力は存在しないなら、私は突然、恐るべき空虚の中にぽつんと取り残されることになります。

今では、お嬢さまのことを想っている分だけ私の生活は拡張されました。私が目覚めているあいだ、そのことを想っていない時間は十五分もありませんし、想う以外に何もせず十五分が過ぎることはよくあります。ですが、その想いさえ私の執筆活動に関係があるのです。執筆の波のうねりだけが私を規定しており、執筆が低調なときには、お姿に向き合う勇気はけっして湧いてきません。これは真実です。あの夕べ以来、私が一つの感情を抱いているのと同じくらい真実です。まるで私の胸に穴が開き、それが呼吸する口になり、何かがとめどなく出たり入ったりしているかのようです。ある晩とうとう、私はベッドの中で聖書の物語の一つを思い出し、おかげでこの感情の必要性と、この聖書の物語の正しさが同時に証明されました。

ごく最近まで、執筆しているあいだだけはこの想いを中断しているつもりだったのですが、いつのまにか執筆とこの想いが兄妹《きょうだい》関係になっていることに気づいて驚愕《きょうがく》しました。自分が執筆*4した作品の一節に、お嬢さまとの関係が、くださったお手紙との関係が見つかったのです。誰かがチョコレートを一枚もらう。仕事中のちょっとした気分転換が話題になる。次に電話をかける場面がくる。最後に誰かが別の誰かに早く寝ろと言い、言うことを聞かないと部屋まで引きずって行くぞと脅す。これは、お嬢さまが職場に長居しすぎると母上が怒っておられたこととの記憶が元になっているに違いありません。——こうした箇所は私の格別のお気に入りです。ご本人がお気づきになる前に、抵抗なさる間もなく作品の中に閉じこめてさしあげたわけですから。しかも、いつかそんな箇所をお読みになったとしても、些細《ささい》な点ばかりなので、やはり気づかれないでしょう。ともあれ、これほど安心して閉じこめられていられる場所は、世界中どこを探してもないと断言できます。

私の生活スタイルは執筆活動のみに特化しており、もし変化があるとすれば、執筆のために都合がいいように調整してみた結果の変化でしかありません。なにしろ時間は短く、力は少なく、職場は恐ろしく、家はやかましい。きれいにまっすぐ生きてゆけない場合は、くねくねと身をくねらせながら曲芸ですり抜けてゆくしかないのです。自分が書いたものの中に、本来書こうとしていたことより疲労のほうが毎度ながら明瞭かつ上手に記録されているのを見たときのお決まりの嘆きに比べたら、時間をこま切れにする曲芸で得られる満足などは無に等しいものです。最近ひどく衰弱しているせいで中断を挟むことはありますが、私のタイムスケジュールは一ヶ月半前からこんな具合です。八時から二時または二時二十分まで職場。三時または半まで昼食。それから七時半まで睡眠（たいてい眠ろうとするだけに終わります。この一週間、目を閉じればモンテグロ人[*5]の姿ばかり見えていました。連中の変てこな服装が、細部に至るまで、吐き気がして頭痛がするほどはっきり見えたのです）。それから十分間、窓を開けて裸で体操。それから一人で、あるいはマックスと、あるいはまた別の友人も交えて散歩。それから家族と夜食（私には妹[*6]が三人います。一人目は既婚、二人目は婚約中、三人目の独り身のが一番かわいいです。他の二人もかわいいですが）。そして十時半に（下手をすると十一時半にようやく）腰を下ろして執筆に取りかかります。体力、気力、幸運と相談しつつ一時、二時、三時まで。朝[*7]の六時まで執筆していたこともあります。それからまた同じ体操。ただしやりすぎは禁物《きんもつ》です。体を洗って汚れを落とします。ちょっと心臓が痛み、腹筋がピクピク痙攣《けいれん》した状態で就寝。何とかして眠ろうとしますが、これは不可能への挑戦です。眠れないからです（しかもこの男は、夢のない睡眠がいいなどと贅沢《ぜいたく》をおっしゃる）。転々としながらこの男の仕事に思いを馳せ、さらに、はっきりした答えの出ない問題にはっきりした答えを出そうとする。明日はお手紙が届くか、届くとすれば何時かといった問題です。つまり、私の夜は二部構成になっているわけです。目覚めているパートと、眠れないパートです。この件について詳しく書こうとすれば、かりに耳を貸してくださる気になられたとして、きりがないでしょう。もちろん、私が朝に職場で、ほぼ力尽きた状態で仕事を始めることになるとしても、さほど不思議はありません。少し前のこと、タイピストのところへ行くのにいつも通る廊下に、担架が置いてありました。書類や印刷物を運ぶためのものなのですが、その脇を通り過ぎるたび、これは私を搬送するのにおあつらえ向きで、私を待ち受けているのだという気がしたものです。

厳密には、私は役人であるだけでなく工場主でもあることを忘れてはなりません。つまり、妹婿[*8]がアスベスト工場を経営しており、私も（父に出資してもらっての話ですが）共同経営者なのです。実際そう登録されています。この工場は私にとって十分に悩み苦しみの種となってきましたが、ここでその話をするつもりはありません。いずれにせよ、かなり前から私はこの工場を放置しています（つまり、役に立たない私の協力を引っこめています）し、実際それでそこそこうまくいっています。

それにしても、また少ししか話せませんでした。質問も全然できませんでした。なのに、もう終わりにしなければなりません。しかし返答がうやむやになってはいけませんし、質問はなおさらです。ところで、一つの魔法の手段があります。それを使えば二人の人間が、互いに会うことも話すこともなく、少なくとも大部分、互いの身に起こったことを知ることができます。いわば一気に知ることができるので、互いに何でもかんでも書いて知らせる必要はありません。これは、（そうは見えませんが）高等魔術の一手段です。これに手を染めれば、確実に得られるものがあるとはいえ、さらに確実に痛い目をみることになります。ですから、それが何であるか口に出しては言いません。あててみてください。あらゆる魔法[*9]の呪文と同じように、ひどく短いものです。

それではお元気で。この願いの効力を高めるため、お手に長いキスをさせてください。

忠実なる　フランツ・K

フェリーツェ・バウアー（ベルリン）宛て

〔プラハ、一九一二年十一月十一日（月）〕

フェリーツェお嬢さま！

今から一つ、本当に頭がおかしいと思われそうなお願いをします。私だって、こんな手紙をもらったら、そう思う以外にないでしょう。ついでにこれは、どれだけ心の広い人でも堪忍袋の緒が切れそうなぎりぎりの線を狙ったものです。お願いというのはこうです。週に一度だけお手紙を書いてください。日曜日ごとにお手紙が届くようにしてください。毎日お手紙が届くのは耐えられません。耐えられないのです。たとえば私がお手紙にお返事して、ベッドに横になるとしましょう。見たところ静かに寝ているようでも、じつは全身がドキドキ脈打っています。ひたすらお嬢さまのことだけを想って脈打っているのです。ぼく[*1]はあなたのものだ。そうとしか言いようがないけれど、この言い方でもまだ弱すぎる。けれども、だからこそ、ぼくはあなたの服装の話を聞きたくない。聞いてしまったら頭がぐちゃぐちゃになって、もう生きてゆけないから。だから、あなたがぼくに好感を抱いてるなんて話を聞きたくない。聞いてしまったら最後、どうしてぼくは、この愚か者は、職場や家にじっとしていられるだろうか。すぐに目を閉じて列車に飛び乗り、あなたのもとにたどり着くまで目を開けない、なんてことをやりかねない。ああ、ぼくがそうしない理由は一つ。とてもとても悪い理由だ。要するに、ぼくの健康は自分一人にぎりぎり足りる程度しかなくて、結婚生活を送るには足りない。ましてや父親になるなど、到底無理な話なんだ。なのに、あなたの手紙を読むたび、この見落としようのない事実を平気で見落としそうになる。

あなたの返事が今すぐ読めたらいいのに！　いや、ぼくはあなたをひどく苦しめているよね。あなたがせっかく部屋でゆっくりしているところに、よくこんな手紙を読めと無理強いできたものだ。これよりおぞましい手紙があなたの机の上に置かれたことはないはずだ！　実際、ぼくはときどき、自分が化け物になったような気がする。あなたの名前から幸せを啜《すす》って生きている化け物に！　後生《ごしょう》ですからもう二度と私に手紙を書かないでください、私も書かないと約束しますと誓った土曜の手紙、あれを送ってさえいれば。まったく、なぜ送る手を止めてしまったのだろう。送ってさえいれば万事うまくいったのに。今となっては、平和的解決などありうるかな？　手紙のやり取りを週一回に限定したところで、役に立つのかな。日曜に手紙が来るだけでも自分は耐えられないと予想がつく。だから、土曜の手紙を送らなかった埋め合わせをしたい。そろそろ書く力が尽きてきたけれど、最後の力をふり絞って提案するよ。お互い命が惜しければ、こんなこと全部やめにしよう。

ここで「あなたの」と署名すべきだろうか？　嘘八百だ！　あなたのじゃない。ぼくはぼく自身のものでしかなく、永遠にぼく自身に縛られている。ぼくはそんな人間だし、そのこととと折り合いをつけなきゃならない。

フランツ

フェリーツェ・バウアー（ベルリン）宛て

〔プラハ、一九一二年十一月十六日（土）〕

最愛の人、こんな意地悪、こんな意地悪はやめて！　もう土曜日なのに、今日も手紙をくれずにぼくを放置するなんて。今日こそは絶対に手紙が届く、夜のあとに昼がくるのと同じくらい確実だと思っていたのに。いや、手紙をくれなんて贅沢は言わない。二行のメモだけでも、挨拶だけでも、封筒だけでもいい。ハガキ一枚でも。こちらは四通送って、これが五通目なのに、お返しに一言すらないとは。不当な仕打ちだよ。この長い日々をどうやって過ごせばいいんだ。仕事したり、しゃべったり、あたりまえのように何かをするにはどうすればいいんだ。もちろん、あなたはつつがなくお過ごしかもしれない。[*1] お芝居のリハーサルや打ち合わせで拘束されていて暇がないだけかもしれない。でも、いったいどんな人間があなたを拘束しているのか教えてほしい。あなたがサイドテーブルに歩み寄り、紙切れに鉛筆で「フェリーツェ」と書いてぼくに送る、それを邪魔しているのは誰だ。たったそれだけのことで、ぼくは大喜びするはずなのに！　あなたが生きている印が、安心が欲しい。こんなぼくがあえて生命あるものにすがりついたのだから。もちろん明日は手紙が届くだろう。届くはずだ。さもないと、ぼくは途方に暮れてしまう。手紙が届きさえすれば万事うまくいく。こんなふうに、まめに手紙をくれとせがんであなたを困らせるのもやめる。しかし考えてみれば、明日手紙が届くのなら、月曜[*2]の朝に出勤してきたあなたを、こんな恨《うら》み言《ごと》でもって出迎える必要はないわけだよね。でも今はこれを書かずにはいられない。だって、あなたから返事が来ないと、あなたがぼくから顔をそむけ、別の人と話をしてぼくのことを忘れていると感じてしまい、理性ではその感情を取り除けないから。もしかして今、そのくらい黙って我慢しろと思ったかい？　ついでに言っておくなら、あなたの手紙を待ちぼうけるのは、これが初めてじゃない（毎回あなたのせいではないと確信しているけれど）。同封した古い手紙がその証拠だよ。

あなたの

一二年十一月十[*3]五日

【同[*4]封された手紙】

拝啓　お嬢さま！

[*5]十五日前の午前十時に最初のお手紙を受け取り、その数分後にはもう座って、拝復の手紙を書いておりました。巨大な用紙に四枚分。そのことに文句はありません。書きながら最高

に幸せな時間を過ごしましたから。文句を言いたいのは、いざ書き終えたとき、書きたかったことのごく一部、ほんの冒頭だけしか書けていなかったことです。そのせいで、手紙に書けずに押し殺した部分が何日もずっと私の中にわだかまり、私は落ち着かない気持ちになりました。この落ち着かなさが、やがてお返事を期待する気持ちに交代し、さらにはこの期待がどんどんしぼんでいったのです。

なぜお手紙をくださらなかったのでしょう？——私の手紙に何かバカなことが書いてあり、お困りになったことは十分ありえますし、あんな手紙でしたから実際そうなのでしょう。けれども、私のあらゆる言葉をいちいち裏打ちしていた善意を見逃された、なんてことはありえません。——どこかで手紙が紛失したのでしょうか？　しかし、あれほどの熱意をこめて出された私の手紙が、おいそれと投げ捨てられるはずはありません。そちらのお手紙にせよ、これほど待ち望まれている手紙がなくなるはずはないのです。そもそも、紛失したと思ってしまうほど期待があやふやな場合以外で手紙が紛失することなどあるでしょうか？——ご家族がパレスチナ旅行に反対だったから、手紙がお手に渡らなかったのでしょうか？しかし家族同士でそんなことをするでしょうか？　しかも、お嬢さまのような方に対して。それに私の計算では、あの手紙は日曜の午前中には着いたはずなのです。——するとご病気でいらっしゃるという悲しい可能性しか残らないわけですが、私はその可能性は信じません。きっとご健康で楽しくお過ごしのはずです。——このあたりで、私の頭はもう限界です。この手紙も、お返事がもらえると期待してというより、自分自身に対する義務を果たすために書いているにすぎません。
お住まいにこの手紙を届ける、イマヌエルキルヒ通り担当の郵便配達人になれたらいいのに。びっくりなさっているご家族の制止をものともせず、部屋また部屋を通り抜け、まっすぐ御許《おんもと》に参上し、手紙を直接お手渡しするのです。それとも、こちらのほうがお好みでしょうか。私自身がお住まいの入口の前に陣取り、こっちの気が済むまで延々とチャイムを鳴らすのです。きっと気分がほぐれることでしょう！

敬具　フランツ・K
プラハ、ポジッチ七番地

一二年十月十三日

フェリーツェ・バウアー（ベルリン）宛て

〔プラハ、一九一二年十一月十七日（日）〕

最愛の人、かぎりなく愛《いと》しい人、それではぼくは、この人間のクズは、あなたのように健康な女性を病気にしてやったと自慢できるわけだね。お大事に、本当にお大事に。もしぼくを気の毒だと思うなら、ぼくのせいで悪くなったものを元に戻してほしい！　それなのにぼくは、あなたが手紙をくれないなどと責めて、自分一人の不安と欲望に浸《ひた》り、あなたが病気だと感じ取ることも全然できずに、あなたはリハーサルやおしゃべりでお楽しみ中なのだとおかしな邪推をしたりしていたのだ。まったく、もしぼくたちが別々の大陸に隔てられ、あなたがアジアのどこかで暮らしていたとしても、こんなに遠く離れているのは不可能だったろう。あなたの手紙は、たとえどれだけ短かろうと（いや、どうして非難がましい口調になるのかな。今日のあなたの手紙は短くなんかなかった。ぼくがそれに値するより一万倍も長かった）、どれもぼくにとって無限大の長さだ。署名まで読んだら、また最初に戻って読みはじめるから。至福の堂々めぐりだ。でも結局は、手紙には終止符が打たれていることを認めざるをえない。あなたは手紙を置いて立ち上がり、姿を消す。こちらは暗闇の中に取り残され、呆然とするしかない。

いずれにせよ、今日こそは本当の本当に手紙が届く潮時だった。ぼくはあなたと違って優柔不断だから、ベルリンに行く決心はつかなかった。決断できたのは、手紙が来るまでベッドから起きない、ということだけだった。そう決心するのに格別な力はいらない。ただ単に悲しみのあまり起き上がれずにいればいいだけだから。しかも昨夜、[*1]執筆中の長編小説の調子がひどく悪くなった気がして、ぼくはどん底にいた。それでも、あの書留郵便をもらったときの幸せな気持ちは、この上なくはっきり覚えていたよ。目を上げれば、いわば幸せそうに雲の上を歩いている自分の姿が見えたわけだ。こんなに惨めなぼくなのにね。おとといの夜、二度目にあなたの夢をみた。郵便配達人が二通、あなたの書留郵便を届けてくれるんだ。しかし配達人ときたら、片手に一通ずつ持って、えらく規則正しく蒸気機関のピストン棒のようにカクカクと腕を動かしながら手紙を差しだしてくれる。まったく、魔法の手紙だったよ。封筒からいくら便箋を取り出しても、空《から》にならないんだ。ぼくは階段のまんなかに陣取り、読んだ端《はし》から便箋を段の上に捨てていった。どうか怒らないで。手紙の続きを封筒から取り出すには、仕方なかったんだ。階段は上から下まで、読み終えた便箋ですっかり埋め尽くされた。弾力のある紙が乱雑に重なり、ガサガサとすごい音を立てる。まさに願望の夢だね。

　けれども今日は、郵便配達人をおびき寄せるには全然別のやり方が必要だった。ここの郵便配達人は時間を守らないんだ。十一時十五分にようやく手紙が届いた。それまで十回くらい、ベッドに寄ってきた家人を片っ端からつかまえては階段まで偵察に行かせていた。そうすれば手紙が届くのが早まるかのように。ほら、ぼく自身は起き上がれないルールだったからね。ともあれ十一時十五分には本当に手紙が届けられ、開封されて一気に読まれたわけだ。あなたが病気だと知って不幸な気持ちになったけれど、もしもあなたが健康なのに手紙をくれなかったのだと知ったら——おっと、ぼくの本性《ほんしょう》がバレてしまう——もっと不幸になっていただろう。しかし何はさておき、こうして仲直りできた。がっちり握手してお互いの健康を祈り、これからも健康に生きてゆこう。——今回もまた何の返事もできなかったけれど、そもそも返事って口頭でしゃべるときにするものだよね。書いてみても、ろくに何も分からない。せいぜい幸福をおぼろげに感じられるだけだ。それはそうと、今日中にもう一通あなた宛ての手紙を書くよ。今日は用事であちこち駆けずり回らなきゃならないんだけど。あと、[*2]ベッドでふてくされているうちに思いついた小さな物語を書きとめないといけない。妙に気になっているんだ。

（心配しなくていいよ、絶対に電話はしないから。そちらもかけてこないで。耐えられないんだ）

あなたのフランツ

フェリーツェ・バウアー（ベルリン）宛て

〔プラハ、一九一二年十一月十七／十八日（日／月）〕

一二年十一月十八日

ぼくの最愛の人、夜の一時半だ。予告した物語はとても書き上がらない。長編は今日は一行も書けなかった。どんよりしたムードで寝にいくよ。夜が自由になって、ペンを手放さず朝まで執筆を続けられたら！　すばらしい夜になるだろう。でも寝にいかなくちゃならない。昨夜はあまり眠れなかったし、今日の日中もほぼ一睡もできなかった。ひどすぎる状態で出勤するわけにはいかないからね。明日になればあなたの手紙がまとめて届く。愛しい、愛しい人！　そこそこ目が覚めていれば、その手紙のおかげで間違いなく元気になれる。しかし気を抜くと、椅子にうずくまって手紙を抱えこみ、邪魔するやつは誰であろうと歯を剝き出して威嚇しかねない。いや、そこまで職場が頭にきているわけじゃないよ。ただ、就職してから五年間ずっと頭にきているからには、それなりに頭にくる理由があるんじゃないのかな。もっとも、本当にひどかったのは最初の一年だけだ。[*1]民間の保険会社にいて、勤務時間は朝の八時から晩の七時か八時、八時半まで。ふざけるな！　その会社のぼくの事務室に通じる狭い廊下を歩いていると、ほぼ毎朝、同じ場所で絶望の発作に襲われたよ。ぼくより強くて根性のある人だったら、さっさと自殺して楽になる決意をしてもおかしくない絶望だった。もちろん今の職場はずっとましだ。それどころか、こんなぼくをちやほやしてくれる。一番の上司の[*2]局長までね。最近も局長室で、局長と二人仲よく一冊の本をのぞいてハイネの詩を読んだりしたよ。そのあいだ控えの間では用務員やら課長やら何かで係争中の人々やらが、ひょっとすると一刻の猶予もならない緊急の案件を抱えて、やきもきしながら通してもらうのを待ってたってわけだ。そんな待遇にもかかわらず、十分つらい。耐えてやり過ごすためだけに必要なエネルギーすら溜まらない。

　ところで、ふと思ったけれど、[*3]こんな紙を便箋にしたりして気を悪くしないかい？　妹の便箋は数日前に使い果たしてしまったし、自分のは持ってたためしがない。だから自分の今年の旅日記帳を一枚ずつ破いて、あなたへの手紙に使うなんて恥ずかしいことを平気でしてるんだ。せめてものお詫びに、たまたまノートから落ちた紙を同封して送ることにするよ。今年行った[*4]サナトリウムでよく朝に合唱されていた[*5]歌が書いてある。気に入って書き写しておいたんだ。かなり有名な歌だから、あなたも知っているかもね。もう一度くらい読んでおいて損はないよ。しかし読んだら送り返してくれるかな。手もとに置いておきたいんだ。ほ

ら、とても情感にあふれた詩なのに、完全に規則正しく構成され、どの連も一つの叫びででき
ている。叫んで、次に首《こうべ》を垂れることで。そして、この詩の悲しみは本物だ。それは保証するよ。曲も覚えていればよかったんだが、ぼくには音楽的な記憶力というものがない。ぼくに音楽のレッスンをしてくれたヴァイオリン教師は絶望のあまり、棒を手に持って、ぼくにそれを跳び越えさせることにした。でもって、レッスンごとに少しずつ棒の位置を高くしていく。それがぼくの音楽の上達だった。だからぼくにこの歌を歌わせたら、やけに単調で、よく聴いてみると一つながりの溜め息でしかないってことになるよ。最愛の人！

フランツ

フェリーツェ・バウアー（ベルリン）宛て［電報[*1]］　〔プラハ、一九一二年十一月十八日（月）〕

＝ゴ[*2]ビヨウキデスカ＝カフカ＋＋

フェリーツェ・バウアー（ベルリン）宛て　〔プラハ、一九一二年十一月十九日（火）〕

一二年十一月十九日

最愛の人、これは責めてるんじゃない。ただ説明してほしいと言ってるだけだ。まるっきり蚊帳《かや》の外だと悲しくなるから。たしかに、こんなに狂ったように大量の手紙をやり取りするのをやめるのは正しい。自分でも昨日、そのことについて手紙を書きかけていたところだ。明日送るよ。でも、手紙のペースを変更するなら、双方の合意のもとにやらないとだめじゃないか。事前に相談して、告知して。さもないと頭がおかしくなる。いったいどう説明すればぼくは自分を納得させられるんだ。あなたが自分で言ってたように、金曜の午前中にぼくの書留郵便を受け取ってくれたか、少なくとも届いたと知ってくれていたのだとしたら、あなたが土曜日にようやく返事を書いてくれたのはなぜだ。あなたが土曜の手紙で土曜のうちにもう一通書くと言っていたのに実際には書いてくれず、ぼくが月曜日、約束の二通の代わりに一通の手紙も受け取れなかったのはなぜだ。あなたが日曜の日中に一言も書いてくれず、夜になってようやく書いてくれたのはなぜだ。いや、その手紙のおかげで幸せにはなったよ。こんなぼくでもかろうじて幸せを感じられる程度にはね。あと月曜日にも、ぼくが電報を送らなかったら一通も、一通たりとも書いてくれなかったはずだよね。だって、あなたの月曜の手紙といえば、あの速達の手紙一通きりだったんだから。それはなぜだ。ともあれ、一番奇妙で恐ろしいのは、これだ。あなたは一日半も病気だったというのに、一週間ずっとリハーサルをやっていた。病気なのに土曜の晩にダンスに行き、朝の七時に帰宅。夜の一時まで起きていて、月曜の晩はパーティー＊1。ちょっと待て、何だよこの生活は！　最愛の人、説明して、頼むから説明してよ！　花と本のこと＊2は忘れていいよ。あんなもの、ぼくの無力の印でしかない。

確認してみたが、あなたは日曜の手紙でも月曜日に一通くれるとはっきり約束しているよ。

フランツ

フェリーツェ・バウアー（ベルリン）宛て ［労災保険局用箋］

［プラハ、一九一二年十一月二十一日（木）］

最愛の人！　かわいそうな子！　あなたには惨めったらしい恋人が、面倒きわまりない恋人がいるね。その男はまる二日間あなたの手紙が来なかったからって我を忘れ、言葉のとはいえパンチを乱れ打ち、あなたが痛がっているのに気づきもしないんだ。けれどもその男はあとで後悔するし、波風を立てた分、きっちり報いを受けるだろう。もしあなたの口もとがそいつのせいでピクッと動いたのだとしたら、その分もきっちり。最愛の人、今日届いた二通の手紙からすると、あなたはもう少しのあいだぼくのことを我慢してくれる気でいるようだね。どうかお願いだ。ぼくの昨日の手紙を読んだあとでも、その意見を変えないで。念のため、きっと今日中に許しを乞う電報を打つよ。

それはさておき、ぼくがあなたのことを心配しているのを分かってほしい。恐ろしい焦燥があり、いつも一つのことばかり考えて頭の中が焼けつくようで、それに関係ないことは少しも手につかず、職場にいるときは扉ばかり眺めている生活。ベッドに入って目を閉じれば瞼《まぶた》の裏に耐えがたいイメージが浮かび、夢遊病で通りから通りへとさまよい、あちこちぶつかり放題。心臓は鼓動をやめ、かすかに痙攣する筋肉の塊でしかなくなった。執筆はほぼ壊滅状態——分かってくれるかな。このありさまだ。だから怒らないでほしい。そういえば、なぜ手紙をくれなかったか、やっと説明してくれたね。でも、ちょっと言わせてもらえるかな。こちらは月曜には一通たりとも手紙を受け取っていない。月曜に届く予定だったとあなたが言う手紙は、土曜の夕方に投函されたはずだよね。つまり、その手紙は紛失したわけだ。あなたはこちらはあなたの土曜の午前中の手紙を日曜に受け取ったきりだから。その土曜の夕方の手紙にいったい何が書いてあったか、まだ覚えていたら教えてほしい。あの悲惨な月曜日を、せめて記憶の中で美化できるようにね。もう一度言うけど、月曜には一通たりとも手紙が来なかった。火曜には日曜の手紙と、無理やり脅し取った速達の手紙だけ。でもって水曜はまた手紙がなかった。これでもう我慢の限界だったから、自分の中で爆発しそうな気持ちをほんの少しでも軽くしようと思って、最小限の手紙を書いたんだ。分かるかな。ぼくにつきまとう呪いがまた発動して、あなたが自分の意思で終わりにしようと思ったか、あなたが手紙を書くのをお母さんが禁じたか、どちらかだとしか説明しようがなかった。お母さんといえば、あなたが最初のころくれた手紙にはとても感じのいい人として登場していたよね。よく覚えているよ。ベランダからあなたを見送って手を振るとか、あなたが少ししか朝食を食べないと嘆くとか、あなたが職場に長居しすぎると電話して帰宅させようとするとか。おや、だんだん雲行きが怪しくなってきたぞ。誕生日[*1]に手編みのものを要求するとか、あなたの職場での仕事を正当に評価していないとか、あなたに言わせると余計な人づきあいをさせようとするとか、あなたが晩にベッドで手紙を書いている最中に部屋に入ってきて「死ぬほどびっくり」させるとか、他にもいろいろ。そんなわけでぼくは例の二つきりの説明にがっちり食らいつき、意地でも放すまいとして、あんな手紙を書くはめになったわけだ。今になって気づいたけど、あなたの火曜の手紙が今日、木曜にようやく届いたのは、明らかにベルリン[*2]の祝日のせいだよね。カレンダーを見さえすれば分かることなのに。それじゃあ、ぼくのせいでおかしくなったことは、あなたの善意のおかげですっかり元に戻ったのかな。一度きりのキスで、あの日々と悲しいことを全部、忘れてしまっていいかい?

ところで、ぼくの手紙も一通ぐらい紛失してるんじゃないかという気がしてならない。金曜から数えて、だいたい十四か十五通は書いたはずなのに、あなたは火曜日に一通しか受け取らなかったの? サンプル抽出検査をしようか。ぼくが何かを同封して、それでとくに記憶に残っている手紙について、受け取ったかどうか教えてほしい。そのうち一つには、書いた時点では送らなかった古い手紙[*3]を同封した。「拝啓[*4] お嬢さま」なんていう滑稽な大昔の呼びかけで始まっている手紙だよ。もう一つには、ぼくの住まいの騒音のことがよく分かる印刷物を一枚同封した。そう、ストリンドベリ[*5]の引用はたしかに読んだし、自分がこれまで手紙で取り上げなかったのが不思議なくらいだ。恐ろしい真実が言われているね。あんなにあけっぴろげに言ってのけるなんて、すごいと思う。もっと恐ろしい真実が自分の中でうごめいている気がすることもあるけどね。恋をするとやたら自己防衛するようになる、という言葉にはたっぷり真実が含まれている。ついていけない考えが増えて、聞きたくない言葉が増えて、以前は何気《なにげ》なく受け入れていたものに刺すような痛みを感じるようになる。これ以上ないほど軽い食事を摂《と》るようになり、ワインの代わりにフルーツジュースを飲むようになる。そもそも何かを飲む場合はの話だよ。何かを飲むこと自体めったになくなるんだ。

　ぼくの食事は一日三度で、間食は一切しない。ほんの少しもしない。朝食は果物の砂糖煮とケーキとミルク。二時半には、子どもとしての愛情から、みんなと同じもの。ただし全体的にみんなより少なめ。細かく言うと、肉は少ないどころじゃなく少なめで、野菜は多め。冬の晩九時半にはヨーグルト、ライ麦パン、バター、各種ナッツ類、クリ、ナツメヤシ、イチジク、ブドウ、アーモンド、レーズン、カボチャ、バナナ、リンゴ、ナシ、オレンジ。もちろん、どれか選んで食べるという意味だよ。[*6]豊饒の角からあふれ出てくるやつを次々と口に流しこまれるわけじゃない。ぼくにとっては、これより元気の出る食事はないんだ。あと三口余計に食べろなんて言うのはやめてくれるかな。[*7]あなたのためにこれだけ頑張って食べてるのに、あと三口も食べたら苦しくなるよ。

　[*8]あなたの手紙のことは心配無用。ぼくの机はすさまじく乱雑だけれど、あなたの手紙だけはきっちり整理して隔離してある。取り出して見るたびに――実際ちょくちょく取り出して見ているのだけれど――また整理して元に戻しているのさ。――おや、まだ言いたいことも

返事すべきことも山ほどあるのに、もう終わりだ。それにもう三時[*9]だしね。続きはまた明日。そう、あなたが土曜の朝に手紙を投函してくれたら、日曜には届く。きっと普段より何倍もすてきな日曜日になるだろう。

フランツ

電報はやっぱり打たないほうがいいね。あなたを無駄に怯えさせるから。今日あなたが受け取らされる四通の手紙は、よい面と悪い面のバランスが取れている。――あなたは「ユーモア」[*10]の役だったの？　写真あるかい？

ぼくの写真については明日。

図３

オットラ・カフカ（プラハ）宛て　［絵ハガキ］　図３　［ドレスデン、一九一三年三月二十五日（火）］

オットラ、もう出発時間[*1]ぎりぎりだ。心をこめて。怒らないでね。時間も余裕もなかったんだ。

オットラ・カフカ（プラハ）宛て　［絵ハガキ二枚］　図4・5　［リーヴァ[*1]、一九一三年九月二十四日（水）］

オットラ、今までろくに手紙を書かなかったからって怒らないで。ほら、旅行中は気が散るし、普段にもまして筆不精になるんだ。でも今はサナトリウム[*2]に落ち着いたから、手紙を書いてる。というかハガキを送るだけだけどね。いつもながら、少ししか話すことはないから。その少しというやつは、手紙[*3]には書けない。また今度、風呂場[*4]で話すよ。ところで一つ用事を頼まれてくれないかな。タウシヒ[*5]で『一九一三年の本』をもらってきてくれ。無料のカタログだよ。帰るまでに品切れになるかもしれないからさ。ぜひ読みたいんだ。みんなによろしく。

フランツ

グレーテ・ブロッホ[*1]（ウィーン）宛て　［プラハ、一九一四年四月十四日（火）］

みんな[*6]の便りはもう長いこと受け取ってないよ。

S. Vigilio - Lago di Garda

図4

Lago di Garda - Isola Garda e Monte Baldo

図5

親愛なるグレーテさま、電報[*2]の代わりにお手を握らせていただけたら、もっとすてきだったのですが。

ベルリンでは悪くもよくもなく、まあ必然的に事態が進行しました。一つの明白な感情を抱いた私にとって必然的にね。人間がこれ以上を要求するのは無理です。自分がこれほど断固として行動したことはなかった気がします。もちろん、自分にとっての必然の話をしています。F[*3]にとっての必然ではありません。

グレーテさま、今日はもうお便りするのは無理かと思っていました。とても疲れているからです。ベルリンではほぼ一睡もできず、今日職場では最後の力をふり絞って仕事をしました。ついでに言えば、あと何時間分か[*4]別の仕事が残っています。――けれども、一刻も早くお伝えしたいことがありました。これです。私が婚約しようが結婚しようが、私たちの関係は少しも変わりません。少なくとも私にとっては、この関係には明るい可能性が潜んでいるのです。手放すことは考えられません。同意していただけますか。今も、これから先も？　まだ言っていないかもしれませんので、念のためもう一度言います。このことはすべて、私と（婚約者である私が代弁してよければ）Fが二人とも共通の件で恩義をこうむったこととは一切関係がありません。

二、三ヶ月ブダペストに行きたいとおっしゃったという速達の手紙について、Fから聞きました。間違いありませんか？　それは、ベルリンにいらっしゃる計画とどう両立するのでしょう？

あと、実際（たぶん仕事で）プラハにいらっしゃるのは可能でしょうか？　Fは四月の末か五月の頭にこちらに来るのですが、もちろんご予定に合わせてお迎えの準備をするでしょう。じつは、そのことでFがお便りするのをやめさせようと思っていました。あまりにも口先だけの招待に聞こえるのではないかと心配で。来ていただける可能性は残念ながらとても薄そうですから。それでも、たとえばグミュント観光ならごいっしょできますか？　この件、Fに知らせてやってください。[*5]

心をこめて　忠実なる　フランツ・K

グレーテ・ブロッホ（ウィーン）宛て

〔プラハ、一九一四年五月十六日（土）〕

一四年五月十六日

親愛なるグレーテさま、歯が痛いとは泣きっ面《つら》に蜂《ハチ》、ついに最悪の事態ですね。ですが、それはきっと、ウィーン[*1]を離れたら万事うまくいくという前触れですよ。歯痛にそれ以外の意味なんてあるはずがないですよね？　無意味に痛い思いをしていいはずがないですよね？

不眠と「頭の拡張」が何を意味するかなら、私はとてもよく知っていますし、現に今もそれを味わっています。この知識を手放そうとしても無理なようです。けれども本当に最悪な歯痛はまだ味わったことがないと思います。お手紙にそんなことが書いてあるのを読んで、まるで途方に暮れた小学生みたいになりました。歯の治療はどうなさっていますか？　毎食後（失礼、今は歯痛のあまり礼儀作法などに構っていられないご婦人に話しかけていますので）磨いていますか？　忌々しい歯医者どもは何と言っていますか？　一度あの連中の手に落ちたら最後、とことん辛酸をなめさせられることになります。そういえばFは金歯だらけで、ほぼ総入れ歯なので、比較的安泰です。同じ方法で安泰になろうとお思いになりませんか？　最初のうちは正直なところ、Fの歯を見たら目を伏せてしまっていました。ギラギラ輝く歯が恐かったので（ありえない場所でまさしく地獄の輝きなんですよ）。黄ばんだ灰色のセラミックも恐かったです。そのうち心に鞭《むち》打って、わざと見るようになりました。あれを忘れないようにするため、自分自身を苦しめるため、あれは本当のことなんだと自分に言い聞かせるためです。ぼんやりしていて、恥ずかしくないのかとFについ尋ねてしまったことがあります。幸いなことに、もちろん恥ずかしくないと言っていました。ともあれ今では、単に慣れたからではなく（だってあれを見慣れたりはしてませんから）、ほぼ完全に折り合いをつけることができています。あの金歯がなくなってほしいとは思わなくなりました。いや、これは正確な表現ではないですね。もともとなくなってほしいなんて思ってませんでしたから。ただ、今では何かしっくりくる、格別ぴったりくる感じがするのです。それにあれは――ここが大事です――明瞭な、愛すべき、記念すべき、見紛うかたなき人間的な欠点です。おかげで私はFをもっと身近に感じることができるようになりました。健康な歯だった場合よりもですよ。ほら、健康な歯って何だか恐いじゃないですか。――ここで口を利いているのは婚約者の歯を弁護している男ではなく、自分が言いたいことをうまく言い表せないでいる男です。ともあれその男は、ぜひ歯痛を治すため思い切った処置をする勇気を持っていただきたいと願っています。他にどうしようもなければ、ただし他にどうしようもない場合だけ、そうなさってください。いずれにせよ、ベルリンにいらっしゃるまで待ったほうがいいかもしれませんね。

今回[*2]の私の字のありさまについて言い訳をします。おととい、右手の親指をざっくり切ってしまったのです。小さなたらいが私の血でいっぱいになりました。目下、親指は自然治癒力に頼って、つまり膏薬《こうやく》も包帯も使わずに処置しています。おかげで傷の治りは十倍遅くなりますが、炎症も腫れもなく百倍きれいに癒着するのです。見るたびに嬉しさがこみ上げます。

お引越しの時期ですから、ヴァイス[*3]の小説[*4]はお送りしないほうがいいかもしれませんね。しかし一つ勘違いなさっているようです。原稿の話をしています。本は秋にようやく刊行されます。今すぐお読みになりたければ、もちろん即刻お送りしますが。ところで、聖霊降臨祭[*5]にはお会いできそうもありませんが、代案があります。マドリードの伯父が六月の初めに訪ねてきますので、いっしょにまたベルリンに行く可能性が高いです。行けるとすれば日曜だけですが、そのときにお会いできます。ヴァイス博士も紹介しますよ。いいですね？

新居[*6]はもう決まりました。三部屋、東向き、都心、ガス、電灯、女中部屋、浴室、千三百クローネ。いい点はここまで。以下は悪い点です。五階、エレベーターなし、つまらない眺め、やかましい通りに面している。いずれ（招待に応じてくださり、ありがとうございます。お礼にお手にキスを）ご自分の目でじっくり見ていただくことになりますね。

心をこめて　忠実なる　フランツ・K

ムッツィ[*7]にもう絵本を送ってもいいと思いますか？　何歳でしたっけ？

グレーテ・ブロッホ（ウィーン）宛て

〔プラハ、一九一四年五月二十四日（日）〕

親愛なるグレーテさま、今朝、お手紙をベッドの中で受け取りました（目が覚めたあともベッドでゴロゴロするのが昔からの習慣なのです。形骸化した習慣です。すばらしい睡眠欲があった時代のなごりで！）。それから一時間はたっぷり快適に過ごし、独《ひと》り言《ごと》でお手紙にお返事していました。今この午後の暑さの中で[*1]（あとで泳ぎに行きます）書いているお返事は、そのときのお返事ほど長大かつ的確なものにはならないでしょう。とくにFに関しては。

心の中に深く根ざし、個々の理由づけは全然気にならないほど揺るぎない確信というものがあります。そんな確信を抱いてしまったら心がいっぱいになり、論拠を考える余地はなくなります。どこに論拠をしまっておけばいいか分からなくなるのです。論拠を出せと言われたら出しますが、そんなもの、言葉にできない理由と比べたら、もちろん取るに足らないエネルギーしかないのです。私がそんな確信（外から見れば、まあ偏見ですね）を抱くことは多くありませんが、二つ例を挙げましょう。[*2]現代の医療のおぞましさについての確信と、毛皮のストール（ショール？）の醜さについての確信です。ただしこの二つ、何と組み合わせるかによって、片方は確信が揺らぎます。カノコソウ茶は、グレーテさんがお飲みになっているカノコソウ茶でもやっぱり気持ち悪いですが、毛皮のストールは、グレーテさんが身に着けておいでの毛皮のストールなら悪くないかもと思ってしまうのです。本気ですよ（どんなに前評判の悪い衣類だろうと、私は恐がったりしません。好奇心を抱くだけです。ドレスの裾《すそ》が五メートル？　バイエルンの民族衣装？　どんなのだろうなって）。

　おっしゃるとおり、不眠も人間にとってはよくないものです。あんな夜を過ごしたあとの今の頭の状態を開いて見せたら、見せられた人は両手をはたと打ち合わせることでしょう。ともあれ、自分の不眠の主な要因は分かっています。大部分、三十年間に及ぶ間違った生活スタイルのせいです。今からでも有効な対策はたくさん講じられるはずです。たとえば規則正しく早く寝るとか。でも、そんなことはしません。自分が悪いのですから、自分で責任を取ります。私たちは二人とも、人工毛皮《フェイクファー》は嫌いですよね。なら、人工的な眠りも嫌いになるべきじゃないですか？　[*3]自然療法の第二の大原則は、「人体の内部で働く、つまり多方面に影響を及ぼす作用の全体像が分からない薬を人体に用いることを避けよ」です。ですから特定の疾患に専門特化した医療などまともなものではありませんし、内科の専門医の先生なんてものは撃ち殺されても文句は言えません。どこかを壊さずに人体を分割することなどできないのです。大きな石炭の塊がストーブの口に入らないときは、細かく砕くのが実際的ですよね。けれども狭すぎる扉を通ろうとする場合、私がそのために自分を二つに分割するのは、まったく実際的ではないでしょう。もし私が睡眠だけでできているとしたら、睡眠が劣化して不眠になってしまった場合、もちろん何のためらいもなく不眠にカノコソウ茶を処方するでしょうね。それどころか不眠を睡眠に戻すために臭素[*4]やヴェロナール[*5]をどっさり注ぎこむでしょう。けれども私は睡眠だけでできているわけではなく、人間ですから、そんな処置は間違っています。しかし今日のところは、この話題について言いたいことを全部言うのは無理のようです。

Fと私の関係については、親愛なるグレーテさまがFと同じくらいよくお知りになれないこと、私の感情からして知るべきでないことは、私の知るかぎり何一つありません。「お二人が婚約なさる前から、……であることはよく分かっておりました。そこから『はい』という答えにたどり着くには、一つの跳躍(?)があったのですね」と質問しておられますが、意味がよく分かりません。もしかすると、婚約前の時期と比べてFと私の関係がどう変わったかと訊いておられるのですか。だとすれば、少し奇妙なお返事をすることになります。何[*6]も変わっていません、と。もちろん外面的には変わった点がいくつかあるでしょうが、内面的には何も変わっていません。少なくとも私が知るかぎり、私の解釈に委ねられているかぎりは何もないです。Fは手紙に何を書いてくるのかとお尋ねでしたね。Fはかなり規則的に手紙をくれます。ただ、職場でやらなければならないことが非常に多くて、手紙の内容は部屋探しの相談などに限定されます。本当に嬉しい話を聞いたのは二回だけです。ようやく女[*7]医のところをやめたことと、その代わり水泳教室に行っているということです。弟[*8]さんに関しては大変いい知らせがありました。職を見つけて、どうやら食べていけそうだと。思うに、Fがものすごく尽力してやったに違いありません。――それ以外のことは大して何も聞いていません。

それに比べて、いただいたお手紙についてはまだ言いたいことが山ほどあります。でも、またの機会にしましょう。もう遅くなりましたし、ペンもすらすら動きませんので。

あと宛名書きの件だけ。とても熱心にお尋ねですから。なぜそんなに訊くのですか？　私は原稿[*9]を店に持っていき、小包にしてもらいました。宛名は自分で書こうとしました。ところが末の妹のオットラ（ほぼ一日中店で働いている）が、子どもっぽいことに（もう二十歳なのですが、かわいいお子さまです）、宛名を自分が書きたいと言い張ったのです。そんなわけで、私が口述した住所を妹が書いたのです。私にガミガミ怒られながらですけどね。字が小さすぎて読めないと思ったので。とくにウィーンの「W」には頭にきました。しかし、それでも小包は無事届いたわけですね。

心をこめて　忠実なる　フランツ・K

明日は何を聞かせていただけるのでしょう？　なぜベルリンに移ると口が重くなるのですか？　やはり気が変わって手紙をお出しになるかもしれませんので念のためお伝えしますが、

ヴァイス博士の住所は原稿に書いてあるのとは変わっています。シャルロッテンブルク、グロルマン通り六一番地

考えてもみてください。まだブダペスト[*10]に手紙を書いたことはありません。決心がつかないのです。私はとても筆不精ですからね。とくに知らない人に対しては。いけないことですね。奇妙なことに、このお姉さんにお近づきにならせようとFと二人して心配してくだされ ばくださるほど、手紙を書く気が少し失せていきます。少しだけですよ。今回、手紙を書きたくないので、ありとあらゆる言い訳を探してしまうのです。Fは一年ほど前、私[*11]の頼みに応じて、このお姉さんの手紙を一通送ってくれました。八頁にわたる手紙なのに、ひたすら家計簿やら何やら、ひどく細かい話ばかりでした。ほとんど滑稽なくらいでしたよ。そういえば最近引用してくださった手紙の一箇所も、かなり無内容でしたね。にもかかわらず私はこのお姉さんが何となく好きですが、さしあたり手紙は書けません。

オットラ・カフカ（プラハ）宛て　図6

〔ヴェカルーセ[*1]、一九一四年七月二十一日（火）〕

親愛なるオットラへ、心をこめて。そこそこ調子いいよ。毎日毎日同じ快晴、同じ美しい

図6

砂浜に同じ海水浴場だ。しかし、だいたい肉ばかり食わされてる。ひどい話だ。他のことは全部月曜に話すよ。日曜に帰るから。お父さんとお母さんには今日中に手紙を書くよ。郵便収集人が待っている。さらば。

F

オットラ・カフカ（プラハ）宛て　図7

〔カールスバート[*1]、一九一六年五月十三日（土）〕

サラダ菜[*2]がこんにちは。

オットラ・カフカ（プラハ）宛て　図8

〔マリーエンバート[*1]、一九一六年五月十五日（月）〕

ご当地サラダがこんにちは。初対面ですよね。

„Hôtel Trautwein"
neben der Hauptpost und Elisabethbad.
Besitzer: Friedrich Trautwein's Erben.

図7

図8

オットラ・カフカ（プラハ）宛て

［プラハ、一九一六年十[*1]二月八日（金）〜一九一七年四月中旬］

親愛なるオットラ、頼むよ、封筒に入った手紙を上級検査官オイゲン・プフォールさま宛てに送ってくれ。できれば今すぐに。さもないと、寝過ごして事後的に捏造《ねつぞう》したみたいに思われてしまう（せっかく事前に捏造しておいたのにさ）。要は言い訳なんだが、仕方ないと思ってもらえるよ。[*2]上の家に長居しすぎた。二時半ぐらいまでかな。あれから一睡もしてない。それでも気分爽快だ。だから、今から十時ごろまで寝ることにしたとして、それは時間が経てば体調が戻るとか、もっと眠りたいとか、そんな理由じゃないよ。長く寝ていれば職場で過ごす午前中が短くなるし、出勤したとき（この嘘つきが）気の毒に思ってもらいやすくなるからさ。上の家で執筆がうまくいったわけじゃないし、量も書けなかったけど、でも楽しかった。朝に自宅待機すると分かっていたら、もっと大喜びで上に居座っていたところだ。翌日のことが不安だと、何もかもダメになる。それとも、不安だから何かにつけ頑張れるのかな。あそこじゃ真っ暗闇だから、違いが分かんないよ！

そんなわけで、すぐ欠勤届けを送ってくれ！

フランツ

石油は最後の一滴まで使い果たしたよ。

オットラ・カフカ（チューラウ）宛て

〔プラハ、一九一七年八月二十九日（水）〕

親愛なるオットラ、四つの可能性がある。ヴォルフガング湖畔（美しい異国の地。でも遠いし食事がまずい）、[*1]ラデショヴィツ（美しい森、食事はまあまあ。でも有名すぎ、異国情緒なさすぎ、居心地よすぎ）、[*2]ランツクローン（まったく無名、景色は美しいらしい、食事はいいらしい。でも上司の庇護下に入ることになり、職場関係のいざこざから逃れられない）、でもって最後にチューラウ（異国じゃないし別に美しくもない。でもおまえがいるし、あとミルクも）。ただし、まだ休暇は取れていないんだ。局長にも、前に[*3]ブダペスト旅行のときだいぶ手こずらされたから、ちょっと話しにくい。だけど、休暇を申請する決定的な理由ができたよ。三週間ほど前、夜中に[*4]肺から喀血《かっけつ》したんだ。午前四時ごろだった。目が覚めて、妙に口の中が唾液でぬるぬるするなと思って、吐き出してから灯りをつけてみたら、びっくり、血の塊だった。これが序の口さ。チェコ語で「[*5]フルレニー」だっけ。綴《つづ》りが合ってるかどうか分からないけど、のどからこう血が湧き上がってくる感じをうまく捉えている言葉だね。一向に止まる気配がないんだ。自分で栓を開けたわけじゃあるまいし、栓の閉め方なんて分からない。立ち上がり、部屋中をうろうろ歩き回り、窓辺に行き、外を見て、また戻ってくる。——そのあいだもひっきりなしに血が出てくる。やっと血が止まって、それから眠りに落ちた。久しぶりにぐっすり眠ったよ。翌日（普通に出勤）、[*6]ミュールシュタイン医師に診《み》てもらった。気管支カタル。薬を処方された。三本飲めと。一ヶ月後に再診、ただし再出血したらすぐ来いと。次の夜、早速また出血した。少なめだけどね。また医者に行った。ところで、この医者はどうも気に食わなくなってきていた。詳しい話は省くよ。言いたいことが多すぎるからね。診断結果、三つの可能性。その一、急性感冒。医者はそう言い張るんだけど、ありえない。八月に風邪かよ？　ただでさえ風邪をひきにくい体質なのに。あるとすれば、[*7]今住んでる部屋のせいだな。寒くて、空気がこもって、悪臭がするからね。その二、肺結核。今のところ医師は否定している。「まあ、大都市の住民はみんな結核キャリアですがな。たとえ肺尖カタル（これ、豚《ブタ》野郎と言いたいときに子豚ちゃんと言っておく、みたいな言葉だよね）だったとしても、そんなに悪いものではありませんぞ。ツベルクリン注射すればよろしい」だとさ。その三、こちらがこの可能性を口にしかけたら、医師はすぐさま頭ごなしに否定した。しかし、これが唯一の正解なんだ。二つ目の可能性ともうまく両立するけどね。最近、また昔ながらの妄想にひどく苦しめられてたんだ。ここ五年間ずっと苦しんできて、この冬だけは比較的長く鎮《しず》まっていたんだが。これはぼくに課せられた、というか託された最大の闘いで、もし勝利（たとえば結婚。もしかするとFはこの闘いにおける善の原理を代表する存在でしかないのかも）を収められたら、つまり死なない程度の出血で勝利を収められたら、ぼくの個人的な世界史ではナポレオン級の偉業だったはずだよ。とところが今、これで闘いに敗北することが決定したようだ。実際、あの夜の午前四時からこのかた、まるで空気が抜けたみたいな具合でよく眠れるようになった。すごくよくではなくてもね。あと頭痛が、最近どうしようもないぐらいだったのに、嘘みたいに治まったよ。あの喀血の原因は、たえまない不眠と頭痛と熱に浮かされた状態と緊張のせいで衰弱し、肺結核的なものに罹《かか》りやすくなっていたことじゃないかと思うんだ。偶然ながら、あれ以来、Fに手紙を書く必要もなくなっている。[*8]長い手紙を二通送ったら、そのうち一通にあまり感じのよくない、気持ち悪いような箇所があったせいか、今日に至るまでまだ返事がないんだ。

　これが現状だ。この精神的な病気、結核のね。ところで昨日また医者に行ったよ。肺の雑音（あれから咳《せき》が出る）は前回よりはっきり聴こえるらしいんだが、前回にもまして断固として肺結核を否定してくる。結核になるには年齢がいきすぎてるんだと。ともあれ、確証が欲しいと食い下がると、（これでも完全な確証は得られないけど）今週中にレントゲン写真を撮り、喀痰《かくたん》の検査をすることになった。宮殿《パレー》の部屋は解約したよ。[*9]ミフロヴァー夫人も解約を通告してきた。これで路頭に迷うわけだ。でも、これでよかったのかもしれない。どうせあの湿気の多い家には長くはいられなかった。[*10]イルマがとても気の毒がってくれたので、慰めるために喀血の話をした。家族は他にまだ誰も知らない。医者が言うには、さしあたり感染のリスクは一切ないらしい。――それじゃあそちらに行かせてもらっていいかい？　明日木曜から一週間とか？　八～十日ぐらい？

ミレナ・ポラック[*1]（ウィーン）宛て

〔メラーノ＝ウンターマイス、ペンション・オットブルク[*2]、一九二〇年四月末頃〕

親愛なるミレナさま

プラハ[*3]から一通、メラーノから一通、メモをお送りしました。お返事はいただいていません。たかがメモですから当然、すぐ返事が必要なものではないですよ。比較的お元気でいらっしゃるので手紙を書く気がしない、つまり便りがないのはよい知らせなのでしたら当方としては大満足です。しかし別の可能性もある――だからお手紙を差し上げている――わけで、もし私のメモが何かお気に障ったかもしれません（そんなつもりは一切なかったのですが。もし嫌なことを書いてしまったのだとしたら、いけない手ですね）。それとも、はるかに悪い事態ですが、以前お手紙で触れておられた、ホッと息をつける瞬間が過ぎ去り、またしても苦しい時期が到来したのでしょうか。第一の可能性については何も言えません。他の何があり えても、それだけはありそうもないとしか思えません。二つ目の可能性だとしたら、これは忠告ではなく――私に忠告する資格などあるでしょうか？――ただ疑問に思うだけですが、なぜ少しウィーンを離れようとなさらないのですか？　他の人たち[*4]とは違って、根なし草でいらっしゃるわけではないですよね。故郷ボヘミアに滞在されたら、また新たな力が湧くのではありませんか。もし私の存じ上げない何らかの理由でボヘミアはお気に召さないのだとしたら、他の場所でも。たとえばメラーノも悪くはないですよ。ご存じでしたか？

そんなわけで、二つのうち一つを選んでいただけますか。引き続き「心配いりません、元気ですから」という意味で沈黙を続けるか、さもなければ二、三行なりともお便りください。

心をこめて　カフカ

ふと気づいたのですが、お顔をはっきり思い出せません。ただ、カフェのテーブルのあいだを通り抜けて出ていかれるお姿が、服が、目に焼きついています。[*5]

ミレナ・ポラック（ウィーン）宛て

〔メラーノ、一九二〇年六月十二日（土）〕

土曜日にもう一通

こんな手紙の十字砲火はもうやめないとね、ミレナ。頭がおかしくなるよ。自分が何を書いたか分からなくなり、何に返事しているのかも分からなくなる。原因不明の震えが止まらない。あなたのチェコ語はちゃんと読めるよ。笑い声まで聞こえてくる。でも、あなたの手紙の中に鼻先を突っこみ、言葉と笑い声のあいだを掻き分けてゆくと、一つの言葉しか聞こえなくなる。私の本質でもある言葉、「不安」[*1]だ。

水曜から木曜にかけての私の手紙を読んだあとでも、まだ私と会いたいと思ってくれるかどうか、見当がつかない。あなたに対する私の関係なら、よく分かっている（あなたは私のものだ。たとえ二度と会えなくてもね）。不安という見通しのきかない領域からはみ出ている部分は、よく分かる。でも、私に対するあなたの関係は、まったく分からない。それは不安にどっぷり浸っている。あとミレナ、あなたは私のことを分かっていない。もう一度言わせてもらうよ。

　私にとっては、目下すさまじいことが進行中なんだ。私の世界が崩れ落ち、私の世界が建設されてゆく。目を逸らすな、おまえは（この「おまえ」は私のことだよ）この状況を生きのびられるのか。自分の世界が崩れたことには文句は言わない。もともと崩れかけだったからね。建設のほうには文句を言いたい。自分の力が弱いことに文句を言いたい。生まれてきたことに文句を言いたい。日の光に文句を言いたい。

　私たちはこれから先、どうやって生きてゆけばいい？　もし私の返信に「はい」と答えてくれるなら、あなたはウィーンで暮らすことはできなくなる。それは不可能だ。あなたの今日の手紙と同時にマックス・ブロートの手紙が届いて、こんなことが書いてあるのが目についたよ。「奇妙[*3]な事件が起こった。せめて概略だけでも〈報告〉しておこう。《トリブナ》[*2]の若い編集者のライナー（いいやつで、ものすごく若い男——たぶん二十歳）が服毒自殺した。きみがまだプラハにいたころ——だと思う。最近聞いたのだが、理由はこうだ。ヴィリー・[*4]ハースが[*5]彼の妻（旧姓[*6]アンブロジョヴァー。ミレナ・イェセンスカーの友だち）と関係を持った。ぎりぎりプラトニックな関係だったようだが。現場を押さえたとかではなく、妻が幼なじみの夫を言葉で散々苦しめ、おまけに態度でも苦しめたので、夫はついに職場で自殺したという話。翌朝、妻がハース君と連れ立って職場にやって来て、なぜ夫が夜勤から戻らなかったのか問い合わせた。夫はもう病院に搬送されたあとで、妻の到着前に死んだ。ハースは最終試験の前だったが、大学を中退して、父親にも勘当され、今はベルリンで[*7]映画新聞をやっている。どうせろくな目には遭うまい。女もベルリンにいて、どうやら結婚するらしい。——こんなむごたらしい話をなぜ聞かせる気になったのか、自分でもよく分からないが。たぶん、ぼくらも同じ悪霊に支配されているからだろう。これはぼくらの物語で、ぼくらもこの物語の一部だ」

手紙は以上。もう一度言うけど、あなたはウィーンにいられなくなる。しかし恐ろしい話だ。いつだったか、モグラを捕まえてホップ畑に放しにいったことがある。放り投げたら、猛烈な勢いで地面を掘り、まるで水に沈むように姿を消した。あんな話を聞かされたら、自分も穴にもぐりたくなるね。

ミレナ、もちろんあなたは別だ。私に言わせれば、あなたは既婚女性じゃなくて女の子だ。こんな少女っぽい人、他では見たことがないよ。だからあなたに、この娘《こ》に手を伸ばすのが恐いんだ。この汚らしい手、ピクピク痙攣する、カギ爪のある、そわそわと落ち着かない、熱くて冷たい手を。

F

プラハの荷物運び人の件、ろくでもない計画だね。あなたは私の職場[*8]に連れて行かれ、そこはもぬけの殻《から》。そのあいだ私はアルトシュテッター・リング六番地[*9]の三階で机に向かい、両手に顔を埋めているってわけだ。

おっと、また誤解だミレナ。「ユダヤ人問題[*10]」を取り上げたのは、くだらない冗談さ。

ミレナ・ポラック（ウィーン）宛て

〔プラハ、一九二〇年九月[*1]十八／十九／二十日（土／日／月）〕

土曜の晩

黄色い手紙はまだ受け取っていない。受け取ったら未開封のまま返送するよ。そろそろ文通をやめようと言ったのがよくないことなら、私はひどい勘違いをしていることになるね。でもミレナ、私は勘違いなどしていない。

あなたの話をする気はない。私に関係ないからじゃない。大いに関係あるさ。ただその話をする気がないだけだ。

だから自分の話だけするよ。私たちが生きている世界のはるか彼方で、ミレナ、あなたの存在が私にとって何であるかは、私が毎日のように送っている紙切れには、書いてない。あんな手紙だったら何の役にも立たない。苦しみにつながるだけだ。つながらなければ、もっと悪い。グミュント[*2]での一日を思い出させるのに役立つだけだから。誤解を、恥を、こびりついた恥を思い出させるのにね。初めて街角で会ったときのように、あなたをじっと見つめたいんだ。なのに手紙が邪魔をする。レルヒェンフェルト通り[*3]の喧騒《けんそう》を全部合わせたよりも邪魔だ。

しかし、それすら決定的なことじゃない。決定的なのは、積み重なってゆく手紙の山を乗り越えられない私の無力さだ。あなたと私、両方に対して無力。——あなたの千通の手紙と私の千個の願いを合わせても、これには太刀打ちできない。——そして決定的なのは（おそらくはその無力さのせいだろうが、理由はすべて闇に包まれている）、私に黙れと命じる力強い声だ。あなたの声みたいに聴こえる声だ。

あなたに関することは、まだ何も言ったことにならない。もちろん、大半はあなたの手紙に書いてあるけどね（おそらく黄色い手紙にも書いてあったんだろう。というか、手紙の返却を求める電報にも書いてあったよ。いや、電報に文句を言うつもりはない）。おそれ多いお言葉だ。私はそういう箇所を、悪魔が聖なる場所を避けるように避けて通ってきた。

奇遇だね、私も電報を打とうと思っていたんだ。長いこと頭の中で転がしていた。午後にはベッドの中で、夕方にはベルヴェデーレ離宮で。文面はこれだけ、「前便[*4]の強調箇所に明確なる賛同を乞う」。でも結局、根拠のない見苦しい不信感が隠れている気がして、電報はやめにした。

あれから他に何をするでもなく、夜の一時半まで手紙をぐだぐだ引きずっていた。手紙に目を落とせば、あなたの姿が透けて見える。ときどき、夢じゃなく、こんなイメージが浮かぶ。あなたの顔が髪に隠れていて、私は苦労して髪を左右に掻き分け、あなたの顔が現れる。私はあなたの額とこめかみを撫で、それからあなたの顔を両手で包む。

サナトリウムに行くことになれば、もちろん教えるよ。

この手紙は送らずに破って捨てるつもりだった。電報には返事しないつもりだった。電報は曖昧なものだからね。けれどもハガキと手紙が届いた。このハガキ、この手紙。しかしミレナ、この二通を前にしても、言葉を抑えるために必死で舌を噛むことになろうとも——あなたが今、手紙を、必要としているだなんて、どうして信じられるだろう。あなたが必要としているのは安らぎ以外の何ものでもないのに。あなた自身、よく半ば無意識にそう言っているよ。なのに、こんな手紙は苦痛でしかない。癒しがたい苦痛から生まれ、癒しがたい苦痛だけを生む。この苦痛に——しかも刻一刻ひどくなる——何の意味がある。この冬？　黙っていること、それが生きのびる唯一の手段だ。ここでも、あそこでも。悲しみを抱えて生きる、結構、それが何だ？　悲しいほうが子どもみたいにぐっすり眠れるじゃないか。だが苦痛を抱えていては、眠りの中で——ついでに昼日中も——頭をゴリゴリやられるはめに。

それは耐えられない。

ミレナ・ポラック（ウィーン）宛て

〔プラハ、一九二二年三月末〕

ずいぶん長いあいだお便りしませんでした、ミレナさま。今日お手紙を差し上げるのも偶然のもたらす結果でしかありません。筆不精をお詫びする必要もないでしょう。ご存じのとおり、私は手紙が大嫌いですから。私の人生の不幸は——これは文句を言っているのではありませんよ。あくまで一般論として、ためになるお話をしているだけです——こう言ってよければ全部手紙のせいです。あるいは手紙を書く可能性のせいです。人間に騙《だま》されたことは数えるほどもありませんが、手紙にはいつも騙されてきました。他人の手紙だけではなくて、自分の手紙にもです。私のケースは特殊な不幸で、これ以上お話しする気はありません。しかし同時に一般的な不幸でもあります。手紙が簡単に書けてしまう可能性は——純粋に理論的に見て——恐るべき心の荒廃をこの世にもたらしました。手紙というものは、幽霊と交信するようなものです。宛先の人の幽霊だけでなく、自分自身の幽霊とも交信するはめになるのです。手紙を書いていると、書いているその手の下で幽霊が生まれ、育ちます。一通だけならまだしも文通が続くと、一つの手紙が別の手紙の根拠になり、別の手紙を証人として次々と呼び出すようになります。人間同士が手紙で交信できるなどと、なぜ思ってしまったのでしょう！　遠くにいる人を想うことはできる。近くにいる人を抱くことはできる。それ以外はすべて、人間の力が及ばないことです。手紙を書くというのは幽霊に対して無防備になることで、それを幽霊どもは手ぐすね引いて待っているのです。手紙に書かれたキスは宛先には届きません。途中で幽霊どもに吸い尽くされるからです。この栄養豊富なエキスのおかげで幽霊どもはますます繁殖し、前代未聞の数に達します。人類はこれを感じ取り、反攻を開始しました。人と人のあいだに幽霊めいたものがはびこるのを可能なかぎり阻止するため、そして人と人の自然な交わりを、心の平和を守るため、人類は鉄道を、自動車を、飛行機を発明したのです。しかし役には立っていません。こうした発明品は、どうやら墜落中に慌てて作ったものでしかないようです。敵の陣営はもっと強くて余裕たっぷり、郵便の次は電報を発明しました。電話を、無線通信を。これから先も幽霊たちが飢えることはなく、私たちは滅びに向かうでしょう。

このことをまだ記事になさっていないのが不思議なくらいです。記事にして発表したからといって、何かを阻止したり挽回したりできるわけではないでしょう。もう手遅れです。しかし少なくとも、正体を見破ったぞと「やつら」に教えてやることはできます。

ところで、「やつら」の正体を見破るには、例外に着目するのも有効です。つまり、ときどき連中の警戒網をすり抜けて本当に手紙が届くことがあるのです。そんな手紙はまるで優しい手のように、ふわりと温かくこちらの手の中に舞い降ります。いや、もしかすると、それすらも見せかけで、そういったケースが一番危険なのかもしれませんね。普段以上に気をつけるべきなのかも。もしこれが偽装工作なのだとしたら、それはもう完璧な偽装工作だとしか言いようがありません。

　似たようなことが今日ありました。だからお便りしようと思い立ったのです。ご存じの人物かと思いますが、とある友人から手紙が届いたのです。お互い長いこと手紙を書いていませんでした。まったくもって妥当なことです。前に書いたことにも関連しますが、手紙というやつは眠れなくする薬としては一級品ですからね。しかしどんな状態で届くことか！　干からびて、空っぽで、でも刺激的。喜びは一瞬で、痛みが長くあとを引きます。我を忘れて読みふけっていると、なけなしの睡眠がもぞもぞ起き上がり、開いた窓から飛んでいってしまいます。なかなか戻ってきてくれません。そんなわけで、お互い手紙を書くのはやめていたのです。けれど、その人を想うことはよくありました。ごく断片的にですが。私の思考そのものが、ごく断片的になっています。ところが昨晩は、まとめてその人を想いました。何時間もずっと。私に牙を剝くという理由で私にとって大変貴重なものになった夜の時間を使って、ベッドの中で想像の手紙を紡ぎ、あのころの私がぜひとも伝えなければと思っていたことを、そっくり同じ言葉で、何度も何度も繰り返していたのです。そして朝になると、本物の手紙がその人から届きました。しかも、この友人が一ヶ月前から、というか一ヶ月前に、私と会うことになると直感していたとのコメントが添えてありました。私自身が体験したこととと奇妙に符合します。

　この手紙の一件がきっかけで、自分も手紙を一通書きました。そして、ひとたび手紙を解禁してしまった以上、ミレナさんにお便りしないわけにはいきません。私が一番手紙を書きたい相手の人に（そもそも手紙を書きたいと思うことがあるならという仮定の話ですが。いや、今の発言は、よだれを垂らして私の机を取り囲んでいる幽霊どもを牽制《けんせい》しただけですよ）。

もう長いこと新聞記事を拝見していません。ファッション記事は別ですが。そちらは最近、ごく一部の例外を除き、のんびり楽しく読ませてもらいました。今年の春のモード特集とかね。そういえば三週間、《トリブナ》を読んでいなかったのですが（バックナンバーを探します）。シュピンデルミューレ[*1]にいたのです。

（川島隆＝訳）

「書簡選」訳注

＊注は基本的に批判版全集のものを参考にしたが、読者の便を鑑みて情報を取捨選択ないし追加している。

オスカー・ポラック宛て（一九〇二年八月二十四日またはそれ以前）

1―**オスカー・ポラック**　ギムナジウム時代の同級生。プラハ大学では当初（カフカと同様）化学を専攻し、のちに哲学・考古学を経て美術史学に転向。気鋭の美術史家として活躍した。第一次世界大戦で戦死。

2―**ゲーテ国民記念館**　ワイマールのゲーテ・ハウス。一八八五年に「国民記念館」となり、翌年から一般公開されていた。

3―**ドイツ文学研究**　カフカはプラハ大学で一九〇二年の夏学期にドイツ文学の教授アウグスト・ザウアーの講義を受けたが、その結果、ドイツ文学研究に著しく幻滅した。

4―**ホテク庭園**　プラハのベルヴェデーレ離宮に接する広い公園。カフカのお気に入りの散歩コースだった。

5―**今は亡き……**　プラハ大学の文学史の教授を指すらしい。死後出版された著作にカフカは反感を抱いていた。

6―**ヴァインベルク**　プラハ市南東部の小高い地区。チェコ名ヴィノフラディ。

7―**ーーー**　この箇所にはプラハ大学の教授らに対する罵倒が含まれていたため、書簡集を編んだマックス・ブロートは当該部分を伏せて刊行した。手紙の現物はナチス・ドイツのプラハ占領にあたり失われた。

8―**マドリードの伯父**　母方の伯父の一人アルフレート・レーヴィ。

9―**リボッホ**　プラハの北方、エルベ河畔の村。チェコ名リビェホフ。

10―**トリーシュ**　モラヴィア（チェコ東部）の地方都市。チェコ名トジェシュチ。母方の叔父の一人ジークフリート・レーヴィが村医者を務めていた。

11―**ミュンヘン**　カフカはミュンヘン大学に移って文学を学び直す計画を抱いていたが、実現しなかった。

12―**ダウバ**　リボッホの少し北にある村。チェコ名ドゥバー。

パウル・キッシュ宛て（一九〇二年十一月五日）

1―**パウル・キッシュ**　ギムナジウム時代の同級生。やはりプラハ大学に進むが、一九〇二／〇三年の冬学期にはミュンヘン大学で文学を学んでいた。のちジャーナリストとなる（ルポルタージュ作家エゴン・エルヴィン・キッシュは弟）。アウシュヴィッツ強制収容所で命を落とした。

パウル・キッシュ宛て（一九〇三年八月二十三日）

1―**ヴァイサー・ヒルシュ**　当時人気だったサナトリウム「ドクトル・ラーマン」の所在地。このときカフカは、自然療法を実践するサナトリウムに初めて滞在した。

オスカー・ポラック宛て（一九〇四年一月二十七日）

1―**ツディレツ**　ボヘミア東部の地方都市。チェコ名ジュディーレツ。ポラックは一九〇三年秋から当地で家庭教師を務めていた。

2―**ヘッベルの日記**　フリードリヒ・ヘッベルは十九世紀ドイツを代表する劇作家。極貧の生まれから身を起こし、女性を踏み台にして成功をつかんだ。カフカが読んだのは一九〇三年に刊行された四巻本の日記。

マックス・ブロート宛て（一九〇四年八月二十八日以前）

1―**マックス・ブロート**　プラハ大学の一学年下の後輩。カフカとは一九〇二年十月に出会い、やがて親友となった。税務署や郵便局に勤めたのち、作家として活躍。カフカの遺稿を保存し、編集・出版したことで知られる。

2―**二十八日以前**　ブロートの自伝によると、カフカから受け取った最初の手紙。現存するブロート宛ての手紙で最も古い日付入りのものが一九〇四年八月二十八日付であるため、それ以前のものと推測される。

3―**P**　ギムナジウム時代の同級生エーヴァルト・プシーブラムを指すと思われる。その父オットー・プシーブラムは、いずれカフカが就職することになる労災保険局の理事長だった。

4―**狼の谷**　あざといムード演出の例？

5―**フローベール**　カフカとブロートは互いの家で毎週読書会を開き、フローベールの『感情教育』と『聖アントワーヌの誘惑』をフランス語の原文で何年もかけて読んだ。

6―**『ヴェルター』**　ゲーテの『若きヴェルターの悩み』のこと。

マックス・ブロート宛て（一九一二年八月十四日）

1―**作品を並べている**　刊行予定の作品集の原稿をライプツィヒの出版社エルンスト・ローヴォルト書店に送付するにあたり、作品の配列を考えていた。これ以降、カフカは出版社と頻繁に手紙をやり取りし、表紙のデザインや本文の文字サイズに至るまで細かく指定した。短編集『観察』は一九一二年末に刊行された。

2―**あのお嬢さん**　前日、一九一二年八月十三日に初めて会ったフェリーツェ・バウアーのこと。次の手紙を参照。

3―**子どもの話**　『観察』所収の『国道の子どもたち』のこと。

フェリーツェ・バウアー宛て（一九一二年九月二十日）

1―**フェリーツェ・バウアー**　ベルリン在住の女性で、「パルログラフ」（口述録音機）を扱うリントシュトレーム株式会社の業務代理人を務めていた。当時二十四歳。五歳年長のカフカと五年にわたり交際し、二度の婚約と婚約破棄を繰り返すことになる。

2―**ブロート頭取**　マックス・ブロートの父アドルフはプラハ・ユニオン銀行の頭取だった。フェリーツェ・バウアーは商用でプラハを訪れ、八月十三日の晩にブロート家に立ち寄った。彼女のいとこがマックスの妹ゾフィーと結婚しており、遠縁の間柄だったため。

3―**タリーアの旅**　トリエステの海運会社オーストリア・ロイドが提供する「豪華客船タリーア号の旅」を指すと思われる（このツアー旅行にはエジプトやパレスチナをめぐる航路が存在した）。なお従来、カフカがブロートと行ったワイマール旅行（一九一二年六～七月）のことを指すと解釈されていた。「タリーア」は喜劇を司る女神《ミューズ》の名で、ワイマールにゆかりのある文豪シラーが出していた雑誌の名でもあるため。

4―**タイプライター**　フェリーツェに宛ててタイプライターで書いたのは、この最初の一通のみ。

5―**パレスチナ旅行**　結局、このパレスチナ旅行計画は実現しなかった。

6―**六時間**　労災保険局におけるカフカの勤務形態は「単一勤務」方式で、朝八時から午後二時まで昼休みなしの六時間。

7―**私との文通をお試しになってください**　この手紙には約一週間後（九月二十八日）に返事が来たが、カフカが折り返し送った二通目の手紙には返事が来なかった。その後、ブロート兄妹の仲介で改めて交際が正式にスタートする。
8―**ポジッチ七番地**　労災保険局の住所。

オイゲン・プフォール宛て（一九一二年九月二十三日）

1―**オイゲン・プフォール**　労災保険局の検査部長であり、カフカ直属の上司。
2―**今朝**　フェリーツェ・バウアーへの最初の手紙を書いた余韻に浸りつつ、徹夜で一気に短編『判決』を書き上げて迎えた朝である。
3―**必ず今日中に出勤いたします**　保険局側の記録によると、実際に出勤したのは翌日だった。
4―**フランツ・カフカ博士**　この伝言メモは名刺の裏に書かれており、「フランツ・カフカ博士」の部分はもともと名刺に印刷されていたもの。

フェリーツェ・バウアー宛て（一九一二年十一月一日）

1―**祝日**　カトリックの祭日である万聖節。当時のボヘミアでは法定の祝日であった。
2―**一覧表**　一九一二年一月三日の日記に、この考察が見える。
3―**聖書の物語の一つ**　不明。
4―**執筆した作品の一節**　長編『失踪者』の「ホテル・オクシデンタル」の章の末尾および「ロビンソン事件」の章の冒頭を指す。
5―**モンテグロ人**　正しくは「モンテネグロ人」。一九一二年十月に勃発した第一次バルカン戦争に関連する夢の話だと思われる。
6―**妹が三人**　妹の名は上から順にガブリエーレ（愛称エリ）、ヴァレーリエ（愛称ヴァリ）、オッティーリエ（愛称オットラ）。
7―**朝の六時まで執筆していた**　『判決』は一九一二年九月二十二日の晩十時から二十三日の朝六時にかけて書かれた。
8―**妹婿**　上の妹エリと一九一〇年十月に結婚したカール・ヘルマンのこと。一九一一年十二月にカフカと共同でプラハにアスベスト工場を設立した。
9―**魔法の呪文と～短いものです**　敬称（Sie）をやめて親称（Du）を使うことを魔法になぞらえている？

フェリーツェ・バウアー宛て（一九一二年十一月十一日）

1―**ぼくはあなたのものだ**　これ以降、敬称から親称に移行している。この手紙を受け取ったフェリーツェは、どう対処すべきかブロートに相談し、ブロートは急遽《きゅうきょ》ベルリンでカフカのために釈明した。

フェリーツェ・バウアー宛て（一九一二年十一月十六日）

1―**お芝居のリハーサルや打ち合わせ**　フェリーツェ・バウアーの二十五歳の誕生日（一九一二年十一月十八日）のパーティー、または同月三十日に催された会社のイベントでの余興のことを指すと思われる。

2―**月曜の朝に出勤してきた**　土曜日にフェリーツェの職場宛てに手紙を送ると、受け取りは月曜の朝になる。

3―**十五日**　十一月十五日だと土曜ではなく金曜なので、正しくは十六日。

4―**同封された手紙**　従来、これとは別の、日付のない（十月二十五日または二十六日に書かれたと推定される）手紙がここで同封されたと解釈されており、十月十三日付のこの手紙は当日実際に投函されたものと見なされていた。なお、『失踪者』草稿ノートのうち一冊の末尾に、この手紙を投函しなかったことと、ブロートの妹ゾフィー・フリートマン夫人に仲介を依頼する手紙を送ったことがメモされている。

5―**十五日前**　九月二十八日。

フェリーツェ・バウアー宛て（一九一二年十一月十七日）

1―**執筆中の長編小説**　『失踪者』のこと。

2―**ベッドでふてくされているうちに思いついた小さな物語**　『変身』のこと。

フェリーツェ・バウアー宛て（一九一二年十一月十七／十八日）

1―**民間の保険会社**　イタリアの保険会社アシクラツィオーニ・ジェネラーリのプラハ支店。ここにカフカは一九〇七年十月から翌年七月まで勤務した。

2―**局長**　一九〇九年三月に労災保険局の局長に就任したローベルト・マルシュナー。新局長就任の祝辞はカフカが起草した。

3―**こんな紙**　ここ数日、創作ノートから破り取った紙に手紙を書いていた。

4―**サナトリウム**　一九一二年七月に約三週間滞在した、ユングボルンの自然療法サナトリウム「ルドルフ・ユスト療養院」を指す。ドイツ中部のハルツ山地にあるユングボルンは自然療法の一大中心地。

5―**歌**　アルベルト・フォン・シュリッペンバッハ伯爵作詞、フリードリヒ・ジルヒャー作曲の『遠く離れて』のこと。遠く離れた故郷と恋人を想う歌。

フェリーツェ・バウアー宛て（一九一二年十一月十八日）

1―**電報**　発信プラハ二時三十分、受信ベルリン三時四十分。「至急」と但し書きがある。十八日の午前中に約束の手紙が来なかったため、午後にこの電報を打った。返信の電報は夜の十一時十五分に届いた。

2―**ゴビヨウキデスカ**　この電報はフェリーツェ・バウアーの（職場ではなく）自宅宛てに送られた。家族の目に触れるケースを考慮し、親称ではなく敬称が用いられている。

フェリーツェ・バウアー宛て（一九一二年十一月十九日）

1―**パーティー**　十一月十八日の誕生日パーティーのことを指すと思われる。

2―**花と本**　カフカはフェリーツェに誕生日プレゼントとして二冊の本を贈った。そのうち一冊はフローベールの『感情教育』。

フェリーツェ・バウアー宛て（一九一二年十一月二十一日）

1―**誕生日**　フェリーツェの母アンナ・バウアーの誕生日は娘と一日違いの十一月十七日。

2―**ベルリンの祝日**　プロテスタントの祭日である贖罪と祈禱の日。待降節（クリスマス前の約四週間）が始まる日曜日の前の水曜日。ボヘミアでは祝日ではなかった。

3―**古い手紙**　一九一二年十月十三日付の手紙のこと。十一月十六日の手紙に同封して送られた。

4―**ぼくの住まいの騒音のことがよく分かる印刷物**　文芸誌《ヘルダー草紙》の一九一二年十月号に掲載されたカフカの短編『騒音』のこと。十一月十一日の二通目の手紙に同封して送られた。

5―**ストリンドベリの引用**　不明。フェリーツェはかねがねスウェーデンの作家アウグスト・ストリンドベリを愛読していた。

6―**豊饒の角**　ギリシア神話に由来。花や果物が無限に湧き出してくる角杯。

7―**あなたのために～苦しくなるよ**　このときフェリーツェがカフカの食生活について尋ね、食べる量を増やすよう促したのは、息子の菜食主義を心配したカフカの母ユーリエの依頼によるものだった。息子に来た手紙を盗み見た母は十一月十六日、密かにフェリーツェ宛てに手紙を送っていた。
8―**あなたの手紙のことは心配無用**　自分が手紙を見たことは絶対に秘密にしてほしいとユーリエが頼んだため、フェリーツェはあくまで遠回しに、手紙をちゃんと仕舞ってあるかカフカに尋ねた。なお母親の行為は、フェリーツェに相談を受けたブロートを介して結局はカフカに伝わった。カフカは二十一日中に弁解の手紙を書き、なぜ手紙が母の目に触れたのかを説明している（カフカはフェリーツェの手紙を上着の胸ポケットに入れて持ち歩いており、あるとき手紙を入れたまま上着を室内に掛けていた）。
9―**三時**　ここでは午後三時のこと。
10―**「ユーモア」の役**　フェリーツェの誕生日パーティー（十一月十八日）での余興のことを指すと思われる。

オットラ・カフカ宛て（一九一三年三月二十五日）
1―**出発時間**　一九一三年三月二十三日と二十四日、カフカはこれまで文通ばかりだったフェリーツェとベルリンで会い、二日間をともに過ごした（従来、手紙の年代推定と配列上の問題から、二十三日にごく短時間会っただけと誤解されていた）。帰路、二十五日にライプツィヒのクルト・ヴォルフ書店に立ち寄って出版計画について話し、ドレスデンからプラハ行きの列車に乗った。

オットラ・カフカ宛て（一九一三年九月二十四日）
1―**リーヴァ**　イタリア北部の観光地ガルダ湖畔の町。
2―**サナトリウム**　リーヴァ郊外の自然療法サナトリウム「ドクトル・フォン・ハルトゥンゲン」。ルドルフ・シュタイナーやマン兄弟など、多くの著名人が訪れた。
3―**手紙には書けない**　このサナトリウムで「十八歳ぐらい」のスイス人の少女と恋をしたことか？　この件をカフカは一九一三年末の手紙でフェリーツェに告白している。
4―**風呂場で話す**　実家で内緒話をするときは浴室に集まるのが兄妹の習慣だった。
5―**タウシヒ**　プラハのアイゼン通りにあった書籍・美術品・楽譜店「タウシヒ&タウシヒ」。
6―**みんなの便りはもう長いこと受け取ってないよ**　カフカは旅行中、滞在先に郵便物を送ってもらっていた。

グレーテ・ブロッホ宛て（一九一四年四月十四日）
1―**グレーテ・ブロッホ**　フェリーツェの五歳年少の友

人。速記タイピストとして働いていた。フェリーツェの依頼でカフカとの仲介役を務めるべく、一九一三年十月、ウィーンの会社に赴任する道中プラハに立ち寄った。以後、カフカと約一年にわたり文通。なお後年、一九一四年の夏にカフカの息子を産んだと証言したことがある。ナチス時代はイタリアに亡命したが、終戦直前にドイツ軍に拘束され、アウシュヴィッツで命を落とした。

2—**電報**　フェリーツェとの婚約決定を祝う電報。一九一四年四月十二日と十三日にカフカはベルリンに赴き、プロポーズして承諾の返事をもらった。

3—**F**　フェリーツェのこと。以下同様。

4—**別の仕事**　作品の執筆のこと。

5—**グミュント**　プラハとウィーンの中間にある町。当時、鉄道の連結駅があった（現在、チェコ／オーストリア国境）。カフカはもともと、当地で二人で会おうとグレーテに提案していた。

グレーテ・ブロッホ宛て（一九一四年五月十六日）

1—**ウィーンを離れたら**　グレーテは一九一四年六月一日付でベルリンの会社に移った。

2—**今回の私の字のありさま**　実際には筆跡はさほど乱れていないが、ところどころ文字が震えている箇所もある。

3—**ヴァイス**　ベルリン在住の医師・作家エルンスト・ヴァイス。モラヴィアのブルノ出身。カフカより一歳年長。一九一三年秋から親交があり、フェリーツェとの恋愛における相談相手になった。ナチス時代にはフランスに亡命し、ドイツ軍のパリ占領に際して自殺。

4—**小説**　一九一四年二月に書かれた長編小説『闘争』。出版は一九一六年。

5—**聖霊降臨祭**　キリスト教の祭日。復活祭から五十日後の日曜日。

6—**新居**　結婚後にフェリーツェと暮らすはずだった住居。プラハ、ランゲ通り五番地。

7—**ムッツィ**　フェリーツェの姪（姉エルゼの娘）ゲルダ・ヴィルマ・ブラウンのこと。ブダペスト在住。当時二歳半。

グレーテ・ブロッホ宛て（一九一四年五月二十四日）

1—**午後の暑さの中で（あとで泳ぎに行きます）**　記録によると、この日の最高気温は二十五℃。カフカは常日頃からモルダウ（チェコ名ヴルタヴァ）川の水泳教室によく通っていた。

2―現代の医療のおぞましさ～醜さについての確信　三日前（一九一四年五月二十一日付）の手紙で、カノコソウ茶（睡眠導入剤）と毛皮のストールが話題になっている。

3―自然療法の第二の大原則　同じ手紙によると、自然療法の第一原則は「悪いものはすべて本当に悪い」。

4―臭素　十九世紀には臭素化合物が鎮静剤として用いられた。

5―ヴェロナール　睡眠薬の商品名。

6―何も　以下、「［…］私が知るかぎり」まで他人の手で下線が引いてある。この時期、カフカは結婚への忌避感をグレーテに繰り返し訴え、それらの手紙がフェリーツェの手に渡ったことが婚約破棄の直接の原因になった。婚約破棄を協議するためベルリンのホテルで開かれた家族会議（七月十二日）に、一連の手紙でとくに結婚が否定的に語られている箇所に印をつけたものをフェリーツェは「証拠物件」として持参した。この「裁判」の体験から長編『訴訟』が生まれたと言われている。

7―女医のところ　委細不明。当時フェリーツェが掛け持ちしていた勤め口のことと思われる。

8―弟さん　フェリーツェの弟フェルディナント（愛称フェリー）。一九一四年三月にアメリカへ移住した。

9―店　父ヘルマン・カフカの商店。

10―ブダペスト　フェリーツェの姉エルゼ・ブラウン夫人のこと。

11―私の頼み　一九一三年二月十四／十五日の手紙。

オットラ・カフカ宛て（一九一四年七月二十一日）

1―ヴェカルーセ　デンマークのファルスター島の鉄道駅。ベルリンで婚約解消したのち、カフカは北ドイツのリューベックでエルンスト・ヴァイスとその女友達と合流して避暑旅行に出かけ、ファルスター島の海水浴場マリエリストに滞在した。

オットラ・カフカ宛て（一九一六年五月十三日）

1―カールスバート　ボヘミア西部の温泉地。チェコ名カルロヴィ・ヴァリ。カフカは出張でこの地を訪れた。

2―サラダ菜　厳密にはサラダ菜（レタスの一種）ではなく、ノヂシャの一種。ラプンツェル。菜食主義的な食事の話だと思われる。

オットラ・カフカ宛て（一九一六年五月十五日）

1―マリーエンバート　ボヘミア西部の温泉地。チェコ名マリアーンスケー・ラーズニェ。一九一六年五月に出張で立ち寄ったこの地をカフカは同七月に再び訪れ、フェリーツェと休暇を過ごした。二人の距離は縮まり、やがて再度の婚約に至る（一九一七年七月）。

オットラ・カフカ宛て（一九一六年十二月八日〜一九一七年四月中旬）

1—**十二月八日〜一九一七年四月中旬**　カフカは一九一六年十月より、妹オットラが借りていたプラハ城内、錬金術師小路二二番地の小屋を夜間の執筆に利用していた。フェリーツェ宛ての十二月八日付の手紙で、執筆終了時刻が遅くなりつつあることが報告されている。オットラは農業を志し、一九一七年四月半ばにボヘミア西部の村チューラウ（チェコ名シジェム）の農場に移った。

2—**上の家**　錬金術師小路の仕事場。一九一六／一七年の冬、ここで『田舎医者』をはじめ多くの中短編が書かれた。

オットラ・カフカ宛て（一九一七年八月二十九日）

1—**ラデショヴィッツ**　プラハの東、約十キロにある保養地。

2—**ランツクローン**　ボヘミア東部の避暑地。直属の上司オイゲン・プフォールの紹介か？

3—**ブダペスト旅行**　一九一七年七月にフェリーツェと行った婚約記念旅行。

4—**肺から喀血したんだ**　八月十／十一日の夜、肺結核による最初の喀血を見た。発病を受け、フェリーツェとの婚約は十二月に最終的に解消された。フェリーツェは一九一九年に十四歳年長の銀行員と結婚し、男女二人の子どもにめぐまれた。世界大恐慌で経済的に逼迫し、スイスを経てアメリカに移住。自ら起業して家族を養った。

5—**フルレニー**　吐血のこと。カフカが書いた綴り(chrlení) は正しい。

6—**ミュールシュタイン医師**　内科医グスタフ・ミュールシュタイン。一九一六年八月からカフカの不眠治療にあたる。当初は患者と良好な関係を築いていた。

7—**今住んでる部屋**　一九一七年三月頭に入居したシェーンボルン宮殿の住居。ほぼ寝るためだけに借りていた。

8—**長い手紙を二通**　現存しない。

9—**ミフロヴァー夫人**　オットラが借りていた錬金術師小路の小屋の大家フランチシュカ・ミフロヴァー。

10―**イルマ**　ヘルマン・カフカの商店で働いていた従妹イルマ・カフカ。同情して部屋探しを手伝ってくれたが、結局いい部屋が見つからず、カフカは実家に戻った。

ミレナ・ポラック宛て（一九二〇年四月末頃）

1―**ミレナ・ポラック**　旧姓イェセンスカー。歯科矯正学の権威だったプラハ大学教授ヤン・イェセンスキーの娘。プラハの「ミネルヴァ学院」（ハプスブルク帝国初の女子ギムナジウム）で学び、プラハ大学医学部に進学、のち高等音楽院に転入。ユダヤ系の銀行員エルンスト・ポラックとの交際に反対した父親により精神病院に収容されるが、駆け落ちして結婚（一九一八年）。ウィーンに移り、ジャーナリストとして生計を立てる。カフカ作品をチェコ語に訳すべく、作者にコンタクトを取った。当時二十三歳。共産主義者であり、一九三九年のナチスによるチェコスロヴァキア解体後に抵抗運動に関わって逮捕され、裁判では無罪になるが、翌年「再教育のため」ラーヴェンスブリュック強制収容所に送られ、一九四四年に命を落とした。

2―**ペンション・オットブルク**　カフカは一九二〇年四月上旬から北イタリア（当時オーストリア領）の温泉地メラーノに滞在していた。当初は大きめのホテルに宿泊し、のちに安いペンションへ移った。

3―**プラハから一通、メラーノから一通**　それぞれ、翻訳権をめぐるクルト・ヴォルフ出版社の書簡に触れた三月頃の手紙と、メラーノの天候についての記述から四月十二日のものと推定される手紙を指す（現存する手紙のことではないとする説もある）。

4―**他の人たちとは違って**　ミレナがキリスト教徒でありチェコ人であるのに対し、その夫と自分がユダヤ人であることを暗に言っている？

5―**カフェ**　三月に翻訳の打ち合わせをした、プラハのカフェ。

ミレナ・ポラック宛て（一九二〇年六月十二日）

1―**私の手紙**　一九二〇年六月九～十日（従来の解釈では六月二／三日）に書かれたと推定される三通の長大な手紙。年齢の離れたユダヤ人とキリスト教徒の男女が交際できるかが検討されている。

2―**《トリブナ》**　一九一九年に創刊されたチェコ語新聞（週刊）。編集部に「ミネルヴァ学院」時代の同級生スタシャ・プロハースコヴァーが勤めていた関係で、ミレナも寄稿していた。

3—**ライナー**　ヨーゼフ・ライナー。自殺当時二十三歳。

4—**ヴィリー・ハース**　カフカより八歳年少の作家。『ミレナへの手紙』一九五二年版の編集者（この版ではライナーの自殺のエピソードは削除されていた）。

5—**彼の妻**　ヤルミラ・ライネロヴァー。「ミネルヴァ学院」でミレナの同級生だった。

6—**旧姓アンブロジョヴァー。ミレナ・イェセンスカーの友だち**　ブロートの手紙の現物には、実際にはこう書かれている。「旧姓アンブロジョヴァー、キリスト教徒。ミレナ・イェセンスカーの友だちで、似たような女らしい」

7—**映画新聞**　ベルリンの日刊紙《映画新報》。

8—**私の職場**　ミレナはカフカへの手紙を労災保険局宛てに出していた。

9—**アルトシュテッター・リング六番地**　一九一三年の秋以降、カフカ家の住所。

10—**「ユダヤ人問題」を取り上げた**　一九二〇年六月四日の手紙（従来の解釈では五月三十日の手紙に付随）。

ミレナ・ポラック宛て（一九二〇年九月十八／十九／二十日）

1—**九月十八／十九／二十日**　従来の解釈では一九二〇年十一月（二人の恋の末期）に書かれたものと推定されていた。

2—**グミュント**　八月十四日と十五日にグミュントで会って以来、二人の関係は急速に悪化した。

3—**レルヒェンフェルト通り**　ウィーンでのポラック夫妻の住所はレルヒェンフェルト通り一一三番地。

4—**前便の強調箇所**　九月十五日の手紙での下線強調箇所。「そちらは必要があれば手紙をくれたらいい。言うまでもないよね」

ミレナ・ポラック宛て（一九二二年三月末）

1—**シュピンデルミューレ**　ボヘミア北部のリーゼンゲビルゲ（チェコ名クルコノシェ）山脈の保養地。チェコ名シュピンドレルーフ・ムリーン。カフカはこの地に一九二二年一月二十七日から二月十七日にかけて滞在。長編『城』の執筆を開始した。

解説——多和田葉子

カフカ重ね書き

「タブレット端末」という日本語を初めて耳にした時には目眩《めまい》がした。確か成田へ向かう国際便の中でのことで、機内放送が流れ、離着陸の時に電源を切るべき機器の一つにこれがあったのだと思う。何を指すのか予想できる文脈で使われていたにもかかわらず、「タブレット」と「端末」を溶接した妙にアンバランスな翻訳語が喚起するイメージはどこまでも場違いで不気味で、雲の領域を抜けて地上に足がついてからも影のようにつきまとってきた。「タブレット端末」の背後にはこの日本語の意味を共有する大きな共同体が控えている。わたしのように言葉の出所やイメージにひっかかって違和感を覚える人間は、片脚は共同体につっこんでいても、実はもう一方の脚で外に立っているのかもしれない。

「オドラデク」の意味を共有する共同体はかつて存在したことがあったのか。もしあったとしても、カフカの生きた時代にはすでになくなっていただろう。読者は、「オドラデクって一体なんなの?」と首をひねり、自分の頭で考えるしかない。出てくる答えは千差万別だろう。オドラデクは壊れた糸巻きで、手工業の時代が終わって失業してしまったのではないかと思う人もいるかもしれないし、オドラデクは星形をしているからユダヤの星のバッジではないかと考える人もいるだろう。また、オドラデクはドイツ語とスラブ語の境界をうろうろしているので、「Rad(車輪)」というドイツ語の単語を「Odradek」の真ん中に見つけ、これがロシア語では「嬉しい」という意味であることに注目し、もしかしたら回転することの喜びを表しているのではないかなどと連想謎解きゲームを楽しむ読者がいてもいい。車輪を回転させるように頭を回転させるのは楽しい。そもそも回転運動は文明のライトモチーフだ。車輪、水車、風車、モーター、電話のダイヤル、扇風機、洗濯機、ろくろ、ミキサー、穴あけ器、プロペラ機、蓄音機、自転車、こま、ボール、フリスビー、オルゴールなど数え始めたら切りがない。

ところで、回転するものを動きをとめずに「つかむ」にはどうすればいいのか。これは禅問答ではなく、カフカの『こま』に出てくる課題である。ある作品の動きを止めてしまうことなく、その作品を把握するにはどうすればいいのか。そんな課題も読者に降りかかってくる。オドラデクも糸巻きのような形から察すると昔回転運動をしていた可能性がある。今は回転こそしないが、旅に出てしまうことも多いし、家の中で絶え間なく移動している。居間や寝室ではなく、廊下や階段など半分外のような場所が好きな閾《いき》の住人である。

そんなオドラデクの将来を心配しているのが語り手の家長だ。この家長が実はカフカで、オドラデクはカフカの書いた作品群であると考えることもできる。オドラデク文学は理解されやすいとは言えない。どこから来たのか、何の役に立つのか、誰にも理解されないかもしれない。そんな作品群は作者の死後どうなるのか。時代の流れによっては予想もしなかったような意味を背負わされ、悪用されるかもしれない。文学ではないと言われるかもしれない。自分が死んでも作品は残ることに慰めを見出す作家もいるが、カフカの場合はそうではなかった。

カフカの小説にオドラデクのように全く未知の何かが突然登場するのはむしろ例外で、よく知っているつもりの物や状況が急にぶれだして、分からなくなる場合の方が多い。たとえばマリア像。遠くから見てもすぐにそれと分かるので、よく見ないことが多い。この間、ミュンヘンのマリエン広場に立つマリア像が船に乗っていることに気がついた。よく見ると、船ではなく三日月である。調べてみると、古代の月の女神信仰が後にキリスト教に吸収され、マリアのイメージに重ねられたからだという説がある。そういえば、月の女神はアラビア文化にも存在する。一つの像がぶれて何重にも重なって見えるのは、見る側が酔っぱらっているからではなく、歴史が重なりからできているからである。一つの宗教は一つでない。だから何がマリアで何が月なのか、分かった顔をしてすましているのは欺瞞《ぎまん》である。歴史が重なり合っているせいで現代がぶれて見える。『酔っぱらった男との会話』はそんな作品かもしれない。

カフカの書く会話には独特の緊張感がある。『祈る男との会話』もまた、会話を通して、重なり合う歴史の襞《ひだ》の中に入っていく作品である。宗教的権威が押しつけてくる言葉の意味を疑うことなく受け入れてしまう男が出てくる。しかも注目されたがって大げさな身振りで神に祈っている。語り手は、そんな男をつかまえてこんなことを言う。「野原のポプラを『バベルの塔』と呼んでしまうのは、それがポプラ（パッペル）であることを知らないから、あるいは知りたくないからだ。」一見ナンセンスな言いがかりをつけているように聞こえるが実はそうでもない。キリスト教化される以前のゲルマン民族には樹木信仰があった。クリスマスツリーも樹木信仰がキリスト教に受け継がれたものだと言われる。樹木から塔への移行があったなら、塔を見ているうちに向こう側に樹木が透けて見えてきても不思議はない。

タブレット端末の場合、ディスプレイ上で一つのデータをじっと睨んでいるうちに後ろに別のデータがいくつも透けて見えてくることはまずない。もしあったら機械か脳の故障である。それに比べると、フロイトが記憶のメタファーとして注目したWunderblock（マジック・メモ）の場合は、表面のシートをボードから剝がすと書いた文字はシートからは消えるが、文字の圧力でできた微かな痕跡が下のボードに残り、光にかざしてよく見ると、無数の線が重なり合っているのが肉眼で見える。カフカの小説を読んでいると、このマジック・メモのボードを思い出す。いくつもの物語が重なって、編み目のようになっている。読者はその中から一つの層を読むのである。つまり、カフカはいろいろなモチーフをデザイン感覚で配置したわけではなく、いくつもの物語を一つの表面に重ね書きしたのである。

読み返す度にこれまで見逃していた細部が浮かび上がってきて、全く別の物語を結ぶ作品に『変身』がある。今回は介護の物語が読めてしまった。介護が必要になったグレゴール・ザムザの目に家族がどう映るかが克明に描かれているので胸が痛んだ。息子の変化にショックを受けて何もできなくなる母親や攻撃的になる父親と比べると、食べ物を運んできてくれる妹はまだ情が深いように見えるが、その妹さえ言葉の端々や何気ない仕草にまるで動物に餌をやるような態度が現れてくる。また、グレゴールへの同情心からだけ世話をしているのではなく、生まれて初めて両親に頼られ、家族の中心になったことへの自己満足が動機になっている。この怪物はもう兄さんではないのだからどこかへ捨ててくるべきよ、と言い出すのも妹である。『変身』は介護問題を扱った小説ではないけれども、一家の稼ぎ手が逆に介護される立場になったらどうなるかが詳細に描かれていることは確かである。

　また、グレゴール・ザムザのように部屋の外に出られなくなるという現象は、不登校やひきこもりなど日本ではめずらしくない。本人は昨日までの自分にいつでも戻れる気がしているが、どうしても戻れない。しかも原因が自分でも分からない。家族の期待を裏切る苦しさの合間にふと、家族の期待から解放されたくて、こうなったのではないかと思うこともあるだろう。

　グレゴールを縛っているのは家族だけではない。勤め先の会社は、グレゴールの父親が事業に失敗して借金を抱えているのを利用して、社員のグレゴールを搾取している。仕事が忙しくて友人も恋人もつくれないグレゴールは、現代ならば燃え尽きて鬱病になってもおかしくない。「ふさぎの虫」に取り憑かれる代わりに「お邪魔虫」に変身したのだ。「借金(Schulden)」という単語はドイツ語では(複数形と単数形の違いはあるが)「罪(Schuld)」という単語と同じである。父親の罪を償うために息子が生け贄《いにえ》として捧げられるという構図が浮かび上がってくる。

　川が氾濫しないように処女を生け贄にする昔話が日本にもある。生け贄はとにかく汚れていてはいけない。「はれ」の場で、神に「けがれ」の領域に属するものをお供えすることはできない。だから自分から汚れてしまうことがグレゴールにとっては唯一、生け贄にされる運命を逃れるチャンスだった。ドイツ語原文冒頭にある「ウンゲツィーファァー(Ungeziefer)」は、今日のドイツ語では害虫をさすが、語源的には、生け贄にできないほど汚れた生き物という意味だった。つまり、グレゴールは汚れた存在になることで、生け贄にされるのを逃れるのである。

このようにカフカの作品は常にいろいろな読み方ができるが、複数の解釈がお盆(ドイツ語で言えば「タブレット」)に載せられて「どうぞお好きなものを食べてください」と端末にいる読者に差し出されるわけではない。マジック・メモのボードを真剣に見つめるように熟読していると、奥から線が何本も浮かび上がってきて一つの映像を結ぶのだ。やっと分かった、と思って喜んでも、よく見るとどこかずれていて、ぴったりは重ならない。そのずれが、時の経過と共に揺れながら幅を広げ、もう一度読んでみると、別の像が浮かび上がる。しかし、それも思った像とはぴったりは重ならない。ずれが読者をひきつけては振り落とす。

そのような重層構造は、カフカが社会問題や時事に通じ、また勤務先の労働者災害保険局では実際にたくさんの書類を書いていた一方で、私的な手紙を読めば分かる通り、カフカにとっては書くこと自体が恋をすることであったということと関係あるかもしれない。

公文書を書くことでカフカが編んだ現実の層が、『訴訟』、『流刑地にて』、『巣穴』などの文学作品の底に透けて見える。だから書類としてはとっくに意味を失っているのに、読んでいて面白い。カフカの勤めていた労災保険局という役所は災害保険を出すと同時に、保障を制限しなければならない。利害関係の対立から生まれる緊張感と、労働者の危険を減らしたいというカフカ個人の倫理観が言葉を研ぎ澄まし、当時の社会を映し出す。読んでいると、機械を使う労働が基本的にどれだけ危険かということ、それどころか、オーストリア＝ハンガリー帝国の採石作業そのもの、もっと言えば、帝国の存在そのものが、人命を犠牲にすることを前提にして成立しているのではないかと思われてくる。危険とは何かを突き詰めていくカフカの文章が、危険の奥にあるシステムの骨格までレントゲン写真のように映し出すのだ。

木材加工の作業に使う機械は拷問のために作られたわけではないが、ちょっと事故が起これば指など簡単に切断されてしまう。そういう危険を語らずに機械の性能や安全性だけを説明する人の話を聞いているだけで、その人の監禁されているシステムの恐ろしさが感じられる。『流刑地にて』に出てくる士官は、ヨーロッパからの訪問者に囚人の身体に罪状を彫り込む機械の説明をするが、その説明を通じて彼自身の思考が閉じ込められているシステムが明らかになっていく。たとえばこの士官にとっては、軍で上官に逆らうことは秩序を乱すことであり、秩序を犯すことは犯罪であり、犯罪は罰せられなければならないが、囚人は罪の内容を知る必要はない。このパラドックスは鏡になっていて、士官もまた同じように自分のしていることに罪の意識をもっているにもかかわらず、どこに間違いがあるのか知ることができない。その矛盾が、最後には自分から拷問機械の中に入っていくという奇妙な行動になって現れる。

カフカの小説には必ずと言っていいほど、エロスの層がある。『流刑地にて』の場合は、多くの画家の手で美術史に残された聖セバスティアヌスの姿がちらつく。樹木に縛られ、裸の上半身に矢を何本も刺されて血を流している姿は三島由紀夫を引き合いに出すまでもなく性的陶酔を表している。カフカもまた、裸の男の肌に針を刺すところを夢想せずにはこの小説は書けなかっただろうし、読んでいて吐き気と同時に、ある種の快楽を感じさせるのは、拷問する側に作者が何らかのかたちで加担しているからだろう。

わたしは『変身』にも禁じられた性の引き起こす罪と罰の層を見てしまう。グレゴール・ザムザが本当に愛しているのは妹だが、それは近親相姦という「汚れた」罪であるから罰せられなければならない。グレゴールがいなくなれば、妹は晴れて結婚することができる。だからこの小説は妹の結婚の話で終わっている。妹への「不浄な」愛は罪状として、汚れた生き物に変身するという形でグレゴールの身体に書き込まれる。

けがれの感覚と罪の意識はカフカの小説のいたるところに彫り込まれ、そこにはいつも性の問題が絡んでいる。ただその絡み方が特殊なので、カフカはあまり色気のない作家であるように誤解されることが多い。『訴訟』も例外ではない。無罪なのにある日逮捕された男の話、ということになっているが、わたしはヨーゼフ・Kが実は「有罪」で、そのことは本人が一番よく知っているのではないかと思う。それはヨーゼフ・Kのおかしな行動に表れる。まず、取り調べに来た男たちが同じアパートに住むビュルストナー嬢の私物を触ったことをひどく気にする。触ったのは自分ではないと言うために、わざわざ相手が帰宅するのを夜中まで待ち伏せ、強引に部屋の中にまで入り込む。女性の私的な領域に入って触りたいのがK自身ではないのかと読者のわたしに疑われても仕方ない。また、ビュルストナー嬢は身持ちが悪いと大家のグルーバッハ夫人に言われると腹をたて、大家を懲らしめるためにビュルストナー嬢と二人でこの家を出て行くところを想い描く。このとんでもない飛躍に、ビュルストナー嬢に娼婦的であってほしい、娼婦と駆け落ちしたい、などのKの願望が感じられる。また、法廷はうらぶれた路地にある売春宿のような建物で、待たされている間に法律書をひらくと卑猥な挿絵があったり、廷吏の妻がKを誘惑してきていつの間にか嫉妬劇が展開したりと、話はどこまでも逮捕の話から脱線して、性の領域にのめりこんでいく。逮捕された事件が主旋律で、女性関係が副旋律なのではない。Kは性欲を持つがゆえに有罪判決を受けそうになっているのだ。この判決は父的な神から降りてくるので、法律の力で無罪を証明するのは不可能である。カフカは、法律にふれていないのに逮捕されるKを小説に書くことで、性を有罪とする判決が全くのナンセンスであることをあきらかにしたとも言える。

逮捕されてもこれまで通りの日常生活を続けなければならないKの苦痛を考えると、両親に流刑を言い渡された『火夫』の主人公カール・ロスマンは運がよかったのかもしれない。彼の場合は十六歳でメイドを妊娠させてしまったというのだから、Kや士官の場合とちがって罪状が初めからばれている。『火夫』は亡命文学かもしれない。亡命者とは、父なる母国から不当に有罪判決を受けた者のことである。ただし、亡命文学の多くが自伝的性質を持つのに対し、カフカは実際にはアメリカ大陸に渡ったことがなかった。そもそもカフカは旅の作家ではなかった。頭の中にある世界地図があまりにもいきいきしていたので旅をする必要がなかったのかもしれない。

カフカの世界地図には大雑把に言って、ヨーロッパ、アメリカ、オリエントの三つの地域があり、それは現実とはぴったり重ならないが全くの空想の産物でもない。『火夫』の主人公が送られる先はアメリカ大陸だが、カフカにとっては現実のアメリカ合衆国ではなく、アメリカへ向かう運動そのものが夢だった。この本には収録されていないが『インディアンになりたいと思う』という短文の中では、疾走する馬に乗って走るインディアンが最後には疾走運動そのものに変身する。インディアンと言えば、カフカが好んで読んでいたという十九世紀の作家カール・マイは中近東やアメリカを舞台にした青少年向けの冒険小説をたくさん書いた。登場人物の一人であるインディアンのヴィネトゥーは今でもドイツの子供たちに人気がある。このカール・マイもアメリカには一度も行ったことがなかった。

オリエントは、ヨーロッパから旅行者がでかけていって、人権が守られてないな、と感じる地域のことだ。『ジャッカルとアラブ人』や『流刑地にて』は、そんなオリエントの物語と見ていいだろう。オリエントはヨーロッパ人の空想の産物でもあるので、中近東だけでなく、アジアや南太平洋も含まれることがある。『流刑地にて』は、フランスの植民地だったと思われる島が舞台になっている。旅行者である語り手はヨーロッパ人としての意見やアドバイスを求められるが、それはヨーロッパの価値観が外部の風に晒されて判定にかけられる瞬間でもある。

カフカのヨーロッパはプラハが首都で、そのプラハの中にいろいろな町が共存し、その一つがドイツ語を話すユダヤ人の共同体だった。共同体の内部も多様だし、ドイツ語を話すといってもそのドイツ語はベルリンのドイツ語とは違うし、第一、ドイツ語だけ話していたわけではないという複雑な場所である。一つの民族が一つの言語を話して一つの国家をつくるというイデオロギーに染まる危険の全くなさそうな町だが、『雑種』を読むと、こういうテキストを書かせるような時代的背景は、今の日本だけでなく、かつてのプラハにさえあったのかと驚く。ちなみにこの雑種の生き物は、オドラデクと同じで、「カフカ可愛らしいものリスト」に載せることもできるし、歌姫ヨゼフィーネといっしょに「カフカ動物リスト」に載せることもできる。カフカの場合は、動物がみんな可愛いとは限らないし、可愛いものが動物であるとは限らない。

カフカの世界地図は広大だが、わたしにとっては、モグラが掘り進む「巣穴」ほど大きく感じられる空間はない。「小説を書くってどんな感じですか」と訊かれたらカフカは「モグラが穴を掘っているような感じです」と答えたかもしれない。はっきりした目的に向かって一直線に進むのではない。敵の襲撃に備えて複雑な構造を掘るのだ。ただ敵が誰なのかは不明で、ひょっとしたら敵などいないのかもしれない。外から襲撃されまいと工夫しても、内部から怪しげな音が聞こえてくる。または、落ち着きがなく、自分に自信が持てず、薄汚い欲望を持った自分自身の性格が敵なのかもしれない。せっかく作っても自分が作品から閉め出されてしまうことが心配になることもある。自分の作品でも、書き終わったら自分でも理解できなくなるかもしれない。芸術家は自分の作品というものを持つことに甘やかされると同時に、作品の持つ脆《もろ》さのせいで神経過敏になり、作品をけなされると自分も傷つき、いつも怯えている、などと書けるカフカは、芸術家のほとんどが持つナルシシズムを全く知らない、めずらしい作家なのだ。

作家がモグラなら、歌手はネズミである。ネズミのヨゼフィーネはスター歌手として崇拝されているが、彼女の歌が本当に芸術なのかただの鳴き声なのか分からないので、読んでいて居心地が悪い。しかも彼女の人格は、繊細でもあり下卑てもいて、好きになれそうになるとまた嫌いになってしまう。語り手は複数形「わたしたち」を使って庶民の見解を書いているようだが、そもそも「庶民」などという同質の集合体があるはずはない。複数の視点から見たヨゼフィーネが重ね書きされているために、読んでいると船酔い気分になってくる。たくさんの像を重ねて描かれた肖像は、はっきりしているようでぼんやりしている。そもそも本当にネズミの姿をしているのかどうかさえ曖昧だ。『巣穴』の語り手も同じである。わたしは仮に「モグラ」と呼んだが実際どんな姿をした生き物なのかは分からない。

カフカの文学は、映像的であるという印象を与えながらも一つの映像に還元できないところに特色がある。『変身』のグレゴール・ザムザの姿も言語だけに可能なやり方で映像的なのであって、映像が先にあってそれを言語で説明しているわけではない。言語がその度に新しい映像を脳内に喚起するように描かれているのである。頭の中で自分なりの映像を思い浮かべるのは読書の楽しみの一つである。読む度に違った映像が現れては消え、それが人によってそれぞれ違うところが面白いのである。この機会にぜひ新訳でカフカを再読して、頭の中の映画館を楽しんでほしい。

作品解題

『変身』 *Die Verwandlung* (1912)

カフカの生前に発表され、独特の作風が話題を呼んだ中編小説。一九一二年の十一月から十二月にかけて執筆。当初はごく短いものを想定していたが、執筆中に構想がふくらみ、三章構成となった。一九一五年十月、表現主義の牙城だったライプツィヒの月刊誌《白紙》(*Die weißen Blätter*)に発表され、十二月にライプツィヒのクルト・ヴォルフ書店から本の形で刊行された。今日ではカフカの代表作と見なされている。

古今東西、人間が人間以外のものに変身する物語は枚挙に暇《いとま》がないが、カフカの『変身』はその中でも特異な位置を占めている。グレゴール・ザムザが変身した理由については一切説明がなく、どうすれば変身が解けて元に戻れるのかが話題になることもない。ある朝、目が醒めた時点ですでに変身していたグレゴール・ザムザを取り巻く状況の細部ばかりが奇妙にリアルに描き出されるが、そこには意味がすっぽり抜け落ちている。そもそもグレゴール・ザムザが何に変身したのかすら、よく分からない(ただし、第三章で「フンコロガシ」(Mistkäfer)と言われているので、「甲虫」(Käfer)の一種ではあるようだが)。作品冒頭で用いられている言葉は「ウンゲツィーファー」(Ungeziefer)。従来の日本語訳では「毒虫」または単に「虫」とされてきたが、直訳すれば「害虫」となる。語源的には、汚《けが》れていると見なされるため「神への捧げものに使うことができない動物」という意味の言葉である。つまり、グレゴール・ザムザは「使えないもの」「役に立たないもの」「無用の長物」になったのである。そのことからして『変身』は、さしあたり、勤勉なセールスマンとして家族を養っていた男があるとき突然働かなく（働けなく）なり、無用の長物に変身《かわりみ》を遂げる物語だと言える。

　ともあれ、『変身』は章ごとに状況や雰囲気ががらりと変わるため、全体像の把握はいっそう難しい。第一章では、変身したグレゴール・ザムザがベッドから出ようと四苦八苦するありさまが執拗に描かれたあと、様子を見にきた会社の上司が変わりはてた部下の姿を目にして逃げ帰るまでの顚末《てんまつ》がドタバタ劇風に語られる。第二章ではうって変わって展開がゆっくりになり、部屋に閉じこもったグレゴール・ザムザと家族の関係の変化がじっくりと語られる。もはや人間の食べ物を受けつけず、いかにも虫らしく壁や天井を這い回って自由を味わうグレゴール・ザムザは、しかし人間だった時代の記憶が染みついた家具を運びだされるのに抵抗したあげく、父親にリンゴを投げつけられて重傷を負う。そして第三章の主題は、寝たきりになった家族の介護という問題である。衰弱した兄の介護を引き受けていた妹グレーテは、外で働きはじめたのを機に、次第に兄の存在を疎《うと》ましく思うようになっていく。最終的に、妹への愛情が仇《あだ》となり、三人の下宿人と摩擦を起こして決定的に邪魔もの扱いされるようになったグレゴール・ザムザは、汚物にまみれてひっそりと息を引き取る。結末部分では視点が家族の側に移り、お荷物を厄介払いできた両親と妹が郊外に散歩に出かけて自由を満喫する「ハッピーエンド」で物語は幕を閉じる。

　以上の作品内容は、自らが勤務する労災保険局での仕事を厭《いと》い、「地下室」に引きこもる願望を口にしていた作者カフカの人生と明らかに関連がある。しかし、そこに明確なテーマや作者のメッセージを読み取るのは難しい。逆に言えば、この物語はあらゆる解釈に開かれている。実際、『変身』はさまざまなテーマに引きつけて読まれてきた。サラリーマンの過労、ニートや引きこもり、すれ違う家族間のコミュニケーション、仕事を抱えながら家族の介護をする困難、障害者に「生きるに値しない生命」のレッテルを貼ったナチス時代の医学など、『変身』が照らし出す現代社会の問題は幅広い。

『祈る男との会話』 *Gespräch mit dem Beter* (1904-07) ／ **『酔っぱらった男との会話』** *Gespräch mit dem Betrunkenen* (1904-07)

初期の断片『ある戦いの記録』(*Beschreibung eines Kampfes*) からの抜粋。一九〇九年六月に文芸誌《ヒュペーリオン》(*Hyperion*) に発表された。フランツ・ブライがミュンヘンで隔月発行していたこの雑誌は、わずか二年と短命に終わったが、新人の発掘に熱心だった。カフカのデビュー作である小品連作『観察』(*Betrachtung*) も同誌の創刊号 (一九〇八年三月) に掲載されている。

『ある戦いの記録』は、偶然出会った二人の男が友情を結び、突発的に会話を始めることでストーリーが進行するが、作中で一人の男が語る物語の中にまた別の二人組が登場して会話を始めるため、語りの構造がどんどん複雑化していく。一九〇四年から一九〇七年ごろにかけて書かれたA稿と、一九〇九年に手を入れたB稿の二通りのバージョンが現存し、後者では語りの構造がやや整理され、簡略化されている。『祈る男との会話』はA稿の第二章3－b節「祈る男との会話の始まり」に相当し、この部分はB稿にも採録されている。『酔っぱらった男との会話』に相当するのはA稿の第二章3－c節「祈る男の物語」の後半部分であるが、こちらはB稿からは削除された。

『祈る男との会話』と『酔っぱらった男との会話』に共通するのは、ホーフマンスタールをはじめとする同時代のオーストリアの作家たちが取り組んだ「言語懐疑」のテーマである。『祈る男との会話』の語り手は、「物事の真の名前を忘れ」る状態に陥っており、これを「陸地で起こる船酔い」と呼ぶ。たとえば、野原に立つ「ポプラ」の木をつい「バベルの塔」と呼んでしまうような症状のことだという。ちなみにドイツ語では「ポプラ」は「パッペル」(Pappel)である。言葉の音声面と意味内容が切り離され、言語と事物の結びつきがほどけ、現実感覚が揺らぎはじめる。夜空に浮かぶ「月」を「奇怪な色の色紙でできた忘れられた街灯」と呼び換える『酔っぱらった男との会話』の語り手も、同じ症状をこじらせた人物だと言えるだろう。プラハとおぼしき夜の街をさまよう男たちの会話は、延々と続く自問自答にも似て、とりとめもなく続いていく。

ここでテーマ化された存在の不確かさへのまなざしは、カフカの全作品に通底するものである。だが、軽やかな語り口から生まれる独特の浮遊感は、のちの作品では影を潜めていく。それだけに、カフカ文学を理解する鍵の一つがここにあると言われる。

『火夫』 *Der Heizer* (1912)

未完に終わった長編小説『失踪者』(*Der Verschollene*) の第一章に相当。一九一三年五月にクルト・ヴォルフ書店から『火夫——ある断片』の題で書籍として刊行された。売れ行きは好調で版を重ね、作家ムージルらが好意的な書評を寄せた。

カフカは早くからアメリカ小説の構想を温めていた。現存する『失踪者』には先駆形が存在したらしいが、おそらく破棄されたものと思われる。カフカは一九一二年九月に短編『判決』(*Das*

Urteil）を書いた直後に改めて『失踪者』に着手し、『変身』の執筆を挟んで書き継いだが、一九一三年一月に中絶した。一九一四年八月、新たな長編『訴訟』と同時並行で執筆を再開するが、やはり完成には至らなかった。

物語は、主人公を乗せた客船がニューヨークの港に入り、（松明《たいまつ》ではなく）剣を掲げた自由の女神像に近づく場面で始まる。主人公カール・ロスマンは、性的スキャンダルのせいで両親に勘当され、アメリカに送られた十六歳（草稿段階では十七歳）の少年である。下船直前、忘れ物の傘を探して巨大な船の中で道に迷った彼は、一人の火夫（蒸気機関に石炭をくべる係）の男に出会う。男は自分が職場で不当な処遇を受けていると訴え、正義感に駆られた少年は男の陳情に付き合って船長のもとに向かう。しかし、そこで男の主張に必ずしも正当性がないことを知らされる。

ある種の裁判のような状況が設定される点や、ストーリーの進行中にどんでん返しが起こり、何が正しいのか分からなくなる点は『判決』や『流刑地にて』（後述）にも共通するモチーフだが、初期の白黒映画を思わせる視覚的な描写が多いのが『火夫』の特徴で、そこからは、とりとめのない夢のような印象が生まれている。

ちなみに、『失踪者』はディケンズの長編小説『デイヴィッド・コッパフィールド』の「模倣」であるとカフカは言う。世間知らずの主人公が行く先々で不当な扱いを受け、追い詰められていく点は、たしかにディケンズ作品とよく似ている。ただし、デイヴィッド・コッパフィールドが自分に降りかかる苦難を克服し、最後には愛する女性と結ばれて幸せをつかむのに対し、カール・ロスマンはひたすら転落の道を歩み、かりそめの繋留地点も次々と失う。そこでは、主人公の成長や愛といった重要なモチーフが欠落し、ただ突発的な冤罪《えんざい》めいたシチュエーションばかりが反復されるのである。カフカは最終的にカール・ロスマンを死なせる予定だったらしいが、しかし『火夫』の時点では、まだ何も決定していないように見える。『火夫』を独立した作品として読むと、作中で繰り返される波の運動のモチーフとあいまって、ヨーロッパとアメリカの中間で宙吊りになった状態が強調され、不安定さのイメージが際立って読者の脳裏に刻まれる。

『流刑地にて』 *In der Strafkolonie* (1914)

一九一四年十月、長編『訴訟』の執筆のために申請した休暇中に書かれた。一九一六年十一月、ミュンヘンの朗読会でカフカ自ら朗読。聴衆の中には詩人リルケもいた。朗読は概して不評だったが、一説によると、残酷なシーンで三人の女性の失神者が出たという。一九一九年十月にクルト・ヴォルフ書店から単行本として刊行され、作家トゥホルスキーに絶賛された。

『流刑地にて』は、とある植民地の島を舞台に、判決文を囚人の身体に直接刻みこむ「独特な装置」による公開処刑のありさまを描く。この装置は島の前司令官の発明になるものだが、司令官の新旧交代にともない、この処刑方法は廃《すた》れつつあるという。前司令官に心酔し、装置の維持に異様なまでの情熱を燃やす士官が、ヨーロッパから視察に訪れた旅行者に向けて装置のメリットを力説しながら処刑を実演しようとする。ところが、旅行者の賛同が得られないと知るや、士官はにわかに自分自身を装置にかけて処刑を開始する。しかし装置は誤作動を起こしてバラバラに解体し、士官は無残な最期を遂げる。

一見、あからさまに寓話的な作品である。自分に下された判決内容を知らず、そもそも判決が下されたかどうかすら知らない囚人に対して刑が執行されるという設定に、人間の罪と罰をめぐる形而上学的なアレゴリーを見ることは容易である。処刑機械を発明したらしいカリスマ的な前司令官は旧約聖書のモーセを、「訓練さえつめばきっと読めるようになる」と言われる解読不能な図面の存在はユダヤ教の解釈学を思わせる。これ見よがしに宗教的なモチーフがちりばめられているわけだが、狭義の宗教のみならず形而上学的なもの一般への批判、あるいは暴力的な権力機構への批判を作品から読み取る人も多い。哲学者フーコーが論じたように、守るべき規範を個々人に「書きこむ」のが近代社会の特徴だとすれば、カフカが描いた装置はその特徴をみごとに捉えていることになるからだ。近年はまた、ポストコロニアル研究の立場から、植民地主義への批判を作品に読みこむ解釈も人気である。作中の植民地では、「フランス語」で話す士官が、どうやら原住民らしき兵士と囚人を支配している。この支配の構図が最後に崩壊する点に、植民者の権力が解体するプロセスが重ね合わされるのである。

しかしながら、『流刑地にて』は本当に植民地主義批判、権力批判、宗教批判の書なのだろうか。士官の破滅の引き金を引く旅行者は、無関心かつ利己的な傍観者であり、けっして好意的には描かれてはいない。逆に、ここでの処刑機械が何かを「書く」装置である点は見逃しがたい。そこに文学活動のメタファーを見るならば、この装置に執着する士官の姿には、なりふり構わず執筆に没頭するカフカ自身が投影されているとも考えられる。もし先に列挙した解釈が的を射ているなら、カフカはここで、権力・暴力の側に身を置いていることになる。その意味で、『流刑地にて』は危険な作家としてのカフカの一面を浮かび上がらせる作品である。

『ジャッカルとアラブ人』*Schakale und Araber* (1917)

一九一六年から翌年にかけての冬、プラハ城内の錬金術師小路の仕事場で執筆された短編の一つ。成立は一九一七年二月ごろ。ヨーロッパからの旅行者「私」に向かって長広舌をふるうジャッカルの長老という構図は、『流刑地にて』の旅行者と士官の関係を髣髴《ほうふつ》とさせる。一九一七年十月、マルティン・ブーバーがベルリンとウィーンで発行していた月刊誌《ユダヤ人》(*Der Jude*)に掲載された。短編『あるアカデミーへの報告』(*Ein Bericht für eine Akademie*)も翌月号に掲載されている。両作品はともに、一九二〇年五月にクルト・ヴォルフ書店から刊行された短編集『田舎医者』(*Ein Landarzt*)に再録された。

ユダヤ人の精神復興を唱えた「文化シオニズム」の指導者ブーバーは、プラハのユダヤ民族主義者たちのあいだで絶大な人気を誇った。カフカはブーバーを低く評価し、友人たちがシオニズムに傾斜するのに違和感を抱いていたが、やがてイディッシュ語(ドイツ語にヘブライ語やスラブ系言語の要素が混入した言語)の演劇との出会いなどを通じ、自らの民族的ルーツへの関心を強めた。東方から多くのユダヤ人難民がプラハに流入した第一次世界大戦中にはユダヤ人としての「責任」を意識するようになり、プラハのシオニスト団体が発行する週刊誌《自衛》(*Selbstwehr*)やブーバーの《ユダヤ人》を定期購読し、ヘブライ語学習を始め、最終的にはパレスチナ移住を考えるに至る。したがって、《ユダヤ人》への寄稿は、カフカにとって重大な事案であった。彼はブーバーに十二作品を送り、そのうち最もユダヤ人問題の寓意が色濃く表れていると判断された二編のみが選ばれた。ただし、上位タイトルとして「寓話」を提案したブーバーにカフカは抵抗し、「二つの動物物語」としてほしいと頼んでいる。つまり、一義的な寓話として読まれることを嫌ったのである。

実際、『ジャッカルとアラブ人』は多義的な物語である。砂漠のオアシスを背景に繰り広げられるジャッカルとアラブ人の骨肉の争いのくだりを今日の読者が読めば、ただちにパレスチナにおけるユダヤ人とアラブ人の抗争を連想するだろう。しかし、ジャッカルの長老が口にする「ナイル川」という言葉から、舞台がエジプトとして設定されていることが分かる。そこには、ユダヤ人が迫害を逃れてパレスチナに移住する経緯を描いた旧約聖書の『出エジプト記』との連関が隠されている。だが、カフカの物語にはモーセに相当する民族指導者は現れず、ジャッカルたちは流謫《るたく》の地で奴隷状態に置かれたままである。ゆえに、これはシオニズムの挫折を描いた物語として読めるわけだが、ジャッカルたちを鞭打つアラブ人を「私」が最後に制止するのは、徹底した傍観者の立場にとどまる『流刑地にて』の旅行者との差異として興味深い。

『お父さんは心配なんだよ』*Die Sorge des Hausvaters* (1917)

一九一七年ごろ執筆。一九一九年十二月に《自衛》誌に発表。のちに短編集『田舎医者』に再録された。ここで話題になる「オドラデク」は、そもそも生き物なのか、生命のない物体なのか判然とせず、屋根裏や廊下などを移動しつづける、中途半端な境界線上の存在である。語り手の「私」は、さしあたり語源的な方面から「オドラデク」の意味を解き明かそうとするが、すぐ断念してしまう。

「オドラデク」とは何かの暗号なのだろうか。それとも、何かの意味を解釈するという営みそれ自体をパロディ化したイメージにほかならないのか。この奇妙な存在は、サラリーマンと作家の二足のわらじを履いた中途半端なあり方に悩んでいたカフカの自画像だと解釈する人もいる。ときどき何ヶ月か姿を消し、また「いやおうなしに戻ってくる」点に、プラハ市内に自分の部屋を借りては実家に舞い戻ることを繰り返していたカフカ自身の姿が読み取れるという。つまり、そんな不安定な生き方を「お父さん」の視点から相対化してみた作品、というわけである。あるいは、「私の死後もこいつは生き続けるんだと思うとそれだけでなんだか心が痛む」という物語末尾の言葉に、自作のほとんどを燃やすように遺言したカフカの、自らの文学作品に対する思いを見て取る解釈もある。いずれにせよ、謎に満ちたカフカ文学の世界を象徴するような一編である。

『雑種』 *Eine Kreuzung* (1917)

一九一七年の三月または四月に執筆。タイトルはカフカ自身による。作者の生前には未発表に終わった。

「なかば小猫で、なかば小羊」である謎の生き物について語る『雑種』は、一種の寓話として読むことができそうだが、その寓意が何であるかはさておき、そこに描かれているもの自体が奇妙に生々しく立ち上がってくるという、カフカの寓話作品に特有の性質を示している。ともあれ、猫羊が「二種類の不安」を抱えていると言われる点は注目に値する。カフカは不安こそ自らの本質であると見なしていた。

『雑種』は、同時期に書かれたとおぼしき『お父さんは心配なんだよ』と明らかに関連がある。どっちつかずの中途半端な存在に光があてられる点、その存在の死の可能性が論じられる点、父親というモチーフなど。しかし、冷たく乾いた印象のある「オドラデク」に対し、猫羊には生き物としての温かみが感じられる。「お父さん」はどうやら「オドラデク」の死を願っているらしいが、『雑種』の語り手は、自分の父からの「相続品」である猫羊を「肉屋の包丁」に委ねることを拒絶する。その点で、二つの物語は陰と陽の関係、同じコインの裏表の関係にあると言える。

『こま』 *Der Kreisel* (1920)

一九二〇年十二月ごろ執筆された無題の掌編。『こま』はマックス・ブロートによる命名。生前は未発表。

この物語では、回転するこまを手でつかむことが「普遍的なものを認識する」道であると信じる「哲学者」の姿を通して、認識の不可能性という哲学的なテーマが扱われている。こまが回転しているうちにつかむことに成功すると「哲学者」は幸福を味わうが、こまはつかんでしまうと回転を止めるため、幸福は一瞬しか持続しない。こうして、生きた現実にたどり着くことができない「哲学者」と、無邪気にこまを回す子どもたちの姿とが対比的に描かれる。

このテーマ自体はさほど珍しいものではないが、視点の揺らぎが奇妙な読後感を残す作品である。物語の冒頭で、遊ぶ子どもの邪魔をする「哲学者」の姿は、客観的に外側から描かれる。次に、「彼はこう信じていた」という文言に続けて、その内面が説明される。この時点では、何度も反復される習慣的なことがらが話題になっているように見えるのだが、その説明が、リアルタイムに進行するできごとの描写へと継ぎ目なく移行する。物語の末尾で「彼はよろめいた」と言われるとき、それは一回限りのできごとにしか見えない。この視点の操作により、読者は知らず知らずのうちに「哲学者」との同一化に誘いこまれ、彼の不安を共有することになる。

『巣穴』*Der Bau* (1923/24)

一九二三年から翌年にかけての冬に書かれた無題の断片。生前は未発表。現存する草稿は、「すべては何も変わらないままだったのであり、それ……」で終わっており、続きが書かれた紙は紛失している。マックス・ブロートはこの断片を『巣穴』と命名し、末尾の部分を「すべては何も変わらないままだった。」という形に変えて刊行した。

ひたすら穴を掘りつづけるモグラのような動物の視点から語られる物語は、全体に息詰まるような緊迫感がみなぎっており、カフカの最高傑作の一つに数えられる。内容は三つの部分に大きく分かれ、序盤では巣穴の建設と食糧備蓄をめぐる苦闘が回想を交えて語られる。巣穴のできばえと安全を誇る言葉が一言発せられるたびに、ただちに長々と留保が加えられ、「敵」によって巣穴の安全が脅かされるリスクが示唆される。「巣穴の外に出る」ことがテーマになる中盤のパートを挟み、語り手が巣穴の中に戻った終盤では、これまで可能性のうえで言及されていたにすぎない「敵」のイメージがしだいに実体化し、どこからともなく聞こえてきて耳について離れない「シューシューいう音」となって迫ってくる。その音に追い詰められた語り手は、どこかに「巨大な動物」が潜んでいると確信し、その正体を突き止めようと必死で穴を掘りながら、姿を見せない相手は何者なのか、なぜすぐ襲ってこないのか思案しつづける。

この物語は、一九一七年の断片『万里の長城が築かれたとき』(*Beim Bau der chinesischen Mauer*)の無益な建設労働のモチーフを引き継いでいる。ただし、カフカの中国物語が集団の労働を扱っているのに対し、ここでの穴掘りは徹底的に孤独な作業である。すべてが無駄であることを意識しつつ、それでも自分が掘った巣穴に執着する語り手の姿は、自作の価値に疑いを抱きながら書きつづける作家カフカの自画像にほかならず、ここでカフカは自らの人生の総決算をしようとしたのだと言われる。住まいの静寂、睡眠と不眠、仕事の疲労、肉食のおぞましさなど、たしかにカフカの「自伝」にふさわしい要素は揃っているようだ。とはいえ、そこから明確な寓意を読み取るのは難しく、ただ不安と焦燥ばかりが伝わってくる。

このテクストの語りは、現在時制の用い方に特徴があるとされる。たとえば、「ときおり巣穴の外に出ることにしている」のように習慣的な意味で用いられていたはずの現在形が、いつのまにかリアルタイムのできごとを報告する現在形に移行しているのである。そのため読者は、自分がどこにいるか分からない方向喪失の感覚を味わう。

ここで表現されているような、けっして同じ場所には安住せず、たえず「逃走経路」を確保しようとする偏執的な運動を、あえてポジティブに評価する解釈もある。哲学者ドゥルーズと精神分析家ガタリは、西洋の形而上学の伝統である「樹木《ツリー》」的な思考に対抗する「地下茎《リゾーム》」的な思考のモデルをカフカ文学に見た。ドゥルーズとガタリにとって、『巣穴』はまさに範例的なテクストである。

『歌姫ヨゼフィーネ、あるいは鼠族』*Josefine, die Sängerin oder Das Volk der Mäuse* (1924)

カフカ最後の作品。一九二四年の春に書かれ、ベルリンのディ・シュミーデ出版社から刊行された短編集『断食芸人』(*Der Hungerkünstler*)の巻末に収められた。

同じ短編集に所収のタイトル作『断食芸人』と同様、『歌姫ヨゼフィーネ、あるいは鼠族』は芸術家と公衆の関係をテーマ化している。かつては一世を風靡《ふうび》しながら、その芸術に本当に芸術的価値があるのか疑問視され、最後は人目につかず消え去り、忘れ去られる芸術家の運命が、ここでは鼠族の代表として一人称複数で語る語り手の視点から不思議と明るいユーモラスな語り口で述べられる。
　カフカの他の動物物語の場合と同様、『歌姫ヨゼフィーネ』もしばしば伝記的に解釈される。鼠なら誰でもできるはずの、ただの「チュウチュウ鳴き」を歌であると言い張るヨゼフィーネの姿に、自分は「非音楽的」だと常々口にしていた作家カフカの自画像を見て取るのは容易である。また、ここでは民族の中で芸術家が果たす役割がテーマになっているため、カフカが徐々に関心を強めたユダヤ民族の問題との関連を指摘する解釈者も多い。カフカは一九一一年末、イディッシュ演劇との出会いに触発され、「小さな民族」のための「小さな文学」の構想を日記にメモしている（このメモを手がかりに、ドゥルーズとガタリは少数者の密やかな抵抗文学としての「マイナー文学」の概念を提起した）。『歌姫ヨゼフィーネ』は、その構想の延長線上で、たとえばユダヤ人には根本的に音楽的センスが欠如していると主張した音楽家ワーグナーの反ユダヤ主義的な言説を換骨奪胎して取りこみつつ、芸術ならざる芸術を軸に民族が一つにまとまる様子を描いた物語として読むことができる。

『訴訟』 *Der Proceß* (1914-15)
　未完の長編小説。一九一四年八月に冒頭と結末部分がまず書かれ、あいだを埋める形で執筆が進められた。一九一五年一月に中絶。ただし、その後も断続的に書き継がれた。作者の死後の一九二五年、遺稿を託されたマックス・ブロートの手でディ・シュミーデ出版社から刊行される。第二次世界大戦後、カミュやサルトルなどフランスの実存主義作家たちに再発見され、世界的なカフカ・

ブームの火つけ役となるとともに、「不条理の文学」の代名詞と目されるようになった。

日本では、一九四〇年に本野亨一が『審判』のタイトルで訳出して以来、その表題が長年にわたり定着してきた。ただし、「最後の審判」を連想させる表題は、なかなか判決にたどり着かない訴訟の過程《プロセス》自体が問題になっている作品内容にはそぐわないとの批判が根強かった。なお、一九三二年にカフカを初めて日本に紹介した岡村弘は『訴訟』と名づけている（それとは別に、現在では『判決』が定訳になっている短編を『審判』と呼んでいた）。

一　解釈の多様性

主人公ヨーゼフ・Kは、「何も悪いことはしていないのに」突然逮捕され、被告人として起訴されて謎の裁判制度に振り回されたあげく、最後は処刑されてしまう。この運命をどう捉えるかで、この長編の解釈は一八〇度変わってくる。ヨーゼフ・Kを追い詰める正体不明の裁判所とは何か。プライバシーを否定する監視国家や非人間的な官僚制度の象徴だと考えるなら、ヨーゼフ・Kは不条理な社会システムの中で「権力」に孤独な戦いを挑む個人の像ということになるだろう（実存主義的解釈）。逆に、どうしてもたどり着けない上級の裁判所なるものに人知を超えた神の存在――または不在――を見るならば、おのれの罪を自覚できない人間の愚かしさと傲慢さを体現した人物がヨーゼフ・Kだと見なすことができる（宗教的解釈）。この場合の「神」を「父」のイメージで置き換えれば、エディプス・コンプレックスから逃れられない息子の物語としてカフカ作品を読む道が開かれる（精神分析的解釈）。こうした父子間の抑圧の問題を、再び社会的なレベルで捉え直す解釈もありうる。社会に抑圧されながら、誰とも連帯することができず、誰とも心を通わせることのないエリート銀行員ヨーゼフ・Kの孤立と疎外を資本主義社会に特有の問題だと受け取れば、その姿はブルジョワ的な価値観の限界を示したものと理解される（マルクス主義的解釈）。

あるいは、そうやって少し角度を変えただけでまったく別の意味が見えてくる構造自体に着目する読み方もある。その構造をカフカ自身も意識していた。彼は寓話的な掌編『法律の前』（*Vor dem Gesetz*）を『訴訟』の「大聖堂」の章に組み入れ、この物語を語る僧侶とヨーゼフ・Kのあいだで解釈論争を延々と繰り広げさせることにより、解釈の困難というテーマを作品自体の中に持ちこんでいる。この物語を、自らの由来を隠蔽することにより権威を帯びる「掟＝法」というものの性質にまつわる寓話として読み解いた哲学者デリダは、意味の開示をひたすら引きのばす点にカフカのテクストの特徴を見た（脱構築的解釈）。また、難しい話はさておき、カフカが『訴訟』の冒頭を友人たちの前で朗読した際、笑いの発作に襲われて何度も小休止せざるをえなかったというブロートの証言も視野に入れておきたい。カフカはイディッシュ演劇や無声映画といった大衆的な娯楽ジャンルを愛好していたが、『訴訟』はその延長線上で、文字どおり「深い意味はない」ドタバタ劇として読むことも可能なのである。

二 「もう一つの訴訟」

『訴訟』の主人公と女性たちの関係は特筆に値する。ヨーゼフ・Kは、エルザという決まった恋人がいながら、隣室のビュルストナー嬢を虎視眈々《こしたんたん》と狙い、弁護士宅のメイドのレニとも深い仲になる。のみならず、行く先々で出会った女性たちの好意をことあるごとに利用し、訴訟を有利に進めようとする。

こうした描写には、カフカ自身の女性関係が影を落としていると言われる。一九一四年六月、かねてから文通していたフェリーツェ・バウアーと一度目の婚約を結んだカフカは、その前後、フェリーツェの女友だちグレーテ・ブロッホに大量の手紙を送り、結婚に対する違和感を繰り返し訴えた。カフカの好意が自分に向いているのを感じた彼女は、悩んだあげく、これらの手紙をフェリーツェに渡すことを選んだ。七月十二日、二人の婚約者はカフカが常宿にしていたベルリンのホテル「アスカーニッシャー・ホーフ」で、フェリーツェの妹エルナとグレーテ・ブロッホの立ち会いのもと話し合い、婚約の解消が決まった。この経緯を作家カネッティは「もう一つの訴訟」と呼び、『訴訟』の内容との連続性を指摘した。身も蓋もない伝記還元主義的な解釈ではあるが、以上の伝記的事実を知ったうえで改めて『訴訟』をひもといてみるならば、冒頭の「何も悪いことはしていない」という言葉に、また別の味わいを感じられるのではないだろうか。

三　遺稿の編集をめぐる問題

カフカが遺した三つの未完の長編（『失踪者』『訴訟』『城』）のうちでは、『訴訟』が最も完成に近づいている。ただし、その全体像をめぐっては議論が絶えない。遺稿を整理したマックス・ブロートは、（ほぼ）完成したと見なせる章と、未完の断片に終わっている章とを区別し、全体を十の章と六の断片にまとめた。一九二五年の初版（*Der Prozess*）は完成した章のみで構成。一九三五年にショッケン書店から出た第二版以降は断片部分も収録し、カフカが行った大幅な修正・削除箇所を付録として示す。一九四六年の第三版でタイトル表記を微修正（*Der Prozeß*）。

ブロートの編集に対しては多くの疑念や批判が提示されてきたが、カフカ研究者マルコム・ペイ

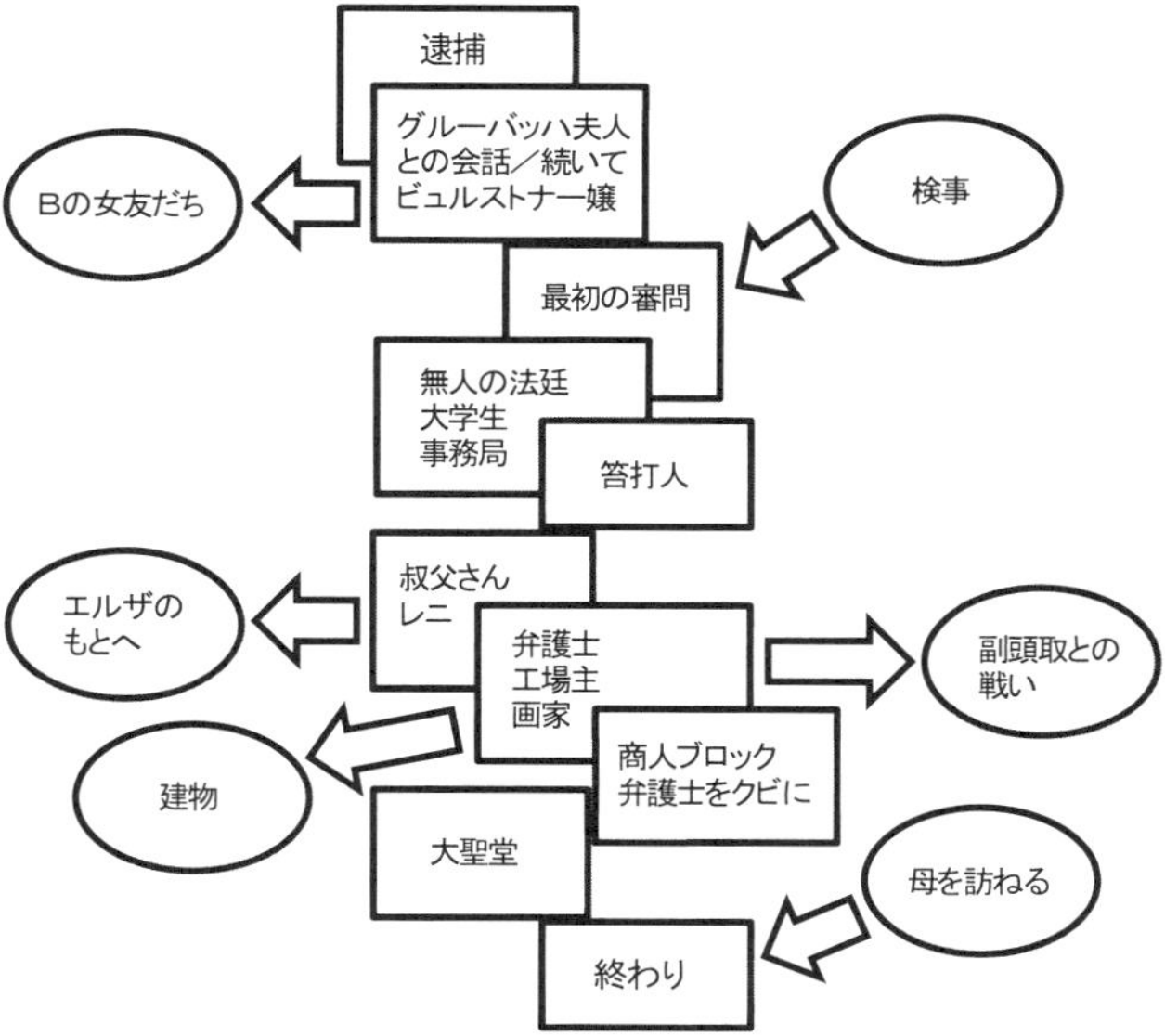

批判版が想定する『訴訟』各章配列

ズリーによる厳密な原典批判を経て一九九〇年に出版された批判版『訴訟』(*Der Proceß*) は、結論として、ブロート編集の妥当性を大筋で認めた。ただし、ブロート版での第四章に相当する「B［ビュルストナー嬢］の女友だち」は、完成した章のストーリーの時系列中から取り除かれ、断片のカテゴリーに回されている。また、未完成の章の一つとされていた「断片［彼らが劇場から出ると…］」は破棄された構想と見なされ、異文《ヴァリアント》として処理された。

この版にも飽き足らない人々の声を反映して生まれたのが、一九九七年の史的批判版『訴訟』(*Der Process*) である。こちらはカフカの手書き原稿の写真とその文字起こしからなる版で、完成した章と断片の区別を撤廃し、かつ章の配列を一切断念し、全体を十六分冊で刊行するという徹底したものであった。このような版が世に出た背景には、そもそも『訴訟』は従来の意味での小説作品と見なせるのか、それとも別の何かなのか、という議論がある。ドゥルーズとガタリは、中心がなく、始点も終点もなく無数に枝分かれして延長していく「リゾーム」にカフカ作品を喩えたが、この読み方が的を射ているなら、『訴訟』のテクストを一つの直線上に並べるのはカフカに対する冒瀆ということになるだろう。

ただ、『訴訟』はそこまで理想的に「リゾーム」的なテクストだろうか。断片群に目を向ければ、たしかに当初の小説構想には収まらない枝葉の部分が増殖し、無限に分岐していきそうな気配を示しているにせよ、ひとまず完成した章には多くの場合、明らかに前後関係と一本のストーリーが存在しており、そこには樹木の「幹」と呼ぶべきものが厳然としてあると言わざるをえない。その側面をよりよく照らし出すため、本書では批判版を底本とし、完成したと見なされる章の部分のみをあえて訳出した。修正・削除箇所については注で目ぼしいものを示した。

公文書選

カフカは日記や手紙でしばしば自分のサラリーマン生活への忌避感を表明し、文学活動との両立の難しさを嘆いているため、従来、カフカ研究において公文書はカフカ文学が生み出される単なる背景、いわばネガとしてのみ扱われ、具体的な内容に関心が向くことは稀であった。しかし近年の研究では、カフカの文学作品と公文書のあいだの文体上・モチーフ上の連続性が指摘されるようになってきている。もう少し踏みこんで言えば、両者の境界線を撤廃し、カフカの公文書を「文学作品」として読む可能性もまた読者の前に開かれている。

カフカはプラハ大学で法学博士号を取得し、司法研修を終えたのち、一九〇七年十月にイタリアの大手保険会社アシクラツィオーニ・ジェネラーリのプラハ支店に就職した。しかし長時間労働と激務に耐えかね、一九〇八年七月、在プラハのボヘミア王国労働者災害保険局に移った。この当時のオーストリアの官庁では、朝八時から午後二時まで昼休みなしで働く「単一勤務」というタイムシフトを選択することができ、拘束時間が比較的短かったため、カフカは夜中に小説を書く時間を捻出することができたのだった。

一八八七年にオーストリア＝ハンガリー帝国内の七ヶ所に設置された労災保険局は半官半民の組織で、ボヘミア局はそのうち最大規模を誇った。ボヘミアは工業の先進地域で、数多くの工場労働者を抱えていたからである。労災保険局は設立当初、経営があまり順調ではなく、巨額の赤字を抱えていたが、ちょうどカフカが就職する前後の時期に大幅な組織改革が行われ、黒字経営へと移行しつつあった。カフカはここで、将来を嘱望されるエリート局員としてのキャリアを歩みだした。

一九〇九年三月にローベルト・マルシュナーが新局長に就任した際には、カフカが祝辞を起草している。

労災保険局でのカフカの業務は多岐にわたるが、一つの柱は、企業の危険度の査定であった。労働者にとって業務内容がどれだけ危険か（危険等級）によって企業を分類し、保険の掛け金を算出する作業である。あの手この手で危険度を低く見せようとする企業側の主張と、事故統計の数字とを突き合わせ、妥協点を探ることが、カフカの主な仕事だったのである。その過程で、彼は事故を未然に防止することの重要性に目覚めていく。人道的な見地からだけでなく、局として保険金の支出を抑制するためにも、それは必要なことであった。カフカは論文の執筆や啓発キャンペーンの企画などを通じて事故防止の活動に熱心に取り組み、この分野の第一人者として局内で認められる。また、「安全ヘルメットを発明したのはカフカ」との風説があながち事実無根とも思われないゆえんである。兼業作家として職場でも知られていたカフカは、その文才を買われ、保険局の年次報告書の作成や上司の講演原稿の起草、対外的な広報活動などを担当するようになった。一九一七年に肺結核を発病してからは長期療養のあいまの断続的な勤務になるが、第一次世界大戦後の一九一八年にチェコスロヴァキア共和国が成立し、ドイツ系の役員を解任して「チェコ労働者災害保険局」として再出発した労災保険局の職場環境が激変するなか順調に昇進を重ね、一九二二年に上級書記官として退職した。

なお、カフカが就職した当時のボヘミアの官庁では公用語としてドイツ語とチェコ語が併用されていたため、公文書はドイツ語版とチェコ語版の併記になっているが、ドイツ語を母語とするカフカはチェコ語の読み書き能力が低く、公用語がチェコ語に一本化されたチェコスロヴァキア時代には書類の作成に苦労した。

保険局の年次報告書には文責の表記がないため、どこからどこまでがカフカの手になるものかは推定するしかないが、本書では、批判版全集の『公文書』の巻から、本人の証言によりカフカの文章であることがほぼ確実なもの二点を訳出した。いずれも図版を駆使しつつ事故防止の重要性を視覚的に分かりやすく説いている点に特徴がある。無味乾燥な文章の中にときおり混ざる辛辣なユーモアや、逆説《パラドックス》的な言い回しは、紛れもなく「カフカ的」である。

一九〇九年次報告書に所収の『木材加工機械の事故防止策』(*Unfallverhütungsmaßregel bei Holzhobelmaschinen*)は、旧式の機械の危険性と新式の機械の安全性を訴えたもの。ちょうど、旧式の処刑機械に固執して滅びていく人物を描いた『流刑地にて』と対をなすテクストだと言えよう。一九一四年次報告書に所収の『採石業における事故防止』(*Unfallverhütung in den Steinbruch-betrieben*)は、防災を徹底させるための(不十分な)法的根拠を、いかにして現場での取り組みにつなげていくかという困難な課題を扱っている。ここに掲載された十五枚の写真を眺めていると、『訴訟』の結末部分でヨーゼフ・Kが処刑される場所として、荒廃した石切り場が選ばれた理由が伝わってくるように思われる。

書簡選

「私は手紙が大嫌いです」とカフカは恋人に宛てて書いている。「私は几帳面に手紙を書くことができません」、そして「手紙が几帳面に届くことを期待したりもしません」とも。——どの口が言うのか、と疑問に思う人もいるだろう。カフカはその短い生涯で膨大な量の書簡を残しており、ときには一日に二通、三通と長大な手紙を書き、相手の返事をしつこく要求し、少しでも返信が滞ると怒り狂い、相手が沈黙すると「ゴビョウキデスカ」と電報を打った。これはもはや一種の迷惑行為にほかならない。裏を返せば、彼はそれだけ文通というものを特別視し、手紙の執筆に心血を注いでいたのだと言える。そもそも作家の書簡とは単なる伝記的資料以上のものであるが、カフカにとって手紙とは自らの文学論を戦わせる場であり、文学の修業の場であり、それ自体が紛れもなく読者に宛てた文学作品であった。

カフカの手紙はその多くが失われており、現存するのは氷山の一角にすぎない。そのうち最も重要なコレクションは、カフカが一九一二年から一九一七年まで交際し、二度の婚約と婚約破棄を経験したフェリーツェ・バウアー宛ての手紙である。フェリーツェはベルリン在住のユダヤ人女性で、口述録音機《パルログラフ》を扱う会社の業務代理人だった。当時としては珍しい、企業で管理職として働く女性である。カフカはフェリーツェに宛てて自分の恋心を綿々と綴りながら、その一方で、いかに自分が結婚生活に不適格であるかを切々と訴える。相手に近づこうとすると同時に相手を遠ざけようとする身ぶりが、カフカの恋文《ラブレター》に異様なまでの緊張感を与えている。一九三六年に家族とアメリカに渡ったフェリーツェは晩年、経済的に困窮したため、長年大切に保管してきた五百通あまりの手紙をわずか八千ドルで出版社に売却した。こうして一九六七年に『フェリーツェへの手紙』が世に出る。

これと並んで有名なのが、ミレナ・ポラック（旧姓イェセンスカー）との晩年の恋から生まれた手紙である。ミレナはウィーン在住のチェコ人の女性ジャーナリストで、一九二〇年の春、カフカの作品をチェコ語に訳す計画を抱いて作者と接触した。カフカは当時、肺結核の療養中に出会ったユダヤ人女性ユーリエ・ヴォホリゼクと交際し、一時は婚約していたが、新しい恋のために関係を解消した。ミレナに宛てて、比較的早い段階でカフカは書いている。「こんなに手紙を欲しがるなんてバカげています。一通あれば十分、消息が分かれば十分じゃないですか？　十分なはずです。なのに、ふんぞり返ってお手紙を飲んでいると、いつまでも飲んでいたいとしか思えなくなるのです」（一九二〇年五月二十九日）。はたして文通は短期間で過熱し、春から秋にかけて大量の手紙が取り交わされた。破局を迎えたあとも二人の交友関係は続き、一九三四年にカフカが死去したときにはミレナが追悼文を書いている。共産主義者としてナチスの強制収容所に送られる前、彼女はカフカの手紙を共通の知人ヴィリー・ハースに託しており、これが一九五二年に『ミレナへの手紙』として刊行された。

なお、ミレナ宛ての手紙には日付がないため、時系列で並べるのは難しい。一九八三年に配列を一新した増補改訂版が出されたが、全五巻で刊行中（最終巻のみ現時点で未刊）の批判版『書簡集』では、綿密な考証にもとづき、配列が再び大幅に変更されている。

本書では、「手紙を書くこと」自体をテーマにしたメタ的な性格の手紙を中心に、特徴的なものを選び出した。最後の一通、一九二三年のミレナ宛ての手紙は一九八三年版『ミレナへの手紙』を参照したが、それ以外はすべて批判版『書簡集』を底本としている。

（川島 隆）

カフカ　著作目録

〈原著全集〉

カフカの著作集は、遺稿を託された親友マックス・ブロートがユダヤ系の出版社ショッケン書店から全七巻で刊行したのが最初である（一九三五年にベルリンで四巻が出され、一九三六年と翌年にプラハで残り三巻が出た）。第二次世界大戦後、ショッケン書店がニューヨークで再出発して以降、新たに全集の刊行が始まり、世界的なカフカ・ブームの呼び水となる。しかしブロート版の編集に対しては早くから批判が寄せられ、オリジナルに手を加えた箇所や配列上の問題があるのではと指摘されていた。これがのちに、手書き原稿に忠実な批判版全集に結実する。さらに批判版の編集方針に対する批判から、別に史的批判版（写真版）全集が企画されるに至った。以下では戦後に刊行された全集の書誌を記す。

- ブロート版全集

Gesammelte Werke. Hrsg. von Max Brod. Frankfurt am Main: S. Fischer, 1946-1974.

カフカの生前刊行作品および遺稿をブロートが編集したもの。ブロートが版権を譲渡していたショッケン書店の許諾を得たS・フィッシャー出版社から、一九四六年に『短編集』『アメリカ』『訴訟』『城』『ある戦いの記録（遺稿集）』の全五巻で刊行。

その後、『日記』『ミレナへの手紙』（ヴィリー・ハース編）『田舎の婚礼準備（遺稿集）』『書簡集』『フェリーツェへの手紙』（エーリヒ・ヘラー／ユルゲン・ボルン編）『オットラと家族への手紙』（ハルトムート・ビンダー／クラウス・ヴァーゲンバッハ編）が順次追加され、全一一巻となった。

・批判版全集

Schriften, Tagebücher, Briefe. Kritische Ausgabe. Hrsg. v. Gerhard Neumann u. a. Frankfurt am Main: S. Fischer, 1982-.

カフカ研究者による原典批判を経た校訂版全集。S・フィッシャー出版社から、一九八二年の『城』を皮切りに『失踪者』（ブロート版の『アメリカ』に相当）『訴訟』『日記』『遺稿と断片』（全二巻）『生前刊行物』『公文書』が順次刊行された。『書簡集』（全五巻）は現在も刊行継続中。

小説と遺稿の巻は、それぞれ「本文」（Text）と「校注」（Apparat）の二分冊で構成され、カフカによる修正・削除箇所や異文と見なされたテクストは「本文」から取り除かれて「校注」に回されている。『日記』の巻は「注釈」（Kommentar）も含めて三分冊。『書簡集』と『公文書』は本文・注釈・校注が一冊に収録されている。

・手稿版全集

Gesammelte Werke in der Fassung der Handschrift. Hrsg. v. Gerhard Neumann u. a. Frankfurt am Main: S. Fischer, 1982-.

S・フィッシャー出版社から刊行。批判版の各巻の「校注」以外の部分をリプリントしたもの。ただし『公文書』の巻を除く。

・普及版全集

Gesammelte Werke in 12 Bänden. Hrsg. v. Hans-Gerd Koch. Frankfurt am Main: S. Fischer, 1994.

S・フィッシャー出版社から刊行。批判版の『公文書』『書簡集』を除く各巻の「校注」以外の部分、つまり小説と遺稿の巻の「本文」および『日記』の「本文」「注釈」を抜き出して全一二巻に再構成したもの。

・史的批判版全集

Historisch-Kritische Ausgabe sämtlicher Handschriften, Drucke und Typoskripte. Hrsg. v. Roland Reuß u. Peter Staengle. Basel u. Frankfurt am Main: Stroemfeld/Roter Stern 1995-.

カフカの手書き原稿・タイプ原稿の写真および文字起こしからなる写真版全集。シュトレームフェルト出版社から刊行中。たとえば『訴訟』については章の配列を断念して一六分冊で刊行するなど、徹底して「本物の」カフカ原稿を再現することにこだわる。生前刊行物については初版本の写真を収録。

〈翻訳全集・選集〉

ブロート版全集は日本語に全訳されている。批判版を底本にした全集・選集も編まれているが、さしあたり批判版の「本文」のみが訳されているため、ブロート版を底本にしたものと比べ、読める範囲がむしろ狭まるという逆転現象も生じている。なお、全集を底本にしたもの以外に、カフカ生前の刊行物に直接もとづく訳もある。

• カフカ全集

新潮社から全六巻で刊行。ブロート版全集を底本とする。

第一巻『城』(辻瑆／中野孝次／萩原芳昭訳)一九五三年。

第二巻『審判・アメリカ』(原田義人／渡邊格司／石中象治訳)一九五三年。

第三巻『変身・流刑地にて・支那の長城・観察、他三八篇』(大山定一ほか訳)一九五三年。

第四巻『田舎の婚礼準備・父への手紙』(江野専次郎／近藤圭一訳)一九五九年。

第五巻『ミレナへの手紙』(辻瑆訳)一九五九年。

第六巻『日記』(近藤圭一／山下肇訳)一九五九年。

• 決定版カフカ全集

新潮社から全十二巻で刊行。増補されたブロート版全集を底本とする。

第一巻『変身・流刑地にて』(川村二郎／円子修平訳)一九八〇年。

第二巻『ある戦いの記録・シナの長城』(前田敬作訳)一九八一年。

第三巻『田舎の婚礼準備・父への手紙』（飛鷹節訳）一九八一年。

第四巻『アメリカ』（千野栄一訳）一九八一年。

第五巻『審判』（中野孝次訳）一九八一年。

第六巻『城』（前田敬作訳）一九八一年。

第七巻『日記』（谷口茂訳）一九八一年。

第八巻『ミレナへの手紙』（辻瑆訳）一九八一年。

第九巻『手紙 1902-1924』（吉田仙太郎訳）一九八一年。

第十巻、第十一巻『フェリーツェへの手紙　１・２』（城山良彦訳）一九八一年。

第十二巻『オットラと家族への手紙』（柏木素子訳）一九八一年。

• カフカ小説全集

白水社から全六巻で刊行（のち全八巻に再構成し、「カフカ・コレクション」として白水Uブックスに採録）。池内紀による個人訳。批判版全集を底本とする。ただし、小説と遺稿の巻の「本文」のみを訳出したものであり、カフカの原稿の削除箇所や異文は収録されていない。

第一巻『失踪者』（池内紀訳）二〇〇〇年。

第二巻『審判』（池内紀訳）二〇〇一年。

第三巻『城』（池内紀訳）二〇〇一年。

第四巻『変身ほか』（池内紀訳）二〇〇一年。

第五巻『万里の長城ほか』（池内紀訳）二〇〇一年。

第六巻『掟の問題ほか』（池内紀訳）二〇〇二年。

・カフカ・セレクション
筑摩書房から全三巻で刊行（ちくま文庫）。いくつかのキーワードごとにテクストを選んで訳出している。批判版全集の「本文」を底本とする。ブロートが後からつけたタイトルは排し、無題の断片は無題のまま、書き出し部分でタイトルに代えている。

第一巻『時空／認知』（平野嘉彦編訳）二〇〇八年。

第二巻『運動／拘束』（平野嘉彦編、柴田翔訳）二〇〇八年。

第三巻『異形／寓意』（平野嘉彦編、浅井健二郎訳）二〇〇八年。

・カフカ自撰小品集
高科書店から全三巻で刊行されていたものを一冊にまとめ、みすず書房から再刊。吉田仙太郎による個人訳。カフカが生前に自ら編んだ三冊の短編集、『観察』『田舎医者』『断食芸人』を初版の構成そのままに再現する。

『カフカ自撰小品集』（吉田仙太郎訳）二〇一〇年。


〈主要著作の翻訳〉

ここでは入手が容易な文庫本を作品ごとに紹介する。同じ文庫から別の訳が刊行されている場合は、出版年が最も新しいもの一点のみを挙げた。

・*Die Verwandlung*（中編小説）
『変身』（高橋義孝訳）新潮文庫、一九五二年。
『変身』（中井正文訳）角川文庫、一九五二年。〔※『ある戦いの描写』を併録〕
『変身・断食芸人』（山下肇／山下萬里訳）岩波文庫、二〇〇四年。

『変身／掟の前で　他二編』（丘沢静也訳）光文社古典新訳文庫、二〇〇七年。
• *Der Verschollene (Amerika)*（長編小説）
『アメリカ』（中井正文訳）角川文庫、一九七二年。
• *Der Proceß*（長編小説）
『審判』（本野亨一訳）角川文庫、一九五三年。
『審判』（辻瑆訳）岩波文庫、一九六六年。
『審判』（飯吉光夫訳）ちくま文庫、一九九一年。
『審判』（中野孝次訳）新潮文庫、一九九三年。
『訴訟』（丘沢静也訳）光文社古典新訳文庫、二〇〇九年。
• *Das Schloß*（長編小説）
『城』（原田義人訳）角川文庫、一九六六年。
『城』（前田敬作訳）新潮文庫、一九七一年。

〈書簡集〉

• ヨーゼフ・チェルマーク／マルチン・スヴァトス編『カフカ最後の手紙』（三原弟平訳）白水社、一九九三年。
• ユルゲン・ボルン／ミヒャエル・ミュラー編『ミレナへの手紙』（池内紀訳）白水社、二〇一三年。

〈短編集・アンソロジー〉

• 『実存と人生』（辻瑆訳）白水社、一九七〇年。
• 『カフカ短篇集』（池内紀訳）岩波文庫、一九八七年。
• 『カフカ傑作短篇集』（長谷川四郎訳）福武文庫、一九八八年。

・『夢・アフォリズム・詩』（吉田仙太郎訳）平凡社ライブラリー、一九九六年。
・『カフカ寓話集』（池内紀訳）岩波文庫、一九九八年。
・『絶望名人　カフカの人生論』（頭木弘樹編訳）新潮文庫、二〇一四年。

〈**絵本、漫画など**〉

・『カフカ　田舎医者』（山村浩二文・絵）プチグラパブリッシング、二〇〇七年。
・『まんがで読破　変身』（バラエティ・アートワークス企画・漫画）イースト・プレス、二〇〇八年。
・『カフカの絵本』（たぐちみちこ文、田口智子絵）小学館、二〇〇九年。
・『変身』（桜壱バーゲン著）双葉社、二〇〇九年。
・『カフカ　classics in comics』（西岡兄妹構成・作画、池内紀訳）ヴィレッジブックス、二〇一〇年。
・『変身』（酒寄進一翻案、牧野良幸画）長崎出版、二〇一二年。
・『カフカの「城」他三篇』（森泉岳土著）河出書房新社、二〇一五年。
・『カフカ童話集　子どもの想像力を豊かにする』（須田諭一編）メトロポリタンプレス、二〇一五年。
・『マンガで読む　絶望名人カフカの人生論』（平松昭子画、頭木弘樹監修）飛鳥新社、二〇一五年。

（川島隆＝編）

カフカ　主要文献案内

〈伝記・証言〉

- マックス・ブロート『フランツ・カフカ』（辻瑆／林部圭一／坂本明美訳）みすず書房、一九七二年。
親友ブロートによる伝記。原著は一九四六年初版、のち増補を繰り返す。ストイックな求道者・宗教思想家としてカフカを美化しすぎだと批判も多いが、生前のカフカに最も身近に接した人の視点からの貴重な記録である。
- グスタフ・ヤノーホ『カフカとの対話――手記と追想』（吉田仙太郎訳）みすず書房、二〇一二年。
若き日に晩年のカフカと親交を結んだ著者の回想。原著は一九五一年初版、のち増補。とくに増補部分の内容の信憑性には疑問が呈されることもあるが、全体としてカフカの文学観や人生観をかいま見せる重要な資料であることは間違いない。
- クラウス・ヴァーゲンバッハ『若き日のカフカ』（中野孝次／高辻知義訳）ちくま学芸文庫、一九九五年。
生い立ちから就職後の数年間までを追った伝記。原著は一九五八年。ブロートによる伝記の空白を埋めるべく、カフカの生育環境や若き日に触れた文学・思想、社会運動などを幅広く渉猟した労作。ただし、カフカの言語を生活に根ざしていない「貧しい」もの（「プラハ・ドイツ語」）と見なす議論は、今日では疑問視されている。
- 谷口茂『フランツ・カフカの生涯』潮出版社、一九七三年。
日記や手紙を手がかりにカフカの人生を再構成する。カフカの言い分を鵜呑みにしたがゆえの記述の偏りも見られるが、著者に言わせると「作品より面白い」日記・手紙の魅力を存分に伝えている。
- エルンスト・パーヴェル『フランツ・カフカの生涯』（伊藤勉訳）世界書院、一九九八年。
一九七〇年代までに積み重ねられた、ハルトムート・ビンダーらによる実証主義的なカフカ研究の成果を踏まえた伝記。原著は英語で、一九八四年刊（翻訳は独訳版から）。時代背景についての記述も手厚い。

• ロートラウト・ハッカーミュラー『病者カフカ――最期の日々の記録』（平野七濤訳）論創社、二〇〇三年。医師の診断書やカルテを調べ上げ、肺結核の発病から死に至るまでの七年間の闘病生活を克明にたどる伝記。原著は一九八四年。

• ネイハム・N・グレイツァー『カフカの恋人たち』（池内紀訳）朝日新聞社、一九九八年。恋人たちとの関係に焦点を絞った伝記。原著は英語、一九八六年刊。カフカの恋人として有名なフェリーツェ・バウアーとミレナ・イェセンスカー以外の女性たちとの関わりも簡潔にまとめられている。

• ハンス＝ゲルト・コッホ編『回想のなかのカフカ　三十七人の証言』（吉田仙太郎訳）平凡社、一九九九年。生前のカフカを知る人々の証言集。原書は一九九五年。友人や恋人、カフカ家の使用人やヘブライ語の家庭教師、出版者やアナーキストなど多種多様な人の視点から、さまざまな顔をもつカフカの姿が浮かび上がる。

• 池内紀『カフカの生涯』白水Uブックス、二〇一〇年。二〇〇〇年ごろまでの研究状況を踏まえた伝記。一九九七年より《大航海》に連載、新書館から二〇〇四年に刊行。暴君的な父親に抑圧される息子、禁欲的な求道者といった従来の重苦しいイメージを払拭することを試みたもの。文学的野心に燃え、数多くの恋人や売春婦と交わる軽いカフカ像を打ち出す。

〈研究・論考〉

カフカを扱った文献は膨大な数にのぼる。ここで紹介するのは、日本語で入手可能な書籍のごく一部である。

• ヴァルター・ベンヤミン『ボードレール　他五篇』（野村修訳）岩波文庫、一九九四年。一九三四年、カフカ没後十周年に寄せて書かれた「フランツ・カフカ」を収録。カフカの文学に神の恩寵というテーマを読みこんだブロートの宗教的解釈に抗しつつ、カフカ作品に描かれた多様な「身ぶり」「しぐさ」の特異性を指摘する。

- アルベール・カミュ『シーシュポスの神話』（清水徹訳）新潮文庫、一九六九年。

「不条理」の概念を論じた一九四二年の哲学評論。カフカを実存主義文学の先駆と位置づける「フランツ・カフカの作品における希望と不条理」を収録。

- テオドール・アドルノ『プリズメン』（渡辺祐邦／三原弟平訳）ちくま学芸文庫、一九九六年。

一九四二年に執筆開始、一九五三年に発表の「カフカおぼえ書き」を収録。従来の宗教的解釈や精神分析的解釈を批判し、資本主義社会の悪弊を描いた文学としてカフカを読む。

- ハンナ・アレント『パーリアとしてのユダヤ人』（寺島俊穂／藤原隆裕宜訳）未來社、一九八九年。

一九四四年、カフカ没後二十周年に寄せた「フランツ・カフカ再評価」を収録。やはり宗教的解釈と精神分析的解釈から距離を取り、官僚制に対する先駆的批判としてカフカを読む。

- モーリス・ブランショ『カフカからカフカへ』（山邑久仁子訳）書肆心水、二〇一三年。

一九四五年の「カフカを読む」を嚆矢とする一連の論考を一九八一年に一冊にまとめたもの（一九六八年に筑摩叢書として出た粟津則雄編訳『カフカ論』とは収録範囲と配列が異なる）。カフカにおける「書くこと」の重要性を作家の立場から指摘。傾向としては宗教的解釈に近い。

- ギュンター・アンダース『世界なき人間――文学・美術論集』（青木隆嘉訳）法政大学出版局、一九九八年。

一九四七年に初出の「カフカ――是か否か」を収録。権力への抵抗があえなく挫折し、非人間的なものが勝利を収めるカフカの文学世界にファシズムにつながる危険なものを見て取り、戦後のカフカ・ブームに警鐘を鳴らす。ブロートを激怒させた論考。

- フリードリッヒ・バイスナー『物語作者フランツ・カフカ』（粉川哲夫編訳）せりか書房、一九七六年。

一九五一年に行われた講演にもとづく物語論的な研究。カフカ作品の語りの特異性（作中の視点が主人公一人の視点のみに狭く限定されがちなこと）を指摘し、その歴史的な意義を論じる。著者はヘルダーリン全集を編んだ文献学者として知られ、ブロート版の編集に対する先駆的な批判も同書で行っている。小著ながら後世のカフカ研究に大きな影響を与えた。

- V・ナボコフ『ナボコフの文学講義　下』（野島秀勝訳）河出文庫、二〇一三年。
一九四八年以降に行われた大学講義のノートにもとづく死後出版。カフカ『変身』の回では、芸術家と俗物という対立図式が作品に読みこまれている。昆虫学者でもあったナボコフは、変身したグレゴール・ザムザをゴキブリと見なす説を批判し、もう少し厚みのある甲虫の絵を描いた（この虫の背中には翅《はね》が隠れているという）。

- ミシェル・カルージュ『新訳　独身者機械』（新島進訳）東洋書林、二〇一四年。
『流刑地にて』の処刑機械のイメージに着想を得て、エロスと死が絡み合う「独身者機械」のモチーフの文学的系譜をたどる。原著は一九五四年初版。

- ルカーチ『小説の理論（ルカーチ著作集2）』（大久保健治／藤本淳雄／高本研一訳）白水社、一九六八年。
一九五七年の「批判的リアリズムの現代における意義」を収録。資本主義社会における疎外を描いた文学としてカフカを位置づける。その前衛的な表現技法には一定の評価を与えながらも、トーマス・マンの「批判的リアリズム」と比較しつつ、社会批判の欠如を糾弾している。

- ジョルジュ・バタイユ『文学と悪』（山本功訳）ちくま学芸文庫、一九九八年。
文学にとって至高のものとは何かを「悪」との関連で追求したエッセイ集。原著は一九五七年。共産主義の立場からのカフカ批判を換骨奪胎し、幼児性と死の衝動にカフカ文学の本質を見る。

- ヴィルヘルム・エムリッヒ『カフカ論1　蜂起する事物』『カフカ論2　孤独の三部曲』（志波一富／中村詔二郎訳）冬樹社、一九七一年。
普遍的な人間存在にまつわるアレゴリーとしてカフカ作品を解釈する。原著は一九五八年。

- クラウス・ヴァーゲンバッハ／マルコム・パスリー他『カフカ＝シンポジウム』（金森誠也訳）吉夏社、二〇〇五年。

原書は一九六五年。カフカ全作品の年代推定、生前刊行物の一覧、刊行当時の書評の集成など、当時としては最先端の研究成果をまとめた一冊。ヴァーゲンバッハが長編『城』のモデルを訪ね歩く「カフカの城はどこにあったのか?」は、説得力の有無はさておき一読の価値がある。

- エリアス・カネッティ『もう一つの審判――カフカの「フェリーツェへの手紙」』(小松太郎/竹内豊治訳) 法政大学出版局、一九七一年。
初めての本格的なカフカ書簡論。原著は一九六九年。カフカを「権力のエキスパート」と喝破する著者が、権力をめぐるゲームとしてフェリーツェ・バウアー宛ての手紙を読み解き、とくに長編『訴訟(審判)』との密接な関連を指摘する。

- ジル・ドゥルーズ/フェリックス・ガタリ『カフカ――マイナー文学のために』(宇波彰/岩田行一訳) 法政大学出版局、一九七八年。
少数者《マイノリティ》が自らの言語ではなく多数者《マジョリティ》の言語をあえて用いることで既存の体制に揺さぶりをかけ、革命的に作用するという「マイナー文学」の概念を提唱。原著は一九七五年。ヴァーゲンバッハのカフカ伝に立脚して議論を展開している。強い影響力を誇る著作だが、「マイナー文学」の定義はドイツ語を母語とするカフカの文学にはあてはまらないとの批判も多い。

- クロード・ダヴィッド編『カフカ=コロキウム』(円子修平ほか訳) 法政大学出版局、一九八四年。
一九七八年にパリで開かれたカフカ会議にもとづく論集の抄訳。欧米の研究者たちが最新の研究成果を持ち寄り、カフカ研究の趨勢が恣意的な「アレゴリー的解釈」から実証主義的な方向へシフトしていることを印象づけた。

- マルト・ロベール『カフカのように孤独に』(東宏治訳) 平凡社ライブラリー、一九九八年。
フランスを代表する研究者によるカフカ論の決定版。原著は一九七九年。プラハのユダヤ人として生きたカフカの伝記的背景を重視しながら、「ユダヤ的なもの」を教条的に捉える本質主義や還元主義に陥ることなく、バランスよく文学技法との関連にまで踏みこんで論じている。

・城山良彦『カフカ』同学社、一九九七年。
戦後日本を代表するカフカ研究者の遺稿と論文をまとめたもの。新潮社の決定版カフカ全集の付録に連載された「カフカ論の系譜」は、簡にして要を得た解説で、一九七〇年代までの世界の研究の流れを一望できる。

・ジャック・デリダ『カフカ論——「掟の門前」をめぐって』（三浦信孝訳）朝日出版社、一九八六年。
一九八三年に東京で行われた講演のタイプ原稿を訳したもの。カフカの『法律の前』を、自らの由来を隠蔽することにより権威を帯びる「掟＝法」というものの性質にまつわる寓話として読み解く。

・有村隆広／八木浩編『カフカと現代日本文学』同学社、一九八五年。
日本におけるカフカ受容の始まりから説き起こし、中島敦や花田清輝、安部公房や倉橋由美子など日本文学の作家たちとカフカ文学の関わりを概観する。

・フリードリヒ・キットラー『グラモフォン・フィルム・タイプライター　下』（石光泰夫／石光輝子訳）ちくま学芸文庫、二〇〇六年。
メディア論の分野の記念碑的著作。原著は一九八六年。特別な才能に恵まれた（男性）主体が自らの手で特別な文学作品を書く、という西洋近代の文化理解のモデルが「書く機械《タイプライター》」の出現により危機に瀕したことを象徴する事例として、タイピスト出身の女性フェリーツェ・バウアーとカフカの恋を取り上げる。

・西成彦『エクストラテリトリアル（移動文学論Ⅱ）』作品社、二〇〇八年。
二十世紀の東欧、移住や亡命により人々がたえず移動しつづける状況下で生まれた文学を、既存の国民国家の枠組みに収まらない「治外法権《エクストラテリトリアル》」の文学として論じる。一九八七年の「イディッシュ語を聴くカフカ」から、『城』を難民文学として読む二〇〇一年の「あつかましさについて」までのカフカ論を収録。

・粉川哲夫『カフカと情報化社会』未來社、一九九〇年。
「情報操作」をキーワードにカフカの権力ゲームを分析。カフカが心酔したイディッシュ劇団の座長イツハク・レーヴィを題材に短編『カフカの友人』を書いたI・B・シンガー、およびカフカへのイディッシュ演劇の影響を論じたE・T・ベックとの対談を併録。後者「カフカとポリセクシュアリティ」は、ジェンダー論的なカフカ解釈の里程標と見なしうる。

- 三原弟平『カフカとサーカス』白水社、一九九一年。
『天井桟敷で』や『断食芸人』など、サーカス・曲芸・見世物をモチーフにしたカフカ作品をめぐるエッセイ集。書くこと、そして朗読することの「パフォーマンス」的な側面に着目しながら、文学に取り組むカフカの態度の特異性をあぶり出す。

- 池内紀『カフカのかなたへ』講談社学術文庫、一九九八年。
性急な解釈を自らに禁じ、虚心坦懐にカフカを読むエッセイ集。一九九一年より《ユリイカ》に連載、青土社から一九九三年に刊行。『変身』を「たまらなくおかしい小説」と位置づけるなど、明るいカフカ像を提示する。

- カール・エーリヒ・グレーツィンガー『カフカとカバラ――フランツ・カフカの作品と思考にみられるユダヤ的なもの』（清水健次訳）法政大学出版局、一九九五年。
ユダヤ学の専門家のカフカ論。原著は一九九二年。カフカ作品をカバラ（ユダヤ神秘思想）の伝統に関連づける。

- マーク・アンダーソン『カフカの衣装』（三谷研爾／武林多寿子訳）高科書店、一九九七年。
文化史的なカフカ研究の金字塔。原著は一九九二年。カフカの父の店が女性向けの「ファンシーグッズ」を商品としていた事実に着目し、ファッションや装飾に象徴される資本主義や都市文明（「衣装」）の世界と、対抗文化としてのワンダーフォーゲル運動や体操ブーム、菜食主義など（「裸体」）の世界のせめぎ合いをカフカに見る。とくに初期作品の分析は秀逸。

- 三谷研爾『境界としてのテクスト――カフカ・物語・言説』鳥影社、二〇一四年。
物語的なカフカ論から、カフカの時代のボヘミアの文化状況を手がかりに「文学史」の意味を問う論考までを収録。一九九三年に初出の「歴史への回帰――アンダーソン『カフカの衣装』への覚え書き」は、ポスト構造主義から文化史へというカフカ研究の流れの転換に光をあてる。

・ミラン・クンデラ『裏切られた遺言』（西永良成訳）集英社、一九九四年。
チェコ出身の亡命作家のエッセイ集。原著はフランス語で、一九九三年刊。表題は、手稿の焼却を依頼するカフカの遺言に背いてブロートが遺作を出版した経緯を指す。ブロートによるカフカの神聖視の延長線上に成立する「カフカ学」を非難し、露骨に性を描いた現代的な小説家としてのカフカの側面を強調する。
・平野嘉彦『プラハの世紀末――カフカと言葉のアルチザンたち』岩波書店、一九九三年。
同時代にマウトナーやホーフマンスタールが提起した「言語批判」を背景に、カフカの初期作品を分析。他にもマイリンクやリルケなど、プラハのドイツ語作家たちの都市表象を論じる。
・三原弟平『カフカ『変身』注釈』平凡社、一九九五年。
『変身』を新たに全訳しつつ、作中の気になる点を網羅的に取り上げ、一言一句にこだわって注釈する。世界的にも珍しい試み。丹念な読解から、カフカの言葉の演劇的なパフォーマンス性が浮かび上がる。
・平野嘉彦『カフカ　身体のトポス』講談社、一九九六年。
「現代思想の冒険者たち」シリーズの一環として刊行された入門書。伝記的事実や文化史的・社会史的背景に適度に目配りしつつ、身体論や記号論を武器にカフカの文学世界に切りこむ。カフカの労災保険局での仕事と文学活動を表裏一体のものと捉えている点も画期的。
・頭木弘樹訳・評論『逮捕＋終わり――「訴訟」より』創樹社、一九九九年。
『訴訟』の第一章と最終章の「カフカ生原稿からのはじめての翻訳」。解説ではブロート版との異同にも触れられている。併録の評論では、クンデラのカフカ論に棹さしつつ、カフカを内在的に読むことの意義を説く。
・明星聖子『新しいカフカ――「編集」が変えるテクスト』慶應義塾大学出版会、二〇〇二年。
ブロート版全集の欠点を克服するべく編まれた批判版全集にいまだ残る編集上の問題点を総括し、新たに史的批判版（写真版）全集が求められた経緯を明らかにする。私たちが「カフカ」だと思って読んでいるものは本当は何なのか、という根本的な問いを突きつける本。

・池内紀／若林恵『カフカ事典』三省堂、二〇〇三年。
伝記とキーワード解説のほか、カフカ作品を「小説」「新聞・雑誌への発表作」「草稿・断片」の三つに分類して簡潔に紹介。詳しい年譜・文献一覧あり。

・池内紀『カフカの書き方』新潮社、二〇〇四年。
カフカの手稿をめぐるエッセイ集。著者が自ら訳した白水社のカフカ小説全集では訳出されていない、批判版全集の「校注」の部分から読み取れることがらを論じたもの。

・中澤英雄『カフカとキルケゴール』オンブック、二〇〇六年。
キルケゴール受容という観点から、カフカのアフォリズムを緻密に読解する。ブロートによる神話化の覆いを剝ぎ取ったあとになお残る、宗教思想家としてのカフカの側面を追求したもの。

・リッチー・ロバートソン『1冊でわかる　カフカ』（明星聖子訳）岩波書店、二〇〇八年。
近年のカフカ研究の流れを把握するには最適の入門書。原著は二〇〇四年。著者自身はカフカを宗教思想家として評価する立場だが、文化史的研究やジェンダー論的研究などの新しい研究方向の成果も柔軟に取りこんでいる。さらに訳者解説として手稿の編集にまつわる話題が補足されており、隙のない構成となっている。

・ペーター＝アンドレ・アルト『カフカと映画』（瀬川裕司訳）白水社、二〇一三年。
メディア論的なカフカ解釈。原著は二〇〇九年。黎明期の無声映画に通じる「運動の美学」をカフカの初期作品に見出す。また、『城』のモデルは一九二一年に表現主義映画『吸血鬼ノスフェラトゥ』のロケ地となったスロヴァキアのオラヴァ城だと主張。

・西成彦『ターミナルライフ――終末期の風景』作品社、二〇一一年。
二十世紀文学に描かれた「死」の諸相を見わたすエッセイ集。二〇〇九年より《すばる》に連載。生きるに値しない「害虫」のレッテルを貼られた存在の生命の尊厳のゆくえという観点から『変身』を読み解く。他にも失業や過労死、延命治療などのアクチュアルな問題に引きつけて『訴訟』『失踪者』『流刑地にて』『城』を扱う。

・川島隆『カフカの〈中国〉と同時代言説――黄禍・ユダヤ人・男性同盟』彩流社、二〇一〇年。
カフカに「植民地主義批判」を読みこむポストコロニアル研究に対し、同時代に流通したオリエンタリズム言説（差別的な表象）の延長線上でカフカの中国物語を読む。
・中澤英雄『カフカ　ブーバー　シオニズム』オンブック、二〇一一年。
ユダヤ民族思想の系譜中にカフカを位置づける。先行研究が「文化シオニズム」の唱道者マルティン・ブーバーとカフカの立場を同一視しがちなのに対し、ブーバーへの批判的距離を確認することでカフカ固有の立ち位置を取り出すことに成功している。
・明星聖子『カフカらしくないカフカ』慶應義塾大学出版会、二〇一四年。
クンデラ流の「カフカ学」批判がかえって孤高の作家としてのカフカ像を固定化することを問題視。書簡を手がかりに、カフカにまつわる神話解体を試みる。女性に対するカフカの態度がひどいことは従来しばしば指摘されてきたが、本書はその点に加え、カフカがいかに金銭欲にまみれた人間であったかを論じている。
・山尾涼『カフカの動物物語――〈檻〉に囚われた生』水声社、二〇一五年。
フーコーやアガンベンが問題化した、人間の生を閉じこめる「檻」としての近代社会や文明のありようを照らし出す鏡としてカフカの動物モチーフを分析する。

〈カフカの周辺〉

・パーヴェル・アイスナー『カフカとプラハ』（金井裕／小林敏夫訳）審美社、一九七五年。
プラハのドイツ系ユダヤ人が置かれた特殊な孤立状況（「三重のゲットー」）からカフカ文学の特殊性を説明する。
・アンソニー・ノーシー『カフカ家の人々――一族の生活とカフカの作品』（石丸昭二訳）法政大学出版局、一九九二年。
親戚たちの来歴とカフカ文学の関連を考察。とくに母方の伯父たちの人生は興味深い。

・M・ブーバー＝ノイマン『カフカの恋人ミレナ』（田中昌子訳）平凡社ライブラリー、一九九三年。
ミレナ・イエセンスカーの伝記。強制収容所で彼女と出会った女性の手になるもの。
・ハンス・ツィシュラー『カフカ、映画に行く』（瀬川裕司訳）みすず書房、一九九八年。
カフカが観た可能性のある映画作品を網羅的に調べ上げた力作。
・クラウス・ヴァーゲンバッハ『カフカのプラハ』（須藤正美訳）水声社、二〇〇三年。
往時のプラハの写真を多数収録。カフカの足跡を訪ねる観光ガイドとして編まれたものだが、コンパクトな伝記としても完成度が高い。
・エマヌエル・フリンタ『プラハ　カフカの街』（阿部賢一訳）成文社、二〇〇八年。
ともすればドイツ系ユダヤ人の視点から語られがちな「カフカのプラハ」を、チェコ人の側の視点から再構成しようとする野心作。写真家ヤン・ルカスによる美しいプラハ写真を添える。
・ミレナ・イェセンスカー『ミレナ　記事と手紙――カフカから遠く離れて』（松下たえ子編訳）みすず書房、二〇〇九年。
「カフカの恋人」としてだけでなく、先駆的な女性ジャーナリストとして近年とみに再評価の進む著者の雑誌記事や書簡を訳出する。
・三谷研爾『世紀転換期のプラハ――モダン都市の空間と文学的表象』三元社、二〇一〇年。
市街地の「衛生化」と工業化が急速に進行していた時期のプラハに生きた、カフカをはじめとするドイツ語作家たちの活動を例に、文学と政治・社会の関わりを切り取る。
・平野嘉彦『ボヘミアの〈儀式殺人〉――フロイト・クラウス・カフカ』平凡社、二〇一二年。
ユダヤ人がキリスト教徒を殺して血を抜き、儀式に用いるという反ユダヤ主義的なデマの歴史を追いつつ、なぜこの問題にユダヤ系知識人たちが関心を寄せたのかを明らかにする。

（川島隆＝編）

カフカ 年譜

一八八三年　七月三日、オーストリア＝ハンガリー帝国の領邦ボヘミア王国（現在のチェコ）の首都プラハで生まれる。父ヘルマンと母ユーリエ（旧姓レーヴィ）の第一子。父は南ボヘミア出身のユダヤ人で、行商人となってプラハに出た。母はボヘミア東部の町の裕福なユダヤ人醸造業者の娘で、実家の事業拡大にともない家族とプラハに移る。二人は一八八二年に出会って結婚。夫婦共同で高級小間物店を営み、成功を収めた。フランツの下に弟が二人と妹が三人生まれるが、弟たちは幼くして死去している。なお、一八九〇年以降の国勢調査でカフカ家はチェコ語を日常語と申告しているが、これはチェコ人の勢力拡大を見据えた措置であり、実際は家庭内ではドイツ語を話していた（父ヘルマンの母語はチェコ語だとする説もあった。ただし現在では疑問視されている）。

一八八九年（六歳）　九月、ドイツ語小学校に入学。

一八九三年（十歳）　九月、ドイツ語ギムナジウムに入学。数学が苦手でいつも落第の不安に苛まれていた。在学中に読書好きが昂じて自ら創作を始める。ニーチェやダーウィンの思想に関心を寄せ、また社会主義に目覚めた。友人オスカー・ポラックの勧めで文芸雑誌《芸術の番人《クンストヴァルト》》を購読。

一九〇一年（十八歳）　七月、ギムナジウム卒業試験に合格、大学入学資格を得る。八月に北海の島ノルダーナイとヘルゴラントに旅行。冬学期からプラハ大学に入学。当初は化学を専攻していたが、わずか二週間で法学に転向した。

一九〇二年（十九歳）　夏学期、アウグスト・ザウアー教授にドイツ文学の講義を受け、文学研究に幻滅。ミュンヘン大学で文学を学び直す計画を立てるが、のち断念する。十月、プラハ大学の学生団体「ドイツ学生読書談話ホール」文芸部のイベントで、生涯の友となるマックス・ブロートと出会う。

一九〇四年（二十一歳）　このころ『ある戦いの記録』の執筆を開始。

一九〇五年（二十二歳）　七―八月、シレジアのツックマンテルに旅行。滞在したサナトリウムで既婚女性と恋愛を体験。

一九〇六年（二十三歳）　六月、国家試験に合格、法学博士号を取得。十月、一年間の司法研修が始まる。

一九〇七年（二十四歳）　八月、モラヴィアのトリーシュ（チェコ名トジェシュチ）のジークフリート叔父の家に滞在、大学生ヘートヴィヒ・ヴァイラーと出会い、恋仲に。以後、約一年半にわたり文通。十月、イタリアの保険会社アシクラツィオーニ・ジェネラーリのプラハ支店に入社。この年、多くの小品を執筆。翌年にかけて『田舎の婚礼準備』執筆。改稿を繰り返すが未完に終わる。

一九〇八年（二十五歳）　二月以降、プラハ商業専門学校で労働者保険講座を受講。三月、小品八編を『観察』と題し、フランツ・ブライ編集の文芸誌《ヒュペーリオン》に発表。七月、在プラハのボヘミア王国労働者災害保険局に臨時職員として採用される。

一九〇九年（二十六歳）　三月、労災保険局の新局長にローベルト・マルシュナーが着任するにあたり、祝辞を起草。六月、『ある戦いの記録』から断章『祈る男との会話』『酔っぱらった男との会話』を《ヒュペーリオン》に発表。その後、『ある戦いの記録』全体の改稿を試みる。夏ごろ、日記をつけはじめる。九月、ブロートとその弟とともに北イタリア旅行。飛行大会を見物した体験を描いた『ブレシアの飛行機』を新聞《ボヘミア》に発表。

一九一〇年（二十七歳）五月、労災保険局の正規職員となる。十月、ブロート兄弟とパリ旅行。

一九一一年（二十八歳）十月以降、旅回りの東方ユダヤ人劇団のプラハ公演に足繁く通い、座長イツハク・レーヴィと親交を結ぶ。ユダヤ人としての民族的ルーツに関心が目覚める。十二月、父ヘルマンに出資してもらい、妹エリの夫カール・ヘルマンと共同でアスベスト工場を設立。

一九一二年（二十九歳）二月、レーヴィによるイディッシュ詩の朗読の夕べを主宰。導入として「イディッシュ語についての講演」を自ら行う。六―七月、ブロートとワイマール旅行。ゲーテ・ハウスの管理人の娘マルガレーテ・キルヒナーに恋する。八月、ブロート家でフェリーツェ・バウアーと出会う。九月から文通開始、同時に短編『判決』を執筆。長編『失踪者』の執筆開始（翌年一月に中絶）。十一月から翌月にかけて中編『変身』を執筆。十二月、ライプツィヒのローヴォルト書店から短編集『観察』刊行。好評を博す。

一九一三年（三十歳）三月、副書記官に昇進。復活祭休暇にベルリンに赴き、フェリーツェと二日間をともに過ごす。五月、ライプツィヒのクルト・ヴォルフ書店から『火夫』刊行。好評を博し、以後版を重ねる。六月、『判決』をブロート編集の文芸年鑑《アルカディア》に発表。九月、上司マルシュナー局長とウィーン出張、この機会に第十一回シオニスト会議に出席。翌月にかけて北イタリア旅行。リーヴァのサナトリウムに滞在し、スイス人の少女「G・W」と恋愛。十月、フェリーツェの友人グレーテ・ブロッホがプラハを訪れる。以後、約一年にわたり文通。

一九一四年（三十一歳）六月、フェリーツェと正式に婚約。七月、ベルリンのホテル「アスカーニッシャー・ホーフ」で協議の末、婚約解消。そのまま避暑旅行に出かけ、デンマークのマリエリストに滞在。月末に第一次世界大戦が勃発。八月、長編『訴訟』の執筆開始（翌年一月に中絶）。同時に『失踪者』の執筆も再開し、断続的に書き継ぐ。十月、長編執筆のため休暇を申請し、中編『流刑地にて』を執筆。フェリーツェと文通再開。

一九一五年（三十二歳）　一月、ドイツ国境の町ボーデンバッハでフェリーツェと会う。二月、戦火の拡大にともない、ガリツィアから東方ユダヤ人難民がプラハに流入。ユダヤ民族問題を再考する契機となる。六月、徴兵検査に合格するが、労災保険局の申し立てにより兵役免除（本人は残念がった）。九月、シオニスト雑誌《自衛》に掌編『法律の前』を発表。十月、フォンターネ賞を受賞したカール・シュテルンハイムに賞金を譲られる。ルネ・シッケレ編集の文芸誌《白紙《ヴァイセ・ブレッター》》に『変身』を発表。十二月、クルト・ヴォルフ書店から『変身』刊行。

一九一六年（三十三歳）　七月、温泉地マリーエンバート（チェコ名マリアーンスケー・ラーズニェ）でフェリーツェと十日間を過ごす。東方ユダヤ人難民の子どもの教育支援を行うベルリンの非営利団体「ユダヤ民族ホーム」でのボランティア活動をフェリーツェに勧める。九月、クルト・ヴォルフ書店から『判決』刊行。十一月、フェリーツェとミュンヘンに赴き、朗読会で『流刑地にて』を朗読。同月より、妹オットラが借りていたプラハ城内「錬金術師小路」の仕事場で作品執筆。翌年にかけて『田舎医者』をはじめ『ジャッカルとアラブ人』『お父さんは心配なんだよ』『雑種』など多くの短編が書かれた。

一九一七年（三十四歳）　三月、シェーンボルン宮に部屋を借りる。ほぼ寝るためだけに使用。湿気の多い寒い部屋が健康悪化につながった。大部の断片『万里の長城が築かれたとき』を執筆。春から夏にかけてヘブライ語の学習を始める。七月、フェリーツェと二度目の婚約。二人でハンガリーに旅行。八月、肺結核による最初の喀血。実家に戻る。九月、長期休暇を取り、静養のためボヘミア西部の村チューラウ（チェコ名シジェム）の妹オットラの農場に移る。キルケゴールを読み、多くのアフォリズムを執筆。十月に『ジャッカルとアラブ人』が、十一月に『あるアカデミーへの報告』がマルティン・ブーバー編集のシオニスト雑誌《ユダヤ人》に掲載される。十二月、フェリーツェとの婚約解消。

一九一八年（三十五歳）　四月、プラハに戻る。五月、労災保険局に職場復帰。十月、スペイン風邪で高熱に倒れる。以降の勤務は断続的になる。同月、チェコスロヴァキア共和国が独立。労災保険局の体制も一新された。十一月、静養のため母ユーリエとボヘミア北部のシェレーゼン（チェコ名ジェリージ）に赴く。

一九一九年（三十六歳）　一月、ユダヤ人女性ユーリエ・ヴォホリゼクと出会う。三月、プラハに戻る。夏ごろユーリエと婚約。父ヘルマンの猛反対を受け、結婚を断念。十月、クルト・ヴォルフ書店から『流刑地にて』刊行。十一月、静養のためブロートとシェレーゼンに赴く。『父への手紙』執筆。ユダヤ人の少女ミンツェ・アイスナーと出会い、以後、三年以上にわたり文通。十二月、『お父さんは心配なんだよ』が《自衛》に掲載される。

一九二〇年（三十七歳）　一月、書記官に昇進。三月、同僚の息子グスタフ・ヤノーホと知り合う。『火夫』のチェコ語訳を申し出たチェコ人女性ミレナ・ポラック（旧姓イェセンスカー）とプラハで会う。四月、静養のため南チロルのメラーノに赴く。ミレナと文通開始。五月、クルト・ヴォルフ書店から短編集『田舎医者』刊行。六月末から七月初頭、プラハに戻る途中でウィーンに立ち寄り、ミレナと四日間を過ごす。七月、ユーリエとの関係解消。八月、オーストリア国境の町グミュントでミレナと会う。以降、急速に関係悪化。秋から冬にかけて多くの無題の掌編（『こま』など）を執筆。十二月、静養のためスロヴァキア北部タトラ山脈のマトリアリに赴く。

一九二一年（三十八歳）　一月、ミレナから別れの手紙。二月、医学生ローベルト・クロップシュトックと知り合う。八月、プラハに戻る。十月、ミレナと会って日記を託す。

一九二二年（三十九歳）　一―二月、静養のためボヘミア北部リーゼンゲビルゲ山脈のシュピンデルミューレに滞在。

長編『城』の執筆開始。二月、上級書記官に昇進。五月、短編『断食芸人』を執筆。七月、労災保険局を退職。九―十月、無題の断片（『ある犬の探求』）を執筆。十月、『断食芸人』を文芸誌《新評論《ノイエ・ルントシャウ》》に発表。

一九二三年（四十歳）

エルサレムから来た大学生プア・ベン＝トヴィムにヘブライ語を習う。パレスチナ移住の計画。七月、妹エリの家族と訪れたバルト海沿岸の町ミューリッツで、「ユダヤ民族ホーム」の臨海学校で働く東方ユダヤ人女性ドーラ・デュマントと出会う。九月、ベルリンに移住。ドーラと同棲。翌年にかけての冬、無題の断片（『巣穴』）を執筆。

一九二四年

三月、病状悪化のため、ブロートの付き添いでプラハに連れ戻される。三―四月、短編『歌姫ヨゼフィーネ、あるいは鼠族』を執筆。四月、ドーラの付き添いでサナトリウム「ウィーンの森」に移る。ほどなくウィーン大学附属病院に入院を余儀なくされ、喉頭結核の診断を受ける。ウィーン郊外キーアリングのサナトリウム「ドクトル・ホフマン」に移る。直後に『歌姫ヨゼフィーネ』が新聞《プラハ官報》に掲載。五月以降、クロップシュトックがドーラとともに看病にあたる。カフカは死の床で最後の短編集の校正を行った。六月三日、死去。遺体はプラハの新ユダヤ人墓地に埋葬された。八月、ベルリンのディ・シュミーデ出版社から短編集『断食芸人』刊行。

（川島隆＝編）

執筆者紹介

多和田葉子

（たわだ・ようこ）小説家・詩人。早稲田大学第一文学部ロシア文学科卒、ハンブルグ大学大学院修士課程修了、チューリッヒ大学博士課程修了。大学卒業後の1982年よりドイツ・ハンブルグに移住、日本語、ドイツ語で詩作、小説創作。主な作品に「かかとを失くして」（群像新人文学賞）、「犬婿入り」（芥川賞）、『ヒナギクのお茶の場合』（泉鏡花文学賞）、『容疑者の夜行列車』（伊藤整文学賞、谷崎潤一郎賞）、『雪の練習生』（野間文芸賞）、『雲をつかむ話』（読売文学賞、芸術選奨文部科学大臣賞）、『献灯使』、『言葉と歩く日記』など。

川島隆

（かわしま・たかし）1976年京都府生まれ。京都大学大学院文学研究科（西洋文献文化学専攻）博士後期課程研究指導認定退学。博士（文学）。専門はドイツ文学、メディア論。現在、京都大学大学院文学研究科准教授。著書に『カフカの〈中国〉と同時代言説——黄禍・ユダヤ人・男性同盟』（彩流社）、訳書に『ハイジ神話——世界を征服した「アルプスの少女」』（晃洋書房）など。

竹峰義和

（たけみね・よしかず）1974年兵庫県生まれ。東京大学大学院総合文化研究科（超域文化科学専攻）博士課程修了。専門は近現代ドイツ思想、映像文化論。現在、東京大学大学院総合文化研究科（言語情報科学専攻）准教授。著書に『アドルノ、複製技術へのまなざし——〈知覚〉のアクチュアリティ』（青弓社）、共訳書に『アドルノ　文学ノート２』（みすず書房）など。

由比俊行

（ゆい・としゆき）1976年神奈川県生まれ。東京大学大学院人文社会系研究科（ドイツ語ドイツ文学専攻）博士課程単位取得退学。専門はドイツ近代文学。現在、岡山大学言語教育センター准教授。共訳書にヴィンフリート・メニングハウス著『吐き気――ある強烈な感覚の理論と歴史』（法政大学出版局）。

読者のみなさまへ

『ポケットマスターピース』シリーズの一部の収録作品においては、身体的なハンディキャップ、人種、民族、身分、職業などに関して、今日の人権意識に照らせば不適切と思われる表現や差別的な用語が散見されます。これらについては、著者が故人であるという制約もさることながら、作品の歴史性および文学的な価値を重視し、あえて発表時の原文に忠実な訳を心がけました。

偏見や差別は、常にその社会や時代を反映し、現在においてもいまだ存在しています。あらゆる文学作品も、書かれた時代の制約から自由ではありません。現代の人々が享受する平等の信念は、過去の多くの人々の尽力によって築きあげられてきたものであることを心に留めながら、作品が描かれた当時に差別があった時代背景を正しく知り、深く考えることが、古典的作品を読む意義のひとつであると私たちは考えます。ご理解くださいますようお願い申し上げます。

（編集部）

ブックデザイン／鈴木成一デザイン室

S 集英社文庫ヘリテージシリーズ

ポケットマスターピース01
カフカ

2015年10月25日　第1刷
2016年6月21日　第2刷

定価はカバーに表示してあります。

編　者　多和田葉子《たわだようこ》
発行者　村田登志江
発行所　株式会社　集英社
東京都千代田区一ツ橋2-5-10　〒101-8050
電話　【編集部】03-3230-6094
【読者係】03-3230-6080
【販売部】03-3230-6393（書店専用）

印　刷　凸版印刷株式会社
製　本　凸版印刷株式会社

フォーマットデザイン　アリヤマデザインストア　　マークデザイン　居山浩二

Printed in Japan
ISBN978-4-08-761034-5 C0197